GOD'S † KNIGHT

INNOCENT

가즈 나이트 2

INNOCENT

이경영 지음

네오픽션

차례

등장인물

휀 라디언트

그랜드 크로스 나이트, 광황이라 불리며 신계 최강의 자리를 굳건히 지키던 전사. 어떤 사건 이후 수십 년간 행방불명되었다가 다시 세상에 모습을 드러낸다. 크리스를 만나면서 자신이 갖춰야 할 강함에 대해 다시금 알게 되는데…….

크리스 라디언트

로하가스 제국에 의해 인간 병기로 개조된 이후 지금까지 살아온 여성. 남자 이상으로 호탕하고 개방적인 성격이지만 그보다 더욱 따뜻한 마음씨를 가지고 있다. 원래 이름은 크리스 프라이드였지만 휀과 결혼한 후 라디언트 부인으로 불린다.

슈웰 브렌든

부모를 잃고 혼자 버려져 있다가, 살기 위한 투지를 발휘하여 휀을 따라나선 것이 계기가 되어 그의 제자 아닌 제자가 된 소녀. 클라리스를 만난 이후, 그녀를 위해 검을 쓸 것을 맹세한다. 붙임성이 있으며 활발한 성격.

클라리스 에스토드

에스토드 왕국의 공주. 유전자병에 의해 몸의 색소가 없다. 신체에 대한 콤플렉스와 주위 상황으로 인해 성격이 점차 어두워지지만, 휀과 크리스, 슈웰 등을 만나면서 점차 밝은 성격을 되찾아간다. 머리가 상당히 영특하며, 의외로 침착한 면을 보이기도 한다. 그러나 알 수 없는 이유로 인해 악마들의 표적이 되어 있다.

다르칸

최후의 악마대공. 아네라족의 지르콘 나이트, 프레데릭과의 전투 후 수천 년간 행방불명되었다가 최근 다시 활동하고 있다. 갈색 피부와 검은 머리가 매력 포인트. 정장을 즐겨 입으며 색안경을 좋아한다. 숙적이었던 프레데릭과는 묘한 관계를 유지하고 있다.

프레데릭

아네라족의 지르콘 나이트. 그의 전투력은 어떤 면에서는 악마대공 다르칸을 압도할 정도로 강하다. 외부와의 접촉과 외부 문명의 유입을 싫어하는 동포와 달리 생각이 상당히 자유롭고 지식 역시 광범위하다. 아직 인간 세계에 적응하지 못해 무뚝뚝한 면이 많다.

리오 스나이퍼

휀에 이어서 현재 세계의 임무를 수행하기 위해 온 가즈 나이트. 2백 년 전 있었던 고신전쟁의 주역이기도 하다. 풍부한 경험과 유들유들한 성격, 가공할 만한 전투력으로 동료들을 이끌어 나간다. 브라디라는 가디언을 데리고 다니지만 자신의 의지와는 상관없다.

지크 스나이퍼

리오와 함께 온 가즈 나이트. 그 역시 고신전쟁에 참여했지만 싫은 일은 잊어버리는 성격 탓에 티를 내지 않는다. 지는 것을 죽는 것보다 싫어하며, 가끔 괴팍한 행동으로 주위의 눈총을 사곤 한다. 이상한 성격의 사람을 다루는 데는 가히 천재적이다.

사바신 커텔

휀을 돕기 위해 왔다가 현재는 리오 일행에 편입된 가즈 나이트. 힘이 아주 세고 성격도 거칠지만 상당히 순진한 면이 있다. 직선적인 성격인 탓에 그와 비슷한 지크와 호흡이 잘 맞는다. 심각한 남자 콤플렉스 환자.

마르티네즈 베르토

말스 왕국에서 건너왔다가, 운 없게도 가이라스 왕국의 전쟁에 휘말린 가련한 기사. 나이에 어울리지 않는 뛰어난 지휘 능력과 판단 능력을 자랑하지만, 겁이 상당히 많고 쓸데없는 고민 역시 많다는 단점도 있다. 최근에 다양한 동료들을 만나면서 그녀의 성격 역시 바뀌는데…….

길트 디모트 알렉세이

가이라스 왕국의 제1왕자. 지크 등의 좋은 동료들을 만나면서 현재는 자신이 가이라스의 왕이라는 사실을 자각해 훌륭히 성장하고 있다. 마르티네즈를 내심 좋아하지만 경험 부족 탓에 어려움을 겪는다.

바이칼 레비턴스

서룡족의 제왕이지만 아직 자각을 못 하고 있다. 상당한 우연을 가장해 리오를 따라다닌다. 냉정하고 남을 위하지 않으며 콧대가 높지만 너무도 순진한 나머지 가끔 엽기적인 행동을 하곤 한다. 자신의 약점을 너무도 잘 알고 역이용하는 지크를 상당히 꺼린다. 군것질과 리오에 매우 약하다.

8장
마녀의 이유

1

마녀, 폴카 Ⅱ

"어머머, 사이롤 요새도 결국 무너져 버렸군요. 어쩌면 좋아요?"

2백 년을 산 것치고는 상당히 젊어 보이는 마녀 폴카는 정신도 젊은 듯 매우 활발하게 일행들과 이야기를 나눴다. 하지만 지크 이상으로 과한 성격에 마르티네즈는 할 말이 없는 듯 이마를 식당 테이블 위에 조용히 가져갔다. 한참 식사를 하던 랜시는 마르티네즈의 모습에 슬그머니 주위를 돌아봤다.

리오와 지크, 브라디는 상당히 심각한 얼굴로 각자 다른 방향으로 시선을 돌린 상태였다. 반면 실루엣은 전설이라면 전설이라 할 수 있는 마녀를 눈앞에 두고 있다는 생각 때문인지 감격에 겨운 눈빛으로 폴카를 바라보고 있었다. 랜시는 알 수 없었지만, 자신이 끼어들 상황이 아닌 것 같아 식사를 계속했다.

"저, 폴카 님. 그 질문은 저희가 드리고 싶습니다. 왜 총사령관님께서 사이롤 요새가 넘어가면 당신을 찾아뵈라고 했는지, 그 이유를 좀 말씀해 주십시오."

마르티네즈의 말에, 양손으로 얼굴을 감싸고 고민스러운 표정—조금 과장된 듯한—을 짓고 있던 폴카는 이내 표정을 바꿔 특유의 미소를 흘렸다.

"냐하하하, 의외로 진지한 아가씨네? 뭐, 좋아요. 상황이 상황이니만큼 자세히 설명해 드리죠."

자신의 모자 속에서 긴 곰방대를 꺼내 불을 붙인 폴카는 연기로 도넛 모양을 만들며 이야기를 시작했다.

"사실 사이롤 요새가 파괴되든 말든 이번 일과는 크게 상관없어요. 전쟁 시에 요새 하나쯤 파괴되는 게 대수인가요?"

"그, 그렇죠."

마르티네즈의 자신 없는 목소리 뒤에 폴카의 얘기가 이어졌다.

"사이롤 요새는 위치상 상당히 중요한 요새죠. 그만큼 그 요새에 주둔하는 사람들은 상당히 강하겠죠? 저는 그 '강한 사람'이 필요했기 때문에, 블레이크 님께 사이롤 요새가 넘어가면 저에게 그 요새의 용사들 중 몇 명을 보내 달라고 했답니다. 하하, 그런데 다행이군요. 정말 강해 보이는 용사들이 왔으니까요. 이제 엘살바도르를 멈추게 하는 건 시간문제예요."

리오와 지크, 브라디의 시선이 폴카에게 모아졌다. 그 어느 때보다 진지하고 날카로운 그들의 시선을 미처 눈치채지 못한 마르티네즈는 움찔하며 물었다.

"에, 엘살바도르? 그것이 뭐죠, 폴카 님?"

폴카는 다시 도넛 모양을 만들며 대답했다.

"에르파라스 고원에 있다는 신의 전차에 대한 전설, 혹시 알고 있나요?"

"예? 예, 어느 정도는."

"신의 전차 엘살바도르. 수천 년 전 잠들었다는 그 전설의 존재가 다시 움직이고 있답니다. 그것이 이 세계를 뒤덮은 브롤과 투르바, 콜코를 만들어 낸 원흉이죠. 냐하하하."

마르티네즈는 자신이 꿈이라도 꾸고 있는 게 아닌가 하는 생각이 들었다. 전설 따위는 황당한 옛이야기에 불과하다고 생각해 왔던 그녀에게 신의 전차가 실제로 있다는 말은 멀미를 일으킬 정도로 충격적이었다.

"저, 잠시 바람 좀 쐬고 오겠습니다."

마르티네즈는 비틀거리며 식당을 빠져나갔다. 턱을 괸 채 그녀의 뒷모습을 바라보던 지크는 마침 잘됐다고 생각하며 랜시에게 손짓을 했다.

"랜시, 식사 다 했으면 가서 대장 좀 보살펴 드려라."

"네? 하지만 아직 후식이 안 나왔……."

"후식은 우리가 대신 먹어 줄 테니, 빨리 대장한테 가 봐."

"네……."

랜시는 억울한 표정을 지으며 식당 밖으로 무거운 발걸음을 옮겼다. 뭔가 이상하다고 생각되었는지 실루엣도 억지웃음을 지으며 자리에서 일어났다.

"저, 저도 마리에게 가 볼게요. 말씀 나누세요."

그들이 나가자 리오는 폴카를 보며 씩 웃음을 지었다. 지크는 손을 요란하게 풀었다. 브라디도 평소의 심술궂은 표정 대신 진지한 표정을 지었다. 그들에게서 풍기는 기운이 워낙 범상치 않았기에, 후식을 가져오던 종업원도 움찔하며 돌아가고 말았다.

"자, 진지하게 얘기해 볼까, 폴카? 아니, 타르자라는 추억의 이름

13

으로 불러 줄까? 선택은 좋을 대로 해."

폴카는 아무 말도 없었다. 그런 그녀의 반응은 리오를 더욱 부채질했다. 리오는 폴카의 옷자락을 잡아끌며 사납게 중얼댔다.

"왜, 할 말이 없는 건가? 난 당신 덕분에, 한 꼬마에게 거짓말을 하고 도망친 나쁜 아저씨가 되고 말았지. 리카와 함께 오지 못했을 때, 그 꼬마는 나를 용서해 주지 않았어. 후훗, 멋지지 않아?"

폴카의 옷자락이 더욱 팽팽해졌다. 리오의 손에 힘이 들어갔던 것이다. 그는 무서운 눈으로 그녀를 노려보며 중얼댔다.

"새로운 임무의 장소가 여기라는 말을 들었을 때 난 사실 오기 싫었지. 어른이 된 그 꼬마가 왜 약속을 지키지 못했냐고 소리치던, 그때 그 기억이 다시 떠오를까 두려웠기 때문이야. 원래 내 임무도 4년 전에 시작해야 했지만, 에스토드 왕국에서 만난 어떤 여자아이 때문에 그 기억이 또 떠오르고 말았지. 덕분에 내 일도 작년부터 시작됐어. 겨우 잊어 가나 싶었는데 당신이 내 눈앞에 또 나타나? 그것도 오랜만이라고 배시시 웃으면서? 후, 기막힌 난센스군."

리오는 옷자락을 거칠게 놓으며 시선을 돌렸다.

의자에 거의 던져지다시피 한 폴카는 늘어진 앞자락을 추스르며 쓸쓸히 웃음 지었다. 그녀의 웃음을 보고 화산처럼 폭발해 버린 지크는 테이블을 일격에 부수며 고래고래 소리쳤다.

"웃어? 어디서 웃어, 이 더러운 마녀 같으니! 너 때문에 이 녀석이 육체적으로 정신적으로 고생한 걸 생각하면 아직도 치가 떨려! 지금 이 자리에서 네가 자결을 해도 화가 가라앉을까 말까 한데 웃어? 저번에도 죽었다 살았으니 이번에도 또 살겠지 싶어 맘 놓은 거야!"

지크의 행동에 겁을 먹은 식당 안의 모든 사람들이 황급히 밖으로 뛰쳐나갔다. 하지만 그의 분노는 쉽게 가라앉지 않았다.

"지금 내가 화내는 이유를 알고 싶어? 지금 네 목을 여기서 쳐 봤자, 틀어진 옛일이 바뀌지 않는다는 거지 같은 현실 때문이야! 리카가, 클루토가 꼬마의 모습으로 다시 내 앞에 나타나지 않는다고! 이런 빌어먹을!"

"제발, 진정하고 제 말을 들어 주세요, 지크 씨. 그리고 리오 씨."

폴카가 진지한 얼굴로 말하자, 잠시 그녀를 쏘아보던 지크는 애써 화를 누르며 자리에 앉았다.

"좋아, 말해 봐. 허튼소리 지껄이면 진짜 작살날 테니 각오하고."

리오도 눈빛으로 지크와 같은 말을 흘리는 듯했다. 상황이 어느 정도 진정된 듯하자 폴카는 지크가 부순 테이블을 마력으로 재생시키고 말했다.

"용서해 달라는 말도, 또 저의 영혼이 고신에게 조종당하고 있었다는 말도 하지 않겠습니다. 믿어 달라는 말 역시……. 하지만 한 가지만은 들어 주세요. 이것은 신계와도 관련이 있는 이야기입니다."

"신계?"

"그렇습니다. 바로 악마왕과 순수의 결정체 간의 관계입니다."

랜시, 실루엣과 함께 바람을 쐬며 생각을 정리하던 마르티네즈는 폴카가 말했던 그 전설이 실제 일일 수도 있겠다는 생각이 들었다. 인간과 비슷한 형상을 가졌지만 인간이 아닌 랜시도 그렇고 가즈나이트를 찾는다는 길트까지, 전설로만 알고 있던 것들이 현실에 나타나지 않았는가.

"하긴 폴카 님도 2백 년 이상 살아오신 분이니, 신의 전차가 사실이라 해도 이상하진 않겠지. 오히려 이상하게 생각하는 내가 이상한 거야."

"맞아, 마르티네즈. 게다가 총사령관님께서도 그 사실을 알기 때문에 그런 지시를 내리셨을 거야."

실루엣의 말에 마르티네즈는 약간 기분이 풀어진 듯 웃으며 그녀의 머리를 어루만졌다.

"그래, 실루엣. 아, 그런데 왜 랜시까지 나와 있는 거지? 누가 쫓아내기라도 했어?"

랜시는 자신의 거친 머리를 긁적이며 입술을 비죽거렸다.

"사부랑 리오 씨가 폴카 님하고 중요한 말씀을 하실 게 있나 봐요. 저랑 실루엣을 거의 쫓아내다시피 하셔서…… 후식도 못 먹었단 말이에요."

"그래? 아니, 도대체 무슨 얘기길래 사람을 쫓아내는 거야?"

그러나 그런 의문도 잠시. 그녀의 눈에 활짝 웃으며 식당을 나서는 폴카, 리오, 지크의 모습이 들어왔다.

"냐하하하, 사바신이란 사람이 그렇게 단순해요? 너무 만나고 싶네요, 하하하."

"헤헷, 걸작이라니까요, 걸작. 태어나서 그렇게 단순한 녀석은 저도 처음 본다니까요."

그때 브라디의 한마디가 어김없이 터져 나왔다.

"지크 님, 거울로 매일 보시지 않나요?"

"뭐!"

손을 휘휘 저으며 브라디와 싸우는 지크의 모습은 진지함과는 거리가 멀었다. 평소와 다를 바 없는 그들을 보고 쫓겨난 실루엣, 랜시와 마르티네즈의 얼굴은 살짝 일그러졌다.

"뭔가 불길해."

이유를 모르는 셋은 그렇게 결론을 내릴 수밖에 없었다.

일행이 머무는 여관을 방문한 폴카는 사바신 등과 인사를 나누기 무섭게 당당한 포즈를 취하며 일행에게 하나의 과제를 던졌다.

"소개도 대략 끝난 듯하니, 이제 저와 여러분이 할 일을 말씀드리겠어요."

"할 일?"

식당에서 그녀와 '모종의 대화'를 나눈 지크의 얼굴이 금세 일그러졌다. 궁금한 표정의 마르티네즈와는 달리, 리오는 진지한 얼굴로 물었다.

"이번 일과 관련된 일입니까?"

폴카는 힘차게 고개를 끄덕였다.

"물론이죠. 여러분과 같이 떠나기 전에, 뒷정리를 하지 않으면 안 된답니다. 시간을 끌면 이 도시 사람들까지 위험해질 수 있죠."

"예?"

리오를 비롯한 일행의 궁금증은 더욱 커졌다. 설명을 시작하려는 듯, 폴카는 갑자기 손수건을 꺼내 눈가를 덮으며 입을 열었다.

"흑! 여러분도 아시겠지만, 현재 제가 살고 있는 엘프의 숲은 기형 마물들 천지랍니다. 삶의 터전과 동료들의 대부분을 잃은 엘프들은 숲 속에 마련된 제 저택에서 겨우겨우 살아가고 있죠. 아아, 이렇게 슬픈 이야기가 또 어디 있단 말입니까, 으흐흑……."

"흔한데."

사바신은 빈정대며 담배 끝을 질겅질겅 씹었다. 들었는지 못 들었는지 폴카는 말을 이었다.

"어쨌거나 마물들이 왜 엘프의 숲에 번성하게 됐는지 그 이유를 최근에 알았죠. 엘프의 숲 군데군데 차원문이 열려 있지 뭐예요."

'차원문'이라는 말에 리오의 검붉은 눈썹이 꿈틀거렸다. 폴카의 말이 사실이라면 상당히 심각한 문제가 아닐 수 없었다.

차원의 문에서 마물이 나온다는 것은 마물들이 그야말로 한도 끝도 없이 밀려 나올 가능성이 크다는 말과 같았다. 게다가 차원의 틈에서 사는 마물은 그 어떤 괴물보다 흉폭하고 강했다.

"차원문을 닫아 보려고 했지만, 엘프의 숲에서는 제 마력이 3분의 1로 감소되는 탓에 어쩔 수 없었습니다. 게다가 한둘이 아니거든요. 결국 제가 할 수 있는 일은 숲 밖으로 마물들이 나가지 못하도록 결계를 치는 것뿐이었어요. 아아, 이 슬픔!"

한참 얘기를 듣던 지크가 이내 피식 웃으며 손을 내저었다.

"결계를 쳐놨으면 되는 거 아뇨? 일단 가둬 두고 우리 일이나 끝내면……."

"오? 지크 군, 그렇게 머리가 나쁜가요?"

"크윽!"

"아무리 강력한 결계를 쳐놨다 해도, 마물들이 치면 조금이나마 깎이게 되어 있어요. 제가 다시 마력을 불어넣지 않으면 결계의 두께는 점점 얇아지죠. 마법 결계라는 것은 실제 물질로 만들어진 벽과는 달라요. 한 군데만 집중적으로 쳐도 전체 결계의 두께가 얇아진다고요. 제가 여러분을 따라가면 결계는 언젠가 깨질 것이고, 엘프의 숲을 나온 마물들은 브롤이나 투르바보다 더 활개치고 다니겠죠. 으흠?"

그렇지 않냐는 그녀의 콧소리에, 지크의 짙은 눈썹이 묘하게 씰룩거렸다.

18

"그럼 우리 따라오지 말고 결계나 지키세요. 그럼 되잖아요."

"그런! 으흐흑, 이 나이에 실연을…… 그것도 연하의 남자에게!"

폴카는 양 주먹으로 눈을 덮으며 우는 소리를 냈다. 그러나 정말로 울고 싶은 것은 지크였다. 그는 손을 휘휘 내저으며 짜증 섞인 목소리로 물었다.

"알았수다, 누님. 언제 출발할 거요?"

"하하핫! 지금 당장!"

폴카는 갑자기 자세를 바꾸며 씩 웃어 보였다. 너무나 황당한 상황에 일행은 실소를 흘릴 뿐이었다.

일명 '엘프의 숲 탈환 작전'의 참가자는 리오와 지크, 사바신으로 결정됐다. 물론 주모자인 폴카도 포함되었다.

"흠, 따라가지 못해서 유감이네요. 의외로 재미있을 것 같은데……. 하지만 제가 남는 이유를 알고 있으니 너무 신경 쓰진 마세요, 리오 씨."

마르티네즈는 웃으면서도 아쉬움을 감추지 못했다. 하지만 리오는 과연 이번 일이 재미있을까 생각하며 어깨를 움직였다.

"대장께서 그런 말씀을 하시니 더 부담되는군요. 후훗, 그럼 아이들을 부탁합니다."

"예."

마르티네즈는 씩 웃으며 엄지손가락을 펴 보였다. 처음 만났을 때보다 훨씬 활기차 보이는 그녀의 모습에 리오는 다행이라 생각하며 지크, 사바신 등이 기다리고 있는 마을 입구를 향해 걸음을 옮겼다.

그때 낯익은 감촉이 마르티네즈의 손에 닿았다.

꾹꾹.

손을 잡아당기는 타이밍이나 말이 없는 것이나, 이상하지만 귀여운 아이 리체가 분명했다. 길트와 함께 병원에 있어야 할 리체가 이곳에 있자, 이상하게 생각한 마르티네즈가 물었다.

"음? 리체 아니니? 길트 군은 괜찮아?"

리체가 고개를 끄덕였다.

어느새 병원에서 달려온 리체는 고개를 끄덕이면서도 리오들이 가는 쪽을 바라봤다. 아이의 모습에 마르티네즈는 쓸쓸히 웃으며 말했다.

"모두 무사히 돌아올 거야. 리체도 그때까지 참을 수 있지?"

리체가 고개를 저었다.

순간 리체가 갑자기 뛰기 시작했다. 마르티네즈는 깜짝 놀라 리체를 말리려 했지만 아이치고는 너무 빨라 미처 따라가지 못했다.

"음?"

때맞춰 무언가를 느낀 듯 리오는 슬그머니 뒤를 돌아보았다.

"리체?"

리오가 몸을 돌리자마자, 리체는 그 붉은 장발의 청년에게 덥석 안겼다. 리오는 피식 웃으며 아이의 작은 등을 토닥였다.

"왜 그러니? 내가 돌아오지 못할 것 같아서 그래?"

리체가 고개를 끄덕였다.

"후후, 그럴 리가! 모두를 놔두고 어딜 갈 수 있겠니? 하루나 이틀 후에 다시 돌아올 테니 염려하지 말고 사이좋게 지내고 있거라. 알았지?"

'출장 가는 아버지의 기분이 이럴까?'

리오는 속으로 생각하며 상황을 정리하기 위해 애썼다. 그가 돌아온다는 것을 확인한 리체는 리오의 볼에 살짝 입을 맞추고 손을 흔들어 주었다.

힘겹게 아이를 따라온 마르티네즈는 리체를 안아 올리며 리오에게 미안하다는 표정을 지었다.

"애치고 상당히 빠르네요. 아이는 걱정 말고 가세요, 리오 씨."

"아, 예. 그럼……."

방향을 바꿔 길을 걷던 리오와 마르티네즈는 잠시 후 뭔가 이상하다는 표정을 동시에 지었다. 생각해 보니 방금 전의 대사나 그림이 뭔가 오해의 소지가 있을 것 같다는 생각이 든 것이다.

"아이는 걱정 말고 가란다, 리오. 힛힛힛."

"집들이는 언제 할 건데? 힛힛힛."

리오의 불안감은 지크, 사바신의 놀림에 의해 더욱 확실해지고 말았다. 엘프의 숲으로 향하는 그의 발걸음은 무겁기만 했다.

'브라디는 여관에 있겠지? 다행이군.'

그나마 그 사실이 위안이 되었다.

"음."

목적지에 거의 도착할 무렵까지, 리오는 끊임없이 한숨을 내쉬었다. 지크와 사바신이 이유를 물었지만 리오는 한숨으로 대답할 뿐이었다.

"리오 씨, 무슨 걱정 있나요?"

리오의 근육질 팔에 묵직하고 부드러운 감촉이 전해져 왔다. 보통의 여성보다 훨씬 큰 폴카의 가슴이었다. 그러나 그녀가 자신의 팔을 안았다 해서 사춘기 소년처럼 동요할 리오는 아니었다.

"아닙니다."

그는 여느 때처럼 웃어 보였다. 하지만 폴카의 눈을 속일 수는 없었다.

"후후, 저만큼 당신에 대해 연구한 여자도 드물걸요? 말해 봐요."

리오는 가볍게 한숨을 내쉬며 입을 열었다. 그의 고민은 다름 아닌 수수께끼의 미녀 유로에 대한 것이었다.

리오가 고민을 털어놓는 동안 사바신은 이해가 안 간다는 듯 지크의 어깨를 두드렸다.

"어이, 저 아줌마가 리오를 언제 만났다고 연구까지 하고 난리야? 좀 이상하지 않아?"

하지만 지크는 이상하지 않았다. 상당히 오랜 시간 동안 숙적으로 서로를 이기기 위해 연구했던 리오와 폴카, 아니 타르자였다. 서로에 대해 너무나 잘 알고 있는 둘이었기에 그만큼 대화가 풀어지는 속도도 빨랐다. 이후 그들은 서로의 고민까지 나눌 정도로 가까워졌다.

'하긴 레나라는 여자보다 타르자에 대한 생각을 더 많이 했을 거야, 저 녀석.'

"남자와 여자 관계란 모르는 거야. 연애에 관해서는 이 선배의 충고를 귀담아들으렴, 꼬마 사바신."

"뭐 묻은 개가 뭐 묻은 개 나무란다더니 어른 지크 씨."

지크는 그쯤에서 그냥 넘어가기로 했다. 타르자에 대해 모르는 사바신이 내막을 알게 되면 죽인다 살린다 하며 날뛸 게 뻔했기 때문이다.

"오호, 아스타로트의 따님이 왜 당신을 죽이겠다고 따라다니는 걸까요? 신기하네요."

"후, 그건 제가 알고 싶습니다. 자신의 어머니를 죽인 것에 대한 복수를 위해 저를 따라다닌다면 할 말 없지만, 지난번에 이유를 물으니 또 도망치더군요."

리오는 고민스러운 얼굴로 고개를 저었다. 무슨 말을 하려던 차에, 목적지에 다다른 폴카는 그의 어깨를 툭툭 두드리며 미소 지었다.

"나중에 얘기하죠, 리오 씨. 하지만 걱정하지 마요. 그저 투정을 부리는 것일지도 모르니까요."

"예?"

"리오 씨도 자주 하죠? 너무 귀여운 사람에게는 볼을 비벼 주거나, 머리를 쓰다듬어 주고 싶잖아요. 그 아가씨도 리오 씨를 죽이겠다면서 일부러 따라다니는 것일지도 몰라요. 죽이겠다는 말 자체가 애정 표현일 수도 있잖아요?"

리오는 의아한 표정을 지었고, 폴카가 모두에게 말했다.

"자, 다 왔어요, 여러분. 하하핫."

리오와 지크, 사바신은 숲의 입구에 다다른 순간 내심 놀랐다. 생각보다 큰 규모의 숲 전체를 상당히 강력한 결계가 보호하고 있었기 때문이다.

'이런 거대하고 강력한 결계를 진짜 저 아줌마가 만든 건가?'

지크는 고개를 갸웃거리며 결계를 주먹으로 살짝 쳐 보았다.

"오옷."

역시나 상당한 수준이었다. 주먹 끝이 짜릿했다. 웬만한 고대의 봉인들을 능가할 만한 수준의 결계였다.

'하긴, 타르자가 만든 결계라면 이상할 것도 없지. 리오에게 들은 얘기만으로도 무시무시한 마녀였으니까.'

"자, 자자. 비켜요, 미남들. 안으로 들어가려면 임시 출입구를 만들어야 하잖아요?"

"네네네네."

지크와 사바신은 천천히 옆으로 비켜섰다. 결계 앞에 선 폴카는 양손을 모으고 지그시 눈을 감았다. 곧 그녀의 손앞에서 새빨간 입체 마법진이 찬란한 빛과 함께 모습을 드러냈다.

폴카의 마력이 올라가자, 리오 일행은 다시금 놀랐다. 정말 보통 수준이 아니었다.

사용할 마법은 분명 3급 같았지만, 예상되는 마법의 파괴력은 2급 이상이었다. 그것은 사용자의 마력 차이였다.

"헙!"

짧고 강한 기합 소리와 함께, 그 두꺼운 결계에 사람이 겨우 드나들 정도의 구멍이 뚫렸다. 마법의 충격이 하도 강하고 빨라 결계의 다른 부분들은 아무런 이상이 없었다.

"자, 빨리 들어가요, 미남들. 느릿느릿 가다간 복원되는 결계 사이에 갇힐지도 몰라요."

리오 일행은 즉시 결계 안쪽 엘프의 숲으로 들어섰다. 숲에 들어서자마자, 지크와 사바신은 코를 막으며 괴로워했고, 리오 역시 좋지 않은 표정을 지었다.

"욱! 뭐야, 이 빌어먹을 냄새는?"

지크의 말대로, 결계 안에서는 왠지 모르게 고약한 냄새가 났다. 이유를 설명하듯, 리오가 다시금 결계를 돌아보며 중얼거렸다.

"결계 때문에 공기의 순환이 제대로 이루어지지 않는 모양이야. 게다가 마물 숫자가 엄청나다는 뜻이겠지."

"응? 마물이 있다고 고약한 냄새가 나?"

사바신의 물음에, 리오는 실소와 함께 어깨를 으쓱했다.

"샤워하고 사는 마물은 없잖아."

"오호, 그렇군."

그때 복원되는 결계를 보던 폴카가 갑자기 움찔하며 주위를 돌아봤다. 리오 일행 역시 뭔가 다가오는 것을 느낀 듯, 표정을 바꾸며 각자의 무기에 손을 가져갔다.

"오옷, 애들이 몰려오는군요. 역시 바깥 공기의 냄새를 맡은 모양이에요. 흑, 이걸 어쩌죠, 여러분?"

"없애야죠."

리오는 씩 웃으며 디바이너를 뽑아 들었다. 지크와 사바신 역시 각자의 무기를 잡았다.

"차원 사이에 살던 마물이라고?"

"만나 봐야 알 것 같은데? 아, 온다!"

대답을 끝내자마자 리오는 앞쪽으로 빠르게 치고 나갔다. 순간 거대한 마물 몇 마리가 숲의 어둠을 뚫고 붉은 머리의 이방인을 향해 떨어졌다.

"쿠오오오!"

"타앗!"

보라색 검광이 두 번 호선을 그린 순간, 기습한 마물과 주위의 나무들은 모조리 두 동강으로 잘려 바닥에 굴렀다. 마물 시체가 타는 냄새와 숲 냄새가 불협화음을 이루며 일행의 후각을 괴롭혔다.

"운이 없군. 카오스인가."

리오는 주위를 돌아보며 쓴웃음을 지었다. 자기 쪽으로 달려온 마물을 처리한 지크와 사바신은 사방에 신경을 집중하며 물었다.

"카오스가 뭔데?"

"있어. 천사도, 악마도, 그 무엇도 아닌 완전 부정형 마물을 흔히 카오스라고 하지. 그 어떤 세계에도 포함되지 않고 차원 사이에서 살아가지. 물론 차원의 틈새를 발견하면 뚫고 나와 세상을 혼란시키지만 말이야. 아, 밑이다!"

리오의 말이 떨어지기 무섭게, 일행의 앞쪽 지면을 뚫고 거대한 다관절 마물 한 마리가 몸을 일으켰다. 거대한 석회 동굴의 입구를 연상시키는 마물의 입에서 불규칙적인 송곳니들이 움직이면서 타액을 땅에 흘렸다.

"크르르르르!"

"카오스인지 뭔지, 넌 이 사바신 님이 맡아 주마!"

사바신의 거대 목도는 주인과 함께 황색의 잔광을 흘리며 공중으로 치솟았다. 마물의 머리 위까지 솟아오른 그는 어금니를 물며 목도를 세차게 휘둘렀다.

"꺼져 버려!"

사바신의 염력이 실린 목도의 일격은 엄청난 파괴력이 실린 해머와도 같았다. 그 일격을 정면으로 받은 마물은 거짓말처럼 나왔던 구멍 속으로 구겨져 들어갔다. 물론 비명을 지를 틈도 없었다.

"하하핫, 그런 정도로 이 사바신 님을 해하려 했단 말이냐! 이르다, 이거야!"

사바신은 매우 기분이 좋은 듯 죽은 마물의 각질을 목도로 쿡쿡 찔렀다. 한편 지크는 이제 자신이 뜰 차례라 생각하며 마음의 준비를 했다.

'녀석들보다 더 멋진 걸 보여 줘야지, 헤헤헷.'

그러나 운명은 그를 비껴가고 말았다. 주위를 둘러보던 리오는 어느 정도 상황이 정리됐다고 생각한 듯 자세를 풀며 모두에게 말했다.

"흠, 다시 물러갔나 보군. 폴카 님, 슬슬 이동할까요?"

"호호, 역시 믿음직스런 용사들이네요. 냐하하핫!"

폴카는 매우 기분이 좋은 듯 다시 리오의 팔에 매달렸다. 리오는 곤란한 표정을 지으며 머리를 긁적였다.

"쳇, 너무 싱거운걸? 겨우 기분이 나나 했더니 곧장 깨지는군. 뭐, 그래도 첫 출발이 시원했으니 만족해야지, 뭐."

사바신은 아쉽다는 듯 투덜거리며 리오를 따라갔다. 그러나 지크는 눈앞에서 배신이라도 당한 사람처럼 멍하니 서 있을 뿐이었다.

"응? 안 갈 거야, 감전된 얼간이?"

"시끄러, 뻗침 머리! 넌 네가 얼마나 행복한 놈인지 모르고 있어! 아아악!"

"뭐?"

사바신은 지크가 억울해하는 이유를 알 수 없었다.

"흥."

듀 베를의 후문.

그곳에 덤덤하고 게슴츠레한 눈으로 주위를 둘러보는 군청색 머리의 미청년이 서 있었다. 깔끔하게 둘로 잘린 후문과 칼로 벤 듯 일직선으로 길게 그어진 바닥의 자국을 잠시 바라보던 청년은 잠시 주위의 냄새를 맡아 보았다.

"바람둥이 냄새가 나는군."

알 수 없는 말을 내뱉은 청년은 멀리 보이는 노점상을 향해 걸음을 옮겼다.

'남자야, 여자야?'

사탕을 파는 노점상 노인은 자신을 향해 다가오는 청년을 보며 내심 의문을 가졌다. 그러나 그런 의문도 잠시, 앞에 바짝 다가온 청년의 진지한 표정에 노인은 약간 질린 표정을 지으며 말했다.

"어, 어서 오십시오. 뭘 드릴까요?"

"이것."

청년이 잡은 것은 둥근 판 모양의 막대 사탕이었다. 잠시 할 말을 잊은 노인이었지만, 청년의 분위기가 하도 진지해 즉시 사탕을 내주었다.

청년은 누구에게 빼앗길세라, 사탕을 받는 즉시 입에 물고 노인에게 물었다.

"붉은 장발에 회색 망토를 걸친 녀석을 보지 못했나?"

노인은 약간 삐딱하게 쓴 베레모를 긁적였다. 다행히 청년이 말한 남자의 첫인상이 강렬했던 탓인지 기억이 금방 떠올랐다.

"아, 봤습니다. 며칠 전 우리 도시를 구해 주셨죠."

"어딨지?"

"예, 아마 어제 오후쯤 도시를 떠나셨을 겁니다. 하지만 일행분들이 이곳에 계시니 곧 돌아오시겠죠."

"일행? 일행 중 여자가 몇이지?"

청년의 질문은 점점 이상한 쪽으로 빠지는 듯했다. 하지만 착한 노인은 마치 뭔가에 홀린 사람처럼, 청년을 위해 열심히 기억을 더듬어 나갔다.

"으으음…… 어린아이 둘에 어른 둘이었습니다. 어른 둘이라고는 했지만, 한 명은 덩치만 컸지 어른이라고는 하기 힘든 얼굴이었죠. 아마 아이 셋에 어른 하나가 맞을 겁니다."

"그 어른 여자와 붉은 장발의 남자는 사이가 어땠나?"

"그, 그리 좋아 보이진 않았습니다. 말싸움을 좀 많이 하던걸요."

그러자 청년은 심각한 표정으로 팔짱을 끼며 입에 문 사탕을 움직였다. 영문을 모르는 노인은 눈만 깜박일 뿐이었다.

"좋은 정보를 줘서 고맙군. 이건 그에 대한 상금이다."

청년은 곧 자세를 풀며 금화 하나를 던졌다. 노인은 동전 한 닢에 불과한 사탕이 정보를 줬다는 이유 하나로 금화 한 닢짜리가 된 것에 놀라 어리둥절해했다.

"아이고, 고맙습니다! 고맙습니다!"

하지만 그런 기쁨도 잠시, 다시 그 금화를 바라본 노인의 얼굴은 일순간 굳어지고 말았다.

"이게 어느 나라 화폐지? 이런 용 문장은 처음 보는데?"

노인은 급히 청년을 찾기 위해 시선을 돌렸지만 이미 멀찌감치 사라진 뒤였다. 청년이 간 쪽을 잠시 바라보던 노인은 힘없이 웃으며 금화를 주머니 속에 집어넣었다.

"전설의 용제(龍帝)라도 본 기분이구면. 그 붉은 머리 청년은 가즈 나이트처럼 보이더니, 헛헛헛! 세상이 좀 편해지려나."

한편 앞으로 닥쳐 올 무서운 상황에 대해 전혀 모르는 세 명이 있었다. 막 퇴원한 길트와 랜시 그리고 리체는 마르티네즈 등이 기다리고 있는 여관으로 향했다.

"자기, 이제 걸을 수 있어요?"

"응, 부축하지 않아도 괜찮아. 랜시, 걱정 많이 했지?"

길트의 몸은 마법 치료에 의해 상당히 회복되어 있었다. 물론 전투를 할 정도는 아니었지만 일상 생활에는 아무런 지장이 없다는 의사의 말에 랜시는 어느 정도 안심했다.

"아니에요. 난 자기가 꼭 건강해질 거라 믿고 있었어요. 그리고 건강해졌잖아요. 막상 다친 모습을 봤을 때는 겁이 났지만, 지금은 자기가 더욱 믿음직스러워 보여요."

"으, 응. 고마워, 랜시."

하지만 길트는 랜시의 얼굴을 똑바로 쳐다볼 수 없었다. 자신이 이 꼴이 되기까지 걸린 시간을 그는 너무나 잘 알고 있었다.

일순간.

그렇게밖에 표현할 수 없는 시간 동안 길트는 괴한들에게 난도질을 당했고, 갑작스러운 출혈 쇼크로 의식까지 잃어버리고 말았다.

이전에 리오를 처음 만난 후, 랜시의 도움을 받아 검술 훈련을 꽤 했다고 자부해 온 그는 이번 일로 그나마 높아졌던 자신감을 상당히 잃어버리고 말았다.

"괜찮아. 지금 말하는 것이지만, 네가 상대하려 했던 녀석들은 티라노 같은 대형 도마뱀과는 비교 자체가 안 되는 녀석들이었다. 기죽을 필요는 없어."

오랜만에 라이세네프의 목소리가 들려왔다. 그는 마르티네즈 등이 없었기에 마음 놓고 말할 수 있었다. 그 말에 자신을 습격한 살인 광대—조커 나이츠—에 대한 얘기를 한 번도 들은 적이 없었던 길트의 눈은 오랜만에 빛을 되찾았다.

"예? 무슨 말씀이시죠?"

"나를 노린 그 광대들은 조커 나이츠라고 해서, 강력한 조커 나이트들로 이뤄진 무시무시한 녀석들이지. 지옥에서 온 특수 악마 부대라고 하면 설명이 쉽겠군. 네가 좀더 체계적으로 훈련받지 않으면 움직임조차 따라갈 수 없는 녀석들이야."

"그렇군요……."

또다시 나온 지옥과 악마라는 단어에 길트의 표정은 다시 흐려졌다. 그 두 단어 중 하나라도 섞인 상대를 만나 이겨 본 적이 단 한 번밖에 없는 그는 자신의 나약함을 또다시 한탄했다.

"체계적인 훈련을 받는 것까지는 좋은데, 도대체 누구에게 받으면 되는 겁니까, 라이세네프 경? 리오 씨와도 분명 이번 도시를 끝으로 헤어질 것 같은데 말입니다. 설마, 그 있을지 없을지도 모르는 가즈 나이트에게 배우라는 말씀이십니까?"

그 말에 라이세네프는 속으로 길트를 비웃으며 말했다.

"후훗, 가즈 나이트까지는 모르겠지만 리오라는 청년과는 헤어지지 않을 것 같은데?"

"예? 아니, 무슨 말씀이라도 들으셨습니까?"

"아니, 그냥 직감이야."

길트는 길게 한숨을 내쉴 뿐이었다.

"아, 잠깐!"

그때 랜시의 초감각이 이상할 정도로 강하게 반응했다. 그녀가 움찔하자, 길트 역시 깜짝 놀라며 주위를 둘러봤다.

꾹꾹.

"음? 리체, 왜 그러니? 저쪽?"

길트는 리체의 작은 손가락이 가리키는 방향으로 시선을 돌렸다. 그곳에는 놀랍게도 온몸에서 시퍼런 기운을 뿜고 있는 군청색 머리의 한 청년이 있었다.

"누, 누구십니까!"

그러나 랜시에게 시선을 집중한 그 청년에게 길트의 말이 들릴리 없었다.

"호족! 살아남은 호족이 있었다니……!"

청년은 등에 멘 장검을 천천히 뽑아 들었다. 갑자기 뿜어진 무서운 살기에 랜시와 길트는 물론 주위에 있던 시민들 모두 군청색 머리의 청년에게서 물러섰다.

청년은 은회색의 검을 천천히 움직였다. 한 치의 흔들림도 없이 보는 사람의 숨을 멎게 할 정도로 안정된 자세였다. 미청년의 목표가 된 랜시는 리오와 대결했을 때와는 비교할 수 없을 정도로 심한 공포감을 느끼고 있었다.

"도, 도대체 누구시기에 그러세요?"

"알 것 없어."

　대답과 동시에 그 청년은 사라졌다. 랜시는 움직이지 못했다. 무기를 들고 나오지 않아서 그런 것은 아니었다. 그녀가 반응할 시간조차 청년은 주지 않았다.

　그 순간 랜시의 눈앞에서 거센 불꽃이 튀었다.

"큭?"

"랜시, 도망쳐요!"

　길트는 필사적으로 소리쳤지만 속마음은 그렇지 않았다. 자신이 무슨 재주로 보이지도 않는 상대의 공격을 받아친 것일까. 그는 그것이 더 궁금했다. 물론 그 비밀은 상대방이 더 잘 알고 있었다.

"라이세네프! 인간 주제에 신계 최강의 검을 들고 설치다니, 건방지군."

　미청년의 싸늘한 말에 길트는 침을 꿀꺽 삼켰다. 그때 그의 손을 통해 누군가의 목소리가 들려왔다.

「길트, 긴장을 풀지 마라. 지금의 너와 나로서는 버티는 게 고작이다.」

「라, 라이세네프 경! 버티는 게 고작이라뇨?」

「상대는 인간의 모습으로 바꾼 드래곤이야. 그것도 전 차원계의 용족 절반을 다스리는 용제지.」

「요, 용…… 윽!」

길트는 미처 생각할 틈도 없이 가볍게 밀려 나갔다. 라이세네프를 든 이후 자신에게 가해진 최고의 힘이었다. 자신보다 키도 작고 몸도 여자처럼 호리호리한 미청년이 가진 힘은 상상을 초월한다는 말로도 설명하기 힘들 정도였다.

「그는 랜시를 노리고 있다. 내가 지금 설득한다 해도 먹히지 않을 테니, 일단 랜시를 피신시켜라. 최대한 시간을 벌자.」

"젠장, 랜시! 리체를 데리고 빨리 도망쳐요! 내가 막을게요, 윽!"

다시금 강력한 일격이 들어왔다. 그러나 길트는 이번에도 그 공격을 막아 냈다. 정확히 말해 길트가 아닌 라이세네프가 막은 것이지만, 자신의 공격이 막혔다는 것 자체로 미청년의 자존심은 상당히 흔들렸다.

"흥, 과연 라이세네프 경. 검술 초보자도 최강급 실력자로 만드는군."

라이세네프의 붉은빛이 청년을 설득하려는 듯 슬며시 강해졌다.

"흥분을 가라앉히시오, 젊은 제왕이여. 저 소녀를 죽인다면 당신은 크나큰 후회를 하게 되오."

"쳇, 헛소리하지 마."

청년의 공격은 계속됐다. 라이세네프는 스스로의 의지로 길트의 몸을 움직이며 그 세찬 공격을 계속 받아 냈으나 문제는 점점 커졌다.

길트의 몸이 정상이 아닌 데다, 아무리 라이세네프라 해도 청년의 검에서 전해지는 충격을 모두 흡수하기는 불가능했기에 병원에서 막 퇴원한 길트의 몸은 점점 한계에 다다르고 있었다.

"아아악!"

수십 차례의 공격을 받은 후, 길트의 몸은 결국 바닥을 굴렀다.

기회를 잡은 미청년은 차가운 눈으로 길트의 손에 잡힌 라이세네프를 강하게 찼다.

"쉬시지, 늙은 검."

"아, 안 돼!"

라이세네프가 떨어져 나간 이상 길트는 보통 사람에 불과했다. 가볍게 체조를 한 사람처럼 한숨을 내쉰 청년은 자신의 파란 눈동자를 원래 목표에게로 돌렸다.

"이젠 네 차례다. 아량을 베풀어, 고통을 느끼지 않게 바로 목을 쳐 주지."

그 말에 움찔한 길트는 청년의 시선이 향한 쪽을 바라봤다. 그곳에는 사색이 된 랜시가 바람 앞의 등불처럼 오들오들 떨고 있었다.

"래, 랜시! 도망치라고 했잖아요!"

"하지만 자기, 몸을 움직일 수가 없어요!"

"흥, 주문에 몸이 묶인 이상 호족이라 해도 끝장이다, 꼬마."

청년은 천천히 랜시에게 다가갔다. 랜시의 겁에 질린 얼굴과 청년의 싸늘한 뒷모습을 바라보던 길트는 안간힘을 쓰며 소리쳤다.

"아, 안 돼! 멈춰!"

그러나 청년의 은회색 검은 기어코 움직였다.

"끝이야."

"맘에 안 들어, 당신."

그때 자신의 옆쪽에서 들려온 목소리에 청년은 검을 멈췄다. 두 개의 검을 든 검은 머리의 미녀가 어느 순간 자리 잡고 있었다.

"이건 또 뭐야."

청년의 뽀얀 얼굴이 살짝 일그러졌다. 반면 길트의 얼굴은 환하게 밝아졌다.

"유, 유로 씨!"

길트가 반가워하는데도 유로의 흐릿한 눈은 풀리지 않았다. 물론 풀리면 끝장이라는 사실을 그녀가 더 잘 알고 있었다.

가만히 유로를 보던 미청년은 별 관심 없다는 듯 고개를 돌렸다.

"뭔지는 모르지만, 이 몸은 호족만 없애면 돼."

청년의 검이 다시금 움직였다. 기회를 잡은 유로의 몸이 재빨리 청년의 뒤를 노리고 제비처럼 움직였다.

"머리가 나쁘군."

그때 반대편 허리로 돌려진 청년의 손에서 시퍼런 섬광이 번뜩였다. 예상치 못한 공격이 닿기 직전, 유로의 몸은 일순간 벚꽃 덩어리로 변해 사방으로 흩날렸다. 목표물을 적중시키지 못한 파란 빛줄기는 먼 산을 향해 일직선으로 날았다.

빛을 맞은 산은 폭음과 함께 절반 이상이 날아갔다. 사람들의 시선이 모두 그쪽으로 향해 있는 동안 유로의 몸은 원래대로 돌아왔다.

그러나 그런 변신 방법은 역시나 무리가 있었던 듯, 은회색 검의 차디찬 날은 여유 있게 유로의 목으로 향했다.

"다시 꽃잎으로 변하진 못하겠지. 이 몸을 귀찮게 하는 녀석은 용서치 않는다. 사라져."

"자, 잠깐만요, 바이칼 님!"

그때 청년의 길고 날카로운 귀에 익숙한 목소리가 들려왔다. 황급히 날아온 목소리의 주인공은 팔을 흔들며 말했다.

"차, 참으세요, 바이칼 님! 무엇 때문에 이러세요!"

여관에서 일행과 수다를 떨던 중, 갑자기 느껴진 살기에 혹시나 해서 달려온 브라디는 눈앞에 벌어진 예상치 못한 상황에 당황하고 말았다. 호들갑을 떠는 그녀를 지켜보던 바이칼이란 이름의 청년은 덤덤히 대답했다.

"호족이 있잖아. 너도 방해할 생각인가."

"자, 잠깐만요! 알았으니 제발 좀 기다려 주세요!"

"이 몸이 가디언 따위의 말을 들을 이유는 없어."

"그래도 이건 들어 주세요! 저 호족 아이는 리오 님께서 여기까지 데려오신 거라고요!"

그 최후의 카드가 먹혀들었는지, 바이칼의 얼굴이 살짝 꿈틀댔다.

"녀석이?"

"예, 물론이죠! 게다가 바이칼 님께서 오시면 직접 사정을 설명해 주신다 하셨어요!"

"쳇!"

잠시 쓴맛을 다신 바이칼은 거짓말처럼 칼을 거두었다. 상황이 끝난 것을 확인한 유로는 언제 나타났냐는 듯 소리 없이 사라졌다.

바이칼은 랜시의 몸에 건 주문을 풀며 나지막이 중얼거렸다.

"운이 더럽게 좋은 호족이군."

"랜시, 괜찮아?"

브라디는 급히 랜시에게 날아가 그녀의 상태를 확인했다. 다행히 심한 공포감에 사로잡힌 것을 제외하면 몸에 이상은 없었다. 그녀를 다독거려 주는 한편으로, 브라디는 엄청난 고민에 빠졌다.

'어, 어쩌지! 리오 님 얘기는 거짓말인데!'

그녀는 지금과 비슷한 상황이 닥쳐도 그냥 넘어가는 지크가 그렇게 위대하게 생각될 수 없었다.

엘프의 숲 내부에 열린 차원문 중 일곱 번째 문을 닫은 순간, 폴카는 리오 일행에게 손을 흔들며 기뻐했다.

"냐하하하, 일곱 개째예요, 여러분! 역시 우리는 최고의 팀이 될 수 있을 것 같군요!"

반면 지크는 그렇지 않았다.

"젠장, 피곤해 죽겠네."

인상을 찡그린 채 몸을 푸는 의형제의 모습에 리오는 씁쓸히 웃을 뿐이었다. 하지만 그도 상당한 피로를 느끼고 있었다. 한도 끝도 없이 덤벼드는 카오스들 때문이기도 했지만, 이 숲에서는 이상하게도 체력 소모가 평소의 두 배는 되는 듯했다.

'차원 간의 균형이 흐트러진 장소라서 그런가? 이거 영 감이 안 좋군. 빨리 처리하는 게 좋겠어.'

"에이, 천천히 하자고. 돌다리도 두드려 보고 건너라는 말도 있잖아."

물론 체력 소모에 관한 한 예외도 있었다. 보통 때 같으면 사바신보다 지크가 펄펄 날아다닐 텐데, 이 숲에서는 지크보다 사바신이 날아다녔다. 대형 카오스는 모조리 사바신이 맡았다는 것도 놀랄 만한 점이었다.

리오는 바이론과 맞먹는 체력이라고 내심 감탄하며 폴카를 바라봤다.

"폴카 님, 다음 차원문은 어디 있습니까?"

리오가 묻자 폴카는 손으로 이마를 짚으며 미간을 살짝 찡그렸다.

"다음 거요? 흠, 북서쪽이에요. 따라오세요, 미남들. 호호호홋."

폴카는 소풍 가는 사람처럼 몸을 살랑살랑 흔들며 안내했다. 그런 그녀의 모습을 보는 사바신과 지크의 눈은 예전과는 사뭇 달라져 있었다. 그도 그럴 것이 가즈 나이트의 탐지 범위도 절반으로 줄어든 상태인데 폴카만은 개의치 않고 정확히 차원문을 찾아냈기 때문이다.

"보통이 아닌데, 저 마녀 아줌마."

사바신이 고개를 내젓자 지크 역시 진지한 얼굴로 동감을 표시했다.

"음, 확실히 신체 사이즈가 보통은 아니지."

"……."

"험, 어쨌건 보통 인간의 마력과는 수준이 달라. 마법 수준만으로는 가즈 나이트 급일지도 몰라. 물론 탐지력만으로 판단하긴 그렇지만, 마력도 레디 정도라면 적으로 두기에는 너무 위험한 여자이겠지."

"무서운데."

레디의 마력이 어느 정도인지 알고 있는 사바신은 멍하니 혀를 내밀었다.

"어이, 리오. 그런데 이 숲 말이야. 왜 체력이나 마력, 탐지 능력 등이 절반 이하로 뚝 떨어지는 거야?"

지크의 질문에, 리오 역시 잘 모르겠다는 반응을 보였다.

"글쎄. 지하에 대량의 오리하르콘이 매장되어 있거나, 아니면 은이 있거나 둘 중 하나겠지. 그것 외에는 가능성이……."

"은이에요."

폴카가 단정했다. 모두의 시선은 곧장 폴카에게로 향했다.

"이 엘프의 숲 지하에는 대량의 순수 은이 매장되어 있어요. 간단히 말해 이 숲과 넓이가 똑같은 은 덩어리 하나가 우리 발밑에 묻혀 있다는 소리죠."

"순수 은이 그렇게 대량으로 묻혀 있을 수 있습니까?"

리오의 질문에 이지적인 모습으로 돌아온 폴카가 쓸쓸히 웃었다.

"글쎄요. 과연 은일지, 은으로 만들어진 다른 물체일지는 아무도 모른답니다. 자, 우리 일이나 계속하죠."

뭔가 석연치 않았지만 리오는 정확히 알 수 없었다.

이런저런 일을 겪은 후 마지막 차원문에 접근한 그들은 상당한 숫자의 카오스들에게 포위되고 말았다. 차원문이 닫히는 것을 막기 위함이었을까. 그들을 둘러싼 카오스의 수는 엘프의 숲 전체에 퍼져 살던 마물들을 모조리 모은 것 같았다.

"와, 이거 타오르는걸? 헤헤헷."

"넌 전기가 오른다고 해야지."

"쳇, 분위기 깨는 뻗침 머리 녀석."

그러나 아무리 수가 많다 해도 카오스들은 지크와 사바신이 농담을 주고받을 정도로 쉽게 접근하지 못했다. 상대가 강하다는 사실을 아는 탓이었다.

리오와 지크, 사바신은 삼각형을 이루어 중앙의 폴카를 보호했다. 틈이 좀 크기는 했지만 지금의 인원으로는 가장 이상적인 방어 진형이었다.

"폴카 님, '아직'입니까?"

이상하게 오래 걸렸다. 다른 때 같으면 벌써 그녀 특유의 웃음소리가 들려야 하는데 지금은 그렇지 않았다. 폴카는 턱에 맺힌 땀을 떨구며 소리쳤다.

"반발력이 강해요! 쉽게 닫을 수 없어요!"

마지막이라 그런 것일까. 폴카의 말대로, 최후의 차원문은 닫힐 듯하면서도 닫히지 않았다. 그들이 불안해하는 것을 느꼈는지 카오스들이 서서히 접근하기 시작했다. 그때 리오의 머릿속에 좋은 생각이 스쳐 지나갔다.

"사바신, 힘으로 닫아!"

"뭐?"

"묻지 말고 차원문을 잡아서 힘으로 닫아! 바이론도 했는데 너라고 못할 것 같냐!"

"쳇, 알았어!"

사바신은 목도를 바닥에 꽂고 즉시 폴카 앞으로 달려갔다. 갑작스런 리오의 해결책에 폴카는 처음으로 당황한 모습을 보였다.

"자, 잠깐만요, 사바신! 차원문을 억지로 닫으면……!"

"닥치고 일이나 하쇼, 마녀 아줌마! 한번 해 볼까!"

사바신은 즉시 차원문의 양쪽을 손으로 거머쥐었다. 그러자 엄청난 양의 스파크가 사바신의 양손에 일어났다.

"이런! 우오옷!"

뼈가 흔들리는 통증에도 사바신의 팔은 서서히 움직였다. 괴력이 발휘되는 순간, 차원문은 폴카가 마력을 발휘했을 때보다 훨씬빨리 좁혀지기 시작했다.

"세상에……!"

폴카는 황당함을 감추지 못했다. 차원이란 개념을 억지로 누르는 광경은 그녀 역시 처음 보았다.

"지금입니다, 폴카 님! 닫아요!"

"아, 예!"

폴카는 다시금 차원 봉합 주문을 사용했다. 사바신의 압도적인 물리력에 의해 마력에 대한 반발력이 사라진 듯, 주문이 발동되자마자 차원문은 언제 그랬냐는 듯 얌전히 닫혔다.

"성공이에요!"

마지막 차원문이 닫히는 순간, 일행 주위를 포위했던 카오스들 역시 힘을 잃고 바닥에 쓰러졌다. 차원문에서 흘러나오는 차원 에너지를 산소처럼 들이마시고 살아야 하는 그들에게 차원문이 닫혔다는 것은 치명적이었다. 자세를 잡은 채 긴장하던 지크는 힘없이 미소를 지었다.

"헤, 이건 또 뭐야."

차원문의 개수가 줄어들수록, 남은 차원문에서 뿜어지는 차원 저편의 압력은 강해진다. 두 개 남았을 때와 하나 남았을 때의 압력 차가 두 배인 것을 감안할 때 폴카가 남은 하나의 차원문을 처리하지 못한 것도 무리는 아니었다.

그 압력이 없다면 차원문을 닫기는 쉬웠다. 예전에 바이론이 막 닫히려는 차원문을 힘으로 열어젖히는 광경을 본 적 있던 리오는 그 기억을 떠올리고 사바신을 움직인 것이었다. 물론 결과는 대성공이었다.

"좋아, 잘했어, 사바신!"

"하하하핫, 힘쓰는 건 이 사바신 님에게 맡기라고."

리오와 사바신은 힘차게 손을 마주치며 즐거워했다. 엘프의 숲과 관련된 작은 사건을 마무리한 폴카는 안도의 한숨을 내쉬며 공중에 마법진을 전개했다. 숲을 뒤덮은 결계를 해제하기 위한 것이었다.

일을 마친 일행은 엘프의 숲에 있는 폴카의 저택으로 향했다. 날은 저물어 어둑어둑했지만 숲 속의 공기는 이전보다 맑고 신선했다. 결계가 사라진 이후 보통의 숲처럼 통풍이 원활해진 탓이었다.

"마물들 냄새가 없어져서 그렇다니까."

물론 지크의 추론이었다.

2

수련의 시작

달이 중천에 떴을 무렵, 일행은 폴카의 저택에 다다랐다.

대도시에서나 볼 수 있는 큰 저택을 보고 손님들은 어리둥절할 따름이었다.

"냐하하핫, 저는 어릴 적 이런 집에서 살았거든요. 그 기억을 더 듬어 지어 본 건데, 멋지죠?"

"아, 네……."

잠시 집 자랑을 한 폴카는 멍하니 서 있는 일행을 뒤로하고 현관을 향해 발걸음을 옮겼다. 초인종 소리에 현관문을 연 것은 지배인 복장을 한 청년 엘프였다. 그는 폴카를 보자마자 허리를 굽히며 반가움을 표시했다.

"아, 폴카 님! 돌아오셨군요!"

"그럼요, 그럼요. 게다가 숲의 마물들도 모두 없앴답니다, 냐하하핫."

"예? 그, 그렇습니까! 이거 정말 감사드립니다!"

엘프는 활짝 웃으며 폴카를 향해 연신 허리를 굽혔다. 그때 폴카가 씩 웃으며 옆으로 비켜섰다.

"호홋, 감사는 저 말고 이분들께 하세요."

"예?"

엘프는 눈앞에 불쑥 나타난 거한들을 본 순간 움찔하며 주춤거렸다. 사바신은 앞으로 나서더니 자신의 엄청난 키를 자랑하듯 턱을 쳐들며 엘프 청년을 내려다보았다.

"비켜."

"집 한번 좋은데그래?"

지크와 사바신의 장난기 섞인 거친 행동과 말투를 처음 접한 엘프 청년은 숨을 죽일 수밖에 없었다. 리오는 지크가 다른 때보다더 들떠 있는 느낌을 받았는지, 실소를 머금은 채 둘을 따라갔다.

건물 내부 역시 외부만큼 화려하고 깔끔했다. 저택으로 피난을온 엘프들이 많은 것 말고는 리오 일행에게 불편한 것은 없었다.

깔끔하기로 소문난 엘프이기에, 인원이 꽤 많은데도 집 안에서는서 향기까지 풍겨 왔다. 사바신이 감히 담배를 피우지 못할 정도였다.

"쳇, 재떨이가 없는데 어떻게 피우라고."

소파를 넓게 차지한 지크와 사바신의 거친 모습은 엘프 남녀들과 아이들에게 공포감을 주기에 충분했다. 반면 망토를 벗고 편히 앉아 쉬는 리오의 모습은 정반대였다.

"자, 어서 오세요, 여러분. 엘프 여러분이 특별히 만드신 요리가 여러분을 기다리고 있답니다. 냐하하."

"오옷!"

순간 지크와 사바신은 기다렸다는 듯 냄새를 따라 식당으로 뛰어갔다. 엘프들은 거실에서 그들이 사라지자 안도의 한숨을 내쉬었다.

리오 역시 식사를 위해 천천히 몸을 일으켰다. 그러자 폴카가 그를 향해 손짓을 했다.

"리오 씨는 잠깐 나 좀 볼까요? 중요한 얘기가 있어요."

"그러죠."

리오는 폴카를 따라 발코니로 나갔다. 밤하늘의 은하수 줄기가 맑은 공기에 더욱 아름답게 빛났다. 물론 리오에게 밤하늘은 지겨운 낭만일지도 모른다.

"역시 결계가 사라지니까 공기가 맑군요. 안 그래요, 리오 씨?"

"그렇군요."

"후훗, 정말 신기하군요. 당신과 함께 밤하늘을 구경할 날이 올 줄은 꿈에도 몰랐답니다. 평화롭게 말이죠."

이 세계의 시간으로 수백 년 전, 폴카의 이름이 타르자였을 때 그녀는 지금의 모습으로는 상상도 할 수 없는 잔혹성과 광기를 풍기며 리오를 포함한 다른 이들의 소중한 목숨을 무차별로 빼앗았다.

당시 그녀의 별명은 '적의(赤衣)의 마녀'였다. 그녀가 붉은 드레스를 즐겨 입은 데서 나온 이름이라 생각할지 모르지만, 그녀의 옷 색깔보다 더 짙게 느껴지는 공포감에서 비롯된 이름이었다.

그만큼 수백 년 전 그녀는 현재의 브롤, 투르바보다 더욱 두려운 존재였지만, 그녀를 조종한 고신 부르크레서의 힘이 사라진 지금은 두려움이나 공포와는 거리가 멀게 느껴졌다.

'아니면 자신의 진짜 모습과 목적을 숨기고 있든가.'

리오는 한숨과 함께 이마를 짚었다. 별말 없던 그가 갑자기 그런 행동을 취하자, 폴카는 씩 웃으며 그의 어깨를 두드려 주었다.

"아직도 저를 의심하시나요? 후후, 괜찮아요. 저는 당신에게 의심을 받아 마땅한 행동을 했으니까요. 할 수 없죠."

리오는 괜히 미안한 마음이 들었다. 그는 이번 기회에 궁금한 점을 풀어 봐야겠다고 생각하며 그녀를 바라봤다.

"곤란한 질문이겠지만, 받아 주시겠습니까?"

"물론이죠. 너무 사적인 질문이 아니면 대답해 드리죠."

그래도 괜찮을까 생각하면서도, 리오는 결국 입을 열었다.

"수백 년 전, 저와 두 차례 싸웠던 것을 기억하실 겁니다. 지금과는 달리, 당신은 두 차례 다 같은 모습이었습니다. 당시 보여 주셨던 파괴적이고 광기 어린 행동 모두가 고신 부르크레서의 조종 탓이었습니까?"

그러자 폴카는 올 것이 왔다는 듯 발코니 구석에 놓인 흔들의자에 앉으며 길게 한숨을 내쉬었다. 꽤 오랫동안 말이 없었지만 리오는 그녀를 재촉하지 않았다. 자신이 일생 동안 상대해 본 적 중에서 가장 두려웠던 존재에게 회고담을 듣는 흔치 않은 기회를 쉽게 날려 버릴 그가 아니었다.

이윽고 그녀가 얘기를 시작했다.

"마법에 대한 천재적인 소질을 가졌다는 이유로 부르크레서의 힘을 받아, 지금껏 죽지 못하고 살아온 존재가 바로 저, 폴카랍니다. 그리고 제 영혼이 가진 이면의 모습이 바로 타르자죠. 광폭하고 히스테릭한, 자신이 가지지 못한 것을 가진 자에게 더없는 증오와 질투를 퍼붓는 존재…… 그 타르자가 두 번에 걸쳐 괴롭힌 사람은 당신이 아니라 당신이란 남자를 소유한 '레나'입니다."

벽을 짚고 있던 리오의 손에 힘이 들어갔다. 폴카는 살짝 파인 그 벽을 보며 말을 이었다.

"저는 2백 년 전 부르크레서에게서 해방되었습니다. 타르자의 요소가 사라진 덕분이죠. 그 소녀를 다시는 돌아오지 못하게 한 그 펜던트와 함께 말이죠."

"젠장, 그만!"

그 펜던트가 무엇인지, 그리고 그 펜던트 때문에 무슨 일이 생겼는지 잘 아는 리오는 일순간 벽을 손으로 뭉개며 자신도 모르게 소리쳤다.

얼마간 침묵이 흘렀다. 그사이 불어온 바람에 둘의 긴 머리카락이 흘날렸다. 이윽고 리오는 실소를 터뜨리며 폴카를 바라봤다.

"후훗, 다 끝난 얘기고 되돌릴 수 없는 일입니다. 되돌린다 하더라도 그 아픈 기억만은 지울 수 없습니다. 기억을 지울 수 있어도 그 일 때문에 얻은 다른 것들이 아쉬울 겁니다."

리오가 길게 심호흡을 했다. 폴카는 그의 모습을 안타깝게 바라볼 뿐이었다. 리오는 발코니의 문을 다시 열며 말을 맺었다.

"저 말고, 저보다 더 큰 상처를 입은 그 아이들의 후손에게 도움을 주십시오. 저로서는 그게 더 편할 듯하군요. 그럼 저는 식사하러 가 보겠습니다."

"예."

리오는 발코니를 나와 식당으로 향했다. 뭔가 허전하면서도 시원한 느낌이 가슴속에 가득했다. 이렇게 옛일을 끝마친다는 것이 이상하게 생각되기도 했다. 자신이 또 속고 있는 건 아닐까, 아니면 괜한 의심을 하고 있는 건 아닐까.

'휀이라면 어떤 판단을 했을까. 후후, 궁금하군.'

다행인지 불행인지, 그의 고민은 식당에 들어서자마자 어디론가 사라지고 말았다.

"이게 뭐야! 고기를 내놔, 고기를! 우리는 단백질이 필요하다고!"

미식가로 유명한 지크는 인상을 잔뜩 구긴 채 엘프 요리사에게 소리쳤다. 사바신도 한몫 거들었다.

"우리가 무슨 염소인 줄 알아! 당신들처럼 숲에서 가볍게 뛰어노는 게 아니라, 무기 들고 동네방네 설치기 때문에 단백질이랑 지방이 필요하다, 이거야! 없으면 쥐라도 잡아 와!"

지크와 사바신 앞에 놓인 요리들은 모조리 채소로 만들어진 것뿐이었다. 엘프 요리사는 변명하듯 조심스레 말했다.

"저, 콩은 밭에서 나는 고기입니다. 콩만으로도 단백질은 얼마든지 섭취할 수 있다고 생각합니다만……."

"뭐? 젓가락같이 생긴 녀석이 뭐 어쩌고 어째!"

지크가 사납게 몸을 날리는 순간, 가까스로 그를 잡은 리오는 엘프 요리사에게 겸연쩍은 미소를 보내며 지크를 잡아끌었다.

"이거 놔! 저 젓가락 녀석에게 피와 뼈와 살의 관계가 어떤 것인지 가르쳐 주겠어!"

"참아, 지크. 악의가 있어서 한 말은 아니잖아."

리오가 지크를 끌고 나간 후, 사바신은 마치 반항하듯 앞에 놓인 채소들을 거칠게 씹었다. 식기 대신 손으로 채소를 뜯는 그의 모습은 겁에 질린 엘프 요리사를 더욱더 압박했다.

"젠장, 변비 걸린 엘프를 왜 못 봤는지 이제 알 것 같아."

사바신운 양배추를 통째로 들고 말했다.

폴카를 포함한 일행은 다음 날 일찌감치 저택을 나섰다. 지크와 사바신이 떠날 때, 저택의 수많은 엘프들은 서로를 얼싸안고 환호성을 지르며 기뻐했다. 하지만 그 모습을 지켜본 사바신은 그들의 의도를 잘못 받아들이고 말았다.

"저렇게 아쉬워하다니…… 괜히 저 친구들에게 심하게 대한 건 아닐까?"

지크 역시 마찬가지였다.

"음, 채식을 좋아한다는 것 말고는 착한 녀석들이었는데. 나중에 고기나 구워 주며 사과해야지, 뭐."

앞서가는 리오는 어깨를 으쓱했다.

마르티네즈가 묵고 있는 여관은 이상한 긴장감에 사로잡혀 있었다. 랜시는 움직임 하나하나를 바이칼에게 감시당했고, 다른 일행들 역시 바이칼의 눈치를 봐야 했다. 눈치를 보지 않는 사람은 단한 명, 침묵의 소녀 리체뿐이었다.

마르티네즈가 항의를 하고 나섰지만 그때마다 바이칼의 대답은 간단했다.

"닥쳐."

마르티네즈는 기가 막혔다. 결국 브라디가 중재해야만 했다.

"마리 님, 마리 님! 제발 리오 님이 돌아오실 때까지 참아 주세요! 그때는 괜찮아질 거예요!"

"후! 알았어, 브라디. 같이 잠깐 바람 좀 쐴래?"

마르티네즈는 브라디와 함께 여관 밖으로 나섰다. 밖으로 나오자마자 마르티네즈의 한탄이 터져 나왔다.

"아니, 도대체 저 사람이 누군데 저러는 거야! 게다가 리오 씨와는 무슨 관계야!"

브라디는 답변하기 곤란한 질문이었다. 그녀는 어색한 미소를 지은 채 말을 돌렸다.

"아, 저, 그러니까…… 아, 부잣집 아드님이세요."

"응? 부잣집 아들이 리오 씨 같은 떠돌이 용병을 어떻게 알지?"

"그, 그러니까……."

브라디의 작은 이마에 식은땀이 맺혔다. 결국 정상적인 답변으로는 일을 처리할 수 없다는 것을 깨달은 그녀는 리오와 바이칼에게 마음속으로 용서를 빌었다.

'미안해요, 두 분. 아아, 세이아 님께서 나를 구해 주실 거야. 아니, 구해 주셔야 해.'

브라디는 눈을 질끈 감은 채 마르티네즈의 귀에 입을 가져갔다.

"둘이 애인 사이예요."

마르티네즈의 몸이 순간 휘청거렸다. 브라디는 있는 힘껏 그녀를 부축하며 말을 이었다.

"들으신 대로 엄청난 비밀이니, 아무에게도 말하지 마세요."

놀랍긴 했지만, 믿기는 힘들었는지 마르티네즈는 얼른 고개를 흔들며 브라디를 쏘아봤다.

"서, 설마! 아무리 바이칼이란 사람이 예쁘게 생겼다 해도……!"

갈 데까지 갔다는 듯, 브라디는 당당히 팔짱을 꼈다.

"못 믿으시겠다면 리오 님이 돌아오셨을 때 잘 지켜보세요. 분명 바이칼 님이 리오 님과 한방을 쓴다고 하실 거라고요."

"아, 알았어, 브라디. 나, 잠깐 머리 좀 식히고 올 테니 먼저 들어가렴."

마르티네즈는 비틀거리며 어디론가 사라졌다. 그녀가 멀찌감치 사라진 것을 확인한 브라디는 양손을 모은 채 일이 커지지 않기를 바라고 또 빌었다.

다음 날.

"돌아왔습니다, 마리 대장. 별일 없었습니까?"

"아, 예. 하하하……."

돌아오자마자 여관 로비에서 마르티네즈를 만난 리오는 그녀가 갑자기 어색하게 대하자 의아해했다. 처음에는 그냥 넘어갔지만, 그녀의 과민 반응은 점점 심해졌다.

"왜 그렇게 떨어져 걸으십니까?"

"아, 아니에요. 감기에 걸렸거든요."

리오는 그렇구나, 생각하며 마음 편히 자신의 방문을 열었다. 물론 자신의 방에 손님이 있다는 사실은 까맣게 모르고 있었다.

"흥, 드디어 왔군."

의자에 앉아 있던 미청년 바이칼은 군청색 머리를 흔들며 리오를 돌아봤다. 그의 인상이 좋지 못했는데도 리오는 기쁘게 그를 반겼다.

"오호, 이번에는 좀 늦게 나타나신다 했더니 기어코 만나는군. 그런데 어쩐 일……."

"호족을 왜 데리고 있나."

그 질문이 올 것이란 사실을 까맣게 잊고 있던 리오의 표정이 단숨에 굳어졌다. 방문 밖에 마르티네즈가 멍하니 서 있는 것을 느낀 그는 문을 굳게 닫고는 침대에 걸터앉았다.

"좋아, 사정을 설명해 주지. 그러니까……."

한편 방 밖에서 딴청을 피우며 리오를 감시하던 마르티네즈는 방문이 닫히자마자 손으로 입가를 덮었다. 물론 그녀가 진짜 속사정을 알 리는 없었다.

"설마 했는데, 진짜였어."

"예? 뭐가요, 대장?"

마침 그녀의 뒤를 지나 방으로 가던 지크가 물었다. 움찔한 마르티네즈는 다급한 나머지 손을 흔들며 계단으로 향했다.

"아, 아니에요, 지크 씨. 그럼 편히 쉬세요."

지크는 도망치듯 아래로 내려가는 마르티네즈의 뒷모습을 멍하니 지켜볼 수밖에 없었다. 그는 며칠 동안 비어 있던 자신의 방문을 열며 나지막이 중얼댔다.

"꼭 연애 장면이라도 본 것처럼 행동하던데…… 거참, 알다가도 모를 아가씨란 말이야."

물론 사정을 알았다면 지크는 즉시 배를 잡고 리오의 방으로 쳐들어갔을 것이다.

작은 사건이 방 밖에서 일어나는 동안, 리오는 랜시와 자신 사이에 벌어진 일을 바이칼에게 모두 설명해 주었다. 하지만 바이칼의 표정이 전혀 밝아지지 않았자 리오는 일단 말을 맺고 그를 설득하기로 했다.

"……이렇게 해서 난 그 아이를 만나게 됐지. 어쨌든 네가 함부로 그 아이를 죽이는 건 용납하지 못해."

"네가 뭔데."

바이칼의 말은 단호하고도 무시무시했다. 상황이 생각보다 심각하는 것을 느낀 리오는 계속 설득했다.

"네가 용제고 내가 가즈 나이트란 것은 알아. 서룡족과 가즈 나이트 사이에 체결된 조약 역시 기억하고 있어. 특히 그 조약 안에 무고한 생명을 없애는 것은 들어 있지 않다는 것을 말이야."

"호족은 무고한 생명이 아냐. 적이다."

바이칼은 결국 고개를 홱 돌리고 말았다.

리오는 예상했던 일이 생각보다 빨리 닥치자 상당한 압박감을 느꼈다. 게다가 바이칼이 가진 호족에 대한 적개심이 이 정도로 클 줄은 예상치 못했다. 설득하기 힘들다는 사실을 깨달은 리오는 정색하고 말했다.

"좋아, 네 말에 따르지."

"흥, 진작에 그럴 것이지."

"단, 내 임무가 끝난 후야. 그리고 랜시를 없애는 건 내가 한다."

그 말에 바이칼의 눈이 살짝 꿈틀댔다. 리오는 역공이 효과가 있다고 생각하며 계속 밀어붙였다.

"내가 여기까지 데려오고, 지금까지 맡은 아이야. 책임은 내가 진다. 이의는 없겠지?"

"확실히 죽이겠다면."

친구의 당당함에 바이칼은 슬쩍 고개를 끄덕였다. 이렇게 해서 랜시의 생명은 당분간 연장되었다.

물론 리오가 정말로 랜시를 없앨 생각을 한 것은 아니었다. 이번 일이 끝날 때까지는 상당한 시간이 걸릴 게 분명했고, 그때가 되면 바이칼의 성격상 랜시에게 어떻게든 정이 들 가능성이 컸다. 리오의 속을 순진한 미청년이 알 리 없었다.

"어이, 리오. 마리 대장 좀 이상하던데…… 응?"

방문을 벌컥 연 지크는 리오 앞에 앉아 있는 바이칼의 모습에 눈을 번쩍 떴다. 그에 반해 바이칼은 마치 악마라도 본 사람처럼 사색이 되고 말았다.

"이야, 이거 귀염둥이 바이칼 님 아니신가! 힛힛힛, 언제 오셨습니까, 전하?"

지크는 팔로 바이칼의 목을 힘차게 감싸며 반가움을 표시했다.

반면 바이칼은 또 이 기술이냐는 듯, 짜증스러운 표정을 지었다.

"목숨이 소중하다 생각하면 내 몸을 당장 놔라."

"헤헷, 안심해. 이 형은 너를 죽일 생각이 없단다."

그가 주먹으로 자신의 볼을 약간 거칠게 비벼 대기 시작하자, 바이칼은 리오를 힘겹게 쏘아보며 나지막이 말했다.

"너구리가 있다는 말은 왜 안 했지?"

거의 울상을 짓는 바이칼을 보고 리오는 내심 미소 지으며 어깨를 으쓱했다.

"네가 지크를 그렇게 좋아할 줄은 몰랐지."

"닥쳐."

리오는 안도의 한숨을 내쉬었다. 지크를 데려오길 잘했다는 생각이 들었던 것이다. 그가 방에 들어온 덕분에 바이칼은 랜시에 대한 생각을 잠시 잊을 수 있었다. 그가 들어오지 않았다면 리오와 바이칼은 랜시의 일로 계속 말싸움을 했을지도 모른다. 리오는 중재자 역할을 해 주는 지크가 그렇게 믿음직스러울 수가 없었다.

길트는 자신의 방에서 인상을 잔뜩 쓴 채, 앞에 떠 있는 라이세네프를 뚫어지게 바라봤다. 방금 전 라이세네프가 충격적인 말을 했기 때문이었다.

"그 세 사람이 가즈 나이트? 사실입니까?"

"지금까지는 알면서도 말하지 않았지만, 용제가 나타난 이상 밝혀야겠지. 특히 그 붉은 머리 남자, 리오는 2백 년 전과 3백 년 전 두 차례에 걸쳐 고신 부르크레서를 쓰러뜨린 장본인이다. 나머지 얼간이 둘은 신인이라 그런지 모르겠지만……. 어쨌든 지난번 내가 찾아보라고 했던 가즈 나이트가 바로 그다."

"아니, 그럼 왜 지금까지 그 사실을 숨기셨습니까?"

"너 때문이야."

라이세네프의 간단하고도 날카로운 말에, 길트는 자신도 모르게 침을 꿀꺽 삼켰다.

"어릴 때부터 지금까지, 타인에게 의지하는 너에게 가즈 나이트라는 강대하고도 믿음직스러운 존재가 붙는다면 어떻게 될까? 겨우 진정됐던 너의 그 의타심이 더욱 커질 거라고 생각했기 때문에, 리오를 처음 만났을 때도 너를 도와주지 말라고 했지. 뭐, 가는 길이 같으니 언젠가는 다시 만날 거라고 생각은 했지만……."

의타심이 강하다? 길트는 맞는 말이라고 생각했다. 최근까지도 자신은 라이세네프에게 의지하려 했던 것은 물론이고, 심지어 랜시에게까지 의지하려 하지 않았던가. 타인에게나 자신에게나 강해질 것이라고 말만 했지, 기초 체력 말고는 나아진 것이 없었다.

'난 역시 나약한 존재인가. 난 역시…….'

길트는 그렇게 생각하며 한숨을 길게 내쉬었다.

"어쨌거나 잘 들어라, 길트. 의지하는 친구가 많을수록, 그 친구들이 사라졌을 때 생기는 상처는 크다. 그렇다고 해서 혼자 살아가는 것은 아니다. 자신이 책임져야 할 것까지 남에게 의지하지 않으면 된다. 생물이란 것은 서로를 도우며 살아가는 존재니까. 그리고 연거푸 얘기하지만 절대 자신감을 잃지 마라. 인간은 자신감을 잃으면 시체에 불과해."

고개를 푹 숙이고 있던 길트는 슬그머니 라이세네프를 바라봤다. 아무리 봐도, 차가운 검일 뿐이지만 그가 자신에게 해 주는 말은 그 누구보다 따뜻하게 느껴졌다.

쌍둥이 동생들을 낳은 후, 길트의 어머니는 단 일주일 만에 운명을 달리하고 말았다. 그 충격 때문인지 가이라스 왕은 국정 운영에만 신경 쓸 뿐, 자식들의 교육은 보모에게 맡겼다. 길트가 검술에 대한 소질이 없다는 말을 들었을 때도 화를 내기는커녕 보고서만 읽어 내려갔을 정도였다. 그런 탓인지, 길트 역시 아버지에 관한 따뜻한 기억이 거의 없다.

"아니, 왜 울지?"

"아, 아닙니다."

길트는 움찔하며 자신도 모르게 흘러내린 눈물을 감췄다.

"누군가 오는군."

라이세네프의 표면에 흐르던 기운이 이내 사라졌다. 잠시 후 방문을 두드리는 소리가 들려왔다.

"길트 씨, 길트 씨, 실루엣입니다. 점심 드시러 내려오세요."

"아, 고마워. 리체와 함께 내려갈게."

길트는 라이세네프를 조심스레 침대에 내려놓고 반대편 침대에 누워 잠을 자는 리체를 흔들었다.

"리체, 일어나야지. 점심때까지 쿨쿨 자는 아이가 어디 있어? 자, 오빠하고 같이 식사하러 내려가자."

리체는 대답 대신 이불로 조용히 자신의 머리를 덮었다. 길트는 아직 붕대 신세를 면치 못한 이마를 매만지며 이불을 활짝 걷었다.

"리오 씨 일행도 다 오셨는데 리체 혼자 안 먹으면 곤란하잖아."

어떤 말에 반응했는지는 몰라도, 얼굴 전체를 베개에 묻고 있던 리체가 벌떡 일어나더니 즉시 자신의 머리를 매만지기 시작했다.

폐허가 된 마을에서 리체를 처음 만난 이후로, 길트는 자신이 데리고 다니는 아이가 나날이 새롭게 느껴졌다. 처음에는 부모와 친구, 마을 사람들을 잃은 충격 때문에 아이가 덤덤하고 말이 없다 생각했지만, 계속 겪어 보니 그렇지도 않았다.

자신이 할 일은 알아서 다 하고, 심지어 길트가 시장에서 물건을 계산하는 것까지 철저하게 신경 쓸 정도로 꼼꼼했다. 게다가 리오를 다시 만난 후에는 '리오'라는 말만 나와도 옷매무새를 가다듬었다.

'게다가 지금까지 엄마나 아빠가 보고 싶다는 얘기는 단 한 번도 안 했어. 원래 고아였나?'

그런 의문을 떠올리는 길트의 옷자락을 누군가 잡아당겼다. 어느새 머리에 리본까지 묶은 리체였다.

"외식하러 나가는 것도 아닌데……."

길트는 실소를 터뜨리며 아이를 데리고 방을 나섰다. 그가 나가자 라이세네프는 다시금 빛을 발하며 중얼댔다.

"당연히 네 머리로는 지금 상황을 이해 못 하겠지. 그 아이가 아스타로트의 딸이란 것을 상상이나 할까? 하여튼 나도 좀 쉬어야겠군. 생각할 게 많으니 피곤해……."

공중에 두둥실 떠오른 라이세네프는 창문을 닫고, 커튼까지 완전히 친 후 침대에 몸을 눕혔다.

"오옷? 이게 누구야?"

"응?"

식당에 들어선 순간, 길트는 막 수프를 뜨고 있던 고깔 모자의 여성과 눈이 마주쳤다. 잠시 서로를 바라보던 둘은 곧 활짝 웃으며 서로를 불렀다.

"폴카 님! 폴카 님 아니십니까!"

"이야, 길트 왕자님 아니신가? 냐하하하, 오랜만이에요, 왕자님. 아니, 그것보다 살아 계셨군요?"

리체를 의자에 앉힌 길트는 머리를 긁적이며 쓴웃음을 지었다.

"하핫, 운이 좋았죠. 그런데 랜시가 말했던 그 마녀라는 분이 폴카 님이실 줄은 정말 몰랐습니다. 건강하셨군요, 폴카 님. 여전히 젊으시고요."

"물론이죠, 물론이죠. 자자, 옆에 앉으세요, 왕자님. 오랜만에 오붓이 식사를 해 보자고요."

둘의 반가운 재회 장면 뒤로, 실루엣과 마르티네즈는 폴카의 입에서 나온 '왕자님'이란 말에 들었던 식기를 다시 내려놓았다. 물론 그 사실을 알고 있던 랜시와 브라디는 덤덤했다.

모두의 표정, 특히 마르티네즈의 당황한 얼굴을 본 길트는 상당히 쑥스러워했다. 폴카는 당당히 일어나며 길트를 소개했다.

"어머? 여러분 같이 있으면서도 몰랐나요? 지금 여러분 앞에 있는 이 미남은 길트 디모트 알렉세이, 가이라스 왕국의 제1 왕자님이시죠."

"포, 폴카 님, 갑자기 소개하시면 제가 곤란합니다."

길트는 얼굴을 붉힌 채 멋쩍은 미소를 지었다. 그러나 폴카는 길트의 어깨를 툭툭 두드리며 말했다.

"제가 옛날 궁중에 있을 때 왕자님 기저귀를 갈아드린 일도 있답니다. 그쪽(?)이 얼마나 잘생기셨는데요, 냐하하핫."

"포, 폴카 님!"

길트의 얼굴은 점점 더 달아올랐다. 마르티네즈를 비롯한 여자들의 얼굴 역시 붉어졌다.

자리에 앉은 길트는 수프를 뜨기 전에 마르티네즈에게 물었다.

"저, 리오 님을 비롯한 다른 분들은 식사 안 하십니까?"

"아, 지금 위에서…… 쉬고 계시답니다, 왕자님."

"아, 예."

마르티네즈가 즉시 말투을 바꾸자, 길트는 약간 시무룩한 표정을 지었다. 그녀는 자신이 뭔가 실수를 한 것일까 생각했다. 하지만 길트의 그런 표정은 지금까지 자연스럽게, 정확히 말해 누나처럼 대해 주던 마르티네즈가 자신에게 거리감을 가질지도 모른다는 불안감 때문이었다.

"오오, 벌써 다 나은 거야, 친구? 식사하다가 배 밖으로 뭐 나오는 건 아니겠지?"

배고픔을 견디지 못해 내려온 지크는 식당에 들어서자마자 길트의 머리를 쓰다듬었다. 길트는 별 거부감 없이 빙긋 웃었지만, 그가 왕자라는 사실을 막 알아 버린 실루엣과 마르티네즈의 얼굴은 잿빛으로 변했다.

"지, 지크 씨, 지금 무슨 짓을 하시는 거죠?"

"예?"

마르티네즈의 넋 나간 표정에 지크는 의아한 얼굴을 했다. 그때 길트가 벌떡 일어서며 지크의 등을 두드렸다.

"아, 지크 씨. 부탁드릴 게 있는데, 잠깐 나와 주시겠습니까? 중요한 일입니다."

"응? 아, 그래. 식사는 나중에 하지, 뭐."

지크는 머리를 긁적이며 식당을 나섰다. 물론 식탁 중앙에 놓인 긴 빵을 가져가는 것은 잊지 않았다.

길트는 그를 따라나서며 몰래 폴카에게 손을 두어 번 흔들어 보였다. 눈치가 빠른 폴카가 그 신호를 알아보고 식당에 있는 사람들에게 말했다.

"자, 여러분? 위에서 쉬고 있는 남자분들에게는 길트 왕자님에

58

대해 아무 말도 안 하기예요, 알았죠?"

"예? 어째서죠?"

마르티네즈의 물음에, 폴카는 팔로 자신의 몸을 감싸며 쓸쓸히 말했다.

"남자도 감추고 싶은 비밀이 하나쯤은 있는 거랍니다. 아, 아름다워라!"

마르티네즈들은 묵묵히 식사에 열중했다. 더 이상 신경 쓰고 싶지 않다는 듯한 행동이었다.

"물어볼 게 뭔데?"

여관 벽에 등을 기댄 지크는 길트가 나오기 무섭게 말했다. 그가 들고 나온 식빵을 한 입 베어 무는 모습을 멍하니 지켜보던 길트는 조심스럽게 입을 열었다.

"저, 죄송하지만 저에게 검술을 가르쳐 주실 수 있습니까?"

지크의 답변은 매우 간단했다.

"싫어."

"예? 아, 아니 어째서죠?"

길트는 실망스러운 얼굴로 되물었다. 물론 지크가 거부하는 이유가 있었다.

"괜히 싫어서 이러는 거 아냐. 내가 가지고 다니는 무기들이 어떻게 생겼는지 기억 안 나?"

"아……."

지크의 무기는 검이 아닌 도(刀)였다. 생김새와 제조법, 사용법까지 다른 무기였기에 지크가 길트에게 검술을 가르쳐 주기는 무리였다. 물론 아주 불가능한 것도 아니었지만.

그의 무기인 무명도와 무문도를 머릿속에 떠올린 길트는 알겠다는 듯 고개를 끄덕였다.

"네가 가진 칼하고 내가 가진 칼은 모양부터 달라. 휘두르는 자세나 방법도 다르지. 내가 너에게 가르쳐 줄 수 있는 것은 몸으로 하는 무술뿐이야. 하지만 그런 무술에 넌 소질이 없어."

"소질요?"

"그래. 아주 특별한 경우를 제외하고는 노력이나 정신력만으로 극복하지 못하는 게 있어. 어떤 분야마다 배우는 속도가 다른 사람이 있지? 같은 조건, 같은 상황에서 나타나는 성장의 차이가 바로 소질이야. 비교하자면, 네가 한 시간 주먹을 휘두른 것과 랜시가 한 시간 주먹을 휘두른 건 달라. 랜시의 발전 속도가 훨씬 앞서지."

"그렇군요……."

길트가 시무룩한 표정을 짓자 지크는 그의 어깨를 두드리며 씩 미소 지었다.

"헤헷, 하지만 실망할 필요는 없어. 보통 사람에 비해 체형은 좋은 편이니까. 어쨌든 검술은 리오에게 부탁해 봐. 리오의 자기류 (自起流) 검술이긴 하지만, 상당히 강력하니 네가 생각하는 것 이상의 결과를 얻을 수 있을 거야. 내가 리오 녀석에게 말은 해 둘 테니 걱정 마."

"아, 예! 감사합니다, 지크 씨!"

길트는 힘차게 고개를 끄덕였다. 그러나 그가 넘어서야 하는 과제는 아직도 남아 있었다.

"음, 그럼 그 검은 쓰지 마."

지크에게 미리 부탁을 들은 리오는 턱을 매만지며 길트가 들고 온 라이세네프를 가리켰다. 길트는 움찔했다.

"예? 하, 하지만 저는 이 검이 없으면 곤란한 데다 또 이 검 말고는 가진 무기가 없습니다."

리오는 한숨을 내쉬며 이유를 설명해 주었다.

"일단 그 검은 너무 좋아. 명검의 수준을 넘어선 신검 수준이지. 초보자가 그런 검을 가지고 수련을 쌓으면 실력이 늘지 않아. 실제 상황에서는 상대방의 무기를 빼앗아 싸워야 할 때도 있으니까."

"예……."

자신 없는 표정을 짓긴 했지만 길트는 잘 알고 있었다. 자신이 여기까지 온 것도 자신의 실력이 아닌 라이세네프의 힘이라는 사실을……. 그 사실을 아는 탓에 검술을 제대로 익혀 보려 했지만, 검술을 가르쳐 주겠다는 젊은 스승의 말에 그의 어깨가 축 처졌다.

"자, 그럼 기량을 테스트해 볼까? 일단 지금은 밤이라 검을 새로 살 수 없으니, 마르티네즈 대장에게 검을 빌려 오도록. 그분의 검은 중심도 잘 맞고, 길도 들여져 있으니 초보자가 쓰기에 불편함이 없을 거야. 여관 옥상에서 기다리지. 준비되면 올라오도록 해."

"예, 알겠습니다."

그때 방을 나갔던 리오가 뭔가 잊은 것이 떠올랐는지 이마를 두드리며 다시 들어왔다.

"바이칼, 너는 먼저 자고 있어. 좀 오래 걸릴 것 같으니 기다리지 말고."

그러나 의자에 기대고 있는 미청년은 아무런 대답도 하지 않았다. 리오는 씁쓸히 웃으며 잠든 그를 침대에 눕혀 주었다.

침대에 눕혀진 바이칼의 얼굴을 본 순간 길트는 가슴이 이상하게 두근거리는 것을 느꼈다. 며칠 전 랜시를 없앤다며 살기를 내뿜

던 사람이라고는 믿을 수 없었다. 솔직히 남자라고 하기에는 너무
나 아름다웠다.

리오는 잠든 친구에게 이불을 덮어 주고 머리카락을 쓰다듬어 주
었다.

"자, 난 올라가 있지."

"예!"

길트는 희망에 찬 얼굴로 방을 나섰다. 느낌이 좋았다. 이번에야
말로 확실히 검술을 배울 수 있을 것 같았다. 길트는 마르티네즈와
실루엣의 방문을 가볍게 두드렸다.

"마르티네즈 대장님, 계십니까?"

"들어오십시오."

역시 예전과는 말투가 달랐다. 길트는 씁쓸히 웃으며 문을 열었
다. 방 안에는 잠든 실루엣과, 욕실에서 막 나왔는지 머리에 수건
을 감고 있는 마르티네즈가 있었다. 가벼운 옷차림을 한 그녀의 모
습에 길트는 두근거리는 가슴을 진정시키며 겨우 말을 꺼냈다.

"실례합니다. 검을 빌릴 수 있을까 해서 왔습니다만."

"검 말입니까? 이런 시간에 무슨 일이신지요?"

"예, 리오 씨에게 검술을 배우려고요. 일단 그분께서 테스트를
하신다는군요."

"그렇군요. 여기 있습니다."

마르티네즈는 쾌히 검을 내주었다. 그녀가 양손으로 건네 준 검을
씁쓸히 받아 든 길트는 나가기 전에 그녀에게 부탁하듯이 말했다.

"저, 죄송하지만 예전과 같이 저를 대해 주십시오. 왕궁을 나와
전쟁터에 뛰어든 이상, 그리고 왕자라는 신분이 전혀 소용없는 지
금 저는 가이라스 왕국의 왕자이기 이전에 보통 사람일 뿐입니다."

"예? 음…… 알았어요, 길트."

마르티네즈는 웃으며 고개를 끄덕였다.

길트가 돌아서는 모습을 보고 그녀는 자신이 이곳으로 오기 전에 본 모국의 왕자와 길트가 이상할 정도로 비교되었다. 검술이나 학술에 대한 능력은 뛰어나지만 남을 배려할 줄 모르고, 또 거만하기까지 한 말스 왕국의 후계자는 궁중 사람들에게나 수도 주민들에게나 인기가 없었다.

그 때문에 나라의 미래가 걱정된다는 말을 사관 학교 시절부터 숱하게 들어 온 그녀에게 가이라스 왕국의 마음씨 착한 후계자 길트는 국가적인 부러움 그 자체였다.

"한 가지 물어봐도 되나요?"

그녀는 막 나가려던 길트에게 물었다.

"예? 말씀하십시오."

"저, 그러니까…… 바, 바이칼 씨랑 리오 씨, 같은 방에서 주무시나요?"

마르티네즈가 상당히 곤란한 얼굴로 별것 아닌 질문을 던지자, 길트는 고개를 갸웃거리며 답했다.

"그렇긴 합니다만, 무슨 일이라도 있습니까?"

"아, 아니에요. 그럼 열심히 하세요, 길트."

"예, 그럼 푹 쉬십시오, 마르티네즈 대장님."

길트는 절도 있게 인사한 후 방을 나섰다. 반면 마르티네즈의 얼굴은 문이 닫히자마자 불안감으로 일그러졌다.

"브라디의 말이 진짜였나? 아, 아냐. 브라디는 실없는 소리를 자주 하잖아. 하지만 왜 남자끼리 한방에서…… 아냐, 지크 씨와 사바신 씨도 한방을 쓰잖아. 그래도 바이칼이라는 남자, 너무 예쁘게 생겼는데……."

마르티네즈의 걱정은 끝이 없었다. 실루엣은 그녀의 걱정을 아는지 모르는지, 옆 침대에서 평화롭게 꿈나라를 여행하고 있었다.

여관 옥상은 생각보다 넓었다. 게다가 바닥도 두꺼웠기에 일부러 소음을 내려고 작정하지 않은 이상 다른 손님들에게 불편을 끼칠 걱정은 없었다.

훈련장으로 쓸 장소를 적당히 탐색해 본 리오는 다른 문제를 생각해 봤다.

'과연 길트가 어느 정도 수준일까. 손이나 몸을 봐서는 초보자 중에서도 대단한 초보자인데 말이야. 뭐, 그래도 라이세네프 경이 선택한 인간이니 뭔가 특별한 것이 있겠지.'

그러나 그 안도의 저편에서 다른 목소리가 들려왔다.

'특별한 것이 없으면?'

리오는 절망적인 표정의 얼굴을 손으로 감쌌다. 자신이 왜 그런 비관적인 생각을 했을까 후회하기도 했다. 하지만 자신의 예상이 맞다면 괜한 일에 시간 낭비를 하는 셈이었다.

'해야 하나, 말아야 하나. 거참, 이번엔 짧은 시간 동안 여러 문제를 고민하는군.'

리오가 한참 고민에 빠져 있을 무렵, 누군가 올라오는 소리가 들렸다. 길트였다. 마르티네즈의 검을 들고 올라온 그는 잔뜩 기대에 부푼 얼굴로 리오 앞에 섰다.

"말씀하신 대로 마르티네즈 대장님의 검을 가져왔습니다. 이제 무엇을 하면 되는 거죠?"

"음……."

리오는 대련을 해 볼까 생각했지만 그것은 상당히 무리라는 판단이 섰다. 상대의 실력을 제대로 알지 못하는 상태에서 대련을 한다는 것은 무술을 가르치는 것 이상으로 힘든 법이다. 그는 일단 길트의 실력이 어느 정도인지 알아보기로 했다.

"일단 자유 동작을 펼쳐 봐. 자네가 어떤 버릇을 가지고 있는지, 무엇이 나쁜지 일단 알아봐야 할 것 같으니까. 지금 하는 걸 부끄럽게 생각하지 마. 강해지기 위해서는 반드시 거쳐야 하는 일이라고 생각해."

"아, 예."

자신의 볼을 두드려 정신을 가다듬은 길트는 마르티네즈의 검을 뽑은 후 지금까지 스스로 익혀 온 자세를 잡았다. 그는 흘끔 리오를 바라봤고, 리오는 계속 진행하라는 듯 턱을 움직였다.

"하앗!"

길트는 몸이 가는 대로, 어릴 때 배운 대로, 멋있다 생각되는 대로 검을 휘둘렀다. 그렇게 하기를 30분. 길트는 상당히 지친 얼굴로 동작을 마무리 지었고, 약간이나마 기대하는 얼굴로 리오를 바라봤다.

"저, 어땠습니까?"

애써 다른 곳을 바라보고 있던 리오는 곧 미소를 지으며 입과 마음속으로 각각 평가를 내렸다.

"음, 초보자치곤 상당했어."

'상당히 가관이었지.'

리오는 막막했다. 자신의 움직임조차 제대로 제어할 줄 모르는 이 청년을 어떻게 가르쳐야 한단 말인가. 그나마 다행인 것은 30분 동안이나 열심히 검을 휘두를 수 있는 체력이 있다는 사실이었다.

그것마저 없었다면 리오는 포기했을지도 모른다.

'좋아, 기초부터 하는 거다. 어떻게든 되겠지. 슈퍼맨을 만들어 달라고 하지는 않았으니 큰 부담은 가지지 말자.'

그러나 리오는 누군가 자신을 말려 주길 내심 바라며 디바이너를 꺼내 들었다.

"자, 힘들겠지만 잘 봐, 길트. 검은 이렇게 잡는 거다. 내 검은 바스타드 소드라 자네가 들고 있는 롱 소드와는 사용법이 다를 수 있어. 하지만 기본은 같아. 자, 손을 이렇게……."

길트는 리오가 검을 잡은 그대로 검을 잡아 봤다. 하지만 자세만 비슷할 뿐 손과 허리, 다리의 위치에 미묘한 문제가 있어 리오는 직접 그 부분을 교정해 주었다.

"이렇게 하는 것이 더 편해. 자, 그 자세를 유지한 채 30분 동안 서 있도록 해. 깨끗한 자세에서 깨끗한 검술이 나오는 법이니, 기본 자세부터 완전히 익히는 게 좋아."

"예!"

길트는 그 어느 때보다 눈동자를 불태우며 기본 자세 익히기에 열중했다. 시간이 지날수록 어깨가 뻐근해지고 다리가 후들거렸지만 그는 절대 내색하지 않고, 힘들다는 생각이 날 때마다 검을 더욱 굳게 거머쥐었다.

검을 잡은 것이 다른 사람들보다 훨씬 늦은 만큼, 그리고 어릴 때 게으름을 피운 만큼 다른 사람들보다 배 이상 땀을 흘려야만 지금까지의 모든 후회를 만회할 수 있을 거라는 생각 때문이었다. 그 생각은 강력한 의지로 바뀌어, 후들거리는 길트의 몸을 굳게 지탱해 주었다.

팔짱을 낀 채 그를 지켜보던 리오는 씁쓸한 미소를 머금었다. 아

주 잠시 동안이긴 하지만, 자신이 길트를 잘못 봐도 한참 잘못 봤
다는 생각이 들었다.

'자세나 경험 등은 분명 형편없다. 하지만 의지만큼은 강하다. 지
금의 체력도 뭔가를 해 보려는 그 의지에서 비롯된 것이겠지. 라이
세네프 경은 그 의지를 보신 건가.'

짧게 한숨을 내쉰 그는 길트에게 그만하라는 손짓을 보냈다.

"자, 그만하고 다음 동작을 배워 보도록 하지. 그런데 졸리지 않
아? 밤도 깊었는데."

자세를 풀고 팔다리를 주무르던 길트는 미소와 함께 걱정 말라
는 표정을 지었다.

"괜찮습니다. 검술이란 것을 체계적으로 배울 수 있는 기회라고
생각하니 오히려 즐거운걸요. 체력은 걱정 마십시오, 리오 씨."

"흠, 좋아. 이번엔 기본 자세부터 시작되는 베기 연습이다. 확실
히 해야 해."

그렇게 둘의 첫 연습은 동이 틀 때까지 계속되었다.

다음 날, 이른 아침.

"상쾌한 아침이군. 역시 잠은 누워서 자야 해."

오랜만에 침대에서 휴식을 취한 덕분인지, 라이세네프가 내뿜는
빛은 그 어느 때보다 맑고 깨끗했다. 커튼을 걷기 위해 공중에 붕
떠오른 라이세네프는 창가 쪽으로 몸을 움직였다.

"음?"

그러던 중, 그는 방바닥에 쓰러져 자고 있는 길트의 모습을 발견
했다. 그에게 가까이 다가가 몸 상태를 본 라이세네프는 침대 구석
에 접혀 있는 이불을 띄워 길트의 몸에 덮어 주며 중얼거렸다.

"조금 전에 들어온 모양이군. 몸이 넝마가 되긴 했어도 기분은 좋은 모양이야."

라이세네프는 벽에 기대어 길트의 자는 모습을 묵묵히 지켜봤다. 지칠 대로 지친 나머지, 단내까지 풍기며 잠을 자고 있긴 했지만 길트의 얼굴은 상당히 편해 보였다. 단순히 피로 때문인지, 아니면 성취감 때문인지는 이불 밖으로 나온 손에 가득 잡힌 물집이 말해 주고 있었다.

9장
승천(昇天)

1

성장한 아이들

마르티네즈의 머리카락은 아침마다 봉 솟아오른다. 가이라스 왕국에 오기 전, 머리가 길었을 때는 그런 일이 없었지만, 머리를 단발로 자른 뒤부터 매일 발생하는 일이었다. 그래서 그녀는 검과 함께 빗을 꼭 가지고 다니게 되었다.

"귀찮아."

보통 때보다 일찍 일어난 마르티네즈는 머리를 대강 빗다가 말고 화장대에서 일어났다. 어차피 다른 일행들이 일어나려면 보통 한 시간 정도는 더 있어야 하기 때문에 그사이 차나 마시자는 생각에서였다.

복도를 걷던 그녀는 리오의 방문이 살짝 열린 것을 보았다. 별생각 없이 지나치던 그녀는 문득 무슨 생각이 들었는지, 침을 꿀꺽 삼키며 문틈을 향해 살금살금 다가가기 시작했다.

'뭘 보려는 거지, 마르티네즈? 이상한 여자가 되고 싶은 거야? 이

상한 건 그 두 남자가 아니라, 과잉 반응을 보이는 너야.'

그녀는 마음속에서 들려오는 자제의 목소리에 반응하듯, 고개를 슬며시 저으면서 눈앞에 다가온 문틈을 향해 얼굴을 가까이 댔다.

'그 남자는 감각이 좋단 말이야. 넌 분명 들킬 거고, 그 남자에게 또 망신을 당할 것이 분명해.'

계속 들려오는 목소리를 무시한 그녀는 두근대는 가슴을 진정시키며 방 안을 들여다봤다. 그녀의 눈에 처음 비친 것은 상의를 벗으며 창가로 가는 군청색 머리의 청년 바이칼의 뒷모습이었다.

'세상에…….'

그녀는 감탄을 금치 못했다. 물론 남자의 상반 나신을 처음 본 것은 아니었다. 바이칼의 뒷모습이 그 어떤 여성보다 아름다운 곡선미를 가졌기 때문이었다. 자신보다 뽀얀 피부에 군살 따위는 전혀 찾아볼 수 없는 매끈한 허리, 곧은 등의 조화는 사람이 가질 수 있는 미의 기준을 초월하고도 남을 만큼 아름다웠다.

'역시, 리오 씨가 저 남자와 한방을 쓰는 이유가 있었어.'

리오가 새벽 내내 길트를 가르쳤다는 사실을 모르는 그녀는 그런 오해를 할 수밖에 없었다.

슬그머니 몸을 피해 아래로 내려간 그녀는 길게 한숨을 내쉬며 떨리는 마음을 진정시켰다.

"하긴, 세상사 아무도 모르는 거잖아. 이런 사람도 있고 저런 사람도 있겠지. 하지만 그가 그렇게 이중적인 면을 가지고 있을 줄은……."

"벌써 일어나셨습니까, 마리 대장?"

"예, 리오 씨. 정말 당신에게 실망…… 음?"

마르티네즈는 순간 흠칫 놀라며 시선을 돌렸다. 식당 입구에 찻잔을 들고 서 있는 리오의 모습이 보였다. 그는 의문스러운 미소를 지으며 그녀에게 물었다.

"실망이라니, 무슨 말씀이십니까?"

당황한 마르티네즈는 황급히 손을 저으며 말을 돌리려 애썼다.

"아, 아니에요, 리오 씨. 그래요, 차나 한잔하시겠어요?"

"예? 흠, 좋죠. 저쪽 테이블에서 기다리고 있겠습니다."

리오는 어깨를 으쓱해 보이고는 로비 창가 테이블로 향했다. 그의 관심을 겨우 돌린 마르티네즈는 십년감수한 표정을 지으며 터벅터벅 식당으로 들어갔다.

잠시 후 차를 들고 로비로 나온 그녀는 멋쩍은 얼굴로 리오 앞에 앉았다. 하지만 마땅한 대화 거리가 없었는지, 둘은 한참 차만 마셨다. 물론 리오는 그녀가 먼저 말을 꺼내기를 기다리고 있었다.

어색한 분위기를 견디지 못한 듯, 마르티네즈는 자신도 모르게 리오에게 물었다.

"저, 어젯밤 어떠셨죠?"

이건 또 무슨 말인가. 마르티네즈는 질문을 꺼냄과 동시에 자신의 입을 막았으나, 다행히 그녀의 말뜻을 오해한 리오는 지난밤의 상황을 가볍게 대답했다.

"대단했죠. 그렇게 땀을 흘리면서도 녀석은 멈추지 않았습니다. 덕분에 저도 오랜만에 타오르는 기분이었죠."

그러자 마르티네즈의 얼굴이 붉게 달아올랐다.

'세상에……! 저런 음담패설을 이토록 가볍게 말할 줄이야!'

"어, 언제까지 하셨는데요?"

이어진 질문 역시 리오는 순순히 대답해 주었다.

"음…… 한 시간 전까지? 아마 그럴 겁니다. 고되긴 했는지, 녀석의 다리가 풀려 저도 더 이상 할 수 없었죠. 저는 쉴 겸 해서 아래로 내려온 겁니다."

'그렇게 오랫동안? 하긴, 이 남자의 체력은 알아줘야 하니까.'

마르티네즈는 고개를 푹 숙인 채 아까 엿본 바이칼의 상반 나신을 떠올렸다. 상대가 아무리 예쁜 몸매를 가지고 있다 하더라도 그렇지. 아무리 생각해도, 그녀는 자신의 앞에서 웃고 있는 리오를 도저히 이해할 수 없었다.

리오는 빈 찻잔을 내려놓으며 말을 이었다.

"하여튼 길트 녀석, 정말 배우고자 하는 의지 하나는 인정해 줄수밖에 없더군요."

'뭐라고?'

순간 그녀의 눈이 번쩍 뜨였다.

"물론 체력이 안 좋으면 밤새도록 훈련할 수도 없겠지만, 그 체력 역시 자신의 나약함을 어떻게든 극복해 보려는 의지에서 나온 것이니 칭찬을 안 하려야 안 할 수가 없군요. 이 상태로 한 달 정도만 열심히 훈련한다면 실력이 많이 향상될 것 같습니다. 응? 마리대장? 왜 그러시죠?"

리오는 목까지 붉어진 채 테이블에 이마를 대고 있는 마르티네즈를 보고 움찔하며 그녀를 불러 보았다. 그러나 그녀는 도저히 괜찮다고 대답할 수가 없었다. 그렇게 야한 오해를 한 자신이 너무도 부끄러웠다.

"어머머, 벌써 일어났네요, 여러분? 냐하하."

그때 현관 쪽에서 특유의 웃음소리가 들려왔다. 어제 리오 일행과 도시 앞에서 헤어진 폴카였다. 그녀는 리오와 마르티네즈에게 다가오며 안타깝다는 표정을 지었다.

"아쉽네요, 아쉬워. 리오 씨가 벌써 일어나 계시니 너무 아쉬워요."

"예?"

리오와 마르티네즈가 자신을 돌아보자, 폴카는 장난기 어린 미소를 지으며 팔짱을 꼈다.

"리오 씨 자는 모습이 얼마나 귀여운지 모르죠? 그 얼굴에 뜨거운 키스를 퍼부어 주러 일부러 일찍 왔는데 안타깝군요. 아, 마르티네즈는 모르겠군요? 리오 씨에게 그런 면이 있다는 것을 말이에요."

듣고 보니 그랬다. 일행과 함께, 특히 리오와 함께 야영을 해 본 적이 한두 번이 아니었는데도 마르티네즈는 리오나 다른 사람들이 자는 모습을 본 적이 없다. 마르티네즈는 자신이 비정상적인 것일까 생각했지만, 그래도 자는 모습을 기억할 정도로 리오와 자신의 사이가 가까운 것은 아니었기에 그녀는 슬그머니 고개를 저었다.

"어차피 리오 씨는 일이 끝나면 떠나는 용병일 뿐이지 않습니까. 제가 그런 것까지 상관할 필요는 없다고 생각하는데요?"

그러자 리오는 쓸쓸한 미소를 지었고, 폴카는 의아한 표정을 지으며 상당히 놀라워했다.

"어머머머? 리오 씨, 마르티네즈 대장과 사이가 안 좋은가요?"

마르티네즈는 아차 하며 리오에게 사과하려 했지만, 리오의 말이 먼저 나왔다.

"후훗, 점수 깎인 것이 좀 많죠. 어쨌거나 오늘 이후의 일정에 대해서 설명해 주시겠습니까, 폴카 님? 그 때문에 오신 것으로 보입니다만."

마르티네즈의 눈치를 흘끔 본 폴카는 어색한 미소를 지으며 고개를 끄덕였다.

"예? 아, 그렇군요. 하지만 그 전에 해결해야 할 일이 또 생겼어요. 바로 길트…….”

폴카가 갑자기 말을 끊자, 리오는 무슨 일인가 하며 그녀와 마르티네즈를 번갈아 바라봤다. 잠시 후 이유를 어렴풋이 떠올린 그는 슬쩍 웃음을 띠었다.

“길트 왕자의 일 말입니까?”

“예? 아, 알고 계셨나요?”

리오는 폴카의 당황한 표정을 보며 고개를 끄덕였다.

“아는 방법이 있죠. 그런데 무슨 일입니까?”

폴카는 의자를 가져다 앉으며 얘기를 시작했다.

“원래 길트 왕자가 계시지 않았다면 곧바로 우리 일을 처리하려 했지만, 일단 계시니 그 일을 먼저 처리할 수밖에 없게 됐죠. 바로 길트 왕자의 동생, 즉 공주들에 대한 일입니다.”

4년 전, 엘프들과 함께 숲에서 음식을 채집하던 폴카는 두 명의 소녀를 안은 거인을 만났다. 프레데릭이란 이름을 가진 그 아네라 족의 거인은 정령들에게서 폴카만이 길트의 동생들을 도울 수 있을 거라는 얘기를 들었다며 소녀들, 즉 에이웰과 에이셀 공주를 폴카에게 맡기고 어디론가 사라졌다.

그녀들에게서 상황 설명을 들은 폴카는 자신이 아는 외진 곳에 집을 마련해 그곳에 그녀들을 데려다 놓았지만, 엘프의 숲에 갑자기 차원문이 열리며 카오스들이 쏟아져 나와 그녀는 두 자매를 세세히 돌보지 못했다. 폴카도 자주 찾아가고는 싶었지만 엘프들 역시 그녀가 돌봐야 했기에, 한 달에 한 번 찾아가는 것이 고작이다.

얘기가 거기까지 나왔을 때는 길트도 그 자리에 끼어 있었다. 길트는 식당의 테이블을 내리치며 폴카에게 소리쳤다.

"아니, 그럼 막스 블레이크 경에게 둘을 맡기면 되는 것 아닙니까! 왜 그 애들 단둘이 그곳에 두신 겁니까! 자주 찾아가지도 못하시면서 말입니다!"

폴카는 흥분한 그를 애써 진정시키며 이유를 설명해 주었다.

"지금에 와서 왕자님께 말씀드리긴 그렇지만, 저는 사실 블레이크 경을 쉽게 믿을 수 없었습니다. 아니, 블레이크 경의 측근들을 믿을 수 없다는 말이 더 정확하겠죠."

그러자 길트의 미간이 더욱 일그러졌다.

"어째서죠?"

"블레이크 경의 현재 위치 때문입니다. 현재 가이라스 국민들이 가장 신뢰하고 있는 사람은 바로 그분이죠. 가이라스 왕국의 왕족들이 몰살당했다는 헛소문이 기정사실화된 지금, 전쟁이 끝나면 사람들은 분명 블레이크 경을 새로운 왕으로 추대할 것이 뻔합니다. 그런 상황에서 왕가의 혈통인 공주님과 왕자님은 블레이크 경을 왕으로 추대할 측근들에게 가장 큰 걸림돌이 되고 맙니다."

"예?"

길트는 이해할 수 없다는 표정을 지었다. 그러자 팔짱을 낀 채 묵묵히 듣고 있던 리오가 그의 어깨를 두드리며 끼어들었다.

"블레이크 경이 왕이 되면, 그의 측근들은 전쟁이 일어나기 전에 가지고 있던 직위보다 더 높은 직위를 가질 것이 분명합니다. 그러나 그가 왕이 되지 못한다면 그들은 전쟁이 일어나기 전보다 약간 더 높은 직위와 급료를 얻게 될 뿐이죠. 블레이크 경이 직접 공주님들을 보호한다 해도, 측근들은 무슨 수를 동원해서라도 그분들을 암살할 게 분명합니다."

"그런 단순한 이유 때문에 그럴 리가 없습니다! 전 블레이크 경과 그분의 측근들을 믿습니다!"

길트가 동생에 대한 애착이 남달리 강하다는 것은 어느 정도 알고 있었지만, 리오와 폴카는 그가 설마 이 정도로 평정심을 잃을 줄은 몰랐던 듯 난처한 표정을 지었다.

"윽!"

리오가 다시 상황 설명을 하려는 순간, 예상치 못한 돌발 사태가 벌어지고 말았다. 언제 식당에 내려왔는지, 지크가 뒤에서 길트의 이마를 살짝 후려친 것이다.

"식당에서 다른 사람 소화 안 되게 소리를 질러 대면 어쩌자는 거야, 친구. 주방 아줌마가 다 쳐다보잖아."

"지, 지크 씨?"

충격 요법이 효과가 있었는지, 눈을 동그랗게 뜬 길트는 자신의 옆에 앉는 지크를 멍하니 바라보기만 했다. 지크는 앞에 놓인 과자를 한입 깨물며 말했다.

"무슨 일이기에 이 환자가 신경쇠약 증세를 보이는 거야? 얘기 좀 해줘요. 나 이 친구 얘기 못 들으면 며칠 전 먹은 엘프의 샐러드가 곤두설 것 같아."

폴카와 마르티네즈는 서로를 쳐다보기만 할 뿐이었다. 리오는 별수 없다는 듯 가볍게 한숨을 내쉬고는 말했다.

"지크, 사바신 좀 불러와. 브라디도 함께."

이윽고 사바신과 브라디가 오자 리오는 길트가 이 나라의 왕자이고, 또 그의 동생들이 어떤 상황에 처해 있는지를 말해 주었다.

그러자 지크와 사바신은 그들 나름대로 심각한 표정을 지어 보였지만, 둘이 그런 얼굴을 하면 뭔가 불길한 일이 생긴다는 것을 아는 브라디는 인상을 쓴 채 차만 홀짝홀짝 마셨다.

모든 설명이 끝난 후 지크는 사바신, 길트의 어깨를 치며 나가자는 손짓을 했다. 사바신은 알았다는 듯 쾌히 일어났지만, 길트는 불안했는지 쉽게 일어나지 못했다.

"저, 왜 그러시죠?"

길트의 물음에, 지크는 기이한 표정으로 대답할 뿐이었다. 결국 그는 협박에 못 이긴 사람처럼 터벅터벅 식당 밖으로 빠져나갔고, 그 뒷모습을 지켜본 리오는 피식 웃으며 중얼댔다.

"의외로 일이 쉽게 풀릴 것 같군요. 저 녀석들, 사람을 억지로 설득시키는 데는 정평이 나 있거든요."

"억지로……요?"

마르티네즈가 이해할 수 없다는 표정을 짓자, 브라디가 그에 대한 답변을 대신 해 주었다.

"설득보다는 협박이죠."

한편 길트를 여관 옆 골목으로 데리고 나온 지크와 사바신은 미리 짜 둔 각본에 따르듯, 길트를 사이에 두고 그의 어깨에 팔을 걸쳤다. 길트는 랜시와 함께 일했던 항구에서 이와 같은 상황을 시작으로 돈을 뜯긴 적이 있었기에 약간 겁에 질린 표정을 지었다.

"무, 무슨 일이시죠?"

잠시 후 지크가 먼저 말문을 열었다.

"동생들에 대해 말해 봐, 왕자."

"예? 아, 예. 에이웰은 검은 머리에 예쁘고, 제1 공주답게 상당히 침착한 성격이죠. 하지만 몸이 상당히 말라서 걱정을 많이 하곤 했습니다. 음식을 잘 만들었지만, 아바마마께 자신이 만든 음식을 드린 적은 없습니다. 지금은 어떨지 모르지만, 4년 전엔 저보다도 더 어른스러웠죠."

'랜시도 너보다는 어른스러워.'

동시에 그런 생각을 한 듯, 지크와 사바신은 똑같이 어색한 얼굴로 길트를 내려다보았다. 그 시선을 모르는 길트는 계속 말을 이었다.

"에이쉘은 저와 같은 머리색에 주근깨가 조금 있긴 했지만 귀여웠어요. 에이쉘과는 달리 좀 덜렁대는 편이고, 또 멋에 대해서 지나치게 신경 쓰곤 했죠. 옷을 만드는 사람이 되고 싶다고 아바마마께 말씀드렸다가, 하루 종일 혼이 나기도 했어요. 저보다 어리지만, 다른 사람을 다독여 줄 정도로 따뜻한 아이입니다."

'자기가 꽤나 어른인 줄 착각하고 있군.'

둘의 표정은 다시금 변했다. 길트가 자신에게 시선을 돌리자, 거짓말처럼 표정을 바꾼 지크는 씩 웃으며 그에게 물었다.

"이봐, 왕자. 너 그 동생들 보고 싶지?"

"예? 무, 물론이죠. 아까 제가 흥분한 모습을 보인 것도, 동생들을 보고 싶다는 생각과 블레이크 경에 대한 생각이 이상하게 꼬여서 그렇게 된 것 같습니다. 저, 정말로 동생들이 보고 싶습니다. 제 스스로 그 애들을 지켜 주고 싶습니다. 4년 전까지는 그 애들이 저를 지켜 줬으니까요."

그러자 지크와 사바신은 길트가 측은하게 느껴진 듯, 한숨을 길게 내쉬며 그의 머리를 쓰다듬어 주었다. 길트도 그들의 손길이 따뜻하게 생각됐는지, 묵묵히 고개를 숙였다. 하지만 길트는 아직 둘을 몰랐다. 지크는 마치 자신의 일처럼 눈을 부릅뜨며 중얼댔다.

"동생들이 너를 지켜 줘야 했을 정도로, 싸움을 그렇게 못했단 말이야?"

"네?"

길트는 다시금 당황하며 해명하려 했지만, 나름대로 감동에 빠진 사바신의 그의 말은 미리 막았다.

"좋아! 몸으로 싸우는 건 우리가 책임지지! 사나이의 길은 사나이가 뚫어 주는 법! 우리가 네 동생들을 찾아 주고, 너도 강하게 만들어 주겠다!"

"물론이지! 맘에 들었다, 사나이 사바신!"

"자네도, 사나이 지크!"

길트는 자신을 사이에 두고 주먹을 부딪치는 두 사나이의 단단한 몸에 휩쓸려 자신의 의지와는 상관없이 이리저리 몸을 움직여야만 했다. 그는 괴로운 표정을 지으면서도, 설마 리오가 이 두 사람만 덜렁 보내진 않겠지 생각했다.

그러나…….

"음, 좋아. 그럼 이번 일은 지크와 사바신, 랜시, 길트가 나서도록 하자."

"그렇지!"

지크와 사바신은 자신들의 제의가 받아들여지자 활짝 웃으며 손을 마주쳤다. 하지만 리오의 결정에 마르티네즈는 약간 불안한 기색을 드러냈다.

"리오 씨, 지크 씨와 사바신 씨 두 분만 보내는 것은 약간 위험하지 않을까요? 두 분이 강하다는 것은 알지만…….."

"아, 그건 둘이 리더가 됐을 때 문제겠죠. 하지만 이번 일의 리더는 길트 왕자입니다."

"예?"

"의지만으로 해결될 일이 아니라면 저는 맡기지 않습니다. 그러나 이번 일은 단순합니다. 장차 왕이 될 사람이 이런 일로 경험을 쌓는 것도 좋겠죠. 지크와 사바신의 역할은 길트 왕자의 근위대일 뿐입니다."

"그렇군요."

그래도 근심을 지울 수 없었는지, 마르티네즈는 두 사람들을 돌아봤다. 지크와 사바신은 거의 춤이라도 출 듯 기뻐했지만, 길트는 마치 마왕에게 끌려가는 공주처럼 사색이 된 채 의자에 반쯤 쓰러져 있었다.

마르티네즈는 그런 그의 심정을 이해할 수 있을 것만 같았다.

그날 오후, 길트를 비롯한 임시 팀은 장비를 단단히 갖추고 폴카가 말해 준 '바렌더스' 계곡을 향해 출발했다. 도시에서 도보로 약 3일 정도 떨어진 곳이었기에 랜시와 길트가 멘 배낭의 크기는 상당했다.

반면 지크와 사바신은 무기만 가지고 출발했기에, 누가 보면 두 명의 남자가 남녀 하인 둘을 데리고 길을 떠나는 것으로 착각하기 쉬웠다. 길트와 랜시는 이 불공평한 상황에 강한 불만을 나타냈으나, 지크와 사바신은 체력 수련이라는 말로 그들의 입을 막았다.

배웅을 마치고 여관에 돌아온 리오 역시 바이칼과 함께 떠날 채비를 했다. 마르티네즈가 어딜 가냐고 묻자, 리오는 친구의 머리를 가볍게 쓰다듬으며 말했다.

"아, 이 녀석의 동생이 아프다는 얘기를 들어서요. 그래서 잠깐 가 보려고 합니다."

"예? 아니, 저분의 동생이 아픈 게 중요한가요, 아니면 이쪽 일이 중요한가요? 지금이 어떤 상황인지 아시고 그러는 겁니까!"

리오는 어찌할까 생각하다가 묘수가 떠오른 듯 손가락을 퉁기며 브라디를 불렀다. 그녀와 잠시 귓속말을 주고받은 그는 손에 올린 브라디를 마르티네즈에게 내밀며 한 가지 제안을 했다.

"자, 그럼 인질로 브라디를 잡고 계십시오. 가야 하는 상황이니 제발 이해해 주시길 바랍니다. 길트 팀이 돌아오기 전에 반드시 오겠습니다."

마르티네즈는 이 남자가 갑자기 왜 기를 쓰고 가겠다는지 이해할 수 없었다. 그러나 브라디라는 인질도 있고, 폴카도 있고, 또 리오가 도망칠 사람은 아니라는 생각에 결국 그녀는 허락해 주었다.

"좋아요. 무슨 일인지는 더 이상 묻지 않겠으니 빨리 다녀오세요."

"감사합니다. 자, 가자. 바이칼."

"흠."

바이칼은 뚱한 표정으로 리오를 따라 여관을 나섰다.

브라디를 어깨에 앉힌 마르티네즈는 한숨을 내쉬며 중얼댔다.

"길트 왕자가 돌아올 때까지 시간이 남긴 하지만, 도대체 무슨 일일까? 브라디, 너는 알고 있니?"

브라디는 가늘고 긴 다리를 흔들며 가볍게 대답했다.

"애인들끼리 일은 관여하지 않는 게 좋아요, 마리 님."

할 말을 잃은 마르티네즈는 이마를 짚은 채 방으로 올라갔다.

듀 베를을 완전히 벗어나자, 바이칼은 빛과 함께 드래곤으로 모습을 바꾸었고, 리오가 등에 올라타자마자 거대한 날개를 펼치며 공중으로 날아올랐다.

한참 동안 날던 바이칼이 등에 탄 친구를 흘끔 바라보며 물었다.

"에스토드 왕국에는 왜 가려고 하나?"

바람에 날리는 머리카락들을 정리하던 리오는 손을 멈추며 대답했다.

"응, 휀에게 들을 것도 있고, 얘기해 줄 것도 있어서. 그가 사탄이 개입되었다는 사실을 모르고 있을 수도 있거든. 나도 미처 듣지 못한 얘기가 있을 수도 있고 말이야."

"사탄······?"

잠시 악마왕의 이름을 읊조린 바이칼은 이내 인상을 구기며 투덜댔다.

"고작 수다를 떨기 위해 이 몸의 등을 빌렸다는 말이군."

리오는 살짝 어깨를 으쓱했다.

"그것도 있고, 또 에스토드 왕국 특산 요리가 아이스크림이거든. 싫으면 방향 바꾸든가."

"흥, 건방진 녀석."

리오는 아이스크림이란 말을 들은 직후 바이칼의 날갯짓이 더 빨라졌다는 느낌을 지울 수 없었다.

얼마 지나지 않아 바다로 들어선 리오는 약간 추운 듯 팔짱을 끼며 바이칼에게 물었다.

"서룡족에선 악마들의 특별한 움직임을 잡은 적 있어? 이 일은 꽤 오래전부터 진행된 것이라 혹시나 해서 말이야."

잠시 기억을 더듬어 본 바이칼은 짧게 한숨을 짓고는 아는 대로 대답했다.

"이 세계의 시간으로 1년, 신계의 시간으로는 두 달 전의 일이다. 장로가 소문으로 들은 일이라며 악마계에서의 짧은 내란 소식을 이 몸에게 가져왔다. 방금 전까지는 그 얘기를 대수롭지 않게 생각했지만, 네가 사탄이라는 말을 하니 좀 달라지는군."

"음? 왜?"

바이칼은 대답하기 전에 날개를 활짝 펴며 기류를 이용한 활공 비행을 펼쳤다. 기류를 제대로 탄 것을 확인한 후 그는 말을 이었다.

"그 내란은 두 개의 악마왕 진영끼리 벌인 것이다. 임시로 악신계를 주관하는 신, 하데스의 빠른 개입으로 내란은 특별한 확산 없이 멈췄지만, 여기서 네가 주목할 점은 그 두 악마왕 중 하나가 바로 사탄이라는 것이다."

"……!"

리오의 표정이 단번에 굳어졌다.

이번 일에 참여한 이후, 그가 만난 악마왕의 측근은 두 명이다. 방금 전 바이칼이 말했던 사탄의 직속 부하 하인켈과 또 다른 악마왕 아스타로트의 친딸 유로였다. 리오는 혹시나 하는 마음에 입을 열었다.

"설마 사탄과 싸운 악마왕이 아스타로트는 아니겠지?"

"음? 잘도 아는군."

간단한 대답이었지만, 리오가 머리를 감싸 쥐기에 충분했다. 여러 가지 가능성을 묵묵히, 하지만 필사적으로 생각해 보던 그는 곧 씁쓸한 표정을 지으며 말했다.

"바이칼, 이번 일은 아무래도 아롤이 힘을 되찾는 것과는 관계가 없을지도 몰라."

"뭐?"

바이칼은 친구의 진지한 모습을 흘끔 돌아봤다. 리오는 고개를 흔들며 다시 말했다.

"아냐, 아직 확실치 않기 때문에 함부로 말할 수는 없어. 자, 알기 위해서라도 최대한 빨리 가자, 바이칼."

"흥, 또 흥분하고 있군."

바이칼은 강하게 날갯짓을 하며 재빨리 고도를 높였다. 점점 작아지는 지면의 저편으로, 순백의 나라 에스토드 왕국의 모습이 서서히 드러나기 시작했다. 막 동이 트는 대륙의 모습은 구름에 휩싸여 평온해 보였지만, 그곳을 보는 리오의 눈에는 그 어느 때보다 짙은 근심이 서려 있었다.

집무실, 담배 그리고 얼음을 넣은 증류주가 가장 잘 어울리는 남자. 누가 그렇게 말한 것도 아니고, 휀 스스로 그것들과 어울리기 위해 노력한 것도 아니다. 나뭇가지에 나뭇잎이 달린 것처럼 그냥 자연스러웠다.

"후."

그는 한숨을 내쉬며 이틀 내내 검토하고 결재한 서류를 책상 한쪽 구석으로 밀쳤다. 휀의 앉은키보다 높은 서류의 끝은 지금까지 쌓인 그의 피로가 어느 정도인지를 말해 주는 것 같았다. 물론 보통의 재상이라면 부하에게 도장을 맡기거나 일주일 내내 결재를 해야 할 엄청난 양이었지만 집중력의 화신인 그에게는 익숙한 일이었다.

휴식을 취할 때 쓰는 큰 의자로 몸을 옮긴 그는 의자 깊숙이 몸을 들이밀며 의자 등받이에 걸어 놓은 자신의 코트를 뒤적거렸다.

"다이어트는 가능해도 금연은 불가능인가."

그의 손에 들려 나온 것은 긴 펜이었다. 하지만 그것은 껍데기일 뿐, 그가 펜의 뚜껑을 열자 하얀 담배 한 개비가 머리를 드러냈다.

"처량하군."

그는 입에 문 담배에 불을 붙인 뒤, 연기를 흠뻑 들이마셨다. 하루에 하나 이상은 피우기 힘들었지만 그가 연기를 빨아들이는 양은 이전보다 더 많았다. 하지만 기분 좋은 표정은 느껴지지 않았다. 여전히 그에게서 표정 변화를 찾아보기 힘들었다.

그러나 그날은 운이 없었는지 누군가 그의 집무실 문을 두드렸다. 그는 연기를 다시 들이마시며 말했다.

"무슨 일인가."

"예, 각하. 공주마마께서 오셨습니다."

그는 눈을 감고 말았다. 두 번밖에 빨지 못한 담배를 무거운 손짓으로 재떨이에 끄고 코트를 단정히 챙겨 입으며 다시 말했다.

"모시도록."

이윽고 시녀의 고개 숙인 모습과 함께 미색 드레스 차림의 여성이 집무실로 들어왔다. 머리나 옷차림에 화려한 치장은 하지 않았지만, 그런 것이 없어도 빛나 보이는 에스토드 왕국의 왕녀, 클라리스였다.

휀은 그녀에게 예를 갖추며 물었다.

"무슨 일로 오셨습니까?"

올해로 열아홉 살이 되긴 했지만, 어린 시절의 모습이 아직 남아 있는 그녀는 빙긋 웃으며 답했다.

"이틀 동안 철야로 사무 처리를 하셨다 들었습니다. 피곤도 하실 테고, 크리스 님도 뵙고 싶으실 텐데 오늘은 퇴근하시는 것이 어떤지요."

그러자 휀은 덤덤히 대답했다.

"상무대신 쿠덴베르그의 사후 인수인계 작업이 아직 마무리되지 않았습니다. 이틀 후면 마무리될 듯하니, 그날 퇴근하겠습니다."

"그렇습니까……."

자신이 들어오기 전까지 휀이 앉아 있던 자리에 앉은 클라리스는 살짝 한숨을 내쉬며 말했다.

"쿠덴베르그 님께선 재상뿐만 아니라, 할바마마와 저의 일도 모두 챙겨 주실 정도로 좋은 분이셨죠. 슈웰과 크리스 님께는 친딸을 대하시듯 잘해 주셨고요. 재상께서도 그분의 도움을 많이 받으셨다 들었습니다. 그런데 그런 분이 그렇게 갑자기 돌아가실 줄은……."

닷새 전 심장마비로 죽은 상무대신 쿠덴베르그의 얘기였다. 잠시 자신의 책상 쪽을 바라본 휀은 그 옆에 놓인 간이 의자에 앉으며 말했다.

"사람은 누구나 죽게 마련입니다."

"예……?"

10년 동안 접하면서도 여전히 그의 차가운 말에 깜짝깜짝 놀라는 클라리스였다. 휀은 아직 처리 못 한 서류를 들며 말을 이었다.

"그러나 상무대신은 보통 사람에 비해 많은 것을 남겼습니다. 저희의 결혼 기념일 선물까지 남긴 것은 물론이고, 보시는 대로 경이적인 양의 인수인계 서류 역시 저에게 남겨 놨습니다."

클라리스는 손으로 자신의 입을 재빨리 막았다. 물론 그의 이야기가 너무 슬퍼서는 아니었다. 무표정으로 그런 말을 하니 왠지 모르게 웃음이 났다. 그녀를 흘끔 본 휀은 눈을 감으며 계속 말했다.

"그런 물질적인 것 말고도, 상무대신은 전하와 공주님을 비롯한 많은 사람들에게 아쉬움을 남겼습니다. 사람은 죽으면 그것으로 끝입니다. 그에게서 더 이상의 조언과 재물 등을 바랄 수는 없습니다. 아까 말씀드렸듯이 누구나 마찬가지입니다만, 죽은 사람에 대한 아쉬움의 정도는 사람마다 다릅니다. ……그냥 그렇다는 말씀입니다. 너무 신경 쓰지 마십시오."

말을 마친 휀은 마침 잘됐다는 듯 펜을 들어 손에 든 서류에 사인을 했다. 하지만, 클라리스는 자신도 모르게 이상한 질문을 하고 말았다.

"그렇군요. 그럼 재상께서 돌아가셨을 때는 얼마나 많은 분들이 아쉬워하실까요? 궁금하군요."

휀은 사인하던 손을 멈추고 클라리스를 조용히 돌아봤다. 그 시선에 퍼뜩 정신을 차린 클라리스는 자신이 엄청난 악담을 하고 말았다는 것을 깨달았는지, 얼른 손으로 얼굴을 감싸며 사과했다.

"죄, 죄송합니다, 재상! 제가 그만 말실수를 한 것 같은데, 제발 너그러이 용서해 주십시오!"

"아닙니다, 공주님. 공주님의 말씀을 듣고 잊었던 것이 떠올랐습니다. 그럼 저는 나가 보겠습니다. 쉬십시오."

서류를 다시 책상에 놓은 휀은 별다른 말 없이 집무실을 나섰다. 홀로 집무실에 남겨진 클라리스는 손바닥으로 이마를 살짝 치며 자신을 책망했다.

"아아, 어쩌면 좋니, 바보 클라리스. 그렇지 않아도 피곤하신 분께 엉뚱한 말실수나 하다니…… 하, 난 정말 큰일이야."

집무실을 나선 휀은 정원으로 가는 도중 발렌시아를 만났다.

아직도 제1기사단장의 꼬리표를 떼지 못한 30대의 무관은 휀과 마주치자마자 어색한 표정을 지었다. 일주일 전 일어난—그와 관련된—불미스러운 사태 때문이었다. 어쨌든 그는 곧 경례를 붙였다.

"안녕하십니까, 각하! 제1기사단장 발렌시아, 각하께 인사드립니다!"

"부인은 잘 있나?"

발렌시아는 즉시 딱딱한 자세를 풀며 머리를 긁적였다.

"아, 하하, 그녀는 괜찮습니다. 제 부주의로 일어난 일이니 너무 신경 쓰지 마십시오. 그녀 역시 각하의 결정에 불만을 가지고 있진 않습니다. 물론 그때는 그렇지 않았지만요, 하하하."

나이에 걸맞게 수염을 덥수룩하게 기른 발렌시아는 굵은 웃음과 함께 갈등을 털어 내려는 듯했다. 발렌시아를 바라보던 휀은 그를 향해 지그시 손을 내밀었고, 그의 갑작스러운 행동에 발렌시아는 웃음을 멈추며 그에게 물었다.

"무, 무엇이 필요하십니까?"

"담배."

"아, 예."

자신의 것까지 두 개비를 꺼낸 발렌시아는 휀에게 불을 붙여 주고는 넌지시 물었다.

"그런데 말입니다. 들기로는 크리스 선생님께서 금연령을 내렸다고 하시던데, 괜찮으시겠습니까?"

휀의 대답은 역시 냉랭했다.

"자네가 알 바 아니지."

"그, 그렇군요. 아, 슈웰 말입니다. 어제 대련을 해 봤는데, 제가 도저히 상대가 안 될 정도로 강해졌더군요. 도대체 어디서 공격이 날아오는지 알 수도 없을 정도였습니다. 하긴 각하께서 그렇게 소중히 키우셨으니 당연하죠. 저도 제 아이를 그렇게 키울 수 있을지 걱정입니다."

그러자 휀은 입에서 담배를 떼며 말했다.

"슈웰을 훈련시킨 기억은 있어도, 키운 기억은 없어."

"예?"

발렌시아는 할 말을 잃고 말았다. 무슨 말을 해야 할지 알 수 없었기에 그는 묵묵히 휀의 뒤를 따르기만 했다. 그는 쓸쓸히 웃으며 말했다.

"그래도 뿌듯하시긴 할 것 같습니다. 그 아이를 10년 동안 봐 온 저도 뿌듯하니 말이죠. 아, 식사하러 가시겠습니까?"

둘은 천천히 장교 식당을 향해 발걸음을 옮겼다.

아네라족의 최고위 전사, 지르콘 나이트 프레데릭은 저택 밖으로 나설 때는 몸 전체와 머리를 옷으로 감싼다. 휀의 저택에서 일하는 하인들과 휀의 측근들은 그의 모습을 잘 알았지만, 그 외의 사람들은 4년 동안 그의 정체를 전혀 모르고 지내 왔다. 근처에 사는 사람들은 휀의 저택에 이상한 거인이 산다고 생각할 뿐이었다.

4년이란 시간 동안 그에 대한 비밀이 지켜질 수 있었던 것은 프레데릭의 완벽에 가까운 자기 관리 덕분이었다. 그가 낮에 밖에 나가는 시간은 단 한 시간, 크리스와 슈웰의 대련을 지켜볼 때와 슈웰에게 검술을 가르칠 때뿐이었고, 그 외에는 집 안에서만 활동했다. 그 덕분에 휀도 이상한 소문에 휘말리지 않고 국정을 운영할 수 있었다.

오늘 아침도 어김없이 프레데릭은 크리스와 슈웰의 대련을 지켜보는 중이었다.

"슈웰, 허리가 약하다."

"알고 있어요!"

프레데릭의 조언에 반발하듯, 슈웰은 허리를 강하게 틀며 크리스에게 일격을 날렸다. 왼손에 든 검으로 슈웰의 일격을 받아 낸 크리스는 재미있다는 듯 씩 웃으며 반대편 검으로 공기를 갈랐다.

"프레데릭, 계속 슈웰에게만 조언해 줄 거예요? 이건 불공평해요!"

"윽!"

크리스의 강격을 정면으로 받아 낸 슈웰은 온몸을 엄습하는 충격에 이를 악물고 몸을 뒤로 날렸다.

18세가 된 지금, 슈웰은 상당한 신장과 체중을 갖추게 됐지만 크리스의 신체 조건에 비하면 아직 부족했다. 기교는 비슷하다 해도 힘과 속도에서 절대적으로 밀렸기에 16세부터 해 온 대련에서 그녀는 단 한 번도 크리스를 이긴 적이 없었다. 그래도 최근에는 크리스가 땀에 흠뻑 젖을 정도로 훌륭한 실력을 보였기에 슈웰은 지면서도 실력 향상에 대한 만족감을 느꼈다.

머리를 예전처럼 기른 크리스는 호흡을 가다듬으며 앞에 선 슈웰을 살폈다.

4년 전, 전쟁을 마치고 돌아온 이후 슈웰은 육체적으로나 정신적으로나 상당한 성장을 했고, 지금은 자신도 절대 방심할 수 없는 수준에 올라서 있었다. 정상적인 인간 중에 슈웰을 일대일의 대련에서 이길 수 있는 사람은 거의 드물 정도였다.

꼬르륵.

그때 슈웰의 배에서 신호가 들려왔다. 둘은 킥킥 웃으며 검을 거두었고, 벤치에 묵묵히 앉아 있는 프레데릭을 향해 손짓을 했다.

"프레데릭 아저씨, 우리 들어가요."

언제나 그랬다. 둘 중 한 명이 배가 고프면 아침 대련은 그것으로 끝이었다. 프레데릭은 천천히 일어나며 현관으로 가는 슈웰에게 말했다.

"검을 험하게 다루는 버릇은 아직 고치지 못한 것 같군. 자신의 검이 보통의 철검이라는 것을 안다면 검의 수명을 언제나 상기하는 것이 좋아. 어제도 말했듯이 말이다."

슈웰은 움찔하며 손에 든 목검과 크리스의 목검을 번갈아 바라봤다. 생각보다 많은 흠집이 자신의 목검에 새겨져 있었지만, 크리스의 목검은 그런 상처가 거의 없었다.

그녀는 작년부터 기르기 시작한 머리—어깨 아래까지 내려오는—를 긁적이며 씁쓸히 웃었다.

"듣고 보니 그러네요, 아저씨. 아, 그럼 말씀만 하지 마시고 직접 가르쳐 주세요! 아저씨가 지금까지 가르쳐 주신 것은 기를 사용하는 방법뿐이잖아요."

프레데릭의 두툼한 눈두덩이 꿈틀댔다. 잠시 생각해 보던 그는 땀에 젖은 슈웰의 어깨를 두드리며 말했다.

"검을 다루는 버릇은 경험에서 오는 것이다. 너의 기량 등은 보통 인간의 극한에 이르렀다 해도 과언은 아니지만, 경험만큼은 아니다. 전투라는 것은 힘과 속도, 탄력, 기량만으로 승패를 결정짓는 것이 아니라, 경험이라는 최대의 요소가 있어야만 가능한 것이다. 가급적이면 검을 험하게 다루지 않고 싸우는 법을 스스로 찾아봐라."

"흠, 알았어요. 크리스, 빨리 씻으러 가요. 땀이 식으니 점점 추워져요."

"응, 그래."

둘은 번개같이 현관으로 뛰어 들어갔다. 이어서 프레데릭도 들어가려 했으나, 그의 육중한 발걸음은 곧 굳게 멈추고 말았다.

프레데릭은 자신의 몸집과는 어울리지 않게 재빨리 뒤로 돌아섰다. 눈동자가 없는 그의 시선은 이내 정문을 열고 정원으로 들어오는 한 남자에게 쏠렸다.

'신장, 체중, 근력, 몸의 중심……. 완벽하다. 신체 조건만으로 친다면 휀을 능가하고도 남을 존재다. 게다가 몸에서 풍기는 기운도 예사롭지 않다. 결코 방심할 수 없는, 아니 상대가 방심하길 바라야 하는 상황인가.'

프레데릭의 시선을 느낀 그 남자도 서서히 몸을 멈췄다. 그러나 그 대치 상황은 오래가지 못했다. 붉은 머리의 남자를 따라 들어온 군청색 머리의 미청년 덕분이었다. 아이스크림을 핥으며 들어온 청년은 가볍게 인상을 쓰며 투덜댔다.

"감히 이 몸의 길을 막다니, 아이스크림 세 개는 각오하도록……. 응? 아네라족이잖아?"

"아, 아니……! 설마 알렉산더?"

자신도 모르게 중얼거린 프레데릭은 그 청년의 모습에 놀란 듯 눈을 크게 떴다. 그의 중얼거림을 들은 청년 바이칼은 여성보다 긴 속눈썹을 살짝 떨며 중얼댔다.

"알렉산더? 저 녀석, 아바마마를 알고 있나?"

"글쎄다."

리오는 그의 머리를 부비고 씩 웃으며 발걸음을 옮겼다.

"직접 부딪쳐 봐야 아는지 모르는지 알겠지. 휀의 저택에 있는 것으로 보아 적은 아닌 것 같으니 일단 안심하자."

"흥."

바이칼은 못마땅한 듯 차갑게 한숨을 흘렸다.

약간 긴장한 얼굴로 거구의 프레데릭에게 다가간 리오는 일단 아네라족에 대한 예우를 갖추며 자신을 소개했다.

"가즈 나이트, 리오 스나이퍼라고 합니다. 휀의 집에 머무시는 손님입니까?"

역시 긴장하고 있던 프레데릭은 이내 표정을 풀었다. 의문이 한 순간에 해결되었기 때문이다.

"가즈 나이트……? 아아, 그대가 바로 무속성의 리오 스나이퍼였구려. 실례를 용서하시오, 리오 스나이퍼. 당신이 그 리오 스나이퍼인지 미처 몰랐소. 난 아네라족의 지르콘 나이트, 프레데릭이라 하오. 그런데 옆에 계신 용족은……."

리오가 보기에, 앞에 있는 아네라족은 바이칼의 소개에 대해 왠지 애를 태우는 것 같았다. 리오는 바이칼 스스로 자신을 밝히는 것보다, 자신이 바이칼을 소개하는 것이 더 나을 거라고 생각했다.

"서룡족의 제왕, 바이칼 레비턴스 전하이십니다. 평상시엔 저와 말을 놓고 지내시니, 이후엔 양해해 주십시오."

"바이칼…… 레비턴스? 그, 그렇구려. 일찍 인사드리지 못해서 사죄를 드립니다, 전하. 저는 아네라가 가진 견고(堅固)의 상징인 지르콘 나이트, 프레데릭이라 합니다."

인사를 하긴 했지만, 바이칼이나 리오가 보기에 프레데릭은 상당히 아쉬워하는 것 같았다. 날씨가 약간 싸늘하게 느껴져서일까. 바이칼은 프레데릭에 대한 의문을 일단 접어 두고 묵묵히 현관문을 열었다.

거실 청소를 하던 하인들과 집사 란슬롯은 갑자기 들어온 바이칼을 보고 깜짝 놀라며 돌아봤다. 도대체 어떤 용감한 자이기에 왕궁 다음으로 들어오기 힘든 재상의 저택에 함부로, 그것도 거만한 표정과 몸짓으로 들어온단 말인가.

"누, 누구요? 무슨 일로 이곳에 왔소? 초대장이나 약속이 잡혀 있지 않은 자는 이곳에 들어올 수 없소!"

란슬롯은 무서운 얼굴로 바이칼에게 다가오며 경고했다. 그러나 뒤따라 들어온 리오에 의해 더 이상의 일은 일어나지 않았다.

"아, 오랜만에 뵙습니다, 집사님. 이 친구가 너무 추운 나머지 실례를 저지른 것 같습니다. 저를 기억하십니까?"

"음?"

란슬롯은 미간을 좁히며 리오를 자세히 바라봤다. 시간이 갈수록 기억력이 떨어진다며 하인들에게 가끔 한탄하던 그였지만, 중요 인물은 틀림없이 기억했기에 란슬롯은 표정을 활짝 펴며 반가워했다.

"아, 리오 스나이퍼 님이셨군요! 친구분과 같이 오셔서 얼른 알아뵙지 못했습니다. 어서 들어오십시오! 여보게, 어서 이분들을 안내해 드리고 따뜻한 차를 내오게."

청소 도구를 내려놓은 하인들은 응접실로, 부엌으로 분주히 움직였다. 그들의 모습과 저택 내부의 화려한 모습을 돌아보던 바이칼은 불만스레 팔짱을 끼며 중얼댔다.

"흥, 웬 녀석 돈 좀 벌었군. 팔자에도 없는 저택에다 하인까지…… 읍읍!"

"예?"

당황한 란슬롯이 그를 쳐다본 순간, 친구의 입을 손으로 막은 리오는 아무 일도 아니라는 듯 고개를 저었다.

"이런 집에 살아보는 것이 이 친구 꿈이었거든요, 하하하."

"아, 그렇군요. 이쪽으로 오십시오. 마님과 아가씨께서는 잠시 후 내려오실 테니, 응접실에서 편안히 기다려 주십시오."

"예, 알겠습니다."

란슬롯이 응접실 쪽으로 시선을 돌리자마자, 바이칼과 리오는 서로 투덜대기 시작했다. 아직도 상황 파악을 못 하고 사느냐, 자신의 입을 막은 대가는 무섭다 등이었지만 그들을 따라 응접실로 향하는 프레데릭의 눈에는 그리 심한 다툼처럼 보이지 않았다.

'차분한 성격이었던 알렉산더와는 다르군. 하긴, 시간이 시간이니만큼 세대 차이도 크겠지.'

그러나 그에게도 걸리는 부분이 한 가지 있었다.

'그런데 체형이 안 좋군. 얼굴은 그렇다 쳐도, 알렉산더는 몸매까지 여자 같지는 않았는데.'

응접실에 들어선 프레데릭은 자신의 전용 의자—보통 의자는 그의 몸을 오래 견디지 못한다—에 앉아 팔짱을 꼈다. 그는 두건의 그늘을 통해 시선을 들키지 않고 계속 바이칼의 행동을 주시했다.

"이 과자는 뭐지?"

아이스크림을 다 먹은 바이칼은 차와 함께 나온 갈색 과자를 집어 들었다. 리오는 간단히 대답해 주었다.

"차에 찍어 먹는 거지, 뭐. 예전에 한 번 먹어 봤는데 맛있었어. 저번처럼 떨어뜨리지 말고 조심해."

"흥, 그때의 나와 지금의 내가 같다고 착각하나."

자존심이 상했는지, 눈썹을 살짝 꿈틀댄 바이칼은 과자를 조심스레 들어 찻잔에 가져갔다. 그러나 그의 부주의로 과자는 그만 찻잔 속에 떨어지고 말았다.

멍한 눈으로 자신의 손과 찻잔 속으로 떨어진 과자를 바라보던 그는 슬그머니 리오를 돌아봤다.

"조심하라니까."

차를 막 마시려던 리오는 실소를 터뜨리며 친구와 찻잔을 바꿨다. 그 모습을 똑똑히 본 프레데릭은 고민스레 눈두덩을 움직이며 내심 중얼댔다.

'음, 저런 사이였나. 알렉산더가 알면 땅을 치겠군.'

"저, 초면에 실례지만 한 가지 여쭤 봐도 괜찮겠습니까, 프레데릭 님!"

리오의 물음에, 프레데릭은 고개를 끄덕였다.

"뭐든지 물어보시오."

"예. 저택에 들어오기 전에 프레데릭 님께서 선대 용제의 성함을 말씀하신 것 말입니다. 혹시 그분을 아시는가 싶어서 여쭙는 것입니다만……."

리오가 말하긴 했지만, 사실은 바이칼이 더 궁금해하는 일이었다. 다행히 프레데릭은 별다른 거부감 없이 그에 대해 얘기해 주었다.

"음…… 용족과 아네라족은 직접 접촉한 일이 거의 없소. 태곳적부터 그랬소. 그런 사실에 대한 역사적 기록조차 거의 없었기에, 어릴 때부터 호기심이 많았던 난 지르콘 나이트라는 직책의 특권인 타 종족과의 접촉 승인을 얻자마자 용족을 찾았소. 서룡족의 성전인 드래고니스를 비밀리에 방문한 난 당시의 용제 알렉산더 님과 얘기할 기회를 얻었고 나와 알렉산더 님은 얼마 후 개인적인 얘기를 나눌 정도까지 친분을 쌓을 수 있었소. 그분의 당시 나이는 신계의 시간으로 약 980세, 아마 현재의 용제 전하와 거의 비슷한 나이셨을 것이오."

얘기를 들으며 과자가 둥둥 떠 있는 리오의 찻잔을 보던 바이칼은 그제야 프레데릭에게 시선을 돌리며 물었다.

"장로는 알고 있소?"

아버지와 친했다는 사실 때문인지, 바이칼은 다른 때와 달리 존 칭을 사용했다. 프레데릭은 천천히 고개를 끄덕였다.

"존경하는 용족이오. 웬만한 아네라족도 무시하지 못할 만큼 풍부한 지식과 경험을 지닌 용족이었소. 알렉산더 님의 보좌와 그 거대한 드래고니스의 실질적 운영을 같이하면서도, 두 가지 모두를 훌륭하게 해내고 계셨소. 그런데 지금도 건강히 계시오? 나이가 상당하실 텐데……."

"건강하시오."

"아아, 다행이오. 세상에 다시 나왔을 때, 그분이 안 계시면 어떻게 하나 상당히 걱정했소. 정말 다행이오."

그러자 바이칼의 눈이 살짝 꿈틀댔다.

"왜, 돈이라도 꾸어 주었소?"

갑작스러운 말에 당황한 듯, 프레데릭의 눈이 커졌다. 바이칼은 진지한지 인상을 구기며 프레데릭과 리오를 번갈아 바라봤지만, 리오는 도저히 그를 말릴 수가 없었다. 그는 터져 나오는 웃음을 참기도 어려운 상태였다.

"손님께서 오셨다고요? 누구시죠?"

그때 크리스와 슈웰이 응접실로 들어왔다. 리오는 헛기침을 하며 웃음을 꾹 참고는 자리에서 일어났다.

"오랜만에 보는군, 크리스. 아, 나도 형수님이라 불러야 하나?"

"어? 리오 스나이퍼! 이야, 4년 만이긴 하지만 다시 보니 2백 년 만에 만났을 때보다 반가운데? 하하핫!"

크리스는 호쾌한 웃음과 함께 리오와 악수를 나눴다. 리오는 역시 변한 게 하나도 없다 생각하며 크리스 뒤에 있는 슈웰에게 시선을 돌렸다.

"많이 컸구나, 슈웰. 이제 아가씨라고 불러야겠는데?"

잠시 동안 그를 바라보던 슈웰은 이내 씩 웃으며 머리를 긁적였다.

"히힛, 키만 컸죠. 그런데 아저씨는 4년 전에 뵈었을 때와 똑같은 것 같아요. 분위기도 그렇고……."

"후훗, 휀도 그럴 텐데, 뭘. 아, 크리스. 휀은 언제 들어오지?"

크리스는 벽시계를 잠깐 바라본 뒤 팔짱을 끼면서 한숨을 내쉬었다.

"그이는 아마 내일이나 들어올 거야. 요즘 뭐가 그리 바쁜지 모르겠어. 벌써 이틀째 얼굴도 못 봤다니까? 도대체 집을 잠깐 들르는 여관으로 착각하는 건지, 하여튼 그 남자는 그래. 내일이 결혼 기념일이란 사실을 알기나 하는지 모르겠어."

"그래……?"

겉으로는 웃었지만, 리오는 내심 걱정되었다. 자신이 알고 있는 사항을 휀도 알 것이라는 생각이 들었다.

'내일 들어온다? 그것도 확정적인 것은 아니니 지체하지 말고 만나 보는 것이 좋겠군. 재상 부인 정도면 왕궁 출입은 할 수 있겠지?'

그는 다시 자리에 앉으며 크리스에게 물었다.

"크리스, 나와 함께 휀을 만나러 갈 생각 없어? 이틀 동안 못 봤으니 보고 싶어 할 것 같은데. 물론 휀이 크리스를 말이야."

"뭐? ……혹시, 무슨 일이라도 있는 거야?"

"아니, 왜?"

리오는 자신이 말을 잘못했나 생각했으나, 아직 그의 언변이 녹슨 것은 아니었다. 이유는 다른 곳에 있었다.

"아니, 그렇지 않아도 한 달 전부터 성의 출입이 엄격히 통제되고 있어서 그래. 왕궁 일과 직접 관련되지 않은 사람은 쉽게 출입할 수 없어. 혹시 내가 모르는 일이라도 최근에 벌어진 거야?"

"그, 글쎄? 잘 모르겠는데?"

리오는 급히 안색을 바꿨지만 크리스의 매서운 직감을 피할 수 없었다. 그녀는 슈웰의 어깨를 툭 치며 말했다.

"미안하지만 난 왕궁에 들어갈 수 없어. 대신 슈웰하고 같이 가면 들어갈 수 있을지도 몰라. 자네가 밖에서 기다리는 동안 슈웰이 휀에게 얘기하면 되겠지."

"좋은 방법이군. 그런데 슈웰이 어떻게 왕궁에 출입할 수 있지?"

크리스는 대답 대신 슈웰이 허리에 찬 검을 들어 보였다. 에스토드 왕가의 문장이 새겨진 검이었는데, 그 뜻을 모르는 리오는 고개를 갸웃거렸다.

"이 검은 국왕께서 직접 하사하신 검이야. 작년에 벌어진 무술대회에서 우리 슈웰이 아주 가볍게 우승했지. 소원이 뭐냐는 전하의 물음에 슈웰은 공주님을 지키고 싶다 했고, 슈웰이 휀과 한집에 산다는 것을 아는 왕께선 쾌히 승낙해 주셨어. 슈웰은 현재 공주마마의 특별 경호원이야."

"아, 아아……."

사바신에게 그런 말을 얼핏 들은 기억이 있던 리오는 안도의 한숨을 쉬었다.

"좋아, 그럼 슈웰이랑 같이 가지. 갈까, 슈웰?"

"예? 벌써요?"

"빨리 갈수록 좋지. 자, 그럼 저녁때 돌아오지."

리오는 슈웰을 거의 끌고 가다시피 밖으로 나갔다.

크리스는 어지간히 급한 일이구나 생각하며 자리에 털썩 앉았다.

"하여튼 다들 비밀 덩어리라니까. 뭐 그렇게 감출 게 많은지 모르겠네. 프레데릭도 그래요?"

프레데릭은 두툼한 턱을 쓰다듬으며 잠시 생각에 잠겼다. 사소한 일이라 해도 진지하게 생각하는 것이 그의 버릇이었다.

"음, 확정적으로 말할 수는 없지만 그런 것 같소. 하지만 자신을 위해 간직하는 비밀이 아닌, 타인을 위한 비밀이 그들에겐 더 많다 생각하오. 가족을 포함해, 자신이 아는 다른 사람들이 걱정하는 모습을 그들은 보기 힘든 모양이오."

"예? 아니, 그런 걱정은 같이 나누면 좀 덜 수 있지 않을까요? 혼자 끙끙 앓아서 뭐 해요? 가족을 위해서, 동료를 생각하기 때문에 감추는 건 말이 안 돼요."

프레데릭의 진지한 대답만큼, 뒤따르는 크리스의 반박도 만만치 않았다. 그러나 논쟁을 싫어하는 성격인 프레데릭은 슬며시 눈두덩을 움직이며 답했다.

"당연히 나눠야 하는 걱정마저도 남에게 안기기 싫은 것이 그들인가 보오. 어리석게 들리긴 하겠지만, 그 마음만은 나름대로 숭고하니 이해해 주면 어떻겠소."

생각해 보니 그렇다는 듯, 크리스는 예전처럼 웃으며 토론을 끝냈다.

"흠…… 뭐, 그렇게 생각할게요. 아, 그런데……."

크리스는 움찔하며 혼자 덩그러니 앉아 있는 바이칼을 돌아봤다. 왠지 모르게 화가 나 있는 그는 그녀를 노려봤고, 그를 홀로 놔뒀던 것이 미안했는지 크리스는 헤벌쭉 웃으며 물었다.

"죄송해요. 미처 신경 쓰지 못했군요. 그런데 누구시죠?"

더욱더 무시당했다는 느낌이 들었는지, 바이칼은 고개를 푹 숙이며 자신을 홀로 남겨 둔 누군가를 향해 저주를 퍼붓기 시작했다.

'두고 보자, 리오 녀석!'

슈웰과 함께 눈 오는 거리를 걷던 리오는 순간 아차 하며 얼굴을
덮었다. 그의 이상 반응에 놀란 슈웰은 걸음을 멈추고 그에게 물
었다.

"아저씨, 무슨 일이에요?"

"크으, 이거 큰일 났구나. 친구를 혼자 두고 나와 버렸어. 바이칼
녀석, 지금쯤 속으로 별 얘길 다 하고 있겠지. 아, 네가 걱정할 필요
는 없어. 아이스크림 한 통으로 해결될 문제니까."

"그래요? 신기하네요?"

"응, 그 녀석이 좀 그래. 그건 그렇고 이 동네는 역시나 눈이 많이
내리는구나."

리오는 웃으며 슈웰의 머리와 어깨에 쌓인 눈들을 털어 주었다. 지
금까지 휜이나 란슬롯, 프레데릭 모두 그런 행동은 보여 주지 않았
기에 슈웰은 왠지 어색했다. 그러나 기분은 나쁘지 않았기에 그녀는
이 참에 평소부터 궁금했던 것을 물어보기로 했다.

"저, 아저씨. 한 가지 여쭤 봐도 괜찮아요?"

"음? 그래. 시간도 많으니 좋지."

리오는 자신이 만난 슈웰 또래의 여성 중에서 자신을 아저씨라
고 부르는 건 슈웰이 처음이라고 생각하며 고개를 끄덕였다. 잠시
우물쭈물하던 그녀는 머리를 긁적이며 어렵게 질문을 꺼냈다.

"저, 남자랑 여자는 결혼하기 전에 꼭 연애를 해야 하나요?"

"뭐?"

이건 또 무슨 소리인가. 리오는 요즘 들어 이상한 질문과 상황을

많이 접한다는 느낌이 들었지만, 그렇다고 해서 대답을 안 해 줄 수도 없었다.

"음, 너무 광범위한 질문이라 대답하긴 좀 그렇지만, 연애라는 단어가 포함하고 있는 것은 사랑과 믿음이야. 그 두 가지가 커지고, 서로를 믿고 의지할 수 있다고 생각될 때 결혼으로 이어지지. 물론 내 대답이 모범 답안은 아냐. 그렇지 않은 사람들도 상당히 많거든. 그러나 사랑과 믿음이 없는 연애나 결혼은 불행해지더구나."

"예? 음…… 그렇다면 왜 크리스는 슬퍼할까요? 제가 보기에, 휀이랑 크리스만큼 사랑하고 의지하는 사이가 없을 것 같은데……."

그 질문이 나온 이유를 잘 아는 리오는 길게 숨을 내쉬었다. 슈웰은 그의 표정이 상당히 쓸쓸하게 느껴졌지만, 일단은 대답을 기다리기로 했다.

이윽고 리오는 슈웰의 머리를 쓰다듬으며 나지막이 답했다.

"서로를 너무 사랑하면, 그만큼 헤어질 때의 슬픔도 커진단다. 둘은 그렇게 사랑하고 있겠지. 다른 사랑을 감히 찾을 수 없을 정도로 말이야. 후훗, 그런 부인을 둔 휀이 난 부럽구나."

슈웰은 더 이상 아무 말도 할 수 없었다. 조금 더 걷던 리오는 슈웰이 왜 그런 질문을 했을까, 생각했다. 그는 혹시나 하는 마음으로 그녀에게 물었다.

"그런데 슈웰은 남자 친구 없어? 지금 나이 정도면 있는 것이 정상일 텐데."

"아, 안 돼요. 휀에게 혼나요."

그녀의 대답에 리오는 자신도 모르게 미소를 짓고 말았다. 누군가의 속이 어렴풋이 보이는 듯했던 것이다.

'생각보다 봉건적이시군, 휀 라디언트 씨.'

"그리고 수도에 있는 제 또래 남자애들은 전부 저를 무서워해요. 그럴 만도 하죠. 아침마다 상당한 양의 훈련을 하고, 오는 도전자마다 두 발로 걸어서 돌아가지 못하니 말이에요. 일주일 전에는 저를 꼬시겠다며 도전해 온 리스폰 백작의 아드님을 거의 불구로 만들 뻔했다니까요. 크리스가 응급처치를 하지 않았으면 정말 불구가 됐을지도 몰라요."

"아…… 아아, 그래?"

'이 아이는 지금 자기 자랑을 하는 게 분명해.'

리오는 잠시 쓸데없는 생각이 들었다.

"그런데 말이에요, 아저씨는 여자가 상당히 많을 것 같아요."

"음? 어째서?"

술하게 듣는 말이었기에 리오는 별다른 생각을 하지 않았다. 잘생겼다, 멋있다 내지는 따뜻하게 느껴진다 등등 상투적인 말을 예상했는데, 슈웰이 내놓은 대답은 그의 예상을 뛰어넘었다.

"저나 크리스 같은 여자들도 안 무서워하시는 분이, 그 어떤 여자를 두려워하시겠어요. 그런 용맹함을 봐서, 아저씨는 여자가 많을 것 같아요."

리오는 더 이상 할 말이 없었다.

이윽고 왕궁에 다다르자 슈웰은 휀에게 허락받기 위해 먼저 안으로 들어갔다. 워낙 눈이 많이 내리는 곳이어서 그런지, 성문 밖엔 보초를 위한 피설용(避雪用) 시설 말고도 두세 명은 충분히 사용할 수 있는 피설장이 마련되어 있었다. 그곳에 들어간 리오는 하염없이 떨어지는 눈을 보며 생각했다.

'휀은 저 광경을 10년 동안 봤겠지? 지금은 눈이란 게 지겨워도 보통 지겨운 게 아니겠군. 후, 그런데도 휀이 부러운 이유는 뭘까.

상당히 높은 직위, 좋은 부인, 딸과 같은 슈웰 등등이 있어서?'

잠시 후, 리오는 슬며시 고개를 저었다. 그런 행복한 요소 말고도, 자신과 같은 가즈 나이트 대부분이 원하는 것을 휀이 가지고 있기 때문이었다.

'10년, 아니 백 년 동안 눈 내리는 광경을 본다 해도 그 눈을 볼 수 있는 내 집이 있다면 차라리 행복할 것 같아. 누군가 함께 있으면 더 좋겠지.'

그때 강한 바람과 함께 리오의 앞쪽으로 눈보라가 몰아쳤다. 무방비 상태에서 안면에 눈을 맞은 그는 눈을 털던 중 무슨 생각이 들었는지 보초들이 돌아볼 정도로 크게 웃음을 터뜨렸다. 갑작스러운 그의 웃음에 보초들은 어리둥절했으나, 리오는 개의치 않고 계속 소리 내어 웃었다.

'후훗, 눈을 맞으니 정신이 좀 드는군. 휀은 임무를 위해 크리스와 같이 있는 것일 뿐이잖아. 서로 사랑하고 있는지는 모르지만, 영원히 같이 있지는 못할 거야. 그의 일생에 있어서 가장 큰 불행이 될지도 모르는 일을 부러워했다니, 나도 참 많이 약해졌군.'

"저, 이보시오."

그때 보초를 서던 병사가 그에게 다가왔다. 무슨 일이냐는 물음에, 병사는 어색한 표정으로 대답했다.

"아니, 다른 게 아니라 슈웰 아가씨 때문에 그렇소. 아가씨가 재상 각하 이외의 남자와 함께 온 건 오늘이 처음이라서, 손님과 아가씨의 관계가 갑자기 궁금해지지 뭐요? 도대체 어떤 사이요?"

슈웰에게 들은 얘기가 있어서 리오는 그가 무슨 말을 하는지 어느 정도 알 수 있었다. 리오는 망토에 쌓인 눈을 마저 털며 가볍게 답했다.

"4년 만에 만난 아저씨와 조카 관계죠."

"아, 그렇구려. 그런데 무슨 일로 여기 왔소?"

병사는 꽤 고참인 듯 주머니에서 담배를 꺼내며 계속 질문을 던졌다. 세상의 모든 병사들 중에서 가장 지겨운 것이 보초병이라는 사실을 알고 있었기 때문에, 리오는 시간도 보낼 겸 대답해 주었다.

"오랜만에 각하를 뵈러 왔습니다. 나눌 얘기가 많거든요. 그런데 왕궁의 경비가 왜 이토록 삼엄해진 겁니까? 듣기로는 각하의 부인께서도 그냥은 들어오기 힘들다고 하시던데…….."

그러자 병사는 가득 빨아들인 연기를 길게 뱉어내며 지겹다는 표정을 지었다.

"말도 마시오. 일주일 전에 제1기사단장이신 발렌시아 님의 부인께서 갈아입을 옷과 도시락 등을 가지고 오셨기에, 당시의 보초가 별 생각 없이 그분을 통과시켜 드렸소. 그런데 무슨 일이 벌어졌는지 아시오?"

리오가 고개를 젓자, 병사는 찡그린 얼굴을 더더욱 구기면서 말했다.

"각하께 어떻게 발각이 됐는지, 그 보초는 정말로 목이 날아갈 뻔했고 발렌시아 님의 부인께서는 4일 동안 독방에 하옥되셨소. 임신 6개월째에 들어간 분이 말이오. 젠장, 부인이 남편의 옷과 도시락을 직접 가져온 것을 칭찬해 주시기는커녕 감옥에 가두다니 말이나 되는 소리요? 그것도 임산부를! 각하께서 공과 사를 명확히 구분하는 분이란 것은 잘 알지만, 설마 그 정도로 독한 분일 줄은 몰랐소."

'난 그 병사가 살아 있는 것이 더 놀라워.'

리오는 내심 웃으며 묵묵히 고개를 끄덕였다. 병사는 계속 말을 이었다.

"클라리스 공주마마의 생신이 가까워질수록 경비가 점점 더 삼엄해지고 있소. 이제 일주일하고도 반이 남았는데, 전날은 도대체 어느 정도일지 상상이 안 간다니까. 매년 이러니, 원……."

매년이라는 말에 리오의 표정이 잠시 굳어졌다. 웬만한 일이 아니면 휀이 매년 이런 일을 반복할 리 없었기 때문이다. 때마침 성에 들어갔던 슈웰이 그에게 달려왔다.

"리오 아저씨, 허락을 받아 왔어요. 빨리 들어오시래요."

"다행이구나. 얘기 즐거웠습니다. 그럼, 다음에 또 뵙죠."

지루함을 잠시나마 달래 준 그에게 손을 흔든 병사는 성문으로 들어가는 리오와 슈웰을 보며 고개를 갸웃거렸다. 웬만큼 높은 손님이 와도 '빨리'라는 말을 쓰지 않는 재상이 기껏해야 용병으로밖에 보이지 않는 남자를 빨리 들어오라고 한 것은 10년 넘게 문지기 생활을 한 그 병사에게 상당히 의외의 일이었다.

담배를 끄고 자기 자리로 돌아간 병사는 갑자기 집이 생각났는지, 멀리 보이는 수도 저편으로 시선을 돌렸다. 내리는 눈 때문에 건물들은 모두 하얗게 보였지만, 성을 향해 날아오는 작은 새 한 마리는 신기할 정도로 뚜렷하게 보였다.

"어라? 무슨 새지?"

그러나 그 새는 병사의 시선을 넘어 그의 뒤쪽으로 사라졌다. 병사는 참 빠른 새구나 생각하며 다른 곳으로 눈길을 돌렸다.

2

광황의 문장

붉은 카펫이 깔린 복도는 강철 보호대가 달린 리오의 신발 소리도 잠재웠다. 리오는 상당히 깔끔한 성의 내부를 둘러보며 역시 휀이 관리하는 성이라고 느꼈다. 복도에 일정한 간격을 두고 서 있는 중장비의 병사들마저 예술적인 장식물로 보일 정도였다.

"경비가 정말 삼엄하구나. 이 정도면 육상에서의 직접적인 침입은 거의 불가능하겠는데?"

"히힛, 그렇죠? 하지만 모르겠어요. 어째서 공주님의 생일만 가까워지면 이런 상황이 되는지 말이에요. 이 상태라면 정말 엄청난 괴물이 아니고서야 침입할 수 없을 텐데……."

"그렇지. 엄청난 괴물이라면……."

리오는 눈을 가늘게 뜨며 슈웰의 마지막 말을 되뇌었다. 슈웰은 그를 흘끔 돌아봤으나 이유를 물을 시간은 없었다.

"아아악!"

순간, 엄청난 비명과 함께 그들 가까이 있는 창밖으로 여자 두 명이 떨어져 내렸다. 떨어진 사람은 둘이었지만, 보인 것은 넷이기에 리오는 즉시 디바이너를 뽑아 들며 슈웰을 돌아봤다.

"지금 즉시 집으로 달려가서 프레데릭과 바이칼을 불러와. 시간 없어."

"예, 예?"

당황한 슈웰은 뭔가 묻고 싶었지만 이미 리오는 창문을 열고 밖으로 나간 뒤였다. 그가 날아오르듯 위로 올라간 것을 본 그녀는 침을 한 번 삼킨 후, 즉시 복도를 뛰며 병사들에게 소리쳤다.

"비상이에요, 비상! 어서 공주님 방으로 올라가세요! 어서요!"

비호처럼 창밖으로 몸을 날린 리오는 하얀 머리의 여성을 안은 채 날개를 펄럭이는 존재를 본 순간, 자신도 모르게 미간을 좁혔다. 휀에게 리리스라는 존재가 언젠가 올 거라는 말을 들은 일이 있지만, 설마 그녀를 이렇게 빨리 만날 줄은 몰랐기 때문이다.

앞에 보이는 존재가 설사 리리스가 아니라 해도, 리오는 예전에 악마왕 벨제브브를 상대한 이후 이런 엄청난 마력을 느끼는 건 처음이었기에 긴장된 목소리로 입을 열었다.

"당신이 리리스겠지?"

마치 칼처럼 길게 뻗은 손톱을 제자리로 돌린 그녀, 리리스는 재미있다는 듯 눈썹을 움직이며 말했다.

"엉? 휀이 달려올 줄 알았는데, 다른 미남이 왔잖아? 하하핫, 이거 너무 기쁘다. 그렇지 않니, 공주?"

아이같이 명랑한 미소를 지은 리리스는 왼팔에 안긴 클라리스 공주를 살짝 바라본 후 다시 리오에게 시선을 돌렸다.

"맞아, 내가 바로 리리스야. 그 보라색 칼을 보니 네가 바로 리오

스나이퍼인 것 같은데, 맞아?"

"그렇다면?"

리오의 대답을 들은 리리스는 공주를 다시 침대로 던졌다. 기절한 클라리스는 어떤 비명도, 움직임도 보이지 않았다. 리리스는 가볍게 팔을 돌리며 말했다.

"여기 있을 줄은 몰랐지만, 리오 스나이퍼라면 나를 방해할 게 분명하잖아. 당연히…… 죽어야지!"

바람 소리와 함께, 리오의 시야가 갑자기 어둡게 변했다. 리리스의 손에 안면을 잡힌 것이 분명했다. 그는 어떻게든 빠져나가려 했지만, 리리스의 힘은 그가 예상한 것 이상의 파괴력을 가지고 있었다.

"컥!"

리리스에 의해 성벽에 내리꽂힌 리오는 자신이 받은 엄청난 충격을 말해 주듯 입에서 피를 뿜었다. 리리스는 리오의 머리와 등 뒤로 보이는 성벽에 기다란 금이 가자, 불만스레 눈썹을 움직이며 중얼댔다.

"쳇, 부서지지 않잖아? 의외로 단단한 성벽인데그래!"

순간 폭음과 함께 리오를 받쳐 주던 성벽이 장난감 집 부서지듯 성 바깥쪽으로 터져 나갔다. 아래로 떨어지는 잔해와 날리는 먼지 속에서, 리리스는 손에 들린 리오를 바닥에 던지며 중얼댔다.

"주신에게 힘을 받았다고 너무 까불지 마. 아마겟돈 때 죽은 악마나 천사들은 너희와 비교할 수 없을 정도로 강했어. 주신은 그들이 모두 죽은 틈을 타 나타난 비겁자일 뿐이야. 너희는 그 비겁자의 힘을 받은 웃기는 녀석들이지."

리오는 움직일 생각조차 하지 못했다. 단 두 번의 공격에 의식을 잃은 상대의 모습을 보고 리리스는 송곳니를 드러내며 그를 향해 오른손을 뻗었다. 결정타를 날리려는 심산이었다.

"의외의 수확을 거두는구나. 그렇지 않아도 다르칸 녀석 때문에 화가 좀 나 있었는데, 하인켈의 일을 방해할 것 같았던 리오 스나이퍼를 잡았으니 좀 풀릴 것 같군. 하지만 기대 이하였어. 휀 녀석에 비해 너무 약해!"

"약하지 않습니다. 녀석은 방심한 것뿐입니다."

리리스는 움찔하며 뒤를 돌아봤다.

나타난 지 2백여 년 만에 신계 최강이라는 이름을 거머쥐고, 갈기와 같은 금발을 휘날리며 주신의 뜻을 거스르는 신과 악마, 천사를 처단해 온 존재. 백색 코트와 플렉시온 그리고 그랜드 크로스 나이트 등으로 이름을 대신하는 존재이자 광황이라는 별명을 가진 유일한 남자, 휀이 손목을 풀며 그녀를 바라보고 있었다.

그는 특유의 차디찬 목소리로 말했다.

"리오 스나이퍼의 최대 약점은, 상대가 얼마나 강한지 모르고 행동할 때가 있다는 것입니다. 지금도 당신이 어느 정도 강한지를 알았다면 아무리 당신이라 해도 만만치 않은 피해를 입었을 것입니다."

"오호, 무슨 근거로 그렇게 말하지? 지금 저 녀석이 당한 걸 보지 못했나?"

"의심스러우면 녀석이 깨어날 때까지 기다리십시오."

변하지 않은 그의 언변에 리리스의 눈꼬리가 꿈틀댔다. 손목을 적당히 푼 휀은 자신의 검, 플렉시온을 뽑아 들며 그녀에게 말했다.

"10년 전, 공주님께서 스무 살이 될 때 다시 오신다고 들었습니다. 공주님은 아직 열아홉 살이니 성급함을 보이지 말고 돌아가십시오."

그러나 리리스에게도 나름의 이유가 있었는지, 그녀는 양손에 기를 압축하는 것으로 대답을 대신했다.

"미안하지만 그럴 수는 없어, 휀 라디언트. 난 지금 저 순수의 결정체를 가져갈 것이다. 네가 방해한다면 너와 승부를 봐야겠어."

성 앞쪽의 대로를 잠시 바라보던 휀은 다시 리리스에게 눈을 돌리며 나지막이 말했다.

"괜한 말로 화를 자초하지 마십시오."

"닥쳐!"

리리스의 양팔이 교차되자, 그녀의 손에 모여 있던 기의 덩어리가 사납게 휀 쪽으로 날아갔다. 몸을 돌려 그 두 개의 기를 피한 휀은 군더더기 없이 옆쪽으로 검을 휘둘렀고, 강철이 부딪치는 소리와 함께 그의 몸은 미동도 없이 멈췄다.

"크윽!"

휀은 외마디 소리가 난 쪽을 향해 시선을 돌렸다. 시녀들을 조각 낼 때처럼 손톱을 길게 뻗은 리리스는 자신의 이단 공격이 너무도 쉽게 막힌 것에 자존심이 상한 듯 이를 갈며 뒤로 재빨리 물러섰다.

생각보다 빈틈이 없었다. 사탄을 비롯한 다른 악마왕들에게 휀에 대한 얘기를 수없이 들어 왔지만, 잠시나마 직접 몸으로 겪은 휀의 강함은 경이적이었다. 도대체 누가 바이론, 리오라는 자가 휀과 맞먹는다는 소문을 퍼뜨렸는지 이해가 가지 않을 정도였다. 적어도 자신의 공격 두 방에 의식을 잃은 가즈 나이트보다는 훨씬 강했다. 진지하게 상대해야겠다는 생각이 들었는지, 그녀는 손톱 위로 혀를 굴리며 사악한 미소를 지었다.

"오호, 꽤 하는데그래? 오랜만에 투쟁 본능이 샘솟는 느낌이야!"

그녀의 기가 상당히 높아지고 있음을 느낀 휀은 검을 든 손으로 코트의 앞자락을 잡아 뒤로 돌린 뒤, 그녀를 향해 도발적으로 반대편 손을 까딱였다.

"고혈압은 몸에 좋지 않습니다."

"큭, 네 입을 베어 먹으면 혈압이 떨어질 것 같구나!"

엄청난 속도의 공격이 휀을 향해 날아든 것을 시작으로, 그와 리리스의 첫 전투가 막을 올렸다. 리리스의 공격은 예상대로 매서웠다. 최고 상태의 지크보다 훨씬 빠른 속도, 그리고 리오나 바이론의 것보다 막강한 파괴력이 적절히 조화된 공격이었기에 휀도 그녀의 손을 완벽히 피하지는 못했다.

"10년 동안 미꾸라지를 삶아 먹은 모양이구나, 휀 라디언트! 잘 피하는데!"

상당한 힘이 들어간 그녀의 공격이 일직선으로 날아오자, 휀은 검을 세워 그녀의 공격을 막으려 했다. 그러나 리리스는 그것을 간파한 듯 검을 손가락 사이에 끼웠고, 그녀의 긴 손톱은 휀의 코 바로 앞에서 멈췄다.

"흡!"

겨우 막았다 생각한 순간, 휀의 눈 쪽으로 손톱이 번개처럼 뻗어 나왔다. 본능적으로 발을 뻗어 리리스를 밀어내긴 했지만, 휀의 이마엔 손톱이 스친 듯한 긴 상처가 나고 말았다.

"아, 잘생긴 얼굴에 상처가 나 버렸으니 어쩌지? 아예 뚫어 버렸어야 했는데!"

리리스는 휀에게 피를 닦을 시간조차 주지 않았다. 피가 흘러 왼쪽 눈을 방해했지만 휀은 그쪽 눈을 감는 것 외에 별다른 조치를 취하지 못했다.

리리스의 공격이 멈췄을 때, 휀의 코트는 거의 넝마가 된 상태였고, 그의 얼굴 역시 서너 개의 붉은 실선이 그어져 있었다.

"후, 내가 초반에 너무 겁먹은 것 아닌가? 설마 네가 이렇게 소극

적으로 방어만 할 줄은 몰랐어, 휀 라디언트. 실력을 보일 기회를 줄 테니, 조금 쉬어 봐.”

그녀의 말을 들으며 슬며시 얼굴과 눈의 피를 닦은 휀은 주위를 둘러봤다. 열심히 피해 다닌 덕분인지 그와 리리스의 위치는 성에서 상당히 떨어져 있었다. 휀은 기능을 상실한 자신의 코트를 벗으며 낮게 중얼댔다.

“연극을 끝내 볼까.”

“뭐?”

그때 리리스의 눈앞에 휀의 코트가 날아들었다. 일순간 당황한 리리스는 몸을 위로 피했으나, 고기가 그물을 피했다 해서 완전히 잡히지 않는다는 보장은 없었다.

“큭!”

몸을 움직임과 동시에, 리리스의 머리에 강한 일격이 떨어졌다. 그녀를 일시적으로 경직 상태에 빠뜨린 휀은 호흡을 멈춤과 동시에 상대의 몸을 난도질하기 시작했다. 플렉시온이 남기는 황색 검광과 리리스의 흑색 피는 괴이할 정도의 조화를 이루며 수도 상공을 어지럽혔다. 이윽고 마지막 일격으로 리리스를 바닥에 쳐 내린 휀은 플렉시온을 공중에 던진 후 양손을 올렸다.

“하아…….”

긴 심호흡과 함께, 그의 손 사이에 거대한 빛덩이가 모여 빛을 발했다. 적당한 수준이 됐다고 생각된 듯, 그는 즉시 손을 내리며 바닥에 처박힌 리리스를 향해 빛을 난사하기 시작했다. 죽음의 음색을 내며 떨어진 빛덩이들은 폭음과 섬광을 동반하며 수도 전체를 뒤흔들었다.

"대단하군."

슈웰을 따라 뒤늦게 발걸음을 옮기던 프레데릭은 그리 멀지 않은 곳에 떨어지고 있는 빛덩이들을 보자마자 나지막이 중얼댔다. 슈웰 역시 할 말을 잃은 듯 상황이 벌어지고 있는 쪽을 멍하니 바라볼 뿐이었다.

"대단해…… . 아, 아저씨 우리 빨리 가요! 혹시 공주님에게 무슨 일이 생겼을지도 모르잖아요! 지금 구경할 때가 아니라니까요!"

프레데릭은 무겁게 고개를 끄덕였다.

"그렇군. 하지만 갈 상황이 아닌 것 같다, 슈웰."

무슨 일인지, 프레데릭은 두건과 겉옷을 벗어 던지며 뒤로 돌아섰다. 또 무슨 일인가 하며 뒤쪽을 돌아본 슈웰은 이내 엉덩방아를 찧고 말았다. 얼마나 놀랐는지, 그녀는 그 상태에서도 눈을 쏠며 뒤로 주춤주춤 물러났다.

"휀 라디언트가 설마 저 정도까지 리리스를 압도할 줄은 몰랐군. 너도 몰랐겠지, 프레데릭?"

어느새 그들 뒤에 서 있던 정장의 남자는 자신의 동그란 색안경을 살짝 고쳐 쓰며 미소를 지었다. 눈에 투기를 띤 프레데릭은 등에 찬 대검을 뽑으며 그 갈색 피부의 남자에게 물었다.

"양동작전이었나."

그러자 그 남자는 슬며시 고개를 저으며 넘어진 슈웰에게 다가갔다. 그녀를 일으켜 주려는 듯 친절히 손을 뻗은 그는 슈웰이 자신의 손을 잡든 말든 상관하지 않고 프레데릭에게 말했다.

"양동작전을 써 봤자 실패할 상황이었지. 집엔 네가 있고, 성엔 휀 라디언트가 있는데 양동작전 같은 바보짓을 해봤자 무슨 이득이 있겠나. 어쨌거나 오랜만이다, 프레데릭. 우리의 얘기는 저 전투가 끝난 후에 하지. 난 저기 보이는 찻집에서 기다리고 있겠다. 인간이 타 주는 차를 오랜만에 마셔 보고 싶거든."

"좋을 대로, 다르칸."

다르칸은 슈웰에게 뻗었던 손을 툭툭 털며 정말로 찻집을 향해 걸어갔다. 잠시 그의 뒷모습을 지켜보던 프레데릭은 거리로 구경꾼들이 무수히 나오기 시작하자, 더 이상 두고 볼 것이 없다는 듯 이제까지 보여 줬던 느린 몸짓과는 달리 엄청난 속도로 전장을 향해 몸을 날렸다.

"아, 아저씨! 같이 가요!"

여전히 땅바닥에 주저앉아 있던 슈웰은 움찔하며 프레데릭을 뒤쫓기 시작했다.

그녀는 달리면서 생각했다. 도대체 왜 다르칸이 별다른 악의를 가지지 않고 나타난 것일까. 설마 착한 마음을 먹고 아군이 되기 위해 온 것일까, 아니면 자신들의 뒤를 치려다가 발각돼서 가식적인 모습을 보인 걸까.

하지만 휀과 리리스는 그녀에게 고민할 시간마저 허락하지 않았다. 리리스의 반격이 개시된 것은 바로 그때였다.

"앗, 아저씨!"

슈웰의 외침에, 정신없이 앞으로 뛰던 프레데릭은 움찔하며 위쪽을 바라봤다. 흑색의 두꺼운 빛이 휀의 빛덩이들을 모조리 밀어내며 뻗어 올라가는 모습이 그의 눈에 들어왔다.

"흠!"

휀은 미간을 좁히며 옆쪽으로 몸을 피했고, 흑색 빛은 그를 아슬아슬하게 비껴갔다. 어찌어찌해서 그가 있는 곳까지 올라온 리리스는 입가의 피를 닦으며 쓸쓸히 중얼댔다.

"생각보다 좋은 공격이었다, 휀 라디언트. 이름값을 하는군. 하지만 너의 한계는 여기까지다!"

리리스의 모습은 이전까지의 호리호리한 미녀의 모습에서 벗어나기 시작했다. 갑자기 검게 변한 그녀의 하반신이 길게 자라나더니 두꺼운 뱀의 몸통과 꼬리처럼 변했고, 마찬가지로 검게 변한 그녀의 상반신 역시 겨드랑이 밑에서 다른 한 쌍의 팔이 터져 나옴과 동시에 거대해지기 시작했다.

잠시 후, 그녀가 있던 자리엔 뱀의 하반신에 위협적이고도 단단한 상반신을 가진 거대 괴물이 나타났다. 원반형으로 변한 그녀의 머리에서는 무수한 이빨을 가진 입이 튀어나와, 대기를 밀어낼 정도의 괴성을 질러 댔다.

"내 진짜 모습이 나온 이상, 너와 이 도시는 끝장이다! 괴로움에 울부짖어라, 광황이여!"

겉모습으로 보자면 휀이 상당히 불리한 상황이었다. 그러나 리리스에게서 멀찌감치 떨어진 그는 여전히 차가운 표정을 유지한 채 그녀에게 말했다.

"제 한계가 아니라, 당신 미모의 한계가 아닌 듯싶습니다."

"버르장머리 없는 것!"

리리스의 입에서 곧장 엄청난 두께의 흑색 광선이 뿜어졌다. 기를 있는 대로 뿜어내는 그녀의 압도적인 모습에 수도 사람들은 경악을 금치 못했으나, 휀은 침착하게 검을 앞으로 내밀며 나지막이 중얼댔다.

"플렉스 캐논!"

자체적으로 빛 에너지 '플렉스'를 생산하고 축적한다는 점에서 이름을 따온 검, 플렉시온. 그 검은 사용자의 의지에 따라 축적된 에너지 전부를 일순간 뿜어낼 수 있는 특별한 기능이 있는데, 그것이 바로 플렉스 캐논이다. 한 번에 뿜어지는 그 에너지의 파괴력은 비교적 강했고, 또 대악마전에서만 가능한 특성이 있었기에 휀은 그것을 이용해 어떻게든 승부점을 뚫으려 했다.

플렉시온에서 뿜어진 빛줄기는 휀에게 날아오는 빛을 향해 일직선으로 날아갔다. 하지만 두께로 보나, 파괴력으로 보나 리리스의 것이 훨씬 유리했기에 프레데릭은 안타까운 듯 얼굴을 일그러뜨렸다.

"자네, 도대체 무슨 생각으로……! 음?"

광선끼리 서로 충돌했다고 느껴진 순간, 두 광선은 상쇄되지 않고 위아래로 꺾이며 다시 앞으로 전진하기 시작했다. 리리스에 비해 몸집이 작은 휀은 그 미묘한 굴절 덕분에 리리스의 광선을 맞지 않았지만, 덩치가 커진 리리스는 플렉스 광선을 그대로 얻어맞는 수밖에 없었다. 광선은 그대로 리리스의 눈에 적중됐고, 리리스의 거대한 몸은 크게 꿈틀거렸다.

"크, 크어어어억!"

리리스의 긴 몸은 사방의 건물을 후리고 파괴하기 시작했다. 휀은 그런 상대의 모습에 결정타를 날리려는 듯 다시금 심호흡을 하며 기를 극한까지 끌어 올렸다.

휀의 몸에서 발산되기 시작한 엄청난 광도의 빛은 태양이 가까이 온 것처럼 강렬하고 현란했다. 수도 사람들과 함께 그 모습을 지켜보던 프레데릭은 뭔가를 느낀 듯 재빨리 공중으로 날아오르며 양팔을 벌렸다.

"레퀴엠……. 저 정도의 파괴력이라면 이 수도의 절반이 날아가고도 남겠지. 날 믿고 최대의 힘을 내보내겠다는 건가, 휀 라디언트. 그렇다면 맡겨 주게!"

곧이어 프레데릭의 몸에서도 훼인이 뿜어내는 것에 지지 않을 정
도로 강한 녹색빛이 흘러나오기 시작했다. 그것을 본 훼인은 냉엄한
표정으로 플렉시온을 천천히 들어 올렸다.

"끝이다!"

그에게서 뿜어지던 빛은 거짓말처럼 사라졌다. 아니, 모조리 플
렉시온 속으로 빨려 들어갔다. 훼인은 완전한 빛이 된 플렉시온과 함
께 아직도 바닥을 뒹구는 리리스에게 급강하했다.

"크, 크윽! 네 뜻대로 죽어줄 순 없다!"

뇌가 뭉그러지는 듯한 통증에도 불구하고, 레퀴엠이 어떤 것인
지 잘 아는 리리스는 필사적으로 세 개의 팔을 한데 모아 훼인에게로
돌렸다. 그 팔들 위에 웅장한 입체 마법진이 생성된 시간은 거의
찰나였기에, 힘을 쓰던 프레데릭의 눈은 크게 떠졌다.

"트리플 플레어! 피해, 훼인 라디언트!"

그러나 훼인의 냉엄한 눈동자엔 일말의 흔들림도 없었다. 그는 앞
에서 번뜩이는 트리플 플레어의 마법진을 쏘아보며 내심 중얼거
렸다.

'이렇게 죽는 것도 나쁘진 않군. 개죽음은 아닌 것 같으니까.'

그의 머릿속에 또 하나 떠오르는 것이 있었다.

'내일이 결혼 10주년인가. 선물은 크리스가 알아서 찾아가겠지.
사무실 서랍에 넣어 뒀으니 찾기 쉬울 거야. 비싼 것이니 실망하진
않겠지. 아냐, 부피가 너무 커서 싫어할지도……'

그의 눈에 트리플 플레어의 마법진이 진홍색을 띠는 모습이 들
어왔다. 발사되기 직전이었다. 하지만 이쪽도 그 이상의 피해를 입
힐 준비와 각오가 되어 있었기에 훼인은 부담 없이 '레퀴엠 모드'의

플렉시온을 굳게 거머쥐었다.

그러나 거기서 미처 생각지 못한 일이 일어나고 말았다.

"기절하고 있지도 못하게 만드는군!"

순간 녹색 섬광이 리리스의 팔 위에서 두 번 번뜩였다. 휀과 프레데릭의 시선은 갑작스러운 파괴 에너지에 완전히 부서져 역류하는 플레어 마법진과 의외의 사건을 일으킨 한 남자에게로 차례차례 옮겨 갔다.

'지하드!'

"휀, 끝내 버려!"

어느새 위치를 프레데릭의 뒤로 이동시킨 리오가 타다 만 장작처럼 연기를 내뿜는 두 개의 검을 바닥에 꽂으며 소리쳤다.

한편 트리플 플레어의 역류와 지하드의 후폭풍에 휘말린 리리스는 아무런 움직임도 보이지 못했다. 자신을 향해 내려오는 휀의 모습을 그저 바라보고만 있을 뿐이었다.

"후!"

옅은 미소를 띤 휀은 몸을 더욱 가속시켰고, 사자가 송곳니로 사냥감의 숨통을 완전히 끊듯 리리스의 복부에 플렉시온을 박아 넣었다.

"우, 우오오오!"

리리스의 괴성과 함께, 플렉시온을 중심으로 거대한 백색 원이 그녀의 몸 위에 떠올랐다. 이어서 리리스의 머리와 양어깨 그리고 꼬리의 중앙 부분에서 백색의 빛이 뚫고 나왔다. 원을 중심으로 찍힌 십자가, 바로 그랜드 크로스 나이트의 문장이었다.

그 직후, 리리스와 휀의 모습은 그 거대 문장이 시각적 한계를 넘어선 빛을 발산하자 서서히 사라져 갔다. 레퀴엠의 범위 내에 있던 건물과 잔해 등도 그 빛에 증발되어 어디론가 흩어졌지만, 어느 한도는 넘어서지 못했다. 프레데릭이 만든 결계 덕분이었다.

아네라족의 견고의 상징, 지르콘 나이트의 최대 능력인 지르콘 결계는 레퀴엠의 범위를 일정 한도 내로 좁힐 정도의 견고함을 지니고 있었다. 물론 설치자가 예상한 것보다는 결계가 오래 버티지 못했지만, 피해자를 리리스에게 국한하는 데는 성공했기에 프레데릭은 자신도 모르게 주먹을 불끈 쥐었다.

"보시오, 리오 스나이퍼! 해냈소! 무슨 기술인지는 모르겠지만, 당신의 그 기술 덕분에…… 엉?"

하지만 리오는 같이 기뻐할 상황이 아니었다. 갑작스레 지하드를 사용한 데다 리리스에게 받은 충격 때문에 리오는 바닥에 쓰러진 채 움직이지 않았다.

그사이 레퀴엠의 잔광은 완전히 사라졌고 그 자리에 남은 것은 반구형으로 깨끗이 도려진 지면뿐이었다. 휀의 모습도 보이지 않았지만, 프레데릭은 허둥대며 그를 찾지 않았다. 그가 4년 동안 알아온 휀은 아무리 피곤해도 직장엔 꼭 나가는 남자였기에, 프레데릭은 휀이 어디로 사라졌는지 알 수 있었다.

"아저씨, 아저씨! 어떻게 됐어요? 휀은요?"

리오와 그의 검을 챙겨 저택 쪽으로 돌아가던 프레데릭은 다른 곳에서 구경하다가 달려온 슈웰과 마주쳤다. 그녀의 걱정 어린 눈망울을 바라보던 그는 멀리 보이는 왕궁을 가리키며 대답했다.

"공주님 방에 가 보거라."

"예?"

"가 보면 알게 될 거다. 그럼 저택에서 보자, 슈웰."

프레데릭의 말이 무슨 소린지는 알 수 없었지만, 일단 슈웰은 왕궁에 가보기로 했다.

왕궁에 도착한 그녀는 성벽 저편이 크게 무너져 있는 것에 크게 놀라긴 했지만, 그래도 방금 전까지 본 광경에 비하면 별것 아니었기에 발걸음을 늦추지 않고 공주의 방으로 향했다.

"공주님, 괜찮으세요?"

문을 박차고 들어온 그녀가 제일 먼저 본 것은 마치 잠을 자듯 침대에 똑바로 누워 있는 클라리스의 모습이었다. 게다가 이불까지 덮고 있었기에 슈웰은 일단 안심하면서 주위를 둘러봤다.

"아, 휀!"

클라리스의 독서용 의자에 몸을 숙이고 앉아 있는 휀은 마치 죽은 사람처럼 조용했다.

'설마……?'

슈웰은 그에게 조심스레 다가가 팔을 흔들어 보았다. 그러나 휀은 아무런 반응도 보이지 않았다. 더욱더 세게 흔들어 봤지만 그의 몸은 미동도 하지 않았다. 오직 팔걸이에 걸쳐져 있던 그의 팔이 힘없이 아래로 툭 떨졌을 뿐이다.

"훼, 휀? 휀! 휀!"

비명과도 같은 그녀의 외침에 내몰리듯, 성벽에 앉아 있던 작은 새 한 마리가 힘없이 비틀대며 허공으로 날아올랐다. 그 새가 앉아 있던 곳에 흑색의 걸쭉한 액체가 가득 묻어 있었다.

"우, 우욱!"

의식을 되찾은 리오는 온몸을 엄습하는 엄청난 피로감에 신음을 흘렸다. 생각보다 체력 소모가 심했는지 입술도 마르고 목도 상당히 말랐기에 그는 눈을 뜨자마자 보인 주전자의 물을 벌컥벌컥 들이켰다.

"리오 아저씨, 깨어나셨군요."

슈웰의 목소리였다. 리오는 그늘진 구석에 웅크리고 앉아 있는 그녀를 보더니 다시 자리에 누우며 물었다.

"음, 내가 얼마나 의식을 잃고 있었지?"

"하루요."

"음…… 바이칼은?"

"듣기로는 자기가 무시당했다며 노발대발하더니, 조금 있다가 훌쩍 어디론가 가셨대요."

"망할 녀석……."

리오는 이마를 감싸며 예상보다 시간이 오래 지체됐다고 생각했다. 그런데 언제나 명랑했던 슈웰의 목소리에 힘이 없는 것 같아 그는 힘겹게 상반신을 일으켰다.

"근데 무슨 일이라도 생긴 거니? 목소리가 안 좋게 들리는구나."

슈웰은 더 이상 말이 없었다. 어두워서 그녀가 뭘 하는지 확실히 보이지는 않았지만, 어깨가 심하게 떨리는 것으로 보아 무언가를 참고 있는 것이 분명했다. 리오는 그녀를 불렀다.

"잠깐 아저씨한테 와 보겠니, 슈웰? 네가 얘기를 해야 무슨 말이라도 해 줄 수 있을 것 같구나."

슈웰은 마치 좀비처럼 슬그머니 일어나더니, 터벅터벅 걸어왔다. 그녀의 얼굴이 불빛에 비치자, 리오는 눈썹을 크게 꿈틀대며 물었다.

"아, 아니 왜 그래? 설마 일이 잘못되기라도 한 거야? 말을 해 봐!"

"으, 으흑!"

슈웰은 더 이상 울음을 참지 못하고 얼른 소매로 눈가를 가리며 펑펑 울어 댔다. 그녀는 침대 쪽으로 꿇어앉았더니 더욱더 크게 울며 소리쳤다.

"휀이, 휀이 죽었어요! 죽어 버렸다고요! 흑, 이제 우리는 어쩌면 좋아요, 아저씨!"

"뭐……?"

리오는 망치로 얻어맞은 듯한 기분이었다.

도대체 슈웰이 무슨 말을 하는지 이해할 수 없었다. 지금까지 휀이 레퀴엠에 휘말려 운명을 달리했다는 말은 들은 적이 없고, 가즈나이트가 탈진한 나머지 사망했다는 말도 들은 적이 없었기에 그의 머릿속은 단숨에 카오스 상태가 되어 버렸다.

"무슨 말이야. 차근차근 얘기해 봐."

"흑, 그러니까……."

그녀는 리리스를 처치한 휀이 공주의 방에서 숨이 끊어진 채 발견됐다고 말했다. 자신도 도저히 믿고 싶지 않았지만 휀이 재상이 된 지 10년 후, 그러니까 금년에 휀이 죽는다는 예언이 있었다고 프레데릭이 말했기에 결국 자신도 휀의 죽음을 현실로 받아들일 수밖에 없었다고 했다.

"훼, 휀의 시체를 본 크리스는 세 번이나 기절하면서까지 휀을 불러 대다가 방금 잠들었어요. 흑, 금년 결혼 기념일에 선물 대신 휀을 아빠라고 불러 보려 했는데, 설마 이렇게 될 줄은…… 으흐흑!"

'뭐? 이 애가 도대체 무슨 말을 하는 거야?'

리오의 머릿속은 더욱 복잡해졌다. 가즈 나이트의 육체는 사망 직후 소지품과 함께 다른 물질로 분해되기 때문에 시체가 남을 수 없다. 그런데 슈웰은 휀의 시체라고 했다. 결국 리오는 확인하기 위해 피곤함을 무릅쓰고 침대에서 일어났다.

휀과, 그가 누운 관이 있는 방에 도착한 리오는 너무나 기가 막힌 나머지 웃음도 나오지 않았다. 밀랍처럼 창백한 휀의 모습에 슈웰은 아까보다 더 크게 울어 댔지만, 리오는 관 뚜껑을 닫고 못질을 한 후 쇠사슬로 관을 감아 버리고 싶은 심정이었다.

'뭐, 좋아. 어느 정도는 따라 주지.'

리오는 손으로 눈가를 덮으며 나지막이 말했다.

"슈웰, 휀과 단둘이 있고 싶구나. 나가 주겠니?"

"흑, 예……."

그녀가 눈물을 훔치며 밖으로 나간 후, 주위에 아무도 없음을 확인한 리오는 한숨을 쉬며 말했다.

"자, 탤런트 휀 라디언트 씨는 인터뷰에 좀 응해 주시지? 매니저 프레데릭 경도 좀 필요하니 나와 주십시오."

이윽고 공간의 일그러짐과 함께 프레데릭의 육중한 모습이 방에 나타났고 휀 역시 눈을 뜨고 리오에게 시선을 돌렸다. 리오는 나지막이 웃음을 터뜨리며 물었다.

"도대체 왜 이런 연극을 하는 거지? 슈웰이랑 크리스 보기 미안하지 않았나?"

휀은 자세를 유지한 채 간단히 답했다.

"이유 있는 죽음이다."

"오호, 그래? 한 번만 더 이유 있는 연기를 했다간 주위 사람 모두 자살하겠군. 어쨌거나 이유나 말해 봐. 난 같은 질문 세 번 하기는 싫어."

휀은 가볍게 한숨을 내쉬었다. 그 바람에 그의 가슴 위에 뿌려진 꽃잎이 아래로 쏠려 내려가긴 했지만 그는 신경 쓰지 않고 말했다.

"사탄이 이 일에 개입되었다는 사실을 너도 지금쯤이면 알 거라고 생각한다. 현재 이 일은 순수의 결정체가 악신계에 들어가느냐 마느냐를 떠나, 새로운 최고위 악신이 탄생하느냐 마느냐 하는 문제로 번지게 됐다."

"뭐?"

"그 일에 대해 제가 설명하겠습니다, 리오 스나이퍼."

리오는 목소리가 들린 쪽을 바라봤다. 방은 촛불이 다섯 개밖에 없어서 상당히 어두컴컴했다. 그 어둠 속에서 스르륵 나타난 존재 다르칸은 정중히 인사한 후 자신의 색안경을 고쳐 쓰며 말했다.

"인사는 이 정도로 하고 얘기를 시작하겠습니다. 4년 전, 휀 님과 저는 에스토드와 드라켄 왕국의 격전이 벌어지는 동안 클라리스 공주를 두고 격전을 펼친 적이 있습니다. 아아, 격전은 아니군요. 제가 일방적으로 당했죠. 저와 제 부하들이 당하기 직전, 휀 님은 저에게 한 가지 의문을 일깨워 주셨습니다. 바로 악마계가 어떻게 돌아가고 있는지 모르는 상태에서 제가 움직이고 있었다는 것입니다."

얘기가 길다는 것을 의미하듯, 다르칸은 구석에 놓인 의자에 앉아 다리를 겹치며 얘기를 이었다.

"저는 즉시 제 심복들을 시켜 악마계의 상황을 알아봤습니다. 그 결과, 사탄의 야망과 그 야망을 막으려는 저의 영웅 아스타로트 님의 얘기를 알게 되었습니다. 그리고 제가 리리스에게 속고 있었다는 것 역시 알게 되었죠. 리리스는 이 세계의 시간으로 10년 전, 제가 한 인간과 계약을 맺어 신의 전차 엘살바도르를 다시 움직이게 한 것을 알고는 즉시 저에게 달라붙었습니다. 그 이후로 쭉 저를 이용해 왔죠. 죄 없는 가이라스 왕국의 왕과 수도 사람들을 전멸시킨 것까지…… 프레데릭 님 덕분에 왕족의 전멸만은 막을 수 있었지만 저는 아직까지 그 일을 후회하고 있습니다."

그때 리오가 손을 뻗으며 그의 말을 멈췄다.

"잠깐, 사탄의 야망은 뭐고, 아스타로트가 그 야망을 막으려 한다는 것은 또 뭐지? 악마왕끼리 전쟁이라도 하려 한단 말인가? 그것부터 말해 주면 좋겠는데."

"으음, 전쟁 같은 단순한 상황이 아닙니다."

다르칸은 색안경을 벗고는 소매로 그 동그란 안경알을 닦으며 계속 말했다.

"순수의 결정체를 악신계에서 그토록 원하는 이유는, 그 결정체에 담긴 무한의 에너지 '이노센트' 때문입니다. 그 에너지라면 데스 발키리 계획으로 인해 깊은 잠에 빠진 아롤 님을 다시 깨워 드릴 수 있죠. 물론 다른 일도 가능하고 말입니다."

"다른 일이라면……?"

"악마를 신으로 뒤바꿔 놓을 수 있습니다. 대상이 되는 악마가 악마왕급이라면 아롤 님과 맞먹는 최상급의 신으로 만들어지죠. 사탄은 그것을 노리고 있는 겁니다. 자신이 악신계 최고의 존재가 되는 것을 말입니다. 아롤 님을 신봉하는 아스타로트 님은 그 일을 막으려 하고 계시죠. 예전에 벌어진 악신계의 내분은 그 시작일 뿐입니다."

리오의 안색이 단번에 바뀌었다. 아롤이 다시 힘을 되찾는 것은 몰라도, 간부급 악마 중에서 가장 호전적이고 잔악한 사탄이 최고위 악신이 되는 것은 자칫 제2의 아마겟돈으로 이어질 수도 있는 최대 사건이었다.

다르칸은 다시 색안경을 쓰며 말했다.

"저는 사탄과 리리스의 계획을 알게 된 후 엘살바도르를 탈출했습니다. 저는 아스타로트 님과 개인적 친분이 있고, 또 그분의 계획을 찬성하기 때문입니다. 그것이 얼마 전의 일인데, 이번에 리리스가 갑자기 난동을 부린 것도 저 때문입니다. 힘을 완전히 되찾은 제가 사탄의 진영에서 빠지는 것은 그들에게 있어서 또 다른 걸림돌이 되기 때문이죠. 리리스의 난동을 일단 막긴 했지만 그녀가 아직 살아 있는 이상 위험은 계속됩니다. 게다가 웬만한 일에는 움직이지도 않는 그 무패의 조커 나이트 단장 하인켈까지 움직이기 시작했으니 이번 일은 힘을 합치지 않으면 어렵게 됩니다."

벽에 기대어 다르칸의 말을 듣던 리오는 그의 마지막 말에 눈썹을 꿈틀댔다.

"잠깐, 힘을 합쳐?"

"그렇습니다. 가즈 나이트 진영과 우리 아스타로트 진영이 힘을 합치는 것입니다. 저쪽은 사탄의 진영과 리리스의 진영이 힘을 합쳤으니 힘의 차이는 없다고 보셔도 됩니다. 일단 아스타로트 님께서는 가이라스 왕국에 가장 믿을 만한 첩자를 보내 두신 상태입니다."

"첩자라면 유로를 말하는 건가?"

"예. 저는 그분의 지원을 위해 제 심복 셋을 가이라스 왕국에 두고 왔습니다. 조금 있으면 가이라스 왕국에 있는 리오 님의 팀에 합류하게 될 것입니다."

"흠……."

리오는 기분이 묘했다. 지금까지 천사들과 힘을 합친 적은 있어도 악마들과 힘을 합친 적은 없었기 때문이다. 그러나 그렇다고 해서 확인된 사탄의 움직임을 그대로 놔둘 수는 없는 노릇이었기에 리오는 휀을 슬그머니 바라봤다. 관에 누워 있는 것이 편한 듯, 휀은 누워 있는 상태로 말했다.

"다르칸의 얘기는 주신계를 통해 사실로 확인되었다. 그리고 아스타로트도 직접 주신계에 지원을 요청했다 한다. 주신께서는 현재 이 일에 참여한 가즈 나이트에게 선택권을 주신다고 했으니, 바이론이 이 세계에 없는 지금 이 일에 대한 판단은 대속성 가즈 나이트인 나와 네가 한다."

"음, 그래?"

주신계에서 확인되었다면 더 이상 두고 볼 것도 없었다. 리오는 슬며시 고개를 끄덕였다.

"좋아, 난 찬성이야. 후훗, 어쩐지 새로운 경험이 될 것 같아 두근거리는데?"

"좋다. 그럼 리오는 가이라스 왕국으로 돌아가 엘살바도르를 파괴하도록. 이 왕국의 일은 나와 프레데릭 그리고 다르칸으로 충분하다."

휀의 말에, 리오는 눈을 껌벅이며 그를 바라봤다.

"응? 아니, 죽은 사람이 어떻게 일을 본단 말이야?"

"내가 죽은 척하는 것은 재상의 일에서 벗어나, 클라리스 공주에 대한 철저한 경호를 하기 위해서다. 관에서 벗어나면 일단 숨어서 지내야겠지만, 내겐 그 편이 더 나아."

그의 말에 리오는 실소를 터뜨렸다. 잠시 고개를 흔들던 그는 프레데릭에게 시선을 돌리며 말했다.

"그럼 이 집은 프레데릭 경께서 돌보셔야겠군요. 다르칸은…… 아, 다르칸 경은 얼마 동안 계시기 부담스러우실 테니 말입니다."

프레데릭이 머리를 묵직하게 끄덕였다.

"적응은 4년 동안 충분히 해 왔소. 다르칸과의 새로운 관계가 적응하기 좀 힘들겠지만, 다르칸은 비겁한 술수를 잘 쓰지 않으니 어찌 보면 쉬울지도 모르오."

그러자 다르칸은 소리가 나지 않을 정도로 천천히 박수를 치며 기뻐했다.

"오호, 프레데릭이 나를 칭찬해 주는 건 처음이군. 어쨌든 잘 부탁한다, 프레데릭. 그리고 제 부하 셋을 잘 관리해 주십시오, 리오 스나이퍼."

"좋습니다. 그럼 당신 부하들의 이름을……."

"리오, 자네 있나?"

그때 방문을 두드리는 소리와 함께 누군가의 목소리가 들려왔다. 셋은 약속이나 한 듯 각자의 방식으로 몸을 숨겼고, 휀은 언제 말을 했냐는 듯 얼굴을 창백하게 바꾼 뒤 숨을 멈췄다. 잠시 후 크리스가 안으로 들어왔고, 그녀는 방 안에 휀 말고는 아무도 없자 고개를 갸웃거렸다.

"음? 슈웰이 분명 여기 있다고 말했는데…… 다른 곳에 있나?"

다시 밖으로 나가려던 그녀는 문득 발을 멈추고 다시 휀에게 돌아섰다. 문을 걸어 잠그는 소리와 함께 그녀는 휀이 누운 관 앞에 자리를 잡더니, 이내 휀의 볼에 자신의 볼을 부비며 말했다.

"정말 차갑군요, 여보. 당신을 잘 모르는 사람이 당신의 지금 모습을 봤다면 마음뿐만 아니라 몸도 차가워졌다고 놀릴지 모르겠네요. 후후, 당신은 정말 나쁜 사람이에요. 한 여자를 10년 만에 아이도 없는 미망인으로 만들었으니 말이에요."

다르칸과 함께 장롱에 숨어 그녀를 지켜보던 리오는 마음속으로 한탄했다.

'안타까워서 못 보겠군.'

그때 다르칸의 말이 머릿속에 울려 퍼졌다.

「저분이 휀의 부인이 되십니까? 아주 아름다우시군요.」

「예. 하지만 그보다 휀의 모든 것을 이해하는 유일하고도 대단한 분이라고 생각됩니다. 예전에 보니 휀도 그녀 앞에서는 몸과 마음에 상당한 여유를 두더군요. 둘 다 서로를 사랑했다고밖엔 얘기할 수 없을 듯합니다.」

「음, 그렇습니까? 제가 들었던 가즈 나이트에 대한 얘기와는 전혀 딴판이군요.」

그동안 크리스의 얘기가 계속됐다.

"당신, 기억나요? 우리 첫날밤 말이에요."

그 순간 리오의 비아냥거림이 개시됐다.

「첫날밤? 오호, 별짓을 다 하셨나 보군, 휀 라디언트 씨. 그런 것에 취미 없을 줄 알았는데.」

「그러게나 말입니다. 의외로군요.」

다르칸도 맞장구를 쳤지만, 크리스의 얘기는 전혀 다른 곳으로 흘러갔다.

"저한테 그랬죠? 저를 사랑하지 않는다, 자신은 임무를 위해 결혼하는 것뿐이다. 오해는 없도록…… 하고 당신은 잘라서 말했죠. 하지만 그다음에 이어진 키스는 너무 서툴렀어요. 사람이 그렇게 떨 줄은 몰랐다니까요."

리오는 있는 힘껏 웃음을 참았다. 다르칸은 어이없다는 듯한 투로 리오에게 말했다.

「확실히, 휀 경의 모든 것을 알고 있군요.」

크리스의 얘기는 계속됐다.

"그리고 다음 날, 저는 당신에게 제 손으로 만든 아침을 가져다

132

주었죠. 제가 2백 년 동안 아이들에게 음식을 만들어 줬다는 것을 몰랐는지, 당신은 시큰둥한 얼굴로 음식을 들었어요. 후후, 의외였죠? 그렇게 맛있을 줄은 몰랐을 거예요. 당신 눈썹이 꿈틀대는 모양만 봐도 당신이 놀랐다는 것을 알죠."

'음, 그랬나? 다음부터 눈썹을 유의해서 봐야겠군.'

조용히 듣고 있던 리오의 생각이었다.

"얼마 있다가, 당신은 저에게 당신의 어머니와 아버지 그리고 누님에 대한 얘기를 해주셨죠. 그때 당신이 왜 감정이란 것을 거부하고, 옆에 다른 사람이 붙어 다니는 것을 피하게 됐는지 알았어요. 감정이란 것이 귀찮아서 그런 게 아니라, 다시 다른 이에게 정을 주었다가 어머니와 누님의 일이 반복될 것 같아 두려워서 그랬던 것이죠. 그래요, 당신은 감정을 두려워했어요. 하지만 시간이 갈수록 그런 느낌이 많이 사라지더군요. 당신은 제가 마음에 들었던 모양이에요."

'모양새를 보니 마음만 든 정도가 아닌 것 같던데. 그건 그렇고 크리스는 가즈 나이트가 어떤 존재인지 확실히 모르는 건가? 진짜 죽었다 해도, 사실 저렇게 슬퍼할 일은 아닌데……'

리오는 당장이라도 뛰어나가 그에 대한 얘기를 해주고 싶었지만, 그렇게 했다가는 만사가 틀어질 수 있었기에 최대한 자제하며 쓴맛을 다셨다.

크리스는 냉기가 서린 휀의 머리카락을 부드럽게 매만졌다. 그와 함께 했던 10년의 시간들이 동화책의 책장처럼 뿌옇게 보이며 넘어가는 듯했기에 그녀의 눈가는 점차 촉촉해졌다.

한참을 그렇게 쓰다듬던 그녀는 소매로 눈물을 닦으며 가볍게 웃음을 지었다.

"당신, 알아요? 슈웰이 당신을 아빠라고 부르고 싶었대요. 우리 결혼 기념일에 선물 대신 말이죠. 아쉽죠? ……이제 가 볼게요. 당신 지금까지 열심히 일했고, 또 저의 피곤한 얘기를 계속 들어 왔으니 편히 쉴 때도 됐잖아요. 그럼 나중에 봐요. 언젠가 다시 만날 때까지……."

복받쳐오르는 무언가를 겨우 참아 넘긴 그녀는 입을 막은 채 도망치듯 밖으로 나갔다. 장롱에서 나온 리오는 점점 멀어지는 울음소리를 들으며 슬며시 고개를 저었다.

"아무래도 세상에서 가장 악한 일의 공범이 된 기분인데? 후훗, 할 수 없지. 그런데 휀, 이제부터 어떻게 저들을 속이고 일을 할 생각이지? 어둠 속에 숨어서 누군가를 꾸준히 지키기는 힘들 거라고 생각하는데?"

"……."

"휀?"

"음? 음…… 방법은 있다."

잠시 다른 생각을 했는지, 머리를 흔들며 상체를 일으킨 휀이 다시 방에 나타난 프레데릭을 바라보며 말했다.

"신의 전차, 엘살바도르는 원래 생물 실험을 위한 실험용 시설이다. 그들이 끝을 알 수 없는 세월 동안 생물에 관한 연구를 계속한 덕분에, 프레데릭과 같은 고등의 아네라족은 다른 생물의 유전자 구조를 약간이나마 바꿀 수 있는 능력을 지니게 됐다. 난 그 능력을 응용해 공개적으로 순수의 결정체를 보호할 예정이다."

리오는 깜짝 놀라며 프레데릭에게 시선을 돌렸다.

"오호, 사실입니까, 프레데릭 경? 그럼 어떤 것인지 한번 보여 주실 수 있으십니까?"

"좋소. 지금 괜찮겠나, 휀?"

휀은 묵묵히 고개를 끄덕였다. 그것을 신호로, 프레데릭은 양팔을 어깨 높이까지 들어 올리고 지금 보여 줄 기술을 설명했다.

"정신 수련을 오랫동안 쌓은 아네라족은 자신의 의지대로 현실을 미약하게나마 바꿀 수 있소. 물질의 구성 요소 자체를 바꾸지는 못하지만 구성 요소의 결합 구조와 거리, 속도 등을 조절해 번개를 만들어 내거나, 불을 만들어 낼 수 있소. 거기까지는 마법의 이론과 같지만, 공간까지도 초월할 수 있다는 점에서 큰 차이를 보이오. 지금 보여 줄 기술은 아네라족의 현실 조정 능력을 응용한 '유전자 교체' 기술이오. 가즈 나이트의 유전자 구조는 기본적으로 인간의 것을 사용하기 때문에 주신께서 특별히 심어 주신 미지의 요소를 제외한 모든 요소를 바꿀 수 있소."

이윽고 프레데릭의 눈과 손이 크게 빛을 발하자 휀의 몸 전체에서도 빛이 흐르기 시작했다. 그 빛이 사라진 직후, 리오와 그의 옆에 서 있던 다르칸의 얼굴이 창백하게 변했다.

"말도 안 돼."

"그러게나 말입니다."

어쨌거나 프레데릭은 만족할 만한 결과를 얻은 듯 천천히 고개를 끄덕였다.

"음, 좋아 보이는군, 휀. 머리 스타일만 좀 바꾸면 완벽하겠네. 아, 참고로 아네라족에 의해 변환된 유전자 구조는 피술자의 의지에 따라 제자리로 돌아올 수 있소. 자, 얘기는 여기까지 하고, 리오는 가급적 빨리 가이라스 왕국으로 돌아가도록 하시오. 이제 리리스와 하인켈이 본격적으로 움직일 테니, 그들이 무슨 수를 쓰기 전에 엘살바도르를 멈춰야 하오."

하지만 리오는 그 얘기가 들리지 않는 듯했다. 변해 버린 휀의 모습이 어지간히 충격적이었던 모양이다.

그렇게 사건은 제2막으로 접어들었다.

10장
가족

1

왕으로서의 한마디

도시를 떠난 지 이틀째 밤. 길트는 어제와 마찬가지로 훈련이 끝나자마자 시체처럼 바닥에 쓰러졌다. 사바신은 초죽음이 된 그에게 자신이 만든 특제 피로 회복액을 건네 주며 그의 등을 두드렸다.

"이봐, 왕자. 사나이가 되려면 어쩔 수 없는 시련이니 참고 넘겨. 자, 이 약의 효능은 자신이 잘 알 테니 어서 마셔."

"윽……."

그 약의 효능은 사바신의 말대로 길트가 더 잘 알고 있었다. 아무리 피로한 상태라도 그 약을 마신 후 자고 일어나면 언제 피곤했냐는 듯 몸이 쌩쌩해졌기에, 길트는 엄청난 쓴맛과 풀 냄새를 참으며 마치 녹즙과도 같은 그 걸쭉한 액체를 들이마셨다.

"욱."

약을 마신 후에 닥치는 구토감까지 참아 낸 길트는 그대로 땅바닥에 쓰러졌다. 잠에 빠진 그를 침구로 옮긴 지크는 자신도 침구에 누우며 모닥불을 점검하고 있는 사바신에게 물었다.

"이봐, 저 친구 어떻게 생각해? 운동신경은 좀 있는 것 같지만, 전투에 써먹기엔 아직 부족하지 않아?"

길트의 얘기가 나오자, 바닥에 침구를 깔던 랜시는 조용히 그들의 말에 귀를 기울였다. 사바신은 장작 몇 개를 불에 던지며 고개를 갸웃거렸다.

"솔직히 체력과 의지 빼곤 없는 녀석이야. 하지만 그것보다 더 큰 문제는 실전 경험이 부족하다는 거지. 솔직히 정신력이 아무리 강해도 경험이 없으면 전쟁터에서 빛 좋은 개살구잖아. 쩝, 더 두고 봐야겠지. 어차피 너나 나나 녀석에게 기대하는 건 없잖아."

"음, 그렇지."

듣고 있던 랜시가 발끈하며 입을 열었다.

"너, 너무하잖아요, 두 분 다! 어제하고 오늘, 그렇게 혹독한 훈련을 시키셨으면서 기대하는 게 없다고 말씀하시는 건 또 뭐예요! 우리 자기는 반드시 훌륭한 전사가 될 거예요!"

그러자 지크는 피식 웃으며 손을 내저었다.

"아, 되긴 하겠지. 하지만 그래 봤자 1년 후에나 가능한 일이야. 시간 여행기 타고 2년 후의 길트 녀석을 여기에 데려오면 모를까, 현재 우리에게 녀석은 짐일 뿐이라고. 그건 랜시 너도 마찬가지야."

"예?"

랜시의 눈이 휘둥그레졌다. 지크는 나뭇가지로 바닥에 작은 원 4개를 그리며 이야기를 시작했다.

"자, 여기 이 2개가 나와 사바신이고, 여기 이 2개가 너랑 길트야. 이걸 이렇게 묶어 보자. 나와 사바신 팀, 너와 길트 팀으로 말이야. 이 상태에서 어제 만났던 드래곤좀비나 브롤, 투르바 한 부대가 몰려온다고 하자. 너와 길트, 단둘이 상대할 수 있을 것 같아? 브롤이나 투르바는 모를까, 드래곤좀비는 어림 반푼어치도 없어. 계란으로 바위 깨기라고."

랜시의 표정이 점차 시무룩해졌다. 지크는 가볍게 한숨을 내쉬며 자신과 사바신의 묶음에 돼지 꼬리 모양의 선을 그었다.

"보통 사람이라면 브롤이나 투르바를 상대할 때 적어도 칼이나 화살을 한 대 정도는 맞아. 한 대도 안 맞고 이기기는 불가능하지. 그런 승리는 꿈에서나 가능한 얘기야."

"예? 하지만 사부들은 어제 싸우실 때 옷깃 하나 더럽히지 않았잖아요."

"당연하지. 우리는 꿈의 존재니까."

"······?"

랜시의 눈이 다시 동그랗게 변하자, 지크는 씁쓸한 미소를 띠며 나뭇가지를 다른 곳에 집어 던졌다.

"보통 사람이 길을 가다가 드래곤좀비 같은 엄청난 괴물을 만날 확률은 우박에 맞아 죽을 확률하고 같아. 한마디로 재수가 엄청나게 없지 않은 한 일어나지 않는 일이지. 그런데 말이야, 어제처럼 드래곤좀비가 셋 이상 나타나거나, 브롤이나 투르바가 요상하게 변신해서 떼로 달려드는 일은 현실적으로 불가능해. 그건 보통 사람이 절대 처리할 수 없는 일이지. 우리는 그 불가능한 일을 처리하는 불가능한 존재야. 괴물을 이길 수 있는 건 괴물이지."

"하, 하지만 두 사부 모두 즐겁고 재미있는 사람들인데······ 괴물이라뇨. 말도 안 돼요!"

랜시는 인상을 쓴 채 고개를 저었다. 그러자 지크와 사바신은 씩 웃으며 동시에 말했다.

"누가 우리보고 괴물이래? 우리는 진정한 사나이야. 하하핫!"

그러나 그들의 천진난만한 미소에도 랜시는 마음 한구석이 몹시 쓰렸다. 지금까지 본 미소 중에서 가장 밝고도 슬픈 미소라는 느낌이 들었던 것이다. 마치 뭔가를 감추려는 듯한 느낌.

지크는 자신의 검, 무문도를 잡고 앞으로 내밀며 말했다.

"내 인생, 일말의 후회는 없다. 지금 너와 길트를 가르치는 것도 후회를 남기고 싶지 않아서야. 나중에 '그때 그 애들을 가르쳤더라면' 하고 후회하는 것은 생각조차 하기 싫어. 그날 그날 먹고 싸울 거 생각하기도 바쁜데 그런 것까지 생각하면 어떻게 살겠니?"

사바신이 이어서 말했다.

"언젠가 우리가 너희를 지켜 주지 못할 때가 올 거야. 내일이 될 수도 있어. 우리가 할 수 있는 최대 선물은 지금 당장 너희들을 지켜 주는 게 아니라, 우리가 없을 때도 자신을 충분히 지킬 수 있는 힘을 길러 주는 거야. 그런 거라고. 자, 그럼 스승들은 이만 잔다."

"좋은 꿈 꿔."

둘이 잠자리에 들자 랜시 역시 이불을 덮고 자리에 누웠다. 잠시 밤하늘을 보며 생각을 정리하던 그녀는 옆에 쓰러져 자고 있는 길트에게 시선을 돌렸다.

생각해 보니 길트도 고민이 많을 것 같았다. 나라 생각하랴, 강해지랴, 동생들 생각하랴, 그리고 랜시 자신까지. 그런데도 지금까지 무너지지 않고 잘 버티고 있다는 사실이 랜시는 신기했다.

"생각해 보니 우리 자기는 강한 것 같아요. 자기 말로는 '나약하다 나약하다' 하는데, 그러면서도 꿋꿋이 해내고 있잖아요. 안 그래요, 사부들?"

"드르렁."

"너무해요."

의도적인지 아닌지는 모르지만, 일단 그들에게 무시당한 랜시는 눈을 꼭 감으며 잠을 청했다.

"진짜 강한 왕은 손에 칼을 들지 않아."

"예?"

잠든 줄 알았던 사바신의 목소리에 랜시는 다시 눈을 떴다. 어느새 담배를 입에 문 사바신이 손가락으로 땅을 톡톡 두드리며 말을 이었다.

"……라고 우리 할아버지께서 그러셨어. 왕이 무력을 사용할 때는 다른 나라를 침공할 때뿐이고, 그때의 힘은 왕 자신이 가진 무력이 아니라 국력이라고 말이야. 지금 길트는 전사로서 강함을 배울 뿐이지, 왕으로서 강함은 배우고 있지 않아. 사실 그게 더 중요하다고."

"……"

"길트가 어제저녁인가 나한테 말하더라? 무술 사범이 자신에게 소질이 없다는 말을 하고 왕궁을 나설 때도, 아버지는 눈 하나 깜짝하지 않았다고 말이야. 상당히 무정한 아버지라고 생각될지 모르지만, 바꿔 생각하면 무술 실력 따위로 왕의 강함이 결정되는 게 아니란 것을 알기 때문에 그런 것인지도 몰라. 일단 그 사람은 왕이니까, 왕이 갖춰야 할 게 뭔지 알고 있었을 것 아냐."

그 말은 랜시에게 동감과 불안감을 함께 주었다. 그녀는 걱정스런 표정으로 그에게 물었다.

"그럼 우리 자기가 지금 훈련하는 건 뭐예요? 지크 사부나 사바신 사부도 저에게 하시던 것 이상으로 우리 자기를 훈련시키시지 않나요? 차라리 진정한 왕의 강함에 대해 말씀해 주시는 게 더 나을 것 같은데……."

"응? 아아, 그거? 미안하지만 그 강함은 자신이 깨쳐야 해. 우리는 길트가 가진 여유 시간 동안 무술을 가르쳐 주는 것뿐이야. 자신이 갖춰야 할 강함에 대해서는 차차 깨달아 가겠지. 녀석은 결코 머리가 나쁘지 않거든."

"예……."

그날의 대화는 그것으로 끝이었다. 랜시는 자신의 사부들이 결코 힘만 쓰는 바보는 아니구나 하고 생각하며 눈을 붙였다.

다음 날 아침.

어제의 피로를 말끔히 잊고 잠에서 깬 길트는 아침을 만들고 있는 사바신의 우람한 모습이 맨 먼저 눈에 띄자, 이를 악물며 다시금 눈을 감았다. 그들과 함께 활동한 지 3일째인 지금, 길트는 지크나 사바신만 보면 오늘 또 자신이 해야 할 혹독한 훈련이 떠올랐다.

'이렇게 강해지는 건 솔직히 싫어.'

그러나 뭐라고 할 수도 없었다. 그들에게서 받은 단 이틀간의 훈련으로, 몸의 힘이 상당히 좋아진 것을 길트 자신이 직접 느낄 수 있었기 때문이다. 하지만 그만큼 훈련이 고되었다.

"이봐, 친구. 일어났으면 빨리 아침 먹어야지."

'헉!'

지크의 목소리가 바로 머리 위에서 들려오자, 길트는 자신도 모르게 침구를 움켜쥐고 자는 척했지만 소용없는 짓이었다. 지크는 그의 혁대를 잡아 음식이 차려진 곳으로 죽 끌며 짓궂게 말했다.

"오늘 하루도 열심히 훈련하자고, 후후후후."

"아아아……."

식사에 열중하던 랜시는 길트의 손가락 끝이 땅에 만들어 내는 10개의 처절한 직선을 보며 안타까운 표정을 지었다. 하지만 그럴수록 길트가 강해진다는 것을 알기에 그녀는 묵묵히 빵과 고기를 씹을 뿐이었다.

"자! 빵 하나당 나무 타기 한 번이다! 빵을 많이 먹고 싶으면 나무를 많이 타!"

"예……."

두꺼운 가죽 장갑과 발 토시를 장비한 길트는 앞에 놓인 아름드리 나무를 보며 한숨을 지었다. 지크가 미리 나뭇가지를 다 잘라 놓은 덕분에 이리저리 피하며 올라가는 수고는 덜었지만, 요새의 감시탑을 방불케 할 정도의 까마득한 높이는 길트를 절망하게 만들었다.

"시작!"

"예!"

길트는 있는 힘껏 나무를 타고 오르기 시작했다. 그제보다 훨씬 빠른 속도로 나무를 타는 그를 보며, 사바신은 힘이 나는 듯 피로 회복액을 만드는 데 박차를 가했다.

"좋아, 좋아! 더 빨리!"

5분도 안 되어 12개의 빵을 먹은 길트의 발전은 밑에서 빵을 들고 난리를 치는 지크도 신나게 만들었다. 길트 역시 자신이 이 정도로 가볍게 나무를 타게 되리라고는 생각 못 했는지, 점차 뻐근해지는 팔의 감각도 잊은 채 열심히 나무를 오르내렸다.

"어?"

일곱 번째 나무 꼭대기에 오른 길트는 멀리서 긴 연기가 여러 개 솟아오르는 것을 발견했다. 그는 그 연기들이 무엇을 뜻하는지 궁금했지만, 망원경 등의 관측 기계를 가져오지 못한 탓에 확실한 것은 알 수가 없었다.

"어이, 길트! 뭘 생각이면 내려와서 쉬지 왜 거기서 그러고 있어!"

지크의 닦달에, 길트는 머리를 긁적이며 큰 소리로 대답했다.

"죄송합니다! 저 멀리서 연기가 솟아오르는 것이 보이기에, 혹시 알아볼 수 있을까 해서 그랬습니다!"

"연기?"

지크와 사바신은 움찔하며 서로를 바라봤다. 그들의 움직임이 잠시 멈추자, 뭔가 이상하다고 생각한 길트는 아래로 슬슬 내려오며 그들에게 소리쳤다.

"망원경을 던져 주십시오! 제가 한 번 확인해 보겠……."

그러나 말이 끝나기가 무섭게 지크의 몸이 길트의 위쪽으로 솟아올랐다. 길트의 말대로, 멀리서 연기가 솟아오르는 것을 확인한 지크는 연기의 수를 세며 나지막이 중얼거렸다.

"하나, 둘…… 모두 열 개야. 적어도 50명 이상 있어."

"예? 무슨 말씀이십니까, 지크 씨?"

"네 동생을 찾으러 온 녀석들일지도 모른다고. 자, 내려가자."

길트를 끌고 나무 밑으로 내려온 지크는 급히 무명도와 무문도를 허리와 등에 각각 차며 모두에게 상황을 설명해 주었다.

"이상한 녀석들이 진을 치고 있긴 한데, 브롤인지 사람인지 모르겠어. 바람이 미약하게나마 녀석들 쪽으로 불고 있어서 냄새로는 확인이 불가능하니, 내가 직접 가서 확인해 볼게. 저 녀석들이 전부가 아닐 수도 있으니까 사바신은 어서 애들을 데리고 그 장소로 가. 난 곧 뒤따라간다."

"좋아, 그럼 거기서 보자."

지크는 사바신의 대답을 듣자마자 번개같이 숲 속으로 사라졌다. 사바신은 재빨리 불을 끄고 짐을 정리하며 일행에게 말했다.

"자, 너희도 어서 짐을 챙겨. 늑장 부리다가 저 녀석이 먼저 도착하면 어쩌려고 그래."

"예. 그런데 지크 씨 혼자 괜찮겠습니까? 지크 씨가 강하다는 건 알지만……."

길트의 걱정에, 사바신은 자신의 목도 끝을 그의 머리 위에 살짝 대며 진지한 미소를 지었다.

"네 사부 걱정은 하지 마. 저 녀석, 잠입과 침투, 은신 능력만큼은 최고란 말이야. 게다가 상대가 인간이거나, 인간형이라면 녀석의 전투 능력은 1.2배 이상 강해져. 그러니까 넌 네 동생 걱정이나 하면 돼."

"예……."

대답은 했지만, 길트는 그래도 걱정되었다. 그리고 그들이 자신의 동생을 노리고 온 것일지 모른다는 말을 들었기에 그의 마음은 더더욱 심란했다. 그는 동생들과 지크가 모두 무사하길 바라며 짐을 챙겼다.

지크는 자세를 최대로 낮춘 채 숲 속을 질주했다. 그 어떤 야생 동물도 그처럼 빠르고 부드럽게 숲을 통과하지는 못할 것이다. 현 시점에서 그를 방해하는 존재는 반쯤 썩은 낙엽들과 운이 없게 그와 부딪힌 날벌레뿐이었다.

목표 지점에 거의 도달했는지, 음식 냄새가 그의 후각을 자극했다. 그는 속도를 줄이면서 냄새 나는 쪽으로 조심스레 접근했다.

얼마 후 꽤 넓은 공터에 천막 몇 개와 아까 봤던 모닥불들이 있는 것이 보였다. 지크는 회심의 미소를 띠며 시야를 방해하지 않는 곳에 몸을 숨겼다.

'어디 보자…… 예상대로 한 50여 명쯤 되는군. 깃발을 보니 가이라스 해방 전선 같은데? 근데 사람 수보다 천막이 꽤 많네? 진짜인원은 한 150명 정도 되는 것 같아. 게다가 중간 중간에 있는 저지저분한 천막은 또 뭐야?'

그 임시 진지에는 삼각형이나 오각형의 깔끔한 천막 말고도 짓다 만 것처럼 보이는 엉터리 천막이 몇 개 있었다. 지크는 확실히 알아보기 위해 몸을 움직이려 했으나, 그 천막의 정체에 대한 해답은 곧바로 나왔다. 그 문제의 천막들 안에서 브롤과 투르바 몇이 스멀스멀 걸어 나온 것이다.

'뭐야, 이건?'

피를 튀기며 싸워야 할 브롤, 투르바와 가이라스 해방군이 한 진지에 있다는 것은, 반년 정도 이 나라에 있었던 지크로서는 이해할수 없는 일이었다. 게다가 그들은 함께 식사를 하며 이야기를 나누기까지 했다.

'아무래도 얘기를 들어 보는 게 좋겠군. 가까이 가 보자.'

지크는 조심스레 브롤과 해방군이 얘기를 나누는 곳으로 향했다. 나무 위에 몸을 숨긴 그는 가까운 곳에서 들려오는 그들의 말에 귀를 기울였다.

"하여튼 미치지. 에이웰 공주를 잡은 것까진 좋았는데, 그 공주가 소리만 지르지 않았으면 둘 다 잡았을 것 아냐. 재빨리 입을 막았어야 했는데, 젠장."

한 남자의 푸념에, 앞에 있던 브롤이 맞장구를 쳤다.

"난 여자 주제에 도망쳐 봤자 얼마나 도망칠까 했는데, 이 숲에서 4년 동안이나 살아서 그런지 숨는 것 하나는 기가 막히더군. 하지만 오두막도 불태우고 음식도 모조리 가져왔으니 얼마 있다가 기어 나오겠지. 배고픈 건 못 참을 것 아냐."

"그렇겠지. 그런데 우리 사령관 말이야, 아무리 변태라고는 하지만 에이쉘까지 잡아와야 범하겠다고 대대적으로 말하는 건 또 뭐야. 둘을 같이 범해야 속이 후련할 정도로 고생했다는 건가?"

"모르지. 하여튼 그 변태가 말하기를, 자신이 건드리기 전까지 우리 중 누구라도 공주를 건드리면 불구로 만든 후 죽인다고 했으니……."

"흠, 그래도 그 에이쉘이란 공주 말이야, 남자라면 누구나 한 번쯤……."

거기까지 들은 이상, 지크는 숨어 있을 이유가 없었다. 그는 등에 찬 무문도에 손을 갖다 대며 큰 소리로 외쳤다.

"좋아, 변태 마왕으로부터 우리의 공주를 구해 볼까나!"

"윽, 누구냐!"

진지의 모든 병사들과 브롤들이 목소리가 들린 쪽을 향해 모조리 집결했다. 그들 앞에 당당히 내려선 지크는 무문도의 등으로 자신의 목을 툭툭 치며 맨 앞에 있는 병사에게 물었다.

"어이, 너희의 그 변태 사령관은 지금 어디 있지? 공주를 잡은 소감을 듣기 위해 일부러 왔는데 말이야."

미쳤다고 생각될 정도로 당당한 지크와 사람 키만큼 긴 무문도에 압도된 병사는 잔뜩 긴장한 목소리로 말했다.

"너, 도대체 어디서 나온 녀석이야?"

그러자 지크는 입을 비죽 내밀며 어깨를 으쓱했다. 잠시 서로를 바라보던 병사들과 브롤들은 그제야 정신을 차린 듯 강한 살기를 띠며 지크에게 달려들었다. 누가 봐도 수가 많은 쪽이 당황할 만한 상황은 아니었다.

"정신 나간 녀석! 어디서 온 녀석인지는 모르겠지만, 시체를 조각내서 늑대들에게 던져 주겠……!"

"시끄러!"

그 순간 천둥 같은 소리와 함께 허리가 잘린 시체 여럿이 공중으로 튀어올랐다. 병사들 위로 우박처럼 떨어진 시체와 그들의 불끈거리는 내장은 살아남은 이들의 숨을 단번에 멎게 만들었다.

"뭐, 뭐야, 이 녀석?"

지크는 피 묻은 무문도를 두어 차례 휘둘러 피를 떨어낸 뒤, 씩 웃으며 중얼댔다.

"이 칼은 베여도 아프고, 맞아도 아프지. 이래 봬도 무게가 꽤 나가거든? 헤헷, 어쨌든 덤벼라. 변태 퇴치 협회의 이름을 걸고 너희를 말끔히 처단해 주지. 오너라, 변태의 부하들!"

"이, 이 녀석!"

병사들과 브롤들은 괴성을 지르며 한꺼번에 덤벼들었다.

40여 명 정도가 지금처럼 덤벼들 경우, 예전의 지크라면 대열의 가장자리 하나를 골라 그쪽부터 공격했을지도 모른다. 힘 대신 속도를 앞세운 공격이 그때까지는 그에게 어울렸던 탓이다.

하지만 무문도의 엄청난 무게를 이용한 힘의 공격이 가능해진 지금은 상대가 아무리 다수라도 정면 승부라는 무모한 카드를 서슴없이 선택할 수 있었다.

"꺼져라!"

지크의 무문도가 한 병사의 머리를 내리친 순간, 그의 뒤를 따르던 병사와 브롤들은 시체의 밀려 나가는 힘과 무문도의 검풍에 휘말려 뒤쪽으로 낙엽처럼 날아가고 말았다. 일순간 중앙에 구멍이

나자 병사들은 주춤할 수밖에 없었고, 그 틈을 노린 지크는 무문도를 양손에 거머쥐고 몸을 솟구쳐 올렸다.

"일도양단(一刀兩斷), 문답무용(問答無用)! 으랴앗!"

무문도의 날이 무딘 탓인지, 아니면 칼의 무게가 가공할 만한 것이라 그런지 지크에게 일격을 당한 병사들의 몸은 대포에 정면으로 맞은 것처럼 사납게 튿겨지며 힘없이 날아갔다. 공격 범위만큼이나 공격 속도도 상당했기에 바닥에 떨어진 시체와 내장들은 무문도가 일으키는 검풍을 따라 땅바닥에 굴러다녀야 했다.

"둘러싸! 넓은 곳으로 피한 후 녀석을 둘러싸는 거다! 궁수들은 대기해!"

꽤 상급자로 보이는 병사의 명령에 따라 병사들과 브롤들은 급히 진지의 공터 쪽으로 달렸다. 그들은 훈련받은 대로 착실히 위치를 잡고 석궁을 조준했다. 그러나 지크는 여유를 잃지 않고 무문도를 땅에 박은 후, 대신 무명도에 손을 가져갔다.

"2라운드냐, 친구들? 헤헤, 좋아. 실망 따위는 주지 않을 테니, 맘껏 해보자고!"

"다, 닥쳐라!"

적들이 일제히 화살을 발사한 순간, 지크의 몸이 크게 흔들리는가 싶더니 어디론가 사라지고 말았다. 목표를 놓친 화살이 땅에 박히자, 전열의 병사들은 다시금 밀려오는 공포감에 떨며 석궁 대신 검을 뽑아 들었다.

"젠장! 어디로 사라진 거야! 우리 설마 귀신과 싸우고 있는 건 아니겠지?"

"그, 그럴 리가. 귀신이 왜 다른 사람을 놔두고 우리를 건드리겠어. 우리는 블레이크 님의 명을 받아 움직이는 특별 군사일 뿐인데!"

"하, 그래? 그럼 자네들 나랑 진지하게 얘기 좀 할까?"

병사들은 깜짝 놀라며 뒤돌아봤다. 그들의 눈에 맨 먼저 들어온 것은 조금 전에 사라졌던 빨간 옷의 적이 아니었다. 전열에 있던 자신들만 남기고 모조리 목이 잘린 채 즉사한 동료들의 모습이었다. 죽은 시체들 뒤로, 자세를 잡고 슬며시 무명도를 거두던 지크는 남은 세 명의 병사들을 향해 손가락을 움직이기 시작했다.

"자, 자세한 얘기를 들려 줘, 친구들. 공주는 어디 있고, 자네들은 왜 브롤들과 같이 있는 거지?"

판단력이 빠른 병사들은 결국 무기를 바닥에 내려놓으며 순순히 얘기했다.

막스 블레이크의 귀에 공주들이 살아 있다는 정보가 들어간 것은 약 4개월 전의 일이다. 전쟁이 끝난 후의 일을 고민하던 가이라스의 마지막 충신인 그에게, 공주들에 대한 정보는 희소식 중에 희소식이었다.

그는 자신의 부하 중 가장 믿음직스러운 프레그론 장군에게 공주들을 무사히 모시라는 명을 내렸지만, 아쉽게도 프레그론은 부하들에게 공주들을 데려오라는 말 대신 살해하라는 지시를 내렸다.

"엉? 어째서?"

지크의 물음에, 병사들은 고개를 저었다.

"저희도 모릅니다. 확실한 것은 지시를 받은 장소에 갔을 때, 공주들의 위치를 알고 있는 브롤들이 합류했다는 겁니다. 처음엔 사령관의 지시라서 어쩔 수 없이 그들과 같이 지냈지만 한 3, 4일 같이 지내니 어느 정도 적응되더군요."

"그래? 하긴 그 녀석들도 생각할 줄 아는 생물이니……."

지크는 머리를 긁적이며 고개를 끄덕였다. 그러나 그것도 잠시였다.

"이런 바보들! 누가 너희와 브롤들의 친목 도모 과정을 물어봤어! 어째서 그 프레그론인가 뭔가 하는 얼간이 녀석이 공주들을 죽이려 하는지나 말해 봐!"

"모, 모른다고 말씀드리지 않았습니까! 정말 모릅니다!"

"끙…… 뭐, 좋아. 너희 대장에게 들으면 되겠지. 너희의 변태 사령관이 바로 그 프레그론이야?"

"아닙니다. 그리고 사령관님은 에이쉘 공주를 찾는 부대를 지휘하시기 때문에 이곳에 계시지 않습니다."

"그래? 그럼 너희가 잡은 공주는 어디 있어?"

병사는 제일 큰 천막을 조심스레 가리켰다. 자리를 털고 일어난 지크는 병사들을 적당히 묶은 후 그 천막 쪽으로 향했다.

"음, 나에게도 드디어 공주 구출의 명예가 떨어지는군. 후후, 이런 상황을 자주 접하는 리오 녀석의 기분을 왠지 알 것 같아, 힛힛힛."

지크는 공주를 만난다는 들뜬 마음에 어깨까지 들썩이며 천막 문을 열어젖혔다. 하지만 기쁨도 잠시, 그는 천막 안에서 벌어진 상황에 넋을 잃고 말았다.

그의 주먹이 불끈 쥐어진 것은 천막 중앙에 마련된 커다란 새장을 본 직후였다. 그 새장 속에는 놀랍게도 전라의 여성이 몸을 웅크린 채 심하게 떨고 있었다.

"이, 이런 썩을……!"

그의 흥분된 목소리를 들은 여성은 움찔하며 그가 있는 쪽을 흘끔 바라봤다. 그녀의 겁에 질린 표정과 눈동자에 더욱 분노한 지크는 애써 고개를 돌리며 그녀에게 물었다.

"에이쉘 공주요?"

그녀는 대답 대신 지크에게서 조금이라도 멀어지기 위해 둔부와 발끝을 움직였다. 하지만 새장 안에서 벗어나는 것은 불가능했기에, 결국 그녀는 새장 문을 굳게 움켜쥐었다. 그런 그녀의 반응에, 결국 지크는 눈을 부릅뜨며 버럭 화를 냈다.

"공주냐고 물었잖아, 젠장!"

"예, 예! 저, 전 공주예요! 에이웰 공주예요! 잘못했으니 제발 괴롭히지 말아 주세요! 시키시는 대로 다 할게요! 물을 뿌리셔도 좋고, 저를 병사들에게 보여 줘도 상관없으니 제발……!"

"시끄러워!"

그녀의 말을 들을수록 안타까움과 분노가 극에 달한 지크는 새장을 잡고 종이 뜯듯 철골을 뜯어 내기 시작했다.

"잘 들어! 난 널 여기서 구해 주기 위해 왔어! 나중에 널 괴롭힌 변태 녀석의 피로 목욕을 시켜 주든지 할 테니, 제발 날 괴롭히지 마! 자, 제 발로 나올 수 있으면 어서 옷을 입어!"

"……."

"입으라니까! 빌어먹을!"

새장에서 나온 그녀, 에이웰은 급히 옷을 입기 시작했다. 원래 입었던 옷은 어디로 갔는지, 그녀는 아무거나 눈에 띄는 대로 주워 입었다.

"다, 다 입었는데요?"

"나와!"

지크는 거칠게 천막 문을 열어젖히며 밖으로 나왔다. 여전히 겁에 질린 에이웰은 헐렁한 신발 아래로 내려온 바지를 질질 끌며 그를 따라나섰다.

오랜만에 접하는 빛과 함께 그녀가 본 것은 여기저기 널린 시체와 꽁꽁 묶인 병사들의 모습이었다.

"저, 저⋯⋯."

그녀는 침을 꿀꺽 삼키며 지크를 바라봤다. 그녀에게 등을 돌린 채 분노를 삭이던 그는 가볍게 손을 저으며 말했다.

"피에 굶주린 살인마 따위는 아니니 안심해. 그리고 너에게 이상한 짓도 안 할 테니 더욱 안심해. 난 길트와 함께 너와 네 동생을 찾으러 온 사람이야."

"예? 오, 오라버니께서 살아 계시단 말이에요?"

그녀의 목소리가 약간이나마 밝아진 것을 느낀 지크는 한숨을 내쉬며 고개를 끄덕였다.

"아, 물론이지. 너희 얘기만 나오면 펄펄 날 정도로 건강해. 쩝, 어쨌거나 방금 전엔 미안했어. 네 모습을 보니 나도 모르게 화가 나더라구. 사과는 받아 줄 수 있⋯⋯."

다시 그녀에게 시선을 돌린 지크는 갑자기 말을 멈추고 말았다. 에이웰은 이전에 당한 나쁜 경험 때문에 다시금 긴장했으나, 그가 속으로 생각한 것은 그녀의 상상과는 아주 달랐다. 지크는 억지로 웃음을 참으며 그녀에게 말했다.

"제, 제발 옷이나 좀 제대로 입어. 너무 웃겨!"

"예?"

에이웰은 흠칫 놀라며 자신의 모양새를 살폈다. 바닥에 끌리는 헐렁한 바지에, 거대한 구두 등은 왕궁에서 가끔 보던 광대보다 우스웠다.

얼굴이 달아오른 그녀는 거의 쓰러지다시피 하며 웃고 있는 지크에게 화를 냈다.

"그, 그렇게 웃지 마세요! 옷을 제대로 입을 상황이 아니잖아요!"

"_끄끄끅_! 미, 미안해!"

하지만 지크의 웃음은 그치지 않았다. 에이쉘은 어떻게든 수습하려고 소매와 바지를 걷어붙였고, 한참을 웃던 지크는 그 모습을 보자마자 웃음을 멈추며 내심 중얼댔다.

'좋아, 연기 성공.'

에이쉘이 구두끈을 단단히 조이자, 지크는 씩 웃으며 그녀에게 물었다.

"좋아. 에이쉘인가 하는 네 동생은 어디 있어? 빨리 가지 않으면 녀석도 그 변태 사령관에게 잡힐지 몰라."

"예? 아, 맞아요! 빨리 에이쉘을 구해야 해요! 제가 아는 에이쉘이라면 지금쯤 허기에 지쳐 숲이나 계곡 어딘가에 쓰러져 있을지도 몰라요, 아저씨!"

"뭐라고!"

지크의 안색이 단번에 변하자, 에이쉘은 상황 판단이 빠른 남자라고 생각하며 안심했다. 게다가 진지에 있던 병사들까지 모조리 해치울 정도로 강하니, 자신의 오라버니와 함께 다닐 가치가 충분한 남자라고 생각했다.

그러나 그녀는 지크를 몰라도 한참 모르고 있었다.

"다시 말해 봐! 난 아저씨가 아니란 말이야!"

에이쉘은 순간 할 말을 잃고 말았다.

"으흐흑! 나이 들어가는 것도 억울한데, 아저씨라는 소리까지 듣다니!"

"죄, 죄송해요. 하지만 성함도 모르는데 뭐라고 불러야 할지 모르겠어요. 그, 그렇다고 우실 건 없잖아요."

"_으흐흑_."

"그만 우세요. 아저씨, 성함이 어떻게 되시나요?"

에이웰은 지크의 등을 두드리며 그와 함께 진지를 빠져나갔다. 한편 꽁꽁 묶인 채 그 광경을 지켜보던 병사 셋은 멍한 얼굴로 서로에게 말했다.

"강한 만큼이나 성격이 이상한 녀석이었어."

"그건 그렇고 우리를 그냥 기절이라도 시켜 주고 가면 안 되나. 이대로 묶여 있으면 굶어 죽기 딱 좋잖아. 야수들의 먹잇감으로도 좋고."

"어떻게 되겠지, 뭐."

바닥에 쓰러진 세 병사들을 위로해 주는 것은 살을 에는 찬바람 뿐이었다.

"젠장, 심상치가 않아."

나무 뒤에 숨어 주위를 지켜보던 사바신은 일행을 바라보며 나지막이 투덜댔다. 그와 함께 나무 뒤에 몸을 숨긴 길트와 랜시는 긴장된 얼굴로 그에게 물었다.

"도대체 얼마나 되는데 그러십니까, 사바신 씨."

"위험해요, 사부?"

둘의 질문은 사바신의 지능을 시험하는 수준이었다. 한참을 생각하던 사바신은 눈을 부릅뜨며 대답했다.

"위험할 정도로 많아."

사바신이 꽤 오래 생각한 끝에 나온 대답이라는 것을 아는 길트는 잠시 할 말을 잃고 말았다. 머리를 흔들어 정신을 가다듬은 그는 허리에 찬 라이세네프를 매만지며 마음속으로 질문을 던졌다.

「괜찮겠습니까, 라이세네프 경? 상황을 어떻게 보시죠?」

「적들이 눈에 불을 켜고 찾는 것을 보니, 아무래도 이곳 어딘가에 네 동생들이 숨은 듯하다. 있는 곳을 알면 저렇게 찾아다닐 이유가 없겠지. 그건 그렇고 오랜만에 대화를 나눠 보는군. 난 네가 나를 잊은 줄 알았어.」

「죄, 죄송합니다. 하지만 사바신 씨에게 당신의 존재를 알릴 수 없었기에……」

"어이, 라이세네프 아저씨. 저는 앞쪽으로 가 볼 테니, 아저씨는 길트랑 랜시를 지휘해 주세요."

살짝 속삭인 사바신은 큰 몸집에 어울리지 않게 날렵한 동작으로 사라졌다. 검을 잡은 채 굳어 있던 길트는 침을 꿀꺽 삼키며 물었다.

"사바신 씨도 라이세네프 경에 대해 알고 계셨습니까?"

라이세네프가 가볍게 반짝였다.

"그렇지, 뭐. 저 녀석들은 내가 누군지 대번에 알아맞힐 수 있는 능력을 가진 녀석들이라 속일 필요도 없어. 추가로 녀석들과 알고 지낸 건 꽤 됐지. 아, 그렇다고 쓰러지지는 마."

"아, 예……."

나무를 잡고 겨우 정신을 차린 길트는 적들의 상황을 보기 위해 나무 뒤에서 머리를 불쑥 내밀었다. 그러나 그것은 초보적이면서도 치명적인 실수였다. 가까이 있는 병사 중 하나와 눈을 마주치고 만 것이다.

'이런!'

길트는 움찔하며 급히 몸을 숨겼으나, 이미 늦었다.

"뭔가 있다! 사람이다!"

"저쪽이다!"

병사들의 목소리와 함께, 수많은 발소리가 길트와 랜시를 포위했다. 길트는 자신이 왜 그랬을까, 후회하면서 라이세네프를 뽑아 들었다.

"미안해요, 랜시. 이를 어쩌죠? 사바신 씨는 멀리 가신 것 같은데……."

"괜찮아요, 자기. 제가 일단 병사들의 수를 확인해 볼게요."

랜시는 도끼를 굳게 거머쥐며 자신의 초감각을 최대한 발휘했다. 청각으로 병사들의 수와 위치를 어느 정도 파악한 그녀는 길트의 어깨를 두드리며 작게 말했다.

"일부만 남은 것 같아요. 좌측에 병사 둘, 우측에 셋, 정면에 다섯이에요. 좌측을 치고 나가요, 우리. 두 사람이라면 우리 둘로도 충분히 상대할 수 있어요."

고개를 끄덕인 길트는 비장한 눈으로 라이세네프를 거머쥐었다. 그러나 그 순간 라이세네프가 둘을 제지했다.

"나머지 여덟이 활을 장비하고 있기 때문에 섣불리 치고 나갔다가는 크게 당한다. 둘을 치자마자 가장 가까이 있는 나무에 몸을 숨기는 것을 잊지 마라. 안 되면 엎드려."

"예!"

둘은 대답을 신호로 좌측을 향해 튀어 나갔다. 살금살금 접근하던 병사들은 둘의 기습에 화살을 날렸지만, 당황한 상태에서 쏜 화살이 날랜 둘을 맞추기란 어려운 일이었다. 라이세네프와 랜시의 도끼는 병사 둘의 급소를 각각 쳤고, 목표가 된 병사들은 외마디 비명과 함께 바닥을 굴렀다.

"이런! 다시 쏴!"

하지만 화살이 다시 날아왔을 때는 길트와 랜시가 이미 숨은 후였다. 라이세네프와 단둘이 여행하는 동안 살생에 대해 어느 정도 익숙해진 길트는 침을 꿀꺽 삼키며 물었다.

"꼭 죽일 필요가 있을까요? 같은 가이라스 왕국 사람인데……."

"저들도 너와 같은 생각을 한다면 그게 가능하겠지."

길트는 씁쓸히 웃으며 나무 왼쪽으로 슬쩍 움직였다. 그의 어깨와 머리가 너무 밖으로 나온다 싶었을 때, 화살들이 어김없이 날아들었고 그것을 노린 그는 즉시 오른쪽으로 몸을 틀며 병사들을 향해 몸을 날렸다.

"하아앗!"

"으, 으윽!"

연발형 석궁이 아니므로, 병사들은 화살을 다시 메기느라 정신없었다. 그들의 무기가 석궁에서 검과 해머 등으로 바뀐 것은 동료의 머리 셋이 공중으로 튀어오른 후였다.

"이 녀석!"

끝이 뾰족한 전투 해머가 큰 호선을 그리며 날아들자, 길트는 예전과 달리 라이세네프의 힘을 빌리지 않고 자신의 힘으로 그 공격을 피하며 병사의 다리를 걸어 넘어뜨렸다.

그다음 공격도, 또 그다음 공격도 길트에게는 통하지 않았다. 그가 상상외로 유연한 몸 동작과 빠르기로 2명의 병사를 제외한 나머지를 모조리 제압하자, 쓰러진 병사들과 다른 병사들은 모두 겁에 질린 듯 슬금슬금 뒤로 물러났다.

"뭐야, 이 녀석? 도대체 뭘 하는 녀석이기에 이렇게 강한 거야?"

'강하다고? 누가?'

"젠장, 클래스가 높은 용병인가 보군! 이봐, 지원을 요청하자! 일단 후퇴!"

'클래스가 높은 용병? 누가?'

8명의 병사들은 쏜살같이 그곳을 벗어났다. 그들이 도망치는 모습을 물끄러미 바라보던 길트는 라이세네프에게 시선을 돌리며 물었다.

"제, 제가⋯⋯."

"그래, 너다. 내가 생각한 것 이상으로, 그것도 빠른 시간 내에 강해졌구나, 길트. 축하한다."

길트는 상당히 긴장한 얼굴로 자신의 손바닥을 바라봤다. 이전까지는 싸우는 것을 생각만 해도 땀에 젖어 버렸던 손바닥이었지만, 지금은 굳은살과 흉터 자국만이 가득했다. 주먹을 불끈 쥔 그는 연신 침을 삼키며 복잡해지는 자신의 머릿속을 정리하기 위해 애썼다.

"자기⋯⋯."

크고 털이 수북한 손이 그의 어깨를 덮었다. 길트는 뒤에 선 랜시를 돌아보며 떨리는 목소리로 물었다.

"나, 나 변한 거 없어요, 랜시? 괴물같이 변했다거나, 눈빛이 이상하다거나 하지 않아요? 혹시라도 피에 미친 사람처럼 보이진 않아요?"

랜시는 말없이 그를 안아 주었다. 도대체 무엇 때문에 이렇게 마음이 약한 길트가 고통을 받아야 하는지, 그녀는 정말로 신에게 묻고 싶었다.

"저쪽이다! 아직 저쪽에 있다!"

랜시는 병사들의 거친 목소리와 함께 수십에 가까운 인기척이 자신들에게 몰려오는 것을 느꼈다. 둘이 다시 몸을 숨기자마자 그들이 있던 자리에 화살들이 무수히 박혔다. 눈을 부릅뜬 채 그 화살들을 바라보던 길트는 자신의 몸을 숨겨 주고 있는 고마운 나무를 주먹으로 치며 이를 갈았다.

"젠장, 도대체 무엇 때문에 이래야 하는 거야! 어째서 내가 왕자인 것을 당당히 밝히지 못하고, 내 동생들은 공주인데도 같은 가이라스 국민들에게 쫓겨 다녀야 하는 거야! 이젠 남의 도움을 기다리는 것도 지긋지긋해! 내가 약하다는 생각도 하기 싫어!"

"자, 자기……."

랜시는 걱정스런 얼굴로 길트를 돌아봤다. 그동안 마음속에 쌓인 것이 많아서인지, 아니면 자신이 진짜 해야 할 일을 깨달아서인지 그는 라이세네프를 양손에 거머쥐며 나무에서 벗어났다. 정확히 자신들을 잡기 위해 몰려오는 병사들 앞에 선 것이다.

"자기, 왜 그래요!"

랜시는 그를 말리려 했지만, 지금 길트의 귀에는 누구의 목소리도 들리지 않았다. 그는 어리둥절해하는 병사들을 쏘아보며 라이세네프에게 외쳤다.

"라이세네프, 당신은 저를 주인으로 인정했습니다! 저는 이제부터 당신에게 부탁을, 아니 명령을 내리겠습니다! 저에게 힘을 주십시오! 이 가이라스 왕국의 왕에게, 가이라스 왕국을 예전처럼 되돌릴 힘을 주십시오!"

그러자 라이세네프에서 은은히 흐르던 적색의 빛이 길트의 몸을 휘감기 시작했다. 이윽고 그 빛은 찬란한 섬광이 되어 랜시와 병사들 그리고 브롤들의 눈동자를 붉게 물들였다.

"너의 주문을 승인한다, 길트 디모트 알렉세이여. 반역자들을 처단하라!"

"하아아앗!"

빛에 휩싸인 길트는 단독으로 병사들을 향해 달려들었다. 갑작스레 닥친 상황에 당황한 병사들은 급히 화살을 날렸으나, 라이세네프의 힘을 받은 길트를 화살로 잠재우기는 힘들었다.

병사들이 쏜 화살을 모조리 피한 길트는 그 기세를 그대로 검에 실어 병사 하나의 정수리를 내리쳤고, 라이세네프의 폭발적인 힘을 정면으로 받은 병사는 산산조각이 나며 뒤로 폭발했다.

"윽?"

거기서 끝이 아니었다. 검이 일으킨 폭풍은 근처의 병사들까지 휩쓸어, 일격에 의한 사상자가 10여 명에 가까웠다. 단번에 아군의 절반을 잃은 병사과 브롤은 완전히 겁에 질리고 말았다.

"괴, 괴물이 있다는 소리는 안 했잖아! 이건 뭐야!"

"아까는 이렇지 않았는데?"

숨을 크게 몰아쉬던 길트는 서로 중얼대며 뒷걸음질치는 병사들을 쏘아봤다. 병사들이 다시 주춤거리자, 그는 큰 소리로 외쳤다.

"들어라, 반역자들! 너희의 수령에게 돌아가 전해라. 가이라스의 진정한 왕이 네 녀석의 목을 치러 가겠다고! 나, 길트 디모트 알렉세이의 이름을 반드시 전해라!"

"히, 히이이익!"

길트의 기세에 질릴 대로 질린 병사들은 뒤도 돌아보지 않고 내뺐다. 그들의 모습이 사라져 가자 길트의 몸을 뒤덮었던 붉은빛은 점차 사라졌고, 조용히 그의 모습을 지켜보던 랜시는 애써 기쁨을 감추며 그에게 다가갔다.

'엉?'

한 발 한 발 다가가던 그녀의 눈에 문득 보이는 것이 있었다. 뭔가 길트의 턱을 타고 아래로 떨어져 내렸다. 그녀의 발이 멈추자, 길트는 소매로 눈가를 닦으며 나지막이 웃음을 터뜨렸다.

"랜시, 나 잘했어요?"

"예? 무, 물론이죠! 멋있었어요, 자기!"

하지만 길트의 기분은 전혀 나아지지 않았다. 보통 때와는 비교할 수 없을 만큼 강한 모습을 보여 줬는데도 왜 그렇게 침울한지, 게다가 눈물까지 흘리는 것은 무엇 때문인지 랜시는 이해할 수 없었다.

하지만 그 의문이 풀리는 데는 오래 걸리지 않았다. 길트는 눈물을 닦고 라이세네프를 거두며 말했다.

"왕이란 건 참 힘든가 봐요. 나라를 위한 수많은 고민들에, 또 가족까지 걱정해야 하니까요. 난 사실 아바마마께서 국정에만 신경 쓰실 뿐 나와 내 동생들에게는 별로 관심 없으신 줄 알았어요. 그런데 그게 전혀 아니었어요. 단 한마디 해 봤을 뿐인데, 왕으로서의 한마디는 상당히 무서운 것이더라고요. 그런 무서운 것들을 매일같이 접하고, 또 하셔야 했으니……."

랜시는 괴로움에 휩싸여 있는 그에게 할 말이 없었다. 그때 풀숲을 헤치는 소리와 함께 누군가의 목소리가 들려왔다.

"젠장, 폭발음이 들려서 혹시나 했더니 역시나 징징대며 울고 있군. 도대체 언제까지 다른 사람을 짜증 나게 할 거야? 바보 왕자님."

"지, 지크 씨……."

길트는 바지 주머니에 손을 찔러 넣은 채 걸어오는 지크를 조심스레 돌아봤다. 이윽고 그의 앞에 선 지크는 이마로 길트의 이마를 툭툭 치며 말했다.

"똑바로 들어. 얼마나 '버라이어티'하게 짜증을 내야 속이 풀리겠어? 충분하다고. 네가 약한 것도 알고, 패기 없다는 것도 알고, 잠잘

때 베개 끌어안고 자는 것도 알아. 그리고 너에게 있어서 가장 약한 부분이 자신감이란 것도 안단 말이야. 그건 너도 잘 알지?"

"예……."

길트가 어느새 붉어진 이마를 쓰다듬으며 대답하자, 지크는 다시 한 번 이마로 그를 치며 말을 이었다.

"아버지에 대해 죄송하다는 생각이 들면 지금 외쳐! 아빠, 미안해요! 난 옛날에 약했고, 지금도 약해. 아, 어쩌지? 이런 생각이 들면 또 외쳐! 훌륭하신 지크와 사바신 스승님 밑에서 열심히 수련하지, 뭐!"

길트는 아무 말도 하지 않았다. 이윽고 박치기를 멈춘 지크는 길트의 머리를 거칠게 쓰다듬으며 씩 웃음 지었다.

"과거는 중요해. 인생을 100이라고 치면 49를 차지할 정도로 중요하지. 하지만 미래는 더 중요해. 인간은 나머지 51을 위해 살아가는 거야. 헤헷, 적어도 난 그렇게 생각해."

"하, 하지만……."

"어허! 스승이 수레바퀴가 세모나다고 하면 세모난 거야!"

"예? ……아, 예!"

지크의 손에서 겨우 벗어난 길트는 헝클어진 머리칼을 정리하며 생각했다. 도대체 어떤 요소가 지크와 사바신이라는 두 남자, 아니 사나이들을 무모하다고 생각될 정도의 낙관론자로 만들었을까. 길트는 자신의 성격과 그들의 성격이 섞이면 지극히 정상적인 성격이 나올 거라고 생각하며 한숨을 내쉬었다. 그때 지크가 그의 어깨를 두드렸다.

"아 참, 선물이 있어, 길트. 너를 만나기 전에 얼굴 좀 매만져야겠다고 해서 잠깐 저쪽에 남겨 뒀거든?"

"선물요?"

이 컴컴한 숲에서 웬 선물 얘기인가. 길트와 랜시의 표정은 단숨에 일그러졌지만, 지크는 능글맞은 미소를 유지한 채 숲 저편을 가리켰다.

"저기 가 봐. 만나면 깜짝 놀라게 될걸?"

길트는 설마 하며 재빨리 지크가 가리킨 쪽으로 향했다. 혹시 동생들이 아닐까?

굵은 나무를 두어 그루 지나자 그의 눈에 누군가의 모습이 들어왔다. 어깨까지 오는 검은 단발에, 이상하게 느껴질 정도로 큰 옷과 구두를 신고 있는 소녀였다. 길게 자란 수풀 앞에 쭈그리고 앉은 그녀는 거의 남아 있지 않은 이슬들을 최대한 모아 얼굴을 씻고 있었다.

'에이웰……!'

길트는 재빨리 입을 틀어막았다. 그러지 않으면 울음을 터뜨릴 것만 같았다. 한편 그의 기척을 느낀 소녀는 얼굴을 계속 씻으며 입을 열었다.

"여기에는 오시지 말라고 말씀드렸잖아요, 지크 님. 아녀자가 세수하는 모습을 남자가 지켜보는 것은 죄악 중에 하나랍니다……. 아, 농담이에요. 그런데 지크 님, 길트 오라버니와 친하세요?"

"……."

"음, 말씀이 없으신 걸 보니 별로 친하지 않으신 모양이군요. 하긴, 우리 오라버니께선 그리 사교적이지 못하시죠. 하지만 오라버니는 착한 분이에요. 아직 자신이 해야 할 일이 무엇인지 깨닫지 못하고 계시는 것 외엔 말이에요."

길트의 표정이 단숨에 굳어졌다. 자신에게 다가온 상대가 누구

166

인지 아직 모르는 에이웰은 손을 털고 일어나며 계속 말했다.

"하지만 4년이 지난 지금은 알고 계실 거예요. 게다가 아바마마의 마지막 모습까지 보셨으니 말이에요. 아무래도 블레이크 경의 부하들이 이 나라의 왕을 바꾸려고 하는 것 같은데, 오라버니께서 자신의 할 일을 깨달으신다면 그런 것은 문제되지 않을 거라고 생각해요. 우리 오라버니는 강하거든요."

에이웰은 몇 겹이나 접힌 소매로 얼굴의 물기를 닦으며 뒤를 돌아봤다. 하지만 그녀의 뒤에는 아무도 없었다. 한 손으로 눈을 최대한 가린 채 어디론가 걸어가는 남자의 뒷모습만 모일 뿐이었다.

2

과거를 사는 노인

"후후후, 기어이 마지막 하나를 잡았군. 오늘 저녁은 미치기 직전까지 즐길 수 있겠는데?"

적갈색 머리 소녀의 멱살을 잡아 들어 올린 금발의 거한은 음흉한 미소를 지은 채 입맛을 다셨다. 나뭇가지에 걸린 빨랫감처럼 허공에 매달린 그 소녀는 계속해서 발버둥을 쳤지만 남자의 크고 굵은 팔에서 벗어날 수는 없었다.

남자는 소녀의 볼을 혀로 길게 핥으며 중얼댔다.

"쿠쿡, 기대해라. 네 언니가 널 기다리느라 넋이 나간 상태니까 말이야."

"그, 그만해요! 도대체 왜 우리를 괴롭히는 거예요? 우리는 잘못한 게 없단 말이에요!"

남자의 부하들도 소녀의 질문에 대한 답이 궁금했는지 가만히 귀를 기울였다. 남자는 씩 웃으며 대답했다.

"가이라스 왕가의 씨를 말리기 위해서다. 너희가 조용히 사라져 줘야 우리 블레이크 공께서 왕위에 오르실 수 있지. 그분께서 왕이 되는 걸 거절하시는 이유는 바로 너희, 공주들이 살아 있기 때문이다. 그 허약한 왕자 녀석은 4년 동안 봤다는 사람 하나 없으니 신경 쓸 필요도 없겠지."

그러자 소녀는 이를 악물며 더욱 거세게 반항했다.

"우, 웃기지 말아요! 우리 오라버니는 절대 죽지 않았어요! 반드시 살아 돌아오실 거란 말이에요! 진정한 가이라스 왕국의 왕은 우리 오라버니예요! 당신 같은 돼지의 상관이 아니란 말이에요!"

"뭐라고!"

소녀를 바닥에 메다꽂은 남자는 좋지 않은 인상을 더욱 구기며 자신의 벨트에 손을 가져갔다. 몸의 통증에도 계속 뒤로 물러서려는 소녀를 쏘아보며 그가 중얼거렸다.

"나와 블레이크 공을 욕되게 하는 건 용서하지 못한다. 원래는 네 언니와 함께 범하려 했지만, 계획을 수정하는 게 좋을 것 같군. 현장에서 즐겨 주마."

"시, 싫어!"

남자는 소녀의 비명마저 즐기는 듯 다시금 미소를 지으며 그녀에게 다가갔다.

소녀의 작은 몸 위에 거대한 그림자가 드리웠다. 그러나 남자의 뚱뚱한 몸과 그 형태가 약간 달랐다. 머리 부위의 그림자가 마치 마신의 뿔처럼 솟아 있었다.

"엉?"

남자는 그림자의 정체를 확인하기 위해 고개를 들려 했다. 그러나 그 전에 엄청난 압력이 남자의 뒤통수를 덮쳤다. 마치 독수리가 먹이를 낚아채듯 어디선가 날아와 왼손으로 남자의 머리를 잡은 또 한 명의 남자는 사악한 미소를 지은 채 팔에 힘을 넣었다.

"넌 지금 이 사바신 님께서 제일 싫어하는 짓을 하려 했어!"

"끅!"

뒤통수에서 전해진 경이적인 힘에 눌린 남자의 뚱뚱한 몸이 앞으로 넘어지는가 싶더니, 안면부터 그대로 땅에 처박혔다. 그의 머리를 아직 놓지 않은 남자, 사바신은 다시 팔에 힘을 가했고, 놀랍게도 그의 손에 잡힌 남자는 얼굴이 흙과 피로 범벅이 된 채 공중으로 두둥실 떠올랐다.

"꺼져!"

기합과 동시에 사바신의 오른손에 들린 영룡이 거대한 부채꼴을 그리자, 중력의 힘에 의해 바닥으로 떨어지던 남자의 몸이 뭔가 부러지는 소리와 함께 막대에 맞은 공처럼 다시 떠올랐다. 적어도 보통 사람의 두 배는 되어 보이는 그의 몸이 나무 위를 넘어가는 모습은 그를 따르던 병사들에게 엄청난 충격을 주었다.

"사, 사령관님!"

병사들은 눈앞에서 벌어진 놀라운 상황에 넋이 나간 듯 꼼짝도 하지 못하고 사령관이란 말만 애타게 소리쳤다. 그들이 정신을 차리고 주위를 둘러봤을 때는, 이미 사바신이 소녀를 데리고 그 자리를 뜬 후였다.

소녀를 옆에 낀 사바신은 그녀의 입을 막은 채 숲을 질주했다. 보통 때 같으면 나머지 병사들도 모조리 쓸어버렸을 테지만, 이번만큼은 왠지 모르게 조심스러운 행동을 보이는 듯했다.

보통 병사들의 귀로는 위치를 확인할 수 없는 곳까지 왔을 무렵, 사바신은 안도의 한숨을 내쉬며 소녀의 입을 막았던 손을 치웠다.

"자, 여기라면 안심이야, 아가씨. 이제……."

"아아악! 사람 살려!"

그러나 그가 채 말을 시작하기도 전에 소녀는 버럭 소리를 지르며 발버둥 치기 시작했다. 사바신은 난처한 목소리로 말했다.

"이봐, 아가씨. 사람 말을 좀 듣고 소리를 지르든가 몸부림을 치든가 해야 할 것 아냐. 내가 그렇게 무섭게 생겼어?"

"당신은 거울도 안 보고 살아요!"

주먹 힘을 최대한 뺀 사바신은 인내심이 담긴 목소리로 그녀에게 말했다.

"네 오라버니가 근처에서 널 기다리고 있어. 난 녀석과 함께 널 구하러 이곳에 온 사람이고."

그러자 소녀의 몸짓이 대번에 멈췄다. 힘이 빠진 그녀는 숨을 가쁘게 몰아쉬며 사바신을 올려다봤다.

"정말요?"

"쿠쿡, 물론이지."

하지만 사바신의 얼굴과 옷매무새 등을 유심히 관찰하던 소녀의 눈에 의심의 그림자가 드리웠다.

"아닌 것 같은데……. 한 달 전에 땔감을 구하다가 슬쩍 본 산적 아저씨들 중에 아저씨 같은 사람을 본 기억이 나요. 아저씨는 저를 납치하기 위해 온 산적 일당이죠?"

"……."

"맞죠? 제 말이 맞죠? 하하, 역시 그랬군요. 하지만 산적치고는 꽤 안목이 높네요? 병사들이 그렇게 많은데도 기어코 저를 납치한 걸 보니, 여자 보는 눈이 있으신 것 같아요. 동료 산적들에게 그런 소리 듣지 않아요?"

171

사바신은 대답 대신 묵묵히 발걸음을 옮겼다. 그러는 중에도 소녀는 청산유수처럼 말을 토해 냈다.

"이왕 이렇게 된 김에 우리 언니도 납치하시면 안 돼요? 우리 언니가 얼마 전에 그 병사들에게 잡혔거든요. 옷 입는 감각이 좀 떨어져서 그렇지, 요리도 그럭저럭 잘하고 빨래도 잘하니까 산적 아저씨들에게 큰 도움이 될 거예요. 아, 제가 아저씨 스타일 좀 고쳐 드릴까요? 그 촌스러운 빨강 머리띠랑 너저분한 흑색 코트는 뭐예요? 아저씨 스타일을 무시하는 게 아니라, 인간적으로 보기 거추장스러워서 그래요. 그리고……."

소녀의 이야기는 끝이 없었다. 사바신은 한쪽 귀로 흘리며 마음속으로 중얼거렸다.

'두고 보자, 길트 녀석!'

라이세네프의 느낌을 따라 이동한 지 얼마 되지 않아, 사바신은 길트와 지크를 비롯한 일행이 모여 있는 곳을 발견했다.

소녀 때문에 정신적으로 상당히 지쳐 버린 사바신은 가물거리는 눈을 애써 치뜨며 길트 쪽으로 걸음을 옮겼다.

"자, 네 오라버니가 저기 있다, 아가씨. 내려 줄까?"

"예? 에이, 거짓말하지 마세요, 아저씨. 우리 오라버니가 그렇게 갑자기 나타날 리 없잖아요. 제 얘기가 듣기 싫어서 이러시는 거죠? 하긴, 제가 말을 좀 지겹게…… 읍!"

결국 소녀의 입을 막아 버린 사바신은 턱으로 앞쪽을 가리키며 힘겹게 말했다.

"눈이 있으면 앞을 좀 보고 얘기해, 아가씨. 나를 해적이라고 불러도 좋으니까 말이야."

소녀는 상당히 불만스러운 얼굴로 앞쪽을 바라보았다. 그리고 그녀는 어떤 소녀를 끌어안고 있는 길트의 모습을 어렵지 않게 발견했다. 그녀의 동작이 단번에 굳어지는 것을 느낀 사바신은 그녀를 내려 주며 말했다.

"네 언니도 함께 있는 것 같으니 빨리 가 봐. 오랜만에 만나는 것 아냐?"

그녀는 대답 대신 눈가를 훔치며 길트가 있는 쪽으로 천천히 걸어갔다. 이윽고 그녀가 길트에게 안기는 모습을 본 사바신은 지금까지 쌓였던 정신적 피로가 깨끗이 풀리는 듯 상쾌하게 담배를 물며 중얼댔다.

"이산 가족 상봉은 끝났으니, 이제 신의 전차인가 나부랭이인가만 부수면 되는 거지? 아아, 힘들다, 힘들어."

"어이, 생각보다 빨리 찾았네? 어디서 찾은 거야?"

지크가 자신에게 다가오며 묻자, 사바신은 자랑스레 가슴을 펴며 대답했다.

"운이 좋았지. 사령관인가 뭔가 하는 녀석이 저 애를 덮치기 직전에 겨우 건져 왔어. 다른 병사들도 혼내 줄까 했는데, 일단 사령관만 없애면 괜찮을 것 같아서 그냥 놔뒀지. 넌 뭐 알아낸 것 있어?"

지크는 슬그머니 길트 쪽을 바라봤다. 동생들을 끌어안은 채 펑펑 울고 있는 그의 모습에 지크는 가뿐한 미소를 띠며 대답했다.

"가이라스 해방 전선에 내분이 있다는 사실을 알아냈지. 그리고 길트가 귀환하면 놀라 자빠지는 인간이 한둘이 아닐 것 같아. 죽은 사람이 살아 돌아왔는데, 오죽하겠어?"

"음, 아까 그 변태 사령관도 그렇게 말하더라고. 아무래도 길트가 죽은 것이 거의 기정사실로 되어 있는 것 같아. 근데 이제 돌아가면 되는 거야?"

그러자 지크는 이내 사악한 미소를 띠며 집게손가락을 저었다.

"헤헷, 설마? 그 변태 사령관을 좀더 혼내 줘야지. 추궁할 것도 몇 개 더 있어. 아, 근데 죽이진 않았겠지?"

사바신은 침을 꿀꺽 삼켰다. 그 소리가 얼마나 컸는지 지크의 안색이 단숨에 달라졌다. 사바신은 얼른 손을 내저으며 허허한 웃음을 지었다.

"느, 늑골 몇 대는 나갔겠지. 걱정하지 마, 하하핫."

사바신이 잡아 오는 멧돼지의 대부분이 늑골이 나간 채 죽어 있었던 것을 잘 알고 있는 지크는 더욱 불안했다. 지크는 적의 생사를 걱정하며 길트 일행에게 돌아갔다.

그날 밤.

의무병 출신의 병사들은 힘겹게 한숨을 내쉬며 막사 밖으로 나왔다. 거의 죽은 시체나 다름없던 사령관을 겨우 살려 놓은 그들은 이만저만 피로한 게 아니었지만, 피로 때문에 그들이 한숨을 내쉰 것은 아니었다. 그것은 사령관을 치료하면서 들은 이상한 소문 때문이었다.

"이거 미치겠군. 저 큰 덩치의 사령관을 장난감처럼 가지고 논 괴물도 그렇고, 병사들 앞에 나타났다는 길트 왕자님의 귀신도 그렇고……. 어쩐지 이번 임무는 꺼려지더라니까."

"그러게 말일세. 그건 그렇고, 길트 왕자님은 정말 귀신이었겠지? 온몸에서 시뻘건 빛이 번쩍거렸다고 하던데."

"귀신이겠지. 귀신이 아니라면 왜 4년 동안 단 한 번도 모습을 드러내지 않으셨겠나? 어쨌거나 왕자님도 알아 버리신 것 같군. 프레그론 장군이 왕가의 씨를 말리려 하는 것을 말이야. 쩝, 우리가 왜 이런 벼락 맞을 일에 동참해야 하는 건지…….”

“이 사람, 죽으려고 환장했군. 그런 얘기가 사령관의 귀에 들어 가면 자네는 물론이고, 임시 수도에 있는 자네 가족들까지 모두 죽 어! 그래도 좋아?”

“허헛, 이 사람도. 사령관은 지금 우리 얘기를 들을 상황이 아니 지 않나. 안면 뼈에 금이 간 것은 물론이고, 좌측 늑골이 모조리 부 러진 사람이 우리 얘기를 들을 정신이 있기나 할까?”

“하긴, 하하핫! 자, 이제 들어가 보세.”

담배를 피우며 잠시 휴식을 취하던 병사들은 몸을 풀며 사령관 의 막사로 들어갔다. 그러나 얼마 지나지 않아 그들은 다시 막사 밖으로 튀어나오고 말았다.

“크, 큰일났다! 사령관이 사라지셨다!”

비상사태에 놀란 병사들은 근처의 숲을 온통 뒤지고 돌아다녔지 만, 숲 어디에서도 사령관의 거구를 찾아볼 수 없었다.

“아아, 그래? 변방 보초에 불과했던 녀석이 이렇게 출세한 것이 었군. 거참, 세상은 알다가도 모르겠다니까.”

“갑옷에 그려진 문장을 보니, 프레그론의 직속 부하 중 하나가 틀림없습니다. 아무래도 이번 일에 프레그론이 상당히 개입된 모 양입니다.”

“그래? 프레그론이 뭐 하는 얼간이인데? 그 녀석도 보초 출신이 야?”

“하하, 그건 아닙니다만…….”

사령관은 생각했다. 자신이 아픈 틈을 타 병사들이 자신과 자신 의 상관인 프레그론에 대해 험담하는 것이라고. 그는 결국 늑골과 안면의 통증을 참아 가며 최대한 몸을 일으켰다.

"이, 이 녀석들! 감히 누구 앞에서 나와 프레그론 님을 험담하는 거냐!"

"너야말로 어느 안전이라고 떠드는 거야?"

사령관은 움찔하며 눈을 가린 붕대를 위로 젖혔다. 긴장된 그의 눈에 맨 먼저 들어온 사람은 긴 빵을 씹고 있는 빨간 재킷의 남자였다.

"우, 우우욱! 넌 누구냐!"

"젠장, 닥치고 누워 계시지."

"시끄럽다! 감히 날 납치하다니, 프레그론 님이 두렵지 않느냐!"

순간 그 남자의 왼손이 흐려졌고 사령관의 목에 어느새 시퍼런 칼날이 닿아 있었다. 남자는 씹고 있던 빵을 삼키며 무거운 목소리로 말했다.

"편안히 누워서 묻는 말에 대답이나 해, 친구. 그러지 않으면 네 머리만 떼서 프레그론이란 녀석에게 던져 버릴 거야."

"우, 우욱······!"

사령관은 천천히 몸을 눕혔다. 그러자 자신을 내려다보고 있는 적갈색 머리의 청년이 눈에 들어왔다. 위아래가 뒤집어진 상황이어서 쉽게 분간할 수는 없었지만, 시간이 지날수록 사령관의 눈동자는 점점 커져 갔다.

"기, 길트 디모트! 아, 아니 길트 왕자! 살아 있었다니!"

그가 자신을 알아보자, 길트는 빙긋 웃으며 고개를 끄덕였다.

"오랜만이군, 아놀드. 자네가 그 까다로운 프레그론 장군의 눈에 어떻게 들었는지는 모르겠지만, 사령관이란 직위까지 얻었으니 일단 축하는 해 주지. 어쨌거나 자네는 지금 우리의 포로가 됐으니 묻는 말에 대답을 잘해 주면 좋겠어."

"……."

"네 부하들과 브롤, 투르바들이 왜 이번 일에 합동하게 된 거지? 서로 싸우고 있어도 시원치 않은 판국에?"

그러자 사령관 아놀드는 피식 웃으며 대답했다.

"후후, 4년 동안 숨어 지낸 얼간이가 내 대답을 알아들을 수 있을지 모르겠군."

"뭐?"

아놀드는 길트의 일그러진 얼굴을 재미있다는 듯 바라보며 말을 이었다.

"왕위를 조용히 블레이크 경에게 넘기시지? 너같이 허약하고 경험 없는 꼬마가 왕이 된다면 우리 가이라스 백성들만 고통받을 게 분명해. 강하고 현명하신 블레이크 경께서 왕이 되시는 쪽이 이 나라 백성들을 위해서도 좋지 않겠나? 후후후."

길트는 아무 말 없이 아놀드의 커다란 머리를 바라봤다. 그때 사바신이 팔을 주무르며 아놀드에게 다가갔다.

"이 녀석이 아직 매운맛을 덜 봤구먼. 반대편 늑골이랑 뒤통수도 깨져야 정신을 차리겠냐?

"그만하십시오, 사바신 씨."

"응?"

길트가 제지하자, 사바신은 의외라는 표정을 지었다. 보통 때 같으면 먼저 흥분해서 씩씩거려야 할 길트가 상당히 침착한 모습이었기 때문이다. 길트는 얼굴 전체에 붕대를 감은 아놀드의 볼을 툭툭 치며 말했다.

"좋지. 백성들이 원한다면 왕위를 블레이크 경에게 넘겨줄 수도 있다."

"오, 오라버니!"

"무슨 말씀이세요!"

모닥불 앞에 앉아 있던 에이윌과 에이쉘이 벌떡 일어나며 소리쳤지만, 길트는 묵묵히 아놀드와 시선을 맞췄다. 아놀드는 뭔가 불안한 느낌이 들었는지 조심스러운 말투로 길트에게 물었다.

"너, 무슨 생각으로 그런 말을 하는 거지? 왕위라는 것이 어떤 자리인지, 이젠 그 개념조차 잊은 거냐?"

길트는 고개를 저었다.

"아니, 잘 알고 있다. 너무도 잘 알기 때문에 블레이크 경에게 넘겨줄 수 있다고 말했다. 물론 전제 조건이 붙지. 너희가 에이윌과 에이쉘을 노린 사실을 블레이크 경과 백성들이 알아야 한다. 그럼 공평하겠지? 그 사실이 알려진 상태에서, 모든 백성이 블레이크 경을 왕으로 추대한다면 아바마마뿐만 아니라 조상들의 영령께서도 허락하실 것이다."

아무 말도 하지 않았지만, 아놀드는 상당한 충격을 받았다. 자신이 4년 전에 본 길트 왕자는 귀찮은 것을 싫어하고, 짜증도 잘 내며, 자기 비하가 너무도 심하고 자신감도 부족한, 아주 초라한 인물이었다.

그러나 지금 자신의 눈앞에 있는 길트는 전혀 다른 사람처럼 보였다. 아니, 강한 정도가 아니라 자칫 잘못하면 자신들의 계획을 송두리째 파괴할 수 있을 것 같은 느낌마저 들었다.

길트는 자리에서 일어나며 말을 이었다.

"프레그론 장군의 계획은 나 스스로 알아내겠다. 그리고 넌 프레그론에게 전해라. 가이라스의 왕이 반역자들의 목을 치러 간다고."

"이, 이 녀석……!"

흥분한 아놀드는 몸을 일으키려고 낑낑댔으나, 그의 근육은 힘을 다했는지 더 이상 움직이지 않았다. 그는 자신을 남겨 둔 채 어디론가 향하는 길트 일행의 뒷모습을 사납게 노려볼 뿐이었다.

"이야, 멋진데, 길트? 어디서 그런 배짱이 나온 거야?"

지크는 활짝 웃으며 길트의 어깨를 두드렸다. 그러자 길트는 어색한 미소를 지으며 답했다.

"진짜 사나이들이랑 함께 있으니 배짱이 생긴 모양입니다. 정말 감사합니다, 사부."

"응? 으응……."

의외의 대답을 들은 지크는 슬그머니 고개를 갸웃거렸다. 하지만 그는 이내 길트의 목을 팔로 휘감으며 씩 미소 지었다.

"그래, 드디어 네가 사나이의 개념을 터득했구나! 자, 사바신! 너도 어서 동참해야지!"

"말 안 해도 하려 했다, 하하핫!"

둘은 또다시 길트를 팔에 끼고 거칠게 근육을 불끈거렸다. 둘의 팔 때문에 목이 아팠지만, 길트는 예전과 달리 웃으며 둘의 등에 팔을 둘렀다.

"앞으로도 잘 부탁드립니다, 사부들!"

"하핫, 그래!"

길트는 둘과 함께 웃으며 마음속으로 다짐했다. 자신의 힘으로 이 나라에 닥친 피의 재앙을 몰아내고 그 모두를 지키겠다고. 그리고 자신의 아버지가 마지막으로 남겨 준 최고의 선물을 이제 받아들이겠다고.

그들의 뒤를 따르는 랜시와 에이웰, 에이쉘은 각기 다른 표정으로 서로를 바라봤다. 처음에는 호랑이와도 같은 덩치와 인상 때문에 랜시를 상당히 두려워했지만, 길트에게 사정을 들은 지금은 그녀와 가까워지려고 노력했다. 에이웰에 비해 붙임성이 좋은 에이쉘은 지크와 사바신을 가리키며 랜시에게 물었다.

"저 두 아저씨들은 도대체 누구예요? 오라버니에게 들어 보니, 상당히 강하고 믿음직한 사람들 같던데. 하지만 그냥 보면 산적과 건달 같아요."

그러자 랜시는 씩 웃으며 머리를 긁적였다.

"그렇긴 해요. 나도 처음에는 두 사부를 상당히 괴팍하고 바보 같은 사람들이라고 생각했으니까요."

그 말이 들렸는지, 지크와 사바신의 발걸음이 우뚝 멈췄다. 그것을 본 에이웰과 에이쉘은 흠칫 놀라며 랜시를 말리려 했지만, 상황을 모르는 랜시는 말을 계속했다.

"하지만 좋은 사람들이에요. 무술 실력을 떠나서, 감정적으로 두 사부들에게서 느껴지는 뜨거운 느낌이 마음에 들거든요. 우리 자기도 그걸 느끼고 있는 것 같아요. 이제 사부들을 마음으로 받아 주었으니까요."

"그렇군요."

에이웰도 동감을 표시했다. 예전의 길트는 자신과 에이쉘 그리고 죽은 그들의 어머니 외에는 마음을 열지 않았지만, 지금은 옆에 있는 두 남자와 앞으로 만날 사람들에게 마음을 여는 것처럼 보였다.

새로운 가이라스 왕의 전설은 지금부터 시작이었다.

가이라스 왕국으로 향하는 중인 리오는 가는 방향으로 불어오는 강한 기류 때문인지, 아니면 느낌만으로 진행 방향을 정해야 하는 야밤이라 그런지 그리 좋은 표정은 아니었다.

"하……."

초상집이 되어 버린 휀의 저택을 떠난 후부터 지금까지, 딱 스무 번째로 내쉰 한숨이었다. 휀이 자신에게 했던 마지막 말이 그를 너무도 괴롭혔다.

"운명이 뒤틀렸다니, 도대체 무슨 말이지?"

리오는 다시금 휀의 말을 되뇌어 보았다.

'누군가에 의해 운명이 조금씩 뒤틀리고 있다. 풀어 말하자면 존재하지 말아야 할 존재가 운명의 톱니바퀴를 조금씩 바꾸고 있다는 것이다. 리리스의 공격을 받고 기절한 널 누군가 깨워 준 것이 그 예다. 그로 인해 리리스와 함께 일단 한 번 죽었어야 할 내가 살아 있다. 아닐지도 모르지만, 아무래도 너나 내 주위에 그 운명의 뒤틀림에 의해 살아 있는 존재가 분명 있을 것 같다. 여유가 된다면 한 번 찾아보도록.'

리오의 표정은 더욱 일그러졌다. 존재하지 말아야 할 존재는 무엇이고, 또 그로 인해 살아 있는 존재란 또 무엇인가. 게다가 그 존재가 곁에 있다는 것은……? 그렇지 않아도 복잡한데 더욱 복잡한 얘기를 들은 리오의 머릿속은 구원을 외치고 있었다.

"그건 그렇고 바이칼 녀석에게 어떻게 사과해야 하지? 가이라스 왕국에서는 아이스크림을 팔지 않는데……."

리오는 곧 닥쳐올 재난에 다시금 한숨을 내쉬었다.

"음?"

그때 리오는 무언가 불길한 기운이 먼 곳에서 이동하고 있음을 어렴풋이 느꼈다. 그는 자신의 기적을 최대한 죽이고 조심스레 그쪽으로 향했다. 그는 한참 이동한 끝에, 거대 먹구름에 휩싸인 무언가가 바다와 대기를 가르며 동쪽으로 이동하는 것을 발견했다.

누군가에 의해 만들어진 것으로 보이는 먹구름과 그 사이로 보이는 초고도의 기계장치들 그리고 번뜩이는 붉은 스파크. 리오는 숨을 죽였다. 더욱 가까이 접근해야겠다는 마음에 바닷속으로 뛰어든 그는 잠수를 통해 그 물체에 접근했다. 이윽고 머리만 살짝 내놓은 그의 눈에 주목할 만한 장면이 들어왔다.

'악마……?'

기계장치 사이에서 분주히 움직이며 뭔가를 고치고 있는 존재들, 그들은 다름 아닌 하급 악마들이었다. 게다가 그들의 어깨에 새겨진 '잔악의 3구 문장'은 악마왕 사탄의 휘하에 있는 악마를 나타내는 것이었다. 리오의 눈은 점차 가늘어졌다.

'뭐지? 설마 저것이 신의 전차 엘살바도르인가? 하지만 프레데릭에게 들은 엘살바도르의 모습은 저렇게 위협적인 것이 아니었는데?'

숨을 한가득 들이마신 리오는 다시금 물속으로 이동하면서 생각했다.

'저것이 진짜 엘살바도르라면, 설마 녀석들이 가이라스 왕국을 떠나 어디론가 이동하고 있다는 말인가? 이동 방향은 말스 왕국 쪽이 분명해. 가이라스 왕국에 이어 말스 왕국 그리고 에스토드 왕국으로 점차 세력을 확장하겠다는 뜻인가?'

적당히 거리를 벌린 리오는 다시 물 밖으로 나와 빠른 속도로 가이라스 왕국을 향해 날아갔다.

'도대체 왜 에스토드 왕국을 직접 치지 않고 말스 왕국으로 가는 거지? 나 같으면 직접 공략을 노릴 텐데 말이야. 이번 일은 알다가도 모르겠군.'

리오는 최대한 빨리 일행과 합류해야겠다는 생각에 속도를 더욱 높였다. 그러던 중 그는 다시 멈추며 허리춤에 찬 가죽 주머니를 뒤적거렸다.

"아무래도 지원군이 한 명 더 필요할 것 같아. 일이 일이니만큼 불러도 상관없겠지."

정팔면체의 작은 수정을 공중에 띄운 리오는 그것이 반짝이며 사라짐과 동시에 다시 몸을 움직였다.

모두가 막 깨어날 시각, 마르티네즈들이 있는 듀 베를의 폐허 지역에서 작은 폭발음이 연쇄적으로 들려왔다. 화약에 의한 폭발이 아닌, 순수하게 마법의 힘으로 만들어진 폭발음이었다.

"아, 힘들어."

스승 던칸에게 물려받은 마법서로 마법을 한참 연습하던 소녀 실루엣은 마력과 체력이 거의 다 소진되었는지 두꺼운 벽의 잔해 위에 걸터앉으며 땀을 닦았다. 하지만 뭐든지 한번 잡으면 끝장을 보는 성격인 그녀는 쉴 틈도 없이 책을 다시 펴며 눈앞에 닥친 문제점을 해결하기 위해 애썼다.

"후, 도대체 왜 4급 이상의 마법을 사용하면 전부 실패하는 거지? 책이 잘못됐나?"

하지만 5급의 마법도 겨우 소화하는 그녀가 자신의 문제점을 발견하기란 쉬운 일이 아니었다. 한참 동안 책을 뒤적거리던 그녀는 결국 책을 거칠게 덮고는 자리에서 일어났다.

"할 수 없지. 나중에 폴카 님이 일어나시면 가르쳐 달라 해야지."

"무엇이 문제인가, 소녀여?"

그때 누군가 그녀의 어깨를 살며시 잡았다. 소름 돋을 정도로 갑작스러운 상황에 놀란 실루엣은 비명까지 지르며 뒤돌아섰다.

"누, 누, 누구세요!"

그녀를 부른 사람은 그리 크지 않은 키에, 두건이 달린 흑색 마법사 복장의 남자였다. 그가 깊게 눌러쓴 두건을 벗자, 무성한 백발과 주름살들이 나타났다. 적어도 70세 이상은 되어 보이는 노인이었다. 노인은 자신의 정체를 밝히기 전에, 우선 양 손을 모으고 이리저리 교차하면서 순식간에 마법진을 완성했다.

'대단해!'

상당히 깨끗하고 부드러운 데다 빠른 동작이었다. 스승 던칸도 이런 수준의 마법진 전개 실력을 가지고 있지 않다는 것을 아는 그녀는 침을 삼키며 노인에게 시선을 집중했다. 노인은 실루엣에게 맑고 부드러운 시선을 돌리며 말했다.

"5급의 마법을 사용하려면 마법진 전개의 정확도와 일정 수준 이상의 마력이 필요하단다. 넌 마법진 전개까지는 좋았으나, 마력이 부족해 실패한 것이다. 정신 수양을 통해 마력을 증진하는 것이 더 좋을 듯싶구나."

"그, 그렇군요. 감사합니다."

실루엣이 어색한 표정과 몸짓으로 감사를 표하자, 노인은 앞에 띄워 놓은 마법진을 소거하면서 빙긋 웃음을 지었다.

"너도 내 나이쯤 되면 상당한 실력을 가지게 될 것 같구나. 몸을 이용해 싸우는 전사는 50세까지가 한계지만, 정신을 이용해 싸우는 마법사는 의식이 또렷하기만 하면 언제까지고 성장할 수 있거든. 아, 그건 그렇고 혹시 마르티네즈라는 사람을 아느냐? 듣기로는 이 마을에 있다던데……."

"예? 마르티네즈요?"

"아는 모양이로구나?"

노인이 얼굴을 들이밀며 묻자, 실루엣은 어떻게 할까 고민했다. 아무리 자신에게 뭔가를 가르쳐 줬다고는 하지만, 처음 만나는 사람에게 함부로 가르쳐 줄 수는 없었다.

"어이, 실루엣! 마법 연습한다며? 이 언니가 초보자를 가르쳐 주기 위해 직접 나섰단다, 냐하하!"

"아, 폴카 님!"

멀리서 폴카의 목소리가 들려오자, 실루엣은 의지할 만한 사람이 생겨서 다행이다 싶었는지 곧장 그녀에게 돌아섰다.

그러나 전혀 예상치 못한 일이 발생하고 말았다.

"폴카……? 타르자!"

거친 목소리와 함께 노인이 있는 쪽에서 엄청난 마력이 방출되기 시작했다. 노인은 시퍼런 마력을 사방으로 방출했고, 실루엣은 겁에 질린 나머지 폴카를 향해 뛰었다.

"폴카 님, 어찌 된 거예요!"

그러나 폴카도 심각한 상황이었다. 그녀는 언제 닥쳐올지 모르는 마법에 철저하게 대비하고 노인에게 소리쳤다.

"잠깐! 흥분하지 말고 내 말을 들어 봐요! 나는 타르자가 아니라……!"

"닥쳐라, 더러운 마녀!"

이전의 인자한 모습이 완전히 사라진 노인은 손으로 무수한 잔상을 만들며 두 개의 마법진을 동시에 전개했다. 그 마법진이 1급의 수준이란 것을 느낀 실루엣은 그 자리에서 얼어붙고 말았다.

"1급의 마법진 두 개를 한꺼번에……? 말도 안 돼!"

진지한 얼굴로 자신의 고깔모자를 벗어 던진 폴카는 실루엣을 자신의 뒤쪽으로 밀치며 말했다.

"더블스펠이야. 설마 했는데 저런 최고급 주문 기술을 사용할 줄은 몰랐는데? 어쨌든 실루엣 너는 어서 여관으로 돌아가. 여기 있으면 위험해!"

"포, 폴카 님……!"

실루엣은 도시 안쪽을 향해 뛰어갔다. 그사이 폴카는 노인과 마찬가지로 양손에 각각 주문을 전개했다. 노인의 마법진이 붉고 푸른 것과 달리, 폴카의 마법진은 모두 하얗게 빛을 발했다.

"진정하고 내 말을 들어 봐요! 여기서 1급 주문을 사용하면 저 도시는 재도 남지 않는다는 사실을 알고 이러는 건가요!"

하지만 노인의 알 수 없는 분노를 막기에는 역부족이었다.

"닥쳐라, 타르자! 너 때문에 일이 여기까지 번진 것이다! 네가 아니었다면 내가 여기 있을 이유도 없어! 마르티네즈만 만나려 했지만, 네가 여기 있다는 사실을 안 이상 두고 볼 수 없다!"

노인의 오른손에 전개된 마법진에서 곧 진홍빛이 뿜어졌다. 플레어였다. 폴카는 일단 지금의 상황부터 해결하기 위해 왼손의 마법진을 옆쪽으로 휘둘렀다.

"제발 멈추세요!"

순간 백색의 빛과 함께 그녀를 향해 날아오던 플레어의 기둥이 얼음처럼 파랗게 응고되며 바닥에 떨어졌다. 플레어의 덩어리는 산산이 부서졌고, 그것을 본 노인은 재미있다는 듯 눈썹을 움직였다.

"어호, 절대 결빙 마법! 좋은 것을 보여줬다, 타르자. 과연 3백 년 이상 살아온 마녀답군! 그러면 이건 어떤가!"

노인이 남은 하나의 마법진을 바닥에 뿌렸다. 마법진은 곧 새파란 빛과 함께 사방으로 확대됐고, 그것을 본 폴카는 흠칫 놀라며 외쳤다.

"가, 가디언 소환? 당신 미쳤군요!"

"미친 것이 아니다! 이것은 나의 분노다!"

노인의 처절한 외침과 함께, 마법진 중앙에서 파란색의 거대한 무언가가 솟아올랐다. 상대가 얼음의 가디언이란 것을 아는 폴카는 남은 마법진을 접고 다른 마법을 외워 나갔다.

'그의 마력이 아무리 높다 하지만, 저런 최고급 가디언을 마력으로 제어할 수 있는 시간은 단 2분도 안 돼! 제어를 잃은 가디언은 폭주하여 도시를 부술 게 분명한데…… 엉?'

그때 어디선가 보라색 섬광이 일직선을 그리며 가디언을 소환하고 있는 마법진 한쪽에 꽂혔다. 그것은 다름 아닌 한 자루의 검이었다. 마법진 전체에 흐르던 마력은 그 검에 의해 끊겼고, 소환 중이던 가디언은 마법진이 흐트러지자 비명과 함께 녹아내렸다.

"이런! 누구냐!"

노인은 검이 날아온 방향을 돌아봤으나, 그에 맞춰 젖빛 검광이 노인의 목으로 향했다.

"누군데 이렇게 흥분하시는지 모르겠군. 인간의 힘으로 고등 가디언을 소환하는 것이 자살행위라는 것을 모르는가?"

회색 망토를 배경으로 너울거리는 붉은 장발, 절대적인 살의는 보이지 않지만 그 어떤 야수보다 매서운 눈빛. 그와 눈을 마주친 노인의 숨이 멎었다. 하지만 두려움 때문에 그런 것은 아니었다. 노인은 다른 이유로 창백해진 자신의 얼굴을 감싸며 뒷걸음쳤다.

"리, 리오 님!"

"엉?"

폴카와 리오를 번갈아 바라본 노인은 곧 눈을 질끈 감으며 공간

이동 마법진을 전개했다. 뭔가 이상한 느낌을 받은 리오는 노인에게 뭔가를 물으려 했으나, 노인의 모습은 이미 사라진 뒤였다.

"누구지? 나를 아는 것 같았는데?"

하지만 리오는 노인이 누군지 알 수 없었다. 잠시 홀로 고민하던 그는 곧 한숨을 내쉬며 폴카에게 시선을 돌렸다.

"괜찮으십니까? 상당히 위험한 노인으로 보였는데."

모자를 다시 쓴 폴카는 쓸쓸히 웃으며 고개를 끄덕였다.

"괜찮아요. 가디언 소환 시에 약간 긴장하긴 했지만 별 문제는 없어요. 그런데 어쩌다가 용제님만 먼저 오시고, 리오 씨는 지금 오시는 거죠?"

그러자 리오는 자신의 또 다른 검, 파라그레이드를 거두며 쓸쓸한 웃음을 지었다.

"에스토드 왕국에서 불미스러운 일이 있었죠. 아까 그 노인은 도대체 누굽니까? 당신에게 특별히 악의를 가질 사람은 없을 텐데. 게다가 저를 알아보는 것 같았거든요."

폴카는 대답해야 할지 말아야 할지 잠시 망설였다. 결국 그녀는 도시 쪽으로 돌아서며 말했다.

"지금은 말씀드릴 수 없습니다. 아니, 당신도 언젠가는 알게 될 문제죠. 그때 가서 저에게 저주를 퍼부으신다 해도 괜찮으니, 제발 지금은 알려고 하지 말아 주세요."

"예?"

리오는 그녀가 도대체 무슨 말을 하는지 이해할 수 없었다. 하지만 가이라스 왕국으로 오던 중 자신이 본 그 광경이 더 중요하다고 생각한 그는 그녀의 말대로 언젠가는 사실을 알게 되리라 생각하며 고개를 끄덕였다.

"흠, 알겠습니다. 그건 그렇고 중요한 얘기가 있으니 여관으로 어서 돌아가죠."

"중요한 얘기요?"

리오에게 있어서 중요한 일은 곧 사건이란 것을 잘 아는 폴카는 불안한 표정을 지으며 그를 돌아봤다. 디바이너를 거두던 리오는 칼끝을 흔들어 보이며 여유 있게 말했다.

"어려운 일이 닥칠수록 일의 끝이 가까워진다는 뜻입니다. 특히 이런 일의 경우엔 말이죠. 자, 가실까요?"

폴카는 그제야 웃으며 리오와 함께 도시로 향했다.

브라디는 슬그머니 바이칼의 방으로 들어갔다. 물론 예전처럼 뭔가를 엿보기 위한 것이 아니라, 리오가 온 것을 알리기 위해서였다. 들어가자마자 침대에 누워 있는 바이칼과 눈이 마주친 그녀는 억지웃음을 지 손을 흔들었다.

"바, 바이칼 님, 주무시지 않으셨어요?"

눈을 부릅뜬 채 그녀를 바라보던 바이칼은 거칠게 몸을 돌렸다.

"가디언 따위에게 잠자리까지 보고해야 할 이유는 없어."

"아, 하하…… 그렇죠. 물론 그렇습죠."

'화가 나도 단단히 나셨구나. 아아, 리오 님은 도대체 어쩌려고 혹을 붙인 채 돌아오셨을까. 게다가 직접 와서 말씀하시지, 왜 나한테 시키시는 거야. 아아, 지크 님이라면 이 상황에서 어떻게 하셨을까? 다른 건 몰라도 바이칼 님 같은 사람을 다루시는 건 천재적인데……'

한참을 고민하던 그녀는 일단 말을 돌려 보는 게 좋을 것 같다고 생각했는지, 침대 머리맡에 조용히 앉으며 말했다.

"저기, 에스토드 왕국에서 무슨 일이라도 있으셨어요? 왜 이렇게 화가 나 계시는 거예요?"

바이칼은 아무런 대답도 하지 않았다. 정곡을 찌른 듯한 느낌을 받은 브라디는 한번 해보자는 생각에 씩 웃으며 다시 물었다.

"아하, 리오 님께서 바이칼 님의 마음을 알아주지 않아 그러시는 거죠? 히히, 그분이 좀 그렇죠. 하지만 너무 흥분하지 마세…… 헉!"

바이칼은 마치 마법에 걸린 인형처럼 상체를 슬그머니 일으켰다. 방 안을 뒤덮은 살기에 잔뜩 긴장한 그녀는 만일의 사태에 대비해 몸을 띄우며 그를 진정시키기 위해 노력했다.

"흐, 흥분을 가라앉히세요, 바이칼 님! 스트레스는 비만의 원인이고, 피부마저 상하게 한답니다! 앗!"

그러나 그녀는 결국 바이칼의 손에 붙잡히고 말았다. 몹시 화가 난 바이칼은 그녀를 정면으로 쏘아보며 나지막이 중얼거렸다.

"난 네가 처음부터 마음에 안 들었어. 옆에서 쫑알거리는 것은 둘째치고, 사람을 무시하는 것은 물론 입까지 너무나 가벼워."

"죄, 죄송해요."

'저번에 엿봤다는 것이 알려지면 나를 정말 죽일지도 몰라.'

브라디는 이 난국을 어떻게 타개해야 할지 도저히 알 수 없었다. 그때 리오가 방문을 열고 들어오며 바이칼을 불렀다.

"식사하러 내려와. 여관 주인이 오늘은 케이크를 내주던데? 크림 케이크니까 너도 먹을 만할 거야."

그가 들어옴과 동시에 들고 있던 브라디를 뒤에 숨긴 바이칼은 잠시 리오를 쏘아보다가, 이윽고 입을 열었다.

"내려가지."

리오는 빙긋 웃으며 고개를 끄덕였다.

"그래. 그런데 브라디 못 봤어? 아까 너한테 심부름 보냈는데."

바이칼은 몸부림을 치고 있는 브라디의 입을 반대편 손으로 단단히 막고 고개를 저었다.

"몰라."

"흠, 그래. 그럼 빨리 내려와. 늦으면 없을 수도 있다."

리오가 나간 직후, 바이칼은 브라디를 풀어 주었고 다시 공중으로 날아오른 그녀는 눈물까지 글썽이며 그에게 소리쳤다. 그에게 붙잡히고 입까지 막힌 것이 어지간히 분한 모양이었다.

"인간적으로 너무하잖아요, 바이칼 님! 이건 폭력 행위예요! 제 날개 구겨진 것 좀 보라고요! 리오 님께 이를 거예요!"

바이칼은 상의를 천천히 챙겨 입으며 짧게 받아쳤다.

"난 네 목을 치지 않았어."

"윽!"

바이칼은 그 말을 남기고 곧장 방을 나섰다. 홀로 방에 남겨진 브라디는 약간 구겨진 자신의 날개와 옷을 펴기 시작했다.

"이대로 당하고 살 수만은 없는데! 세이아 님, 도대체 왜 저를 이런 야만적인 곳에 버리셨나요, 흑흑."

그녀를 차갑게 외면하고 식당에 들어선 바이칼은 하얀 크림 엎어진 케이크를 앞에 두고 한참 토론을 벌이고 있는 리오 일행을 보았다. 케이크를 먹고 있는 사람은 리체뿐이었다. 실루엣은 그늘진 얼굴로 고개를 푹 숙이고 있었고, 마르티네즈는 마치 죽은 사람이라도 본 것처럼 눈을 동그랗게 뜬 채 당황한 기색을 역력히 드러내며 역설하는 중이었다. 그리고 리오와 폴카는 묵묵하게 마르티네즈의 얘기를 듣고 있었다.

"그럼 여기서 어찌해야 한다는 말이죠? 가이라스 왕국 사람들은 죽으면 안 되고, 말스 왕국 사람들은 죽어도 좋다는 말씀인가요? 말도 안 됩니다!"

그녀의 격앙된 목소리를 한참 듣고 있던 리오는 진정하라는 듯 손을 위아래로 저으며 말했다.

"그러니 여기서 일행을 둘로 나누자는 겁니다. 마리 대장과 실루엣은 말스 왕국 사람이니 여기서 말스 왕국으로 돌아가 위기를 알리고, 폴카 님과 나중에 도착할 길트 왕자 일행은 가이라스 왕국의 뒷정리를 한 후 다시 합류하는 게 좋을 것 같군요."

"말은 좋지만 어떻게 말스 왕국으로 간단 말입니까! 에스토드 왕국으로 통하는 항구인 템플톤을 제외하고는, 모든 항구가 여전히 야만 종족에게 점령당한 상태이지 않습니까! 날아서라도 가겠다는 말씀입니까!"

그러자 케이크를 신나게 먹고 있던 바이칼의 손이 일순간 멈췄다. 그 이유를 아는 리오는 웃음과 함께 친구의 입가를 닦아 주며 고개를 저었다.

"날아서 가는 것은 물론 불가능하죠."

그 말에 눈을 감고 안도의 한숨을 내쉰 바이칼은 다시 케이크에 손을 가져갔다. 리오의 이야기는 계속됐다.

"말스 왕국으로 갈 때 가장 많이 이용되는 항구는 퍼니오드입니다. 항해 거리가 가장 짧기 때문이죠. 일단 그곳을 친 후, 배를 타고 말스 왕국에 가는 겁니다."

리오 일행밖에 없는 식당 안은 금세 조용해졌다. 다만 케이크 꼭대기에 꽂힌 딸기를 먹기 위해 싸우고 있는 리체와 바이칼의 포크 소리만이 들릴 뿐이었다.

이윽고 마르티네즈는 실소하며 무슨 소리냐는 표정을 지었다.

"저는 리오 씨의 판단력이 상당하다고 생각했는데, 지금 말씀을 듣고 나니 의심이 가는군요. 도대체 퍼니오드를 어떻게 보시는 겁니까! 그 항구는 야만 종족의 5대 집결지 중 하나란 말입니다! 그곳을 쳐요? 성벽이라도 툭 치고 배를 훔치자는 말입니까?"

그러자 리오가 머리를 긁적이며 물었다.

"아니, 퍼니오드에 집결된 적의 숫자가 얼마나 된다고 그러시는 겁니까?"

마르티네즈의 답이 즉각 이어졌다.

"적어도 1만입니다!"

"별거 아니군."

순간 모두의 시선은 방금 한 말의 주인공에게 쏠렸다. 리체와의 딸기 쟁탈전에서 막 승리한 바이칼은 시선을 느낀 듯 딸기를 든 채 주위를 슬그머니 둘러봤다.

"무슨 일이지?"

"쿡."

리오는 터져 나오는 웃음을 참으며 시선을 돌렸다. 그러나 방금 전과 같은 진지한 토론과 상황을 가끔 즐기기도 하는 마르티네즈는 기가 찰 노릇이었다. 사건을 벌인 사람은 바이칼이었지만, 엉뚱하게도 화살은 리오에게 날아갔다.

"대체 일을 어떻게 보고 이러시는 겁니까! 리오 씨, 그 신의 전차가 움직이는 걸 보셨다는 것도 거짓이죠? 솔직히 말씀해 주세요!"

"아니, 제가 무슨 이유로 그런 거짓말을 하겠습니까? 그 이유부터 먼저 듣고 싶군요."

"상식적으로 말이 안 되는 일인데, 이유를 설명할 필요가 있을까요? 그럼 신의 전차가 어떻게 생겼는지 말씀해 보세요!"

"오호, 신의 전차를 보시긴 했습니까? 제가 말씀드린다 해도 진짜인지 알 수 있습니까?"

"적어도 퍼니오드를 이 인원으로 치는 것이 미친 짓이란 것은 압니다!"

둘의 말싸움이 다시 시작되자, 폴카는 실루엣을 데리고 슬그머니 식당을 빠져나갔다. 바이칼 역시 나가고 싶었으나, 아직 케이크가 한 조각 남아 있었기에 그럴 수는 없었다. 물론 그것은 리체도 마찬가지인 듯했다.

밖으로 나온 폴카는 여관 앞 벤치에 실루엣과 나란히 앉았다. 그녀는 자신이 상대했던 노인에 대해 잠시 생각하다가, 문득 실루엣이 떠올랐는지 그녀를 살짝 돌아봤다. 예상대로 그녀는 여전히 흐린 얼굴로 고개를 숙이고 있었다.

"실루엣, 아직도 그 할아버지가 무섭니?"

그러자 실루엣은 몸을 움찔하며 폴카를 바라봤다. 폴카는 웃으며 실루엣의 등을 토닥여 주었다.

"아마 내가 가지 않았다면 그 할아버지는 계속 친절하셨을 거야. 너도 그 할아버지를 처음 만났을 때, 느낌이 좋았을 것 아니니?"

"예……."

모자 속에서 곰방대를 꺼낸 폴카는 불을 붙이며 말을 이었다.

"난 그 할아버지에게 지은 죄가 많단다. 아니, 그 할아버지 세대에게 지은 죄가 너무도 많지. 그리고 리오 씨에게도……."

그때 실루엣이 한마디 던졌다.

"타르자…… 말이죠?"

"응? 타, 타르자에 대해 알고 있었니?"

폴카의 얼굴에 당황하는 기색이 떠오르는 것을 말없이 지켜보던 실루엣은 이내 고개를 끄덕였다.

"예. 가이라스 왕국에 오기 전에, 말스 왕국 국립 도서관에서 본 마법 역사책에 타르자 얘기가 나와요. 3백 년 전 그리고 2백 년 전에 고신 부르크레셔를 추종하던 궁극의 마법사라고요. 적의의 마녀라고 불렸다고도 하고…… . 그 책에서 타르자에 대해 서술하기를, 그 잔악함과 광기는 그 누구도 막을 수 없었지만 신께서 보내신 전사들에게 두 번 모두 패한 이후 지금까지 나타나지 않았다고 되어 있었어요. 혹시, 폴카 님이 타르자인가요?"

폴카는 아무 말도 하지 않았다. 그 노인이 자신을 타르자라고 지칭한 것을 실루엣이 들은 이상 빠져나갈 구멍은 없었다. 하지만 그녀를 바라보던 실루엣이 곧 웃으며 말했다.

"말씀해 주시지 않아도 괜찮아요. 폴카 님은 폴카 님이고, 타르자는 타르자잖아요. 타르자는 이제 사라진 존재니까, 폴카 님께서 신경 쓰실 필요는 없다고 생각해요. 옛 기억에 사로잡힌 나머지 현재를 철저하게 무시하는 사람이 더 이상할지도 몰라요."

그러자 폴카는 힘없이 웃으며 담배 연기를 길게 뿜어냈다.

"철저하게 사로잡힐 만한 기억이라면 상황이 좀 다를지도 몰라."

그때 리오가 브라디와 함께 여관 밖으로 나왔다. 그는 상당히 짜증 난 표정으로 길게 한숨을 쉬며 중얼댔다.

"후, 뭐가 저렇게 꽉 막혔는지. 하여튼 알다가도 모르겠군."

"다행이죠, 뭐. 리오 님의 유혹에 넘어가지 않는 게 어디예요."

리오는 한숨을 내쉬며 이마를 감쌌다. 그러고 그는 고개를 끄덕이며 다시 입을 열었다.

"알았다, 알았어. 그건 그렇고 폴카 님, 혹시 저를 찾아오는 사람이 있으면 제 방에서 기다려 달라고 해 주십시오. 저는 브라디와 함께 바람 좀 쐬고 오겠습니다."

"네네, 다녀오세요."

폴카는 예전처럼 웃음 지으며 그에게 손을 흔들어 주었다.

리오가 장발을 흔들며 가는 모습을 가만히 바라보던 실루엣은 뭔가가 떠오른 듯 폴카에게 시선을 돌렸다.

"저, 폴카 님. 리오 씨나 지크 오빠 같은 사람들은 나이에 비해 상당히 강하던데, 도대체 어느 정도로 강한 걸까요? 가이라스 왕국에서는 블레이크 경이 가장 강하다고 하던데, 그럼 블레이크 경은 리오 씨보다 강한 건가요?"

그러자 폴카는 크게 웃음을 터뜨렸다.

"냐하하핫, 블레이크 님이 리오 씨보다? 그건 말도 안 돼. 블레이크 님은 리오 씨를 단 1분도 상대하지 못할 거야. 그건 고양이가 사자에게 덤비는 것과 같단다, 얘야."

"예? 정말요?"

"물론이고말고. 내가 아는 한, 리오 씨와 같은 급 중 그를 능가하는 사람은 단 둘밖에 없어. 한 사람은 현재 에스토드 왕국에서 재상을 맡고 있고, 또 한 사람은 어디 있는지 몰라. 아, 이렇게 설명하면 간단하겠다. 나나 네가 아침에 본 그 할아버지보다 훨씬 강해."

실루엣의 눈이 점점 커졌다.

"그래요? 그, 그렇다면 한 사람이 브롤이나 투르바를 부대 단위로 격파하는 건……."

폴카는 실루엣의 두툼한 볼을 매만지며 고개를 끄덕였다.

"보통 사람은 절대 불가능해. 자, 우리도 이제 들어가자. 마르티네즈 아가씨를 진정시켜야 할 것 같으니까, 냐하핫."

"아, 예……."

그녀를 따라 들어가면서 실루엣은 연신 고개를 저었다. 보통 사람으로서는 불가능하다면 리오나 지크 같은 사람은 도대체 뭐란 말인가? 그녀는 방금 들은 폴카의 말을 이해할 수 없었다.

11장
하늘을 나는 마음

1

장창(長槍)의 지원군

10년이란 세월 동안 에스토드 왕국의 재상으로 지낸 휀. 그의 장례식 아닌 장례식이 끝난 다음 날 아침 공기는 수도 전체를 짓누르는 듯했다. 훈련을 해야 할지 말아야 할지 고민하던 슈웰은 훈련을 계속하는 쪽이 휀의 의지를 이어받는 일이라 생각했는지 전날의 피로를 잊고 방문을 나섰다.

"크리스는 어쩌지?"

버릇처럼 크리스의 방으로 향하던 슈웰은 이내 고개를 저으며 거실로 내려갔다.

상당히 이른 아침인데도, 거실은 누군가에 의해 벌써 점령된 상태였다. 그 주인공은 다름 아닌 프레데릭과 다르칸이었다.

프레데릭은 평소대로 팔짱을 낀 채 묵묵히 다르칸의 얘기를 듣고 있었고, 다리를 꼬고 우아하게 앉은 다르칸은 작은 테이블 위에 놓인 찻잔을 슬슬 매만지며 작은 소리로 프레데릭에게 뭔가를 얘기하는 중이었다. 다르칸에 대한 거부감이 많이 사라진 슈웰은 둘 앞에 서며 물었다.

"두 분, 생각보다 일찍 일어나셨군요?"

그러자 다르칸은 찻잔을 들며 빙긋 미소 지었다.

"잠을 자지 않았다는 것이 정답이지, 아가씨. 장례식이 끝난 다음 날인데도 훈련인가?"

"물론이죠. 벌써 4일 동안 훈련을 하지 못한걸요. 근데 무슨 얘기들을 나누시느라 잠도 주무시지 않았어요?"

그 질문에 대한 대답은 프레데릭이 해주었다.

"휀의 사후, 즉 지금부터의 일에 대한 얘기다. 아직 확정된 것은 없으니, 나중에 얘기해 주겠다."

"예? 저한테 말씀이세요?"

슈웰이 의아한 표정을 짓자, 프레데릭은 무겁게 고개를 끄덕였다.

"휀이 없는 지금, 라디언트 가를 이끌 사람은 바로 너다. 그리고 클라리스 공주를 지켜야 할 사람도 너다. 나와 다르칸은 너를 도와줄 뿐이다."

슈웰은 자신도 모르게 침을 삼켰다. 가장이 죽은 뒤 장남이 집안을 맡는 것처럼, 휀이 죽은 후 자신에게 그가 맡고 있던 엄청난 일들이 다가온다는 데 대한 이상한 긴장감 때문이었다. 반면 차를 다 마신 다르칸은 여전히 미소를 띠고 프레데릭과 슈웰에게 말했다.

"아직 어린 아가씨인데 너무 겁주는 것 아닌가? 우리 슈웰 아가씨는 아직 해야 할 일이 태산같이 남아 있는데, 그렇게 짐을 얹어주면 제대로 성장할 수 없지. 아가씨는 걱정 말고 자신의 일에 충실하면 돼. 작은 일을 제대로 하지 못하면 큰일 역시 하지 못한다는 것도 명심하도록."

슈웰은 이번처럼 다르칸이 고마웠던 적이 없다. 그녀는 둘에게 꾸벅 허리를 숙였다.

"말씀 감사합니다. 그럼 저는 아침 훈련을 위해 나가 보겠습니다."

"음. 아, 잠깐."

막 나가려던 그녀를 멈춰 세운 프레데릭은 슈웰에게 오늘의 '특별한' 일에 대해 말해 주었다.

"오늘 오후에 휀의 쌍둥이 여동생이 온다. 그녀 역시 우리의 일을 돕기 위해 오는 것이니, 오후에는 반드시 집에 있도록."

"휀의…… 쌍둥이 여동생요? 그런 얘기는 한 번도 듣지 못했는데요?"

그녀가 의문을 제기하자 프레데릭은 잠시 머뭇거렸지만, 다르칸이 곧바로 바통을 넘겨받아 상황을 해결했다.

"우리도 조금 놀랐지. 휀이 써 둔 유서를 발견하지 못했다면 온다는 사실도 몰랐을 거야."

"유서요?"

"음, 현재 라디언트 부인께서 가지고 계시지. 아무래도 휀은 자신이 언제 죽으리란 것을 알고 있었나 봐. 자신의 책상 속에 당당히 유서를 남겨 놨으니 말이야. 후후, 역시 확실한 친구였어. 어쨌든 우리도 휀의 쌍둥이 여동생을 한 번도 본 적 없으니 나중에 같이 보자고, 아가씨."

"아, 예. 알겠습니다. 그럼 다녀오겠습니다!"

슈웰은 힘차게 인사하고 곧장 현관문을 열고 밖으로 향했다. 그녀가 나가고 한참 후, 다르칸은 한쪽 눈썹을 추켜올리며 프레데릭을 바라봤다.

"거짓말에 서툴군, 프레데릭. 생각보다 순진한걸?"

"아네라족은 법의 종족, 당연히 거짓말에 익숙하지 못하다."

"오호, 그래? 이거 축하할 일이군, 후후후."

어깨를 한 번 으쓱한 다르칸은 주전자에 담긴 차를 찻잔에 따르며 말을 이었다.

"어쨌거나 정말 의외로군. 수천 년 전, 눈에 핏발을 세우며 싸웠던 너와 내가 지금은 아군이 되어 같이 차를 들고 있으니 말이야. 아이러니하지 않나?"

프레데릭이 다시 팔짱을 끼며 중얼거렸다.

"아군이라 해서 절대적 친구는 아니다. 물론 적군이라 해서 절대적 원수도 아니다. 지금 너와 나의 관계는 그 말을 그대로 옮긴 것과 같다. 하나의 목적을 위해 잠시 힘을 합쳤을 뿐, 그 이상 그 이하도 아니다. 아이러니라는 단어에 적합한 상황은 아니라 생각한다."

찻잔을 흔들며 얘기를 듣고 있던 다르칸은 뭔가 못마땅한 듯 단숨에 차를 마셨다.

"흥, 옛날이나 지금이나 너의 그 꽉 막힌 성격은 뚫릴 기미가 보이지 않는군. 좋아, 그럼 일에 대해 얘기하지, 프레데릭 교수. 아까 쌍둥이 여동생이라고 둘러대긴 했는데, 과연 라디언트 부인과 꼬마 아가씨가 속아 넘어갈까?"

프레데릭은 자세를 바꾸지 않고 그대로 답했다.

"고등 아네라족의 유전자 교체 기술은 완벽하다."

다르칸은 결국 고개를 푹 숙이고 말았다. 그는 앞으로 내려온 자신의 곱슬머리를 쓸어 넘기며 고개를 저었다.

"답답하군. 아무리 생쥐에게 고양이 가죽을 씌워도 생쥐는 생쥐다. 꼬마 아가씨는 몰라도, 10년 동안 살을 맞대고 살아온 부인까지 속일 수 있을 거라고 생각하나? 느낌만은 변치 않을 것 아닌가."

그 부분에서 프레데릭은 별말을 하지 않았다. 그러나 잠시 후 그는 다시 턱을 들며 당당히 말했다.

"그건 휀이 처리할 문제다. 내가 알 바 아니지."

그 말에 황당해진 다르칸은 이마를 짚으며 한숨을 내쉬었다.

"황태자 병은 휀 하나면 족하니 제발 그만해 줘."

프레데릭도 약간 무안했는지 눈두덩을 슬쩍 움직였다. 다르칸의 시선은 곧 거실 한쪽 벽에 붙어 있는 그림에 옮겨졌다. 휀과 크리스 그리고 어린 슈웰의 모습이 그려진 그림이었다. 크리스와 슈웰의 행복한 표정을 잠시 바라보던 그는 씁쓸히 웃으며 중얼거렸다.

"프레데릭, 넌 부인이 있나?"

"무슨 말이지?"

"그냥, 저 그림을 보니 내 옛 부인이 생각나는군. 엘살바도르의 실험실 캡슐에 누워 있던 악마족 여성을 기억하나?"

프레데릭의 광채 어린 눈동자가 잠시 흐려졌다. 그를 흘끔 본 다르칸은 계속 말을 이었다.

"후후, 물론 기억하겠지. 자네가 그 캡슐을 파괴했으니까. 그로 인해 난 거신 병기 에르파라스를 타게 됐고, 결국 폭주하여 의식 자체를 잃어버리게 됐지. 뭐, 괜찮아. 지나간 일이기도 하고, 다시는 돌아올 수 없는 존재를 돌아오게 만들려고 했던 내 잘못이란 것을 인정하니 말이다."

그는 찻잔에 차를 다시 따르며 말을 이었다.

"사실 그녀는 아스타로트 전하께서 나를 감시하기 위해 붙인 서큐버스였다. 난 알면서도 그녀와 결혼했는데, 이상하게 시간이 지날수록 그녀에게 정이 들더군. 그녀 역시 그랬고…… 휀도 마찬가지일지 모른다. 크리스는 그저 임무를 수행하기 위한 역할에 지나지 않았겠지. 후후, 하지만 지금은 누구보다도 그녀를 위하고 있다. 심지어 자신을 포기할 각오까지 하면서 말이야."

찻잔을 옆에 두둥실 띄운 채 그림 앞으로 간 그는 유화 특유의 거친 면을 매만져 보았다. 3일 동안 청소하지 않은 탓인지 그의 갈색 손에 약간의 먼지가 묻어났다. 그는 손바닥을 툭툭 털며 말했다.

"그 소중한 존재가 사라졌을 때, 녀석은 정말로 두려울 것이 없는 무서운 존재가 된다. 라이세네프 경과 함께한 너도 비교조차 할수 없겠지. 예를 들어 볼까? 휀 라디언트가 리리스를 압도할 때의 장면, 기억하나?"

"물론이다."

"녀석은 그 안전주문이란 것이 해제되지 않은 상황에서 악마왕급의 악마와 격돌하는데도 전혀 밀리지 않았다. 20퍼센트의 힘으로 리리스를 제압했다는 소리와 같지. 레퀴엠의 힘 역시 너의 그 두꺼운 지르콘 배리어를 절반 이상이나 깎아 먹을 정도로 강렬했다. 그것이 증거다. 녀석은 자신에게 부족한 것을 보충함으로써 더욱 막강한 힘을 가질 수 있게 된 것이다."

프레데릭은 인정한다는 듯 묵묵히 고개를 끄덕였다. 잠시 침묵이 흐른 후, 그는 2층을 바라보며 중얼댔다.

"이 일을 모르는 크리스 부인의 심정을 아직 잘 모르겠군. 아프고, 슬픈 기분인가?"

"그럴지도."

다르칸은 가볍게 찻잔을 잡으며 미소를 띠었다.

휀의 방, 아니 크리스의 방은 조용했다. 너무 조용한 나머지 크리스마저 저세상으로 떠난 것은 아닐까 하는 착각이 들 정도였다.

하지만 그녀는 조용히 침대에 누워 있었다. 정확히 말해, 주인을 잃은 휀의 코트를 꼭 껴안은 채 멍한 표정을 짓고 있었다. 그녀는 남편의 머리를 쓰다듬을 때처럼 코트를 손으로 매만져 보았다. 하지만 코트 위에는 그녀의 손자국이 남을 뿐 특별한 변화는 없었다.

"여보……."

그녀는 베개에 얼굴을 파묻었다. 가늘게 떨리는 어깨는 다른 누군가가 있던 수일 전보다 차가워진 방의 공기를 울리는 듯했다.

그때 노크 소리와 함께 노인의 목소리가 들려왔다.

"마님, 란슬롯입니다. 식당에 식사가 준비되어 있습니다만……."

그녀는 한참 동안 대답하지 않았다. 문밖의 노인은 무거운 목소리로 다시 말했다.

"알겠습니다, 마님. 편히 쉬십시오."

노인의 발소리가 멀어지자, 크리스는 침대 서랍을 열고 그 안에 놓인 편지 하나를 꺼냈다. 다름 아닌 휀의 유서였다. 이미 수십 차례나 읽었지만, 그녀는 다시금 그 유서를 읽어 내려갔다.

4년 전, 프레데릭이 나에게 말했다. 4년 후에 내가 죽는다고. 그가 아네라족인 이상 그의 말은 신뢰도와 정확도가 높다. 그런 탓에 난 현재 나의 부인 역할을 맡고 있는 크리스 라디언트에게 이 글을 남긴다. 물론 난 죽지 않을 수도 있다. 죽지 않게 되면 이 글은 감상적인 헛소리에 불과할 것이다.

내가 죽은 후, 정확히 장례식이 끝난 다음 날 나의 쌍둥이 여동생이 당신을 찾아올 것이다. 나 대신 클라리스 공주를 지키기 위해 오는 것이니 안심하도록. 일단 내가 공적으로 당부하는 것은 이것뿐이다.

내가 결혼 기념일 전에 죽는다면, 당신은 내 집무실 책상 첫 번째 서랍을 열도록. 그 안에 상무대신 쿠덴베르그가 나에게 남겨준 우리의 결혼 10주년 선물이 있을 것이다. 당신과 슈웰이 알아서 쓰도록.

마지막으로, 이 글을 읽으며 울지 않길 바란다. 이 유서는 수성잉크로 쓰여진 탓에 눈물이 떨어지면 글씨가 번지게 된다.

그럼 건강하도록.

나의 부인 크리스에게.

"나쁜 자식……!"

유서를 내던진 크리스는 다시 베개에 얼굴을 파묻었다.

사실 이것이 어제저녁부터 지금까지 그녀가 했던 행동의 전부였다. 유서를 읽고, 코트를 매만지는 일을 반복할 뿐이었다. 장례식을 치르기 전에는 그녀 자신도 이렇게 되리라고는 생각지 못했지만, 막상 관이 묻히고 나니 아무것도 생각나지 않았다. 10년 동안 자신이 도대체 뭘 했는지 궁금할 뿐이었다.

"그런데 그이에게 동생이 있었나?"

순간 크리스의 눈이 번쩍 떠졌다. 휀에게 누나가 있다는 말은 두어 차례 들었지만, 동생이 있다는 말은 유서를 통해 처음 알았다. 그 일을 잠시 생각하던 그녀는 곧 침대에서 나와 옷을 갈아입었다.

프레데릭이나 다르칸을 찾아 거실로 향하던 그녀는 거실에서 대화 소리가 들려오자 발소리를 죽였다. 목소리의 굵기나 특유의 톤으로 보아, 분명 프레데릭과 다르칸이었다. 그녀는 자신이 모르는 이야기가 나올 거라고 생각했는지, 그들의 대화에 가만히 귀를 기울였다.

하지만 안타깝게도 다르칸이나 프레데릭이 그녀의 기척을 눈치채지 못할 리 없었다. 둘의 대화는 아주 자연스럽게 바뀌었다.

"그건 그렇고 프레데릭, 넌 휀의 동생을 봤지? 휀의 사망 소식을 직접 전했을 것 아닌가?"

"음, 쌍둥이라서 그런지 몰라도 체형이 좀 다른 것 말고는 휀과 꼭 닮았더군. 키도 여자치고는 꽤 크고……. 그런데 성격까지 휀과 똑같았어. 아니, 더 차가운 것 같았다. 전투 능력은 좀 떨어지게 느껴졌지."

"그래? 후후, 기대되는군. 오늘 오후 늦게 도착한다고 했나?"

"음."

거기까지 들은 크리스는 쓸쓸히 고개를 숙였다. 혹시나 하는 기대감이 한순간에 무너진 탓이었다.

"아, 마님. 무슨 일이라도 있으십니까?"

슈웰의 방을 청소하고 나오던 란슬롯은 크리스가 복도에 서 있는 것을 보고 깜짝 놀랐다. 게다가 그녀의 표정 자체가 워낙 심상치 않았기에 그는 불안감을 지울 수가 없었다.

크리스는 애써 웃으며 고개를 저었다.

"아니에요, 란슬롯. 그런데 하인들을 모두 휴가 보내서 어쩌죠? 란슬롯 혼자 힘들게 일하는 것 같은데……."

"괜찮습니다, 마님. 아, 마님. 한 가지 말씀드릴 것이 있습니다."

"저에게요?"

란슬롯은 고개를 끄덕였다.

"예. 우선 식당으로 가시죠. 식사도 아직 안 하시지 않았습니까?"

솔직히 밥 생각은 없었지만, 란슬롯이 워낙 진지하게 나오자 크리스는 그를 따라 식당으로 향했다.

란슬롯이 직접 만들어서 그런지 그날 아침의 빵은 상당히 맛있었다. 물론 그녀가 이틀 가까이 굶었기 때문일 수도 있었다. 그녀가 빵을 먹는 사이, 수프와 스테이크 등을 내온 란슬롯은 접시들을 차례차례 내려놓으며 말했다.

"오늘부로 집사 자리를 내놓고 싶습니다."

"예?"

음식을 들던 크리스의 손이 멈추자, 란슬롯은 안심하라는 듯 웃으며 자리에 앉아 얘기를 계속했다.

"헛헛, 안심하십시오, 마님. 집사의 자리를 떠나는 것일 뿐, 이 집에서 떠난다는 말은 아닙니다. 각하께서 돌아가신 후, 나름대로 많은 생각을 해 봤습니다. 이 노물이 이제 해야 할 일은 무엇일까 하고 말이죠. 장례식 직전까지 결론에 도달하지 못하다가, 장례식에 참석한 전우 이반과 볼보스를 보고 제가 할 일이 무엇인지 깨달았습니다."

"무엇인데요?"

란슬롯은 궁금증으로 가득 찬 크리스의 얼굴을 보며 대답했다.

"바로 각하께서 저에게 내리시려 했던 일을 이어받는 것이었습니다. 저는 오늘부로 군대에 복귀할 생각입니다. 이반과 볼보스에게도 얘기해 놨습니다. 헛헛, 지연의 덕으로 갑자기 고위직 군인이 되는 것은 좀 그렇지만, 그래도 목숨이 붙어 있는 한 이렇게 하는 것이 각하의 뜻을 이어받는 일이라 생각되는군요."

미소가 가득한 란슬롯의 얼굴을 묵묵히 바라보던 크리스는 아무 말 없이 스테이크를 썰어 입에 넣었다. 그녀의 갑작스러운 행동에 란슬롯은 깜짝 놀라며 그녀에게 물었다.

"아, 아니, 마님. 제 말이 불편하십니까? 마님께서 제가 집사로

있길 바라신다면 저는 괜찮습니다만······."

"아니에요."

입에 가득 넣은 스테이크를 넘긴 그녀는 남은 스테이크의 절반을 깨끗이 자르며 말을 이었다.

"란슬롯은 원래 군인이었잖아요. 이제 자기 자리로 돌아가려는 사람을 제가 무슨 수로 말리겠어요."

"예? 하지만 마님······."

란슬롯이 우물대는 사이, 스테이크를 깨끗이 비운 그녀는 포크로 란슬롯을 가리키며 씩 웃었다.

"저도 남편의 뜻을 이으려고 이러는 거예요. 그이가 유서의 마지막에 건강하라고 신신당부했으니, 많이 먹고 건강해야지요. 후후, 한 접시 더 주세요. 오랜만에 란슬롯이 요리한 스테이크를 먹으니 식욕이 살아나네요."

"마님······."

란슬롯은 입을 굳게 다물었다. 왠지 모르게 목이 멨다. 잠시 후 그는 스테이크 접시를 들며 허리를 굽혔다.

"감사합니다, 마님. 조금만 기다려 주십시오."

어릴 때부터 지금까지, 머리를 제외한 온몸에 추를 달고 수도를 달려온 슈웰은 오늘따라 몸이 무겁게 느껴졌다. 4일간 뛰지 못해서 그런 것치고는 너무도 힘들었기에, 그녀는 결국 뛰는 것을 멈추고 시장 근처 공사판에서 몸을 쉬었다.

상체에 달았던 추를 떼고 석재 위에 앉은 그녀는 길게 숨을 내쉬었다. 아무래도 이상했기에, 가만히 체력이 떨어진 이유를 생각해보던 그녀는 잠시 후 원인이 떠올랐는지 손바닥으로 이마를 치며 한탄했다.

"아아, 먹지 않았어. 먹지 않아서 그래."

휀의 사망 직후, 크리스와 그녀는 하루에 한 끼도 제대로 챙겨 먹지 못했다. 어제만 하더라도 점심과 저녁을 차 한 잔씩으로 때웠으니 체력이 갑자기 떨어진 것은 이상한 일이 아니었다.

"지금이라도 조금 먹을까? 아냐, 배에 뭔가 들어 있는 상태로 뛰면 좋지 않다고 휀이 그랬어."

하지만 그녀는 자연스레 시장 입구에 있는 과일 가게를 쳐다보았다. 파란 장발의 훤칠한 남자가 아주머니들의 시선을 받으며 사과를 먹고 있었다. 맛있게 사과를 먹는 그의 모습을 보니 그녀는 더욱 허기지는 듯했다.

"히히, 사과 하나는 괜찮겠지."

그녀가 입맛을 다시며 일어나자, 석재 밑에 숨어 있던 쥐 한 마리가 재빨리 거리로 달려 나왔다. 슈웰은 피식 웃으며 과일 가게 쪽으로 향했지만, 문제는 그때부터였다.

"으, 으악!"

말들의 커다란 울음소리와 함께 한 남자의 비명이 거리에 울렸다. 거리에 갑작스레 쥐가 튀어나오는 바람에 말이 놀란 것이었다. 기수를 잃은 마차는 그대로 거리를 질주하기 시작했고, 마차가 자신의 눈앞에서 폭풍처럼 지나가는 것을 슈웰은 멍하니 쳐다보았다.

"살려 주세요!"

마차 안에 있는 사람은 어린아이 하나뿐이었다. 이 상태로는 마차를 멈출 방법이 없었기에, 슈웰은 즉시 검을 뽑으며 달려갔다.

'골목! 골목으로 가면 따라잡을 수 있어!'

수도 지리에 훤한 슈웰은 말이 달릴 만한 대로를 예상하며 골목

사이를 질풍같이 내달렸다. 골목마다 쌓인 상자들과 빨랫감들이 그녀를 방해했지만, 몇 개의 골목을 지나 대로에 서자 마침내 폭주 마차가 달려오는 모습이 그녀의 눈에 들어왔다.

'좋아! 이대로 말의 목을 치면……!'

다리의 추를 재빨리 떼어 낸 그녀는 예전에 볼보스에게 배운 말의 급소를 머리에 떠올렸다. 기마전에서는 상대방의 말을 죽이는 것도 최고의 전술 중 하나였기에 일찌감치 말을 처리하는 방법을 배워 둔 그녀였다.

그때 그녀의 눈앞에 마차를 따라 달리는 한 남자의 모습이 보였다. 말에 시선을 집중한 채 마차와 같은 속도로 달리는 장발 남자의 모습에 슈웰은 할 말을 잃었다.

'뭐야, 저 괴물 같은 남자는? 지금 말하고 같은 속도로 달리는 거잖아!'

그녀가 이렇게 생각하는 사이, 남자는 흥분한 말 위에 가뿐히 올라탔다. 사람들의 감탄 속에 남자가 말의 목덜미를 매만지며 그들을 진정시켰다. 이내 야수와도 같던 두 마리의 말은 속도를 늦추기 시작했고 마차는 곧 슈웰의 앞에 멈췄다.

"고맙다."

말 두 마리의 목덜미를 각각 쓰다듬어 준 파란 장발의 남자는 등에 지고 있는 긴 짐─묘사하기 힘들 정도로 긴─을 정리하며 말에서 내렸다.

붓에 파란 물감을 묻혀 하얀 캔버스 위를 시원하게 그은 듯 깔끔하게 기른 파란 장발과 깨끗한 얼굴, 그리고 남자의 감은 듯 만 듯한 눈은 이상적일 만큼 조화를 이뤘다. 게다가 적당한 근육질의 몸매와 큰 키는 남자의 미모를 더욱 받쳐 주었다.

'멋있다.'

자신도 모르게 그런 생각을 떠올린 슈웰은 움찔하며 자신의 가슴을 내려다봤다. 힘들 때 심장이 뛰는 것과는 다른 종류의 두근거림이었다. 그런 감각을 처음으로 느낀 그녀는 얼굴까지 달아오르자 황급히 얼굴을 감쌌다.

'왜 이렇지? 제대로 먹지 않으면 이런 증세가 오는 건가?'

한편 그 파란 장발의 남자는 마차에 타고 있던 소년에게 감사 인사를 받느라 정신이 없었다. 소년은 자신의 집에 초대하겠다, 아버지가 꽤 높은 자리에 있는 사람이다 등등의 말로 남자를 잡으려 했으나, 그는 정중히 그리고 법도 있게 소년의 청을 거절했다.

"말씀은 고맙지만, 급히 갈 곳이 있기에 공자의 뜻을 거절할 수밖에 없습니다. 이해해 주십시오."

소년은 결국 아쉬운 표정을 지으며 고개를 저었다.

"그런가요? 하는 수 없군요. 그럼 제가 지금이라도 해 드릴 수 있는 일이 없을까요?"

남자는 턱에 손을 대며 곰곰이 생각하는 듯했다. 뭔가 필요한 것이 있는 모양이었다. 그는 곧 소년에게 말했다.

"혹시, 회색 망토 차림의 붉은 장발의 남자를 보지 못하셨습니까? 보라색 바스타드 소드를 사용하는 떠돌이 기사입니다만."

"예? 죄송하지만 저는 그런 분을 뵙지 못했습니……."

"저요! 제가 알아요!"

남자와 소년 그리고 주위에 있는 모든 사람들의 시선이 목소리가 들려온 쪽으로 옮겨졌다. 활짝 미소를 지은 채 손을 번쩍 들고 있는 사람은 다름 아닌 슈웰이었다.

"잘됐군요."

남자는 여전히 무표정한 얼굴로 고개를 슬쩍 끄덕였다.

슈웰은 그가 리오를 찾고 있으며, 슈렌이라는 좋은 이름을 가지고 있다는 사실을 알 수 있었다. 슈웰은 그를 수도 정문까지 배웅하며 이야기를 나누었다.

"그럼 슈렌 님은 어떤 무기를 쓰시나요? 검인가요, 아니면……."

슈웰은 자신이 리오나 다른 사람들에게는 '아저씨'라는 호칭을 쓰면서, 왜 슈렌에게는 '님' 자를 붙이는지 이해할 수가 없었다. 어쨌거나 그녀의 전적을 모르는 슈렌은 별 거부감 없이 대답해 주었다.

"창."

"……그게 다예요?"

슈렌은 고개를 끄덕였다. 휀도 말수가 적었지만, 이 남자는 휀처럼 차갑다기보다는 무뚝뚝했다.

"그럼 리오 아저씨…… 아, 리오 님과는 무슨 관계인가요? 성이 똑같으신 것을 보니, 혹시 형제 사이?"

"정확히 의형제 사이지."

역시나 대답은 간단했다.

"그럼 누가 형님이고, 누가 동생인가요?"

그녀의 질문에 슈렌은 계속 대답해 주었다.

"그런 것은 따지지 않아."

"그렇군요. 아, 다 왔어요, 슈렌 님. 여기서 동쪽으로 가시면 항구가 나오는데, 거기서 배를 타면 가이라스 왕국의 템플톤 항구로 가실 수 있을 거예요."

정문 밖을 가리키며 설명을 하긴 했지만 막연히 동쪽이라는 말만 했기에, 슈웰은 더 자세히 설명해 주는 것이 낫겠다고 생각하며 에스토드 왕국의 지도를 머릿속에 그렸다. 하지만 슈렌은 '배'라는 교통편이 사실 필요가 없었기에 건성으로 고개를 끄덕이며 발걸음을 옮겼다.

"가르쳐 줘서 고맙군. 그럼 나중에 또 보지."

"예? 아, 예. 그럼 무사히 리오 님을 뵙길 바라요, 슈렌 님!"

에스토드 왕국의 지리를 잘 아는 사람이구나 하고 순진하게 생각한 슈웰은 웃으며 손을 흔들어 주었다.

"아, 그러고 보니……."

슈웰은 가까운 시계탑에 시선을 돌렸다. 생각보다 늦은 것을 안 그녀는 즉시 집 쪽으로 향했다.

"오늘 훈련은 이걸로 끝내야겠네. 식사도 해야 하고, 빨리 가서 공주님도 뵈어야 하고 말이야. 그런데 공주님은 괜찮으실까? 휀의 일로 충격이 크신 것 같던데……."

그녀는 계속 중얼거리며 거리를 달렸다. 이것은 그녀의 버릇이기도 했다.

2

가장(家長)이 남긴 것

서재에서 책을 읽고 있는 클라리스 공주의 표정은 의외로 담담했다. 하지만 표정만이 담담할 뿐, 그녀의 손은 거의 기계적으로 책장을 넘기고 있었다.

"하⋯⋯."

결국 책을 덮고 만 그녀는 자리에서 일어나 자신의 방을 나섰다. 방 앞에 대기하고 있던 시녀들이 그녀를 따르려 했으나, 그녀는 혼자 거닐고 싶다는 말을 남기고 복도를 걸었다. 복도에 일정한 간격을 두고 서 있는 근위병들의 인사도 그녀의 시선을 돌리지는 못했다. 물론 그녀가 인사를 받아 주지 않는다고 해서 섭섭하다고 생각하는 근위병은 단 한 명도 없었다.

시녀들부터 근위병들까지, 모두 그녀의 기분을 이해하고 있었다. 재상이 그녀에게 있어서 아버지와 같은, 아니 아버지 이상의 존재였다는 것을 알기 때문이었다.

휀의 집무실 앞에는 역시나 아무도 없었다. 원래 사람이 없었지만, 왠지 생기를 잃은 듯한 집무실의 모습에 그녀의 마음은 더욱 가라앉았다.

똑똑.

"아…….."

자신도 모르게 노크를 하고 만 그녀는 손을 매만지며 쓸쓸히 미소 지었다. 아무도 없을 텐데 왜 노크를 했을까. 그녀의 손은 곧 문고리로 향했다.

"들어오십시오."

"응?"

방 안에서 들려온 남자 목소리에 클라리스의 하얀 눈이 크게 떠졌다. 그녀는 체면도 잊은 채 문을 열어젖히며 방 주인을 불렀다.

"재상!"

그러나 휀의 집무실에서 책을 읽고 있는 남자는 휀이 아닌 발렌시아였다. 클라리스를 보고 잠시 놀란 표정을 짓던 발렌시아는 곧 경건히 허리를 숙이며 예를 갖췄다.

"제1기사단장 발렌시아, 고귀하신 클라리스 공주마마를 뵙습니다."

"바, 발렌시아 경? 여기서 뭘 하시는 겁니까?"

그녀의 질문에, 발렌시아는 읽고 있던 책을 책장에 밀어 넣으며 대답했다.

"한 달 후에 이 집무실이 정리된다는 사실을 공주마마도 알고 계실 겁니다. 그 전에 간직할 만한 것이 뭐가 있을까 살펴보고 있었습니다. 앉으시지요, 공주마마."

클라리스는 발렌시아에게 시선을 고정한 채 자리에 앉았다. 왠지 모르게 발렌시아의 말이 불쾌하게 느껴진 모양이었다. 역시 자리에 앉은 발렌시아는 길게 한숨을 내쉬며 말을 이었다.

"제 아이들에게 휀 라디언트라는 사람이 어떤 사람이고, 또 실제로 존재했다는 것을 알려 주고 싶어서 이런 못된 행동을 하게 되었습니다. 언제까지 각하의 이야기가 이어져 내려갈지는 아무도 모르지만, 제 아들과 손자의 대까지는 반드시 이야기를 전해 주고 싶었답니다. '이것이 그분이 쓰시던 물건이란다, 얘들아' 하면서 말이죠. 그리고 그분의 물건을 하나라도 가져 보고 싶었습니다. 그분께 너무 화가 나서죠."

발렌시아가 너무도 진지하게 그런 말을 내뱉자, 클라리스의 미간이 살짝 일그러졌다.

"예? 어째서입니까, 발렌시아 단장?"

클라리스의 물음에, 발렌시아는 잠시 아무 말도 하지 못했다. 그러다 갑자기 눈가를 손으로 덮으며 눈물을 터뜨리더니, 목이 멘 소리로 말했다.

"10년이란 세월 동안, 그분께 너무나 많은 것을 빼앗겼습니다. 제 충성심과 존경심을 말입니다! 아무리 뛰어난 사람이라 해도 얻기 힘든 그 마음을, 저뿐만 아니라 모두에게서 송두리째 빼앗은 그분입니다! 이반 사령관님도, 볼보스 사령관님도 요즘은 은퇴하시겠다는 말씀뿐입니다! 무슨 일이 생겨도 자신이 다 처리할 수 있다는 당당한 모습을 보여 주시고, 자신의 앞에 실패란 단어는 없다는 듯한 얼굴로 말씀하시던 그분이, 이 세상에서 가장 절대적인 인간으로 보이던 그분이 돌아가셨습니다! 모두의 마음을 품에 안은 채 가셨단 말입니다!"

발렌시아는 자신의 나이와 위치도 잊은 채 큰 소리로 울면서 몸을 숙였다. 발렌시아가 그 누구보다도 휀을 따르고 존경했다는 것을 떠올린 클라리스는 어떻게 그를 위로해야 할지 알 수가 없었다.

'할바마마보다 더한 위치에 계셨구나, 재상께선.'

한참을 울던 발렌시아는 손수건으로 얼굴을 닦으며 말했다.

"저승에서 그분을 다시 만난다면, 저는 그분을 다시 모실 겁니다. 이반 사령관님과 볼보스 사령관님도 같은 말씀을 하시더군요. 당신들께서 더 일찍 만나게 될 거라며 자랑하실 정도입니다. 아, 공주마마께 너무 안 좋은 모습을 보여 드렸습니다. 사죄 드립니다, 마마."

발렌시아가 무릎을 꿇고 고개를 깊숙이 숙이자, 클라리스는 고개를 저으며 그를 손수 일으켜 주었다.

"아닙니다, 발렌시아 단장. 오히려 제가 실례한 것 같습니다. 그러니 어서 일어나세요."

"감사합니다, 공주님."

발렌시아는 계속 얼굴을 닦으며 자리에서 일어났다.

그때 집무실의 열린 문으로 시녀 한 명이 급히 들어왔다. 그녀는 가쁜 숨을 고르며 클라리스를 바라봤다.

"여, 여기 계셨군요, 공주마마. 놀라게 해 드려서 죄송하지만, 왕비마마께서 급히 찾으십니다. 어서 알현실로 가보십시오."

"예? 무슨 일이라도 있습니까?"

그러자 시녀는 허리를 굽힌 채 대답했다.

"빨리 모셔 오라는 말씀 말고는 없으셨습니다. 어서 가시지요, 마마."

클라리스는 불안감에 얼굴을 흐렸다. 하지만 발렌시아는 뭔가를 아는 듯 인상을 살짝 찡그렸다. 클라리스는 일단 부딪쳐 보자는 생각에 시녀의 어깨를 두드렸다.

"어서 가죠. 그럼 저는 이만 가 보겠습니다, 발렌시아 단장."

"아, 예. 아무 일 없으시길 기원하겠습니다, 마마."

공주와 시녀가 집무실을 나가자, 언제 눈물을 흘렸냐는 듯 굳은 표정을 지은 발렌시아가 이를 악물며 중얼거렸다.

"각하가 안 계시니 드디어 움직이는구나, 말스 왕국 녀석들!"

그는 창가로 자리를 옮기며 말을 이었다.

"얼뜨기 왕자를 이용해 우리 공주마마를 노리다니, 어디 한번 해 봐라! 이 발렌시아 발바롯사가 가만두지 않겠다! 절대…… 엉?"

순간 소리치던 발렌시아의 입술이 멈췄다. 그는 연신 눈을 비비며 창문을 통해 보이는—정원에 서 있는—존재를 자세히 관찰했다.

금발에 백색 코트 그리고 큰 키의 그 사람은 발렌시아에게 등을 돌린 채 자신 앞을 지나가는 말스 왕국의 깃발들을 바라보고 있었다. 코트의 모양이 약간 다르긴 했지만, 그 사람의 모습은 발렌시아로 하여금 다시 눈물을 흘리게 만들었다.

발렌시아는 자신도 모르게 창문을 열어젖히며 외쳤다.

"각하! 재상 각하!"

그러나 발렌시아의 목소리는 그 사람이 그를 향해 돌아선 직후 줄어들고 말았다. 얼굴의 상당히 닮았지만, 몸매와 얼굴이 남자가 아닌 여자였다. 그녀는 다시 몸을 돌렸고, 발렌시아는 눈물을 닦으며 고개를 갸웃거렸다.

"어, 어, 어떻게 된 일이지? 각하께서 벌써 다시 태어나실 리는 없잖아?"

그는 곧장 창문을 닫고 집무실을 나섰다. 자신이 모셨던 인물과 너무도 비슷하게 생긴 그 여성의 정체를 지금 확인해야만 할 것 같았다.

몸을 날리다시피 정원에 들어선 그는 막 알현실 쪽으로 향하는 그녀를 발견했다. 급히 그녀의 앞을 막아 선 발렌시아는 자기소개를 하는 것도 잊은 채 다짜고짜 정체를 물었다.

"당신은 누구요! 누군데 훼 각하와 비슷한 모습을 하고 왕궁 안에 있는 것이오!"

발렌시아보다 키가 큰 그녀는 별다른 대답 없이 코트 속에서 두루마리 하나를 꺼내 펼쳐 보였다.

그것은 다름 아닌 소개장이었다. 그것도 훼의 친필 서명과 옥새가 찍힌 것이었기에, 발렌시아는 놀란 얼굴로 차근차근 읽어 내려갔다.

이 소개장은 나의 사후, 클라리스 공주의 경호를 맡아 줄 나의 쌍둥이 여동생 캠벨 라디언트를 위한 것이다. 그녀는 왕궁 도착 직후 특별 경호대장이 될 것이며, 그녀의 실력에 의심이 가는 사람은 직접 대결을 청하기 바란다. 이 소개장은 결코 혈연을 따져 작성된 것이 아니며, 실력을 중시하여 사람을 뽑는 에스토드 왕국의 철칙을 따른 것이다.

재상 훼 라디언트.

소개장을 다 읽은 발렌시아는 멍한 얼굴로 캠벨을 바라봤다. 훼과 마찬가지로 냉철한 얼굴과 뭔가 압도적인 분위기를 흘리고 있는 그녀는 발렌시아가 자신을 보든 말든 알현실 입구 쪽을 바라보고 있었다.

하지만 그런 분위기에 어느 정도 적응이 된 발렌시아는 긴장된 미소를 지으며 자신의 검에 슬그머니 손을 가져갔다.

'아무리 각하의 쌍둥이 동생이라고 하지만 여자일 뿐이야. 그럼 여기서 실력 좀 볼까?'

발렌시아의 팔이 마치 채찍처럼 휘어진다 싶더니, 칼집 속의 검이 어느새 공기 중으로 튀어나와 은색의 잔광을 뿌렸다. 진짜 살의가 섞인 공격이었고, 게다가 목을 노린 것이었기에 발렌시아의 실력을 감안한다면 캠벨의 목이 날아가는 것은 시간문제였다.

"엉?"

그러나 발렌시아의 눈앞에는 공중으로 튀어오르는 캠벨의 목 대신 바닥에 쌓인 눈들이 들어왔다. 그의 몸이 어느 순간 바닥에 쓰러진 것이었다.

'뭐야, 이건? 내가 언제 당했지?'

멍한 얼굴로 칼을 쥔 채 바닥에 누워 있는 발렌시아의 모습은 지나가는 시녀들에게 웃음을 자아냈다. 휀과 같은 포즈—주머니에 손을 찔러 넣고 있는—로 서 있던 캠벨은 그를 내려다보며 나지막이 말했다.

"알현실로 안내해 주십시오. 제1기사단장 발렌시아 님."

"미, 미안하오. 추태를 보였소."

발렌시아는 일어나기 직전까지 자신이 어떻게 당했는지 몰랐다. 그러나 몸을 일으키려고 오른발을 딛은 순간, 발목에 약간의 통증이 전해졌다.

'발목? 그렇군, 발목을 찬 것이군. 하지만 이렇게 나가떨어진 적은 각하와 대련할 때 외엔 한 번도 없었는데?'

역시 피는 못 속이는 것인가. 발렌시아는 그렇게 생각하며 캠벨을 알현실로 안내했다.

고뇌에 찬 브링헬드 5세의 머릿속엔 두 명의 남자가 차례차례 지나갔다. 한 명은 상당히 오래전에 본 가이라스 왕국의 왕자, 길트 디모트 알렉세이였고 다른 한 명은 며칠 전 운명을 달리한 재상 휀 라디언트였다.

'둘 중 한 명만 있었어도 내가 이렇게 고민하지 않았을 텐데.'

수년 전 브링헬드 5세는 클라리스가 열아홉 살이 되는 해에 가이라스, 말스 왕국의 왕자 중 한 명을 선택하여 그녀를 시집보내기로 한다는 괴상한 약속을 했다. 물론 그런 결정은 휀이 3일 동안 알현실 문 앞에서 침묵의 시위를 한 덕에 무효화되었다. 하지만 안타깝게도 휀이 사라졌다는 소문을 들은 직후, 말스 왕국에서 그때의 결정을 들먹이며 왕자를 앞세운 사절단을 보낸 것이었다.

사실 브링헬드 5세는 길트 왕자를 이미 점찍어 둔 상태였다. 국정 운영 등에 탁월한 면을 보이긴 하지만 인간적인 면에서 문제가 있는 말스 왕국의 왕자 토벤토보다는 착한 길트가 클라리스를 위해서라도 좋겠다는 생각에서였다.

그러나 길트는 4년 전, 가이라스 수도의 전멸 직후 행방불명됐기에 자신이 생각해도 이상한 결정을 해 버린 브링헬드 5세는 연신 이마를 감싸 쥘 뿐이었다.

'아, 재상. 자네가 있었다면 지금 어떻게 했겠나. 이 늙은이에게 제발 답을 좀 주게.'

그런 브링헬드 5세를 지켜보던 매서운 눈매의 청년 토벤토 왕자는 특유의 거만한 미소를 지으며 물었다.

"어찌 된 것입니까, 가이라스의 왕이시여? 공주마마께서는 왜 도착하지 않으시며, 또 왕께서는 왜 결정을 내리지 않으십니까? 가이라스 왕국이 망한 이상, 왕께서 약속하신 결혼 건은 저에게 넘어오는 것이 당연하지 않습니까?"

왕과 왕비의 이맛살이 꿈틀댔다. 브링헬드 5세는 고개를 빳빳이 들고 서 있는 토벤토의 무례한 발언을 참으며 대답했다.

"그 약속은 며칠 후 내가 파기한 다음 사과문을 보낸 것으로 기억하는데, 왜 오늘에 와서야 이러는 것인가? 가이라스의 길트 왕자가 지금 내 눈앞에 나타난다 하더라도 난 그런 결정을 내리지 않을 것이니, 그리 알고 며칠 푹 쉬었다가 돌아가게."

그러자 토벤토는 무엇이 그리 신이 나는지 더욱 짙은 미소를 띠었다.

"오호, 그렇습니까? 그렇다면 저도 방법이 있습니다. 왕께서 저에게 보여 주신 행동을 그대로 에스토드 왕국 전역에 뿌리며 돌아가지요. 에스토드 왕국의 설경은 그 어느 것보다 아름답다고 들었는데, 그것도 구경할 겸 천천히 말입니다."

"무례하십니다, 토벤토 왕자!"

그때 볼보스와 함께 알현실에 있던 이반의 목소리가 울려 퍼졌다. 볼을 꿈틀대며 화를 참고 있는 그의 모습은 말스 왕국의 사절단 전체를 긴장감에 빠뜨렸지만, 토벤토의 미소는 사라지지 않았다.

"후, 이반 경의 지금 모습 역시 추가하죠. 제가 알기로 이반 경은 인기가 높다고 들었습니다만, 제 말에 실망하는 에스토드 왕국민들의 얼굴이 눈에 선하군요, 하하핫!"

"으윽!"

앞으로 나서려는 이반의 굵은 팔을 볼보스의 균형 잡힌 팔이 붙잡았다. 어제까지만 해도 은퇴 시기를 같이 논하던 친구의 얼굴을 잠시 바라본 이반은 이를 갈며 멈췄다.

'머저리 같은 왕자 녀석! 각하만 계셨다면 저런 시건방진 녀석쯤

은……!'

이반이 마음속으로 분을 삭이는 동안, 알현실 문이 열리며 클라리스 공주의 입실을 알리는 종소리가 들려왔다. 이반은 올 것이 왔구나 생각하며 눈을 질끈 감아 버렸다. 차라리 안 보는 것이 낫다는 생각에서였다.

"이, 이반……."

볼보스가 그를 작게 불렀지만, 이반은 여전히 눈을 감고 있었다.

"나중에 얘기하세. 지금은 얘기할 기분이 아냐."

"지금 안 보면 후회할 텐데?"

이반은 도대체 무슨 소리인가 하며 눈을 떴다. 그 순간 이반의 안색은 그의 머리와 수염처럼 하얗게 질리고 말았다.

'각하!'

그가 급히 입을 막지 않았다면 그 소리는 분명 터져 나왔을 것이다. 클라리스 공주의 뒤를 따라 들어오는 백색 코트의 여성은 휀을 알고 있는 누구라도 착각할 만큼 휀과 꼭 닮아 있었다. 전체적인 생김새, 냉철한 표정 그리고 묘한 카리스마 등……. 브링헬드 5세가 옥좌에서 벌떡 일어날 정도였으니 말이다.

하지만 분위기와 얼굴이 닮았을 뿐, 여자였기에 환희는 잠시 후 식어 버리고 말았다.

'도대체 저 여자가 누군데 이토록 난리지? 하여간 머리 나쁜 인종들이군.'

투덜대던 토벤토는 그 금발의 여성으로부터 클라리스에게로 시선을 돌렸다.

'오오오!'

클라리스의 고운 자태에 일순간 넋을 잃은 토벤토는 감탄을 금치 못했다. 윤기가 흐르는 백색 머리에 하얀 피부, 하얀 눈동자, 그리고 빨간 입술 등은 마치 인공적으로 완벽하게 만들어진 미의 결정체처럼 느껴졌다.

그녀가 자신에게 살짝 목례를 하고 왕비 옆에 앉자, 토벤토는 즉시 브링헬드 5세를 바라보며 큰 소리로 말했다.

"오늘 즉시 공주를 데려가겠습니다!"

"토, 토벤토 왕자! 아직 결정 나지 않았소!"

브링헬드 5세가 당황해서 말했지만, 토벤토는 인상까지 쓰며 다짜고짜 소리쳤다.

"이미 결정은 내려진 거나 다름없지 않습니까! 자, 공주! 어서 나에게 오시오!"

그의 거친 모습에도 클라리스 공주의 표정과 대답은 침착하고 담담했다.

"거절하겠습니다, 토벤토 왕자님."

"뭐?"

토벤토 왕자의 얼굴이 단숨에 굳어졌다. 클라리스 공주의 이야기가 계속됐다.

"혼인이란 것은 말 한마디로 끝나는 것이 아닙니다. 할바마마께서 예전에 하신 약속은 이미 취소되었기 때문에 더 이상의 구속력은 없으며, 또한 제 생각에 토벤토 왕자님은 에스토드 왕국의 미래에 도움이 되지 않는 분으로 보입니다. 혼인 문제는 없었던 일로 생각해 주십시오."

그러자 토벤토의 언성이 점점 높아졌다.

"그런 억지가 어디 있소! 그리고 이번 일은 애초부터 당신, 클라리스 공주의 의견이 필요 없는 것이오! 공주는 그냥 나에게 오기만 하면 되는 것, 더 이상 거부하지 마시…… 큭!"

순간 토벤토 왕자의 무릎이 카펫 위에 떨어졌다. 브링헬드 5세와 왕비 그리고 클라리스 공주 앞에 무릎을 꿇은 꼴이 되어 버린 토벤토는 이를 악물며 다시 일어나려고 했으나, 다리에 가해진 충격 때문에 움직일 수가 없었다. 그는 자신을 걷어찬 사람을 돌아보며 크게 외쳤다.

"무슨 짓이냐! 넌 도대체 누군데 감히 말스 왕국 후계자의 몸을 건드리는 것이냐!"

그를 포함해 알현실에 있던 모두의 시선은 휀의 동생, 캠벨에게 쏠렸다. 여전히 코트 주머니에 손을 찔러 넣고 있는 그녀는 토벤토를 내려다보며 나지막이 말했다.

"소국의 왕자께서 대국의 어전에 고개를 들고 서 있는 것은 예의에 어긋나는 짓입니다. 그대로 계십시오, 왕자."

"뭐, 뭐라고! 이건 국가 간의 전쟁이 될 수도 있다는 것을 모르느냐! 에스토드 왕국이 멸망하는 꼴을 보고 싶은가!"

하지만 캠벨의 얼굴에는 전혀 변화가 없었다. 그녀는 이반을 바라보며 물었다.

"이반 사령관, 말스 왕국과 에스토드 왕국의 전력 차이는 어느 정도입니까?"

그녀의 질문을 듣고 가만히 생각하던 이반은 곧 씩 웃으며 대답했다.

"말스 왕국의 총 병력은 8만, 우리 에스토드 왕국은 20만이오. 그리고 무기의 수준 차이는 배 이상이라 보면 되오."

캠벨의 시선은 다시 토벤토에게로 향했다.

"말스 왕국의 모든 전력이 에스토드 왕국으로 온다면 말스 왕국을 둘러싸고 있는 독립국가들이 가만있지 않을 겁니다. 에스토드 왕국에 원정 온 병사들을 나라 없는 국민으로 만들고 싶다면 마음대로 하십시오, 토벤토 왕자."

"으으윽……!"

할 말을 잃은 토벤토는 이만 부드득 갈 뿐, 아무런 행동도 취하지 못했다. 왕자를 수행하는 사절단 일행 역시 마찬가지였다. 캠벨은 클라리스 공주 옆에 서며 말을 맺었다.

"당신이 무력해서가 아니라 나라가 무력해서입니다. 돌아가서 국정 운영에 더 신경 쓰시길 바랍니다, 토벤토 왕자."

결국 토벤토는 부하들의 부축을 받아 알현실을 빠져나갔다.

말스 왕국의 사절단이 나가자 알현실 내부는 의외로 조용했다. 여기저기서 시녀들이 작게 두런거리는 소리만 들릴 뿐이었다. 잠시 후 브링헬드 5세가 직접 일어나 캠벨에게 손을 뻗었다.

"모두 이 사람이 누구인지 궁금할 것이오."

알현실 앞에서 미리 그녀를 만난 클라리스를 제외한 모든 이들이 캠벨에게 시선을 돌렸다. 마치 휀이 환생한 것 같은 모습과 분위기 그리고 거침없는 언변 등은 이미 모두의 마음을 빼앗았다. 특히 볼보스는 눈물까지 글썽일 정도였다.

모두의 반응을 지켜보던 브링헬드 5세는 곧 그녀를 모두에게 소개해 주었다.

"오늘부터 클라리스 공주의 특별 경호를 맡게 될 캠벨 라디언트요. 성을 들어 알겠지만 이 사람은 전 재상 휀 라디언트 경의 쌍둥이 동생이오."

"아아……."

모두의 입에서 감탄사가 흘러나왔다. 왕의 말은 계속됐다.

"직책은 재상이 나에게 남긴 소개장에 따라 특별 경호대장을 맡길 것이오. 현재 공주를 노리는 존재가 한둘이 아닌 만큼, 모두가 캠벨을 도와 클라리스를 지키는 데 온 힘을 다해 주길 바라오."

그러자 왕비와 클라리스, 캠벨을 제외한 모든 신하들이 허리를 굽히며 큰 소리로 외쳤다.

"전하의 뜻을 따르겠습니다!"

왕궁에 막 도착한 슈웰은 시끄럽게 소리를 지르며 왕궁을 빠져나가는 한 남자의 모습을 보았다. 말스 왕국의 깃발을 든 그의 부하들이 그를 진정시키느라 애썼지만 얼굴을 얻어맞는 사람이 태반이었다.

'말스 왕국 사람이 왔다는 소문은 들었지만…… 그런데 왜 성에서 나오는 걸까?'

슈웰은 성격이 참으로 좋지 않은 사람이라고 생각하며 성으로 들어갔다.

성안에 들어서자마자 그녀가 접한 소식은 방금 전 나간 말스 왕국 사람들이 왕자를 수행하는 사절단이란 사실이었다. 그 성격 나쁜 사람이 말스 왕국의 토벤토 왕자라는 것을 안 슈웰은 꿍한 얼굴로 중얼댔다.

"왕자님에 대한 환상이 깨지는 느낌이야, 어쩐지."

그녀는 아침에 본 슈렌이란 남자가 말스 왕국의 왕자였으면 참 좋았겠다 생각하며 공주가 있는 방으로 향했다.

클라리스의 방은 열려 있었다. 청소를 할 때 외엔 방문이 거의 닫혀 있다는 사실을 잘 아는 그녀는 고개를 갸웃거리며 방 안에 들어섰다.

"공주님, 웬일로 방문을 다 열어 놓고 계시네요? 아……."

방 안에 의외의 손님들이 가득한 것을 본 슈웰은 자신도 모르게 발걸음을 멈췄다. 클라리스와 함께 얘기를 나누던 이반과 볼보스 그리고 발렌시아는 슬그머니 그녀를 돌아봤다. 모두의 표정이 그리 좋지 않은 것을 보고 슈웰은 무슨 일이 있다는 것을 느꼈다.

한참 동안의 침묵을 깨고 이반이 그녀에게 말했다.

"들어오너라, 슈웰. 네가 왔으니 드디어 본론으로 들어갈 수 있겠구나."

"예? 본론이라뇨?"

그녀의 질문에, 발렌시아는 묵묵히 들어오라는 손짓을 할 뿐이었다. 결국 그녀는 클라리스 옆에 자리를 잡았고, 방문이 닫히자마자 얘기가 시작됐다.

"캠벨이란 사람, 어떻게 보십니까? 공주마마."

볼보스의 질문에, 잠시 생각할 시간을 가진 클라리스는 담담히 눈을 감으며 답했다.

"재상과 쌍둥이라는 점 때문인지, 분위기나 행동 등이 매우 흡사하십니다. 거의 동일 인물처럼 느껴질 정도지요. 그러나 재상께서 전지전능한 분이 아니었던 이상 다른 사람이라고 생각하는 것이 옳다고 봅니다."

발렌시아가 그 말에 이의를 달았다.

"하지만 처음 왕궁에 들어온 사람치고는 너무도 당당했습니다. 아무리 각하와 쌍둥이라 하지만, 생전 처음 보는 이국의 왕자에게 무례할 정도의 당당함을 보일 수 있는 사람은 각하 외엔 없다고 생각합니다. 게다가 실력 역시 대단합니다. 어떻게 당했는지도 모를 정도로 저를 가뿐히 쓰러뜨리더군요. 제 생각엔 아무래도 각하께서……"

"무, 무슨 말씀이세요, 도대체! 각하라뇨!"

슈웰이 눈을 동그랗게 뜨며 말을 끊고 나서자, 모두 하나같이 입을 다물고 말았다. 그녀는 답답한 듯 이반의 팔을 붙들고 늘어지며 물었다.

"아침에 휀의 쌍둥이 여동생이 온다는 말은 들었어요. 하지만 지금 말씀하시는 것은 오늘 새로 온 사람이 쌍둥이라는 말로 간단히 넘어갈 존재가 아니란 말씀이시잖아요!"

"그, 그렇지. 하지만 확정된 내용은 아니란다. 정말로 쌍둥이이기 때문에 우리가 그렇게 느꼈을 수도 있고, 아니면 각하에 대한 생각에 얽매인 나머지 우리가 집단적으로 착각하고 있는 것일 수도 있단다. 너무 흥분하지 말거라, 슈웰."

그러나 이반의 말로는, 성격이 불같기로 유명한 슈웰의 기세를 누그러뜨릴 수 없었다. 그녀는 즉시 일어서며 모두에게 물었다.

"그 캠벨이란 사람, 지금 어디 있어요?"

클라리스를 비롯한 모두의 만류에도 슈웰은 캠벨을 보기 위해 왕의 방으로 향했다. 방으로 통하는 복도를 지키는 중장갑 호위병들은 아직 상황을 모르는 듯, 슈웰이 자신들에게 다가오자 손을 흔들며 인사를 던졌다.

"어이, 오래간만이다, 슈웰. 그런데 여긴 혼자서 웬일이니?"

휀에게 받았던 훈련이 워낙 철저했는지, 호위병들은 그렇게 말하면서도 손에 든 창을 교차해 슈웰의 앞을 막았다. 자신을 막은 도끼창을 잠시 바라본 그녀는 조심스레 호위병들에게 물었다.

"저, 죄송하지만 캠벨이란 분이 여기 오셨나요? 뵙고 싶어서 왔는데요."

호위병들은 묵묵히 서로를 돌아봤다. 슈웰에 대한 특별 지시가

있었는지, 병사들은 창을 바로 세우며 그녀에게 들어오라는 수신
호를 보냈다.

"왕비님께서도 함께 계시니 최대한 예의를 지켜 주기 바란다, 슈
웰. 들어가 봐라."

"예!"

클라리스나 휀과 함께인 상황 외에 슈웰 혼자서 왕의 방을 방문
하는 것은 처음이었다. 슈웰은 두근거리는 가슴을 진정시킨 후 커
다란 방문 앞에 섰다. 상급 궁인들의 승인 요청과 허가가 잠시 오
고 간 후 그 커다란 문이 비로소 열렸다.

방 안에 들어선 슈웰의 눈에 브링헬드 5세와 왕비 그리고 백색
코트 차림을 한 여성의 모습이 들어왔다.

'휀……!'

슈웰은 도저히 믿을 수가 없었다. 그러나 남자가 아무리 완벽하
게 여장을 했다 하더라도 기본적인 체형만은 바꿀 수 없었기에 그
녀의 눈동자가 금세 흐려졌다.

'휀이 아냐. 분위기는 같지만 휀이 크리스도 보지 않고 이곳에 바
로 올 리가 없어. 게다가 나도 돌아보지 않잖아. 휀의 쌍둥이 여동
생이라니까, 분위기나 외모 등이 같다고 생각될 정도로 비슷한 건
당연하겠지.'

그녀는 왕과 왕비에게 인사하는 것도 잊은 채 슬며시 고개를 숙
였다. 브링헬드 5세와 왕비도 그녀를 보긴 했지만 인사를 하지 않
는다고 해서 나무라지는 않았다. 그녀의 심정을 충분히 이해하기
때문이었다.

하지만 캠벨은 조금 다른 듯했다.

"어전이다. 기본적인 예절도 모르는 것인가."

그녀에게 시선도 돌리지 않고 말하는 캠벨의 차디찬 목소리에, 슈웰은 곧 인상을 굳히며 바닥에 무릎을 꿇었다.

"슈웰 브렌든, 브링헬드 5세 전하와 왕비마마를 감히 뵙습니다. 저의 무례함을 용서해 주십시오, 전하."

캠벨을 살짝 돌아본 브링헬드 5세는 이내 미소를 띠며 고개를 저었다.

"음, 아니다, 슈웰. 건강한 모습을 보니 짐도 기쁘구나. 아, 소개가 늦었구나. 저 사람은 오늘부터 클라리스의 특별 경호를 맡게 될 캠벨 라디언트다. 휀의 쌍둥이 동생이라니, 너도 꽤 친근감이 들 것 같구나. 캠벨, 저 아이가 바로 슈웰이네."

"그렇습니까?"

캠벨은 슈웰을 돌아보지도 않은 채 대답했다. 하지만 대신 다른 말을 그녀에게 해주었다.

"슈웰이란 아이가 오면, 집무실 책상의 서랍에서 선물을 꺼내 가라는 말을 전해 주라고 오라버니가 말씀을 남기셨다. 알아서 가져가도록."

"예? 선물요?"

그녀의 물음에 캠벨은 고개를 슬쩍 끄덕였다.

"네가 어릴 때 갖고 싶어 했던 것이라고만 말씀하셨다."

자신이 어릴 적에 갖고 싶었던 것…… 슈웰은 전혀 감이 잡히지 않았다. 자신의 생각으로는 휀이 크리스와의 결혼 기념일 선물로 마련한 것일 텐데, 어째서 자신이 갖고 싶었던 것인지 도저히 알 수가 없었다.

슈웰과 캠벨의 대화는 거기까지였다. 슈웰은 뭔가 더 묻고 싶었지만, 오늘만 만나고 말 것이라고 생각하며 휀의 집무실로 발걸음을 옮겼다.

집무실에 들어선 슈웰은 방에 밴 담배 냄새에 쓸쓸히 미소 지었다. 하지만 캠벨의 말이 아직 머리에 남아 있었기에 그녀는 즉시 휀이 쓰던 책상 쪽으로 시선을 돌렸다.

"서랍이라……."

그녀는 책상의 서랍이란 서랍을 모조리 뒤지기 시작했다. 그녀는 마지막까지 잘 정돈되어 있는 서랍 속을 보고 감탄을 금치 못했다.

혹시 휀은 결벽증 환자가 아닐까 하며 서랍을 계속 뒤지던 그녀는 얼마 지나지 않아 적보라색 종이로 포장된 긴 상자를 발견했다.

'크리스, 슈웰. 둘 중 아무나 가져가도록? 아, 이거구나.'

상자를 책상 위에 올려놓은 슈웰은 과연 안에 든 내용물이 무엇일까 상상하며 상자를 묶은 리본에 손을 가져갔다. 그러다 아차 하며 손을 뗀 그녀는 즉시 상자를 들고 집무실을 빠져나갔다.

'안 되지, 안 돼. 결혼 기념일 선물인데 내가 뜯어 볼 자격은 없겠지. 궁금하지만 참고 크리스와 함께 뜯어 보자.'

그녀는 마치 물건을 훔친 도둑처럼 상자를 안고 재빨리 왕궁을 빠져나갔다.

그녀가 인사도 없이 왕궁을 나선 것은 이번이 처음이었기에, 저녁 직전까지 그녀를 찾던 클라리스는 허탈한 표정만 지을 뿐이었다.

"어, 란슬롯 할아버지. 그렇게 입고 어디 가시는 길이에요?"

집에 막 도착한 슈웰은 평상복 차림으로 현관을 나서는 란슬롯과 마주쳤다. 평상시보다 더욱 깔끔하게 머리를 빗어 넘긴 그는 빙긋 웃으며 그녀의 물음에 대답했다.

"왕궁에 좀 가 볼 생각입니다, 아가씨. 이반과 볼보스 사령관은 왕궁에 있습니까?"

그 물음에 대답하던 슈웰의 얼굴이 점차 창백하게 변해 갔다. 자신의 실수를 그제야 깨달은 모양이었다.

"예, 물론이죠. ……아! 큰일이에요! 공주님께 간다는 인사를 못 드렸는데!"

"저런, 급한 일이 있으셨나 보군요, 아가씨. 걱정하지 마십시오. 제가 공주님께 잘 말씀드리겠습니다. 그런데 그 상자는 뭡니까?"

"아, 이거요?"

슈웰은 상자를 들어 보이며 말했다.

"훤이 크리스와 저에게 남겨 준 선물이래요. 크리스랑 선물이 뭔지 크리스랑 열어 보려고 이렇게 달려온 거예요. 저, 란슬롯 할아버지. 공주님께 제발 말씀 좀 잘해 주세요. 부탁이에요."

"예, 걱정하지 마십시오. 그럼 들어가서 쉬십시오, 아가씨."

"네, 그럼 이따가 저녁에 봬요."

란슬롯에게 손을 흔들어 보인 슈웰은 재빨리 정원을 지나 현관으로 들어섰다.

그 반동 때문에 살짝 열렸다 닫혔다 하는 현관문을 잠시 바라보던 란슬롯은 웃으며 담배를 꺼내 물었다. 약 20여 년 전, 에스토드 해군의 총사령관을 지내다가 예기치 못한 일로 하급 기사로 제대하게 된 그는, 그 이후 담배를 물지 않기로 맹세했다.

물론 그가 담배 때문에 불명예 제대를 하게 된 것은 아니었다. 그저 자신이 해야 하는 일로 인한 스트레스를 날려 버리기 위해 피우는 것이 담배라는 그의 생각 때문이었다.

그는 지금 자신이 해야 할 진짜 일을 위해 담배 연기를 날리며 왕궁으로 향했다.

거실에는 여전히 프레데릭과 다르칸이 마주 앉아 있었다. 빵과 간단한 햄 등으로 점심 겸 저녁을 때우던 다르칸은 슈웰이 들어오자 의외라는 표정을 지었다.

"오호, 어인 일로 이렇게 일찍 들어오나, 아가씨? 무슨 급한 일이라도 생긴 건가?"

"아니에요. 휀이 크리스에게 남겨 준 선물을 가져오느라 이렇게 된 거예요. 크리스, 안에 있죠?"

프레데릭이 고개를 끄덕였다.

"방에 계실 거다. 그런데 왠지 기분이 좋아 보이는군."

그러자 슈웰은 가볍게 머리를 긁적이며 미소를 지었다.

"히히, 휀이 남겨 준 선물이 뭔지 궁금해서 그런가 봐요. 저 올라가 볼게요, 아저씨들."

그녀가 총총히 위층으로 올라가자, 다르칸은 손가락으로 자신을 가리키며 프레데릭에게 물었다.

"내가 아저씨라고?"

프레데릭은 여전히 팔짱을 낀 채 설명을 붙였다.

"저 아이는 어지간한 나이의 남자들 아니면 모두 아저씨라더군. 어딘지 모르게 정감이 가는 호칭이라 난 괜찮은데…… 넌 마음에 걸리나?"

20대 중반의 청년 모습인 다르칸은 왠지 듣기 거북한 호칭이었다. 그는 실소를 머금으며 손에 든 빵에 양념을 발라 갔다.

"후후, 너나 나나 나이로는 아저씨가 맞겠지. 할아버지라고 부르지 않는 게 다행일지 모르겠군. 그건 그렇고 넌 이런 음식들을 먹고 싶다는 생각이 든 적 없나? 너야 물론 생물이 아닌 생물이라 먹어도 소화를 시키지 못하겠지만 말이야."

"아네라족에 대한 설명을 다시 듣고 싶은 모양이군. 약 한 시간 전에 했던 말 같은데."

"시작이야 한 시간 전에 했지. 난 아직 그 설명이 계속되는 줄 알았거든, 후후후."

귀족적인 미소를 흘리며 곱슬머리를 넘기는 다르칸의 모습에, 프레데릭은 고개를 슬며시 저으며 시선을 돌렸다. 마침 그의 눈에 급히 거실로 내려오는 크리스와 슈웰의 모습이 들어왔다. 그를 본 크리스는 손에 들고 있는 물건을 그에게 보이며 물었다.

"저, 프레데릭. 이 열쇠가 어디에 쓰는 건지, 혹시 알 수 있어요?"

크리스가 프레데릭에게 보여 준 것은 큰 열쇠였다. 크다기보다 엄청나다는 표현이 더 어울리는 그 열쇠는 금장으로 화려하게 반짝였고, 열쇠 전체에 새겨진 요철(凹凸) 무늬들은 마치 예술품처럼 정교했다.

잠시 열쇠를 살펴보던 프레데릭은 뭔가 떠오르는 것이 있는지 크리스에게 고개를 돌렸다.

"작년에 휀과 함께 비행선을 시찰할 때 이와 비슷한 열쇠를 본 적 있소. 이것은 아무래도 비행선의 기동열쇠 같소."

"비행선요?"

크리스와 슈웰은 서로를 바라봤다. 그들이 아는 휀은 솔직히 결혼 기념일 선물로 비행선을 사줄 만큼 갑부가 아니었다. 그의 봉급이 한 달 동안 여유 있게 생활하고 약간의 저축을 할 만한 정도라는 사실은 돈을 실질적으로 관리하는 크리스가 더 잘 알고 있었다.

"별도의 메시지는 없었소?"

프레데릭의 물음에, 크리스는 첨부되어 있던 편지를 들어 보이며 말했다.

"여기에는 그저 이반 사령관님을 찾아뵈라고만 쓰여 있어요. 아, 그분은 비행선에 관해서라면 타의 추종을 불허하는 분이시니, 이 열쇠가 어떤 의미인지 아시겠군요. 자, 어서 가자, 슈웰!"

"네!"

둘은 쏜살같이 현관을 빠져나갔다. 현관문을 잠시 바라보던 프레데릭은 쓸쓸히 고개를 저으며 중얼댔다.

"우리의 임무는 결국 이 집을 지키는 것인가."

"하는 수 없지. 오랜만에 신이 난 둘을 보니 나도 즐길 기분이 나는군."

"즐겨?"

잠시 안주머니를 뒤적거리던 다르칸은 곧 트럼프를 꺼내 보였고, 카드를 이리저리 뒤섞으며 눈짓을 보냈다.

"카드놀이는 할 줄 알겠지, 프레데릭 교수?"

"내기가 아니라면."

다르칸은 프레데릭이 카드놀이를 할 줄 안다는 사실에 의외란 표정을 지으며 카드를 계속 섞었다. 그는 카드를 돌리며 프레데릭에게 넌지시 물었다.

"그런데 휀은 왜 안 오는 거지? 와서 자신의 코트와 플렉시온을 받아 간다고 했는데."

"사정이 있겠지. 실수할 남자는 아니다."

"흠, 좋아. 그런데 이번 일이 끝나면 넌 어떻게 할 생각인가. 그 재미없는 동족들에게 돌아갈 생각인가?"

카드를 받고 정신을 한참 집중하던 프레데릭은 잠시 말이 없었다. 그는 게임의 방식대로 카드를 깔며 나지막이 대답했다.

"아네라족은 지극히 개인적인 종족이다. 게다가 흐른 시간만큼 아마도 나, 프레데릭이라는 존재는 기억에서 거의 사라졌을 것이다. 이 세계에 있는 시간이 길어질수록, 난 아네라의 지식이 우물 안 개구리와 다를 바 없다고 느껴진다. 그 지식의 한계를 벗어나기 위해 이곳저곳을 떠돌며 모든 세계에 대한 공부를 할 생각이다. 넌 특별한 계획이라도 있나."

프레데릭의 말을 들으며 카드를 바라보던 다르칸은 이윽고 카드를 깔며 대답했다.

"난 아스타로트 전하를 존경한다. 그분께 충성을 바치고, 그분이 하시는 일에 반드시 보탬이 되겠다고 맹세했지. 후후, 하지만 그 생각은 악마대공이라는 직책이 존재할 때나 가능한 것이었다. 악마대공이라는 이름이 유명무실한 지금, 난 아스타로트 전하의 식객이나 마찬가지지. 그분께 도움이 되는 존재가 될 겸 나도 세계 이곳저곳을 떠돌아다닐 생각이다."

프레데릭은 묵묵히 고개를 끄덕였다.

그 후 둘의 카드놀이는 침묵 속에서 계속됐다. 프레데릭도, 다르칸도 서로에게 무언가를 말하고 싶은 눈치였지만 그들은 크리스와 슈웰이 돌아올 때까지 단 한 마디도 꺼내지 않았다. 있다면 오직 하나, 프레데릭이 게임 도중 남긴 말뿐이었다.

"백만의 존재가 있다면, 진실과 정의 역시 백만 가지다. 약간씩 비슷한 점이 있을 뿐이지. 너나 나는 각자 진실과 정의로 믿고 있는 길을 가는 것이다. 그뿐이다."

그의 말뜻을 아는 다르칸은 묵묵히 미소를 흘렸다.

무거운 얼굴로 집에 돌아오는 이반을 그의 집 앞에서 만난 것은, 크리스와 슈웰에게 행운이었다. 캠벨에 관한 일로 머리가 아직 정리되지 않은 이반이었지만, 크리스와 관련된 일이라면 무조건 돕고 싶은 것이 그의 심정이었기에 쾌히 그녀들을 집으로 들였다.

이반의 집은 그리 크지 않았다. 집보다는 비행선의 부품으로 가득 찬 창고가 더 클 정도였다. 하지만 이반 자신은 그런 것에 연연해하지 않았다. 아들 부부와 함께 살기에 외롭지도 않다며 더 자랑할 정도였다.

자신들의 저택과는 비교도 할 수 없을 정도로 작은 거실에 이반과 함께 마주 앉은 크리스는 일단 큰 열쇠를 꺼내 보였다. 이반은 금세 놀란 표정을 지으며 말했다.

"아니, 이것은 비행선의 기동열쇠 아닙니까? 설마 이것이 바로……."

"예, 그이가 저와 슈웰에게 남겨 준 결혼 기념 선물이랍니다. 하지만 왜 비행선일까요? 10년 동안 마차조차 구입하지 않은 그이였는데……."

크리스에게서 열쇠를 받은 이반은 그 열쇠를 구석구석 꼼꼼히 살펴봤다. 그리고 잠시 후 그는 자신의 이마를 툭 치며 고개를 끄덕였다.

"하핫, 그렇군요. 쿠덴베르그 님께서 돌아가시기 전, 각하께 전하신 것이 바로 이것이군요. 여태껏 알려진 바가 없어 모두 궁금해했는데, 잘됐습니다."

"예? 무슨 말씀이시죠?"

이반은 자리에서 일어나며 천천히 말했다.

"저와 함께 공항으로 가시죠, 크리스 님. 각하의 선물을 지금 보여 드리겠습니다."

이반을 따라나선 둘은 영업용 마차를 타고 공항으로 향했다. 위낙 성격이 호방한 이반은 마부와 금세 친해져 대화의 장을 열었지만, 크리스와 슈웰은 별말 없이 안절부절못할 뿐이었다.

1년에 네 번, 자신의 고아원을 들를 때 외엔 거의 가지 않는 공항에 도착한 크리스는 심장박동이 점점 거세졌다. 슈웰 역시 자신의 의지와 상관없이 사람들과 연속해서 몸을 부딪칠 정도로 긴장한 상태였다. 자신이 예전에 갖고 싶어 했던 것이란 말이 머릿속에서 떠나지 않는 듯했다.

이반이 두 사람을 안내한 곳은 공항의 격납고였다. 비행선 수리시설과 연료 보급 시설, 마력 보충 시설 등 거대한 시설들로 인해 격납고가 있는 곳은 수도의 그 어느 지역보다도 시끄러웠다. 초대형 비행선용 거대 격납고에는 그녀들도 처음 와보는지, 격납고의 비행선 출입구를 당당히 막아 선 채 관광객처럼 주위를 두리번거리며 말했다.

"10년 동안 수도에 있었지만, 수도에 이런 거대한 시설들이 있는 줄은 몰랐어요, 크리스."

"나도 그래. 공항에서 여객용 비행선을 타 본 적은 많지만, 초대형 비행선의 격납고는 처음이거든. 이거 가슴이 점점 더 두근거리는걸?"

그렇게 구경하길 5분, 격납고의 작은 문을 열고 나온 이반이 둘에게 걸어오며 큰 소리로 말했다.

"크리스 님! 어서 이쪽으로 오십시오! 비행선이 곧 나올 겁니다!"

"예? 비행선요?"

그때 격납고의 비행선 출입구가 커다란 쇳소리와 함께 열리기 시작했다. 날이 거의 저물 무렵이었기에 출입구의 철문 사이로 쏟아지는 빛에 눈이 따가웠다. 하지만 그 문이 모두 열림과 동시에 그녀들을 향해 전진하기 시작한 거대한 비행선의 자태에 둘의 몸은 단번에 굳어졌다.

그녀들이 비행선 운반용 트랙을 계속 막고 있자, 이반은 그녀들의 팔을 끌며 고개를 저었다.

"여기서 감동하시면 어떻게 합니까, 크리스 님. 이쪽으로 오십시오. 정면에서 보시는 것보다, 옆쪽에서 보시는 것이 더 좋습니다."

"아, 예……."

크리스와 슈웰은 이반을 따라가면서도, 천천히 격납고 밖으로 나오는 비행선에서 시선을 떼지 않았다. 금갑으로 목재 외관을 장식한 몸체와 청색의 거대한 마스트 그리고 달의 여신 이클립스의 선수상 등 그 초대형 비행선의 모든 것은 둘의 마음을 순식간에 사로잡았다.

특히 어릴 때 그 비행선을 본 적이 있는 슈웰에게는 충격 그 이상인 듯했다.

"저 비행선은……!"

슈웰의 나지막한 목소리에, 이반은 그녀의 어깨를 두드리며 고개를 끄덕였다.

"쿠덴베르그 집안의 전용 비행선이었던 '라인하이트'지. 쿠덴베르그 경께서 돌아가시기 전, 각하께 물려주셨다는 선물이 바로 저녀석이란다. 5년 정도 보수 작업 없이 방치되어 거의 고철 직전까지 갔던 것을, 내가 작년 말부터 한 달 동안 수리하고 개조해서 최고의 녀석으로 만들어 놨지. 그때는 쿠덴베르그 경께서 왜 갑자기 라인하이트의 보수 작업을 나에게 부탁하셨는지 이유를 몰랐는데, 지금은 왠지 알 것 같구나."

슈웰은 묵묵히 고개를 떨궜다. 휀을 만난 지 얼마 안 됐을 때, 수도로 가는 비행선 안에서 라인하이트를 보았던 것이 떠올랐다. 창밖으로 보이는 라인하이트를 창문에 바싹 붙어 구경하던 자신의 모습과, 당시 휀이 했던 말이 생각난 그녀는 눈시울을 적시며 중얼거렸다.

"그때는 그냥 멋지다고만 말했는데, 휀이 정말로 저 비행선을 저에게 주고 말았어요. 그때는 진짜 농담이었는데……."

상상 이상으로 큰 선물을 받은 크리스는 말없이 웃으며 그녀를 안아 주었다. 잠시 둘을 바라보던 이반은 라인하이트의 선체가 격납고 밖으로 모두 나온 것을 확인한 후, 씩 웃으며 둘을 불렀다.

"한번 날아 보시겠습니까, 크리스 님?"

클라리스는 오늘부터 자신에게 붙은 특별 경호원이 왠지 신경 쓰였다. 하지만 캠벨은 그녀가 자신을 흘끔흘끔 쳐다보든 말든, 스케줄 표에 시선을 집중한 채 꼼짝도 하지 않았다.

책상 앞에 앉아 고전문학을 읽던 클라리스는 마침 등이 뻐근해졌는지, 팔을 쭉 펴며 뒤로 몸을 젖혔다.

"저, 지금부터 조금 쉬면 안 될까요, 캠벨? 책을 읽은 지 벌써 2시간이 넘었답니다."

캠벨의 대답은 간단했다.

"저는 가정교사가 아닙니다. 쉬시는 건 공주님 자유입니다."

"그, 그렇군요."

클라리스는 왠지 바보 된 것 같은 느낌에 씁쓸한 미소를 지었다.

잠시 후 스케줄 표를 덮은 캠벨은 조용히 자리에서 일어나 창가로 갔다. 그녀를 따라 창 쪽으로 시선을 돌린 클라리스는 비행선의 것으로 보이는 불빛이 창밖 저 멀리서 반짝이는 것을 발견했다.

캠벨의 옆에 다가선 그녀는 거의 스러져 가는 석양에 붉게 물든 비행선을 보고 미소를 띠었다.

"아니, 라인하이트네요? 5년 전부터 격납고 속에 봉인되다시피 했던 저 비행선이 다시 날다니, 신기한 일이군요."

눈을 흐릿하게 뜨고 비행선을 보려고 애를 쓰던 캠벨은 결국 코트 속에서 안경을 꺼냈다. 그 모습에 클라리스는 고개를 갸웃거렸다.

"눈이 나쁘신 모양이네요?"

"그렇습니다."

안경을 쓴 캠벨의 눈동자가 다시 밝아지자, 클라리스는 평소에도 안경을 썼던 모양이라고 생각하며 다시 라인하이트 쪽으로 시선을 돌렸다.

"쿠덴베르그 경께서 언제나 이렇게 말씀하셨답니다. 저 금빛의 비행선은 자신보다는 재상에게 어울린다고 말이죠. 쿠덴베르그 경께서 돌아가시기 직전에 재상에게 뭔가를 물려주셨다는 말씀을 살짝 들었는데, 그것이 바로 저 라인하이트였군요. 캠벨 님도 그렇게 생각하지 않으세요? 저 비행선에 탄 휀 경의 모습은 상상만 해도 정말 멋질 것 같아요."

"그럴지도…… 모르겠군요."

휀과 마찬가지로 전혀 웃지 않을 것 같았던 캠벨이 살짝 미소를 짓자, 클라리스는 역시 다른 사람이구나 하는 느낌을 받았다. 진짜 휀이 여장을 하고 이곳에 있었다면 느낌부터 친숙했을 텐데, 캠벨에게 느낀 것은 냉철함보다는 상당히 이지적인 쪽에 가까웠다.

어쨌든 그녀는 캠벨 역시 좋은 사람일 것 같다고 생각하며 책상으로 돌아갔다.

"드디어 듀 베를이다!"

일을 성공적으로 마치고 귀환한 지크는 언덕 밑 저편에 보이는 도시를 보며 양팔을 들어 올렸다. 사바신 역시 그와 똑같은 포즈로 팔을 들어 올렸고, 추가로 주먹까지 불끈 쥐었다. 마치 어린아이 같은 둘의 반응에도, 일행들 중 그들을 비웃는 사람은 에이쉘 외에는 아무도 없었다.

'사부들을 이해할 수 있어, 난.'

길트가 침통한 표정으로 고개를 저었다.

에이쉘과 에이쉘을 구하고 돌아오는 사흘 동안, 지크와 사바신은 그 어느 때보다도 끔찍한 나날을 보냈다. 이유는 다름 아닌 에이쉘의 잔소리와 잡담 그리고 옷과 외모에 대한 참견 때문이었다.

사흘 동안 말 한 번 겹치지 않고 잔소리를 해 대는 그녀의 놀라운 재주에 어느 정도 말발이 있는 지크조차 두 손을 들어 버렸고, 특히 여성에게 약한 사바신은 스트레스 누적으로 거의 신경증에 가까운 증상을 보였다. 그만큼 정신적 압박에 시달렸다.

길트가 야단을 친 후로는 에이쉘의 잔소리가 좀 덜하긴 했지만, 그래도 둘이 입은 상처는 이만저만한 것이 아니었다.

지크와 사바신, 둘은 같은 포즈를 유지한 채 대화를 나눴다.

"리오가 가까이 있다는 이 기쁨, 너와 나 말고는 아무도 모를 거다, 사바신."

"그래. 리오 녀석이라면 분명 저 마녀를 제압할 수 있을 거야. 녀석은 이 방면에 프로잖아."

"저 마녀에게 리오가 사탕발림을 골백번 한다 해도, 이번만큼은 아무 말도 하지 않을 거다. 리오가 원한다면 옆에서 응원도 해 줄 수 있어."

"당연하지."

그들을 제외한 일행은 모두 자리를 잡고 앉아 쉬고 있었다. 오는 동안 새 옷으로 갈아입은 에이웰과 에이쉘은 그사이 상당히 친해진 랜시와 도란도란 얘기를 나눴다. 반면 길트는 아침에 야영장을 출발하기 전 지크에게 배운 체술을 완전히 익히기 위해 쉴새없이 몸을 움직였다.

'자신의 움직임에서 나오는 반동을 이용해, 배 이상의 파괴력을 가진 공격을 다시 만들어 낸다. ……어려운데?'

그는 사바신이 직접 깎아 준 목검으로 고목의 줄기를 때리며 연습에 연습을 더했다.

이제 겨우 기초 수준을 넘어선 그의 실력은 눈에 띌 정도는 아니었지만 꾸준히 늘고 있었다. 이전까지는 비아냥거리기만 하던 라이세네프도 요즘 들어 진심 어린 칭찬을 많이 해 주었다. 지크나 사바신도 자신을 보는 눈이 달라졌고, 랜시와 에이웰, 에이쉘 역시 칭찬 일색이었다.

'자신에게 올 칭찬은 기다리는 것이 아니라 만드는 것이다.'

길트는 예전에 라이세네프가 해 줬던 말뜻을 요즘 들어 실감했다. 자신이 노력할수록 타인의 칭찬은 물론이고, 이전까지 없었던 자신감도 생겨났다.

'난 강해지고 있다!'

길트는 지금까지 가져 보지 못했던 최고조의 자신감으로 목검을 계속 휘둘렀다.

"이봐, 길트. 아침에 설명해 준 것은 다 잊은 거야? 반동을 이용하라고 했지, 누가 반동을 억지로 만들라고 했어?"

사흘 전보다 얼굴이 약간 안 되어 보이는 지크가 다가오자, 길트는 머리를 긁적이며 고개를 숙였다.

"죄송합니다, 사부. 다시 가르쳐 주십시오."

"어흠."

지크가 목에 힘을 잔뜩 주고 헛기침을 하며 고목 앞에 자세를 잡았다.

"다시 말해 줄 테니 잘 들어. 반동 공격이라는 것은 고급 기술의 기본이며, 또한 물리적 법칙을 따르는 과학이기도 해. 자, 봐."

지크는 유연한 동작으로 고목에 왼발 돌려차기를 살짝 날렸다. 고목은 퉁 소리를 냈고, 지크의 발끝은 고목에서 약간 튕겨져 나왔다.

"자, 봤지? 공격이라 함은 어떤 것에 충격을 주는 거야. 하지만 그 충격에는 반동이라는 것이 따르게 마련이지. 이 반동력에 회전을 섞으면……."

지크가 다시금 발을 날렸다. 고목을 한 번 강하게 찬 그는 다리에 전해지는 반동을 그대로 살리며 몸을 회전했고, 이어서 같은 발에 의한 뒤돌려차기가 고목의 반대편에 꽂혔다.

"아아……."

그의 탄력 있고 유연한 동작에 길트는 자신도 모르게 감탄사를 흘렸다. 지크는 자세를 바꾸며 강의를 계속했다.

"지금 것은 2단 공격이야. 이제 볼 것은 약간 고급 기술인 3단 공격이지."

지크는 말이 끝나기 무섭게 발끝으로 고목의 중심을 끊어 쳤다. 그로 인해 나온 반동은 곧바로 뒤돌려차기에 이어졌고, 그때의 반동을 또다시 머금은 지크는 공중에서 종(縱)으로 빠르게 돌며 고목을 걸어찼다.

그 충격으로 고목의 위쪽은 산산조각이 나며 흩어졌고, 길트는 벌린 입을 다물지 못한 채 착지하는 지크의 모습을 바라보기만 했다.

"헤헷, 어떠냐, 사부의 모습이? 멋있다고 생각되면 어서 연습을 하거라!"

"아, 예! 감사합니다!"

힘차게 대답한 길트는 다시금 목검을 불끈 잡으며 각오를 다졌다.

하지만 그때 그의 대답을 듣고 걸음을 옮기던 지크의 몸이 굳어졌다. 짐을 마지막으로 정리하던 사바신의 표정 역시 굳어졌다.

"빌어먹을……."

거친 말과 함께 지크가 시선을 도시의 반대 방향으로 돌리자, 길트도 그쪽으로 시선을 돌렸다. 그 직후, 길트는 자신도 모르게 지크가 있는 쪽으로 뒷걸음치기 시작했다.

"저, 저 사람은 누구입니까, 사부?"

지크는 대답 대신 사바신이 던져 준 무문도와 무명도를 받아 등과 허리에 각각 장비했다. 잠시 심호흡을 하던 그는 길트의 머리를 거칠게 쓰다듬으며 나지막이 말했다.

"잘 들어. 즉시 마을로 달려가서 리오를 불러오는 거다. 바이칼이라도 좋아. 하지만 그 두 사람 말고는 도움이 안 되니, 괜히 쓸데없는 사람 불러와서 고생시키지 마. 알았지?"

지크의 목소리는 진지했지만 약간의 떨림이 느껴졌다. 지금까지 그런 지크의 반응을 본 적이 없는 길트는 불안한 목소리로 물었다.

"예? 사, 사부는 어쩌려고……."

지크는 턱으로 앞에 보이는 존재를 가리키며 답했다.

"싸워야지 뭘 어떡해. 저 녀석도 이번에는 테스트만 하고 갈 생각이 아닌 것 같아. 헤헷, 잘됐지, 뭐. 나도 녀석에게 갚을 빚이 있으니까. 그렇지 않냐, 하인켈?"

땅에 꽂아 놓은 대형 낫에 기댄 채 지크와 길트를 바라보던 검은 옷의 악마 하인켈은 눈물 모양의 빨간 무늬가 새겨진 가면 사이로 낮게 웃음을 흘렸다.

"후후후, 정확히 말씀드리자면 당신 목의 가치가 약간 상승한 겁니다. 이 정도나 말입니다."

하인켈은 자신의 엄지와 검지에 약간의 사이를 두었다. 그것을 본 지크는 재미있다는 듯 손가락을 풀며 씩 미소를 지었다.

"오호, 너무 감격스러워서 살인 충동까지 느껴지는군. 이번에는 정식으로 붙어 보자, 하인켈. 지난번에는 내가 방심했지만, 이번에는 결코 호락호락하지 않을 거다!"

무문도를 뽑아 든 지크는 땅 위를 번개처럼 달리며 하인켈에게 접근했다. 낫에서 등을 뗀 하인켈은 왼손으로 낫의 기다란 자루를 잡으며 말했다.

"지난번에 바람의 가즈 나이트께서 방심을 하셨다니, 이거 슬프군요."

순간 쇳소리와 함께 낫의 끝과 무문도의 끝이 한 치의 오차도 없이 충돌했다. 바늘의 끝과 끝을 마주 댄 것이나 마찬가지인 상황에서, 지크는 한 덩어리의 침을 삼켰고 하인켈은 그만큼의 조소를 던졌다.

"그때가 훨씬 강했던 것처럼 느껴지니 말입니다. 아, 제가 바람의 가즈 나이트 님을 과대평가하고 있었던 것입니까?"

"닥쳐, 머저리 녀석!"

욕을 하면서 뒤로 물러서긴 했지만 역시 상대는 강했다. 물론 전력이 담긴 베기는 아니었지만, 기교를 펼칠 여유를 함부로 줄 만한 공격도 아니었다. 지크는 자신을 바라보고 있는 길트와 랜시, 에이웰 그리고 에이쉘을 흘끔 돌아본 후, 이를 갈며 몸의 기를 끌어 올렸다.

"좋아, 될 대로 돼라! 우오오오!"

긴 기합과 동시에, 지크의 붉은 재킷이 폭발적인 기류에 휩쓸리며 심하게 요동치기 시작했다. 그의 몸 전체가 기류에 둘러싸인 모습을 처음 본 일행은 할 말을 잊은 채 멍하니 서 있을 뿐이었다.

지크의 기가 상당히 강해진 것을 느낀 하인켈은 손가락을 튀기며 중얼거렸다.

"전력을 다하실 생각이군요. 좋습니다. 그럼 저도 제 관객을 부르도록 하지요."

이윽고 땅 위에 10여 개의 검은 구멍이 생겼고, 그곳에서 보라색 옷을 입은 조커 나이트들이 하나둘씩 튀어나왔다. 그들은 일정한 간격을 두고 서서 지크 일행을 포위했다.

하인켈은 낫을 빙빙 돌리며 지크에게 한 발 한 발 접근했다.

"저의 주인, 사탄께서 진노하셨습니다. 당신들 덕분에 리리스 님께서 중상을 입으셨고, 또 가이라스에서의 계획이 전면 수정되어야 할 위기에 처해 있기 때문입니다. 그때 제 머릿속에 목이 필요 없다고 말씀하신 당신이 맨 먼저 떠오르더군요. 우선 당신의 것을 가져가기로 했습니다. 아, 아까 보니 리오 스나이퍼 님을 불러 오라고 말씀하신 것 같은데, 그것은 안 됩니다."

팔짱을 낀 채 그의 말을 듣고 있던 지크가 계속 말해 보라는 듯 어깨를 으쓱했다.

"왜지, 가면 쓴 원숭이?"

하인켈은 역시나 여유 있게 대답했다.

"당신이 리오 스나이퍼 님을 부르신 이유와 같습니다. 자, 시작해 보시겠습니까?"

"당연하지!"

마지막 음절이 공기 중에 퍼져 나가는 동시에, 지크의 몸이 엄청난 속도로 하인켈에게 접근했다. 그 직후 둘 사이에서 벌어진 엄청난 난타전에 사바신을 제외한 일행은 감탄을 자아냈다.

"젠장, 저 녀석 괴물이잖아."

사바신의 한마디에, 길트가 맞장구를 쳤다.

"무, 물론이죠! 저는 사부가 저런 분이신 줄은 미처 생각하지 못했습니다!"

"아니, 지크 말고 광대 녀석 말이야."

길트의 표정이 단숨에 펴졌다. 그 말이 끝나기가 무섭게, 어딘가 충격을 받은 지크의 몸이 멀찌감치 날아와 길트의 옆에 떨어졌다.

"크윽!"

"사부!"

길트는 재빨리 그를 부축하려 했으나, 기세 좋게 일어난 지크의 눈에는 그 누구도 보이지 않았다. 다시금 무문도를 거머쥐고 하인켈에게 돌진하는 지크의 무모한 모습에, 사바신은 머리를 긁적이며 한탄했다.

"저 멍청한 녀석, 무명도를 쓰지 왜 자꾸 무문도를 쓰는 거야. 저 녀석, 무명도와 무문도의 차이를 정말 모르는 건가?"

"차이요?"

어느새 다가온 에이웰과 에이쉘을 위로해 주던 길트가 조심스레 물었다. 사바신은 연속으로 나가떨어지는 지크의 모습을 보며 대답해 주었다.

"지크가 가진 두 개의 칼은 같은 '도검'이야. 하지만 실제로는 너무도 다른 무기지. 지크의 원래 스타일은 무기의 무게에 의존해 싸우는 것이 아니라, 녀석의 성격에 걸맞게 경쾌한 연속 공격이 위주가 되는 거야. 그런데 녀석은 무문도를 무명도 다루듯이 하고 있어. 절대 연속 공격이 불가능한 검으로 연속 공격을 날리기 위해 이를 악물고 있는 거야. 한마디로 쓸데없는 짓이지."

"으아악!"

그사이 지크의 몸은 또다시 나가떨어지고 말았다. 지크가 데굴데굴 굴러 자신의 발 앞에 멈추자, 그에게 몸을 숙인 사바신이 씩 웃으며 물었다.

"어이, 녀석은 어때?"

코피를 줄줄 흘리며 지크는 허탈한 웃음과 함께 대답했다.

"에이쉘보다 강한 것 같아."

이런 상황에서 어떻게 유머가 나올 수 있는 것일까. 길트와 에이쉘은 이해할 수 없다는 얼굴로 지크를 바라봤다. 여하튼 사바신은 지크에게 손을 내밀었고, 그 뜻을 알아차린 지크는 씁쓸한 얼굴로 그와 손을 맞부딪쳤다.

"너도 열심히 당해 봐."

"흥, 악담을 해라, 바람의 얼간이. 넌 무명도가 어떤 감각을 가지고 있었는지, 그거나 연구하고 있어. 이 형님이 멋진 것을 보여 줄 테니 말이다."

"뭐라고?"

지크가 의문을 제기했지만, 자신의 무기 팔봉신 영룡을 어깨에 멘 채 하인켈에게 다가가고 있는 사바신은 더 이상 그를 돌아보지 않았다. 숨 하나 흐트러지지 않고, 먼지 하나 옷에 묻지 않은 하인켈은 다시 자세를 잡으며 사바신에게 물었다.

"오호, 기의 수준을 보아하니 당신도 가즈 나이트인 모양이군요. 그런데 자신 있으십니까? 바람의 가즈 나이트 님도 저를 긴장시키지 못했는데, 기의 수준이 비슷한 당신 역시 마찬가지일 듯싶습니다만……."

순간 강한 살기와 함께 사바신의 목도가 하인켈의 머리로 날아들었다. 간발의 차이로 낫을 이용해 공격을 막은 하인켈은 곧 팔에 전해진 엄청난 충격에 외마디 소리를 냈다.

"큭!"

하인켈이 딛고 있는 지면이 크게 함몰된 것을 본 사바신이 씩 웃으며 뒤로 한 걸음 물러섰다.

"저 바람의 얼간이가 너에게 왜 당했는지, 그건 알고 있겠지? 녀석은 제대로 사용할 줄 모르는 무기를 가지고 너에게 덤벼들었지. 만약 무명도를 사용했다면 결과는 지금 같았을 거야."

자신의 발밑과 사바신을 번갈아 바라본 하인켈은 곧장 자세를 바꾸며 낮게 웃음을 흘렸다.

"의외로 머리가 좋은 가즈 나이트님이군요. 좋습니다. 정식으로 상대해 드리지요."

곧이어 하인켈의 몸에서 검은색 투기가 아지랑이처럼 피어올랐다. 사바신은 그에게서 뿜어지는 압력을 정면으로 받으며 씁쓸한 미소를 지었다.

'정말 괴물이군. 왜 이런 녀석이 표면에 등장하지 않았는지 도저히 이해가 안 가. 어쨌거나 지크, 깨달으려면 빨리 깨달아라. 그래야 겨우 이길까 말까 한 상대니까.'

사바신은 자신에게 조금씩 다가오는 상대에게 시선을 돌렸다.

가면의 눈구멍에서 시퍼런 안광을 뿜고 있는 하인켈의 묵직한 목소리가 그의 귀를 울렸다.

"안식을 드리겠습니다, 영원히……!"

12장
사신의 수수께끼

1

스승이 남긴 것

리오와 브라디를 제외한 마르티네즈 일행은 모두 잠에 빠져 있었다. 폴카는 긴 여행을 떠나기 전에 짐을 챙기러 간다며 새벽에 집으로 돌아가고 없었다. 하지만 이른 아침은 아니었다. 거의 정오가 지났는데도 모두 잠에 빠져 있었다. 어젯밤 리오와 마르티네즈의 말다툼이 새벽까지 이어진 탓이었다.

리오는 의자에 앉아 커튼을 힘겹게 뚫고 들어오는 빛을 바라보고 있었다. 어지간히 틈이 나지 않으면 잠을 잘 자지 않는 그였기에 그리 힘겨워 보이진 않았지만, 리오와 마르티네즈를 말리느라 진이 다 빠진 브라디는 창가에 기댄 채 꾸벅꾸벅 졸았다.

'여자와 말다툼을 하느라 새벽을 넘긴 건 정말 오랜만이군. 하여튼 대단한 여자야.'

그렇게 마음속으로 투덜댄 리오는 손가락으로 미간을 짚으며 고개를 저었다. 육체적 피로보다는 정신적인 피로가 몰려온 듯했다.

말스 왕국을 향해 가는 엘살바도르를 발견한 지 3일이 지난 지금, 리오는 자신이 이렇게 있어도 되는 것인가 하는 생각이 들었다. 3일 정도면 말스 왕국의 4분의 1 이상은 초토화되고도 남을 시간이었다. 리오는 그 사실을 알면서도 말싸움을 하며 그 귀중한 시간을 보낸 자신이 왠지 바보처럼 느껴졌다.

게다가 그 사실이 떠오르자 이런저런 고민이 앞다퉈 그의 정신을 괴롭혔다. 엘살바도르가 가이라스 왕국에서 사라진 지금, 과연 모두가 말스 왕국으로 이동해 엘살바도르에 대한 일을 처리해야만 하는 것일까. 아니면 두 편으로 나뉘어 한쪽은 말스 왕국의 일을, 다른 한쪽은 가이라스 왕국의 일을 처리해야 하는 것일까. 만약 나눈다면 누가 남고 누가 가야 하는가.

자신도 모르게 머리를 감싸 쥔 리오는 아무런 고민 없이 침대에서 자고 있는 군청색 머리의 친구가 그렇게 부러울 수 없었다.

"음?"

그때 리오의 귀에 미약한 진동음이 들려왔다. 그 느낌이 무엇인지 잘 알고 있는 리오는 눈을 부릅뜨며 고개를 들었다.

'공간왜곡?'

침대에서 자고 있는 바이칼은 깊은 잠에 빠졌는지 진동음을 느끼지 못했지만, 그 느낌에 잠을 깬 브라디는 화들짝 놀라며 즉시 리오에게 날아왔다.

"리, 리오 님. 지금 도시 밖에서 공간왜곡이⋯⋯!"

"알고 있어."

리오는 즉시 검을 챙기며 창문을 열어젖혔다. 자신이 느낀 공간왜곡의 정도나, 그것을 일으킨 힘이 예사롭지 않았던 탓에 빠른 길을 택하기로 한 것이다.

하지만 그 길은 이미 가로막혀 있었다.

"오호, 심각한데?"

창문 바로 앞을 포함해 리오가 있는 여관 주위는 하급, 중급의
조커 나이트들로 온통 둘러싸여 있었다. 리오는 쓸쓸한 미소를 지
으며 자신의 검 두 자루를 꺼내 양손에 나눠 쥐었다.

"포위망을 돌파해야 하는 건가, 아니면 방어 작전을 해야 하는
건가. 이거 정말 걱정인걸?"

밖에 있는 조커 나이트들은 미동도 하지 않았다. 아무리 봐도 자
신을 여관 밖으로 빠져나가지 못하게 하려는 것이 분명했기에, 리
오는 브라디에게 눈짓을 보내며 중얼거렸다.

"아무래도 지크와 사바신이 온 것 같군. 그러니 나를 고립시키려
는 거겠지?"

브라디가 무겁게 고개를 끄덕였다.

"맞아요. 게다가 지크 님과 사바신 님을 상대하는 것은 하인켈이
분명해요. 이 정도의 공간왜곡을 일으킬 수 있는 것은 하인켈이나
그 이상의 힘을 지닌 존재 외에 없어요."

리오는 브라디의 말을 들으며 창밖에 보이는 조커 나이트들을
하나하나 돌아봤다. 그들 모두의 시선이 자신에게 고정되어 있는
것만 봐도 예상이 맞음을 한눈에 알 수 있었다. 그는 검들을 교차
하며 나지막이 중얼댔다.

"좋아, 그럼 그 악당들을 구하러 한번 가 볼까?"

순간 붉은색 잔광과 함께 창문에서 가장 가까운 곳에 있던 조커
나이트의 몸이 돌팔매에 맞은 새처럼 중심을 잃고 날아가 건물벽
에 처박혔다. 벽에 늘어붙은 엿처럼 바닥으로 주르륵 흘러내린 조
커 나이트는 고개를 흔들며 일어나려 했다. 그러나 그의 목은 몸

위로 떨어진 두 개의 검에 의해 잘려 바닥을 구르고 말았다.

동료 하나를 순식간에 잃은 조커 나이트들은 즉시 등에 찬 장창과 검 등을 꺼내며 전투 태세를 취했다. 리오는 머리가 잘린 조커 나이트의 사체를 길 구석으로 차며 그들을 향해 디바이너를 들어 보였다.

"자, 내려오시지. 누구랑 말싸움하느라 지쳐서 하늘을 날기도 버겁거든. 싫으면 나를 그냥 보내 주든가."

그러자 조커 나이트들은 지상에 내려와 각자 자세를 잡았다. 양쪽으로 완전히 포위된 리오는 씁쓸한 미소를 지으며 검을 굳게 거머쥐었다.

'한 스무 명 정도 되는군. 지크와 사바신이 걱정되긴 하지만, 여기서 함부로 움직였다가는 도시 사람들이 위험해. 빨리 처리하는 수밖에 없나?'

모든 조커 나이트들이 지상으로 내려온 것은 물론 아니었다. 몇몇은 여전히 공중에 몸을 띄운 채 리오의 길을 완전히 차단하고 있었다.

하인켈이 직접 이끌고 훈련시킨 만큼, 이 조커 나이트들은 상급 악마에 필적할 정도로 강력했다. 스무 명 이상의 조커 나이트가 한꺼번에 움직인다는 것은 언뜻 봐서는 별것 아닌 것 같지만 실은 대단한 사건이었다. 조커 나이트 열명으로도 보통의 왕국 수도 정도는 단시간 내에 깔끔하게 처리할 수 있기 때문이다.

조커 나이트 하나는 어떻게 기습으로 없앴지만, 나머지는 쉽지 않다는 사실을 아는 리오는 원군이라도 한 명 생겼으면 했다.

"어쨌든 시작해 볼까?"

그 말과 함께, 리오의 몸이 다시금 가볍게 움직였다. 그의 첫 목표물이 된 조커 나이트는 들고 있는 두 개의 검으로 자신에게 날아오는 보라색 섬광을 막으려 했다.

"큭!"

그러나 보라색 검은 무자비한 힘으로 조커 나이트의 검을 부쉈고, 짧은 신음 소리와 함께 조커 나이트의 몸은 단숨에 두 동강이나 공중과 지상으로 각각 흩어졌다. 다시 자신의 자리로 돌아온 리오는 디바이너에 묻은 파란 피를 바닥에 떨구며 조커 나이트들을 향해 말했다.

"하나씩 처리하는 게 나을까, 아니면 한꺼번에 처리하는 게 나을까. 선택권은 너희에게 주지. 죽은 사람 소원도 들어준다는 데, 곧 죽을 자들의 소원도 들어줘야 하지 않겠나."

조커 나이트들은 리오의 도발에도 특별한 반응을 보이지 않았다. 그러나 투기가 약간 강해진 것으로 보아 반응하고 있는 것은 틀림없었다. 그래도 만족할 만한 수준은 아니었기에 리오는 내심 감탄을 금치 못했다.

'하인켈이 부하들 교육 하나는 잘 시켰군. 이런 상황이라면 하나 정도는 흥분해서 달려드는 것이 정상일 텐데 말이야. 힘들겠는걸?'

이윽고 리오의 쌍검과 조커 나이트들의 무기들이 폭풍 같은 기세로 맞부딪치기 시작했다. 썩 좋은 무기를 가지고 있지 못한 조커 나이트들은 리오의 일격을 견디지 못하고 무기와 함께 부서졌다. 좋은 무기를 든 조커 나이트들 역시 세 번 이상은 공격받지 못하고 쓰러졌다.

이것은 쉬운 기술이 통하지 않는 다수의 상대를 만났을 때 리오가 자신의 힘을 앞세워 사용하는, 일명 '무기 파괴 전법'이었다.

상대가 상대인 만큼 리오의 몸에도 혈흔이 하나둘씩 생겨났다.

조커 나이트들의 공격이 불규칙하게 쏟아지며 자신을 철저히 괴롭혔기에 리오는 정신을 집중한 채 몸을 움직여야 했다.

시간이 지나자, 상황은 그럭저럭 정리되었지만 리오의 마음은 편치 않았다. 자신이 싸우고 있는 이 순간에도 하인켈이 지크와 사바신을 농락하고 있을 것이 분명했기 때문이다. 그러나 그는 둘이 가진 잠재 능력을 믿어 보자는 생각에 차근차근 조커 나이트들을 쓰러뜨려 나갔다.

그런데 그때 리오가 전혀 예상치 못한 일이 벌어지고 말았다.

"리오 씨, 무슨 일입니까!"

마르티네즈의 목소리가 들리는 순간, 리오는 급히 그녀에게 시선을 돌렸다. 그러나 상황은 이미 끝난 뒤였다. 조커 나이트 둘의 무기가 머리도 제대로 빗지 않은 그녀의 목에 아슬아슬하게 닿아 있었다. 리오는 길게 한숨을 내쉬며 중얼댔다.

"이런 젠장……."

리오의 칼끝이 내려가자 조커 나이트들은 즉시 대열을 정비해 그를 포위했다. 검을 뽑기도 전에 포로가 되어 버린 마르티네즈는 멍한 얼굴로 리오에게 물었다.

"이, 이들은 누구죠? 또 지금 상황은 어떻게 된 거죠?"

반쯤 포기한 얼굴로 디바이너와 파라그레이드를 앞에 꽂은 리오는 허탈한 목소리로 대답했다.

"악마들이죠. 악신계 고위 특수부대인 조커 나이츠입니다. 대장 덕분에 지크와 사바신을 구하러 갈 수 없게 됐군요."

그 말을 들은 마르티네즈가 금세 미간을 좁혔다.

"예? 무, 무슨 말씀이십니까! 알아듣기 쉽게 말씀해 보세요!"

'끝까지 따지는구나.' 리오는 속으로 생각하며 자신의 주위를 살폈다. 자신을 사방에서 그리고 공중에서 포위하고 있는 조커 나이트들은 한 치의 빈틈도 없이 자신에게 무기를 들이대고 있었다. 리오는 신발 끝으로 자신의 검을 꽂아 놓은 사이를 비비적거리며 대답했다.

"당신의 생각보다 훨씬 강한 존재가, 이 근처에 와 있는 지크와 사바신을 없애려 한다는 겁니다. 그 존재에게 가장 방해되는 것은 저인데, 이들은 저를 이곳에 묶어 두기 위해 여기에 왔죠. 저를 없애기 전에 지크와 사바신부터 확실히 없애겠다는 생각으로요."

"예?"

마르티네즈는 지금 리오가 무슨 말을 하는지 도저히 알아들을 수가 없었다. 생각보다 강한 존재도 그렇고, 그 존재가 리오를 없애기 전에 지크와 사바신을 먼저 없애려 한다는 말이 무엇을 의미하는지, 아직 리오들의 정체를 모르는 그녀는 이해하기 힘들었다.

어쨌든 심각한 상황이라는 것은 확실했다. 하지만 이 사건의 전말을 알고 있는 리오란 남자는 여유 있게 팔짱만 끼고 있었기에 마르티네즈의 미간은 더욱 좁아졌다.

"리오 씨! 그런 상황이라면 방법을 강구해야지 동료들이 당하는 것을 그대로 보고만 있을 생각입니까! 당신 정말 사람이 아니군요!"

그러자 리오는 씩 웃으며 손가락을 강하게 튀겼다.

"물론 방법이야 있죠. 그렇지, 브라디?"

그와 동시에 마르티네즈의 머리 위에서 두 개의 빛이 번뜩였다. 공중에 떠 있는 브라디의 손을 떠나, 마치 창처럼 길고 날카롭게 변한 그 빛덩이는 마르티네즈를 잡고 있는 조커 나이트 두 명이 채 반응을 보이기도 전에 그들의 정수리에 내리꽂혔다.

"간다, 펜타온!"

조커 나이트들이 그대로 절명하자 리오는 즉시 자신의 검들을 잡으며 마력을 발산했다. 그러자 리오가 바닥에 꽂아 놓았던 검들 사이에 미리 그려 두었던 마법진이 조커 나이트들의 발밑까지 확산됐고, 조커 나이트들이 범위 안에 모두 들어오자 마법진은 충격파를 그대로 공중에 분출하기 시작했다.

공기마저 밀어내는 충격파의 장대한 모습에 마르티네즈의 눈동자가 심하게 떨렸다. 리오가 마법까지 사용할 줄 안다는 사실을 오늘 처음 알게 되었으니 무리한 반응은 아니었다. 한편 그녀의 눈에 비친 리오의 얼굴은 약간이나마 일그러져 있었다.

"크윽!"

자신이 만든 충격파에 스스로도 약간의 충격을 입은 듯했지만 조커 나이트들이 입은 충격보다는 덜한 듯했다. 공중에 떠 있던 조커 나이트들까지 모조리 휘감은 그 충격파가 끝나자, 치명타는 아니지만 상당한 충격을 입은 조커 나이트들은 비틀거리며 바닥에 주저앉았다.

"좋아! 뒷일을 부탁한다, 브라디!"

검을 다시 뽑아 든 리오는 이 순간을 기다렸다는 듯이 번개처럼 거리 저편을 향해 달렸다.

리오의 말이 끝나자마자 재빨리 아래로 내려온 브라디는 쓰러진 조커 나이트들에게 고급 봉마 주문을 사용하기 시작했다. 그녀의 봉마 주문을 맞은 조커 나이트들은 마치 얼음이 녹듯 땅속으로 녹아 들어갔고, 곧 모든 조커 나이트들이 모습을 감추었다.

"마법……?"

나지막이 읊조린 마르티네즈는 비틀대는가 싶더니 곧 계단 위에 주저앉고 말았다. 그녀는 리오의 마법검, 펜타온에 정신적인 충격을 입은 듯 허무감이 섞인 목소리로 중얼댔다.

"마법이라니……. 리오 씨가 그런 고위 마법까지 쓸 수 있었단 말이야?"

"마법은 마법인데, 정확한 용어는 마법검이에요. 검에 마법을 걸어 물리적 타격과 마법의 타격을 동시에 입히는 고급 기술이죠."

봉마 작업을 마친 브라디가 땀을 닦으며 마르티네즈에게 날아왔다. 그녀의 설명을 들은 마르티네즈의 눈이 더욱 커졌다.

"마법검? 그 기술은 단독으로 사용하기가 거의 불가능하다던데? 리오 씨 같은 용병이 어떻게 그런 기술을……."

마르티네즈의 말에 브라디는 뭐라고 대꾸를 하려다가 자신의 입을 손으로 틀어막았다. 물론 그녀는 알고 있었다. 마르티네즈가 여기까지 개입한 이상, 언젠가는 리오와 다른 사람들의 정체를 알게 되리라는 것을…….

"어?"

잠시 마르티네즈를 바라보던 그녀는 움찔하며 리오가 달려간 방향의 반대편을 돌아봤다. 조금 전에 자신이 봉인한 조커 나이트들과는 비교조차 할 수 없이 강한 기운 셋이 자신 쪽으로 오고 있는 것을 느꼈기 때문이다.

'뭐지? 이건 고위 악마와 계약한 마신급의 힘인데! 설마 조커 나이트들이 쓰러질 것에 대비해 하인켈이 풀어 놓은 건가?'

그 불길한 기운들은 골목을 지나 곧 그녀의 눈앞에 닥쳤다.

마치 불에 달궈진 쇠처럼 주황색으로 빛나는 머리의 사내를 중심으로 세 명의 남자가 보였다. 마르티네즈와 브라디를 묵묵히 바라보던 주황색 머리의 남자는 자신의 왼쪽에 서 있는 청회색 머리의 남자에게 나지막이 물었다.

"역시, 리오 스나이퍼가 여기 있는 것이 확실하군. 이 정도 수의 조커 나이트들을 단독으로 상대할 수 있는 자는 그 녀석뿐이니까 말이야."

"그렇지. 게다가 저 가디언도 있으니 확실하잖아."

세 남자의 시선이 모두 브라디에게로 향했다. 그들이 누구인지, 그리고 어떤 존재인지 명확히 알게 된 그녀는 인상을 구기며 중얼 댔다.

"마신 헬리온과 게일러 그리고 아스가르드!"

곧이어 조금 전의 조커 나이트들과는 약간 다르게 생긴 조커 나이트들이 세 마신의 뒤쪽에 나타났다. 주황색 머리의 남자, 연옥의 마신 헬리온은 그들을 돌아보며 씩 미소를 지었다.

"여기까지 따라왔군, 귀찮은 녀석들. 어쨌든 덕은 봤군. 이 녀석들 덕분에 리오 녀석을 보게 됐으니 말이야."

말을 마친 헬리온은 자신들 쪽으로 뛰어오는 리오를 쳐다보았다. 달려오는 도중에 헬리온 일행을 본 그는 힘없이 미소를 지으며 그들 앞에 섰다.

"기막힌 타이밍이군. 다르칸이 이런 때 나타나라고 시키던가?"

"흥, 네가 말한 그대로 '기막힌 타이밍'일 뿐이다."

헬리온은 대답과 동시에 자신의 양손을 앞으로 뻗어 화염을 일 으켰고, 그 화염은 곧 주황색으로 빛나는 거대한 츠바이헨더로 변 했다. 검을 거머쥔 그는 자신들 뒤에 있는 조커 나이트들을 바라보 며 말했다.

"상급 조커 나이트라……. 말로만 들었던 악마군 제1결사군단의 정예 중 정예, 저승사자 부대가 바로 이 녀석들인가?"

리오 역시 조커 나이트들에게 시선을 돌리며 말했다.

"녀석들과 친하게 지낸 적이 없어 잘 모르겠지만 일단 맞는 것 같군, 후후."

리오와 세 마신을 비롯해 조커 나이츠 저승사자 부대 모두 강한 살기를 흘렸다.

갑자기 엄청난 상황을 접한 마르티네즈는 반쯤 정신이 나간 상태가 되었다. 하지만 브라디는 리오가 과연 혼자서 마신들과 저승사자 부대를 상대할 수 있을까 걱정하며 자신도 싸울 준비를 했다.

'무리야. 아무리 리오 님이 강하다고 해도 저런 자들을 상대로 혼자 싸우는건 절대 무리야. 안전주문이 풀린 상태라면 모를까!'

그러나 그녀의 걱정은 리오와 마신들이 몸을 움직이는 순간 저편으로 사라졌다.

"간다, 헬리온!"

"네 걱정이나 해라!"

리오의 디바이너와 헬리온의 볼케이노가 동시에 저승사자 부대를 노리고 움직였다. 또 다른 마신 게일러의 소검과 아스가르드의 도끼 역시 저승사자 부대를 향해 잔광을 그렸다.

그리고 그들의 일격을 막거나 피한 조커 나이트들은 이전의 조커 나이트들과는 비교할 수 없을 정도의 빠른 움직임으로 반격을 가했고, 그들의 움직임이 일으킨 흙먼지 폭풍은 브라디와 마르티네즈의 머리카락을 강하게 뒤흔들었다.

"가, 같이 싸우다니……? 어째서지?"

도대체 무슨 이유로 악마대공 다르칸 휘하의 마신들이 리오와 함께 싸우는 것일까. 리오에게 에스토드 왕국의 상황을 제대로 전해 듣지 못한 브라디는 지금 상황을 제대로 이해할 수 없었다.

그때 조커 나이트 하나와 무기를 맞댄 리오가 브라디와 마르티네즈 앞에 다가왔다. 그의 뒤쪽이 빈 것을 노린 다른 조커 나이트가 그의 등을 향해 무기를 휘둘렀지만, 리오는 그를 뒷발차기로 멀찌감치 밀어낸 후 브라디에게 소리쳤다.

"마리 대장을 데리고 안으로 들어가! 여기 있는 조커 나이트들은 나와 마신들이 맡을 테니까!"

"예? 그럼 지크 님과 사바신 님은 어쩌려고 그러세요?"

리오는 무기를 한참 맞대던 조커 나이트를 힘으로 밀어내고는 파라그레이드로 강한 일격을 날리면서 대답했다.

"나 말고 하인켈을 맡아 줄 사람이 왔으니까 넌 어서 들어가기나 해!"

"아, 예!"

브라디는 리오가 말한 사람이 누굴까 생각할 겨를도 없이 마르티네즈의 손을 잡아끌었다. 하지만 충격 때문에 거의 정신이 나간 마르티네즈는 꿈쩍도 하지 않았다. 화가 난 브라디는 이를 악문 채그녀의 눈앞으로 날아올라 손바닥을 세게 마주치며 외쳤다.

"마리 님, 정신 차려요!"

"엉?"

브라디의 박수 소리와 외침에 마르티네즈의 정신이 돌아왔다. 그녀는 조커 나이트들과 공중에서 육박전을 벌이고 있는 리오와 마신들의 모습을 보고 다시 크게 놀랐다. 브라디는 그녀의 몸을 세차게 흔들며 다시금 외쳤다.

"정신 차리세요, 마리 님! 이대로 계시면 위험하단 말이에요! 제가 다 설명해 드릴 테니 제발 안으로 들어가세요!"

마르티네즈는 슬슬 뒷걸음치며 여관으로 들어갔다.

로비에는 실루엣이 리체를 꼭 껴안은 채 떨고 있었다. 실루엣은 마르티네즈와 브라디가 들어오자마자 눈물을 글썽거리며 그녀의 품으로 달려들었다.

"마, 마르티네즈! 어떻게 된 거야? 밖에서 무슨 일이 일어나는 거냐고!"

마르티네즈는 아무 말 없이 그녀를 안고 등을 토닥여 주었다. 그런 둘의 모습에 브라디는 이번 일에 대해 설명해 줘야 할지, 말아야 할지 고민하며 고개를 저었다. 설명을 하지 않고서는 넘어갈 수 없는 일이란 것을 잘 아는 그녀로서는 상당히 부담 가는 일이었다.

한편 아이답지 않은 눈빛으로 묵묵히 그들을 지켜보던 리체는 조용히 의자에서 내려와 재빨리 위층으로 올라갔다. 그녀가 밟고 올라간 계단 위에는 벚꽃잎 몇 장이 펄럭이고 있었다.

길트에게 힌트를 주기 위해 지크가 부순 고목에 두세 마리의 까마귀들이 앉아 무언가를 쳐다보고 있었다. 까마귀들의 검은 눈동자 속에 두 명의 남자가 빠르고 파괴력 있게 움직이고 있는 것이 보였다. 까마귀들은 잠시 후 자신들에게 제공될지도 모르는 신선한 먹이를 잔뜩 기대하고 있는 듯했다.

"이런, 사바신!"

길트의 부축을 받으며 사바신과 하인켈의 격투를 지켜보던 지크가 갑자기 눈을 부릅뜨며 친구의 이름을 외쳤다. 그 외침에 답하듯 만신창이가 된 채 지크 앞에 나동그라진 사바신은 이를 악물고 다시 일어나려 했지만, 이미 그의 다리는 힘없이 무너질 뿐이었다.

"비, 빌어먹을……!"

사바신은 자신과는 달리 멀쩡히 서 있는 하인켈의 모습을 분한 눈으로 쏘아봤다. 한 군데도 다친 곳이 없는 하인켈은 자신의 목소리만큼이나 낮은 웃음을 흘리며 사바신과 지크에게 손짓했다.

"대항하지 않으면 돌아오는 건 죽음뿐입니다, 가즈 나이트 여러분. 다음 기회를 생각하실지 모르지만, 이 상태가 지속된다면 그 기회는 3개월 후에나 다시 찾아올 겁니다. 제가 말한 3개월의 의미가 무엇인지 여러분은 잘 아시리라 사료됩니다, 후후후."

"으, 으윽!"

그 말에 사바신은 이를 갈았지만 하인켈의 말은 틀리지 않았다. 실로 귀신같은 실력을 지닌 그 적에게 사바신은 더 이상 대항할 수가 없었다. 느낌만으로는 리오보다도 훨씬 강력한 것 같았다.

'도대체 어떻게 된 녀석이지? 상대한 지 10분이 되기도 전에 내 버릇이나 동작 패턴을 완전히 익혔어. 반대로 난 10분이 지나도록 녀석의 공격을 전혀 파악하지 못했다. 자존심 상하긴 하지만 녀석은 진짜 강해. 이대로 무모하게 덤벼들었다가는 개죽음만 당할 뿐이야. 이제 어쩌지?'

생각 같아서는 죽음을 각오하고 하인켈에게 한 방 날리고 싶었지만, 그렇게 했다가는 지크에게 길트 일행을 포함한 모든 짐을 떠안기는 셈이었기에 사바신은 함부로 움직이지 못했다. 사바신이 걱정하는 것은 자신이나 지크가 아닌 다른 사람들이었다.

"남자 대 남자로 약속 하나 해 줄 수 있겠나, 아저씨?"

사바신의 제안에, 하인켈은 살짝 고개를 끄덕였다.

"좋습니다. 그러나 이행하기 힘든 약속이라면 거절할 수밖에 없다는 것은 알아 두십시오."

"쳇, 역시나 말이 많군."

사바신은 씁쓸히 웃으며 팔봉신 영룡을 바닥에 꽂았다. 그러자 영룡이 꽂힌 자리를 중심으로 바닥이 마치 먼지로 이루어진 것처럼 푸석푸석하기 시작하더니 심지어 근처에 있는 나무들까지 순식간에 말라비틀어지기 시작했다. 마치 영룡 주위에 있는 지상의 모든 생명체들이 생기를 빼앗기는 것 같았다.

그 모습이 무엇을 의미하는지 알고 있는 지크는 급히 사바신의 어깨를 잡았다.

"너 미쳤구나! 여기서 지령도를 사용하겠다는 것은 무슨 뜻이야!"

"사부, 그만두십시오!"

길트 역시 좋지 않은 기분에 그를 말렸지만 사바신의 귀에는 아무것도 들리지 않는 듯했다. 어깨를 슬쩍 움직여 지크의 손을 떼어 낸 그는 영룡 전체에 오색의 기가 흐르자 씩 웃으며 하인켈에게 말했다.

"나와 지크 녀석은 어떻게 하든 상관없어. 하지만 다른 사람들은 절대 건드리지 말아라. 나중에 건드리는 것은 몰라도 지금은 절대 건드리지 마. 나 자신보다 몇 배는 더 소중한 사람들이니까. 이 정도 약속은 지켜 줄 수 있겠지?"

그 말에, 하인켈이 쓴 가면의 눈구멍에서 불길한 느낌이 드는 시퍼런 빛이 흘러나왔다. 그는 쾌히 고개를 끄덕이며 자신의 낫을 굳게 거머쥐었다.

"물론입니다. 자, 말로만 전해져 왔던 당신의 최고 기술, 대륙이등분참(大陸二等分斬)을 저에게 보여 주십시오. 그리고 쉬십시오."

사바신은 지령도 상태가 된 영룡을 묵묵히 거머쥐며 자세를 잡았다. 지크가 그를 말리려고 다시금 손을 뻗었지만 이미 사바신이 움직인 후였다.

"받아라, 대륙이등분참!"

기합과 함께 영룡과 영룡의 표면에 흐르던 기가 지면을 강하게 때렸다. 반경의 모든 생명력이 더해진 그 힘은 폭음을 일으키며 대지를 찢고 갈라 갔다. 하인켈을 향해 땅을 가르던 기는 그 어떤 존재라 해도 제압해 버릴 것 같았지만, 아쉽게도 땅의 균열은 하인켈을 넘어서지 못하고 멈췄다.

"아니!"

지령도, 대륙이등분참의 위력을 잘 알고 있는 사바신과 지크의 얼굴이 하얗게 질렸다. 그들뿐만 아니라 길트와 랜시 그리고 에이웰과 에이쉘의 얼굴도 마찬가지였다. 자신이 내뿜은 기를 하인켈이 오른발로 지그시 누르고 있는 모습을 본 사바신은 힘없이 영룡을 떨어뜨리고 말았다.

"그걸…… 막다니?"

불꽃처럼 활활 타오르는 기를 완전히 짓이긴 하인켈은 신음 소리와도 같은 사바신의 물음에 정중히 대답해 주었다.

"지령도는 땅과 땅에 몸을 의지하고 있는 식물들의 생명력을 모조리 빨아들여, 그것을 파괴 에너지로 바꾸는 기술입니다. 물론 에너지를 보유하고 있다고 해서 전부가 아닙니다. 그 에너지를 활용하는 기술이 바로 대륙이등분참입니다."

그는 사바신을 향해 천천히 다가오며 말을 이었다.

"물론 그 기술은 강력합니다. 흡입하고 전환시킨 에너지의 양이 많을수록 위력은 기하급수적으로 증가합니다. 그러나 지령도로 인해 전환된 그 막강한 에너지는 원래의 비파괴 에너지인 생명 에너지로 다시 전환될 수 있다는 문제점을 가지고 있습니다."

"뭐……? 그걸 도대체 어떻게 아는 거지?"

사바신은 자신을 향해 낫을 들어 올리는 하인켈에게 마지막이 될지도 모르는 질문을 던졌다. 그의 두꺼운 목에 낫을 들이댄 하인켈은 잠시 후 안광을 흐리며 대답했다.

"저는 팔봉신 영룡을 수천 년 전에 버렸습니다."

하인켈은 약간 뒤로 젖혔던 자신의 낫을 강하게 휘둘렀다. 이후의 상황을 예감한 지크와 사바신은 동시에 눈을 질끈 감았다.

이윽고 강한 쇳소리가 하늘에 울려 퍼졌다. 대륙이등분참이 만든 굉음에도 움직이지 않던 까마귀들이 그 소리에 놀란 듯 하늘 높이 날갯짓을 했다.

"뭐, 뭐야?"

지크는 움찔하며 눈을 떴다. 살과 뼈가 잘리는 소리 대신 쇳소리가 들렸기 때문이다. 곧 지크는 반가움과 환희의 표정을 지었다.

"젠장, 말도 안 돼!"

지크가 강한 반어법으로 기쁨을 나타내자 길트를 비롯한 모두의 시선이 사바신 뒤에 서 있는 한 남자에게 쏠렸다. 죽을 고비를 간신히 넘긴 사바신은 침을 꿀꺽 삼키며 뒤를 돌아보려 했지만, 그를 구해 준 남자의 정체는 뒤쪽에서 불어온 강한 바람이 밝혀 주었다.

사바신이 눈을 옆으로 돌리자 바람에 날리는 파란 실선들이 보였다. 사바신은 활짝 웃으며 몸을 옆으로 뺐다.

"슈렌!"

감은 듯 만 듯한 눈으로 사바신을 보는 미형의 남자, 슈렌은 고개를 살짝 옆으로 틀며 나지막이 말했다.

"물러서."

"응? 아, 아아……."

사바신은 하인켈의 낫과 슈렌의 창이 일말의 틈도 없이 맞닿아 있는 것을 보며 뒤로 물러섰다. 일단 그가 무사히 자신들에게 돌아오자, 뒤에 있던 길트와 랜시는 번개같이 그의 품에 안겼다.

같이 온 에이웰과 에이쉘 역시 말은 하지 않았지만 그가 무사하다는 사실에 상당히 안도하는 듯했다. 특히 랜시는 거의 울다시피 하며 지금까지 쌓아 두었던 불안감을 한 번에 터뜨렸다.

"사부, 무슨 생각으로 그런 바보 같은 말씀을 하신 거예요!"

"응?"

그녀의 갑작스러운 말에 지크를 포함한 모두의 시선이 쏠렸다. 사바신의 먹살을 잡아 올린 그녀는 눈물을 글썽이면서도 말을 멈추지 않았다.

"사부, 자신보다 우리가 소중하다는 말씀 당장 취소해 주세요! 그런 마음에도 없는 말씀을 하시다니, 사부는 나쁜 사람이에요! 지금까지 우리를 위해 희생하셨으면 됐잖아요!"

사바신은 제자들의 모습에 감격했지만, 랜시가 무거운 몸으로 자신을 덮치다시피 하자 부상당한 몸에 상당히 부담이 된 듯 그녀를 거의 억지로 떼어 내며 멋쩍은 미소를 지었다.

"희, 희생은 무슨 희생. 살았으면 됐지, 뭐. 그건 그렇다 치고, 돌아온 사람 앞에서 우는 건 또 뭐야. 기분 나쁘잖아."

그렇게 말했지만 랜시는 결국 울음을 터뜨리고 말았다. 길트는 그녀를 다독거려 주면서, 하인켈과 대치하고 있는 파란 장발의 남자에 대해 물었다.

"저, 사부. 저기 계신 분은 도대체 누구십니까? 저 악마의 낫을 간단히 막은 것으로 보아 상당히 강한 분인 것 같은데⋯⋯."

바닥에 주저앉아 자신의 상처를 치료하던 사바신은 씩 웃으며 대답했다.

"소개는 나중에 해 줄 테니, 일단 저 녀석의 실력이나 지켜봐. 나나 지크처럼 간단히 당할 녀석은 아니니까. 저 녀석은 말이지⋯⋯."

"엄청 멋있어요."

사바신과 길트 그리고 지크는 이상한 타이밍에 말을 끊은 에이웰과 에이쉘을 바라봤다. 그녀들은 양손을 가슴 앞에 모은 채 눈을 반짝이며, 마치 백마 탄 왕자님을 본 듯한 얼굴로 슈렌에게 시선을 집중하고 있었다. 동생들의 그런 모습을 처음 보는 길트의 얼굴에는 당황한 기색이 역력했다.

"잘못하면 동생을 빼앗길지도 몰라, 길트. 헤헤헷."

지크는 킥킥거리며 길트의 머리를 쓰다듬었다. 한참을 맞대고 있던 하인켈의 낫과 슈렌의 창이 떨어진 것은 그때였다.

낫을 빙빙 돌리며 뒤로 물러선 하인켈은 묵묵히 슈렌을 바라봤다. 슈렌 역시 평상시와는 달리 눈을 부릅뜬 채 상대방에게 시선을 고정했다. 잠시나마 잡담을 하던 길트 일행도, 그들을 둘러싼 조커 나이트들도 둘 사이에 흐르는 긴장감에 침묵을 지켰다.

먼저 입을 연 것은 하인켈이었다. 낫을 내린 그는 한숨을 내쉬며 슈렌에게 말했다.

"정말 오랜만입니다, 슈리메이어 반 스나이퍼. 설마 당신이 여기 나타날 줄은 꿈에도 생각지 못했습니다."

슈렌의 두 눈이 살짝 꿈틀댔다. 그러자 하인켈은 손을 내저으며 담담히 대답했다.

"호칭에 대해 고민하실 필요는 없습니다. 당신과 저의 사제 관계는 오래전에 끝나지 않았습니까. 이런 상황이 오리라는 것은 서로 예상했던 부분이니 편히 불러 주십시오."

그 말에 지크와 사바신은 멍한 기분이들었다. 자신들이 알기로 슈렌에게 창술을 가르쳐 준 사람은 피엘이라는 자신들의 상급자 뿐이었는데, 슈렌에게 그녀 말고 또 다른 스승이 있었다는 사실은 이번에 처음 듣는 것이었다.

아무리 생각해 봐도 결론에 도달할 수 없었던 둘은 멍한 얼굴로 서로에게 물었다.

"사, 사제 관계라고?"

"그것도 하인켈이랑?"

한편 말없이 하인켈을 바라보던 슈렌은 하인켈과 마찬가지로 창 끝을 내리며 입을 열었다.

"옛 추억을 떠올릴 생각이시라면 장소를 바꾸는 게 어떻겠습니까, 선생. 저는 대련하는 것이 아니라면 당신과 무기를 맞대기 싫습니다."

"후후, 그럴 순 없습니다."

하인켈은 다시금 낫을 들어 올리며 계속 말했다.

"저는 임무를 위해 그리고 위에 계신 분을 위해 싸우는 존재입니다. 당신 역시 임무를 위해 제 앞에 서지 않았습니까. 이 상황은 제가 물러서지 않는 한 바뀌지 않습니다. 자, 오랜만에 당신과 실력을 겨뤄 보고 싶군요. 오십시오."

평화적으로 끝나지 않을 것을 느낀 슈렌은 미간을 살짝 좁히며 자신의 적갈색 창, 그룬가르드를 굳게 거머쥐었다.

그 순간 공간의 파문이 강하게 일며 하인켈의 모습이 사라졌다. 그와 동시에 그룬가르드가 주인의 전방에 거대한 화염의 부채꼴을 그렸다.

눈 깜짝할 사이에 다시 나타난 하인켈의 낫과 슈렌의 그룬가르드는 다시금 서로 맞댄 채 이상한 공명음을 흘렸다. 하인켈은 슈렌의 왼쪽 뺨에 그어진 붉은 실선을 보며 낮은 웃음을 흘렸다.

"오호, 제 공격 패턴을 어느 정도 기억하시는 듯합니다."

그 말에, 슈렌은 특유의 무거운 표정을 바꾸지 않은 채 상대의 말을 맞받아쳤다.

"분석까지 철저히 해 놓았소, 선생."

곧 하인켈의 가면 오른쪽에서 쩍 하는 소리가 터져 나왔다. 완전히 깨진 것은 아니었지만 작지 않은 금이 갔기에 그를 제대로 건드려 보지도 못한 지크와 사바신은 크게 놀랐다. 물론 하인켈도 예외는 아니었다.

슈렌과 거리를 다시 벌린 그는 묵묵히 가면의 금이 간 부분을 매만졌다. 곧 그는 가면 밖으로 떨떠름한 웃음소리를 내며 이전과는 다른 자세를 취했다.

"후후, '거울'에 당했군요. 상대의 공격을 그대로 따라해 어떠한 공격이라도 깨끗이 무효화하는 기술…….. 상대가 내뿜는 호흡과 기의 흐름까지 완벽히 일치시켜야 가능한데, 훌륭히 해냈습니다, 슈리메이어 반 스나이퍼. 일단 더블하켄이나 트리플하켄 같은 기본적인 기술은 서로에게 통하지 않을 것 같으니, 당신에게 가르쳐준 적 없는 기술로 상대해 드리겠습니다."

슈렌의 얼굴에 약간의 긴장감이 어리자, 하인켈은 안심하라는 듯 고개를 슬며시 저었다.

"저도 아기 호랑이와 아기 고양이 정도는 구별할 줄 압니다. 저는 당신에게 먹이를 잡아 목숨을 이어 나가는 방법만 가르쳤을 뿐, 사자와 대결하는 방법은 가르쳐 주지 않았습니다. 피엘의 소개로 당신이 저를 찾아왔을 때, 당신이 가지고 있던 창에 대한 소질을 본 저는 온몸에 전율이 일었습니다. 그런 당신에게 제 모든 것을 가르칠 이유는 없지 않습니까. 지금처럼 큰 방해물이 될지도 모르는데 말입니다."

그러자 슈렌도 자세를 잡아 보이며 말했다.

"호랑이는 사자와 대결하는 방법을 스스로 깨우치는 법. 바로 지금, 아기 호랑이가 전장에서 스스로 배운 사자 사냥법을 보여 주겠소, 선생. 기대하시오."

말이 끝나자마자 슈렌의 몸에서는 화염이 무서운 기세로 타오르기 시작했다.

길트들이 감탄할 사이도 없이, 슈렌과 하인켈의 모습은 그들의 시야에서 사라졌다. 그들이 이동하는 모습과 무기를 휘두르는 모습은 지크와 사바신만이 볼 수 있었다. 둘이 무기를 마주할 때 보이는 잔상만이 둘의 상황을 어렴풋이 보여 줄 뿐이었다.

고속으로 서로를 쫓고 쫓으며 격전을 벌이는 동안 하인켈과 슈렌의 옷에서는 툭툭 소리와 함께 작은 헝겊 조각들이 튀어나갔다. 서로를 확실히 공격하고 있다는 증거였지만 치명타 역시 날리지 못하고 있다는 말과도 같았기에 둘을 지켜보는 지크와 사바신의 긴장감은 더해만 갔다.

상처가 어느 정도 회복됐는지, 사바신은 대륙이등분참 같은 큰 기술을 쓰느라 뻐근해진 팔을 주무르며 감탄을 흘렸다.

"서로에게 말은 거창하게 했지만 큰 공격은 날리지 못하고 있어. 어느 한쪽이라도 공격에 실패하는 날엔 끝장이란 걸 계산하고 있는 거야. 그건 그렇고 슈렌 녀석, 저 괴물 광대를 상대로 정말 잘 싸우긴 잘 싸운다. 그렇지, 지크?"

"……."

"지크……?"

사바신은 대답이 없는 친구에게 시선을 돌렸다.

무서운 눈으로 슈렌과 하인켈의 싸움을 지켜보고 있는 지크는 뭐가 그리 분한지 두 주먹을 불끈 쥔 채 부르르 떨고 있었다. 그 모습에 사바신은 슬쩍 웃으며 고개를 저었다.

'녀석, 예전에 메타트론을 상대한 이후 자만심에 빠져 있긴 했구나. 자신이 슈렌 정도는 능가할 거라고 생각했나 보지? 일단은 무리다, 지크. 네가 나보다도 지기를 싫어한다는 건 알지만, 인정할 것은 인정해야 해.'

한참을 격돌하던 하인켈과 슈렌은 서로에게 상당한 거리를 둔 채 움직임을 멈췄다. 둘 모두 군데군데 옷이 찢긴 데다 피를 흘리고 있었지만, 최종적인 상황은 하인켈에게 약간 유리해 보였다. 상당히 지친 모습으로 숨을 헐떡이는 슈렌과는 달리 하인켈은 한 치의 흔들림도 없는 눈동자와 호흡을 보였다.

슈렌은 턱 밑까지 흐른 땀방울을 닦으며 생각했다.

'무서운 자다. 가즈 나이트 셋을 쉬지 않고 상대했는데도 멀쩡하다니! 저 끝없는 저력이 악마왕 사탄의 영원한 오른팔이라고 불릴 수 있었던 이유인가!'

그는 불안정한 호흡을 최대한 가라앉히려 했으나, 하인켈의 막강한 속도와 힘을 따라잡기 위해 무리하게 소진된 그의 체력은 쉽게 회복되지 않았다. 그의 상태를 모를 리 없는 하인켈은 왼손을 살짝 들어 올리며 말했다.

"훌륭히 성장했습니다, 슈리메이어 반 스나이퍼. 안전주문이란 것이 풀리지 않은 상황에서 저를 이 정도로 상대하실 줄은 몰랐습니다. 저와는 어울리지 않는 말이 될지는 몰라도 상당히 뿌듯하군요. 어쨌거나 오늘 대결은 이것으로 끝입니다."

순간 그의 왼손에서 뿜어진 파란 불꽃은 이내 또 하나의 낫으로 변했다. 하인켈은 그 낫을 원래의 낫과 교차해, 마치 바람개비와 같은 모양의 4방향 낫으로 만들었다. 하인켈은 그 무기를 손가락으로 천천히 돌리며 슈렌에게 다가갔다.

"당신에게 이 '철 십자가'를 사용해야 하다니 슬픕니다. 하지만 이것 이상의 무기나 기술이 아니면 당신을 완전히 누를 수 없을 것 같다는 판단하에 이 무기를 사용하기로 마음먹었습니다."

빙글빙글 돌던 낫이 정지하는 순간, 하인켈의 몸은 먼지가 바람에 흩날리듯 어디론가 스르륵 사라졌다. 주위에 존재하는 공간의 틈을 교묘히 이용하는 하인켈 특유의 엄폐 기술이었다.

"자, 안식의 시간입니다."

슈렌은 귓가를 맴도는 하인켈의 무거운 목소리에, 순간 몸을 움츠렸다. 하지만 이대로 끝나지는 않겠다는 듯이 그룬가르드의 끝과 중간을 넓게 잡은 후, 있는 힘을 다해 전면의 허공을 끊어쳤다.

"오옷!"

사바신의 감탄과 동시에 슈렌이 끊어친 허공에는 공간의 파문이 크게 일며 주위의 공간을 미약하게나마 뒤흔들었다. 그 뒤흔들리는 공간 속에 보이는 검은 존재를 언뜻 느낀 슈렌은 그룬가르드의 끝을 비틀며 필사적으로 팔을 내뻗었다.

"하앗!"

순간 거대한 화염의 폭풍과 함께 그룬가르드 속에 숨어 있던 또 다른 무기 수라도가 모습을 드러냈다. 슈렌의 팔을 따라 수라도가 화염의 폭풍을 그리자 사방은 이내 연옥으로 변했고, 그 화염의 폭풍이 끝난 곳에서 무기를 맞댄 두 남자의 모습이 희미하게 나타났다.

수라도의 끝은 하인켈의 목 언저리에, 철 십자가의 끝은 슈렌의 정수리에 닿아 있었다. 슈렌의 눈을 잠시 바라보던 하인켈은 수라도의 붉은 날을 손으로 잡고 슬그머니 밀었다. 그의 장갑 끝이 하얀 연기를 내며 타 들어가긴 했지만, 하인켈은 그 열기를 무시한 채 슈렌에게 말했다.

"제가 공간을 이용할 때 주위의 공간이 불안정해진다는 사실을 알고 있었습니까? 훌륭합니다, 슈리메이어 반 스나이퍼. 당신은 정말로 훌륭하게 성장했습니다."

슈렌 역시 하인켈의 철 십자가를 밀어내며 말했다.

"호랑이는 호랑이가 키우는 법이오, 선생."

"후후, 그렇군요. 멋진 승부였습니다."

하인켈은 철 십자가를 거두며 뒤로 물러섰다. 그에 맞춰 지크 일행을 포위하고 있던 조커 나이트들 역시 사라졌다. 하인켈은 바닥에 공간 이동의 마법진을 그리며 지크와 사바신에게 시선을 돌렸다.

"지크 님 그리고 사바신 님. 당신들은 막 솜털을 벗은 아기 호랑이입니다. 적을 이기고 싶다면 우선 자신을 아십시오. 앞으로 당신들이 상대하게 될 존재들은 진짜 지옥을 맛본 강자들입니다. 오늘과 같은 마음으로 그들을 상대하신다면 여러분들에게 유리한 결말은 결코 없을 것입니다. 아, 여담이 길었습니다. 그럼 다시 뵐 때까지 안녕히 계십시오."

말을 마친 하인켈은 마법진과 함께 사라졌다. 그 직후 긴장이 풀린 길트와 랜시 등은 힘없이 자리에 주저앉고 말았다. 하인켈과 슈렌이 뿜어내는 가공할 만한 살기와 투기를 간접적으로 받은 만큼, 보통 사람이나 마찬가지인 그들이 자신의 의지와 상관없이 주저앉은 것은 당연한 일이었다.

하지만 지크는 달랐다. 지는 것을 죽기보다 싫어하는 그에게 오늘 같은 결과는 일생에 한 번 있을까 한 치욕이나 다름없었다.

"젠장, 빌어먹을!"

화가 난 나머지 근처 바위 하나를 발로 걷어차 부순 지크는 뜻을
알 수 없는 고성을 질러 대며 주변의 자연물들을 눈에 띄는 대로
파괴했다. 그의 그런 모습에, 사바신은 자신보다 더 성격이 급한
녀석이라 생각하며 슈렌에게 시선을 돌렸다. 어느 정도 풀어졌던
그의 표정이 다시 굳어진 것은 그때였다.

"슈, 슈렌! 정신 차려!"

잠깐 동안 벌어진 지크의 광란은 사바신이 짧게 외친 한마디에
종결됐다. 퍼뜩 정신을 차린 지크의 눈에 그룬가르드를 거머쥔 채
쓰러진 슈렌의 모습이 들어왔다.

"슈렌!"

2

왕이라면

리오와 세 마신들은 자신들과 격전을 벌이던 조커 나이트들이 갑자기 사라지자 어리둥절한 표정을 지었다. 그러나 그것도 잠깐. 일이 좋은 방향으로 해결됐다는 것을 안 리오는 웃으며 검을 거두었다.

"역시, 슈렌 녀석이 잘해 주었군. 일단 위기는 벗어난 것 같다, 손님들."

"흥, 아쉽군."

볼케이노를 다시 화염으로 되돌린 헬리온은 바닥에 침을 뱉으며 전투에 대한 아쉬움을 달랬다. 게일러와 아스가르드는 그와는 대조적으로 조용히 무기를 거두었다. 리오는 상당히 오랜만에 만난 그들에게 무슨 말을 먼저 꺼내야 할까 고민하다가, 일단 일 얘기를 하는 것이 얘기를 풀어 나가기 쉽겠다는 판단을 내렸다.

"너희들, 이곳엔 언제 도착했지?"

예전에 리오에게 당한 기억 때문인지 헬리온은 아무 대답도 하지 않았다. 게일러는 동료의 그런 행동에 미소를 짓고는 대신 대답해 주었다.

"네가 다르칸 님을 만난 날보다 앞섰지. 일찍 도착하지 못한 이유는 너희를 찾느라 고생을 좀 했기 때문이다. 다르칸 님께서 너희 위치를 정확히 알려 주시지 않았거든. 뭐, 그래도 때맞춰 도착해 줬으니 고맙게 생각해라."

그러자 리오는 빙긋 웃으며 고개를 끄덕였다.

"좋군. 짐을 세 개나 떠안은 기분도 나쁘진 않은데?"

처음 만났을 때와 다름없는 리오의 도발적인 언행에 게일러와 아스가르드가 눈빛을 번뜩이며 리오를 노려보았다. 그런 그들을 제지하고 나선 것은 다름 아닌 헬리온이었다.

"흥분하지 마, 둘 다. 다르칸 님께서도 좋아서 저 녀석과 행동을 같이하라고 말씀하신 건 아니니까. 어쨌거나 리오 스나이퍼. 다르칸 님께서 말씀하시길, 널 만나면 우리가 어떻게 행동해야 할지 알 수 있을 것이라고 하셨다. 우리가 이제 어떻게 하면 되는지 말해 봐라."

리오는 여관을 가리키며 대답했다.

"우선 몸과 머리를 식히는 것이 어떤가? 난 좀 쉬어야 대화가 잘 풀리거든."

"나쁘진 않겠지."

헬리온은 목과 팔을 이리저리 풀며 리오를 따라 여관으로 들어갔다. 그런 그들을 바라보던 게일러는 알 수 없다는 미소를 지었다. 헬리온의 모습이 평소와는 약간 달랐기에 의아했던 것이다.

"아스가르드, 헬리온 녀석이 우리를 말리는 건 처음 있는 일이잖아? 저 녀석, 아까 싸울 때 머리를 잘못 맞은 게 아닐까?"

하지만 거한 아스가르드는 평소같이 침묵으로 일관할 뿐이었다.

그날 오후, 리오 일행에게 두 가지의 큰 문제가 닥쳤다. 무력으로는 도저히 해결할 수 없는 문제였기에 리오는 꽤나 골머리를 썩이고 있었다.

첫 번째는 세 마신과 길트 사이에 벌어진 실랑이였다.

"저들은 아바마마와 수도 주민 모두의 원수입니다! 왜 제가 이들과 함께 행동해야 합니까! 힘을 쓸 사람이 모자라 이들을 쓰려 하신다면 저는 다시는 리오 씨에게 도움을 청하지 않겠습니다! 차라리 라이세네프 경의 도움을 받아 반역자들과 나라의 적을 처단하겠습니다!"

길트의 강력한 발언에 리오는 할 말이 없었다. 리리스의 명을 받아 그랬다고는 하지만, 다르칸과 세 마신에 의해 수도 주민 전부와 가이라스 왕이 목숨을 잃은 것은 변함없는 사실이었기에 리오는 길트를 쉽사리 설득할 수 없을 것이라는 판단을 내렸다.

그러나 마신들이 입을 열면서 문제는 더욱 커지고 말았다. 헬리온이 먼저 말했다.

"흥, 우리가 자기 칼에 죽어야 꼬마의 직성이 풀리겠군. 좋아, 우리가 죽인 건 죽인 거니까 한번 덤벼 봐, 꼬마. 수도 주민과 네 아버지가 보고 싶다면 소원대로 해 줄게."

"뭐라고!"

흥분한 길트가 라이세네프를 뽑아 들고 덤비려 하자, 헬리온 역시 그에게 한 방 날리려는 듯 주먹을 치켜들었다. 그때 게일러가 중간에서 둘을 제지하며 길트를 설득했다.

"흥분하지 말고 내 말 좀 들어 보시오, 길트 왕자. 가이라스 왕국을 이끌어 나가야 할 당신에게 중요한 것은 죽은 사람들의 원수를 갚는 것이오, 아니면 살아 있는 가이라스 사람들에게 평화를 안겨 주는 것이오?"

게일러의 침착한 질문에 흥분한 길트의 눈은 점차 안정의 빛을 되찾았다. 말하자면 같은 땅으로 산 사람을 위해 집을 지을 것이냐, 죽은 사람을 위해 묘지를 만들 것이냐였다. 잠시 생각하던 길트는 이를 악물며 천천히 대답했다.

"후자…… 쪽일 것이오. 아니, 생각할 시간을 주시오. 즉흥적으로 일을 처리하고 싶진 않소."

"좋습니다, 왕자. 대답을 기다리겠소."

일단 첫 번째 문제에 대한 해결은 뒤로 미뤄졌기에 리오는 좀 쉬려고 자신의 방으로 자리를 옮겼다. 하지만 그곳에서 예상치 못했던 두 번째 문제가 터지고 말았다. 문제의 시작은 리오가 피로에 찌든 얼굴로 방문을 열면서부터였다.

"바이칼, 미안하지만 침대 좀 써도 될까? 여러 가지로 피곤해서 그런데……."

그러나 자고 있거나 침대에 앉아 있어야 할 바이칼의 모습은 보이지 않았다. 대신 리오의 눈에 띈 것은 침대 위에 놓인 작은 종이쪽지였다.

"뭐야, 편지를 남기고 어딜 간 건가? 그럴 녀석이 아닌데?"

리오는 고개를 갸웃거리며 종이에 적힌 글귀를 읽어 내려갔다. 별것 아니겠지 하고 생각하고 있던 그의 표정은 시선이 글의 끝 쪽으로 향할수록 굳어졌고, 결국 리오는 방을 뛰쳐나가 브라디를 찾아 헤매기 시작했다.

그는 로비에서 아직도 패닉 상태에 빠져 있는 마르티네즈와 상담 중인 브라디를 어렵지 않게 찾을 수 있었다. 리오는 그녀에게 종이쪽지를 건네주며 짧게 물었다.

"이 글이 진짜일까?"

쪽지의 글을 대충 읽은 브라디의 표정이 이내 일그러졌다. 그녀는 종이쪽지를 리오에게 돌려주며 피곤한 목소리로 말했다.

"이런 문제는 가장 고민이 없는 사람에게 상담해 주세요. 저는 마리 님 상담만으로도 골치가 아프단 말이에요, 리오 님."

그는 할 수 없이 쪽지를 들고 지크의 방으로 향했다. 하지만 지크가 보인 반응은 황당함 그 자체였다.

"바이칼이 납치당했다고?"

지크가 쪽지를 든 채 이상한 표정을 짓자, 리오는 어깨를 으쓱하며 고개를 끄덕였다.

"그 쪽지에 씌인 것이 사실이라면 그렇겠지. 하지만 사실이라고 해도, 어째서 바이칼 같은 녀석이 납치를 당해야 하는 거지? 나보다도 강한 녀석이잖아. 쉽게 납치당할 리 없다고."

그 말도 일리는 있었다. 리오의 말을 되새기며 생각하던 지크는 표정을 더욱 구기고 형제를 바라봤다.

"자신에 대한 너의 애정이 식었다고 생각해서, 녀석이 연극을 하는 게 아닐까?"

"농담하지 마. 이 일이 진짜라면 큰일이라고."

그의 농담에 리오가 따지고 나서기는 했지만 사바신이나 슈렌도 지금 사태에 대한 결론을 쉽게 내릴 수는 없었다. 지크는 옆에 앉은 사바신에게 쪽지를 건네주며 자신의 생각을 말했다.

"길트의 일처럼, 이번 일도 좀 기다려 보는 수밖에 없을 것 같은데? 녀석이 진짜 납치당한 것이면 납치한 쪽에서 무지막지하게 손해를 볼 것이 뻔하잖아. 투정 부리는 거라면 얼마 있다가 돌아올 거고. 하여튼 기다려 보자."

"흠……."

리오는 팔짱을 끼며 고개를 저었다. 바이칼이 아무리 강하다고는 해도 이런저런 말에 쉽게 속아 넘어가는 성격이기 때문에 걱정이 되는 모양이었다. 지크도 말은 그렇게 했지만 걱정스러운 표정은 지우지 못했다.

그때 쪽지를 한참 살펴보던 사바신이 멍한 얼굴로 둘에게 물었다.

"근데 말이야, 누굴 납치해 갔다면 뭔가 원하는 게 있겠지?"

"무슨 말이야?"

리오와 지크가 자신을 바라보자 사바신은 쪽지를 그들에게 다시 보여 주며 말했다.

"정신 차리고 다시 봐. 납치한다는 내용은 있지만 왜 납치했는지, 또 납치한 사람과 교환하는 대가로 뭘 가져오라느니 하는 내용은 없잖아. 어디로 나오라는 말도 없었고."

"……."

쪽지의 내용은 이랬다.

　나, 유로 디 아스타로트는 이 쪽지를 받을 가즈 나이트, 리오 스나이퍼에게 용제가 소중한 존재일 것이라는 판단을 내렸다. 고로, 용제를 납치하기로 마음먹었으니 나와 용제를 쉽게 찾을 생각은 하지 말길 바란다.

"시, 실수로 뺀 것 아닐까?"

지크가 멋쩍은 미소를 지으며 말했지만 리오는 어린아이가 장난을 친 것 같은 느낌을 지울 수가 없었다. 그들은 일단 기다려 보기로 하고 각자의 방으로 돌아가 쉬었다.

시간은 흘러 다음 날 새벽이 되었다. 무슨 일인지 자정이 거의 다 되어 돌아온 리체 걱정에 잠을 설친 길트는 마신들 때문인지 더욱 잠을 이루지 못했다.

'지금의 자기라면 최선의 결정을 할 수 있을 거예요.'

랜시의 그 말이 이상하게도 길트에게 더욱 부담을 주었다. 결국 자는 것을 포기한 길트는 라이세네프가 누워 있는 쪽으로 몸을 돌렸다.

"라이세네프 경, 경이 제 입장이 되셨다는 가정하에 경의 생각을 알려 주십시오. 저는 지금 어찌하면 좋습니까?"

그러자 보통의 검처럼 조용하던 라이세네프의 표면에 다시금 붉은 기운이 흘렀다. 공중에 두둥실 떠오른 라이세네프는 잠시 후 조용히 말했다.

"따뜻한 우유는 수면에 도움을 준다."

"잠을 자지 못해서 이러는 것이 아닙니다. 그리고 농담하고 싶은 기분도 아닙니다."

길트가 이마를 짚으며 눈을 감자, 라이세네프는 쑥스러운 듯 몸을 빙글빙글 돌리고 다시 말했다.

"혐, 난 긴장을 풀어 주려고 했던 것뿐인데……. 어쨌거나 들어라, 길트."

길트는 곧 침대에 앉아 라이세네프의 얘기에 귀를 기울였다.

"내가 너라면, 정확히 얼마 전의 너라면 네 아버지와 수도 주민들의 원수를 갚을 것이다."

"얼마 전의 저라면……? 어째서입니까?"

"그때의 넌 왕으로서 자질이 없었기 때문이다."

길트의 고개가 자신도 모르게 숙여졌다. 라이세네프는 그런 길트의 주위를 빙빙 돌며 말을 이었다.

"의타심에 젖어 자신마저도 잃어버리고, 자신의 입장만 앞세워 꿈같은 일을 하려고 했던 넌, 왕이 될 재목이라기보다는 모험가나 용사가 어울렸다. 지금은 아니지. 왕까지는 몰라도 왕자가 되기엔 충분하다. 좋은 왕이 되려면 인생의 쓴맛을 어느 정도 봐야 하는데, 넌 그런 것을 느끼기엔 아직 부족하지 않나. 어쨌거나 지금의 너라면 난 마신들의 힘을 빌린다. 물론 조건은 잘 알아봐야겠지."

그래도 길트는 마음을 쉽게 정리할 수 없었다. 리체가 깨지 않도록 조용히 자리에서 일어난 그는 조심스레 방문을 열며 라이세네프에게 말했다.

"나가서 바람 좀 쐬고 오겠습니다. 주무십시오."

"음."

방문이 닫힌 후, 길트의 발소리가 멀어진 것을 확인한 라이세네프는 리체에게 방향을 돌리며 빛을 반짝였다.

"한 가지 물어볼 것이 있는데 괜찮겠나, 유로 공주?"

마치 인형처럼 자리에서 스르륵 일어난 리체는 반쯤 감긴 눈으로 라이세네프를 바라봤다. 라이세네프가 그녀에게 묻고 싶은 것은 다름 아닌 오후의 일이었다.

"용제를 납치했다는 얘기가 들리던데, 용제는 어디다 모셔 놓고 혼자 돌아왔지? 혹시 협박문을 이상하게 썼다는 것을 깨달은 건가?"

리체는 아무 말도 하지 않았지만 얼굴은 붉게 달아올랐다. 라이세네프는 나지막이 웃음을 흘렸다.

"후후, 리오에게 무슨 말을 하고 싶은지는 몰라도 그의 앞에서 정직하게 말하는 게 좋아. 정직은 연애의 기본 조건이니까. 그런데 용제는 어디 있는 건가? 설마 길거리나 골목 구석에 눕혀 놓은 것은 아니겠지?"

그러자 리체는 다시 자리에 누우며 작은 목소리로 대답했다.

"알게 될 거예요, 아침이면."

라이세네프는 그 말을 듣자 더 의문스러워졌지만 답을 알 수는 없었다.

카운터에 엎드려 자고 있는 여관 주인의 조용한 숨소리는 아침에 벌어진 대소동과는 전혀 상관없는 것처럼 보였다.

그를 지나쳐 여관 밖으로 나온 길트는 차가운 밤공기를 폐 속 깊숙이 밀어 넣으며 마음을 가라앉혔다.

'모험가 내지는 용사라……. 마왕에게 잡힌 공주를 구하는 용사. 난 그런 유의 동화를 좋아했다. 동화 속 주인공이 돼 보고도 싶었고, 지금 동화와 같은 모험을 하고 있다. 주인공이 정해지지 않은 동화를 난 직접 경험하고 있는 것이다. 맞으면 진짜 아픈 동화를 말이다.'

길트는 숨을 길게 내쉬었다.

'그런 동화에는 언제나 왕이 등장했다. 어진 왕도 있었고, 어리석은 왕도 있었다. 중요한 역할을 맡는 왕은 거의 없었지만 그들이 있기에 공주가 있고, 또 주인공들이 활약하는 나라가 있다. 이제 내가 맡아야 하는 역할은 무엇인가. 나라를 잃고 방황하는 왕자인가, 모험가인가, 용사인가, 아니면 나라를 다시 일으켜야 하는 왕인가!'

상체와 팔을 이리저리 움직이며 지친 몸을 풀던 그는 여관 벽에 기대어 쓰러져 있는 사람의 모습을 발견했다. 체형을 보니 여자 같았는데 그녀의 손에 큰 술병이 들린 것을 본 길트는 고개를 저으며 그녀에게 다가갔다.

"저, 밖에서 이러시면 감기에 걸립니다. 제가 안으로 모셔다 드릴 테니 소파에라도 누워 계십시…… 아, 아니!"

그녀를 부축해 일으키던 길트는 쓰러져 있는 여인이 다름 아닌 마르티네즈라는 사실에 경악을 금치 못했다. 그녀를 벽에 기대 세운 길트는 그녀의 볼을 툭툭 치며 말했다.

"마르티네즈 대장님, 정신 차리십시오! 왜 여기 계시는 겁니까, 대장!"

마르티네즈는 잠시 후 눈을 뜨긴 했지만 한 마디도 하지 않았다. 그녀의 그런 모습을 처음 보는 길트는 답답한 나머지 고함치듯이 물었다.

"정신 차리십시오! 당신 같은 분이 왜 여기서 이러시는 겁니까!"

잠시 후 마르티네즈는 술기운 탓인지 실소를 터뜨리며 대답했다.

"저 같은 사람은 이런 곳이 어울려요."

"예?"

너무나 갑작스러운 말이었기에 길트는 마르티네즈를 부축했던 팔에 힘이 빠져 버리고 말았다. 도로 바닥에 엉덩방아를 찧은 마르티네즈는 고통도 잊은 채 계속 실소를 흘려 댔다.

"후후, 저는 짐일 뿐이에요. 알아요, 왕자님? 저기 위에서 자는 남자들은 가즈 나이트래요. 저보다 훨씬 더 오래 살고, 저보다 훨씬 더 강한 남자들이에요. 그런 남자들이 같이 있었기에 저는 여기까지 살아서 온 거고, 대장이라면서 거드름도 피울 수 있었어요.

저 기분 좋아요. 저런 남자들하고 병정놀이를 할 수 있었으니까요. 저들은 진지한 제 모습을 보며 즐겼을 거라고요. 그 남자들이 수백 년 동안 쌓아 온 경험과 제가 지금까지 쌓아 온 경험이 상대가 될 리 없잖아요? 후후, 이제 다 필요 없어요. 계속 놀림감이 되느니, 차라리……."

다시 취기가 올랐는지 그녀는 고개를 푹 숙였다. 길트는 어찌할 바를 몰라 그녀 앞에 서 있을 뿐이었다.

"마, 마르티네즈 대장……."

마르티네즈는 리오 일행이 가즈 나이트라는 사실에 적지 않은 충격을 받은 듯했다. 길트는 그런 그녀를 쉽게 이해할 수 없었다.

그녀는 그들이 이번 일을 처리할 수 있는 강력한 존재라는 것에 기뻐하기는커녕 술까지 진탕 마셔 가며 괴로워했다. 단순히 자존심 문제일지도 모른다는 생각이 들었지만, 길트는 그런 것 때문에 마르티네즈 같은 사람이 이러지는 않을 거라는 생각이 들었다.

"그래, 어쩌면……."

그는 실루엣에게 들었던 마르티네즈의 얘기를 떠올려 봤다. 4년 전, 뜻하지 않은 사고로 가이라스 왕국에 갇힌 후 자신의 의지와는 상관없이 지금껏 싸워 온 그녀. 가이라스 왕국의 해방이란 거창한 목적이 아닌, 그저 살아서 고향에 돌아가기 위해 싸워 왔던 그녀의 모습이 길트는 왠지 측은하게 느껴졌다.

그때 문 열리는 소리와 함께 인기척이 들렸다.

"잠을 자 두는 것이 좋을 텐데. 내일부터 시작될 진짜 싸움을 위해서 말이야."

그는 다름 아닌 리오였다. 길트는 마르티네즈를 가리키며 그에게 물었다.

"한 가지 물어보고 싶은 것이 있습니다, 리오 씨. 당신이 가즈 나이트란 사실을 어째서 지금까지 마르티네즈 대장에게만 숨겨 오신 겁니까?"

리오는 씩 웃으며 가볍게 대답했다.

"원래는 너도 몰라야 하는 사실이잖아."

길트는 벽에 기댄 채 리오를 보며 다음 얘기를 기다렸고, 그런 기색을 눈치챈 리오는 밤하늘에 시선을 돌리며 말을 이었다.

"가즈 나이트라는 존재의 전설은 멋지지. 기록에 어렴풋이 남겨진 글귀나, 나와 내 동료들이 한 일들은 이야기를 좋아하는 사람들을 충분히 사로잡고도 남지. 너도 내가 가즈 나이트라는 사실을 처음 알았을 땐 상당히 기뻤을 거야. 전설의, 그것도 웬만한 상대에겐 지지 않는 강력한 존재가 현실에 나타났으니까."

길트는 고개를 끄덕였다. 리오는 진지한 눈빛으로 그에게 물었다.

"하지만 지금은 생각이 다를 거야. 지크와 사바신 그리고 내가 하는 일들을 직접 눈으로 봤고, 또 옆에 있었으니까. 솔직히 말해 봐. 우리가 그렇게 멋진 일을 하기 위해 일부러 내려온 존재라고 생각하나?"

이번에도 길트는 대답하지 못했다. 리오는 한숨을 짓고 계속 말했다.

"우리는 싸운다. 피가 튀고, 뼈가 꺾이고, 살이 뜯기는 끔찍한 전장을 만들지. 우리와 함께 있는 것 자체가 우리 일에 휘말려 있다는 말과 같기에, 함께 있는 사람들은 자신에게 내려진 가혹한 운명을 한 번쯤은 저주하게 된다. 그리고 저렇게 변하지."

리오의 시선이 마르티네즈에게로 향했다. 그러자 비로소 길트의 목에서 고함이 터져 나왔다.

"그럼 다른 사람들을 데리고 다니지 않으면 되지 않습니까! 왜 마르티네즈 대장 같은 사람을 옆에 두고 이렇게 괴롭게 하는 겁니까! 당신들은 당신들 일만 처리하고 가면 되는 것 아닙니까?"

그 말에 팔짱을 끼고 있던 리오가 씩 미소 지었다.

"맞아."

"예……?"

길트의 표정이 허망하게 변했다. 뭔가 대단한 반론이 나올 줄 알았기 때문이다. 그가 혼란 상태에 빠지기 직전에 리오가 다시 입을 열었다.

"네 말이 맞아. 우리 임무만 처리하고 이 세계를 뜨면 돼. 옆에서 아는 사람이 죽어 나가건 말건 상관하지 않고 우리 일만 하면 되지. 동료였던 사람이 인질로 잡혀도 무시하고 적을 죽이면, 일은 아주 간단하게 처리돼. 그러나 네가 지금까지 본 나와 지크, 사바신은 그런 기계가 아닐 거야. 함께 웃고, 함께 울 줄도 알지. 우리는 그렇게 완벽하지 못한 존재야."

그 자리에 있는 셋 사이로 강한 밤 바람이 지나갔다. 리오는 바람에 흩날리는 자신의 장발을 매만지며 길트를 바라봤다.

"우리와 달리 완벽하게 살아가고자 했던 남자가 있었어. 아까 말했듯이 옆에서 누가 죽어도 상관하지 않고, 가장 빠른 방법을 택해 일을 처리해 온 얼음 같은 남자지. 하지만 그 남자는 그런 일들을 겪으며 내심 상처를 많이 받아 왔어. 자신이 조금만 더 강했다면 그들이 그렇게 죽지 않았을 텐데, 일이 그렇게 번지진 않았을 텐데 하면서 말이야. 결국 그는 마음의 문을 굳게 걸어 잠갔고, 사람들의 정을 모두 거부하며 자신이 만든 얼음의 나락 속으로 점차 빠져들었지."

"그, 그렇다면……."

길트는 리오가 말한 그 남자가 이상할 정도로 걱정됐다. 리오는 왠지 옛날이야기를 들려주는 할머니가 된 것 같다는 생각에 웃음이 터졌지만 계속 말을 이었다.

"그런데 다행스럽게도 그 남자의 반쪽이 그의 앞에 나타난 거야. 언제부터인가 그의 모든 것을 이해해 주기 시작한 그녀는 그에게 끝없이 정을 주었어. 남자는 겉으로는 거부하면서도 그녀가 만들어 준 따뜻한 빛의 길을 따라 얼음의 나락에서 점차 빠져나올 수 있었지. 그러면서 남자는 느꼈어. 주위에 있는 모든 사람들의 마음과 가까워질수록 자신도 강해진다는 것을 말이야. 오로지 일을 처리하기 위해 강해지고자 했던 그 남자는 주위에 있는 사람들과 자신의 반쪽을 위해 강해지기로 마음먹었다."

리오는 길트의 어깨를 짚으며 말을 끝맺었다.

"우리도 사람이야. 그래서 남이 상처 입는 것을 보고 싶지 않다. 그것만 알아주면 돼."

"예. 아, 잠깐! 마르티네즈 대장은 어쩌고 그냥 들어가십니까?"

길트의 다급한 물음에 리오는 슬쩍 어깨를 움직였다.

"마리 대장은 나를 싫어하잖아. 그리고 자기가 좋아하는 사람은 자기가 챙겨야지."

그는 안으로 들어가 버렸다. 또다시 마르티네즈와 단둘이 남게 된 길트는 고민스레 머리를 감쌌다.

"후, 날씨도 춥고 바람도 부는데 이대로 대장을 여기에 놔두면……."

그녀를 안으로 옮겨야 하는데, 거의 의식을 잃은 수준인 마르티네즈를 옮길 방법은 단 한 가지밖에 없었다. 그러나 길트는 침만 꿀꺽 삼킬 뿐이었다. 동생들과도 스킨십을 잘 나누지 않는 그에게 지금의 상황은 마치 죄를 범하기 직전처럼 느껴졌다.

"하, 할 수 없지!"

길트는 즉시 마르티네즈를 향해 몸을 옮겼다. 그러나 안아서 옮기는 등의 행동은 하지 않았다. 바람이 부는 쪽을 택해 그녀의 옆에 바짝 앉을 뿐이었다. 그녀가 술을 마셔서 그런지 길트의 어깨와 옆구리에 전해지는 마르티네즈의 체온이 이상할 정도로 따뜻하게 느껴졌다.

길트는 또 한 번 침을 삼키며 시선을 위로 향했다. 그리고 마음속의 얘기를 꺼냈다.

"저는 마음의 결정을 했습니다. 왕으로서 이 나라를 다시 일으킬 겁니다. 아바마마께서 기뻐하실지는 모르겠지만 제가 할 수 있는 데까지 열심히 노력하는 모습을 보여 드리면 어느 정도는 편안하시겠죠. 아, 리오 씨는 말스 왕국으로 가신다는 것 같더군요. 마르티네즈 대장님도 가시면 좋겠어요. 더 이상 당신을 희생하면서 싸우실 필요는 없습니다. 고향으로 편히 돌아가십시오. 아……."

그때 마르티네즈의 머리가 길트의 어깨에 떨어졌다. 얼굴이 이마 끝까지 붉어진 길트는 멋쩍은 표정으로 말을 이었다.

"대답은 못 하시겠지만…… 이 나라가 제 모습을 찾을 때 당신을 찾아도 될까요? 지금 제가 하지 못하는 말을 그때는 할 수 있을 것 같거든요. 무슨 말인지는 지금 알려고 하지 말아 주세요. 부끄러우니까요."

길트는 조용히 눈을 감았다. 더 이상 바람이 불지 않았으면 하는 그의 마음이 하늘에 닿았는지 강하게 불던 밤바람이 서서히 잦아들었다.

어느덧 해가 뜰 시간이 되었다.

"추워."

바이칼은 나지막이 말하며 눈을 떴다. 그의 눈에 처음으로 보인 것은 자신의 머리색과 같은 짙은 남색의 하늘이었다. 자신이 처한 상황을 아직 깨닫지 못한 그의 머릿속에 맨 먼저 떠오른 것은 저녁이란 단어였고, 그다음으로 떠오른 단어는 저녁 식사였다.

"배고프지 않아."

그는 다시금 눈을 감고 옆으로 돌아누웠다. 그러나 잠시 뒤, 그는 용수철처럼 상체를 일으켜 주위를 둘러봤다. 그가 누워 있는 곳은 다름 아닌 벌판이었고, 상의를 안 입은 그의 몸을 지켜 주고 있는 것은 이불과 담요뿐이었다. 게다가 지금은 막 동이 틀 무렵이었다.

그는 아직 잠이 가득한 눈을 애써 부릅뜨며 지금의 상황을 차근 차근 따져 봤다. 한순간에 세상이 멸망해 자신과 이불만 남고 모든 것이 사라진 경우, 지크라는 악마가 장난으로 자신을 벌판에 버린 경우, 마지막으로 사탕이나 아이스크림 등 단것을 너무 많이 먹어서 환영을 일으킨 경우 등이 떠올랐다.

마지막과 같은 황당한 경우를 그가 자신 있게 떠올린 데에는 물론 이유가 있었다.

'마마, 군것질을 너무 좋아하는 어린이는 벌판밖에 없는 환상의 나라에 혼자 버려지게 된답니다. 그곳이 얼마나 무서운데요. 엄마 말 잘 알았으면 사탕하고 과자를 줄여야 해요. 알았죠, 마마?'

자신이 어릴 적 어머니인 별의 여신 빌라이저가 해 준 말이 떠올랐다. 더욱이 현재 상황을 마지막 경우로 결론지은 그는 머리를 감싸 쥐며 고민했다.

"어이, 바이칼!"

그때 리오의 목소리가 그의 큰 귀에 들려왔다. 언덕 저 멀리서 황급히 달려온 리오는 멍한 얼굴로 자신을 바라보고 있는 바이칼을 이리저리 살피며 물었다.

"다친 데는 없어? 이상한 마법이나 저주 같은 것은 받지 않았지? 후, 설마 네가 여기 있을 줄은 몰랐다."

친구에게 별 문제 없는 것을 안 리오는 씩 웃으며 친구의 머리를 비벼 주었다. 그러나 심각하게 리오를 바라보던 바이칼의 입에서 엉뚱한 말이 터져 나왔다.

"너도 사탕이랑 과자를 좋아했나?"

"응?"

아직도 멍한 상태인 친구를 잠시 관찰하던 리오는 묵묵히 친구와 이불 등을 챙겨 도시 쪽으로 발걸음을 옮겼다. 그의 옆구리에 끼인 채 옮겨지던 바이칼의 얼굴은 언덕을 넘어 도시가 보이자 순간 붉게 달아오르고 말았다. 그는 진지한 눈으로 도시 쪽을 쏘아보며 중얼댔다.

"알고 있나. 우리 어머니가 나를 속이셨다."

그 말에 도시로 향하는 리오의 발걸음은 더욱 빨라졌다. 그의 표정이 좋지 않다는 것은 물론 두말할 나위 없었다.

"근데 날 어떻게 찾았지?"

바이칼이 그제야 정상적인 질문을 던지자, 리오는 안심한 듯 한숨을 지으며 대답했다.

"리체라는 꼬마 있지? 그 애가 새벽같이 일어나 나에게 오더니, 어떤 이상한 여자가 자신과 너를 납치해서 그곳에 데려다 놨다고 하더군. 어째서 혼자 왔냐고 물으니 아무리 흔들어 깨워도 네가 일어나지 않았다더라고. 그 말을 듣자마자 달려온 거야."

"납치? 누가 감히 이 몸을 납치했다는 건가!"

바이칼이 몸을 심하게 꿈틀대며 물었다. 맨발에 핫팬츠 차림의 바이칼을 들고 가던 리오는 그가 꿈틀대자 힘이 드는지 즉시 대답해 주었다.

"심증이 가는 사람은 있지만 확실하진 않아. 어쨌든 해결됐으니 이걸로 끝내자."

하지만 납치극은 이번이 처음인 바이칼은 그냥 넘어갈 수 없었다. 그는 더욱 거세게 팔다리를 흔들며 소리쳤다.

"웃기지 마라! 네가 그 허허벌판에서 이 차림으로 하루를 보내보란 말이다! 이건 지크 녀석이 이 몸을 골탕먹이려고 꾸민 계략이 분명해! 너도 공범이지? 녀석의 머리를 잘라 나에게 바치면 넌 용서해 주마!"

"이봐, 이봐……."

리오는 피곤한 듯 머리를 흔들며 도시로 들어섰다. 야외에서 바람을 맞으며 잔 탓인지 감기 기운과 허기에 지친 바이칼은 여관 앞에 도착했을 즈음 너무도 조용했다. 가만히 앞만 바라보던 그는 여관 벽에 기대앉아 자고 있는 길트와 마르티네즈의 모습을 보았다.

그는 코를 훌쩍거리며 리오에게 물었다.

"저 인간들도 납치를 당한 건가?"

"후훗, 들어가서 몸조리할 걱정이나 하시지."

그들을 잠시 보던 리오는 웃으며 여관으로 들어갔다.

서로에게 기댄 채 밤을 보낸 길트와 마르티네즈. 그들의 몸 위에 회색의 망토 한 장이 펄럭였다.

리오와 바이칼이 방에 들어가는 소리에 지크는 눈을 떴다. 묵묵히 천장을 바라보던 그는 어제의 일이 떠올랐는지 이를 갈며 침대 시트를 주먹으로 살짝 내리쳤다.

"젠장."

이전에 메타트론과 같은 태고의 강자까지도 상대했던 자신이 하인켈이란 존재에게 그렇게 짓밟힐 줄은 몰랐다.

어떤 방식으로, 어떤 방향으로 공격해도 하인켈은 가볍게 자신의 기술을 쳐 내고 반격했다. 단 몇 분 만에 자신의 모든 것을 파헤친 것 같은 느낌이 들 정도로 하인켈은 강했다. 하지만 기술적인 면에서 상대에게 밀린 것이 처음은 아니었다. 지크는 몸을 옆으로 돌리며 생각했다.

'아더 할아범도 하인켈과 마찬가지였어. 내 기술이나 행동이 그렇게 쉬운 패턴으로 이뤄져 있었나? 그렇진 않을 거라고 생각하는데?'

그때 한숨 소리와 함께 담배 냄새가 풍겨 왔다. 사바신이었다. 지크는 즉시 그를 돌아봤다.

"어? 언제 일어났어, 뻗침 머리?"

좀 피곤한 얼굴의 사바신은 피식 웃으며 대답했다.

"일어나긴, 아예 잠을 안 잤지. 그건 그렇고 너, 어제 일에 대해서 생각하는 거지? 잠꼬대도 하더라? '하인켈, 하인켈' 하면서 말이야."

지크는 대답 대신 씁쓸한 표정으로 머리를 긁적였다. 그 모습에 사바신은 킥킥 웃어 댔다.

"큭큭, 분하긴 분하겠지. 나도 그런데 뭘. 어쨌거나 그 녀석 정말 강했어. 얼마 지나지도 않아 상대의 패턴을 익혀 버릴 정도로 눈이 좋았지. 기술도 물론 강력했고. 아니, 그보다는 우리가 경험이 없었다고 해야 할지 몰라."

"쳇, 닥쳐! 너 진짜 분하긴 한 거야!"

침대에서 벌떡 일어난 지크는 인상을 쓰며 소리쳤다. 가만히 그를 보던 사바신은 지크를 진정시킬 겸 진지한 얼굴로 말했다.

"당연하지. 하지만 우리와 같은 타입의 전법을 쓰는 녀석들이 많다는 것은 부정할 수 없는 사실이잖아. 너만큼 빠른 녀석도, 나만큼 힘 좋은 녀석도 신계에 있어. 하인켈같이 오래 산 녀석이라면 그런 녀석들과 한 번쯤 붙어 봤을 거 아냐."

"……."

"우리같이 싸워서 먹고사는 사람들에게 경험은 필수야. 아무리 힘이 세고 발이 빨라도 그런 사람들과 자주 싸워 본 사람에겐 밀릴 수밖에 없어. 메타트론이 너에게 밀린 것은 네가 경험이 많아서라기보다 당시 네 정신력이 워낙 뛰어났기 때문이라고 생각해."

"쳇!"

그래도 지크의 분은 쉽게 풀릴 것 같지 않았다. 그때 자는 줄 알았던 슈렌이 슬그머니 일어나며 대화에 끼어들었다.

"하인켈은 강해. 휀이나 바이론, 리오 정도 되어야 제대로 싸울 수 있어. 나와 싸울 때도 하인켈은 힘 조절을 상당히 한 상태였지. 마음만 먹었다면 금방 죽일 수 있었을 거야. 하인켈은 뭔가 다른 생각이 있어서 너희에게 덤빈 것일지도 몰라."

지크와 사바신이 조용히 그를 보았다. 사바신은 오랜만에 머리띠를 하지 않은 머리를 긁적이며 물었다.

"아니, 그건 또 무슨 말이야?"

슈렌이 차분한 목소리로 설명해 주었다.

"하인켈은 성급하게 움직이는 자가 결코 아냐. 자신이 나서야 할 장소를 뚜렷하게 가린다. 사탄이 화가 나서 그에게 급한 명령을 내려도 생각해 보겠다는 말을 던지고는 사탄 스스로가 명령을 철회

하길 기다릴 정도로 생각이 깊다. 그런데 어젠 달랐어. 사탄이 화가 나 있다는 이유만으로 본인이 직접 너희를 치러 왔다. 자신도 상대하기 어려운 리오가 있다는 사실을 뻔히 알면서, 아무리 부하들을 이용해 막아도 리오가 반드시 너희를 구하러 올 것을 알면서도 말이다."

"음……."

사바신은 복잡한 얘기가 나오자 팔짱을 낀 채 고개를 갸웃거렸다. 그렇게 계속 침묵이 흐르자 지크가 손을 휘저으며 다른 방향으로 이야기를 돌렸다.

"에이, 몰라 몰라. 나중에 가면 알게 되겠지, 뭐. 그거 말고 네 얘기 좀 해주라, 슈렌. 네가 하인켈에게 창술을 배웠다는 건 어제 처음 들었거든. 어떻게 하다가 그런 묘한 인연이 된 거야?"

슈렌은 대답을 좀 꺼리는 듯했지만 마음도 가라앉힐 겸 얘기를 해 주었다.

"너희도 알다시피 난 피엘 님에게 창술을 배웠다. 물론 기본적인 것일 뿐, 그 외의 기술 등은 하인켈에게 배웠다. 내가 하인켈을 만난 것은 피엘 님의 수업이 막 끝날 무렵이었다."

이야기는 슈렌이 청소년기를 벗어난 지 얼마 안 된 때로 돌아간다. 슈렌에게 자신이 아는 창술의 모든 것을 가르쳐 준 피엘은 예전부터 느끼고 있던 슈렌의 창에 대한 무궁무진한 소질을 자신조차 채울 수 없다는 것을 알고 심각하게 고민했다.

앞으로의 계획을 위해서라도 슈렌의 전투 능력을 당시 가즈 나이트로 활동하고 있던 훼이나 바이론의 수준으로 끌어올리고 싶었지만 자신을 능가하는 창술의 대가들이 몇 없다는 사실은 그녀가 더 잘 알고 있었다.

그녀의 머릿속에 떠오른 창술의 대가는 선신계의 메타트론, 가브리엘 등이었지만 메타트론은 쉽게 깨울 수 없는 상황이었고 가브리엘은 선신계의 일 외엔 어떤 일에도 참견하고 싶지 않다는 견해를 밝혀 그녀는 하는 수 없이 고신 오딘에게 갔다.

신계 최고급 창이면서 사용하기 힘들기로 유명한 '궁니르'을 자유자재로 사용했던 창술의 최고 달인, 오딘. 그러나 한쪽 눈을 잃은 그 고신은 이상하게도 자신이 가르칠 사람은 따로 있으며, 자신은 검술 외엔 가르치지 않을 것이란 말밖에 하지 않았다.

결국 그녀가 찾아간 곳은 악신계였고 그녀는 악마왕을 제외한 악신계의 모든 창술 대가들과 접촉했다. 슈렌과 함께 그 대가들을 만난 피엘은 하나같이 거절을 당했다. 슈렌 같은 소질을 가진 소년을 가르칠 수 있는 존재는 선신계 가브리엘 외에 없다는 것이었다.

그녀는 마지막으로 한 사람을 어렵사리 찾아갔다. 그 사람이 바로 하인켈이었다.

"하인켈은 모든 무기를 다룰 줄 알았다. 검부터 던지는 암기까지 모두 섭렵했지. 그가 가진 무기 중에서 눈에 띄는 것이 있었는데 그것은 다름 아닌 팔봉신 영룡이었다."

"뭐라고!"

어제 하인켈에게 팔봉신 영룡을 버렸다는 말을 들은 사바신과 지크였지만 그것이 그때까지 하인켈에게 있었다는 사실은 새로운 충격이었다.

슈렌은 계속 말을 이었다.

"그 무기가 어떤 연유로 너에게 전해졌는지는 모르지만, 팔봉신 영룡은 당시 그의 무기 창고 깊숙한 곳에 보관되어 있었다. 그가 주로 쓰는 무기인 낫창은 '할로윈'이라는 명품인데, 공간의 무한왜곡을 일으켜 주인이 원하는 모든 물체뿐 아니라 그 주인까지도 공간의 틈 사이에 숨기기 때문에 신계에서도 알아준다. 그의 밑에 있는 조커 나이트들이 낫창을 자주 들고 나오는 것은 그 할로윈의 아름다운 자태와 성능에 감복했기 때문이라는 말이 있지. 아, 이야기가 샜군. 그를 만난 후로 난 악신계 안에서 수련에 몰두했다."

슈렌은 하인켈의 창술을 순조롭게 배워 나갔다. 그러나 뛰어난 재능을 가지고 있던 슈렌에게, 제자와 부하들의 시기와 질투가 점점 심해지는 것을 알게 된 하인켈은 이대로 슈렌을 가르치기 힘들다고 생각을 한 듯, 휴가라는 이유로 슈렌과 단둘이 악신계를 빠져나갔다.

하인켈의 일대일 교육은 슈렌의 실력을 상당히 빠른 속도로 키워 주었다. 낫이 달린 창인 할로윈을 이용해야만 가능한 기술인 '하켄'을 그룬가르드로도 사용할 수 있는 슈렌의 소질을 본 하인켈은 감탄을 금치 못했다.

결국 하인켈은 자신도 모르게 '헬 게이저'라는 특수 기술까지 슈렌에게 가르쳐 주었다. 지옥의 불을 소환하는 기술인 헬 게이저는 불을 사용하는 슈렌에게 습득하기 어려운 기술은 아니었다. 사실 하인켈은 마지막으로 자신의 창술 최종기인 '조디악(zodiac)'을 슈렌에게 가르치려 했으나 그 전에 사탄의 부름을 받게 되었다.

소문으로는 하인켈이 어린 가즈 나이트를 가르치고 있다는 얘기가 사탄에게 들어가서 그런 지시가 떨어졌다지만 슈렌과 하인켈은 별다른 말 없이 서로에게 등을 돌렸다. 어차피 예상한 일이었고 자신들이 영원히 손을 잡을 수 없는 사이란 것을 알고 있었다.

그것으로 짧고도 긴 슈렌과 하인켈의 사제지간은 끝났다.

"조디악은 또 뭐야?"

어느새 흥분이 가라앉은 지크의 물음에, 슈렌은 슬며시 고개를 저었다.

"피엘 님에게 들은 것이라 나도 확실히는 몰라. 분명한 것은 황도 12궁이 아닌 명도(冥道) 12궁을 말한다는 것이다. 기술에 대한 것은 소문조차 확인할 수 없었다. 그 후 난 한동안 하인켈을 만나지 못했다. 어제까지는."

얘기가 길었던 만큼 셋의 침묵도 길었다. 그 긴 침묵을 먼저 깬 사람은 지크였다. 그는 자신의 손 관절을 우둑우둑 꺾으며 슈렌에게 말했다.

"슈렌, 미안하지만 하인켈을 쓰러뜨리는 건 나다. 녀석은 너에게도 좋은 걸 가르쳐 줬지만 나에게도 큰 것을 가르쳐 줬어."

"너에게?"

슈렌은 그에게 의문 어린 시선을 돌렸다. 하지만 사바신은 다음에 나올 말이 무엇인지 예상한 듯 무거운 표정으로 조용히 창밖을 바라봤다. 이윽고 지크가 말했다.

"진정한 남자를 쓰러뜨릴 수 있는 것은 진정한 남자뿐이다! 녀석은 나에게 남자란 무엇인지 다시금 깨닫게 해 줬지! 두고 봐라! 이 지크 스나이퍼 님의 새로운 모습을! 더욱 강해진 남자의 모습을!"

이마를 짚고 묵묵히 고개를 숙이는 슈렌의 모습에 많은 말이 담겨져 있는 것 같았다.

정오 무렵, 길트는 모두가 여관 밖에 모인 가운데 중대한 발표를 했다. 바로 세 마신들에게 정식으로 도움을 요청한 것이다. 길트가 어떻게 해서 여기까지 오게 됐는지 알고 있는 일행은 그의 결단에 놀라움과 감탄을 금치 못했지만, 정작 마신들 반응은 시큰둥했다.

"그 한마디를 위해 하루라는 천금 같은 시간을 보내다니, 인간들은 역시 알다가도 모를 존재로군. 박수를 쳐 줘야 하나, 아니면 고맙다고 무릎을 꿇어야 하나?"

헬리온의 조소 섞인 빈정거림에 길트의 눈썹이 꿈틀댔다. 하지만 그는 최대한 인내심을 발휘해 그에게 말했다.

"그렇게 따지자면 그런 행동을 할 시간도 모자란 것 아닙니까? 이제 일과 관련된 얘기만 하도록 하죠, 헬리온."

"흥, 맘대로."

곧이어 리오가 모두 앞에 나서서 계획을 설명했다.

"여기 모인 모두는 이제 두 팀으로 나뉘어 활동하게 됩니다. 말스 왕국으로 건너간 엘살바도르의 행동 파악과 말스 왕국의 안전 문제는 나와 바이칼, 마르티네즈 대장, 실루엣 그리고 아직 오시지 않은 폴카 님께서 맡을 것이고, 가이라스 왕국 문제는 길트를 필두로 한 다른 모두가 맡을 것입니다. 하지만 그 전에 처리해야 할 문제가 있습니다. 바로 가이라스 왕국에서 가장 큰 항구인 퍼니오드입니다."

전쟁이 일어나기 전, 퍼니오드는 말스 왕국과 그 밖의 독립국가를 상대로 한 가이라스 왕국 무역의 최대 중심지였다. 말스 왕국과의 항해 거리가 가장 짧다는 강점과 풍부한 물자 그리고 좋은 기반 시설로 인해 전쟁이 일어난 후 가이라스 해방 전선은 그곳을 탈환하기 위해 필사의 노력을 기울였다.

그러나 퍼니오드는 현재까지 남부 지역 중에서 유일하게 탈환되지 않은 난공불락의 요새로 남겨진 상태였다.

그 항구가 문제 되는 것은 그곳에서 배를 타고 말스 왕국에 가느냐 못 가느냐가 아니었다. 엘살바도르가 말스 왕국 지역에 완전히 자리 잡고 나면, 가이라스 왕국에 주둔하고 있는 야만족들이 퍼니 오드를 통해 배를 타고 말스 왕국에 밀려 들어갈 가능성이 컸다.

언제 발생할지 모르는 그 사태를 미연에 방지할 겸 그리고 전무에 가까운 가이라스 해방 전선의 해상 활동을 도울 겸 리오는 그곳을 현재의 인원으로 치려 하고 있었다. 그 계획에 모든 일행은 찬성을 던졌다. 이전까지 결사 반대를 외치던 마르티네즈도 군말이 없었다.

"그럼 특별한 계획은 잡혀 있나?"

게일러가 모범생처럼 손을 들며 묻자, 리오는 빙긋 웃으며 어깨를 으쓱했다.

"특별한 계획은 없어. 지크 스나이퍼 스타일로 나가는 수밖에."

"엉?"

곧 모두의 시선이 지크에게 쏠렸다. 리오와 모두를 번갈아 바라보던 그는 어색한 미소와 함께 중얼댔다.

"그, 그렇게 지능적인 스타일로? 하하하……."

마신들은 실소를 머금는 데 그쳤지만 지크를 잘 아는 모두는 절망적인 표정을 지었다. 하지만 리오는 달랐다.

"물론이지. 정면 승부는 일단 피하고 항구 내부에 침투해 적의 본부를 먼저 부순다. 자세한 작전 설명은 현지에 도착해서 할 테니 일단 출발 준비를 하시길. 그럼 이만."

리오가 여관 안으로 들어가자, 다른 일행들은 이런저런 얘기를 하며 천천히 안으로 들어갔다.

별다른 얘기 없이 빈둥대던 지크는 문득 길트의 한쪽 볼이 붉어져 있는 것을 보았다. 게다가 마르티네즈와 눈이 마주치자 허둥대기까지 하는 것이었다. 한번 궁금증이 생기면 풀어야 직성이 풀리는 지크는 슬그머니 그에게 접근했다.

"어이, 길트. 마리 대장이랑 무슨 일 있었던 거야?"

지크가 자신의 목에 팔을 걸치며 묻자, 길트의 얼굴은 단숨에 흙빛이 되었다. 다른 이유가 있어서 그런 것은 아니다. 자신에게 말을 건 것이 다른 사람도 아닌 지크였기 때문이다.

"벼, 별로……. 아무 일 없었습니다."

하지만 목을 조여 오는 지크의 팔은 멈추지 않았다.

"어허, 별로는 무슨 별로. 솔직하게 고백해 봐. 형이 다 들어 줄 테니까."

그 말에 길트는 흔들렸지만 그것도 잠시였다. 이번 일만큼은 그의 귀에 들어가지 않게 해야 한다는 생각에 길트는 필사적으로 그에게서 벗어나 여관으로 도망쳐 들어갔다.

"죄송합니다, 지크 씨! 이번만큼은 그 어떤 말씀도 드릴 수 없습니다!"

지크는 멍한 얼굴로 삐걱거리는 여관 문을 바라보기만 했다. 그러나 자신이 인심을 잃었다거나 길트가 자신을 싫어할지도 모른다는 오해는 하지 않았다. 그는 편하게 머리를 긁적이며 중얼댔다.

"뭐, 마리 대장에게 들으면 되겠지."

"오호, 남녀 사이의 문제를 그렇게 쉽게 생각하면 안 되죠, 지크 군."

그때 특유의 콧소리 섞인 목소리가 들려왔다. 지크는 어느 틈에 자신의 뒤에 나타난 폴카를 돌아보며 씁쓸한 표정을 지었다.

"늦으셨소, 마녀 누님. 뭐 하다가 지금 왔수?"

폴카는 옆에 걸친 작은 가방을 툭툭 두드리며 말했다.

"멀고 힘든 여행이 될 텐데 뒷정리는 확실하게 해야 하지 않겠어요? 그건 그렇고 길트 왕자님 말이에요. 못 본 사이에 많이 변하셨군요? 훨씬 더 당당해지신 것 같기도 하고…….”

“헤헷, 자기가 해야 할 일을 조금 깨달은 것뿐이죠. 녀석은 아직 배울 게 많소이다.”

“흠, 그렇군요. 그런데 당신이랑 사바신 모두 어디 한 군데씩 다친 것 같군요? 제가 없는 사이 무슨 일이라도 있었어요?”

지크는 이마에 붙인 반창고를 슬쩍 매만지며 고개를 끄덕였다.

“하인켈인가 하는 녀석이 나타나서 혼이 좀 났수다. 아, 들어가 보쇼. 누님 오면 출발한다고 리오가 벼르고 있거든요.”

“후후, 그래요? 리오 씨가 드디어 나에게 고백을 하려나 보군요. 냐하하하.”

폴카는 마치 소녀처럼 폴짝폴짝 뛰며 여관으로 들어갔다. 그녀의 오버하는 행동을 보고 잠시 굳어 있던 지크는 씁쓸한 얼굴로 고개를 저었다.

‘다른 사람들이 나를 볼 때도 지금 같은 기분일까?’

괜한 자책감에 사로잡힌 지크도 곧 여관으로 들어갔다.

오후가 되어 리오 일행은 적지 않은 사건을 남긴 도시 듀 베를을 드디어 떠났다. 그들이 간다고 해서 아쉬워하는 주민도 없었고, 신경 쓰는 주민도 없었다. 주민들과 안면이 있는 폴카만이 배웅을 받았을 뿐이었다.

조커 나이츠 등과 싸웠던 전적에도 불구하고 주민들이 리오 일행에게 그런 반응을 보이는 것은 마음에 들지 않아서가 아니었다. 4년 동안 주민들을 괴롭혀 온 현실이 주민들 가슴속에 남은 영웅에 대한 기대감마저 앗아 가 버린 탓이었다. 더 이상 그 어떤 일에도 관여하고 싶지 않은 주민들의 마음을 알기에 리오 일행은 별다른 표정 변화를 보이지 않았다.

다만 길트는 안타까움을 금치 못했다. 그는 굳게 거머쥔 주먹을 부르르 떨며 리오에게 물었다.

"제가 열심히 하면, 가이라스의 왕으로서 나라를 다시 회복시키면 주민들의 저런 모습을 바꿀 수 있겠죠? 모두 웃으며 살 수 있는 나라를 만들 수 있겠죠?"

"약간은."

그 짧은 대답에 길트의 표정은 더욱 흐려졌다. 리오는 축 늘어진 길트의 어깨를 천천히 두드렸다.

"우리가 본 주민들뿐만 아니라 모든 사람들은 각자의 전쟁터에서 살아가고 있는 나름대로 급박한 존재들이야. 하루하루를 각자의 시점에 따라 힘겹게 살아가고 있지. 어린아이는 아이대로 오늘은 뭘 하며 놀까 고민하고, 부모는 부모대로 먹고 먹일 걱정, 입고 입힐 걱정을 해. 모든 것을 초탈한 것처럼 보이는 노인들도 사실은 언제 닥칠지 모르는 죽음을 불안해하지. 안타깝지만 그런 개인의 전쟁은 영원히 끝나지 않아. 이 나라가 좋아진다 해도 그들만의 전쟁을 마음대로 끝내진 못해. 조금 도와줄 뿐이야."

"……."

"하지만 그 조금이란 것도 상당히 크지. 그것조차 하지 못하고 왕위를 물려주는 왕이 얼마나 많은데. 모두가 웃는 세상은 만들지 못하지만 다수가 웃는 세상은 만들 수 있을 거야. 네가 어진 왕이 된다면 말이지."

"그렇군요."

길트는 새벽에 생각했던 동화를 다시 떠올려 보았다. 그리고 리오가 말한 각자의 전쟁도 생각해 보았다. 잠시 머릿속을 정리하던 그는 어렵지 않게 결론에 도달했다.

'내 인생이란 동화의 주인공은 나다. 최선을 다한다면 후회는 없다. 왕으로서, 한 남자로서.'

랜시의 등에 업혀 힘없이 듀 베를에 들어왔던 길트는 지금 자신의 다리로 힘차게 자신이 가야 할 길을 걷고 있었다.

그날 밤 지크와 사바신, 슈렌은 일행이 쉬고 있는 곳을 벗어났다. 물론 다른 곳으로 가려는 것은 아니었다. 전적으로 지크가 둘을 꼬드긴 것이지만, 그 이유는 나름대로 훌륭했다.

캠프장 근처의 광야로 나온 지크는 무문도를 들고 천천히 몸을 풀었다. 이틀째 잠을 자지 못해 수면 부족에 시달리고 있던 사바신은 지크가 아무 말 없이 몸만 풀어 대자 결국 짜증과 졸음이 실린 목소리로 투덜댔다.

"뭐야, 도대체 우리를 왜 부른 거냐고, 마른 아저씨. 밤에 귀신 나올까 겁나서 부른 거야?"

그러나 지크는 대답 없이 계속 몸을 풀었다. 사바신은 더욱 투덜대며 결국 땅바닥에 드러누웠지만 팔짱을 낀 채 서 있는 슈렌의 시선은 진지하기만 했다.

지크가 평소에 하는 준비운동과 지금의 동작은 뭔가 달라도 한참 달랐다. 지크의 평소 움직임도 한없이 탄력 있어 보였지만 지금은 더욱 탄력이 붙고 파괴력도 상당해 보였다. 회전과 반동 그리고 무문도라는 긴 무기와 원심력을 적절히 이용한 지크의 움직임에 슈렌은 내심 감탄했다.

무문도를 뒤로 돌려 들고 직립 자세를 취한 지크는 곧 씩 웃으며 말했다.

"내가 있던 지구는 차원계의 크기만큼이나 다양한 무술이 존재하지. 특히 중국이란 나라는 그 어떤 나라보다 많은 종류의 무기와 그 무기들을 다루는 무술들이 전해져 내려와, 이 무문도와 같은 태도(太刀) 역시 존재했다."

곧이어 지크의 연무(演武)가 개시됐다. 몸 전체뿐만 아니라 지면에서 전해지는 반동에 무문도의 길이와 무게에서 나오는 원심력을 최대한 실어 펼치는 지크의 동작은 지금까지 경쾌하다고만 느껴졌던 그의 이전 움직임과는 너무도 달랐다.

'하인켈을 이기겠다는 결심을 정말로 굳힌 건가.'

슈렌은 속으로 중얼거리며 냉정하게 한마디 던졌다.

"하지만 그런 움직임의 변화만으로 하인켈을 이기는 것은 무리야."

"쳇, 알아."

지크는 계속 동작을 전개하며 말을 이었다.

"녀석에게 깨져 봐서 알아. 그 어떤 동작도 통하지 않았고, 심지어는 천수관음마저 사용하기 직전에 깨져 버렸어. 천수관음이 뭔지 하인켈 녀석이 알 리가 없지만 녀석은 그것이 상당히 위험한 기술이란 것을 알고는 미리 끊어 버리더라고. 헤헷, 녀석은 괴물이야. 아마 휀이나 바이론이라 해도 힘들 거야."

잠시 동작을 멈추고 호흡을 고르던 지크가 갑자기 눈을 부릅뜨며 외쳤다.

"뛰어넘을 거야! 그 유식하게 힘센 녀석을 반드시 뛰어넘을 거다! 또다시 진다 해도 상관없어. 그게 차라리 더 기분 좋아! 뛰어넘어야 할 산이 계속 존재한다는 것이 정상에서 무작정 버티는 것보다 훨씬 쉽잖아!"

"젠장, 그럼 우리는 왜 부른 거야."

사바신이 누운 채 묻자, 지크는 곧 평소대로 장난기 어린 미소를 지었다.

"뻔하잖아. 대련 상대지, 뭐."

그러자 사바신과 슈렌의 표정은 돌처럼 굳어지고 말았다. 1차로 사바신이 슬그머니 일어나 자리를 뜨며 말했다.

"나, 난 잠을 좀 더 자고 올게. 그래야 네 대련 상대로 도움이 될 것 같아."

슈렌 역시 마찬가지였다.

"강함은 네 스스로 추구하는 것이다, 지크. 남의 도움을 받아 강해지는 것도 한계가 있다."

그들의 뒷모습을 멍하니 바라보던 지크는 곧 노발대발하며 그들을 향해 울분을 토했다.

"싫다면 싫다고 말해, 이것들아! 그렇게 둘러대고 도망가지 마! 내가 저런 녀석들을 친구와 의형제라고 했으니……!"

하지만 그를 떠나는 둘의 발걸음에는 일말의 변화도 없었다. 광야에 남은 것은 바닥을 치며 한탄하는 지크뿐이었다.

13장
설원 위의 백색 코트

1

거래 품목

법의 종족 아네라의 거대 연구선 엘살바도르는 아네라족을 제외한 모든 생물체들의 생체 실험을 위해 주신의 승인을 받아, 지금으로부터 수만 년 전에 건조되었다. 하지만 현존하는 아네라족 중에서 엘살바도르라는 이름을 기억하는 존재가 있다 하더라도, 그는 분명 엘살바도르가 완전히 사라졌다고 생각하고 있을 것이다.

황금색 장갑으로 매끈하게 디자인된 엘살바도르의 원래 모습은 일부분을 제외하고는 완전히 바뀌어 있었다. 수천 년 전, 다르칸과 관련된 사건 때 입은 차원 전이의 충격으로 인해 외부 장갑의 대부분이 파손되기도 했지만, 현재 엘살바도르의 메인 브리지를 점거하고 있는 존재의 독특한 미적 감각에 맞춰 변형된 것이다.

어딘지 모를 해상에 정박해 있는 엘살바도르의 외부는 리오가 처음 발견했을 때와 마찬가지로 하급 악마들에 의해 외부 단장이 진행 중이었다. 메인 브리지의 유리창을 통해 작업을 지켜보던 악

319

마는 화염이 어린 숨결을 길게 뿜으며 뒤를 돌아봤다.

"그런 부상을 당했는데도 외부 장식을 계속 지시하다니, 너의 취미는 예나 지금이나 달라진 것이 없군, 리리스."

마치 투명한 알처럼 생긴 캡슐 속에서 몸을 웅크리고 있는 리리스는 왼쪽 눈이 있어야 할 곳에 구멍이 훤히 뚫린 얼굴을 악마에게 돌렸다.

"후후, 소유물 치장의 욕망은 누구나 마찬가지 아닐까요? 어쨌거나 무슨 일로 오셨나요, '디아블로' 님?"

크고 단단한 붉은색 몸집에 그야말로 악마의 형상을 하고 있는 악마왕 디아블로는 자신의 피부에서 뿜어지는 강렬한 열기 때문에 유리가 흐물흐물해지자 유리에서 멀리 떨어지며 화염의 숨결을 내뿜었다.

"사탄이 이곳에 한번 와 보라 하더군. 녀석의 생각은 내가 누구보다도 잘 알지. 아마 날 자신의 진영에 끌어들이고 싶은 모양인데, 미안하지만 이런 고철 덩이 하나에 넘어갈 내가 아니다."

"오호, 그러세요? 하지만 이 고철을 이용하면 우리의 귀여운 악마군단의 수를 기하급수적으로 늘릴 수 있는데요? 완전히 수리만 된다면 한 시간에 천 명 정도는 간단히 뽑아낼 수 있답니다."

그러자 디아블로는 조소와 함께 눈을 번뜩였다.

"도움은 되겠지. 그러나 그런 편법으로 인해 태어난 나약한 악마를 난 인정하지 않는다. 잠시도 버티기 힘든 지옥의 불길과 무한한 지하의 압력을 초월한 강인한 정신력을 가진 악마만이 진정한 악마군단의 일원이라 할 수 있다. 이것은 아스타로트뿐만 아니라 다른 악마왕들도 같은 생각이다. 그 비겁한 사탄을 제외하고는 말이지."

그 말에 리리스의 눈이 가늘어졌다. 하지만 상대가 상대인 만큼 리리스는 감정을 내리누르며 디아블로에게 물었다.

"그렇다면 이곳에 직접 오실 이유가 없지 않나요? 어째서 이 누추한 곳까지 직접 행차하셨습니까, 디아블로 님?"

그 말을 기다렸다는 듯, 디아블로는 길고 날카로운 이를 드러내며 자신이 원하는 것을 말했다.

"휀 라디언트의 여자를 보고 싶어서다. 도대체 어떤 여자이기에 그 녀석을 유혹했는지 궁금하더군. 소문으로는 녀석이 그 여자와 결혼까지 했다 하던데……."

디아블로가 그 어떤 악마왕보다도 인간의 여성을 좋아한다는 것은 악신계에서 유명했다. 디아블로의 모습과 말에는 상당한 의미가 실려 있었고, 리리스의 얼굴에는 절로 미소가 떠올랐다.

"그 여자를 대령해 올린다면?"

디아블로 역시 미소를 띠었다.

"사탄과 다시 얘기해 볼 수도 있겠지. 후후후후…… 그러나!"

순간 디아블로의 두꺼운 발이 바닥을 강타했고 엘살바도르 전체가 잠시 뒤흔들렸다. 그 여파로 인해 엘살바도르 표면에서 작업하던 하급 악마들 일부가 바다로 떨어졌다.

디아블로는 곧 손가락 세 개를 펴서 새파랗게 질린 리리스에게 뻗어 보이며 말을 이었다.

"오늘을 포함해 사흘의 기한을 주겠다. 네 말대로 난 이런 누추한 곳에 오래 있을 이유가 없기 때문이다. 소문을 듣자 하니 그 여자를 지르콘 나이트와 다르칸 녀석이 지키고 있다 하더군. 조금 힘들겠지만 최선을 다해 보거라, 리리스. 후후후후."

길고 묵직한 웃음소리와 함께 디아블로는 브리지 문을 나섰다. 그가 나가자마자 리리스는 이내 인상을 구기며 엄지손톱을 깨물었다. 그녀의 자존심이 구겨질 대로 구겨진 것이나 다름없었다.

"좋아, 원하는 것을 얻게 해 주지, 빨간 바보. 사탄 님의 일이 성공적으로 끝나면 이 굴욕은 배로 갚아 주겠다!"

이윽고 그녀를 치료하고 있는 캡슐 주위에 다섯 명의 악마가 소리 없이 나타났다. 리리스는 한쪽 눈으로 그들을 돌아보며 지시를 내렸다.

"잘 들었겠지, 애들아? 디아블로 님께서 원하시는 것을 반드시 잡아 오도록. 빠른 시간 내에 멀쩡한 상태로."

악마들은 아무 대답 없이 어딘가로 사라졌다. 리리스는 부상을 입은 상태에서 힘든 존재를 대했던 탓인지 이내 눈을 감고 휴식을 취했다.

캠벨이 나타난 지 일주일이 지난 지금, 클라리스는 경호원이 자신의 곁을 절대 떠나지 않는 것에 이젠 어느 정도 익숙해진 상태였다. 생리적인 용무를 볼 때를 제외하고 캠벨은 욕실에서나 어디서나 클라리스의 곁을 떠나지 않았다. 심지어 그녀와 한 침대를 쓸 정도였다.

며칠 전까지는 상당히 불편했지만 지금은 그렇지 않았다. 오히려 어지간한 일은 모두 도맡아서 하는 캠벨 덕택에 그녀는 휀이 있을 때보다 훨씬 편하게 하루하루를 보냈다.

그런 캠벨의 행동은 마치 유능한 비서를 떠올리기에 충분했기에 클라리스는 그녀의 과거가 궁금했다.

그러던 어느 날 밤, 편한 복장으로 책을 읽던 클라리스는 소파에 앉아 차를 마시고 있는 캠벨에게 슬쩍 물었다.

"저, 캠벨. 이곳에 오시기 전에 어떤 일을 하셨나요? 캠벨 같은 분이라면 상당히 좋은 곳에서 일하셨을 것 같은데."

그러자 클라리스에게 시선을 돌린 캠벨은 안경을 매만지며 그녀에게 역으로 물었다.

"제가 대답해 드리면 제가 궁금하게 여기는 점에 대해 답변해 주실 수 있으십니까?"

왠지 모르게 곤란한 느낌이 들었지만 클라리스는 쾌히 고개를 끄덕였다.

"그, 그렇게 하죠. 그럼 먼저 대답해 주세요, 캠벨."

곧 캠벨은 남은 차를 모두 마시고 대답했다.

"저는 오라버니와 관련된 분의 비서를 맡고 있었습니다."

"어머, 정말요? 그렇다면 신과 관련된 일인가요?"

"거기까지는 대답해 드릴 수 없습니다. 그럼 이제 제가 공주님께 여쭙겠습니다."

그녀의 차가운 말투에 클라리스는 잔뜩 긴장한 표정으로 고개를 끄덕였다.

"오라버니와 결혼하셨다는 크리스라는 분은 어떤 분이십니까?"

자신과 관련된 질문은 아니었지만 클라리스는 왠지 매섭게 느껴졌다. 그녀는 한참 우물쭈물하다가 겨우 말을 꺼냈다.

"조, 좋은 분이세요. 2백 년 전에 재상과 만났다고 하던데, 그분을 잘 이해해 주시는 것은 물론이고 내조도 잘하셨죠. 수도 사람 대부분이 재상 부인을 좋게 평가할 정도로 성격도 좋으십니다. 매우 호탕하시죠. 아, 캠벨은 그분을 뵙지 못하셨겠군요. 오신 이후부터 일주일간 한 번도 성 밖을 나간 적이 없으셨으니 말이죠."

"오라버니와 사이는 어떠했습니까?"

왠지 무시당하는 기분이 들었지만 클라리스는 성의껏 대답해 주었다.

"굉장히 좋으셨어요. 재상께서도 겉으로 드러내시진 않았지만 진심으로 부인을 사랑하시는 듯⋯⋯."

"알겠습니다."

"네? 아, 예."

클라리스는 지금 자신이 본 캠벨이 평소의 캠벨이 맞는지 의심스러웠다. 휀 이상으로 냉정하고 침착한 그녀가 지금은 마치 질투의 화신처럼 느껴지는 것이었다. 표정 변화가 거의 없었던 얼굴 역시 지금은 약간 상기되어 있었다.

'오빠의 일을 질투하는 걸까? 설마⋯⋯.'

그녀는 자신의 상상이 제발 틀리길 바라며 읽고 있던 책에 다시 시선을 돌렸다.

한편 휀의 저택에서는 나름대로 고민 중인 두 명이 있었다. 그들은 다름 아닌 프레데릭과 다르칸이었다. 초조한 나머지 다르칸이 거실 중앙을 천천히 왔다 갔다 하자 휀만큼이나 감정 기복이 없는 프레데릭은 짜증이 나고 말았다.

"가만히 있을 수 없나, 다르칸. 그런다고 휀이 오는 건 아니다."

"오지 않아도 지나치게 안 오지 않나. 도대체 누가 휀 라디언트를 철저한 인간이라고 했는지 모르겠군."

거칠게 의자에 앉은 다르칸은 애꿎은 차만 찻잔에 부어 댔다. 휀이 다시 저택에 돌아와 앞으로의 일을 말해 주길 기다린 지 일주일이 지났다. 그 긴 시간 동안 둘은 저택 밖으로 정확히 말해 거실과 침실 외에 다른 곳으로 간 일이 없다. 일주일간 다르칸이 먹은 음식이라고는 차뿐이었기에 그가 상당한 스트레스를 받는 것은 당연했다.

"휜도 이유가 있겠지. 괜히 남에게 장난을 칠 인물은 아니잖아."

"그 말은 이틀 전에도 들었고, 어제도 들었으며 오늘 아침에도 들었다. 지겨워."

다르칸이 화가 나도 단단히 났다고 생각됐는지 프레데릭은 슬그 머니 고개를 끄덕이며 다른 곳으로 시선을 돌렸다. 그때 누군가 거실로 들어오는 소리가 들려왔다.

"다르칸 아저씨, 식사 안 하셔도 정말 괜찮아요?"

슈웰이 식당에서 거실로 나오며 묻자 다르칸은 언제 그랬냐는 듯 표정을 바꾸며 손가락을 부드럽게 저었다.

"후, 괜찮아, 꼬마 아가씨. 날이 갈수록 건강해지는 아가씨의 모습만 봐도 배가 부르니까."

그 말이 마음에 안 들었는지 프레데릭의 두툼한 눈두덩이가 위아래로 미묘하게 꿈틀댔다. 슈웰은 어색한 미소를 지으며 고개를 끄덕였다.

"아, 알았어요, 아저씨. 그럼 쉬세요."

이윽고 밤이 되자 저택에서 일하는 하인들과 크리스, 슈웰 등은 모두 잠자리에 들었다. 하지만 프레데릭과 다르칸은 별다른 움직임 없이 그대로 거실을 점거한 채 앉아 있었다. 바뀐 것이라고는 그들이 사용하는 탁자가 카드놀이판이 됐다는 것뿐이었다.

"넌 여성 하인들에게 상당히 추파를 던지더군. 자신의 할 일을 잊은 건가."

일주일 전과는 달리 능숙한 솜씨로 카드를 돌리던 프레데릭이 의외의 말을 내뱉자 다르칸은 피식 웃으며 고개를 흔들었다.

"그 하인들의 말을 못 들었나 보군. 너에게 마음이 있는 하인도 꽤 있다는 것을 아나?"

프레데릭이 움찔하자 장난기가 발동한 다르칸은 약간의 과장을 섞어 얘기를 계속했다.

"처음엔 인간과는 너무도 다른 네 모습이 그저 무섭게만 느껴졌는데 차차 너의 과묵함과 해박한 지식 그리고 멋있는 목소리에 반하게 됐다 하더군. 후후, 너 같은 타입의 남자를 좋아하는 여성도 있다니 이거 정말 의외인데."

다르칸은 프레데릭이 부끄러워 어쩔 줄 몰라 할 줄 알았다. 그러나 프레데릭은 고개를 저으며 자신의 카드를 뒤집었다.

"풀 하우스. 너는?"

"엉? 음……."

자신의 패가 투 페어밖에 되지 않는 것을 안 다르칸은 실소와 함께 카드를 중앙으로 밀었다.

"역시, 법의 종족에겐 거짓말이 통하지 않는군. 어떻게 알아차렸지?"

프레데릭은 카드를 돌리며 나지막이 말했다.

"나와 이곳에서 카드 게임만 한 자가 어떻게 하인들 말을 듣겠나. 정신이 없는 것 같군, 다르칸."

다르칸은 멋쩍은 듯 쓸쓸히 웃으며 옆으로 흘러내린 자신의 곱슬머리를 쓸어 올렸다.

그때 카드를 돌리던 프레데릭의 손이 멈췄다. 거실 전체에 갑자기 닥친 마의 기운을 느낀 듯, 희미하던 프레데릭의 안광은 마치 어두운 방의 촛불처럼 빛을 발했다. 다르칸 역시 동작을 멈췄지만 그는 곧 프레데릭을 향해 손을 저으며 편하게 말했다.

"아아, 괜찮다, 프레데릭. 전령일 뿐이니 신경 쓰지 않아도 돼. 나와라, 자악마(子惡魔)."

그러자 천장의 그늘 속에서 작은 하급 악마 한 마리가 튀어나와 다르칸 앞에 내려왔다. 머리에서 발끝까지 동글동글하게 생긴 자악마는 아직도 눈을 번뜩이고 있는 프레데릭에게 잔뜩 겁먹었는지 곧장 다르칸 뒤에 숨었고, 다르칸은 웃으며 자신의 뒤에 숨은 자악마를 쓰다듬어 주었다.

"후후, 무서워하지 마라, 꼬마. 저 프레데릭 아저씨는 그렇게 나쁜 사람이 아냐. 가져온 정보나 들려주겠니?"

다르칸의 말에도 자악마는 여전히 프레데릭을 경계했다. 그에게 시선을 둔 채 다르칸에게 뭔가를 속삭인 자악마는 볼일이 끝나자마자 다시 그늘 속으로 사라졌고, 다르칸은 이내 한숨을 쉬며 자신의 얼굴을 비볐다.

"이거 큰일이군."

다르칸이 이렇게 고민스러운 얼굴로 말한 적이 없기에 프레데릭의 궁금증도 당연히 커졌다.

"무슨 일이지?"

다르칸이 품속에서 담배 한 개비를 꺼냈다. 굳은 얼굴로 담배에 불을 붙인 그는 연기를 길게 내뿜으며 자악마가 전해 준 내용을 말했다.

"디아블로 전하가 크리스 부인을 노리고 있다. 이유는 휀이 선택한 여성이 어떤 여성인지 궁금해서라는데 그녀를 데려오는 조건으로 사탄과의 협상을 수락하겠다는 것 같다."

"디아블로?"

디아블로. 그 이름 한마디에 프레데릭의 얼굴이 크게 일그러졌다. 7인의 악마왕 중 가장 용맹하고 호전적인 그는 가장 직선적인 성격을 가진 악마왕이기도 하다. 오랫동안 단련된 자신의 힘과 강력한 정신력을 가진 부하들을 그 어떤 것보다도 신뢰하는 그는 절대 쉬운 길을 택하지 않는다. 그 때문에 태곳적부터 지금까지 많은 부하들을 잃고 자신마저 상처를 입었다.

하지만 마법조차 전투를 쉽게 만든다고 생각하는 그의 저돌적인 힘과 그의 존재에 완전히 미쳐 버린 것 같은 부하들의 정신력은 사탄과 아스타로트 다음가는 가장 강력한 위협이었다.

그런 존재가 크리스를 조건으로 사탄과 협상을 하겠다는 것은 아무리 프레데릭과 다르칸이 강력하다 하더라도 큰 고민거리가 아닐 수 없었다.

"어떤 것을 걱정해야 할지 모르겠군. 크리스 부인을 걱정해야 하는 건지, 아니면 사탄의 진영에 디아블로가 참여하는 것을 걱정해야 하는 건지 말이야. 휀은 자신의 부인이 이런 위기에 빠진 것을 알고 있을까?"

팔짱을 낀 채 고개를 숙인 프레데릭은 아무 말도 하지 않을 것만 같았다. 다르칸이 그나마 희망적인 말을 하기 전까지는.

"그래도 다행인 것은 이번 일에 참여할 악마가 디아블로의 직속 부하들이 아니라 리리스의 부하들이라는 것이지. 그리고 디아블로가 제시한 기한은 오늘부터 사흘이다. 표적은 일단 순수의 결정체에서 크리스 부인에게로 옮겨 갔으니 우리의 행동 방식도 달라지는 것이 좋을 것 같군."

"구체적으로 말해 봐라."

처음에는 이렇게 관심을 가졌던 프레데릭이었지만 다르칸의 얘기를 들을수록 그의 표정은 점점 이상하게 변했다. 결국 다르칸의 설명이 끝났을 때 프레데릭이 내놓은 말은 걱정 그 자체였다.

"휀이 알면 가만있지 않을 것 같은데."

그래도 다르칸은 여유만만했다.

"괜찮아. 부인과 현재의 일을 위한 계획이니 사실을 알게 되면 이해해 주겠지. 그리고 어차피 사흘이잖아. 휀이 추궁한다 해도 죄는 나 혼자 뒤집어쓸 테니 안심해라, 꼬마 프레데릭."

하지만 프레데릭의 얼굴은 펴질 줄 몰랐다.

다르칸의 계획은 다음 날 아침부터 개시되었다.

"저도 같이 운동을 하면 안 되겠습니까, 부인?"

아침 운동을 위해 몸을 풀던 크리스와 슈웰은 다르칸이 의외의 말을 하자 어리둥절한 표정을 지었다. 하지만 평소에 입던 정장 대신 가벼운 운동복까지 갖춰 입고 나온 다르칸을 쉽게 뿌리칠 순 없었기에 결국 둘은 어색하게 웃으며 그의 제의를 받아들였다.

"조, 좋아요. 하지만 당신같이 강한 악마에게도 운동이 필요할 줄은 몰랐는데요?"

그러자 다르칸은 눈웃음을 지으며 크리스의 말을 받아넘겼다.

"후후, 저도 부인과 같이 완벽한 몸매를 지닌 여성에게 운동이 필요할 줄은 몰랐습니다."

크리스와 슈웰은 표정으로 그의 말에 대한 불쾌감을 드러냈지만 다르칸의 초콜릿과 같은 미소는 여전했다. 결국 좋지 않은 분위기에도 셋은 거리를 달리기 시작했다. 한편 창문을 통해 그들의 모습을 보고 대화도 들은 프레데릭은 이마를 짚으며 나지막이 한탄을 터뜨렸다.

"휀, 날 용서하게."

크리스와 슈웰의 러닝 코스에 위치한 주민들은 그녀들이 자신의 가게 앞을 지날 때면 언제나 미소와 인사로 그녀들을 반겨 주었다. 그들과 그들의 할아버지들이 보아 온 귀족의 부인이나 그 자식들의 부담스러울 정도로 하얀 모습은 언제나 명랑하고 자신들과 함께 웃어 주는 그녀들의 모습과 너무도 달랐다.

그녀들을 봐온 지 10년이 넘은 토박이 상인들의 경우에 휀의 장례식이 끝났는데도 그녀들이 열심히 거리를 달리는 모습에 눈시울을 적시기까지 했다.

그러나 오늘은 조금 달랐다. 크리스와 슈웰의 뒤에 갈색 피부의 미남이 달리는 모습을 본 주민들의 얼굴에는 믿지 못하겠다는 기색이 역력했다. 그들의 표정이 왜 그런지는 예상할 수 있었기에 크리스의 얼굴은 달릴수록 파랗게 변해 갔다.

물론 그녀의 뒤를 따르는 다르칸이 그것을 모를 리 없었다. 하지만 그도 여기서 집으로 돌아갈 수는 없었다. 고급 악마로 여겨지는 여섯 개의 기운이 자신들을 철저히 따라다니고 있는 것을 느꼈기 때문이다.

'예전에 봤던 적 있는 리리스의 얼간이 다섯 중 하나와 녀석의 부하들이겠지. 뭐, 그래도 오늘은 함부로 덤비지 않을 거야. 나를 전혀 모르는 바보 악마가 아닌 이상 말이지.'

그렇게 셋은 아무 일 없이 러닝 코스를 돌아 저택으로 돌아갔다.

한편 그들을 끝까지 쫓아다니며 기회를 노리던 다섯 명은 저택 바로 앞 건물에 올라서며 한숨을 내쉬었다.

"정보를 빨리도 입수했군, 다르칸 녀석. 역시 그대로 놔두면 안 되는 위험한 존재였어."

큰 키만큼이나 깡마른 얼굴과 몸을 지닌 악마 릭터는 다르칸이 부하들과 함께 엘살바도르를 빠져나갈 때 자신이 막지 못한 것을 후회하며 눈살을 찌푸렸다. 당시에 다르칸과 그의 부하들을 막았더라면 인간 하나 잡아오는 간단한 일을 이토록 어렵게 처리할 이유가 없지 않겠는가.

하지만 릭터와 그의 부하들은 자신들이 이번 일을 맡은 것이 일생일대 최악의 불운이란 사실을 알지 못하고 있었다.

이윽고 릭터의 부하 한 명이 그에게 다가오며 작게 말했다.

"현재는 다르칸 대신 아네라족으로 보이는 녀석이 목표물을 맡고 있습니다. 지금이라면 가능하지 않겠습니까?"

"흥, 녀석은 보통 아네라족이 아니라 지르콘 나이트란 말이다."

"그, 그건 알지만…… 솔직히 지르콘 나이트가 얼마나 강한지는 모르지 않습니까. 그저 강하다는 것만 알고 있을 뿐 얼마나 강한지, 어떤 능력을 가지고 있는지는 확실히 알려진 바가 없지 않습니까."

그들 사이에 잠시 침묵이 흘렀다.

사실 악마 중에서 아네라족을 상대해 본 적 있는 존재는 극히 드물었다. 아네라족이 워낙 다른 종족의 일에 관여하지 않고 모습을 드러내지 않는 것도 있었지만, 특별히 악마와 아네라가 싸울 만한 일도 없었다. 아네라족, 그것도 지르콘 나이트가 얼마나 강한지 알고 있는 악마는 그들의 최상층부 외에는 없다고 보는 것이 옳았다.

부하의 말에 왠지 모를 자신감을 얻은 릭터는 씩 웃으며 고개를 끄덕였다.

"생각해 보니 그렇군. 그럼 녀석의 힘을 한번 테스트해 보도록 하자."

크리스와 슈웰이 정원에서 대련하는 동안, 프레데릭은 호위를 맡고 있었다. 그가 둘의 대련을 지켜보는 것은 거의 일상생활이나 마찬가지였기에 둘은 다르칸이 호위할 때와는 달리 편하게 움직일 수 있었다. 그래도 몸만 편할 뿐, 평상시엔 거의 볼 수 없는 프레데릭의 무서운 눈빛에 둘은 이상한 부담감을 느껴야만 했다.

"저, 프레데릭. 무슨 안 좋은 일이라도 있나요? 오늘 내내 안색이 좋지 않은데요?"

크리스의 물음에 프레데릭은 대답 대신 고개를 저었지만 표정은 여전했다. 크리스는 무슨 일이 있긴 있는 것 같다고 생각했지만 그 생각은 이내 슈웰의 목소리에 묻히고 말았다.

"뭐 해요, 크리스? 들어가서 씻자고요."

"응? 응, 미안. 어서 들어가자. ……윽!"

그때 바람 소리와 함께 두건과 망토 차림을 한 다섯 개의 그림자가 정원 중앙에 나타났다. 크리스와 슈웰은 흠칫 놀라며 연습용 목검을 거머쥐었지만, 프레데릭에겐 적의 등장이 생각보다 빠른 것일 뿐이었기에 별다른 심경의 변화 없이 자신의 전용 의자에서 천천히 몸을 일으켰다.

"행동이 약간 이르지 않나, 악마들이여."

그 말에 릭터에게 공격을 건의했던 악마가 조소를 던졌다.

"후, 이른지 아니면 절호의 기회인지는 두고 보면 알겠지. 어찌 됐건 각오해라, 아네라족."

악마들이 망토 속에서 단검과 암기들을 무수히 꺼내며 자신들의 전의를 밝혔다. 단검이나 암기는 모두 고급품이었다. 특히 단검은 바람을 가르는 소리마저 들리지 않도록 예술품 같은 독특한 각도와 두께로 이루어져 있었다.

하지만 프레데릭은 사자가 들고양이를 보며 먹이에 대한 투지를 불태우듯 한쪽 눈두덩을 살짝 움직일 뿐이었다. 그는 간단히 그들에게 물었다.

"난 목표가 아니지 않나."

"그건 네가 알 바 아니다!"

순간 수십의 암기가 갑옷의 보호를 받지 않는 프레데릭의 두상을 향해 일직선으로 날아갔다. 음속을 초월한 속도였기에 크리스와 슈웰의 귀에 악마의 목소리가 들린 시각과 프레데릭에게 암기가 적중된 시각은 거의 동시였다.

"프, 프레데릭!"

프레데릭의 뒤에 있던 둘은 그가 방어를 위해 손을 올리지도, 옆으로 피하지도 않았다는 것에 경악을 금치 못했다. 하지만 음속을 넘어선 암기 따위에 쓰러질 지르콘 나이트가 아니었다.

"목표가 잠시나마 나로 바뀐 것인가. 그것도 좋겠군."

중저음의 목소리와 함께 엿가락처럼 늘어진 암기들이 바닥으로 후두둑 떨어졌다. 그것은 마치 수은처럼 풀 위로 퍼져 나가 타는 냄새가 날 것 같았지만 그렇지 않았다. 늘어지고 흘러내리긴 했지만 열에 녹아서 그렇게 된 것은 아니었다.

"프레데릭. 그사이 암기들의 분자결합 구조를 바꿔 버리다니, 하여간 대단한 녀석이야. 다시 싸우기는 더욱 싫고."

창가에 서서 밖의 상황을 지켜보던 다르칸은 씩 웃으며 손에 든 차를 입에 가져갔다.

다르칸의 머릿속엔 수천 년 전, 자신과 프레데릭이 생사를 건 대결을 펼칠 때가 자연스레 떠올랐다.

자신이 어디로 숨고 움직이든 날아오는 프레데릭의 칼 끝은 전투에 대한 경험을 상당히 쌓아 왔다고 자부하던 다르칸을 혼돈 상태에 빠뜨리기에 충분한 위력을 가지고 있었다.

그때 프레데릭이 잡은 검이 라이세네프였던 만큼 그 이상한 기술의 파괴력은 배가 되었다. 결국 다르칸이 어렴풋이 그 기술의 비밀을 알았을 땐 이미 승부가 갈리고 난 뒤였다.

다르칸에겐 떠올리기 싫은 기억이었는지, 그는 두툼한 손바닥으로 자신의 이마를 슬쩍 치며 고개를 저었다.

"저 녀석들 중에 프레데릭의 '웜 블레이드'를 막을 수 있는 녀석이 얼마나 될까? 나도 여태까지 그 비밀을 알아내지 못한 기술인데. 어쨌든 '데스 메이커'까지 나올 일은 없을 테니 난 뭘 좀 먹기나 할까?"

다르칸은 결과가 뻔한 구경거리에 관심이 없는 듯 슬그머니 부엌으로 발길을 돌렸다.

한편 악마들은 자신들의 암기를 상대가 막은 것으로 봐야 할지, 아니면 받아친 것으로 봐야 할지 알 수 없었다. 강철이 열이 아닌 다른 것에 의해 엿처럼 변해 버리는 광경을 그들은 처음 봤다.

"준비되면 오너라."

상대의 1차 공격을 가볍게 막아 낸 프레데릭은 천천히 목과 어깨를 움직이며 몸을 풀었다. 그의 두꺼운 관절들이 내는 무시무시한 소리는 악마들의 몸을 이상할 정도로 압박했다. 슈웰과 크리스 역시 프레데릭이 실제로 싸우는 모습을 보는 건 처음이었기에 기대 반 불안 반 시선으로 그를 지켜봤다.

처음을 끊은 악마는 품속에서 붉은 글씨가 씌어진 갈색 종이를 꺼내며 말했다.

"네가 보여 준 요술에 잠시 놀랐다. 하지만 우리가 직접 나설지 그렇지 않을지는 이 녀석이 평가해 줄 것이다. 나오너라!"

공중으로 떠오른 종이는 곧 파란 불꽃을 내며 타올랐고, 그 불꽃은 점차 커지더니 이내 늑대 인간의 형상을 한 괴물로 모습을 갖췄다. 프레데릭보다 약간 커 보이는 그 괴물은 근육질의 양팔을 벌리며 크게 포효했다. 그 포효에 자신감을 얻은 듯, 괴물을 소환한 악마는 웃음을 흘리며 말했다.

"후후, 잘 상대해 보거라. 지옥의 문지기 켈베로스의 피에서 태어난 이 녀석은……"

그러나 그 악마는 설명을 계속하지 못했다. 앞에 선 괴물을 머리부터 사타구니까지 단숨에 그어 내린 황색 섬광은 악마의 왼팔까지 엄습했고, 악마의 깡마른 팔은 주인의 비명과 함께 공중으로 튀어 올랐다.

"크, 크아아악!"

악마의 비명은 그칠 새가 없었다. 양쪽으로 갈라져 쓰러지는 괴물의 시체 사이로 몸을 내민 프레데릭은 그 악마의 머리를 잡아 올리며 지나치다 싶을 정도로 두 눈을 번뜩였다.

"이제 날 시험하고 싶은 생각 대신 자신이 얼마나 더 살 수 있을지 궁금할 것이다. 저택의 정원에 쓸 거름은 저 괴물의 시체와 네 팔 하나면 충분하니 이제 사라져라."

프레데릭은 던지듯이 악마를 놓아주었다. 하지만 그런 경고가 그들에겐 부족했는지 악마들은 단검을 뽑아 들며 무서운 속도로 프레데릭의 주위를 둘러쌌다.

"동료의 팔 하나를 날린 것으로 우리를 겁줄 생각은 하지 마라! 우리가 느낀 너의 강함은 예상 이하이니까 말이다!"

팔을 잃은 악마 외의 모든 악마들은 기척을 지울 대로 지운 채 엄청난 속도로 움직였다. 사납게 움직이는 악마들의 모습은 슈웰의 눈에 전혀 보이지 않았다. 그녀에게는 그저 프레데릭 주위의 공기가 이상하게 일그러지고 있다고 생각될 뿐이었다.

"어, 얼마나 빠른 거죠, 크리스? 저런 움직임은 처음 봐요."

희미하게나마 악마들의 움직임이 보이긴 하는 크리스였지만 어떻게 움직이는지 정확히 알 정도는 아니었다. 하지만 크리스가 궁금해하는 것은 악마들의 빠른 움직임 따위가 아니었다.

"움직이기만 할 뿐이야. 프레데릭에게 함부로 덤벼들지는 못하고 있어."

"예?"

"자신들의 움직임이 프레데릭에게 모두 읽히고 있다는 것을 알고 있는 거야. 움직이는 쪽은 악마들이지만 공격을 가할 수 있는 쪽은 프레데릭이지. 하지만 프레데릭은 발이 느린 것 같은데……?"

그때 프레데릭의 거구가 하늘로 솟아올랐고 그를 쫓아 악마들역시 발을 굴렀다. 그런데 이상하게도 프레데릭은 자신을 향해 악마들이 올라오는 것을 뻔히 보면서도 허공을 향해 검을 휘둘렀다.

상식 밖의 행동이었기에 크리스의 눈은 크게 벌어졌지만, 진짜상식 밖의 일이 벌어진 것은 바로 그때였다.

"커억!"

비명과 함께 프레데릭이 검을 휘두른 각도나 방향과는 전혀 상관없는 곳에 위치했던 악마 하나가 가슴에 상처를 입고 중심을 잃었다. 마찬가지로 다른 악마들도 프레데릭이 파리를 쫓듯 검을 휘두르는 것에 맞춰 타격을 입고 피를 뿜으며 허공에서 춤을 췄다.

"말도 안 돼! 검 끝이 공간 이동이라도 한다는 거야?"

진공 효과에 의한 간접 타격이었다면 악마들에게 가해진 충격을 어느 정도 이해할 수 있겠지만 각도나 방향을 봤을 때 그것은 전혀 불가능한 일이었다. 검 끝이나 검에서 오는 충격이 공간을 초월해 상대에게 타격을 입힌 것이라고 생각할 수 밖에 없었기에 크리스와 슈웰의 머릿속은 한없이 복잡했다.

몇 번의 칼질이 끝나자 악마들의 몸은 바닥으로 후두둑 떨어졌다. 땅에 사뿐히 내려선 프레데릭은 검을 거두고 악마들에게 말했다.

"너희 대장에게 전해라. 싸워서 원하는 것을 얻고 싶으면 정면 승부를 택하라고. 애꿎은 부하들을 잃느니 그쪽이 더 나을 것이다. 가라."

"으, 으으윽!"

악마들은 신음하듯 이를 갈며 서로를 부축해 어디론가 사라졌다. 잠깐 등장했던 괴물의 조각난 시체와 악마의 팔 역시 매캐한 연기와 함께 모습을 감췄다. 모든 위험이 사라졌다고 생각한 슈웰은 상상 이상의 강함을 보여 준 프레데릭을 향해 재빨리 달려왔다.

"우아, 대단해요, 대단해! 프레데릭 아저씨 정말 강하네요! 그런데 아까 그 이상한 기술 말이에요, 어떤 거예요?"

프레데릭은 주위에 도사리고 있던 악마들의 기운이 모두 사라진 것을 확인하고 검을 거두었다. 물론 슈웰의 질문에 대한 대답도 잊지 않았다.

"아네라족은 자신으로부터 일정 거리 내의 공간을 어느 정도 자유롭게 이용할 수 있다. 그 힘이 어느 수준을 넘어선 아네라족의 경우 검의 최대 타격점, 즉 무기의 끝부분만을 공간 이동시켜 상대에게 예측할 수 없는 타격을 입힐 수 있다. 그러나 무조건 좋다고 볼 기술은 아니지."

"그렇군요! 가르쳐 주세요, 아저씨!"

아네라족이나 아네라족과 같은 공간 사용의 기술을 습득한 존재가 아니면 자신의 웜 블레이드를 습득할 수 없다는 것을 잘 아는 프레데릭은 묵묵히 자신의 자리로 돌아갔다. 그것을 알지 못하는 슈웰은 계속 그를 따라다니며 가르침을 호소했지만 소용없었다.

"아저씨, 너무해요! 그런 굉장한 기술을 혼자만 알고 있는 것은 이기주의라고요!"

"불가능을 가능으로 만들 재주는 나에게 없어."

"그런 것과 가르침은 상관없잖아요!"

그녀의 집착 하나만큼은 휀도 이길 수 없다는 것을 아는 프레데릭이었지만 가르쳐 주겠다는 말을 함부로 할 수 없었다. 다행히 크리스가 슈웰을 안아 말려 그 작은 분쟁은 끝이 났다.

"그래 봤자 배울 수 없을 거야, 슈웰. 그런데 프레데릭, 도대체 왜 악마들이 당신을 공격한 거죠? 그들의 목적은 클라리스 공주님 아니었어요?"

"음……."

프레데릭은 얘기를 해 줄까 했지만 그 생각을 곧바로 접었다. 내일까지만 버티면 끝날 일을 괜히 말해서 크리스를 불안하게 할 필요는 없었다. 여자아이를 다루는 것과 거짓말에 익숙지 않은 그는 어떻게 거짓말을 할까 고민했다.

"프레데릭의 실력은 악마계에 잘 알려지지 않았죠. 저나 제 상급자 외엔 지르콘 나이트의 진정한 능력을 아마 모를 것입니다. 그래서 프레데릭의 실력을 확실히 알아볼 생각이었겠죠."

때마침 다르칸이 정원으로 나오며 능숙한 말솜씨로 프레데릭을 구원해 주었다. 그러나 크리스는 그들이 아는 것보다 더 날카로운 직감을 가진 여자였다.

"거짓말하지 마요, 두 분 다."

그 말 한마디에 다르칸의 갈색 얼굴과 프레데릭의 눈두덩이 동시에 꿈틀댔다. 크리스는 프레데릭 앞에 바짝 다가가며 의문을 제기했다.

"악마들이 나타났을 때 프레데릭은 그들이 올 것을 이미 알고 있는 눈치였어요. 습격을 당한 사람치고는 너무 당당했죠. 게다가 목적이 자신으로 바뀌었냐는 말까지 했어요. 그리고 다르칸 당신도 마찬가지예요."

"제, 제가 말입니까? 아닙니다."

다르칸은 자신도 모르게 옷깃을 매만졌다. 크리스는 그를 곱지 않은 시선으로 쏘아보며 말을 이었다.

"저희와 같이 아침 운동을 하겠다는 것부터 이상했어요. 게다가 운동을 하면서도 신경은 사방으로 분산되어 있었죠. 자, 말씀해 보세요. 두 분 다 정직하게 말씀하시지 않으면 곤란해질 테니 그렇게 아세요."

다르칸과 프레데릭은 상당히 곤란한 얼굴로 서로를 돌아봤다. 어째서 휀 같은 남자가 이 여성에게 잡혀 살았는지 어느 정도는 이해가 된다는 생각도 둘의 표정 속에 섞여 있었다. 결국 다르칸은 길게 한숨을 지으며 얘기를 털어놓았다.

"음, 상황이 이렇게 됐으니 말씀을 드려야겠군요. 아마 내일까지는 사탄 측의 목표물이 클라리스 공주가 아닌 크리스 부인일 겁니다. 제가 아침에 부인을 따라나선 것도 부인이 납치되는 것을 막기 위해서였습니다."

"예? 제가 사탄 측의 목표물이 됐다고요?"

다르칸은 고개를 끄덕이며 당황한 표정의 크리스에게 들어가자는 손짓을 했다.

"얘기가 길어질 테니 일단 들어가시죠. 사실 여기도 위험합니다."

"아, 알았어요. 하지만 사실이겠죠?"

"후후, 판단은 모든 얘기를 듣고 나서 해 주시길."

다르칸의 표정은 어느 정도 밝았다.

자초지종을 들은 크리스와 슈웰의 얼굴은 이상하게 변했다. 특히
자신이 이번 일의 큰 전환점이 될지도 모르는 엄청난 거래 품목이
됐다는 사실에 크리스의 혼란은 더했다. 다르칸의 설명이 끝나자,
그녀는 말도 안 된다는 듯 양팔을 흔들며 말했다.

"어째서 그이가 일을 당한 지 일주일 만에 이런 일이 벌어질 수
있죠? 제가 그이와 결혼한 것부터 잘못이었군요? 아니, 그이와 만
난 것 자체가 말이죠! 왜 저에게 이런 일이 생기는 거냐고요! 하루
하루 살기도 힘든데!"

크리스가 심하게 흥분하자 다르칸은 곧 정색하며 그녀를 진정시
켰다.

"부인, 너무 흥분하지 마시고 제 말을……."

"듣기 싫어요! 그 디아블로인가 뭔가 하는 악마왕이 저를 잡아
가는 게 낫겠어요, 차라리!"

다르칸은 말로 설득할 수 없다고 생각했는지 시선을 다른 곳으
로 돌려 버렸다. 슈웰은 그녀의 팔을 잡으며 어떻게든 흥분을 가라
앉혀 보려 했지만, 휀의 일이 있은 후 일주일 동안 쌓여 온 그녀의
분은 쉽게 가실 줄을 몰랐다.

"저를 위해 저를 지키려고 하는 건가요, 아니면 당신들의 일을
좀더 쉽게 하기 위해서인가요? 솔직히 당신들의 이익을 위해서잖

아요! 저에게 남은 것은 이제 제 몸 하나와 슈웰 그리고 부담스러울 정도로 큰 이 집뿐이에요! 제가 지켜야 할 것은 많지만 저를 진짜로 지켜 줄 사람은 없다고요! 그런데 이젠 상품으로 포장되어 지키느냐 뺏기느냐 하는 놀이에까지 끼어들어야 하나요? 다 필요 없어요! 사탄인가 하는 악마왕이 신이 되든 뭐가 되든 난 이제 상관하고 싶지 않다고요!"

한참을 소리 지른 그녀는 슈웰의 어깨에 얼굴을 묻으며 흐느꼈다. 그녀가 설마 이런 반응까지 보일 줄은 몰랐던 다르칸과 슈웰은 어찌할 바를 몰라 서로를 바라봤지만 특별한 방법이 나오는 것은 아니었다.

하지만 프레데릭은 약간 달랐다. 팔짱을 낀 채 크리스를 무서운 얼굴로 쏘아보던 그는 무슨 생각인지 몹시 가라앉은 목소리로 크리스에게 물었다.

"진심이오?"

그녀는 아무 말도 하지 않았다. 프레데릭은 좁혀진 미간을 더욱 좁히며 다시 말했다.

"지금 당신이 보여 준 모습은 보통의 인간 여성과 심리적으로 다를 바 없소. 하지만 그것이 정상이오. 당신뿐만 아니라 누구나 나약한 모습을 하나쯤은 가지고 있게 마련이오. 지금부터 방으로 올라가 편히 쉬시오. 그 누구도 당신을 방해하지 않게 하리다. 다만 이것만은 알아주시오. 다르칸은 몰라도 난 내 자신의 이익을 위해 이 저택에 있는 것이 아니오. 내 이익을 위했다면 진작에 이번 일에서 손을 떼고 동족에게 돌아갔을 것이오."

크리스의 흐느낌이 곧 잦아들었다. 불안감이 가득했던 다르칸과 슈웰의 시선에는 프레데릭의 큰 모습이 대신 들어와 있었다. 프레데릭은 주먹으로 자신의 가슴 갑옷 위를 살짝 치며 말을 이었다.

"4년 전, 난 휀 라디언트라는 남자와 약속했소. 휀이 사라진 이후 당신과 슈웰 그리고 순수의 결정체를 지켜 줄 것이라고. 순수의 결정체에 관한 것은 도저히 그냥 두고 볼 수 없는 일이고, 또 아네라와 관련된 일이기 때문에 거기에 따른 약속은 이행할 의무가 있었지만 당신과 슈웰을 지켜 주는 것은 솔직히 이행할 의무가 없었소. 그러나 지금은 의무가 생겼소. 당신과 슈웰을 알아 버렸다는 이유하나 때문이오. 그것은 아마 휀도 마찬가지일 것이오."

가만히 듣고만 있던 다르칸이 곧바로 끼어들었다.

"그렇습니다. 임무 처리를 최우선으로 하는 휀 라디언트가 어째서 당신을 사랑했을까요. 도움이 될 게 있어서? 천만의 말씀. 사무적인 측면에서 보자면 당신은 휀이 재상이 된 직후 이혼당해야 했을 것입니다. 방해가 되거든요. 당신이 없었다면 디아블로 문제로 고민할 이유가 없었을 것입니다. 지극히 악마적인 방법을 쓰자면 당신이 디아블로에게 넘어가기 전에 당신을 제거하는 편이 더 좋았을 것입니다. 하지만 그럴 순 없죠. 저도 당신이란 여자와 슈웰이라는 꼬마 아가씨를 알아 버렸으니까요."

다르칸은 프레데릭의 어깨 장갑에 정답게 손을 올렸다. 프레데릭은 상당히 껄끄러운 표정을 지었지만 다르칸은 아랑곳하지 않고 계속 말했다.

"솔직히 즐거웠습니다. 당신과 슈웰이 사는 모습 그리고 일생일대의 적이었던 녀석과 카드놀이를 즐기게 된 일 등은 저에게 새로운 경험이었습니다. 상급자의 명령에 얽매이지 않는다는 것이 이렇게 신나는 일일 줄은 몰랐거든요. 자, 일단 푹 쉬십시오."

크리스는 별다른 말 없이 슈웰과 함께 자신의 방으로 향했다. 손으로 얼굴을 감싼 채 올라가는 그녀의 뒷모습을 프레데릭과 함께 지켜보던 다르칸은 곧 현관 쪽으로 몸을 돌리며 말했다.

"난 지붕에 있겠다. 넌 여기를 맡아라, 프레데릭."

"어째서지?"

그 물음에 다르칸은 표정만큼이나 재치 있게 대답했다.

"이 저택의 지붕은 네가 쓰는 의자처럼 강철이 아니지 않나. 그럼 수고하도록."

그가 나가자 프레데릭은 고개를 저으며 전용 의자 대신 소파에 몸을 실었다. 그의 큰 몸에 어울리지 않게 조심스러운 몸짓이었지만 그가 앉자마자 들려온 심각한 소리는 아쉽게도 기대에 못 미치는 것이었다. 다시 일어난 그는 무거운 얼굴로 옆에 있는 철제 의자 쪽에 시선을 돌렸다.

그가 전용 의자에 앉는 모습을 웃으며 지켜보는 사람은 저택의 하녀들뿐만이 아니었다. 저택에서 수십 블록(수도의 구역 단위. 한 블록에 보통 주택 네 채가 들어간다) 떨어진 곳에 위치한 시계탑의 네모 반듯한 옥상엔 기형적으로 큰 눈과 귀를 가진 악마가 자신의 작은 몸과는 어울리지 않는 큰 덩치의 부하들과 함께 프레데릭을 지켜보고 있었다.

"멍청이 릭터. 휀 라디언트와 맞먹는 아네라의 지르콘 나이트를 상대로 고작 부하 다섯만을 보내다니, 네가 유명세를 타지 못하는 이유가 따로 있었구나. 어쨌거나 힘들게 됐군. 다르칸도 부담스러운 상황에 지르콘 나이트까지 있으니 말이야."

그 악마는 말하는 동안에도 마치 개미핥기의 것과 같은 길고 가는 혀를 쉴 새 없이 날름댔다. 그는 어깨 폭만큼이나 넓은 자신의 머리를 흔들며 나지막이 말했다.

"일단 전력은 저쪽이 강하지만 다르칸이나 지르콘 나이트나 머리는 이 필로프 님보다 나쁜 듯하군. 목표물만 지켜야 할 상황이 아닐 것이다. 약간 비겁하긴 하지만 목표물과 같이 있는 여자아이를 인질로 잡는다면…… 엉?"

그때 악마의 긴 귀를 누군가가 토끼 귀 잡듯이 천천히 움켜쥐었다. 뒤에 서 있는 버릇없는 존재의 접근을 전혀 눈치채지 못한 악마였지만 그는 당황하기는커녕 씩 웃을 뿐이었다.

"후, 어떤 버릇없는 녀석인지 모르지만 상대를 잘못 골랐다. 재주 좋게 기척 없이 접근하긴 했지만 그것만으로 이 필로프 님을 상대한다는 것은 불가능하지. 얘들아!"

악마는 당당히 자신의 부하들을 불렀지만 사지가 조각난 채 쓰러진 그의 부하들은 의식조차 없는 상태였다. 필로프의 귀를 잡고 있는 괴한은 한쪽 발을 그의 등에 가져가며 짧게 중얼댔다.

"귀가 거슬려."

"웅? 자, 잠깐!"

그러나 괴한은 다리에 그대로 힘을 가했고, 필로프의 귀는 끔찍한 소리와 함께 본체에서 뜯겨 나갔다.

"키아악!"

귀가 있던 자리를 잡고 바닥을 구르는 필로프의 옆 얼굴은 고막과 청각기관 등이 그대로 매달린 채였고, 떨어져 나간 귀들은 물에 젖은 걸레처럼 바닥에 내팽개쳐졌다. 한참을 괴로워하던 필로프는 이내 눈을 번뜩이며 괴한에게 시선을 돌렸다. 하지만 그의 눈동자에 서린 분노는 이내 공포로 뒤바뀌었다.

"너, 너는……! 말도 안 돼!"

겁에 질린 필로프는 손과 발 그리고 엉덩이로 슬금슬금 기며 괴한으로부터 벗어나려 애썼다. 그를 차가운 눈빛으로 내려다보던 괴한은 벨트에 매달린 원통형 물체를 손에 쥐었다. 마치 검의 자루처럼 생긴 그 물체의 끝에서 흰색의 빛이 크게 솟아올랐고 이내 검의 형태를 갖추었다.

지식이 해박한 만큼 필로프는 그 무기의 이름을 망설임 없이 부르짖을 수 있었다.

"에릭튜드! 어째서 그 무기가 너에게 있는 거냐!"

괴한은 필로프의 넓은 이마에 검 끝을 대고는 서서히 내리눌렀다. 그는 고통과 공포로 젖어드는 필로프의 큰 눈동자를 향해 차갑게 말했다.

"네가 알 바 아니지."

머리를 빛줄기에 그대로 관통당한 필로프의 시체는 부하들과 마찬가지로 썩은 냄새를 풍기며 타들어 갔다. 그 모습에 별 관심을 보이지 않고 검을 거둔 괴한은 흑색 두건과 복면 사이로 흘러내린 금발을 꼼꼼히 안으로 집어넣으며 시계탑 옥상의 출입구 쪽으로 발걸음을 돌렸다.

하지만 그의 발걸음도 그리 순조롭지는 않았다.

"모습을 많이 바꾸셨군요."

괴한은 출입구 그늘 속에서 들려온 목소리에 발걸음을 멈췄다. 괴한의 시선 속에 들어온 금발의 여성 캠벨은 자신의 안경을 매만지며 빙긋 미소 지었다.

"말스 왕국에 계셔야 할 분이 왜 여기 계신 거죠? 보고 싶은 사람이라도 있었습니까?"

"별로."

괴한의 차디찬 눈동자에는 일말의 변화도 없었다. 쓸쓸한 웃음을 짓고 그의 앞에 바짝 다가온 캠벨은 괴한의 흑색 코트에 묻은 먼지를 손수 털어 주었다.

"아무 일도 없을 테니 걱정 마세요. 어쨌든 이 흑색 코트도 당신께 잘 어울리는군요. 앞으로는 이걸 입으시는 것이 어떨까요?"

잠시 그녀를 바라보던 괴한은 이윽고 그녀의 의견과는 전혀 상관없는 얘기를 꺼냄으로써 이야기의 화제를 바꾸었다.

"순수의 결정체는?"

그의 그런 반응에 상당히 익숙한 듯, 캠벨은 그의 무례에 신경쓰지 않고 친절히 대답해 주었다.

"고귀하고 착한 분이시더군요. 나이에 비해 상당히 침착하신 것은 물론이고 말이죠. 그분 앞에서 표정 관리를 하기란 쉽지 않았습니다. 그분을 보면 저도 모르게 웃고 싶어지거든요."

"잘 관리하도록."

괴한은 그 말만을 남기고 다시 출입구 쪽으로 향했다. 시계탑 옥상에 홀로 남은 캠벨은 눈을 감은 채 길게 심호흡을 하며 마음을 진정시켰다. 그 괴한의 행동이 불쾌하기보다 변하지 않은 그의 모습이 기쁘게 느껴진 탓에 나온 행동이라 하는 것이 옳아 보였다.

"역시나 당신이란 분과는 임무를 같이하면 안 될 것 같군요. 뒷마무리는 언제나 제가 하게 되니까요. 예전이나 지금이나."

그녀의 모습마저 사라진 시계탑의 옥상에 악마의 잔해로 보이는 먼지들만이 바람에게 유린당하고 있을 뿐이었다.

2

일주일간의 고통

날씨가 이틀에 한 번꼴로 흐린 에스토드의 수도는 그 어떤 곳보다 해가 빨리 진다. 대신 눈이 많이 내린다고 하지만 평생 눈만 봐야 하는 수도 주민들에겐 필요 없는 말이었다.

가로등과 식당 유리창에서 뿜어지는 환한 빛들은 퇴근하는 사람들과 젊은 연인들 등 갖가지 사람들의 모습을 비춰 주었다. 일주일 전에 있었던 충격적인 사건은 거의 잊혀진 듯했다.

젊은 재상이 담긴 관이 거리를 지날 때 하염없이 눈물을 흘리던 아이들도 지금은 부모의 손을 꼭 잡고 즐겁게 거리를 걷고 있었다. 하지만 사건이 있기 전보다 활기가 없어진 것만은 사실이었다. 여전히 변하지 않은 것은 밤의 불빛들뿐이었다.

그 불빛이 싫은 듯, 한 고급 식당의 으슥한 곳에서 네 사람이 자리의 어둠만큼이나 흐린 굴로 식사를 하고 있었다. 주문한 음식엔 거의 손도 대지 않은 것으로 보아 그들이 나누는 얘기는 상당히 심각한 내용임이 분명했다.

그들 사이에 놀랍게도 릭터의 모습이 있었다. 복면으로 얼굴을 가리고 있었지만 깡마른 얼굴과 얇은 눈 등은 그가 릭터라는 것을 분명히 말해 주었다. 아침에 받은 충격이 상당한 듯, 앞에서 동료들이 낮은 목소리로 논쟁을 벌이는 동안에도 침묵을 지키던 그는 탁자를 두어 번 살짝 두드려 동료들의 시선을 집중시켰다.

"다르칸에다가, 한계를 알 수 없는 지르콘 나이트 그리고 필로프 녀석을 죽인 의문의 존재…… 이번 일은 어렵다. 다르칸과 지르콘 나이트만으로도 리리스 님께서 직접 나서야 한다. 하지만 리리스 님은 휀의 레퀴엠으로 받은 타격에서 아직 벗어나지 못하고 계시다. 이제 우리에게 주어진 시간은 내일 하루. 어떻게 하면 좋겠나, 동지들이여."

릭터와 같은 급의 악마로 보이는 자가 곧장 조소를 터뜨렸다.

"그렇게 분위기 잡지 않아도 된다, 릭터. 후후, 그 지르콘 나이트에게 어지간히 당했나 보군. 아직도 넋이 나가 있는 것을 보니."

"그러는 너는 그 지르콘 나이트와 혼자서 싸울 자신 있나? 있으면 당장 가서 녀석을 죽여라. 일이 훨씬 수월해질 테니까."

다른 악마의 말에 그 악마는 씁쓸한 표정을 지었다. 그때 또 다른 악마 하나가 얘기를 꺼냈다.

"이렇게 하면 어떻겠나? 어차피 정면 대결로는 힘들다. 우리 네명이 부하들까지 데리고 있다지만 솔직히 이 멤버와 인원으로는 다르칸조차 이기기 힘들다. 그러니 목표를 바꾸는 것이다."

그러자 릭터가 재미있다는 듯 미소를 띠었다.

"목표를 바꾼다…… 무슨 말인지 자세히 설명해 봐라."

악마는 와인으로 목을 축인 후 자세한 설명을 시작했다. 그러나 그 방법이 운명을 달리한 필로프가 진작에 떠올렸던 계획이란 것을 알 리 없다.

일단 그 방법에 찬성한 그들은 계획을 즉시 실행에 옮기기로 하고 자리를 떠났다.

일주일 동안 낮과 밤을 가리지 않고 카드놀이를 한 때문인지 프레데릭은 다르칸이 지붕에 있는데도 무심코 카드에 손을 댔다. 솔직히 지겹긴 했지만 놀이 문화를 많이 접해 보지 못한 그로서는 어쩔 수 없었다.

다르칸을 대신해서 그를 상대하고 있는 슈웰은 승리가 없는 연패 행진에 지쳐 결국 탁자 위에 엎어지고 말았다.

"안 해요, 안 해. 일부러라도 져 주실 생각은 없는 거예요, 아저씨?"

"승부는 냉정한 것이다, 슈웰."

표정 하나 바꾸지 않는 그의 모습에 슈웰은 결국 시선을 돌리고 말았다. 그러다 문득 장난기가 발동한 그녀는 몸을 벌떡 일으키며 프레데릭에게 물었다.

"저, 프레데릭 아저씨는 결혼 안 하셨죠?"

"결혼?"

프레데릭의 한쪽 눈두덩이 크게 움직이자 슈웰은 크게 고개를 끄덕였다.

"예, 결혼요. 아네라족에게 결혼하지 말라는 법은 없을 것 아니에요."

질문이 나오면 으레 팔짱을 끼는 프레데릭은 이번에도 변함 없이 팔짱을 끼며 대답했다.

"결혼이라는 개념 자체가 없다."

"아, 그래요? ……뭐라고요?"

슈웰이 놀라하자 프레데릭은 미간을 살짝 좁혔다.

"남성 아네라와 여성 아네라가 공동으로 살아가기는 하지만 인간처럼 결혼이란 의식을 거행하는 일은 없다. 간단히 말해 의식 자체가 없을 뿐이지."

"아하, 그렇군요. 그럼 좋아하는 여자는 있었어요?"

"있었다."

"그, 그래요?"

사실 슈웰은 당황해하는 프레데릭의 모습을 기대했지만 아쉽게도 그의 답변에는 망설임이란 없었다. 프레데릭은 어지러이 깔려 있던 카드를 정리하며 얘기를 이어 나갔다.

"그녀는 엘살바도르 내부의 도서관에서 도서 관리를 하던 하위 계층의 여성이었다. 정신력도 약하고 육체도 약해 중위 계층이나 상위 계층으로는 도저히 올라갈 수 없는 존재였다. 그저 기계처럼 도서 관리만 했지. 그러나 생각만큼은 보통의 아네라족과 달랐고 또한 자유로웠다."

"생각요? 어째서요?"

"그녀는 사실 아네라 최초의 모험가인 아버지와 함께 아네라의 세계 밖에 있었다. 그러다 엘살바도르 계획에 관심을 가지고 아버지와 작별하고 엘살바도르에 탑승하게 됐지. 그러나 아네라는 그녀가 가진 외부 세계의 지식을 전혀 인정하지 않고 그녀를 도서 관리원으로 전락시켰다. 엘살바도르가 이 세계에 왔을 때, 우연치 않은 기회로 그녀와 얘기할 기회를 가진 난 그녀에게서 아네라가 살고 있는 세계 밖의 이야기를 많이 전해 들을 수가 있었다. 그녀와의 토론은 매우 즐거웠지."

슈웰의 얼굴에 묘한 미소가 흘렀다. 그것을 아는지 모르는지 프레데릭은 얘기를 계속했다.

"난 그녀에게 가지기 시작한 호감만큼 점차 외부 세계에 대한 동경심을 가지게 됐다. 그러나 법칙상으로 아네라에게 허용된 외부 세계와의 접촉은 자료에 의한 것뿐이었기에 난 엘살바도르 밖으로 나가지 못했다. 그러나 그녀가 말했다. 그것은 용기가 없기 때문이라고, 끊임없이 신지식을 탐구하는 아네라의 기본 정신에 위배되는 것이라고 말이다. 지금 느끼는 것이지만 그녀는 결코 약하지 않았다. 나보다 훨씬 강한 생각을 가진 아네라였다. 그러다 엘살바도르에 사건이 벌어졌다. 바로 다르칸이 엘살바도르를 침공해 온 것이다."

"다르칸 아저씨가요?"

"그렇다. 그의 압도적인 힘과 수많은 병력 앞에 엘살바도르는 무력화됐고 거의 모든 동포들이 죽음을 당했다. 가까스로 탈출한 나와 일부 아네라는 엘살바도르를 파괴하자는 측과 그냥 돌아가자는 측으로 갈려 싸웠고, 결국 나와 그녀만이 엘살바도르를 파괴하기 위해 이 세계에 남게 되었다. 그러나 하급 악마들은 몰라도 중급 이상의 악마들에게 그녀가 죽음을 당할 것은 뻔한 일이었다. 난 그녀도 돌려보내려 했지만 그녀는 한사코 가지 않겠다고 버텼다. 결국 난 반드시 돌아가겠다는 기약 없는 약속을 함으로써 그녀를 다른 곳에 돌려보낼 수 있었다."

"그렇군요."

슈웰은 말끝을 흐리며 천천히 고개를 끄덕였다. 잠시 생각하던 그녀는 뭔가 알겠다는 듯 씩 미소를 지었다.

"휀이나 프레데릭 아저씨 모두 똑같은 것 같아요. 좋아하는 사람과 자신의 일 사이에서 고민하는 모습도 그렇고, 결국 자신이 할 일을 택하는 것도 그렇고 말이에요. 히힛, 전 아직 어려서 그런 생각을 이해 못 하겠어요. 상황이 어찌 되든 좋아하는 사람이랑 행복하게 살면 될 것 같은데……."

그러자 프레데릭은 조용히 눈을 감았다.

"나와 휀 사이에는 그것 말고도 또 다른 공통점이 있다. 그것까지는 아직 모르는 모양이군."

"예? 어떤 건데요?"

카드 뭉치로 탁자 위를 툭툭 쳐서 정리를 끝낸 프레데릭은 가벼운 목소리로 대화를 마무리 지었다.

"크리스와 그녀 모두 휀과 나의 행동을 이해해 줬다는 것이다. 진실로 마음이 통한다면 서로가 숙명적으로 해야 할 일을 이해해 주기도 해야지. 물론 내 생각이지만."

"예, 알겠습니다. 그럼 자러 갈게요, 아저씨."

명랑하게 대답한 슈웰은 2층으로 향했다. 홀로 남은 프레데릭은 신경을 집중하려는 듯 눈을 감고 팔짱을 꼈다.

저택 밖에는 함박눈이 내리고 있었다. 지붕에 눈이 쌓인 만큼 그 위에 있는 다르칸에게도 눈이 쌓여 있을 것 같았지만, 그의 머리 위에는 하얀 눈 대신 작은 날개를 파닥이며 전직 악마대공을 위해 우산을 들고 있는 자악마 둘의 모습이 있었다.

책상다리를 한 채 앉아 책을 보던 다르칸은 문득 허리가 아픈지 등을 펴며 인상을 구겼다. 자악마 중 하나가 급히 자신의 허리 쪽으로 오자 다르칸은 웃으며 사양했다.

"됐다. 아무 직책도 없는 식객에게 우산을 씌워 준 것만으로도 너희 할 일을 다한 것이다. 안마까지 해 줄 필요는 없어."

그러자 자악마가 인상을 쓰며 입을 조물조물 움직였다. 공기 중에 퍼지는 그 소리는 단지 듣기 싫은 소리일 뿐이었지만 자악마의 언어를 알고 있는 다르칸은 고개를 저었다.

"너희가 아무리 그렇게 날 띄워 줘도 날 기억하는 하급이나 중급 악마가 별로 없다는 것은 사실이야. 그리고 지금의 나에게 있어서 감투란 것은 가시관(冠)보다 더 부담스러운 것이다. 난 더 이상 정치적인 일에 끼어들고 싶지 않아. 자유 악마가 되고 싶을 뿐이야."

그의 확고부동한 말에 자악마는 울상을 지으며 제자리로 돌아갔다. 그 뒷모습에 쓸쓸한 웃음을 띤 다르칸은 읽던 책에 다시 시선을 돌리려 했다.

그 순간 그의 손이 번개처럼 자악마의 등으로 향했다. 탄환처럼 날아온 빛덩이가 그의 손바닥에 부딪히자 강한 스파크와 함께 자악마들은 멀찌감치 나가떨어졌다. 다르칸의 신속한 방어 덕택에 그들의 목숨은 지장이 없었다.

자악마들을 돌려보낸 다르칸은 손바닥에 흐르는 전류를 굳게 거머쥐며 자리에서 일어났다.

"후후, 각자 행동으로는 목적을 이룰 수 없다는 걸 드디어 알게 됐나? 어쨌든 오랜만이다, 창녀의 부하들."

릭터를 포함한 네 악마의 모습이 나타났다. 기합탄을 쏜 악마는 뻗었던 손을 거두며 말했다.

"못 본 사이 입이 더욱 지저분해졌구나, 다르칸. 어쨌거나 넌 여기서 사라져 줘야겠다. 네가 우리에게 얼마나 방해되는지 네 스스로 잘 알 테니 이유는 굳이 말하지 않겠다."

"고맙군."

한 손을 바지 주머니에 넣은 다르칸은 다른 손으로 포켓 속의 색안경을 꺼내 썼다. 중지로 색안경의 위치를 제대로 잡은 그는 나머지 손도 주머니에 넣으며 턱을 움직였다.

"오늘이 자신의 제삿날이란 것을 각자의 엄마에게 잘 말하고 왔겠지? 자, 오너라. 영원히 번뇌에서 해방되도록 손수 배려해 주마."

"건방진!"

거친 목소리와 함께 흐릿해진 두 악마의 모습이 다르칸의 머리 위에 나타났다. 물론 그동안 주머니 속에 있던 다르칸의 손이 움직인 것은 두말할 나위 없었다.

하지만 다르칸의 손이 일으킨 푸른 파도의 목표물은 공중에 뜬 악마가 아니라 멀찌감치 서 있는 릭터와 다른 악마였다. 지붕을 덮은 갈색 나무판들을 직선으로 가르며 오는 두 개의 충격파를 릭터는 가까스로 피했지만 다른 악마는 발이 느렸는지 그것을 피하지 못했다.

"으, 으아아악!"

비명과 함께, 악마의 다리에 적중한 충격파는 이내 거대한 마법진으로 변하며 공중으로 뭔가를 뿜어 올리기 시작했다. 하얗고 작은 그 물체의 표면에는 절망과 공포에 질린 인간의 얼굴이 하나씩 그려져 있었다. 그것은 다름 아닌 사령(死靈)이었다.

미친 듯이 춤추기 시작한 사령들은 악마의 신체를 하나씩 베어 물고 승천하기 시작했다. 눈과 귀, 코와 입은 물론이고 내장과 근육 하나하나를 물어뜯은 사령들의 표정과 목표물이 된 악마의 표정은 묘하게 교차됐다. 자신의 신체 대부분을 사령들에게 봉양한 악마는 이내 숨이 끊기며 마법진 속으로 스며들어 갔다.

한편 공중에서 다르칸을 노렸던 악마들은 어찌 됐을까.

"크아악!"

그들 역시 비명을 지르긴 마찬가지였다. 충격파 발사와 동시에 다르칸의 등을 뚫고 나온 두 장의 날개는 날카로운 송곳이 되어 악마들의 몸을 꿰뚫었다. 다르칸은 자신의 날개를 타고 흐르는 두 악마의 피가 느껴지는 듯, 오랜만에 악마다운 미소를 지으며 말했다.

"아마겟돈조차 거치지 못한 꼬마들이 나에게 도전해 오다니, 도전을 받은 나로선 창피한 일이구나. 후후, 리리스도 얼마나 급했으면 너희 같은 쓰레기에게 이런 중요한 일을 맡겼겠나. 하인켈이 왔다면 긴장이라도 했겠지만, 난 솔직히 이번 일을 맡은 존재가 너희란 사실을 알자마자 어떻게 너희를 가지고 놀까 걱정부터 했다."

끝이 모인 상태로 상대의 몸을 뚫고 있던 날개들은 주인인 다르칸의 자세가 제대로 돌아오자 크게 펼쳐졌고, 그에 따라 악마들의 몸 역시 찢어져 사방으로 흩어졌다. 다르칸은 지붕에 달라붙어 꿈틀대는 악마들의 신체와 내장을 밟으며 천천히 릭터에게 향했다.

"너무 약하지 않나. 즐길 시간조차 주지 못할 정도로 말이다. 자아, 네가 마지막이겠군. 이름이 닉터였나? 미안하지만 중급 이하의 악마 이름은 기억하기 힘들어서 말이야."

"으, 으윽!"

표면에 묻은 피를 떨어낸 다르칸의 날개는 릭터의 이글거리는 시선 속에서 천천히 사라졌다. 하지만 시선만 그럴 뿐, 릭터의 마른 얼굴에 곧 미소가 드리웠다.

"똑바로 기억하고 있어라! 날 살려 둔 것을 후회하게 될 것이다!"

순간 릭터의 몸이 지붕을 뚫고 아래로 사라졌다. 하지만 다르칸은 그를 쫓지 않았다. 크리스의 방으로 프레데릭이 향한 것을 이미 느끼고 있었기 때문이다.

색안경을 고쳐 쓰며 조금 후 들려올 릭터의 비명을 기대하던 다르칸은 시간이 한참 지났는데도 아무런 느낌이 없자 서서히 표정이 굳어졌다. 갑자기 이상한 생각이 든 것이다.

"녀석, 설마……?"

그의 불안은 곧 현실로 닥쳤다. 유리창이 깨지는 소리와 함께 여성의 큰 목소리가 그의 귀를 울렸다.

"프, 프레데릭 아저씨! 다르칸 아저씨! 살려줘요!"

"이런!"

다르칸은 즉시 소리가 난 쪽으로 몸을 움직였다. 깨진 유리창 밖으로 흩날리는 커튼 사이로 대검을 움켜쥔 프레데릭과 한쪽 팔을 잃은 릭터 그리고 그에게 잡힌 슈웰의 모습이 보였다.

다르칸이 내려오자, 릭터는 자신의 마른 몸을 한껏 펼치더니 슈웰의 몸을 자신의 몸 속으로 집어삼켰다. 그것이 무엇을 뜻하는지 잘 아는 다르칸의 갈색 얼굴은 곧장 일그러졌고, 슈웰의 몸만큼이나 부피가 불어난 릭터는 이제 일이 마무리됐다는 느낌이 들었는지 큰 웃음을 터뜨렸다.

"하하핫! 어떠냐, 다르칸! 이 꼬마와 동화(同化)된 나를 죽인다면 꼬마도 죽는다! 꼬마를 살리고 싶다면 크리스라는 여자만 도시 밖으로 내보내라! 기한은 길지 않다, 하하하핫!"

릭터의 몸은 곧장 어둠 속으로 사라졌다. 불이 하나둘씩 켜지기 시작한 저택을 배경으로 프레데릭과 다르칸의 몸에서 무서운 그러나 부질없는 기운들이 매섭게 뿜어지고 있었다.

하인들을 일단 안심시킨 크리스는 프레데릭, 다르칸과 함께 거실에 모여 회의를 가졌다. 하지만 악마의 동화 능력이 어떤 것인지 잘 알고 있는 다르칸과 프레데릭은 쉽사리 구출 방법을 내놓지 못했다.

릭터와 같이 강력한 동화 능력을 가진 악마와 동화된 존재는 악마가 상처를 입는 것과 똑같이 상처를 입게 된다. 만약 릭터가 목숨을 잃으면 동화된 존재 역시 숨을 거두게 되는 것이다. 게다가 동화된 채로 놔뒀다가는 악마의 몸속에서 완전히 소화되어 버리기 때문에 릭터의 말대로 생각할 기한이 그리 길지 않았다.

거기까지 얘기를 들은 크리스는 결국 눈을 질끈 감고 말았다. 일단 슈웰이 릭터와 동화된 이상 방법이 없다는 것을 깨달았다.

그런 그녀의 모습을 보면서도 프레데릭은 자신의 임무에 충실할 뿐이었다. 그러나 크리스를 지키는 데엔 성공했다 해도 슈웰을 빼앗기게 되었으니 미안하다는 말조차 할 수 없는 지경이었다.

한참 동안 지속된 그 상황을 먼저 뒤흔들어 놓은 사람은 크리스였다. 그녀는 굳은 표정으로 둘을 바라보며 말했다.

"제가 가겠어요."

"부인!"

프레데릭이 벌떡 일어나며 그녀를 말렸지만 크리스는 강하게 고개를 저었다.

"갈 수밖에 없잖아요! 제가 가지 않으면 슈웰이 죽어요! 저는 어차피 미련이 없지만 슈웰은 달라요! 훨씬 밝은 미래가 있는 아이를 모든 걸 잃은 저 때문에 죽게 내버려 둘 순 없어요!"

프레데릭은 그 어떤 말이라도 해서 그녀를 말리고 싶었지만 더이상의 말이 떠오르지 않았다. 그는 수천 년 전, 엘살바도르가 다르칸의 손에 넘어갈 때보다 훨씬 더 절망에 빠진 얼굴로 고개를 떨궜다.

하지만 다르칸은 그와 생각이 약간 다른 듯했다. 그는 평소에 보이지 않던 냉엄한 표정으로 그녀에게 말했다.

"부인이 꼭 가시겠다면 난 부인을 죽이겠습니다. 디아블로 전하가 사탄과 손을 잡는 것이 지금보다 훨씬 더 절망적이니 말입니다."

"다르칸!"

프레데릭의 눈에서 일순간 살기가 뿜어졌지만 다르칸은 아랑곳하지 않고 말을 이었다.

"엄밀히 말해 부인보다는 슈웰이 더 밝은 미래를 가졌습니다. 하지만 디아블로 전하와 사탄이 손을 잡는다면 그 밝은 미래는 보장할 수 없게 됩니다. 그건 너도 알지 않나, 프레데릭."

"음⋯⋯!"

프레데릭은 결국 팔짱을 끼며 등을 돌렸다. 일주일간 같이 지내면서 그의 성격을 어느 정도 파악한 다르칸은 그의 넓은 등판을 보며 쓸쓸한 미소를 지었지만, 이내 표정을 굳히며 크리스에게 말했다.

"자, 선택은 두 가지입니다. 저에게 죽음을 당하시거나, 아니면 슈웰을 포기하시거나."

크리스는 대답 대신 가만히 다르칸과 시선을 마주쳤다. 자신을 죽이겠다는 말을 들었는데도 크리스의 시선에는 미세한 움직임조차 없었다. 오히려 시선이 흔들린 쪽은 다르칸이었다.

손가락에 낀 결혼 반지를 빼서 탁자 위에 놓은 그녀는 웃으며 다르칸에게 말했다.

"슈웰이 돌아오면 저 대신 그 아이를 부탁해요. 두 분 모두 좋은 사람들이니 믿고 맡기는 거예요. 알았죠?"

프레데릭은 묵묵히 고개를 끄덕였다. 다르칸이 자신의 검 디르티스를 들며 일어섰지만 프레데릭은 아무 행동도 취하지 않았다. 그녀가 나간다 해도 다르칸이 움직이지 않을 것을 알기 때문이었다.

"후후……."

그녀가 현관 밖으로 나가는 모습을 끝까지 지켜본 다르칸은 미소를 흘리며 의자에 주저앉았다. 프레데릭은 자신의 의자에 앉으며 나지막이 말했다.

"오늘에야 알 것 같군. 휀 라디언트가 어째서 저 여자를 부인으로 삼았는지."

다르칸도 고개를 끄덕였다.

"그래, 강하다. 아주 강해. 누군가를 죽이기 위해 키워 온 우리의 강함과는 다른 것이 그녀에게 있다. 그 강함에 매료된 휀 라디언트는 그것마저 자신의 것으로 만들고 싶었겠지. 후후후, 어쨌거나 녀석도 매정하군. 자신의 부인이 디아블로 전하의 몸종이 되기 위해 가는데도 나타나지 않다니 말이야. 하, 이제 이 일을 어쩌지?"

다르칸은 쓸쓸히 웃으며 머리를 긁적였다. 우려하던 최악의 시나리오대로 일이 진행되고 있었다. 그 고민이 얼마나 컸던지 둘은 현관문이 다시 열리는 소리조차 느끼지 못했다.

급히 나오느라 간단한 복장밖에 갖추지 못한 크리스에게 눈 내리는 수도의 밤거리는 매우 고된 것이었다. 얇은 옷을 뚫고 들어오는 찬바람과 내리는 눈에 그녀 자신도 모르게 몸을 움츠렸지만 걸음을 멈추지는 않았다.

수도 정문에 다다른 크리스는 수북이 쌓인 눈 위로 전개된 상황에 눈살을 찌푸렸다. 열심히 보초를 서고 있어야 할 병사들이 모조리 목이 날아간 채 누워 있는 것이었다. 자신이 나오는 것을 방해하지 못하도록 조치가 취해진 것이라고 생각한 그녀는 그 운 없는 시체들을 지나 정문을 나섰다.

릭터의 목소리가 들린 것은 그녀가 수도를 나선 지 얼마 되지 않아서였다.

"겁도 없이 혼자 나오다니, 역시 디아블로가 그토록 애타게 찾을 가치가 있는 여자구나. 보통 인간이라면 중급 이상의 악마가 내뿜는 기운에 정신이 이상해질 텐데, 그렇지도 않고 말이야."

"닥치고 모습이나 드러내시지."

순간 크리스의 시야에 눈밭에서 은신하고 있던 릭터의 모습이 나타났다. 만면에 웃음을 띤 그는 크리스 앞에 바짝 다가서며 손가락을 퉁겼다. 그러자 그의 부하들이 나와 크리스를 완전히 포위했고, 상황이 완전히 정리됐음을 느낀 릭터는 동화되어 있던 슈웰을 몸 밖으로 꺼내 눈 위에 떨궈 놓았다.

"예상보다 근육 양이 많은 꼬마였다. 훈련이 잘되었더군. 자, 이제 네가 나에게 동화될 차례다. 지금 상황에서 그 지르콘 나이트나 다르칸 녀석이 나타나면 곤란하거든."

릭터는 슈웰을 동화시킬 때와 마찬가지로 자신의 몸을 크게 펼쳤다. 그 그로테스크한 장면을 두 번째 보는 크리스는 눈을 지그시 감을 뿐이었다.

'미안해요, 여보. 정말 미안해요.'

그 생각을 끝으로 크리스의 의식은 까마득히 멀어져 갔다. 아주 편안하게.

하지만 그녀의 의식 밖에 있는 릭터와 그의 부하들의 경우에는 사정이 달랐다. 처절한 모습으로 으깨진 채 사방에 흩어지는 부하들의 모습을 처음부터 끝까지 지켜본 릭터는 멍한 얼굴로 제자리에 서 있을 뿐이었다.

"뭐, 뭐야?"

그의 시선은 선 채로 의식을 잃은 크리스에게 향했다. 의지와 상관없이 비틀대다가 쓰러진 그녀의 몸은 신기하게도 공중에서 멈췄다. 아니, 누군가의 손에 받쳐 들리고 있었다.

"이 여자를 건드렸나."

흑색 코트에 흑색 복면을 한 그 괴한은 안고 있는 크리스를 내려다보며 릭터에게 물었다. 평소대로라면 송곳니를 드러내며 검을 휘둘러야 할 릭터지만, 지금은 마치 자백제를 맞은 포로처럼 입과 혀를 떨며 대답했다.

"디, 디아블로의 요청으로 리리스 님께서 우리에게 내리신 명이다! 넌 도대체 누구냐! 누군데 감히 방해를 하는 거냐!"

"여자를 건드렸냐고 물었다."

독선적인 질문과 함께 괴한의 차가운 시선은 릭터에게로 향했다. 괴한이 나타난 순간부터 알 수 없는 위압감에 사로잡혀 있던 릭터는 그와 시선을 마주한 순간 자신을 괴롭히는 이상한 압력의 수위가 한층 높아진 것만 같아 견딜 수가 없었다. 숨쉬는 것조차 힘들었는지 기침까지 하는 그에게 크리스를 공중에 띄운 괴한은 천천히 접근해 왔다.

"이 여자를 만지고, 이 여자를 원할 수 있는 존재는 이 세상에 단 한 명뿐이다. 감히 그것을 무시한 존재는 죽는다. 누구라도."

"아, 아아……!"

분명히 키는 릭터가 괴한보다 컸다. 하지만 릭터는 그렇게 생각되지 않는 듯했다. 겁에 질린 짐승처럼 신음 소리를 내며 뒷걸음치는 그의 모습은 가식적인 연극 그 자체였다. 그를 가만히 바라보던 괴한은 크리스를 향해 돌아서며 중얼댔다.

"죽어라."

괴한이 갑자기 돌아서자 릭터는 이내 웃음을 띠며 그대로 괴한의 뒤쪽에 달려들었다. 그러나 그것도 잠시, 설원을 달리는 릭터의 얼굴에 두꺼운 무언가가 와 닿았다. 짧은 비음과 함께 뒤로 나뒹군 그의 눈에 들어온 것은 어둠 속에서 번뜩이는 두 개의 안광이었다.

"너, 넌 또 뭐냐!"

이전과 달리 이번엔 자신감이 생겼는지, 릭터는 단검을 뽑으며 살기를 뿜었다. 상하의 폭이 약간 줄어든 안광은 서서히 그에게 다가가며 굵은 웃음소리를 흘렸다.

"크크큭, 결국엔 장난감을 나에게 보내주는군. 좋아. 즐기자, 꼬마. 난 나에게 온 친구를 심심하게 두지 않는 착한 성격이니까. 크크크큭……."

릭터는 자신의 눈앞에 다가온 회색의 거인이 누구인지 단번에 알 수 있었다. 그렇기 때문에 별다른 비명이나 대사 없이 손에 든 단검을 바닥에 떨어뜨렸다. 릭터의 깡마른 머리를 손에 쥔 회색의 남자는 이윽고 하얀 이를 드러내며 광소를 터뜨렸다.

"죽는 거다. 크크큭, 크하하하핫!"

"으, 응……."

단잠에서 깨어난 크리스는 몸 전체를 감싸고 있는 따스함에 눈을 뜨기 싫었다. 그러나 몸을 뒤척이는 순간 느껴진 누군가의 몸과 땅바닥의 느낌에 그녀는 번쩍 눈을 떴다.

"뭐야!"

그녀는 멍하니 주위를 돌아봤다. 그녀가 있는 곳은 다름 아닌 수도의 정문과 가까운 설원이었고, 옆에는 슈웰이 대자로 누운 채 잠들어 있었다. 그 외에는 심각할 정도로 달라진 것은 없었다. 디아 블로는커녕 그 어떤 악마도 없었다.

"어떻게 된 거지? 어째서 내가 눈 위에서 잠을…… 앗!"

그녀와 슈웰의 위엔 하얀 코트가 덮여 있었다. 적색과 흑색의 패치로 멋지게 장식된 그 코트가 원래 누구의 것이었는지 잘 아는 크리스는 믿을 수 없다는 듯 손으로 입가를 감쌌다. 물론 그것으로 그녀의 놀라움이 끝난 것은 아니었다.

'반지?'

휀의 장례식 이후에도 언제나 끼고 있던 결혼 반지가 그녀의 손에 또다시 끼워져 있었다. 분명 다르칸과 프레데릭 앞에서 반지를 뺐던 기억이 생생한 그녀는 경악할 지경이었다.

잠시 자신의 손과 코트를 바라보던 그녀는 이내 고개를 숙였다. 하얀 입김과 함께 그녀의 입에서는 작은 목소리가 흘러나왔다.

"너무해요. 정말 너무해요, 당신. 사람을 이렇게 놀리다니……."

그녀와 슈웰이 있는 설원과 가까운 숲에서도 입김들이 뿜어지고 있었다. 복면을 턱 아래로 내린 채 담배를 피우던 괴한은 담배를 옆으로 버리며 앞에 보이는 회색 거인에게 말했다.

"가자."

나무에 기댄 채 설원을 바라보던 회색 거인은 씩 웃으며 몸을 나무에서 뗐다.

"크큭, 광고 하나는 멋들어지게 했구나, 죽은 광황. 기분이 어떤가. 원래대로 강해진 기분이."

괴한은 그를 슬쩍 지나치며 허무감이 깃든 목소리로 말했다.

"대답할 이유는 없겠지."

"크크큭, 여전히 버릇없는 녀석. 크하하하핫!"

거인의 광소 속에, 두 남자의 모습은 침엽수림의 어둠을 속으로 서서히 사라졌다.

프레데릭과 다르칸은 집으로 돌아온 크리스 앞에서 고개를 들지 못했다. 겨우 일주일간 지속됐던 자신들의 '완벽한' 거짓말이 오늘 들통난 것을 알았기 때문이다. 거실에 있던 둘의 축 처진 모습에 거실을 지나는 하녀들이 웃음을 자아냈다.

"죄를 알고 있죠, 두 분 모두?"

마치 벌 받는 어린아이처럼 조용히 있던 둘은 크리스의 목소리가 들리자마자 몸을 꿈틀했다. 잠시 있던 다르칸은 어색한 미소를 지으며 변명을 늘어놓았다.

"하하, 죄라기보다 선의의 거짓말이라고 하는 쪽이······."

"듣기 싫어요, 다르칸 아저씨."

크리스의 옆에 서 있는 슈웰은 퉁퉁 부은 눈을 매섭게 뜨며 변명을 일축했고, 다시 고개를 숙인 둘에게 다가선 크리스는 빙긋 웃으며 처벌에 대해 말했다.

"두 분 모두 죗값을 치르셔야 해요. 자, 청소와 빨래 당번 그리고 식사 당번 중 어느 것을 택하시겠어요? 기간은 둘 다 일주일이에요."

그 순간 둘의 표정은 사형 선고를 받은 죄수의 그것과 흡사했다. 정색을 한 둘은 고개를 들며 간절한 어조로 말했다.

"저, 산적을 토벌하면 안 되오, 부인?"

"부인의 마음에 안 드는 나라를 멸망시키거나 누군가를 암살하면 안 되겠습니까?"

프레데릭과 다르칸이 차례로 말한 처벌의 내용에 크리스는 고개를 돌렸다.

"청소와 빨래 그리고 식사뿐이에요. 그 외에 타협안은 아기 보기 외에 없어요."

그녀의 마음을 바꿀 수 없다는 사실을 깨달은 둘은 결국 그녀의 벌을 받아들이며 자신들을 이렇게 만들어 놓은 남자를 저주했다.

식사를 맡은 다르칸과 청소를 맡은 프레데릭의 이야기는 다행히 저택 밖으로 새나가지 않았다. 물론 그들이 그렇게 된 이유 역시 저택 밖으로 알려지지 않았다. 크리스와 슈웰을 아는 사람들은 그들의 얼굴이 지난 일주일보다 훨씬 밝아졌다는 것만 알 뿐이었다.

14장
찬양받지 못한 영웅

1

퍼니오드 탈환 작전

가이라스 최대의 항구이자 야만 종족 5대 집결지 퍼니오드.

야만 종족의 난립 이전에는 말스 왕국과 그 주변의 독립국가들을 상대로 대규모 무역이 이뤄지던 그 도시는 2백 년 전부터 이어져 내려온 석재 건물과 지어진 지 10년도 안 된 대형 고층 건물들의 조화 그리고 각국 사람들이 보여 주는 독특한 방식의 장사 방법 등으로 인해 존재 자체가 예술인 거대 도시였다.

이곳은 말스 왕국 주위의 독립국가 일부보다 오고가는 돈이 더 컸기에 해적들의 제1목표지가 되기도 했지만, 도시의 막대한 자금을 바탕으로 구축된 방어 시설은 어지간한 요새도 따라가지 못할 만큼 견고했다.

그러나 아쉽게도 그 견고함을 몸으로 증명해 보인 쪽은 해적이나 도적이 아닌 가이라스 해방 전선이었다.

말스 왕국으로부터 지원을 받기 위해 몇 차례나 대군을 이끌고 퍼니오드를 쳤던 가이라스 해방 전선의 상황은 성벽 아래와 들판에 무수히 핀 잡초들이 말해 주었다. 땅에 반쯤 묻힌 채 그 잡초들에게 양분을 공급하고 있는 수많은 해골들은 마치 뭔가를 기다리는 듯, 뻥 뚫린 눈을 통해 망연히 하늘을 바라볼 뿐이었다.

"사람이 살고 있을지나 모르겠군. 하여간 어떤 바보가 군대를 이끌었기에 땅이 하얘 보일 정도로 많은 사람이 죽은 거야? 넌 알고 있니, 친구?"

근처 숲에서 은신한 채 퍼니오드 방어선을 정찰하던 지크는 목을 잃은 채 자신의 옆에 쓰러진 브롤을 바라보며 머리를 긁적였다.

"흠, 말로 표현하지 못할 정도의 바보였군. 하여간 정면 승부를 하면 꽤나 시끄러워지겠는데? 생각보다 감시가 심해. 아무래도 잠입은 저녁에나 해야겠어. 헤헷, 식사나 하러 갈까? 그럼 잘 자, 친구."

바람과 함께 그곳을 뜬 지크는 별다른 소리 없이 동료들이 있는 곳으로 향했다. 그리 멀지 않은 곳에 있는 일행의 임시 캠프에는 침구와 텐트 외에 아무것도 없었다. 불을 때다간 위치가 발각될 것이 뻔했기에 일행은 건빵과 말린 고기 그리고 물로 식사를 끝냈다.

자신을 맞아 준 식사 역시 별반 차이가 없었기에 지크는 떫은 얼굴로 물을 마시며 투덜댔다.

"리오, 너 알아?"

"뭘?"

옆에 앉아 무기를 닦던 리오는 형제의 질문에 손을 멈췄다. 지크는 리오의 단단한 어깨에 팔을 기대며 여느 때처럼 궤변을 늘어놓기 시작했다.

"상상해 봐라, 형제야. 빵에 물을 곁들여 먹는 건 우유에 밥을 말아 먹는 것과 같다고. 비위상 조금 나을 뿐이지. 왜 어제 지나친 마을에서 우유를 얻어 오지 않은 거지?"

그러자 리오는 피식 웃으며 헝겊을 쥔 손에 다시 힘을 넣었다.

"후, 네가 우유에 밥 말아 먹는 것을 좋아하는 줄 몰랐지. 다음부터는 명심할게."

"큭! 건방지군, 바람둥이!"

지크는 미소를 지은 채 팔꿈치로 리오의 어깨를 깊숙이 눌렀고, 리오 역시 장난스레 지크를 밀치며 웃음을 지었다.

멀찌감치 떨어진 나무에 기대앉아 둘의 모습을 묵묵히 지켜보던 마르티네즈는 한숨을 길게 내쉬며 고개를 저었다.

"하."

원래 멤버인 랜시와 실루엣에 에이웰과 에이쉘이 가세한 수다 클럽의 대장 브라디는 한참 수다를 떨다가 옆에서 들려온 한숨 소리에 시선을 돌렸다. 눈썹을 꿈틀한 브라디는 그녀에게 곧장 몸을 날렸다.

"마리 대장님, 무슨 일 있으세요?"

희미한 벨 소리와 같은 브라디의 날갯소리에 시선을 돌린 마르티네즈는 또다시 한숨을 쉬며 고민을 털어놓았다.

"모르겠어. 이상할 정도로 리오 씨를 비롯한 모두에게 말을 걸기가 어려워. 그들이 가즈 나이트라서 그런 것인지, 아니면 내 마음속에 뭔가 이상한 것이 자리 잡고 있는 것인지 도무지 모르겠어. 넌 이유를 아니?"

브라디는 팔짱을 단단히 끼며 매섭게 물었다.

"리오 님에게만 그러신 것은 아니겠죠?"

"절대 아냐."

마르티네즈가 인상을 구기며 단호히 대답하자, 브라디는 그제야 표정을 풀며 그녀의 어깨에 내려앉았다.

"히히, 그럼 별것 아니에요. 지금까지 지크 님이나 리오 님께 하셨던 마리 님의 무례한 행동이 주마등처럼 눈앞을 지나치면서 미안한 감정이…… 윽!"

순간 누군가 브라디를 잽싸게 낚아챘다. 그녀를 쥔 손을 등 뒤로 돌린 지크는 마르티네즈를 향해 씩 웃으며 말했다.

"헤헷, 리오가 좀 보자고 하네요, 대장. 아, 그리고 괜한 말에 신경 쓰시면 머리가 더 복잡해져요. 편하게 생각하세요."

"아, 예. 고마워요, 지크 씨."

하지만 마르티네즈의 표정은 더욱 이상해지고 말았다. 지크의 얼굴 역시 흐려졌지만 그녀 자신이 풀지 않으면 안 된다는 것을 잘 아는 그는 더 이상 아무 말도 하지 않았다. 물론 지크의 손 안에서 작은 전쟁이 일어나고 있다는 것도 그가 말하지 못하는 이유 중 하나이기도 했다.

"이거 놔요, 정서 불안의 화신! 제가 무슨 잘못을 했기에 이런 테러를 감행하는 거예요!"

"시끄러워, 헛소리 요정. 넌 개인 면담이 좀 필요할 것 같다."

"이건 납치예요!"

지크가 브라디를 데리고 어디론가 사라진 사이, 마르티네즈는 긴장된 얼굴로 리오 앞에 섰다. 그녀가 오자마자 검을 거둔 리오는 여느 때처럼 웃으며 말했다.

"자, 일상적인 대화를 할까요. 아니면 일 얘기를 할까요."

그다지 변한 것은 없었다. 가즈 나이트란 사실이 밝혀진 이상 그가 약간 거들먹거릴 거란 그녀의 예상은 다행히 빗나갔다. 마르티네즈는 표정 변화 없이 대답했다.

"일에 대해 얘기하죠. 지금 제일 급한 것은 퍼니오드를 치는 일 아닌가요?"

그러자 리오는 양팔을 좌우로 슬쩍 벌리며 고개를 저었다.

"항구 하나 부수는 것은 사바신이나 슈렌 혼자서도 할 수 있습니다. 그 일에 대한 회의는 저녁쯤에 지크가 정찰하고 돌아온 후 하도록 하죠."

"예? 어째서죠?"

리오는 한숨과 함께 대답했다.

"지금 항구에 집결해 있는 브롤이나 투르바는 예전에 들으셨다시피 마구잡이로 복제된, 그야말로 싸우는 기계들입니다. 그런 녀석들 1만 이상이 3년이 넘도록 항구에 주둔해 있다면 어떤 문제가 발생하겠습니까?"

군대 주둔에 필요한 여러 가지 요소들은 병법서 기본에 나오는 것이기에 마르티네즈는 간단히 대답할 수 있었다.

"일단 식량 문제겠죠. 퍼니오드가 아무리 큰 도시라 해도 1만여 병사가 3년 넘게 먹을 식량을 비축하진 못할 테니까요. 게다가 이곳은 날씨도 더운 편이라 저장 식량은 거의 소용없죠. 이 정도 날씨라면 곡물이 아닌 이상 나흘을 넘기기 힘드니까요. 아, 그렇다면 설마……?"

그녀의 눈이 순간 커지자 리오가 고개를 끄덕였다.

"맞습니다. 예상이긴 하지만 도시 사람들이 아직 남아 있을 수 있다는 겁니다. 1만을 위한 작물 재배를 하려면 꽤 많은 사람이 생존해 있겠죠. 과연 그런 것인지, 아니면 야만족 스스로 해결하는 것인지 반드시 확인해야 합니다. 그래야 항구를 통째로 날리든가, 작전을 수립해서 들어가든가 하겠죠."

마르티네즈는 심각한 얼굴로 팔짱을 꼈다. 리오 일행이 가즈 나이트라는 사실에서 비롯된 걱정은 이미 사라진 듯했다. 잠시 생각하던 그녀가 이윽고 입을 열었다.

"남아 있는 사람이 극소수라면, 예를 들어 한두 명이라면 어쩌실 거죠?"

"그래도 살려야겠죠. 어쨌거나 남아 있는 사람이 많을수록 좋습니다. 이번 일은 말스 왕국을 위한 것이기도 있지만 길트 왕자를 위한 것이기도 하니까요. 퍼니오드 같은 난공불락의 도시를 길트 왕자가 탈환했다는 소문이 왕국에 퍼지면 털끝 하나도 남지 않은 왕족의 기상을 단번에 드높일 수 있을 것입니다."

"예? 하지만 군대도 없이 탈환했다는 소문도 같이 퍼질 텐데요? 그렇게 되면 근거 없는 헛소문이 되고, 길트 왕자님은 영원히 묻혀 버릴지도 모릅니다."

"군대가 왜 없습니까?"

리오는 빙긋 웃으며 주위를 둘러보라는 손짓을 했다. 그의 손끝을 따라 눈을 돌린 마르티네즈에게 보인 것은 나무에 기대어 잠을 자고 있는 슈렌과 수다를 떨고 있는 여자아이들의 뒷모습이었다. 보이지 않는 사람으로 바이칼, 사바신, 길트 등이 있었지만 그녀의 표정에 먹구름이 끼는 것은 시간문제였다.

"군대라고 하기엔 인원이 좀 부족하지 않을까요?"

"후훗, 괜찮습니다. 일이 좋은 쪽으로 진행된다면 길트 왕자가 이 군대에 대한 문제는 알아서 할 테니 말입니다."

마르티네즈는 심히 걱정됐지만 리오가 그렇게 말하고 넘긴 일 치고 나쁘게 된 일은 없었기에 별다른 반론은 꺼내지 않았다.

한편 길트는 일행과 약간 떨어진 곳에서 마신들과 얘기를 나누고 있었다. 듀 베를을 떠난 이후 그는 세 마신들과 자주 대화를 나눴다. 일단 같이 행동하기로 한 만큼 그들과 서먹서먹한 사이가 되면 곤란할 것 같다는 판단에서였다.

그러나 마신들의 반응은 여전히 차갑거나, 무뚝뚝하거나, 길트의 말을 무시하는 것이 대부분이었다. 길트는 그런 마신들에게 하소연하듯 팔을 벌리며 말했다.

"제발 뭐라고 말씀 좀 해 주십시오. 내일이면 퍼니오드에 들어갈 텐데 거기에 대한 아무 말씀도 안 하실 생각이십니까?"

굵직한 나뭇가지 위에 앉아 그늘을 즐기던 헬리온은 그 말을 듣자마자 실소를 머금으며 물었다.

"흥, 우리가 무슨 말을 하길 바라는데?"

생각지 못한 질문을 받고 길트는 당황하며 말했다.

"그, 그러니까 조언이나 반박 등등 말입니다. 여러분의 경험을 살린다면 이번 일을 더 쉽게 풀어 나갈 수 있지 않겠습니까."

그러자 헬리온과 게일러가 동시에 웃음을 터뜨렸다. 먼저 웃음을 멈춘 게일러는 표정을 잔뜩 찌푸린 길트에게 충고하듯 말했다.

"잘 들으시오, 왕자. 우리는 능동적인 존재가 아니라 수동적인 존재요. 우리가 목숨을 걸고 충성을 맹세한 분께서 당신의 명을 철저히 따르라는 명을 내리셨기 때문에 우리는 이곳에 있는 것이오. 좀 심하게 말해, 당신이 우리보고 자살하라면 자살할 수도 있을 거요. 그 정도로 우리는 당신이 명을 내리면 그대로 따를 각오가 되어 있소. 그러나 당신이 명령을 내리지 않는다면 우리는 절대 움직이지 않소. 우리는 당신의 수족과 같은 존재요."

헬리온이 말을 이었다.

"그리고 가즈 나이트라는 녀석들을 무시하지 않는 게 좋아. 아무리 우리가 녀석들보다 먼저 탄생했다지만 녀석들만큼 다양한 경험과 전투를 거치진 못했어. 녀석들에게 내려지는 임무는 그 처리 과정이 자유롭지만 우리에게 내려지는 임무는 외길과 같아. 우리와 녀석들을 비교하지 않는 게 좋아. 특히 그 리오 스나이퍼라는 녀석과는 말이야. 우리의 의견은 거의 도움이 안 돼."

그들의 말이 흘러나오는 동안 길트의 표정은 서서히 바뀌었다. 그는 멋쩍은 듯 머리를 긁적이며 말했다.

"그, 그런가요? 하지만 조금이라도 도움이 될지도……."

"하여튼 우린 몰라. 도움이 되고 싶으면 직접 참여하시는 게 좋아, 왕자. 내릴 명령이 생각나면 불러줘. 그렇지 않으면 우리를 방해하지 말고."

헬리온은 팔베개를 하며 눈을 감았고 아스가르드와 헬리온 역시 길트로부터 시선을 돌렸다. 그 자리에 멍하니 서서 헬리온을 바라보던 길트는 뭔가 생각난 듯 빙긋 웃으며 말했다.

"헬리온은 지크 님과 상당히 비슷하신 것 같군요."

그 순간 헬리온의 오렌지색 머리가 화르륵 타올랐다. 사납게 눈을 부릅뜬 그는 이내 자리에서 일어나더니 길트를 향해 고래고래 소리 질렀다.

"그 얼간이와 날 비교하다니! 차라리 욕을 해, 왕자!"

"예? 이, 이건 좋은 비교인데요?"

"시끄러워! 더 이상 날 화나게 하지 말고 썩 꺼져!"

"아, 예! 그럼 편히 쉬십시오!"

허겁지겁 일행이 있는 쪽으로 돌아가면서도 길트는 헬리온이 왜 화를 내는지 도저히 이해할 수 없었다.

그날 저녁, 지크와 리오는 정탐을 위해 다시금 퍼니오드로 향했다. 낮에 지크가 숲에 있던 정찰병을 처치한 덕분인지 숲을 시작으로 외곽 성벽까지 이어진 감시망은 더욱 철통같았다. 하지만 야만족의 감각 정도는 무시할 수 있는 속도와 잠입 능력을 가진 이들이었기에 별다른 문제는 발생하지 않았다.

정상적인 붉은 불 대신 파란 불로 사방이 밝혀져 있는 외곽 성벽을 가뿐히 넘어 2차 성벽에 다다른 둘은 한숨을 쉬지 않을 수 없었다. 마법에 의한 부비트랩들이 두 성벽 사이에 잔뜩 깔려 있는 탓이었다.

"도대체 도시 안에 뭐가 있기에 이런 걸 깔아 놓은 거야? 정탐하면 덧나나?"

지크는 이를 갈며 눈을 꼭 감았다 떴다. 온통 붉은색으로 변한 그의 시야에 밭에 널린 양배추처럼 땅에 무수히 깔려 있는 흰색 점들이 들어왔다.

역시 시야를 다른 쪽으로 돌린 리오는 형제의 어깨를 두드리며 주의 사항을 일러 줬다.

"옆으로는 지나도 괜찮지만 위로는 절대 지나지 마. 밟든 밟지 않든 탐지 범위 위에 중형 이상의 생물체가 들어오면 트랩이 무조건 작동하게 되어 있어. 뭐, 밟아도 너나 나나 별 피해는 없겠지만 정탐은 그것으로 끝이야."

"알았으니 가자, 안내원. 일일이 설명 듣다간 해 뜨겠어."

재킷 지퍼를 단단히 채운 지크는 상당히 빠르고 능숙한 몸짓으로 트랩들을 피해 나가기 시작했다. 망토를 미리 벗고 온 리오는 디바이너를 등에 찬 후 소리 없이 트랩들을 피해 움직였다.

수백 걸음에 달하는 땅에 깔린 트랩들을 모두 피한 둘은 외곽 성벽보다 약간 낮은 2차 성벽에 다다랐다. 그러나 울퉁불퉁한 외곽 성벽과는 달리 매끈하게 다듬어진 2차 성벽은 틈새나 돌을 잡고 기어오르기가 쉽지 않았기에 둘은 약간 다른 방법으로 성벽을 올라야 했다.

"젠장, 매니큐어라도 빌려 올걸. 손톱이 다 나갈 것 같아."

"바랄 걸 바라."

리오는 피식 웃으며 성벽에 손가락을 박아 넣었다. 소리가 들리지 않도록 마치 찰흙을 누르듯 손가락으로 성벽 표면을 내리눌러야 했기에 둘의 고생은 이만저만이 아니었다.

성벽 중간쯤 다다랐을 때, 이마에 땀이 잔뜩 맺힌 지크가 질문을 던졌다.

"날아서 올라가면 안 돼? 너무 힘들어."

리오는 멀리 보이는 외곽 성벽의 파란 불들을 눈짓으로 가리키며 대답했다.

"저 마법의 불 때문에 안 돼. 기준치 이상의 기력이나 마력이 사용되면 저 불이 녹색으로 변하지. 어쨌거나 네 말대로 도시 안에 뭔가 큰 게 있는 모양이다. 이 정도가 외곽 경비라면 말이지."

"호호, 너무 기뻐서 눈물이 다 나는군."

잠시 후 성벽 정상에 다다른 둘은 경비가 자신들의 머리 위를 지나가는 순간 몸을 날려 성벽 안쪽으로 뛰어들었다. 가능한 한 소리 없이 바닥에 착지한 둘은 자신들이 적의 진지에 들어왔다는 것을 알게 됐지만 막사만 있을 뿐 보초가 없었기에 별 문제 없었다. 둘은 즉시 저 멀리 보이는 도시로 달려갔다.

건물 지붕에서 도시를 정찰하던 리오와 지크는 놀라운 사실 두 가지를 발견할 수 있었다. 첫 번째는 도시 사람들이 대다수 살아 있다는 것이고 두 번째는 내, 외곽의 철저한 경비였다.

거의 모든 사람들이 노예에 가까운 허름한 복장으로 거리를 돌아다녔다. 물론 자유롭게 돌아다니는 것은 아니었다. 주민들은 남녀노소 할 것 없이 야만족들의 철저한 감시 아래 항구 쪽으로 향하고 있었다. 맨몸은 아니었고 모두가 술통처럼 생긴 정체불명의 나무통을 들고 있었다.

"저건 뭘까? 식량인가?"

지붕 위에 숨은 채 사람들의 행렬을 지켜보던 리오는 고개를 살짝 저었다.

"식량이라면 적 본진이 있는 쪽으로 옮기겠지. 그리고 통에서 풍기는 것은 곡물 냄새가 아냐. 처음 맡는 냄새인데?"

"그래? 흠."

지크는 혹시나 하고 냄새를 맡아 봤다. 잠시 후 지크의 표정은 이상할 정도로 하얗게 변했다.

"뭐야, 이럴 리 없는데? 내가 냄새를 잘못 맡은 건가?"

"응? 왜 그래?"

"아, 아냐. 가만있어 봐."

오랜만에 진지한 표정을 지은 지크는 지붕을 덮은 석판의 조각 하나를 떼더니 그것을 던져 아래로 지나가는 나무통 하나에 구멍을 뚫었다. 그러자 나무통에서 노란색 가루가 뿜어져 나왔고 야만족과 사람들 사이에 바로 대혼란이 벌어졌다.

"저 가루는 뭐야? 혹시 아는 물질이야?"

리오가 눈을 동그랗게 뜨며 묻자, 지크는 쓴웃음을 지으며 대답했다.

"당연하지. 저건 우라늄이야."

"뭐?"

우라늄이란 것이 어디에 쓰이는지는 잘 알고 있는 리오였기에 놀라움의 강도는 컸다. 지크는 가루를 주워 담느라 바쁜 야만족과 사람들을 보며 말을 이었다.

"정제된 우라늄은 노란색을 띠어 '옐로 케이크'라 불리지. 물론 저것만으로 폭탄을 만들진 못해. 첨단 정제 공장이 아니면 저걸 사용하는 것이 불가능한데 혹시 항구에 정제 공장이 있는 건가? 아니면…….."

"배를 통해 정제 공장이 있는 곳으로 운반하겠지. 그럴 만한 시설이 있는 곳은 이 세계에 단 한 군데뿐이야."

말을 마친 리오는 곧장 일어나 항구 쪽으로 달리기 시작했다. 지크는 그를 따라 달리며 다급히 물었다.

"이 세계에 그런 시설이 존재한단 말이야? 거기가 어딘데?"

"뻔하잖아. 엘살바도르지. 혹시 모르니까 일단 항구로 가 보자."

지붕들 사이를 바람같이 뛰며 항구에 도착한 둘은 나무통들이 차례차례 실리고 있는 범선들을 볼 수 있었다. 선체 크기만큼이나 선적되는 나무통의 양도 상당했기에 지크는 고개를 설레설레 저으며 중얼댔다.

"이거 대단한데? 저 정도 양이라면 이 행성을 몇십 번 날리고도 남겠어. 그런데 그 엘살바도르라는 것이 저렇게 막대한 에너지를 먹어치워야 뜰 수 있는 괴물이었어?"

잠시 생각하던 리오가 곧 고개를 끄덕였다.

"어찌 보면 그래. 드래고니스에서 사용하는 정제된 오리하르콘 결정의 에너지량을 생각하면 저 정도는 필요할지 몰라. 자, 알아내야 할 것은 대충 알아냈으니 일단 돌아가자. 내일 있을 파티를 준

비해야지."

"헤헷, 좋아."

둘의 모습은 도시에 들어올 때보다 훨씬 빠른 속도로 사라졌다. 큰 사실을 알게 된 기쁨 탓인지, 그들은 자신들이 있던 곳 바로 근처에서 빛나는 두 개의 붉은빛을 느끼지도 발견하지도 못했다.

그 빛은 서서히 잦아들며 소리를 냈다. 그 소리는 굉음이나 짐승의 울음소리는 아니었다. 사람의 목소리였다.

"이릅니다, 여러분. 설마 여러분이 이곳으로 올 줄은 몰랐습니다. 그러나 좋은 타이밍입니다. 아주 좋은 타이밍입니다. 저도 이제 쉴 수 있겠군요."

빛의 기척은 이윽고 완전히 사라졌다. 공간이 흔들리는 소리와 함께.

다음 날 새벽, 리오는 모두를 불러 놓고 작전 회의를 시작했다. 회의에 참가한 사람은 리오와 지크, 슈렌, 사바신, 길트와 마신들 등이었다.

바이칼을 비롯한 다른 사람들은 편안히 잠을 자고 있었다. 바이칼이 빠진 것에 지크 등은 의아해했지만 만약의 경우를 대비한 리오의 생각이기에 모두는 그 이상 바이칼에 대해 거론하지 않았다.

퍼니오드의 지도를 보며 어제 봤던 도시의 구조를 떠올린 리오는 슈렌과 상의하며 들어갈 방향을 정했다. 그동안 다른 작전 참가자들은 길트의 간곡한 요구에 따라 대화의 장을 열었다. 그러나 진행 상황은 길트가 원하는 방향과는 전혀 상관없는 쪽으로 흘러가고 있었다.

"남의 일에 참견하지 말란 말이다! 우리는 뭐 좋아서 길트 왕자를 따르는 줄 아나?"

"젠장, 먼저 시비를 건 쪽은 너희잖아! 괜한 말로 길트를 혼란스럽게 하지 말고 가만히 있어!"

"네가 무슨 왕자의 친형이라도 되는 줄 아나 본데 착각하지 말고 너나 닥치고 있어, 바람의 가즈 나이트. 너도 네 일만 하고 이 세계에서 꺼지면 되지 않나?"

"복잡하게 말 꼬지 말고 붙어 보자, 이거야! 난 단순해서 말싸움은 잘 못하거든!"

지크와 헬리온이 폭발 직전의 상황까지 가자, 불에 기름을 끼얹었다는 것을 깨달은 길트는 다급히 둘을 말렸다.

"그, 그만하십시오, 제발! 이러자고 모인 것은 아니지 않습니까!"

"얘기해 보라고 한 사람은 너잖아! 난 저 녀석이 소원하는 대로 결판을 내야겠어!"

"좋아, 덤벼 봐! 불장난하다가 다친 녀석!"

결국 사바신과 게일러가 각자의 동료들을 말리는 것으로 사태는 진정됐지만 길트의 기분은 그야말로 나락에 떨어졌다.

'아아, 사람을 다룬다는 것이 생각보다 힘들구나. 하지만 괜찮겠지. 저 사람들은 이번 일을 끝으로 헤어질 테니까.'

약간이나마 안심하는 그였지만 리오는 그 마음을 모르고 있었다. 슈렌과 상의를 마치고 길트 옆에 선 리오는 그의 어깨를 두드리며 말했다.

"계속 시도해 보는 것이 좋아. 앞으로 이런 일이 계속 발생할 테니 말이야."

"예…… 예?"

"저번에 말했잖아. 지크와 사바신은 여기 남아서 널 돕게 될 거라고 말이야."

완전히 절망에 빠진 그를 뒤로한 채, 리오는 모두를 불러 모아 작전을 설명했다.

대강 설명이 끝난 뒤, 지크는 이번 작전이 상당히 마음에 안 든다는 얼굴로 투덜댔다.

"이봐, 왜 멋있는 역할은 둘이서 하고 힘든 역할은 우리가 하는 거야? 게다가 길트는 왜 우리가 맡아야 해? 약간 강해졌다고는 하지만 아직은 짐일 뿐이잖아."

사바신도 같은 얼굴로 그를 거들었다.

"우리가 가장 거친 역할인데, 가장 다치지 말아야 할 사람을 우리에게 맡기는 건 좀 심하잖아. 생각을 좀 바꾸면 안 되겠어?"

그러자 슈렌이 눈을 살짝 뜨며 타이르듯 말했다.

"시행해 보면 일이 어찌될지 알 수 있어. 정말로 그 역할이 싫다면 이쪽에 와도 돼. 진짜 힘든 일을 할 사람은 이쪽이란 것만 알아둬."

"진짜?"

"사실인지 아닌지는 해 보면 알 것이다."

슈렌이 그렇게 나오자 지크와 사바신의 마음도 웬만큼 가라앉았다. 불만이 정리되자마자 리오는 곧바로 출발 신호를 보냈다.

"자, 작전 실행 시간은 정오 정각이다. 그럼 안에서 만나자."

"와."

가만히 있던 지크와 사바신은 힘없는 목소리로 팔을 들어 만세를 불렀다.

둘의 갑작스러운 행동에 헬리온을 비롯한 마신들은 움찔하며 그들에게서 물러났다. 둘을 자주 접하지 못한 마신들로서는 당연한 반응이었다.

"우, 우리도 저래야 하는 건가?"

"뭔가 신호가 담겨 있는 게 분명해. 가즈 나이트잖아."

물론 길트는 지크와 사바신의 행동이 어떤 것인지 알고 있었다. 별 뜻 없는 행동이란 것을.

정오가 다 된 시각. 이젠 주인이 없을 것 같던 퍼니오드의 시장실에서 흑색의 광대복을 입은 한 남자가 창문으로 들어오는 정오의 햇살을 등진 채 가면 하나를 매만지고 있었다.

윤기 있는 흑색 표면 위에 적색의 실선들로 멋지게 장식된 가면을 천천히 닦던 남자는 시장실 한구석에 있던 시계가 흐리멍덩한 종소리를 내자 씩 웃으며 가면을 얼굴에 썼다.

"소문에 의하면, 리오 스나이퍼는 정오를 좋아한다지?"

가면을 제외하고 머리를 온통 감싸는 타이트는 광대의 것과 비슷했지만 그것보다 훨씬 중후하게 생긴 두건으로 자신의 머리 장식을 마무리한 남자는 자리에서 일어나 천장을 향해 손을 뻗었다.

"오늘로 너의 주인이 바뀔지도 모르겠구나, 할로윈."

보라색과 흑색의 기묘한 빛과 함께 천장에서 내려온 거대한 낫. 사신의 낫을 연상시키는 그 무기는 남자의 손에 들리자마자 기묘한 공명음을 냈다. 남자는 마치 실연을 앞둔 애인을 위로하듯 낫의 시퍼런 날을 얼굴로 부드럽게 쓰다듬었다.

"걱정하지 말아라, 좋은 젊은이들이니까. 아주 강하고 아주 착한 젊은이들이지. 자, 할로윈. 마지막이 될지 모를 축제를 벌여 보자꾸나."

하인켈은 손가락으로 낫을 두어 바퀴 돌리며 시장실 문을 열었다.

그러자마자 그의 귀에 들린 것은 바삐 뛰어다니는 브롤, 투르바의 발소리와 비명 소리였다. 그가 시장실에서 나온 것을 본 브롤은 허겁지겁 그의 앞에 무릎을 꿇으며 말했다.

"보고드립니다, 하인켈 님! 상당히 강한 인간 전사 둘이 도시 서쪽에서부터 일직선으로 밀고 들어오고 있습니다! 수비대의 보고에 의하면, 두 전사 중 하나는 붉은 머리 사신이라고 합니다!"

"나머지 한 명은?"

"정확하진 않지만, 파란 장발의 남자라고 합니다!"

그 말에 가면의 눈구멍을 통해 살짝 보이는 하인켈의 눈이 작게 꿈틀댔다.

"그렇다면 정면에서 치고 들어오겠군. 하긴, 정면이 더 약하니까."

브롤이 화들짝 놀라며 고개를 들었지만 하인켈은 신경 쓰지 않고 손가락을 퉁겼다. 그 소리에 맞춰 그의 뒤로 두 명의 조커 나이트가 나타났고, 하인켈은 고개를 살짝 돌리며 지시를 내렸다.

"저승사자 부대를 제외한 모든 조커 나이트로 리오 스나이퍼와 슈렌 스나이퍼를 막아라. 저승사자 부대는 날 따라 정문으로 향한다."

지령을 받은 두 조커 나이트는 곧장 사라졌다. 하인켈 역시 자리를 바꾸기 위해 발걸음을 옮겼으나, 그에게 보고를 하던 브롤이 다시 그를 막아 서며 물었다.

"저, 수송을 위해 준비한 광물들은 어떻게 합니까? 그곳에 대한 비밀을 안다면 적들이 분명 광물들을 노릴 텐데 말입니다."

하인켈은 그를 지나치며 짧게 대답했다.

"출발시켜라. 지금 출발시킨다 해도 적들은 배를 따라잡을 수 없다. 절대."

"예? 아, 알겠습니다!"

하인켈은 곧장 시청을 나섰다.

서쪽에서 들려오는 폭음에 놀란 주민들은 브롤이나 투르바들이 뛰어가는 방향과 반대쪽으로 대피하느라 여념이 없었다. 물론 자유로운 대피가 아닌, 야만족들이 미리 만들어 둔 집단 수용소로 가는 것이었다.

어른들에게 이끌리고 안긴 채 같이 대피하는 아이들의 모습을 지나치며 하인켈은 멀리 보이는 정문을 향해 나지막이 중얼댔다.

"약한 자는 고기가 되고, 강한 자는 그 고기를 먹는다. 우린 고기를 먹는 존재이고, 적은 쓸데없이 그 고기를 지키는 자다. 그들이 왜 적인가? 아군이 아니니까? 그런 단순한 생각이 당신의 진정한 뜻은 아니지 않습니까, 나의 주군 사탄이시여."

"아얏!"

그때 부모를 따라 대피하던 한 소년이 하인켈과 부딪혀 쓰러지고 말았다. 그 순간 근처를 지나던 사람들의 안색은 새파랗게 변해 버렸다. 소년의 부모는 허겁지겁 하인켈의 앞에 무릎을 꿇고 빌기 시작했다.

그들이 뭐라고 말하며 비는지, 소년이 어째서 자신에게 시선을 둔 채 오줌을 지리는지 하인켈은 알고 싶지 않았다. 그저 옛 생각이 날 뿐이었다. 소년과 부모를 지나친 하인켈은 할로윈을 잡은 손에 힘을 넣으며 다시금 중얼댔다.

"그 누가 당신을 잔혹하다 평해도 전 믿지 않았습니다. 천사들과 인간 그리고 용족에게 더럽고 사악한 존재라며 괴롭힘을 당하던 악마들을 위해 일어난 분이 바로 당신이란 것을 알기 때문입니다. 당신은 짓밟힌 악마들의 수만큼 천사들과 인간들을 도륙했고, 그로 인해 자신의 의지와는 상관없이 아롤 님의 명에 따라 제1악마왕이 되셨습니다. 그리고 아마겟돈을 거치셨습니다. 그 이후로, 당신은 달라지셨습니다. 맑은 눈물 대신 피를 손에 머금으셨습니다. 물론 저도 마찬가지지만 말입니다."

성문 밖도 난리가 아니었다. 어디선가 날아오는 바위와 화염 그리고 폭풍 때문에 야만족들은 바깥에 있는 적에 비해 압도적인 수였는데도 쉽사리 나가지 못했다.

어느새 자신의 뒤에 선 저승사자 부대와 함께 성문을 나선 하인켈은 멀리 보이는 한 남자에게 시선을 집중한 채 말했다.

"처음의 당신과 똑같은 모습을 지닌 젊은이가 제 눈앞에 있습니다. 육체보다 강한 영혼을 지닌 재미있는 젊은이입니다. 자, 제가 마지막으로 드리는 작은 소망입니다. 이제 그 요망한 계집의 손에서 벗어나십시오, 주군이시여. 지금 당신이 하시려는 일은 옳지 않습니다. 물리적 힘과 숫자에서 벗어나 강한 영혼을 추구하십시오, 주군이시여."

이윽고 하인켈이 지목했던 남자가 그의 앞에 섰다. 그 남자는 얼마 전 하인켈이 그에게서 느꼈던 자만 대신 순수한 투지만을 가진 채 미소를 짓고 있었다.

"이게 누구야? 헤헷, 어쨌든 기다렸다, 하인켈 아저씨! 좀 이른 것 같지만 여기서 결판을 내주겠다!"

앞에 선 남자, 지크 스나이퍼는 신나는 놀이를 즐기기 직전의 아이와 같은 얼굴로 주먹을 불끈 쥐었다.

"우오오오오!"

브롤치고는 엄청난 덩치를 가진 야만족 전사들이 도끼와 두꺼운 창을 든 채 어디론가 달려갔다. 그들의 덩치와 무기들이 한꺼번에 맞닿은 곳은 다름 아닌 보라색의 바스타드 소드였다. 괴성과 함께 부딪힌 무기들은 붉은 장발의 남자를 주욱 밀어내는 데 성공했다.

"윽! 이거 화가 날 대로 난 것 같은데, 이 친구들?"

그들의 힘에 수십 발걸음 밀려 나간 리오였지만 그의 자세는 마치 석상이 밀려 나간 듯 전혀 흐트러짐이 없었다. 날아오르는 흙먼지에 표정을 찡그린 그는 곧 어금니를 물며 몸 전체에 힘을 넣었다.

"하지만 원하는 대로 돼 줄 수는 없지! 하앗!"

"쿠억!"

엄청난 힘으로 상대를 밀어낸 그는 기가 잔뜩 든 디바이너로 바닥을 찔렀고, 지면은 독한 화학물질처럼 격렬히 반응하며 쓰러진 야만족을 향해 내달렸다.

그 기술에 동료 수십이 당하는 모습을 본 야만족들은 자신들을 향해 갈라져 오는 땅을 피하려 애썼지만 그들의 운명 역시 먼저 떠난 동료들과 다를 바 없었다. 비명과 함께 공중으로 뿜어진 그들의 살점과 내장들은 살기를 머금고 거리를 내달리는 리오의 모습을 더욱 두렵게 만들었다.

리오와 슈렌이 먼저 도시 안을 급습한 것은 바로 주민들 때문이었다. 지금처럼 상황이 급박하고 불리하게 돌아가면 조급해진 야만족들이 주민들을 공격할 수도 있기에, 리오와 슈렌은 그것을 미연에 방지하기 위해 적들을 혼란시킬 겸 주민들이 있는 곳을 찾고 있었다.

하지만 그들이 전혀 예측하지 못한 일이 오래 지나지 않아 발생했다. 밀려오는 야만족들을 쓰러뜨리며 거리를 달리던 리오 앞에 수십의 조커 나이트들이 나타난 것이다.

"이런!"

너무나 의외의 일이었기에 리오는 그 자리에 멈춰 서고 말았다.

그 틈을 놓치지 않은 조커 나이트들은 물밀듯이 공격을 날리기 시작했고, 리오는 야만족들이 감행하던 공격과는 차원이 다른 조커 나이트들의 소나기 공격에 조금씩 뒤로 밀려 나갔다.

"조커 나이트라, 그럼 하인켈도 여기 있나!"

기합이 섞인 리오의 물음에 대답하는 조커 나이트는 단 한 명도 없었다. 그러나 그 물음이 신경 쓰이긴 했는지 아주 잠깐 조커 나이트들의 공격이 느려진 것을 느낀 리오는 뻗어 오는 낫 중의 하나를 밟고 허공으로 뛰어올랐다.

발판을 제공한 조커 나이트의 시선이 위로 향했지만 그것으로 끝이었다. 공중에서 탄력과 기를 완전히 채운 리오의 공격이 곧장 떨어진 것이다.

"없애 버리겠다!"

폭음과 함께 거미줄 같은 균열이 리오의 공격이 떨어진 곳을 중심으로 퍼졌다. 직접 타격 범위 내에 들어간 조커 나이트들의 육체는 형체를 알아볼 수 없을 정도로 뭉개졌고, 간접 타격을 입은 조커 나이트들 역시 상당한 피해를 입은 채 그 자리에 쓰러졌다.

조커 나이트들이 우왕좌왕하는 가운데 다시 자세를 갖춘 리오는 망토로 얼굴에 묻은 피를 닦으며 검 끝을 움직였다.

"자, 오너라. 하인켈이 어째서 나와 직접 대결을 꺼리는지 이유를 알려 주마."

그런 말과 상황에도 조커 나이트들은 냉정을 유지한 채 자신들만의 체계적인 공격을 정상적으로 퍼부었다. 하지만 리오는 냉정을 유지하지 못했다. 상대가 많을수록, 강할수록 전투의 귀신으로 변하는 가즈 나이트의 특성이 발휘된 탓이었다.

파라그레이드까지 뽑아 든 리오에게 조커 나이트들이 전멸되는 것은 시간문제였다. 붉은색으로 변한 리오의 안광은 조커 나이트들이 모조리 쓰러진 뒤에도 더욱 짙어져, 나중엔 야만 종족뿐만 아니라 주위에 있는 건물까지 그에 의해 말끔히 초토화되고 말았다.

"괴, 괴물이다! 저 녀석은 괴물이야!"

온몸에 피를 뒤집어쓴 채 자신들에게 다가오는 상대의 모습이 야만 종족들에게는 마치 귀신처럼 느껴졌다. 한 시간도 안 되는 사이 수백에 가까운 동료를 잃었으니 당연했다. 뒤로 슬금슬금 도망치는 그들의 모습에 다시금 살의가 자극된 리오는 야릇한 미소를 띠며 몸을 날렸다.

"데이브레이크!"

공중에 약간 떠오른 리오의 몸 주위가 순간 어두워졌다. 다시 착지한 그의 몸에서 회색의 무속성 파괴 에너지가 번뜩였고, 그 빛은 디바이너와 파라그레이드에 각각 주입되어 두 검의 표면에 말라붙은 피를 태웠다.

야만족들이 사정 거리에 들어온 듯, 리오는 검을 교차해 휘두르며 거성을 터뜨렸다.

"맞는 것을 영광으로 알아라! 이것이 라디언스 소드다!"

기술이 전개된 직후, 검이 움직인 궤도를 따라 비정상적으로 길고 넓은 부채꼴의 빛이 양쪽으로 교차하며 야만족들과 거리의 한 부분을 스쳐 지나갔다.

찰나에 가까운 경직 후, 빛이 지나간 자리에서 콜코 두셋을 겹쳐 세워 놓은 듯한 높이의 폭발광이 치솟아 올랐다. 범위 안에 존재하던 야만족과 건물들 그리고 운이 없게도 그곳에 있던 생쥐나 벌레들은 모두 빛 속에서 흔들리며 흩어져 갔다.

폭발이 밀어 올린 공기가 다시 아래로 내려와 후폭풍을 이루었다. 그 강렬한 바람이 지나간 후, 잔해를 뚫고 다시 일어선 리오는 갑작스레 밀려오는 피로에 정신이 좀 드는지 머리를 매만지며 중얼댔다.

"이런! 플레어까지만 써도 될 일에 라디언스 소드를 쓰다니, 나도 정신이 단단히 나갔군. 위력이 어느 정도인지 아직 확실히 계산도 안 된 라디언스 소드인데…… 윽?"

흙먼지가 차차 옅어지면서 리오의 눈에 들어온 것은 외곽 성벽까지 말끔히 뚫린 도시의 모습이었다. 물론 그가 성벽과 가까운 위치에 있었다지만, 그사이 건물이 백여 채가 있었다는 것을 감안할 때 그가 방금 사용한 기술의 위력은 그야말로 타의 추종을 불허하는 놀라운 것이었다.

"너무 무리한 것 아닌가?"

그때 슈렌이 걱정스런 표정으로 다가왔다. 리오는 곤란한 듯 머리를 긁적일 뿐이었다.

"예전에 쉬는 틈을 이용해서 좀 가다듬어 본 라디언스 소드를 사용한 것뿐인데, 데이브레이크에서 연동되는 기술이라 그런지 폭발력이 어마어마하군. 설마 이 정도일 줄은 몰랐어."

슈렌은 성벽까지 단숨에 밀린 도시의 일부분을 보며 짧은 감상을 털어놨다.

"라디언스 소드 상태에서 지하드까지 사용했다면 더 멋졌겠군. 검이 남아날지는 모르겠지만."

"지하드까지? 음, 괜찮은 아이디어인데?"

리오의 반 농담조에 슈렌은 고개를 살짝 저으며 화제를 바꿨다.

"그건 그렇고 조커 나이트들이 있다면 하인켈도 있지 않을까?"

사용한 기술이 기술이니만큼 폐허 위에 앉아 쉬던 리오는 진지한 얼굴로 파괴된 성벽을 바라보며 답했다.

"벌써 지크들과 싸우고 있을지도 몰라. 내가 상대한 조커 나이트들이 저승사자 부대가 아니었던 것을 감안하면 말이지."

어느새 눈을 부릅뜬 슈렌은 묵묵히 손에 든 그룬가르드를 고쳐 잡았다. 리오 역시 어느 정도 몸이 풀린 듯 검을 움켜쥐고 주위를 돌아봤다.

"자, 우리도 다시 싸워야겠지? 변신한 야만족 친구들이 기다리다 못해 직접 왔으니까."

"브롤과 투르바가 변신도 할 수 있었나?"

슈렌이 등을 마주 대며 묻자, 리오는 눈썹을 살짝 움직이며 고개를 끄덕였다.

"개성 시대잖아. 후훗, 브롤과 투르바에게도 한 가지 특기 정도는 있어야겠지."

"그렇군."

두 장발의 사내는 자신들을 둘러싼 변종 브롤들에게 차례차례 둘러보며 각자 자세를 잡았다.

갑자기 터진 폭발에 몸을 잔뜩 웅크렸던 지크 일행은 후폭풍이 지나가자 곧바로 몸을 일으켰다. 상대하는 존재가 하인켈과 저승사자 부대인 만큼 그들은 약간의 틈도 허용할 수 없었다.

길트를 포함한 모두가 긴장된 표정을 짓고 있는 것과 달리, 지크는 만면에 미소를 띠었다. 자신의 목표인 하인켈이 예상보다 빠르게 앞에 서 있었기 때문이다.

"무슨 생각으로 이렇게 빨리 나타났지, 광대 아저씨? 나와의 대결이 그렇게 기대됐나?"

하인켈은 가면 밖으로 웃음소리를 내며 고개를 끄덕였다.

"음, 솔직히 말하자면 그렇군요. 저는 당신이 상당히 마음에 들었습니다. 요즘 젊은이들에게서 보기 힘든 3S의 요소가 완벽히 갖춰져 있기 때문입니다."

"3S?"

"그렇습니다."

하인켈의 말에 지크는 진지한 얼굴로 생각했다. 사바신이 긴장감을 잊고 주위를 돌아볼 때가 되어서야 답을 얻은 그는 부끄러운 듯 약간 얼굴을 붉히며 나지막이 말했다.

"헤헷, 난 남자라서 쓰리 사이즈에 자신 없는데?"

그 한마디에 모두의 분위기가 일순간 이상해진 가운데, 하인켈이 정확한 대답을 해 주었다.

"3S란 Stamina(체력), Strength(힘) 그리고 Spirit(정신)를 말합니다. 그중 당신은 정신력이 가장 뛰어납니다. 당신을 가르친 사람들이 아마 한 번쯤은 당신의 소질에 대해 말했을 것입니다. 물론 육체적인 소질도 뛰어나지만, 당신은 그보다 정신적인 소질이 뛰어납니다. 그 누구에게도 지기 싫어하는 성격. 어떤 때는 자신의 능력을 2백 퍼센트 이상으로 끌어올리는 그 성격이야말로 당신이 가진 최고의 소질입니다."

"그, 그래? 하하핫, 이거 당신 같은 진정한 남자에게 칭찬을 들으니 너무 기분 좋은데? 하지만 내 소질이 너무 마음에 들어서 아저씨가 나와 싸우려는 건 아닌 것 같은데? 설마 나에게 고백하려고 온 건가?"

"후후, 멋진 농담입니다. 그럼 솔직히 말씀드리지요."

하인켈은 곧장 할로윈을 휘두르더니 군더더기 없이 깔끔한 준비

자세를 취했다. 자세에서 나오는 위압감과 함께 그가 말했다.

"마음에 드는 소질을 지닌 자는 반드시 제거한다. 그것이 제가 당신에게 일대일 대결을 신청하는 이유입니다. 자, 오십시오. 당신의 모든 것을 펼쳐 보여야만 후회 없는 죽음을 맞이할 수 있을 것입니다."

그러자 지크는 진지한 미소와 함께 무문도를 꺼내 들며 이제까지와는 다른 자세를 취했다.

"그건 당신의 경우야, 하인켈 아저씨. 추가로 아저씨의 엉덩이를 꼭 차 주지."

"후후후, 뜻대로. 그러나 그 전에 한 가지 거쳐야 할 일이 있다는 것을 제가 잊고 있었습니다. 잠시 실례를."

왼팔을 옆으로 뻗은 하인켈은 할로윈의 날로 자신의 손목을 그었다. 그러자 하인켈의 몸에서 뿜어지는 많은 양의 흑색 피가 공중으로 치솟았다. 그 광경에 상당히 놀란 지크는 안색이 파랗게 질린 채 뒤로 주춤거렸다.

"뭐, 뭐 하는 짓이야, 아저씨? 엉덩이 차이는 것이 싫다고 자살할 필요는 없잖아?"

길트와 사바신 역시 당황한 기색을 감추지 못했다. 하지만 곧 이어진 라이세네프의 설명에 상황은 진정되었다.

"걱정하지 마라, 지크. 저것은 힘을 빼는 것일 뿐이다."

"예? 힘을 빼요?"

"그렇다. 힘의 대부분이 봉인된 너희 가즈 나이트들이 풀파워를 사용하는 최고급 악마를 상대하는 것은 무리다. 하인켈이 그것을 모를 리 없지. 그는 봉쇄된 네 힘의 비율만큼 자신의 힘을 빼 정당한 대결을 하려는 것이다."

그 말에 지크는 씁쓸한 미소를 지으며 다시 자세를 갖췄다.

"쳇, 더욱 맘에 드는군, 아저씨. 하지만 그런다고 봐줄 지크 님이 아냐."

뿜어져 나오던 피를 멈춘 하인켈은 손목에 난 상처를 깔끔히 회복시키며 고개를 끄덕였다.

"이런 상태의 저에게 지는 것이 두려우신 모양이군요. 걱정하지 마십시오. 제가 선택한 길이고, 당신에게도 가장 즐거운 상황이니 말입니다."

"좋아. 그럼 간다, 아저씨!"

왼손으로 날을 받치고 자루를 길게 뒤로 빼어 잡은 자세. 그 자세를 이용해 무문도와 자신의 중심을 일직선으로 만든 지크는 머리를 한껏 낮추고 맹렬한 기세로 상대방에게 돌진했다.

"생각보다 빠르십니다. 그러나!"

양손으로 할로윈을 단단히 쥔 하인켈은 상당히 큰 몸짓으로 무기를 휘둘렀다. 일순간 일어난 압력에 구름처럼 치솟은 흙먼지가 지크의 시야를 가렸지만 지크는 개의치 않고 그 황색 안개 속으로 들어갔다.

"실수야, 아저씨!"

"그렇습니까?"

무기의 충돌음과 함께 둘의 모습을 휘감은 흙먼지는 칼에 베어지듯, 중앙이 단번에 갈리더니 이내 양쪽으로 벌어져 사라졌다. 흙먼지가 잘린 지점에서 하인켈과 지크가 정확히 무기를 맞댄 채 힘겨루기를 하고 있었다.

"대단해!"

길트는 자신도 모르게 감격 어린 탄성을 터뜨렸다. 그러나 라이세네프의 판단은 달랐다.

"지크 녀석, 하마터면 목이 날아갈 뻔했군. 하여간 자기 다리만 큼이나 판단력이 안 보이는 녀석이라니까."

"예? 어째서죠?"

길트가 궁금해하는 해답은 오래지 않아 밝혀졌다.

"윽!"

리오나 바이론보다 못하긴 했지만 하인켈의 힘은 막강했다. 밀리는 것을 느낀 지크는 곧장 뒤로 물러나 자세를 다시 잡았고, 하인켈은 낫을 두어 번 돌린 후 역시 자세를 가다듬었다.

"제가 당신의 시야를 방해하기 위해 만든 먼지를 역으로 이용하시려 했군요? 후후, 죄송하지만 먼지 덩어리의 범위는 작았습니다. 그 안에 존재하는 당신을 잡는 것은 어렵지 않죠. 상대에게 공격을 날리는 것은 몸이지만, 그 몸을 움직이는 것은 머리입니다. 머리를 조금 더 쓰십시오."

"쳇, 시끄러워!"

공중으로 치솟은 지크는 무문도로 자신의 몸을 감싸 드릴처럼 빠르게 회전시켰다. 그의 회전이 워낙 급하고 빨랐기에 하인켈이 만든 먼지들이 다시 밀려와 그의 몸을 휘감는 광경까지 벌어졌다.

"빠르다!"

동료들과 함께 팔짱을 끼고 구경하던 게일러는 높은 옥타브의 소리를 내며 회전하는 지크의 모습에 입을 벌렸다. 자신이 예전에 봤던 리오의 탄력 넘치는 움직임을 상회하는 속도였기 때문이다.

그러나 하인켈도 지지 않겠다는 듯, 회전하는 지크를 향해 점프하며 상대의 모습을 할로윈으로 긁어 올렸다. 그 모든 상황이 벌어지기까지 걸린 시간은 게일러의 감탄이 모두의 귓가에 도착하는 시간과 일치할 만큼 빨랐다.

이전과는 비교조차 할 수 없는 굉음과 함께, 공중에서 부딪힌 하인켈의 몸과 지크의 몸은 각기 반대 방향으로 튕겨 나갔다. 중심을 겨우 잡아 착지한 지크는 거친 말을 내뱉으며 머리를 흔들었다.

"빌어먹을! 멋진 걸 보여 줄 기회였단 말이다, 아저씨! 예술을 농락하다니 너무하잖아!"

가뿐히 땅에 발을 딛은 하인켈은 덤벼 보라는 듯 손을 움직여 보였다.

"후후, 걱정 마십시오. 즐길 시간은 충분합니다."

둘이 다시 격돌하는 동안, 두 번에 걸친 지크의 공격 움직임을 유심히 관찰한 사바신은 길트를, 아니 정확히 라이세네프를 바라보며 물었다.

"지크답지 않은 움직임인데요? 무문도를 들든, 무명도를 들든 연타 위주로 나가던 녀석이 지금은 팽이처럼 잘도 돌면서 공격을 하네요?"

"그렇지."

칼집에서 벗어나 공중에 떠오른 라이세네프는 빛을 발하며 설명을 이어 나갔다.

"지크라는 녀석에게 존재하는 가장 큰 무기가 뭘까? 자네가 가진 무기는 압도적인 근력이야. 리오가 가진 무기는 완벽한 보디 밸런스에서 나오는 막강한 무기 공격력이지. 지크의 경우는 속도인데, 그것을 잘만 이용하면 리오의 공격력까지는 못 돼도 자네의 힘 정도는 비슷하게 낼 수 있지."

"오호? 어떻게요?"

"잘 봐."

사바신은 다시 지크와 하인켈에게 시선을 돌렸다. 보통 때 같으면 막무가내로 돌진해 공격했을 지크가 지금은 완전히 밖으로 빠진 상태에서 이따금씩 회전이 실린 공격을 먹었고, 하인켈은 그 공격을 피하거나 막으며 지크와 밀착하기 위해 몸을 어지러이 움직였다.

"잘 싸우는데요?"

그러나 사바신은 아무리 봐도 이해가 안 되었다. 라이세네프는 자루 끝으로 그의 머리를 툭툭 치며 설명을 계속했다.

"속도란 것이 낳는 힘은 여러 가지가 있지만, 대표적으로 원심력이란 것이 있지. 지크는 지금 자신이 든 무기의 무게와 운동력을 회전에 실어 원심력이란 막강한 공격력을 가진 것이다. 음속을 초월하는 녀석의 속도가 실린 만큼 그 공격력은 대단하지. 그러나 그만큼 약점이 존재해."

"뭔데요?"

"회전을 해서 공격력을 비축하려면 시간이 필요하다. 하지만 하인켈과 같은 남자가 그런 시간을 쉽게 줄 리가 없지. 가뜩이나 힘을 뺀 상태에서 지크의 센 공격을 일일이 막다가는 자기만 손해보거든. 하인켈이 철저히 지크와 거리를 좁히는 것은 그 때문이다."

"그렇군요!"

의문을 푼 사바신은 경쾌한 목소리로 말하며 자신의 이마를 쳤다. 하지만 길트의 얼굴에는 근심이 가득했다.

"저, 그렇다면 지크 사부가 이길 가능성이 없다는 말과 같지 않습니까. 말씀을 들어 보니, 저 하인켈이란 남자에게 같은 공격 방식이란 소용없을 것 같은데요?"

"같은 공격 방식뿐만 아니라 어지간한 공격 방식으로는 절대 쓰러뜨릴 수 없어. 하지만…….”

라이세네프는 칼집에 다시 들어가며 말을 맺었다.

“그건 지크도 알고 있다. 이제부터 시작될 녀석의 모습은 꽤 볼 만할 거야.”

사바신과 길트 그리고 뒤에 선 마신들은 하나같이 지크에게 시선을 집중했다. 그들의 시선은 왠지 모를 기대감과 불안에 차 있는 듯했다.

한참을 부딪히던 지크와 하인켈은 어느 정도 선을 넘어섰는지 약속이나 한 듯 서로 거리를 두고 숨을 가다듬었다.

지크도 하인켈도 서로에 대해 상당히 놀라워하고 있었다. 하인켈이 힘을 상당히 뺐는데도 여전히 자신을 압도하는 강한 힘을 보여 주는 것에 지크는 마음속으로 혀를 내둘렀다.

하인켈 역시 같은 상황에서 지크를 상대하기가 생각보다 쉽지 않다고 느꼈다. 지크는 상대의 급소가 어디인지, 어떤 상황에서 어떻게 무기를 휘두르면 급소를 찌를 수 있는지 매우 잘 알고 있는 듯했다.

‘역시, 예상대로 강하군. 그렇다면 슬슬 끝내 볼까?’

웬만큼 휴식을 끝낸 하인켈의 손에서 파란 불꽃이 치솟았다. 그것이 무엇을 뜻하는지 알고 있는 지크는 무문도를 어깨에 걸치며 장난기 있게 물었다.

“나랑 싸우는 게 지겹나 보지? 좋아, 나도 귀찮아졌으니 이제 끝낼까, 아저씨?”

예전에 그랬던 것처럼 화염을 또 하나의 낫으로 바꾼 하인켈은 그것을 곧장 철 십자가로 바꿨다. 그의 힘이 낮아져서 그런지는 몰라도, 철 십자가에서 뿜어지는 살기는 이전에 느꼈던 것보다는 두렵지 않았다. 그렇다고 해서 하인켈이 흔들리는 것은 아니었다.

"이것으로 당신의 마지막을 장식해 드리겠습니다. 자, 깨끗한 죽음을 원하십니까. 아니면 비참한 죽음을 원하십니까."

하인켈은 철 십자가를 천천히 돌리며 걸음을 옮겼다.

'조금 후면 사라진다. 공간 속으로! 어떻게 해야 저 기술을 깰 수 있지? 어떻게 해야 슈렌이 한 것처럼 공간을 찢을 수 있을까? 떠올려라. 제발 떠올려라, 지크!'

수만 가지 고민 속에 다가오는 하인켈을 잠자코 쏘아보던 지크는 가까스로 결론에 다다른 듯, 씩 웃으며 왼손에 무명도를 들었다.

"치려면 깨끗하게 뒤에서 목을 쳐! 자, 승부다!"

두 개의 도검을 각각 든 지크의 팔에서 강렬한 스파크가 흐르기 시작했다. 그 스파크는 곧 질풍과 함께 주인의 온몸을 휘감았고, 그 기세대로 지크는 자신의 기를 극한까지 끌어올리며 마지막이 될지도 모르는 기술을 준비했다.

이윽고 회전하던 철 십자가가 멈췄다. 하인켈은 공간의 틈새 사이로 스르륵 사라지며 무섭도록 낮은 목소리를 남겼다.

"자, 안식의 시간입니다."

그와 동시에 지크의 팔도 움직였다. 그가 자세를 한껏 낮추며 무명도로 바닥을 아슬아슬하게 긁자 그 전투를 지켜보던 모든 이들의 눈앞에 신기루와도 같은 광경이 펼쳐졌다. 마치 거울이 조각난 듯, 무명도가 그린 호선을 따라 지면과 대기 그리고 공간이 대각선으로 뒤틀린 것이다.

"역시, 단공(斷空)이다!"

공간을 자르는 지크의 신기, 단공이 펼쳐진 것을 안 사바신은 승기를 잡았다는 듯 주먹을 불끈 쥐었다. 그러나 라이세네프의 목소리는 달랐다.

"틀렸어!"

그의 말은 곧장 현실로 닥쳤다. 사라질 때와 마찬가지로 지크의 뒤에 스르륵 나타난 하인켈은 지크의 단공에 당한 듯한 왼팔이 바닥에 떨어지기가 무섭게 철 십자가를 찍어 내렸다.

"편히 쉬십시오."

둔탁한 소리와 함께 진한 핏물이 공중으로 치솟았다. 급소를 찔리거나 잘린 게 틀림없었다. 공간의 뒤흔들림 때문인지 동글동글 맺힌 핏물이 공중에서 잠시 부유하다가 곧 바닥에 떨어져 땅을 붉게 적셨다.

"지, 지크 사부!"

길트의 외침에 저승사자 부대 전체가 흔들렸다. 그 어떤 상황이 벌어져도 하인켈의 지시 없이는 움직이지 않을 것만 같았던 그들은 믿을 수 없다는 듯 들고 있던 낫을 떨어뜨리고 무릎마저 꿇었다.

"휘유, 굉장히 쓰린데 이거!"

혈기 가득한 외침과 함께 지크는 하인켈의 허리부터 가슴 아래까지 단숨에 가로지른 무문도를 빼며 뒤로 물러났다. 철 십자가의 날 중 하나가 어깨를 찌르긴 했지만 피해는 상대방에 비해 경미했다.

하인켈은 상처 부위를 손으로 감싼 채 뒤로 비틀댔다. 출혈도 출혈이었지만 정신적인 타격이 상당한 모양이었다.

"어, 어떻게 반전을 이토록 빨리……! 절대로 틈이 날 상황이 아니었는데!"

힘이 거의 다 빠진 듯, 제자리에 주저앉고 만 지크는 킥킥 웃으며 하인켈의 질문에 대답했다.

"치려면 뒤에서 치라고 했잖아. 헤헷, 모 아니면 도지. 아저씨가 내 정면에 나타났다면 난 이미 목이 날아갔을 거야."

"그, 그렇다면 설마……?"

"원래 단공은 위에서 아래로 긁어내리는 기술이지. 그걸 옆으로 휘두르면 몸도 회전을 먹어서 뒤로 빨리 돌 수 있게 돼. 그리고 자세도 낮았기 때문에 아저씨의 공격 시간을 조금이나마 늦출 수 있었지. 하하핫! 말은 이렇게 하지만 그냥 눈을 감고 뒤를 친 것뿐이야. 내 말을 들은 것부터 실수였지, 아저씨. 하하하하핫!"

"후…….."

짧게 웃음 지은 하인켈은 묵묵히 무릎을 꿇었다. 그 바람에 약간 회복되었던 외상이 다시 터져 피가 아래로 쏟아졌다.

그것으로 하인켈과의 승부는 끝이었다.

"하, 하인켈 단장! 으아아악!"

하인켈의 패배를 눈앞에서 본 저승사자 부대 전원은 미친 듯이 무기를 거머쥐고 지크에게 달려들었다.

땅바닥에 누운 지크는 미소를 지은 채 그들을 바라보기만 했다. 저항할 힘이 없기도 했지만, 자신이 저승사자 부대의 일원이라도 지금 상황에서는 그렇게 행동했을 것이라는 생각이 들었다.

"덤비려면 나에게 덤벼라, 이 녀석들! 우오오오오!"

친구의 승리에 기분이 좋아서인지, 지크의 몸 위를 가뿐하게 뛰어넘은 사바신은 고성과 함께 영룡을 휘둘러 댔다.

냉정함을 잃은 저승사자 부대는 하인켈에게서 언제나 훈련받던 체계적인 공격 대신 마구잡이 공격을 펼치다가 하나둘 영룡에 맞아 나가떨어지고 말았다. 마신들 역시 합세해 그들을 쳤지만 신기하게도 목숨을 잃는 저승사자 부대는 단 한 명도 없었다.

물론 괴로워하는 이는 한 명 있었다.

"라, 라이세네프 경! 제발 뽑혀 주십시오! 저도 싸울 것입니다!"

칼자루를 양손으로 잡은 채 몸부림치는 길트. 그는 지금의 상황에서 제외된 지 오래였다. 그의 손길을 거부하는 라이세네프는 코웃음을 치며 이유를 설명해 주었다.

"훗, 넌 이번 작전에서 얼굴마담에 불과하다. 섣불리 덤볐다가 목이 날아가기라도 하면 어쩌려고 그래? 잠자코 여기서 구경이나 해라."

"그, 그래도 이건 싫습니다!"

그러나 라이세네프는 상황이 끝날 때까지 꿈쩍도 하지 않았다.

"휴, 생각보다 강한걸?"

리오는 디바이너와 파라그레이드에 묻은 피를 떨구며 고개를 저었다. 얼굴과 옷에 약간의 피가 묻은 슈렌은 손수건으로 그 흔적들을 깔끔히 정리하며 주위를 둘러봤다.

"강하다기보다 물량이 더 무서웠다. 그나저나 그 많던 브롤과 투르바들은 어디로 간 거지? 탈출한 걸까?"

망토로 얼굴을 대충 닦던 리오의 시선이 항구를 가리켰다.

"느낌상으론 항구로 도망치는 것 같았어. 어제 정찰했을 때 수송용 배를 꽤 많이 봤으니, 그걸 이용해 이곳을 빠져나갔겠지. 대장급의 변종 브롤이나 투르바들은 우리가 모조리 해치웠으니 녀석들로서는 도망치는 것 외엔 할 수 없었을 거야."

"그렇군. 그럼 난 주민들이 무사한지 살펴보겠다. 넌 알아볼 만한 것을 좀 알아봐."

"좋아."

슈렌과 헤어진 리오는 지도를 꺼내 시청을 찾아봤다. 어제저녁

정찰한 야만족들의 캠프 장소에서 본부 막사를 볼 수 없었기 때문에, 야만족들이 시청 같은 청사를 대신 사용했을 거라고 생각했다.

시청에 들어선 리오는 다른 곳에 들르지 않고 곧바로 시장실로 향했다. 아마 야만족들이 건물을 사용한 흔적이 전혀 없었다면 야만족의 본부를 찾는 시간을 낭비했다고 한탄하며 밖으로 나갔겠지만, 시청은 야만족이 계속 사용한 흔적이 역력했다.

방 안에 들어서자마자 그는 상당히 강력한 악마가 이곳에 있었다는 느낌을 받았다. 그는 하인켈이 있었을 것으로 예상되는 방 이곳 저곳을 뒤져 보았다.

"오호, 이거 큰일인데?"

서랍이나 책장 등에서 이렇다 할 정보를 찾지 못하다가, 책상 위에 올려진 작은 종잇조각을 펴 본 리오는 자신도 모르게 쓴웃음을 지었다. 새를 이용해 옮겨진 편지였는지 상당히 꼬깃꼬깃하게 접힌 그 종이에는 며칠 날 자신의 부하들이 방문해 무기와 정보를 교환할 것이라는 대강의 내용이 적혀 있었다.

그러나 리오가 그런 웃음을 지은 것은 그 알 수 없는 내용 때문이 아니었다. 쪽지를 가득 메운 가이라스의 글자 때문이었다.

펜으로 또박또박 적힌 글씨들은 마치 인쇄된 책과도 같았다. 게다가 종이 역시 상당한 고급지였기에 리오는 이 쪽지를 쓴 사람의 모습을 어느 정도 머릿속에 그릴 수 있었다.

"사이롤 요새도 배반 때문에 무너졌지. 지크도 브롤, 트루바와 함께한 병사들이 공주들을 노렸다 했고. 후훗, 어쨌거나 오늘로 어지간한 일은 모두 밝혀지겠군. 이 녀석들이 오늘 온다고 했지?"

쪽지를 접어 주머니에 넣은 리오는 급히 시장실을 빠져나갔다.

2

항구의 퇴역식

에이웰과 에이쉘, 실루엣 그리고 브라디에게 둘러싸인 랜시는 상당히 곤란한 표정을 짓고 있었다. 예쁘게 치장하고 있어야만 길트가 무사히 돌아올 거라는 말에 속은 그녀는 아침부터 정오를 훨씬 넘긴 지금까지 네 명의 마론 인형이 되어야만 했다.

상당히 오랜 시간이 지났는데도 그녀는 묵묵히 인형 역할을 해주었다. 물론 진실을 알았다면 난동을 부렸겠지만 현재까지도 그녀는 자신이 치장을 해야만 길트가 돌아온다는 확신을 가지고 있었다. 물론 거기에도 이유는 있었다.

"좋아. 아주 예쁘구나, 랜시. 그만큼 왕자님도 잘 싸우고 계실 거야. 냐하하하핫."

"그, 그렇겠죠? 다행이에요, 폴카 님."

마녀 폴카는 도넛 모양의 담배 연기를 뿜으며 네 명을 신나게 코치하고 있었다.

"선조들이 호족을 멸망시킨 이유를 알 것 같군."

바이칼은 노리갯감이 된 랜시가 한심한 듯 고개를 다른 곳으로 획 돌렸다.

이런 상황이라면 으레 잠을 자고 있어야 할 바이칼이었지만 그는 듀 베를 떠난 뒤로 절대 낮잠을 자지 않았다. 그때의 기억이 워낙 쓰렸기 때문이다. 하지만 그는 잠을 자지 않는 만큼 지루함을 견뎌야 했다.

바이칼의 마음을 어느 정도 느낀 폴카와 그 일당들의 시선은 곧 그에게로 향했다.

"용제님, 주무시지 그러세요? 누가 납치하려고 하면 저희가 지켜 드릴게요. 냐하핫."

폴카의 말에 바이칼은 매섭게 쏘아붙였다.

"건방지군. 내 일에 참견하지 마라."

그래도 폴카는 포기하지 않고 새 장난감에의 집념을 불태웠다.

"아잉, 괜찮아요, 용제님. 누군가 당신을 감히 납치하러 오면 당장 물리치거나 깨워 드릴 터이니 걱정 말고 주무세요. 리오 님께서도 저에게 신신당부를 하셨다니까요?"

바이칼은 리오라는 단어 하나에 귀를 쫑긋댔다.

"녀석이 뭐라고 했는데?"

브라디를 비롯한 나머지 넷은 무슨 소리냐는 듯 대번에 안색을 바꿨다. 바이칼의 시야엔 이미 폴카만이 들어와 있었다. 기회를 잡은 폴카는 더욱 웃음소리를 높이며 말했다.

"호호홋, 용제님께서 납치 사건 이후로 너무 고민하시는 것 같다며 틈나는 대로 잠을 좀 주무시도록 설득해 달라 하셨답니다. 그분도 저를 믿고 그런 말씀을 하셨으니 이제 주무세요, 용제님."

바이칼은 곧 미심쩍은 표정을 지었다. 브라디는 이 폴카라는 여자가 무슨 배짱으로 이런 거짓말을 하는지 이해할 수 없었다. 지금 속이려는 존재가 서룡족 전체를 다스리는 제왕이란 것을 알면서도 어찌 이런 용감한 행동을 할 수 있는 것일까.

그러나 결론은 이상하게도 폴카가 원하는 방향으로 흘러가고 말았다.

"흥, 그럼 방해하지 말도록."

바이칼은 거짓말같이 자리를 깔고 누웠다. 에이웰과 에이쉘 자매는 소리 없이 박수를 치며 좋아했지만 브라디는 이후의 결과를 자신의 눈으로 볼 수 없다는 듯 조용히 리체가 앉아 있는 쪽으로 날개를 움직였다.

모두가 여유 있는 시간을 보내고 있는 한편, 마르티네즈는 이번 일에 대한 성사 여부를 고민하느라 몸이 달아 있었다. 어디 한 군데 가만히 앉아 있지 못하던 그녀는 자신이 쓰는 침낭 위에 걸터앉으며 머리를 감싸 쥐었다.

"만약 성공한다면 어쩌지? 남아야 하는 건가, 아니면 집으로 돌아가야 하는 건가?"

일이 성공한 후 말스 왕국에 돌아가는 것은 사실상 부대 이탈이나 마찬가지였다. 그녀는 지금도 가이라스 해방 전선에 소속되어 있기 때문이다. 그러나 그녀가 해방 전선에 들어온 것은 그저 살아서 집으로 돌아가기 위해서였을 뿐, 가이라스에 대한 정이나 충성심 때문은 아니었다.

그녀가 돌아간다 해도 신경 쓸 사람은 던칸이나 그의 가족, 그녀 휘하에 있던 사람들뿐이다. 특히 던칸은 그녀와 실루엣이 무사히 말스 왕국에 돌아가길 진심으로 빌고 있었으므로 그녀가 집으로 돌아가는 것은 전혀 죄책감을 느낄 필요가 없는, 그야말로 신나는 일이었다.

하지만 그녀는 얼마 후 말스 왕국으로 돌아간다는 현실이 왠지 모르게 두려웠다.

"하지만 남아 있을 이유가 없잖아. 난 그렇게 도움이 되는 존재가 아냐. 승리를 만드는 영웅이 아니라 전쟁에서 살아남기 위해 발버둥 치는 사람들 중 하나일 뿐이야. 그래, 돌아가는 거야. 돌아가서 사람들을 만나고, 롬바르트와 결혼해서 잘살면 되는 거야."

말이 끝남과 동시에 그녀의 얼굴은 붉게 달아올랐다. 일전에 만취한 상태로 원치 않은 외박을 하고 난 후의 일이 떠오른 것이다.

숙취의 두통에 못 이겨 잠을 깬 그녀가 가장 처음 본 것은 자신의 몸을 덮고 있는 회색 망토였다.

자신이 또 그 붉은 머리 남자 앞에서 추태를 부렸구나 하고 생각한 그녀는 구긴 인상을 더욱 더 구기며 망토를 걷으려 했다.

그러나 그녀의 팔을 방해하는 또 하나의 따뜻한 물체가 있었다. 그것이 길트라는 것을 확인한 그녀는 엉겁결에 그를 밀쳐 냈고, 그 바람에 눈을 뜬 길트는 상황을 파악하자마자 그 자리에 얼어붙고 말았다.

그리고 상당히 긴 침묵이 이어졌다. 심리적으로 불안한 상태였던 마르티네즈는 길트에게 당황한 목소리로 그러한 상황에 이유를 물었고, 그녀 못지않게 혼란에 빠져 있던 길트는 다음과 같은 답변을 했다.

'저, 저는 마르티네즈 대장을 좋아합니다.'

그 말에 그녀의 손과 길트의 볼 사이에서 불꽃이 튀겼고, 그때부터 지금까지 그날의 일은 이상할 정도로 마르티네즈의 마음을 답답하게 만들었다. 길트와 그녀 간의 대화가 제대로 이뤄진 적이 없거나, 있다 해도 어색했던 것은 그러한 배경 때문이었다.

손으로 얼굴의 절반을 덮은 그녀는 한숨을 길게 쉬며 고개를 저었다.

"신경 쓸 필요 없잖아. 사춘기 남자애들이나 가질 법한 막연한 마음일 뿐이야. 만난 지 얼마나 됐다고……."

멀리서 풀잎이 서로 부딪히며 사각대는 소리가 들렸으나, 한 가지 생각에 집중하면 아무것도 들리지 않는 마르티네즈는 아무런 반응이 없었다.

순간 그녀의 등에 강한 충격이 전해졌다. 딱딱하진 않았지만 상당한 힘이 실려 있었기에 마르티네즈는 손을 쓸 겨를도 없이 앞으로 고꾸라지고 말았다.

"큭, 뭐야?"

그녀는 매섭게 눈을 뜨며 돌아봤다. 그러나 그녀는 곧장 망연자실한 표정을 지었다.

"리체?"

하지만 그녀는 리체를 꾸중할 수 없었다. 평소에 무슨 일이 있어도 덤덤하던 아이의 눈에서 마치 암표범과 같은 살기가 뿜어 나오고 있었기 때문이다.

'이 눈빛, 어디선가 본 적이……!'

마르티네즈가 생각을 마치기도 전에 리체는 안고 있던 마르티네즈와 함께 옆으로 몸을 굴렸다. 그러자 그녀들이 있던 자리에 화살이 날카로운 소리를 내며 날아와 박혔고, 그것을 똑똑히 지켜본 마르티네즈의 동공은 다시 한 번 커졌다.

"누, 누구냐! 모습을 드러내라!"

마르티네즈는 침낭 밑에 깔려 있는 자신의 검을 뽑아 들며 외쳤다. 그리고 생각했다. 리오 일행의 작전이 실패해 퍼니오드에 있는 야만족의 부대가 자신들을 찾아온 것이 아닐까 하고. 하지만 그 예상은 화살이 날아온 쪽에서 다수의 사람 모습이 나타나며 무로 돌아갔다.

"당신들은 누구십니까! 어째서 저에게 사격을 가한 것입니까!"

꽤나 깔끔한 복장에 은백색 갑옷을 걸친 그 남자들은 사용했던 석궁을 허리에 차며 말했다. 그러나 마르티네즈가 원한 대답은 아니었다.

"이거 운이 좋군. 왕자의 망령에게 빼앗겼다고 들은 공주들을 여기서 찾게 되다니 말이야. 후후, 누구냐는 물음은 내가 하고 싶군. 넌 도대체 누군데 공주들과 함께 있는 건가? 우리는 프레그론 장군 산하의 해방 전선 정찰대다."

'프레그론이라고?'

길트와 공주들에게 프레그론이 왕가의 씨앗을 말리려 한다는 얘기를 들은 적 있는 마르티네즈는 그들에게 경계심을 더욱 높였다.

"사이롤 요새 소속 특수부대, 멤피스 벨의 대장인 마르티네즈 베르토입니다. 다른 것은 듣기 싫습니다. 어째서 저에게 사격을 하셨는지, 그 이유를 듣고 싶습니다."

검을 든 그녀의 자세에 별반 변화가 없는 것을 가만히 보던 남자는 곧 씩 웃으며 물었다.

"같은 해방 전선 소속이었군. 그럼 먼저 묻겠다, 마르티네즈 대장. 자네는 옷에 묻은 큰 먼지를 보면 어떤 감정이 드나?"

"예?"

그녀가 움찔하자 남자는 다시 석궁을 잡아 들며 말했다.

"귀찮지. 아주 귀찮지. 왕가의 핏줄이나, 그 핏줄들과 관련된 자들은 프레그론 장군에게 있어서 모두 귀찮은 존재다. 그러니 떨궈 내야지. 자, 지옥으로 떨어져라, 마르티네즈 대장. 만나서 반가웠다. 후후후."

남자들은 틈을 주지 않고 석궁의 방아쇠를 당겼다. 마르티네즈는 이를 악물며 검으로 앞을 막았지만 장검 하나로 수많은 화살들을 막아 낸다는 것은 그야말로 무리였다.

하지만 화살들은 그녀에게 도달하지 못하고 바닥에 떨어졌다. 돌발 사태에 어리둥절한 남자들은 바닥에 떨어진 화살들로 시선을 돌렸다.

"뭐, 뭐야? 꽃잎이잖아?"

화살에는 놀랍게도 화살촉보다 작은 분홍색 벚꽃잎에 박혀 있었다. 마술과 같은 광경을 직접 본 남자들은 다시 마르티네즈에게 눈을 돌렸지만, 그들의 시야는 흔들리며 회전하다가 바닥에 떨어지고 말았다.

"귀찮은 건 당신들이야."

차가운 목소리와 함께 머리를 잃은 남자들의 시체가 하나둘씩 바닥에 쓰러졌다. 멍한 표정의 머리들을 떨어뜨린 두 개의 검엔 핏방울조차 맺히지 않았다. 상당한 속도로 베었다는 증거였다. 검의 주인은 가는 팔로 팔짱을 낀 채 나지막이 말했다.

"죽어 줘야겠어, 당신들 모두."

"이런 제길! 이봐, 비상이다! 모두 나와! 공주들이 여기 있다!"

유로의 그 말에 정신을 차린 생존자들은 뒤쪽을 향해 고래고래 소리치기 시작했다. 그 목소리를 듣고 달려온 것은 그들의 부대뿐만이 아니었다.

"귀찮게 됐군요!"

공주들과 실루엣을 랜시에게 맡기고 온 폴카는 구름같이 몰려드는 병사들 쪽으로 손을 뻗으며 마력을 집중했다. 그녀의 머리 위에 흰색 광채가 떠오르는 순간, 폴카는 모은 마력을 일시에 방출하며 외쳤다.

"마인드 브레이크!"

소위 정신 주문인 마인드 브레이크가 발동되자 광채는 병사들을 향해 파도처럼 퍼져 나갔고, 마법의 범위 내에 든 모든 병사들은 마치 실이 끊긴 꼭두각시 인형처럼 달려오다 말고 그 자리에 쓰러졌다. 병사들 중에는 마법 사용자도 끼어 있었지만 그들의 마법 방어력으로 폴카의 마력을 버틴다는 것은 무리였기에 그들 역시 같은 모습으로 동료들 위에 겹쳐 쓰러졌다.

그들을 향해 막 움직이려던 유로는 폴카를 한 번 흘끔 돌아본 뒤 어디론가 사라졌다.

짧았지만 정말 큰일이 일어날 뻔했던 사태를 진정시킨 폴카는 한숨을 쉬고 아직도 검을 든 채 서 있는 마르티네즈를 바라봤다.

"마르티네즈, 안심하고 검을 내려요. 모두 끝났어요."

워낙 순식간에 벌어진 일이라 잠시 넋이 나가 있던 마르티네즈는 눈을 껌벅이며 폴카에게 물었다.

"저, 저 사람들 모두 죽은 건가요?"

"아니에요. 의식을 잃은 것뿐이니 신경 쓰지 않아도 돼요. 아마리오 씨 일행이 돌아올 때까지 편히 잘 거예요. 물론 아까 그 아가씨에게 목이 날아간 남자들은 어쩔 수 없지만 말이죠. 그런데 저 남자들, 도대체 뭣 때문에 이곳에 나타난 걸까요?"

다시금 침낭 위에 주저앉은 마르티네즈는 푹 숙인 고개를 내저었다.

"모르겠어요. 확실한 것은 해방 전선 사람들이란 것뿐이에요. 수를 보니 퍼니오드를 치기 위해 온 것은 아닌 듯한데……."

"정보 거래를 위해 온 녀석들입니다."

폴카와 마르티네즈의 시선이 다시 숲으로 향했다. 쓰러진 병사들을 이리저리 피하며 숲에서 나온 리오는 씁쓸한 미소를 지으며 말을 이었다.

"신용은 확실한 자들 같군요. 저도 온다는 정보를 받자마자 달려온 건데, 이들이 설마 이렇게나 빨리 퍼니오드에 당도할 줄은 몰랐습니다. 다친 사람은 없습니까?"

약간 피범벅이 되긴 했지만 상당히 멀쩡한 그의 모습에 폴카는 예전처럼 웃으며 고개를 끄덕였다.

"냐하하, 물론이죠. 퍼니오드는 어떻게 됐죠, 리오?"

리오는 가볍게 어깨를 움직였다.

"퍼니오드를 치는 것은 성공했지만 정작 막아야 할 일은 막지 못한 느낌입니다. 아, 실패한 얘기는 나중에 하죠. 이제 퍼니오드는 안전하니 모두 그곳으로 자리를 옮기는 것이 좋겠습니다."

"냐핫, 좋아요. 그럼 이 아저씨들은 저에게 맡겨요, 리오. 제가 알아서 안전하게 옮길 테니까요."

"예, 부탁드립니다."

폴카에게 살짝 목례를 한 리오는 멀리 보이는 공주와 실루엣에게 향했다. 도중에 마르티네즈의 어깨를 두드려 주는 것도 물론 잊지 않았다.

"돌아갈 준비를 하십시오, 대장."

그의 뒷모습을 잠시 응시하던 마르티네즈는 문득 뭔가 생각났는지 주위를 급히 둘러보았다. 화살에 맞을 뻔한 자신을 구하고 어디론가 사라진 리체 때문이었다. 그러나 그 고민도 잠시였다.

"오호, 우리 아가씨는 어디서 오시는 걸까? 안 무서웠어, 리체?"

뒤에서 들려온 리오의 목소리에 그녀는 흠칫 놀라며 고개를 돌렸다. 언제 어디서 나타났는지, 그녀는 리오의 품에 안겨 자신을 응시하고 있는 리체의 모습을 똑똑히 볼 수 있었다.

지금은 살기 어린 눈빛 대신 예전처럼 덤덤한 눈빛을 하고 있었지만 마르티네즈는 그 아이가 잠시 보였던 그 살기를 도저히 잊을 수 없었다. 그렇다고 아이에게 달려가 따질 수도 없었기에 그녀는 애써 시선을 다른 곳으로 돌렸다.

리체를 안고 공주들에게 간 리오는 엄마 화장품을 몰래 바른 아이처럼 어색한 모습을 한 랜시가 불쑥 얼굴을 들이밀자 자신도 모르게 몸을 움찔했다. 하지만 사정을 모르는 랜시는 거의 울 듯한 얼굴로 그의 망토를 붙잡은 채 다급히 물었다.

"우리 자기는 어찌 됐어요, 리오? 무사한가요? 아니면 어디 다치기라도 했어요?"

'네 화장한 얼굴보다는 덜 다쳤을걸.'

리오는 내심 그렇게 생각했지만 겉으로는 웃으며 대답해 주었다.

"무사하지, 물론. 지금쯤 도시 주민들과 만나고 있을 거야. 자, 어서 짐을 챙기자. 영웅이 된 길트의 모습을 하루빨리 봐야지?"

"웅! 알았어요!"

기쁨에 겨운 나머지 허겁지겁 짐을 챙기기 시작한 랜시에게서 자연스레 시선을 돌린 리오는 공주들과 실루엣에게 말했다.

"자, 공주님들도 어서 준비하십시오. 지금 퍼니오드로 가시면 이곳보다 훨씬 편하게 쉬실 수 있으실 겁니다. 아, 실루엣은 랜시가 짐을 챙기는 것을 도와주겠니? 얼굴도 좀 씻겨 주고."

"제, 제가 주도한 건 아닌데요."

"잘한 것도 아니지."

자주 보기 힘든 리오의 무서운 얼굴에 실루엣은 울상을 지으며 수건을 찾아 헤맸다. 그 '놀이'에 동참했던 공주들은 제발 리오가 바이칼을 보지 않길 바라며 실루엣을 도왔다.

그녀들이 스스로 그런 행동을 하는 것에 기분이 풀어진 리오는 리체의 등을 두드리며 말했다.

"리체는 언니들이 하는 놀이에 끼지 않았지? 후후, 그런데 혹시 브라디 못 봤니?"

리체는 대답 대신 손가락으로 침낭들이 있는 쪽을 가리켰다. 흩어진 침낭 중 하나에 브라디가 엎어져 있는 것을 본 리오는 고개를 갸웃거렸다.

"음? 잠이 그리 많은 아이는 아닌데 왜 저러고 있지? 브라디, 자는 거야? 브라디?"

"으, 으윽……."

리오가 몇 번 몸을 흔들자 브라디는 뒤통수를 매만지며 힘겹게 일어났다. 이후에 이어진 그녀의 난리법석 때문에 리오는 그녀가 누군가에게 맞아 기절해 있었다는 것을 알 수 있었다. 하지만 그녀를 한 방에 기절시킬 만한 존재가 그리 많지 않았기에 리오는 큰 소리로 멀리 있는 폴카에게 물었다.

"폴카 님, 혹시 누군가 나타났습니까?"

마법을 이용해 쓰러진 병사들을 하나하나 공중에 띄우던 폴카 역시 큰 목소리로 대답했다.

"유로 아가씨가 나타났었어요!"

"유로?"

그녀라면 브라디를 기절시킬 가능성이 상당히 높았다. 하지만 의문이 뒤따랐다. 조용하다 못해 곱게 등장하는 그녀가 왜 브라디를 기절시키며 나타났는가 하는 것이었다.

"흠, 어쨌거나 무사해서 다행이구나. 크게 다치진 않았지?"

"예. 하지만 이상해요, 리오 님. 저는 리체하고 같이 있었는데, 왜 유로가 저를 기절시켰는지 이해할 수 없어요."

"그래? 그럼 리체는 뭔가 특별한 것을 보지 못했어?"

리체는 조용히 도리질을 했다.

고민해 봤자 끝이 없을 것 같다는 결론에 도달한 리오는 가볍게 한숨을 쉬며 바이칼에게 눈을 돌렸다.

"저 녀석이 오늘은 웬일로 낮잠을 잘까? 어이, 바이칼. 잠을 자려면 좀 편하게……."

바이칼을 깨우기 위해 그의 몸을 돌린 리오의 얼굴은 곧 돌처럼 굳어졌다. 화려해진 바이칼의 얼굴을 잠시 주시하던 그는 다시 실루엣과 공주들을 살폈지만 그녀들은 어느새 주동자인 폴카의 뒤에 숨은 뒤였다.

리오는 이마를 짚으며 나지막이 말했다.

"브라디, 부탁 하나만 해도 될까."

이런 결과를 어느 정도 예측한 브라디는 이미 물수건을 들고 바이칼에게 다가가는 중이었다.

"네네. 제가 알아서 잘 씻겨 드릴게요."

리오는 지크가 같이 오지 않은 게 천만다행이라 생각하며 일행과 함께 짐을 챙겼다.

퍼니오드는 생각보다 쉽게 탈환되었다.

그러나 다수의 야만족과 엘살바도르의 연료가 될 가능성이 큰 정제 우라늄을 놓친 리오는 마음이 무거웠다. 도망친 야만족은 일행이 없는 사이 다시 돌아와 퍼니오드에 침입할 수 있을 것이고, 정제 우라늄은 그 막대한 양만큼 새로운 음모가 다시 진행될 수 있을 것이라는 우려가 생겼다.

일단 리오들은 눈앞에 닥친 일부터 확실하게 진행하자는 판단 퍼니오드에 들어섰다.

4년간에 걸친 노동으로 인해 퍼니오드 사람들은 상당히 지쳐 있었다. 먹을 것은 제대로 얻을 수 있었다 쳐도 4년간 똑같은 노동을, 그것도 휴일 없이 힘겹게 반복한다는 것은 그들의 정신을 피폐하게 만들기 충분한 것이었다.

그 사실에 라이세네프는 길트에게 함부로 사람들을 소집하지 말라는 충고를 했다. 충분한 휴식이 필요한 사람들에게 소집과 연설이라는 피곤한 일을 또 시킨다면 그들이 길트의 말을 거부하는 상황이 벌어질 수도 있기 때문이었다. 결국 일행이 보고 싶어 했던 길트의 영웅적 모습은 아쉽게도 당장 볼 수 없었다.

모두는 이대로 하루가 지나가는가 싶었지만 다행히 그런 일은 없었다. 어려운 상황에도 사람들에게 꾸준히 용기를 심어 준 옛 시장과 그의 측근들이 길트를 직접 만나겠다고 달려온 것이다.

일행을 더욱 기쁘게 만든 것은 그 옛 시장이 길트를 만난 적이 있다는 사실이었다. 길트의 10세 생일날 퍼니오드의 시장 자격으로 그를 만났던 노인, 도버는 일행의 숙소에 도착하자마자 굳은 표정으로 자신들을 해방시켜 준 은인들을 돌아봤다.

그가 그렇게 두리번거리고만 있자 리오는 길트를 소개하려고 앞으로 나섰다.

"도버 시장님, 제가 왕자님과 공주님들을 소개하겠……."

"됐소."

양 볼과 눈 주위가 깊숙이 팬 작은 노인 도버는 리오의 말을 끊었다.

"내 비록 심신이 지치고 정신이 피폐해져 있다 해도, 10여 년 전에 본 마마들의 모습은 분간할 수 있소. 마마님들을 이 늙은이가 직접 찾을 수 있도록 배려해 주지 않겠소?"

"아, 예. 실례했습니다."

리오가 뒤로 물러선 후, 리오와 마르티네즈 등을 차례차례 둘러본 그는 자신의 신분을 밝히지 않고 서 있던 길트와 공주들에게 곧 시선을 고정했다. 그는 돌처럼 굳은 얼굴로 입을 열었다.

"왕자님, 공주님."

그의 확신이 담긴 목소리에 길트와 공주들 그리고 도버의 측근들은 활짝 미소를 지었다. 하지만 도버의 표정에는 아무런 변화가 없었다.

도버는 길트 앞에 서며 그에게 물었다.

"4년 전, 수도가 악마들에게 완전히 부서졌다 들었습니다. 마마님들께서는 어떻게 살아남으셨습니까?"

길트는 머뭇거리지 않고 대답했다.

"아네라 종족의 전사, 프레데릭 님께서 저와 공주들을 악마들의 손에서 구해 주셨습니다."

솔직했지만 사람들이 듣기에는 상당히 황당한 대답이었기에 도버의 측근들은 고개를 갸웃거렸다. 하지만 도버는 여전히 굳은 얼굴로 계속 물었다.

"지금까지 왕자님은 어떤 생활을 하셨습니까?"

"3년간 의식을 잃었던 전 여기 계시는 이분, 라이세네프 경과 저기 있는 랜시라는 소녀의 도움을 받아 몸을 회복할 수 있었고, 그 이후 정처 없이 떠돌이 생활을 하다가 여기 계시는 모든 분들을 만날 수 있게 되었습니다. 그리고 모든 분들의 도움을 받아 이 퍼니오드까지 오게 된 것입니다."

"음……."

도버는 시선을 리오 일행에게 돌렸다. 그들 앞으로 간 도버는 눈을 게슴츠레 뜨며 말했다.

"내 어머니께서 증조부께 들었던 전설의 한 구절이오. 들어 주시겠소?"

슈렌은 별다른 행동을 취하지 않았지만 지크와 사바신은 혹시나 하는 마음에 리오를 흘끔 보았다. 리오는 괜찮다는 듯 고개를 끄덕였고, 도버는 뒷짐을 진 채 방을 배회하며 전설을 들려주었다.

"붉은 머리카락에 붉은 피부 그리고 회색 망토를 휘날리는 무적의 전사, 남색 갑옷을 걸친 드래곤을 타고 가이라스의 머리를 잡은 사악을 물리친다. 태양의 빛으로 사악을 태운 전사는 제국이라는 이름의 악의 근원을 물리치나니, 옛 신까지 물리친 그의 옆엔 빛과 어둠 그리고 폭풍과 화염의 전사가 어느새 서 있더라. ……전설의 마지막에는, 그 신의 기사들이 그때와 같은 혼란이 이 세계에 닥칠 때 다시 돌아올 것이라고 되어 있었소."

리오와 지크 그리고 슈렌은 '그때'의 기억이 떠올랐는지 묵묵히 도버를 바라봤다. 그 전설과는 관련 없는 사바신은 왠지 심술이 났는지 팔짱을 끼며 속으로 투덜댔다.

'전설이라 그런지 사탕발림이나 바람둥이, 감전된 얼간이 같은

단어는 안 나오는군. 나도 그때 올걸.'

그러나 그 말고도 그 전설에 상당한 불만을 가진 사람이 있었다. 사바신은 리오 옆에 서 있는 바이칼이 어깨를 부르르 떨고 있자, 작은 목소리로 그에게 물었다.

"왜 그러세요, 용제마마?"

바이칼은 억울함이 담긴 듯한 작은 목소리로 답했다.

"감히 용제를 탑승 기구 따위로 전락시키다니! 이 전설을 쓴 녀석의 묘를 파 목을 벨 것이다!"

사바신은 서룡족들이 왠지 불쌍하다는 생각을 하며 더 이상의 언급을 피했다.

도버는 다시 길트에게 다가갔다. 그는 길트의 손을 두 손으로 꼭 잡으며 그제야 미소를 떠올렸다.

"기다렸습니다, 길트 왕자님 그리고 에이웰, 에이쉘 공주님. 퍼니오드 전체를 대표하여 마마님들을 진심으로 환영합니다. 너무도 지친 나머지 왕자님과 공주님들을 제대로 환영해 드리지 못하는 저희를 용서해 주시기 바랍니다."

"도버 시장님!"

길트 역시 노인의 손을 꼭 잡으며 눈물을 글썽였다.

왕자 신분으로는 너무도 간소한 환영이었지만 길트는 그날의 일을 결코 잊지 못할 것 같았다. 태어나서 처음으로 가이라스 왕자로서 국민들에게 인정을 받은 날이었기 때문이다.

그 이후 도버는 길트에게 많은 얘기를 해 주었다. 4년간 그들이 겪은 노동 이야기는 길트의 가슴을 아프게 만들었지만 가이라스 해방 전선의 모든 정보를 팔아 온 장군, 프레그론의 이야기는 길트의 가슴을 들끓게 만들었다.

"지금까지 퍼니오드를 친 해방 전선의 전력은 이 도시를 몇 번이고 해방시키고 남을 정도로 막강한 것이었습니다. 그러나 해방 전선이 들어오기 전, 근처의 모든 야만족들이 전력을 이곳으로 이동시켜 해방 전선의 공격을 막아 냈습니다. 도시 근처의 모든 야만족들이 해방 전선의 공격에 설 자리를 잃고 이곳에 집결한 이후에도 야만족들은 해방 전선이 공격할 시기를 미리 알고 대비를 완벽히 해냈습니다. 심지어 어떤 작전으로 나온다는 것도 알고 있었습니다. 이유는 바로 프레그론 장군의 정보 제공 때문이었지요."

"무기와 정보를 바꾼다는 것 말입니까?"

리오의 물음에 도버가 고개를 끄덕였다.

"그렇습니다. 그곳에 정보를 주고 무기를 얻은 프레그론은 그 무기들 중 좋지 않은 것은 이 나라로 건너오는 용병들에게 팔았고, 좋은 무기들은 자신이 직접 지휘하는 부대에게 주어 자신의 힘을 키웠습니다."

프레그론이 자신과 공주들을 노리고 있다는 것을 아는 길트는 한층 격앙된 목소리로 도버에게 물었다.

"아니, 모든 국민이 고통을 당하는 상황에서 도대체 무엇을 위해 자신만의 힘을 키운다는 말입니까! 그자의 진짜 목적이 뭐란 말입니까!"

그러자 마르티네즈가 자신이 아는 프레그론에 대한 얘기를 꺼냈다.

"그것은 잘 모르겠지만, 프레그론 장군의 부대가 가이라스의 남부 지역을 탈환하는 데 가장 큰 역할을 했다는 것은 확실합니다. 그 이후에도 그의 부대는 상당히 좋은 결과들을 낳았기에 막스 경을 위시한 해방 전선 상층부의 프레그론에 대한 신뢰는 상당히 두

텁습니다. 그러나 예전에 들은 대로, 그가 진짜 막스 경을 왕으로 추대하기 위해 그런 행동을 하는 것이라고 생각되지 않습니다. 정말로 막스 경을 위해서라면 정보를 파는 행동까지 하진 않겠죠."

"결론은 자기가 왕이 되려고 한다는 것 아닐까?"

이어진 지크의 말에 모두 숨을 죽였다. 인정한다는 뜻이었다. 이윽고 리오가 길트의 어깨를 두드리며 말했다.

"그럼 지금이 절호의 찬스겠지? 야만족 수는 엘살바도르가 이 대륙에서 떠나는 시점부터 줄어들 테니, 이 대륙에 남을 팀은 야만족과의 싸움보다는 프레그론의 야망과 그의 부대를 격파할 일을 고민하는 것이 좋겠군. 길트 왕자가 다시 돌아왔다는 여론 조성은 퍼니오드에서 시작되면 금상첨화일 거야."

"인원이 좀 더 필요하지 않겠습니까?"

도버의 물음에 리오는 고개를 저었다.

"괜찮습니다. 이 도시를 탈환하는 데도 이 정도 인원이었으니, 프레그론이 아무리 강한 무기와 병사들을 가지고 있다 하더라도 충분할 겁니다. 게다가 정통 왕위 계승자가 이쪽에 있지 않습니까. 왕위 쟁탈전만으로 끝나지 않는다면 승산은 우리 쪽에 있습니다."

"왕위 쟁탈전이라면……?"

"길트 왕자가 본래의 목적을 잊고, 오로지 왕이 되기 위해 움직인다면 왕위 쟁탈전이나 다름없겠죠. 그렇지, 길트?"

길트는 대답 대신 고개를 끄덕였다.

오늘 오간 얘기에 대해 비밀을 굳게 다짐한 도버와 그의 측근들은 내일 다시 올 것을 약속하며 돌아갔다. 자신감을 얻은 듯, 길트 일행은 다른 때보다 밝은 얼굴로 이런저런 얘기를 나누었다.

그동안 리오 일행은 슬그머니 자리를 떠나 지크의 방으로 향했다. 그들이 진짜로 해야 할 일에 대한 얘기를 누군가에게 듣기 위해서였다.

"그 상황에서 용케도 칼을 멈췄구나. 운이야, 아니면 실력이야?"

자리를 옮기면서 리오가 묻자 지크는 씁쓸한 표정으로 대답했다.

"솔직히 말해 운이지, 뭐. 하지만 죽이고 싶은 마음은 솔직히 없었어. 이기고 싶은 마음은 간절했지만 말이야."

그리 넓지 않은 지크의 방은 이미 네 사람이 점령하고 있는 상태였는데, 이들은 헬리온을 비롯한 세 마신과 붕대로 몸을 단단히 감싼 채 누워 있는 낯선 얼굴의 남자였다.

콧수염과 약간의 백발이 섞인 갈색 머리 그리고 그윽한 잔주름으로 중년의 멋을 더한 그 남자는 리오 일행이 방에 들어오자 죽은 듯 감고 있던 눈을 살며시 떴다.

"이야기는 끝났습니까."

남자의 물음에 지크는 씩 웃으며 고개를 끄덕였다.

"헤헷, 아저씨 덕분에. 상처는 괜찮아요? 제대로 말하는 것을 보니 괜찮으신 것 같은데?"

"후후, 저보다는 제 부하들이 걱정입니다."

남자는 게일러의 부축을 받아 상체를 일으켰다. 허리부터 가슴까지 붕대로 단단히 묶은 남자의 단련된 몸은 상처에 의한 기력의 소진 때문에 온통 땀에 젖어 있었다. 통증 때문인지 상처 부위를 잠깐 매만진 그는 곧 미소를 지었다.

"자, 듣고 싶은 이야기가 있으면 물어보십시오. 저도 당신들에게 하고 싶은 이야기가 많습니다. 물론 진실이라는 전제하에서요. 그 편이 제 주군에게나 여러분에게나 좋을 테니 말입니다."

부상당하긴 했지만 역시 하인켈의 분위기는 변함이 없었다. 잠시의 긴장을 마음속 깊은 곳에 누른 리오는 조심스럽게 첫 번째 질문을 던졌다.

"우리는 사탄의 진짜 목적이 순수의 결정체를 이용한 최고 악신으로 등극하는 것이라고 알고 있습니다. 맞습니까?"

하인켈은 여유 있게 고개를 끄덕였다.

"그렇습니다. 주군께서 현재 생각하고 계신 것은 순수의 결정체에 묻혀 있는 힘을 이용해, 현재 잠들어 계시는 악신 아롤 님 이상의 힘을 얻어 악신의 자리에 오르시는 것입니다. 주군께서 그런 위험한 생각을 가지게 되신 이유는 바로 리리스의 부추김 때문입니다. 원래 우리가 추구하려 했던 것은 순수의 결정체를 이용하여 아롤 님을 깨워 드린 후 3계(선신계, 주신계, 악신계)의 균형을 바로잡자는 것이었습니다. 선신이 존재하는데 악신이 잠들어 있다면 그것은 불균형이지요. 그래서 일이 진행되던 도중, 그 요망한 리리스가 주군을 부추겨 일을 여기까지 확대시키고 만 것입니다."

"리리스가 왜 사탄을 부추긴 것입니까?"

슈렌의 질문에 하인켈의 얼굴에서 미소가 사라졌다.

"그것은 저도 모르겠습니다. 제 휘하의 모든 정보 부대를 동원했지만 정확한 이유를 알아내지 못했습니다. 확실한 것은 리리스 역시 순수의 결정체를 구하기 위해 안간힘을 쓰고 있다는 것입니다."

모두 침묵 속에 빠져들었다. 각자 리리스의 생각을 예상해 봤지만 어째서 그녀가 순수의 결정체를 그토록 노리며 사탄을 악신으로 만들려고 하는지 정확한 이유를 알 수 없었다.

리리스 자신이 악신이 되기 위함일 수도 있지만 그것은 불가능했다. 리리스 역시 강하다고는 하지만 악마왕들과 거의 비슷한 수준일 뿐, 그들과 같은 수준은 아니었다. 그녀가 보통 상태의 휀에게 밀렸다는 것만 봐도 그녀와 악마왕들 사이에 큰 차이가 있음이 드러나는 것이다.

하인켈은 그 '차이'에 대해 현재는 불필요한 내용이라며 자세히 설명해 주지 않았지만 그것이 그녀가 악신이 되지 못하는 중요한 이유인 것은 분명했다.

곧이은 질문은 엘살바도르와 퍼니오드에 있던 정제 우라늄의 관계였다.

"현재 엘살바도르는 미완성된 복제 기계와 강제 성장 기계의 무리한 작동으로 인해 원래 저장되어 있던 에너지원인 다이아몬드 압축 결정이 거의 소진된 상태입니다. 에너지 고갈로 인해 엘살바도르는 자체 붕괴를 시작했고, 다이아몬드 정제 기술에 대해서 전혀 알지 못하는 우리는 그 에너지원을 대체하기 위한 자원으로 우라늄이라 알려진 광물을 사용하기로 했습니다. 안타깝게도 가이라스 왕국과 에스토드 왕국에는 그 우라늄이 거의 매장되어 있지 않았습니다. 어제 당신들이 보신 정제 우라늄은 가이라스 왕국 전역에서 모은 것들입니다. 엘살바도르가 원래 있던 장소인 가이라스 왕국에서 말스 왕국으로 필사적인 이동을 개시한 것은 말스 왕국 전역에 상당한 양의 우라늄이 매장되어 있는 것으로 조사됐기 때문입니다."

"그렇게 무리하면서까지 브롤과 투르바, 콜코 등을 복제할 이유가 있었소?"

"브롤과 투르바 그리고 콜코는 악마군단의 복제를 위한 표본이었습니다. 변종된 야만족의 경우 더욱 강한 악마군단의 생산 가능성을 시험한 것입니다. 가이라스 왕국과 에스토드 왕국 등에 그들을 뿌린 것은 복제부터 시작해 강제 성장까지 겪은 야만족들이 전투를 완벽히 소화할 수 있을지 알아보기 위함이었습니다. 결과는 보시다시피 대성공입니다."

더 이상 악마군단의 복제 이유는 물어볼 필요가 없었다. 사탄이나 리리스가 자신들의 목적을 이룬다면 그에 대한 반발이 거세어질 것은 뻔한 일. 그 반발을 막고 더욱 큰 목적을 이루기 위해서는 그들이 개인적으로 보유한 군대의 수를 늘려야 했다.

그러나 수만 늘리진 않을 것이다. 아네라의 유전자 조작 기술을 이용해 변종된 브롤과 트루바 그리고 콜코의 힘을 체험한 리오 일행은 그만큼 강력해진 악마군단이 생산될 것을 충분히 예상할 수 있었다.

자신이 아는 것을 모두 대답한 하인켈은 붕대 위로 피가 배어나는데도 모두에게 충고하기 시작했다.

"아는 것은 여기까지입니다. 이제 여러분은 이것을 명심하십시오. 그 누구도 리리스의 진짜 목적을 모릅니다. 여러분들이 일을 방해하는데도 그녀에게는 알 수 없는 여유가 있었습니다. 여러분들은 그 여유의 이유를 반드시 밝혀내야 합니다."

일단 그들은 엘살바도르가 말스 왕국으로 향한 이유를 알게 되었다. 모두 침묵 지크의 느닷없는 질문이 튀어나왔다.

"저기 말이야, 우리는 아저씨가 이렇게 솔직히 얘기해 주는 이유부터가 궁금한데?"

해야 할 이야기는 모두 한 듯, 하인켈은 다시 자리에 누우며 대답했다.

"이번 계획이 실패해야 주군께서 무사하시기 때문입니다. 아무리 주군이 강해지신다 해도 주신 하이볼크 님을 능가하실 수 없습니다. 최후에 가서는 주군의 모든 것이 무로 돌아갈 것입니다. 그리고 주군을 따르던 모든 이들 역시 다른 악마왕 전하들에 의해 숙청됩니다. 저는 그런 결말을 원하지 않습니다."

대화가 끝난 후, 지크와 리오는 단둘이 숙소 밖으로 나왔다. 둘 모두 하인켈의 말이 머리에서 떠나지 않았다. 아직도 밝혀지지 않은 중대한 문제들 역시 둘의 마음을 무겁게 짓눌렀다.

묵묵히 밤하늘을 바라보고 있는 리오와는 달리 이리저리 배회하며 한숨을 내쉬던 지크는 곧 발을 멈추며 말했다.

"대장 말이야, 지금 뭘 하고 있을까?"

"휀? 갑자기 휀은 왜?"

"너도 알잖아. 대장은 언제나 우리보다 한 발 앞서서 행동하는 거 말이야. 어디 있는지 알면 붙잡고 물어보고 싶어. 어쩌다 일이 이렇게 꼬였는지 말이야."

사실 리오도 휀의 행방이 상당히 궁금했다. 과연 그때 짜 둔 각 본대로 휀이 클라리스 공주 바로 옆에 있을지, 아니면 다르칸과 프레데릭에게 에스토드 왕국을 맡기고 어딘가 다른 곳에 있을지는 알 수 없었다.

가즈 나이트 중에서 휀만큼 말과 행동이 다른 이는 없었다. 자신이 어디로 가겠다는 말을 한 후, 정작 다른 곳에 모습을 드러내는 남자였다.

동료들을 믿지 않는 건지, 아니면 말해 놓고 난 후에 보니 상황이 다른 곳으로 흘러간 것인지는 모른다. 정확한 것은 그가 나타난 곳에 중요한 일이 터진다는 사실이었다.

"아마도 말스 왕국에 있겠지. 엘살바도르가 그곳으로 향한 사실을 휀도 이미 알고 있을 거야. 휀만큼 정보 수집 능력이 뛰어난 사람도 드물잖아."

"그, 그렇긴 하지만 그 순수의 결정체인가 하는 여자가 저쪽으로 넘어가면 만사 끝장이잖아. 자기가 직접 보호한다고 했던 녀석이 왜 그걸 포기하고 말스 왕국으로 가?"

리오의 어깨가 슬쩍 움직였다.

"네가 다르칸과 프레데릭을 보지 못해서 그런 말을 하는 거야. 다르칸은 악마대공이다. 예전에 우리가 상대했던 악마대공 린라우가 얼마나 강했는지 알지? 그리고 지르콘 나이트 프레데릭은 그 다르칸을 이겼던 존재야. 말하자면 둘 다 휀만큼 강하다는 얘기지. 난 휀이 둘을 믿고 다른 일을 처리하러 갔거나, 더 이상 순수의 결정체를 지킬 필요가 없어졌거나 둘 중 하나라고 생각해. 모르지, 둘 다 틀렸을지도."

"음…… 에이, 모르겠다."

머리가 더욱 복잡해진 듯, 지크는 손을 휘저으며 화제를 바꿨다.

"말스 왕국에는 언제 갈 거야? 내일 당장?"

"음, 내일 당장. 오늘 들은 얘기도 있고, 또 돌아가야 할 사람도 애가 타는 듯하니까 바로 출발하는 게 좋겠지."

지크는 고개를 살짝 끄덕이며 숙소 앞에 놓인 큰 파편 위에 앉았다.

"흠, 말스 왕국이라…… 너에겐 잊을 수 없는 나라겠지?"

"그렇지. 지금은 많이 달라졌다지만 이름만큼은 결코 잊을 수 없지. 말스 왕국이라는 이름과 그곳에 살았던 한 여자의 이름을 말이야. 후훗, 그럼 쉬어라. 난 떠날 준비를 해야 할 것 같으니까."

"그래."

지크는 숙소로 들어가면서 생각했다. 그곳에서의 일 때문에 리오가 냉정을 잃고 헤매지는 않을까. 하지만 그런 고민도 잠시, 그는 자신의 의형제가 그렇게 쉽게 흔들릴 리 없다고 믿으며 방으로 들어갔다.

다음 날 아침, 말스 왕국으로 출발한다는 말에 어제저녁을 꼬박 샌 마르티네즈는 실루엣이 일어나는 것에 맞춰 눈을 떴다. 실루엣은 밤사이 마르티네즈의 머리카락이 붕 뜨지 않았다는 사실에 크게 놀랐지만 놀라운 정신력으로 자세를 유지한 채 밤을 샌 마르티네즈는 멍한 얼굴로 욕실에 들어갔다.

수도 시설이 제대로 되어 있지 않아 바가지로 물을 떠서 세면이나 목욕을 해야 했지만 마르티네즈는 정신을 집중시킬 수 있어 오히려 좋았다. 온몸에 수차례 물을 부어 몽롱한 정신을 가다듬은 그녀는 세수를 하고 있는 실루엣에게 물었다.

"실루엣, 넌 떨리지 않니?"

"응? 뭐가?"

최근 들어 늘어나기 시작한 여드름을 매만지던 실루엣의 손이 멈췄다. 마르티네즈는 머리카락의 물기를 손으로 밀어 내리며 말했다.

"말스 왕국으로 돌아간다는 것 말이야. 떨리지 않아?"

안경을 다시 쓴 실루엣은 담담히 대답했다.

"떨리지 않아. 좋지도 않고, 싫지도 않아."

"왜?"

"왜긴. 간다는 말만 들었을 뿐, 아직 눈앞에 항구가 나타나지 않았잖아. 어제 리오 님에게 말스 왕국에 가자는 말을 들었던 것도 마치 꿈 같아. 그런데 마르티네즈는 떨려?"

가만히 욕실 바닥을 보며 생각하던 마르티네즈는 다시 한 번 머리에 물을 붓고 대답했다.

"떨리지 않아."

식당이라 부를 만한 공간이 갖춰지지 않은 숙소였기에 식사는 각자의 식량, 즉 빵과 말린 고기로 해결해야 했다. 하지만 어제까지와는 달리 따뜻한 우유가 있었기에 오늘 아침 식사는 즐거운 편이었다.

식사 중에 마르티네즈와 실루엣은 단 한마디도 서로에게 건네지 않았다. 식사도 빵 한두 개와 우유 한 컵이 전부였고 말린 고기에는 손도 대지 않았다. 서로 감정이 상했다기보다 상대방을 신경 쓸 여유가 없었다.

그만큼, 죽을 고비를 수차례 넘기고 4년 만에 돌아가는 고향은 그들의 마음을 알게 모르게 뒤흔들고 있었다.

작별 인사를 하기 위해 숙소 앞에 모인 일행의 표정은 마르티네즈와 실루엣이 나오자마자 못 볼 것을 본 사람처럼 변했다. 그들을 인솔할 리오 역시 약간 당황한 기색을 감추지 못했다.

"혹시 잠자리가 불편했습니까?"

"아뇨."

그녀들의 대답은 단호했지만 파랗게 변한 눈 밑과 멍한 표정은 정반대의 상황을 말해 주고 있었다.

전혀 흔들리지 않을 것 같던 마르티네즈의 얼굴은 랜시와 작별 인사를 할 때 눈물에 젖고 말았다. 갑자기 그 아이를 처음 만났을 때 자신이 했던 심한 말들이 떠오른 그녀는 랜시의 큰 몸을 안고는 놓을 줄을 몰랐다. 이런 이별이 처음인 랜시는 어색한 미소를 지은 채 그녀의 등을 두드려 줄 뿐이었다.

실루엣은 지크와 사바신 사이에 안겨 약간은 거친 작별 인사를 나누었다. 그녀는 벌겋게 변한 양 볼을 매만지며 마르티네즈와 떨어진 랜시에게 다가갔다. 랜시 역시 이제는 헤어진다는 것을 느꼈는지 실루엣을 안으며 눈물을 글썽였다.

에이웰과 에이쉘도 그녀들과 작별 인사를 나누었지만 길트의 모습은 어디에도 보이지 않았다. 그는 창문 틈새를 통해 마르티네즈의 모습을 보고 있었다. 미련 없이 떠나는 그녀의 모습이 그에게는 야속하게만 느껴졌다.

"자, 그럼 나중에 만나요, 여러분! 건강하고요, 알았죠? 냐하핫."

리오를 따라나서기로 결정한 폴카는 명랑하게 팔을 저으며 모두에게 손을 흔들어 주었다. 돌아온다는 가정하에 떠나는 그녀였지만 남은 일행들은 그녀의 빈 공간이 벌써부터 허전하게 느껴졌는지 아쉬운 표정을 지우지 못했다.

"바이칼, 형이 없다 해도 밤에 울지 말거라. 난 영원히 네 곁에 있을 테니까."

지크는 진지한 얼굴로 바이칼을 안으며 비장한 목소리를 냈다. 물론 바이칼이 좋아할 리는 없었다.

"흥, 영원히 구천을 떠돌게 해 주마."

역시 모두와 작별 인사를 나눈 리오는 마지막으로 슈렌의 어깨를 두드리며 말했다.

"모두를 부탁한다, 슈렌. 지크와 사바신을 다룰 수 있는 사람은 이제 너밖에 없다."

"음."

슈렌은 희미한 미소를 지어 보였지만 그 말을 들은 지크와 사바신의 표정은 정반대였다.

얼굴이 눈물범벅이 된 브라디를 마지막으로 리오 팀과 슈렌 팀은 각각 항구와 숙소로 향했다. 대부분 가이라스 왕국으로 돌아오겠지만 마르티네즈와 실루엣은 그렇지 않았기에 몇 번이고 뒤를 돌아보며 아쉬움을 나타냈다. 특히 마르티네즈는 4년 동안 눌려 있던 감정이 한꺼번에 터졌는지 항구에 도착할 때까지 눈물을 그칠 줄 몰랐다.

살아서 돌아가기 위해 그녀가 치러 왔던 4년 동안의 전쟁이 오늘로 막을 내리는 것이었다. 잃어버린 시간이라 해도 과언이 아닌 4년이었지만 그녀는 그 시간 동안 겪었던 그 모든 일들을 도저히 잊을 수 없을 것 같았다.

그녀는 어깨에 멘 가방에서 일기장을 꺼냈다. 자신이 가이라스 왕국에 오기 전에 그녀의 할머니가 준 것이다. 그녀는 그 일기장을 품에 꼭 안으며 앞서가는 리오에게 말했다.

"솔직하게 말해서, 저는 돌아가기 싫어요."

"……"

"하지만 돌아갈 거예요. 제 곁에 있던 모든 사람들이 그랬거든요. 제가 고향에 돌아가는 것을 꼭 도와주겠다고 말이에요. 던칸도 그랬어요. 자신이 죽기 전에 저를 꼭 고향에 돌려보내 주겠다고 말이죠. 저는 그 사람들을 위해서라도 꼭 돌아갈 거예요."

그러자 리오가 어깨를 들썩하며 말했다.

"흠, 그렇다면 이제 대장이라 부를 수 없겠군요."

"예?"

리오는 그녀를 살짝 돌아보며 말을 이었다.

"마르티네즈, 마르티네즈 양, 마르티네즈 아가씨. 셋 중에 마음에 드는 것을 골라 보십시오. 원하시는 대로 불러 드리죠."

그녀는 대답 대신 눈물과 미소를 같이 보여 주었다. 그때 떫은 얼굴로 그녀를 바라보던 바이칼이 퉁명스레 중얼댔다.

"흥, 인간은 울다가 웃으면 신체 어딘가에 이상이 생긴다더군."

"……."

"나, 난 지크에게 들은 대로 얘기했을 뿐이다."

그러나 바이칼과 마르티네즈의 얼굴은 이미 벌겋게 달아올라 있었다.

항구에는 범선이라고 하기엔 좀 작은 배가 대기하고 있었다. 탈환 다음 날이라 사람들은 많지 않았지만 리오 일행이 탈 배를 준비하는 사람들의 얼굴엔 미소가 가득했다. 그들 역시 4년 만에 말스 왕국으로 돌아가는 뱃사람들이었다.

배로 통하는 나무판 바로 앞에서 마르티네즈는 땅을 손으로 살살 쓸어 흙을 손바닥에 가득 묻혔다. 실루엣 역시 그녀와 같은 행동을 했다. 다시 일어선 마르티네즈는 실루엣과 함께 손에 묻은 흙을 깨끗이 털며 주위를 돌아보았다.

그런 그녀들의 모습을 바라보던 폴카는 자신도 모르게 미소를 지었다.

"저 아가씨들, 이제 자신들이 집으로 돌아간다는 것을 실감한 모양이군요. 정말 기쁘겠어요. 안 그래요?"

"후훗, 부러울 정도죠. 그럼 아가씨들을 부탁드립니다."

리오는 말스 왕국까지 걸리는 시간을 알아보기 위해 임시 선장을 맡은 남자에게 등을 돌렸다. 그러나 얼마 있지 않아 브라디가 급히 그의 어깨를 두드렸다.

"리, 리오 님. 저기를 좀……."

"응?"

붉게 상기된 얼굴로 배를 향해 달려오는 한 청년이 보였다. 그가 누구인지 알아챈 리오는 이마를 짚으며 힘겹게 중얼댔다.

"칭찬해야 할지, 웃어야 할지 모르겠군."

"그래도 심각하게 끝나진 않을 것 같아요. 의외로 아름답게 끝날 것 같은데요?"

"어째서?"

브라디는 멋쩍은 듯 리오의 머리카락을 손으로 배배 꼬면서 답했다.

"히히, 여자의 육감이랄까요?"

리오는 실소를 지으며 임시 선장에게 향했다.

마르티네즈 앞에서 멈춘 청년, 길트는 숨을 몰아쉬며 허리를 굽혔다. 그 때문에 마르티네즈와 길트는 서로의 얼굴을 볼 수 없었지만, 길트의 숨이 진정될 동안 둘의 머릿속에는 많은 생각이 오갔다. 둘의 사정을 어느 정도 알고 있는 실루엣은 자신의 심장도 두근대는지 어쩔 바를 모르며 둘을 지켜봤다.

이윽고 숨을 가라앉힌 길트는 천천히 허리를 폈다. 하지만 그가 하고 싶은 말은 바로 나오지 않았다.

그를 잠시 바라보던 마르티네즈는 가이라스 왕국을 떠난다는 생각에 마음이 많이 진정되었는지, 여느 때와는 다른 웃음을 지으며 입을 열었다.

"처음 만났을 때보다 키가 크셨군요, 왕자님. 저랑 비슷하셨는데, 지금은 저보다 약간 더 크시네요. 몸도 많이 좋아지셨고요."

길트의 팔이 꿈틀댔다. 마르티네즈는 그의 손을 살짝 잡으며 계속 말했다.

"하지만 왕자님께서는 눈에 보이지 않는 성장을 더 많이 하신 것 같습니다. 한 사람이 다 받아들일 수 없을 만큼 훌륭한 왕이 되시고 있죠. 그러니까 저는 왕자님께 어울리는 사람이 아니랍니다."

길트는 아랫입술을 살짝 깨물었다. 그의 감정을 어느 정도 눈치 챈 마르티네즈는 곧 그의 손을 놓으며 고개를 숙였다.

"죄송합니다, 왕자님. 떠나겠습니다."

그러나 그녀는 돌아서지 못했다. 그녀가 몸을 돌리려는 순간 길트가 그녀의 어깨를 잡은 것이다. 길트는 마치 아이같이 눈물을 줄줄 흘리며 말했다.

"저, 저에게도 당신과 같은 여성은 필요 없습니다."

마르티네즈와 실루엣은 길트의 그 말이 그렇게 안타까울 수가 없었다. 배 위에서 곰방대를 물고 있는 폴카 역시 쓸쓸히 고개를 저었다. 그녀의 어깨를 놓아 준 길트는 웃으며 눈물을 닦았다. 하지만 닦고 또 닦아도 그의 눈 밑은 마르지 않았다.

"저는 바보같이 제 생각만 하고 당신을 좋아했습니다. 마찬가지로 제 생각만 하고 저 혼자서 이 나라를 다시 살릴 수 있다고 생각했습니다. 그러나 둘 다 아니었습니다. 지금 저에게 필요한 것은 마음에 드는 여자가 아니라 모든 가이라스 국민의 단결과 힘 그리고 용맹입니다. 저는 이제부터 그것을 얻어야만 합니다. 언제쯤 그것을 얻을 수 있을지 모릅니다. 그, 그래서 저는 지금 저에게 소중했던 존재를 안전한 곳에 맡겨 두려 합니다."

"네?"

길트는 입술 가까이 흘러내린 눈물과 콧물을 닦으며 미소를 지었다.

"모든 상황이 정리된 후, 가이라스의 왕으로서 당신을 찾아가겠습니다. 기다려 주시지 않아도 괜찮습니다. 고향에 계시는 약혼자와 결혼하셔도 상관없습니다. 지금보다 더욱 성장한 제 모습을 보여 드리고 싶을 뿐입니다."

모두 아무 말도 하지 않았다. 말스 왕국까지 빨라야 5일 걸린다는 말에 낙심하고 있던 리오 역시 묵묵히 바다를 바라볼 뿐이었다. 단, 그의 옆에 있던 바이칼만이 상황을 이해하지 못한 채 일행을 두리번거렸다.

보이지 않는 울음마저 거둔 길트는 곧 마르티네즈에게 거수경례를 올렸다.

"사이롤 요새 산하 특수부대, 멤피스 벨의 대장이자 보병대 준장인 마르티네즈 베르토. 성스러운 가이라스 왕국 왕의 이름으로 귀하의 퇴역을 확인합니다. 귀향을 축하드립니다."

"가, 감사합니다."

사이롤 요새가 폐허로 변한 후, 실로 오랜만에 거수경례를 한 마르티네즈는 미안함과 감격이 섞인 표정으로 눈물을 흘렸다.

30분 뒤, 4년 만에 가이라스에서 말스로 향하는 배가 퍼니오드를 출항했다. 날씨도 맑고 바람도 안정되어 항해하기에 더없이 좋았다. 그래서 그런지 배는 마치 얼음판을 미끄러지듯 빠른 속도로 바다 위를 달렸다.

항구의 끝에 서서 그 배의 모습을 보는 길트는 아직도 눈물을 흘리고 있었다. 그런 그의 뒤쪽으로 두 명의 남자가 슬그머니 접근해 왔다.

"뭐야, 여기 있었던 거야?"

"쳇, 역시나 했더니 여기서 징징대고 있었군."

순간 그의 왼쪽에서 단단한 남자의 팔이 목을 휘감았다. 이어서 상당히 두꺼운 팔 하나가 오른쪽에서 목을 감았다. 답답하긴 했지만 그 팔에서 전해지는 따뜻한 체온에 길트는 다시 눈물을 흘렸다.

그의 왼쪽에 선 지크는 목을 감쌌던 팔을 풀며 길트의 머리를 만져 주었다.

"실컷 울어. 남자가 이럴 때 울지 않으면 언제 울겠냐."

그 말에 길트는 소리까지 내며 울기 시작했다. 하지만 자신이 바라던 장면이 아니었는지, 지크는 바로 당황한 표정을 지었다.

"이, 이봐! 그런 여자는 이제 잊었다고 남자답게 말을 해야지 진짜로 펑펑 울면 어떡해!"

"그래서 내가 말했잖아, 지크! 녀석은 사람 말을 곧이곧대로 들을 거라고!"

"곧이곧대로 할 게 따로 있지. 울라고 하니까 진짜 우냐! 울지 마, 바보 왕자!"

"네 책임이야! 네 책임이라고, 감전된 얼간이!"

"웃기지 마, 바보 뻗침 머리! 숙소에 가서 쥐고기나 먹고 자!"

그 둘은 길트가 우는 이유를 모르고 있었다. 사실 길트는 이렇게 해서 자신의 여린 마음과 그 때문에 일어난 슬픈 추억을 완전히 씻어 내고 싶었다. 그 속사정을 모르는 두 남자는 길트의 머리 위에서 하염없이 말싸움만 되풀이할 뿐이었다.

15장
로하가스의 유물

1

세 번째 목숨

말스 왕국은 에스토드나 가이라스와 달리 전쟁이나 혼란을 치르지 않았지만, 최대 무역국이던 가이라스와의 무역 중단으로 인해 매우 큰 곤란을 겪고 있었다.

더구나 내부적으로만 좋지 않았던 에스토드와의 관계가 토벤토 왕자의 귀국과 함께 표면적으로까지 악화되어 왕궁 내의 분위기는 상당히 좋지 않았다. 특히 병적으로 번진 토벤토의 클라리스에 대한 집착은 왕과 왕비의 마음을 더없이 짓눌렀다.

하지만 어느 날 아침부터 토벤토는 클라리스 얘기를 하지 않았고, 그렇게 소홀히 하던 국정에까지 열심히 참여했다.

귀국 이후로는 병상에 누워 클라리스의 이름만 부르짖던 그가 갑자기 변하자, 주위 사람들은 기쁨 반 불안 반 심정으로 그에 대해 조사했지만 그가 변한 이유를 확실히 알아낸 사람은 아무도 없었다.

특이한 일이라고는 그의 윗옷 중 하나에서 숫자 '6'과 비슷하게 생긴 모양의 문양 세 개가 연속으로 그려진 것이 발견되었다가 토벤토의 손에 태워졌던 일뿐이었다.

그렇게 왕궁 내에서 이상한 일이 벌어져도 말스 왕국의 평민들은 별로 신경을 쓰지 않았다. 소문이 퍼지지 않기도 했지만, 왕궁의 일보다 그들의 관심을 끄는 것은 거리에서 이따금씩 벌어지는 내기 격투였기 때문이다.

말스 왕국은 유일하게 거리에서 내기 격투가 허용되는 나라였다. 그것을 본업으로 하는 사람은 극히 드물었지만 정규병이 아니라면 누구나 내기 격투가 가능했고, 들어오는 금액 역시 상당했기에 싸움깨나 할 줄 아는 사람들은 누구나 내기 격투에 돈과 목숨을 걸었다.

또 하나 흥미로운 점은 돈 대신 다른 것들을 걸 때가 있다는 사실이었다.

"무, 무슨 소리야! 어째서 내 아내를 달라는 것이냐!"

내기 격투가 본업은 아니지만 본업으로 하는 사람 이상의 투지를 불태우며 수도 북부의 챔프, 로렌스에게 도전한 헨델은 챔프의 황당한 제안에 경악을 금치 못했다. 몸의 각 부위에 마치 장식처럼 흉터를 새긴 거한, 로렌스는 네 살 쯤으로 보이는 아이를 안고 있는 헨델의 부인을 이상한 눈빛으로 바라보며 옆에 놓인 돈주머니 다발을 두드렸다.

"왜 이러시나. 무엇을 걸든 이 나라의 국법엔 저촉되지 않아. 그리고 자네가 원하는 만큼의 상금을 주겠다지 않나. 보아하니 자네 아들 말이야, 이 돈이 없으면 치료를 못하는 모양인데…… 후후후."

헨델은 이를 갈며 고민했지만 선택의 여지가 없었다.

북부, 남부, 서부, 동부 등에 흩어진 챔프들과 싸우기 위해서는 상당히 많은 승수를 쌓지 않으면 안 되었다. 게다가 북부의 챔프와 싸우려면 북부에서만 승수를 쌓아야 하는 관례가 있었다. 때문에 어린 아들의 피 섞인 기침 소리를 듣는 헨델의 마음은 아프기만 했다.

"조, 좋다! 부인을 걸겠다! 대신 내가 이기면 약속한 돈은 반드시 지불해야 한다!"

그 말을 들은 로렌스의 근육은 크게 불끈거렸다. 챔프만이 앉을 수 있는 투왕의 의자에서 천천히 일어난 로렌스는 보통의 철퇴보다 훨씬 큰 자신의 철퇴를 거머쥐며 안면 근육을 움직였다.

"후후후, 오늘 저녁은 꽤 즐겁겠구나. 네 부인 덕분에."

"시끄럽다!"

장검을 빼어 든 헨델은 비호같이 로렌스의 몸 쪽으로 파고들었다.

상대의 발이 생각보다 빨랐지만 그보다 더 빠른 상대도 수없이 상대해 본 로렌스는 무기를 들지 않은 손을 가볍게 휘둘렀다. 어지간한 여성의 몸통만큼이나 두꺼운 그의 팔은 흉기 그 자체였다.

"응?"

그러나 도전자는 강했다. 로렌스의 팔을 가볍게 막은 헨델은 상대의 팔목을 잡고 발로 팔꿈치를 거세게 가격했다.

"우욱, 이 녀석이!"

관절도 상당히 단련된 탓인지 로렌스의 팔은 쉽게 꺾이지 않았다. 집채만 한 그의 몸이 자신에게 밀려오자 헨델 역시 뒤로 물러서며 자세를 가다듬었다.

팔꿈치를 매만지면서 그의 자세를 가만히 지켜본 로렌스는 순간 움찔하며 소리쳤다.

"네, 네 녀석! 가이라스의 템플러구나!"

"승부에나 신경 써라!"

헨델은 눈을 번뜩이며 다시금 상대에게 파고들었다. 상대의 정체를 어느 정도 눈치챈 로렌스는 이를 악물며 철퇴를 휘둘렀다.

그가 가진 철퇴는 가공할 만한 크기와 무게를 지니고 있었다. 거인 콜코의 다리를 한 번에 부러뜨린 전적을 자랑하는 그 흉기 앞에서 보통 인간이 입는 갑옷이나 방패 따위는 종잇장에 불과했다.

평상복 외에는 아무것도 덧입지 않은 헨델이 그 철퇴와 정면충돌하게 되면 그때부터 그의 부인은 미망인의 처지를 피할 수 없을 것이 분명했다.

하지만 헨델은 그 흉기를 매우 훌륭히 방어해 냈다. 검으로 철퇴 끝을 교묘히 흘리며 조금씩 챔프를 밀어붙이는 그의 모습에 구경꾼들은 감탄을 금치 못했다.

'과, 과연 템플러……! 게다가 이 녀석은 보통의 템플러도 아니다. 마스터 템플러까지는 아니더라도 하이 템플러 정도는 된다. 이렇게 되면 녀석에게 돈을 전부 털려야 하는데!'

상대의 엄청난 기량에 눌린 로렌스는 결국 왼쪽 눈을 두 번 깜박였다. 그러자 돈주머니를 지키던 그의 부하 중 한 명이 주머니에서 작은 철조각을 꺼내 입속에 넣었다.

그사이 로렌스는 헨델의 공격 한 번에 중심을 잃고 자리에 주저앉았다. 자신의 부인이 이번 일에 거론됐던 것 때문에 상당히 화가 나 있던 헨델은 쓰러진 로렌스의 몸 위에 올라타며 검을 치켜들었다.

"다시는 남의 부인을 욕되게 하지 못하도록 해 주마, 옛 챔프! ……큭!"

순간 헨델이 얼굴을 감싸며 비틀거렸고 그의 부인을 비롯한 모든 사람들의 입에서 탄식이 터져 나왔다. 일부 사람들은 그것이 무엇을 뜻하는지 아는 듯 고개를 저으며 자리를 뜨기도 했다.

그가 중심을 잃은 사이 다시 일어선 로렌스는 주먹으로 도전자의 복부를 강하게 올려쳤다.

무방비 상태에서 로렌스의 공격을 받은 헨델은 이후 몰아닥친 몇 번의 공격에 의식을 잃었고, 승자는 결국 로렌스로 정해졌다.

"여, 여보!"

헨델의 부인은 쓰러진 남편에게 달려가려 했지만 도중에 로렌스의 손에 잡히고 말았다.

"이, 이거 놔요! 남편에게 무슨 짓을 한 거예요!"

"천천히 설명해 주지. 밤에 말이야. 하하하핫!"

그녀를 자신의 거친 팔뚝으로 안은 로렌스는 크게 웃으며 기절한 헨델의 몸을 걷어찼다.

"하핫, 철퇴로 머리를 치지 않은 걸 고맙게 여겨라! 템플러라고? 하하하핫, 어째서 망국의 기사가 이곳에 있는지는 몰라도 이 로렌스 님에겐 소용없다. 이 불패의 로렌스 님을 쓰러뜨릴 자는 에스토드의 하얀 재상밖엔 없단 말이다! 후후, 그도 죽었으니 이젠……."

"백색의 재상을 본 적이 있나."

갑자기 아주 작은 목소리가 들렸다. 하지만 로렌스를 포함한 모두는 마치 에스토드의 찬바람을 맞은 사람처럼 입을 다물었다.

목소리가 들린 쪽에는 흑색 코트와 두건으로 몸과 얼굴을 철저히 감싼 남자가 서 있었다. 커다란 가죽 주머니를 든 그 남자의 뒤에 로렌스보다 약간 작은 키의 거한이 역시 흑색의 코트와 모자를 걸친 채 방벽처럼 버티고 있었다.

그들에게서 뿜어지는 이상한 기운에 눌린 로렌스는 안고 있던 헨델의 부인을 놔주며 겁에 질린 야수처럼 소리쳤다.

"너, 넌 누구냐! 누군데 감히 이 로렌스 님을 방해하는 거냐!"

두건의 남자는 가볍게 그러나 감정이 실리지 않은 목소리로 말했다.

"네가 알 바 아니다. 내 도전이나 받아들이도록."

남자는 천천히 로렌스에게 발걸음을 옮겼다.

'단지 걷는 것을 볼 뿐인데도 이렇게나 긴장되기는 처음이다.'

내기 격투 관람을 초창기부터 해온 노년들이나 다른 왕국에서 관광을 왔다가 지금의 상황을 접한 사람이나 모두 그런 생각으로 흑색 두건의 남자에게 시선을 집중했다. 계속되는 기침으로 괴로워하던 헨델의 어린 아들도 그때만큼은 기침을 멈췄다.

보통 사람보다 훨씬 큰 키에 흑색 옷 때문에라도 쭉 뻗어 보이는 체형, 무엇인지는 몰라도 폭이 넓은 벨트에 달려 있는 원통형의 긴 물체, 수백 번의 싸움을 해 온 고명한 북부의 챔프를 어린아이 보듯 하는 남자의 눈빛에 사람들은 더없이 긴장했다.

그의 걸음 하나하나에 살아생전 느껴 보지 못한 위압감과 살기를 느낀 로렌스는 이내 억지웃음을 지으며 손을 저었다.

"우, 웃기지 마라! 승수도 없는 건달을 챔프가 상대하는 것은 관례상 있을 수 없는 일이다! 젖이나 더 먹고 와라, 애송이!"

그러자 복면의 남자는 들고 있던 주머니를 열고는 로렌스 앞에 던졌다.

"이들도 너와 같은 얘기를 하더군."

둔한 소리를 내며 바닥에 떨어진 가죽 주머니에서 곧 무언가가 굴러 나왔다. 누렇게 뜬 그 세 덩어리들은 모조리 공포에 질리거나 삶을 포기한 표정을 짓고서 구경하던 사람들을 공포의 도가니로 몰아넣었다.

특히 그것들이 누구의 몸에서 떨어져 나왔는지 아는 사람들의 기분은 더했다.

"나…… 남부와 동부, 서부의 챔프들이다!"

"어찌 된 거야? 어제까지도 살아 있었잖아!"

그 혼란 속에서도 표정 하나 바꾸지 않는 사람은 검은 두건의 남자뿐이었다. 양 주머니에 손을 찔러 넣은 채 묵묵히 로렌스를 바라보던 그는 다시 발걸음을 옮기며 말했다.

"네가 이기면 내가 이들에게서 얻은 돈을 전부 주겠다. 대신 넌 네가 가진 모든 돈과 지금 얻은 여자를 걸어라."

또다시 헨넬의 부인을 내기거리로 입에 올렸지만 두건의 남자는 그녀에게 음흉한 눈빛은커녕 아예 눈길도 주지 않았다. 그가 집중하고 있는 인물은 단 하나, 로렌스뿐이었다.

"크큭, 말이 없군. 이걸 보면 달라지려나?"

검은 두건의 남자 뒤에 있던 거한이 들고 있던 돈주머니들을 바닥에 내려놓았다. 무조건 집에 돌아가서 쉬어야겠다는 로렌스의 생각은 그 수북한 돈들이 내는 소리를 듣자마자 흔들렸다.

'그, 그래. 녀석이 아무리 강해 봤자 얼마나 강하겠어. 다른 챔프 녀석들은 경험이 없어 녀석에게 목을 잃었겠지만 난 다르다! 말스 왕국 최장기 챔프인 날 누가 이기겠나! 정신만 바짝 차린다면 지지 않는다!'

로렌스는 첫조각을 씹고 있는 부하에게 살짝 눈치를 준 후, 다시 근육을 불끈대며 남자 앞에 섰다.

"후후, 좋다! 도전을 받아들이겠다! 자, 무기를 들어라, 애송이!"

그러나 남자는 무기 대신 손을 슬그머니 들었다.

"맨손으로 한다. 쓰레기를 죽이는 것도 귀찮아."

로렌스는 누가 도전자고 챔프인지 잠시 혼란스러웠다. 일단 몸이 되는 만큼 맨손 격투에도 일가견이 있는 로렌스는 거절할 것 없다고 생각했는지 철퇴를 옆에 내려놓고 손가락 관절을 꺾었다.

"흥, 물러설 이유는 없겠지! 자, 그럼 시작이다!"

로렌스는 마치 큰 솥의 밑면을 연상시키는 어깨를 앞세운 채 남자에게 돌진했다.

그의 어깨치기가 상당한 속도와 파괴력을 지닌 것을 아는 구경꾼들은 날아가거나 기적같이 방어를 할 남자의 모습을 기대했지만 결과는 약간 달랐다.

로렌스와 부딪히기 직전에 옆으로 살짝 몸을 피한 복면의 남자는 땅에 떨어진 돌에 발을 가져가며 자기 옆에서 몸을 웅크린 채 멍하니 있는 로렌스를 내려다봤다.

"무대가 지저분하군."

순간 남자의 발에 차인 돌은 로렌스 부하의 입에 명중했다. 비명을 지르며 땅을 구르는 그의 입에서 피 섞인 치아들과 함께 날카로운 쇳조각들이 바닥으로 떨어졌다.

"이, 이 녀석!"

자신의 최후 무기인 부하가 당한 것에 절망한 로렌스는 발버둥치듯 복면의 남자에게 주먹을 휘둘렀다. 하지만 그 주먹은 남자의 손에 가볍게 막혔고, 역으로 그의 주먹을 잡은 남자는 로렌스의 면상에 발을 대며 나지막이 중얼거렸다.

"돌아가서 앉도록."

"욱?"

갑자기 얼굴에 가해진 엄청난 압력에 로렌스는 눈을 크게 떴다. 목에 힘을 잔뜩 주어 목뼈가 꺾이는 것을 겨우 막은 로렌스는 다시 자세를 잡으려 했으나 그럴 수 없었다.

로렌스의 몸은 공중에 약간 뜬 채 어디론가 날아가고 있었다. 복부를 맞은 것을 알아차리는 순간 로렌스의 몸은 어떤 물체와 집에 거세게 충돌하고 말았다.

"으아악!"

외마디 비명과 함께 의식을 잃은 로렌스는 늘 앉아 있던 의자의 잔해 위에서 몸을 축 늘어뜨렸다. 그의 몸 위로 쏟아진 건물의 나무 파편들을 넋 나간 얼굴로 바라보던 구경꾼들은 이내 소리를 지르며 사방으로 도망쳤다.

그렇게 무대가 정리되자, 테 넓은 모자를 깊게 눌러쓴 거한은 광기 어린 미소를 흘리며 로렌스가 가지고 있던 돈다발을 거두었다.

"크큭, 다른 녀석들처럼 무기를 사용하겠다고 고집을 부리지 않다니 착한 녀석이군. 덕분에 살아 있는 전설이 됐으니 운이 좋기도 하고 말이다. 크크크큭."

"그럴지도."

남자는 입가를 가린 복면을 아래로 내리고는 담배를 입에 물었다. 그러나 그 휴식도 잠시, 기절해 있던 헨델의 목소리가 들리며 상황은 다시 급박하게 돌아갔다.

"루, 루시아는 누구에게도 주지 못한다! 난 루시아를 당신에게서 돌려받을 것이다!"

복면의 남자는 헨델을 흘끔 바라봤다. 로렌스의 부하가 뱉은 쇳조각이 아직도 얼굴에 박혀 있는 헨델의 모습은 처절하기 이를 데 없었다. 하지만 복면의 남자는 관심 없다는 듯 눈길을 돌렸다.

"그럼 가져가."

"뭐?"

동료가 돈을 모두 챙기자 복면의 남자는 어디론가 발걸음을 옮겼다. 검을 든 채 그의 뒷모습을 바라보던 헨델은 곧 검을 거두며 남자에게 달려갔다.

"자, 잠깐만 기다리십시오! 제발 제 부탁 한 가지만 들어주시기 바랍니다!"

"알 바 아니지."

남자의 차가운 대답에도 헨델은 다시금 그에게 간청했다.

"부탁드립니다! 제 아들이 폐병으로 죽어 가고 있으니 제발 저에게 돈을 좀 꾸어 주십시오! 시키는 것은 무슨 일이든지 다 하겠습니다!"

"뭐든지 다 하겠다……."

순간 남자는 발걸음을 멈췄다. 희망을 얻은 헨델이 감사의 인사를 하기 직전, 남자는 그를 돌아보며 물었다.

"가이라스 왕국에서 왔나?"

"예? 그건……."

헨델은 대답하기 곤란한 듯 시선을 떨어뜨렸으나 남자의 질문은 계속됐다.

"가이라스 왕국에서 무엇을 위해 탈출했나."

"죄, 죄송합니다. 다른 것은 몰라도 그것만은 말씀드릴 수 없습니다."

"자네는 뭐든지 다 한다고 했다."

남자의 말에 헨델은 슬그머니 부인을 돌아봤다. 그녀는 걱정스러운 얼굴로 곧 허리에 찬 작은 통을 남편에게 내밀었고, 그는 결심한 듯 눈을 부릅뜨며 그 통을 받아 들었다.

"좋습니다. 당신이 어떤 분인지는 모르지만 일단 신세를 졌으니 말씀드리겠습니다. 이곳은 장소가 좋지 않으니 다른 곳으로 자리를 옮기는 것이 좋겠습니다."

근처 술집이나 음식점들은 알 수 없는 두건의 남자에게 네 명의 챔프들이 모두 당하고 로렌스 한 명만 목숨을 부지한 사건으로 상당히 시끄러웠다.

헨델은 어떤 곳으로 자리를 잡아야 할지 고민했지만 두건의 남자가 한 술집에 들어서자마자 상황은 깨끗이 정리되었다.

손님들이 돈만 놔두고 모조리 자리를 뜨자 술집 주인은 상당히 불쾌했다. 하지만 그들을 쫓아낸 손님이 오늘 사건의 장본인이라는 것을 알기에 내색하지는 못했다.

복면의 남자는 독한 증류주 한 잔을, 그리고 특이하게도 회색 피부를 가진 그의 동료는 증류주 한 통을 주문하고는 서로의 잔과 통을 말없이 부딪히며 술을 즐겼다. 너무나도 특이한 그들의 모습에 말을 잇지 못하던 헨델은 붕대로 대충 맨 자신의 눈가를 만지작거리며 긴 얘기를 시작했다.

"저는 가이라스 왕국의 템플러입니다. 자랑이 될지도 모르겠지만 현 마스터 템플러인 막스 블레이크 경을 보좌하는 하이 템플러 중에 한 사람이기도 합니다. 그런 제가 전쟁 중인 나라를 탈출해 말스 왕국까지 온 이유는 바로 이것 때문입니다."

헨델은 통의 뚜껑을 열고 안에 든 편지를 펼쳐 보였다. 의자 등받이에 등을 깊숙이 기댄 채 술을 들던 복면의 남자는 편지에 시선을 두었다. 두 모금의 술을 곁들여 편지를 모두 읽은 남자는 시선을 돌려 헨델을 바라보았다.

"퍼니오드 공략을 위한 말스 왕국의 협조 요청서……. 하지만 1년 전 것이군."

"거절당했습니다."

헨델은 쓸쓸히 웃었다.

"아니, 아예 왕궁 안으로 들어가지도 못했습니다. 이미 망해 사라진 가이라스 왕국의 기사와는 얘기할 이유가 없다더군요. 저는 몇 번이고 계속 도전했지만 실패했습니다. 마지막 방법으로 왕궁의 벽을 넘어 말스 국왕의 침실까지 직접 들어갔지만 얻은 것은 상처뿐이었습니다. 결국 반년이란 시간을 헛되이 보낸 것이죠. 차라리 전설의 재상이 있는 에스토드로 갔다면⋯⋯."

잠시 말을 쉰 헨델은 아들의 기침 소리가 다시 시작되자 고개를 숙이며 격앙된 목소리로 말을 이었다.

"그 와중에 제 어린 아들은 폐병까지 얻고 말았습니다. 아내 역시 제대로 먹지를 못해 쓰러지기 일쑤입니다. 결국 저는 아들을 살리기 위해 내기 격투에 참가했습니다. 하지만 결과는 지금 이 모습입니다. 알지도 못하는 분께 돈을 꾸기까지 했죠. 막스 경께서 저를 얼마나 믿으셨는데⋯⋯!"

분에 못 이긴 헨델은 결국 눈물을 흘렸다. 아이의 기침 소리와 울음소리는 부부의 울음소리와 뒤섞여 텅 빈 술집을 음울한 분위기로 만들었다.

별다른 표정 변화 없이 담배와 술을 즐기던 복면의 남자는 빈 술잔을 동료에게 내밀었고, 동료가 술을 채우는 동안 헨델에게 질문을 던졌다.

"다시 가이라스로 돌아갈 생각인가."

"아닙니다. 아픈 아이와 부인을 이끌고 또 어딜 간다는 말입니까. 조국이 해방될 때까지 이곳에 있을 생각입니다. 입에 거미줄을 칠 수는 없죠."

"해방되지 않는다면."

남자의 지적에 헨델은 슬며시 고개를 저었다.

"더 이상 가족을 힘들게 하고 싶지는 않습니다. 만약 그렇게 된다면 저승에 가서 막스 경과 모든 동포에게 죄를 빌어야겠죠."

오랜 시간 동안 침묵이 흘렀다. 하지만 고민하는 것처럼 보이는 사람은 헨델과 그의 부인뿐이었고, 나머지 둘은 무슨 생각을 하는지 도무지 알 수 없었다.

그 침묵을 깬 사람은 급히 술집에 뛰어 들어온 녹색 머리의 청년이었다.

"선배님들, 여기 계셨군요. 후, 한참 찾아다녔습니다. 지금 좋은 정보가 들어왔는데……."

두건의 남자가 청년의 말을 제지했다. 그는 헨델과 그의 가족을 데리고 밖으로 나갔고, 거한과 단둘이 남은 녹색 머리 청년은 자신의 스포츠 머리를 긁적이며 궁금한 표정을 지었다.

"무슨 일이죠, 바이론 선배님? 저분들은 또 누구십니까?"

"크큭, 애국자와 그의 부인이다. 상관 말고 가져온 정보나 말해봐라."

녹색 머리 청년, 레디는 밖에서 들리는 아이의 기침 소리에 걱정스러운 표정을 지었다. 하지만 그는 곧 고개를 흔들고 소식을 전했다.

"방금 전에 들은 내용입니다. 가이라스 왕국에서 온 배가 항구에 도착했답니다."

"오호, 가이라스라고?"

"예. 퍼니오드라는 항구가 해방됐다는 말도 들렸습니다. 사바신 등이 간 이후로 벌어진 일이니, 좋은 쪽으로 생각해야겠죠?"

회색의 거한 바이론은 술로 목을 축이고 특유의 광소를 흘렸다.

"크크큭, 아무래도 리오 녀석 같군. 녀석의 성격상 선심 좀 쓰다가 지금에야 왔겠지. 레디, 넌 그 자원 봉사자 녀석을 찾아 이곳으로 데려와라. 즉시."

"아, 예. 알겠습니다, 선배님."

급히 주점 밖으로 나간 레디는 복면의 남자가 헨델에게 뭔가를 전해 주는 모습을 보았다.

헨델은 막스 블레이크의 서찰 뒤에 씌어진 글들을 읽으며 이해할 수 없다는 표정을 지었다. 아네라, 마력 변환 기술 등의 생전 처음 접하는 단어들과 2백 년 전에 쓰여졌다는 것만 알고 있는 로하가스의 공중요새란 말이 적힌 그 글들은 헨델의 정신을 상당히 혼란스럽게 만들었다.

"이것이 무슨 내용입니까?"

"알 것 없다. 넌 그것을 들고 라디언트 가(家) 저택에 가서 프레데릭을 찾으면 된다. 필요한 자금은 마음대로 가져가라."

"예? 하지만······."

헨델은 도대체 이 남자가 누구이기에 라디언트 저택이란 대단한 곳을 맘대로 오라 가라 하는지 알 수 없었다.

그는 서찰과 복면의 남자를 번갈아 바라보며 생각했다. 혹시 휀 라디언트 재상의 심복일까? 괴물 같은 힘을 지니고 있는 남자의 심복이니만큼 로렌스를 물리칠 때 압도적인 강함을 보여 준 것이리라.

하지만 확실히 결론을 낼 수 없었던 그는 왕실 마법사 출신이면서 매우 현명한 자신의 부인에게 시선을 돌렸다.

"여보, 당신은 어떻게 생각······ 응?"

그의 부인은 자신의 앞에서 벌어지고 있는 놀라운 광경에 혼이

나가 있었다. 헨델은 아들이 녹색 머리 청년의 양손 앞에 둥둥 떠 있는 것을 보자마자 몸을 비틀댔다.

공중에 뜬 헨델의 아들은 마치 물방울처럼 보이는 영롱한 물체들에 휩싸여 있었다. 아이의 몸에 닿았다고 생각된 물방울들은 아이의 피부 속으로 깔끔히 흡수되더니 반대편으로 곧장 튀어나왔다. 그런 과정이 무수히 반복되었지만 아이의 몸에는 아무런 상처도 없었다.

이윽고 물방울들은 사방으로 흩어졌고, 헨델의 아들은 청년의 품에 안전히 안겼다. 아이의 상태를 확인한 레디는 아이를 헨델의 부인에게 건네주며 말했다.

"아이가 어린 나이에 바닷바람을 너무 많이 맞았군요. 영양실조도 있고 말이죠. 몸을 깨끗하게 하고 물을 통해 영양분도 보충해 주었으니 이제 괜찮을 겁니다."

"예? 어, 어떻게 그런 일이 가능한 거죠?"

그녀의 질문에 대답하듯, 조금 전보다 훨씬 표정이 밝아진 아이는 기침 대신 엄마와 아빠를 부르며 즐거워했다. 헨델의 부인은 혹시나 하는 마음에 진찰을 해 봤지만 아이의 병은 씻은 듯이 사라졌다.

눈앞에서 벌어진 기적 같은 일에 기쁜 나머지, 서찰을 떨어뜨리고 부인과 아이를 한꺼번에 끌어안은 헨델은 믿을 수 없다는 얼굴로 복면의 남자와 레디를 바라봤다.

"정말 감사합니다! 이, 이 은혜를 어떻게 갚아야 합니까!"

복면의 남자는 떨어진 서찰을 주워 헨델의 눈앞에 들어 올렸다.

"아까 말해 준 그대로."

그를 멍하니 바라보던 헨델은 부인과 아들에게서 손을 떼고 검을 뽑아 들었다.

"소문에, 에스토드의 재상 휀 라디언트 님은 철저한 자기 관리와 냉철한 일 처리 능력 그리고 강대한 카리스마로 주위에 있는 모두를 자기 사람으로 만든다고 들었습니다. 물론 그분은 돌아가셨죠. 모두가 알다시피."

헨델의 부인은 남편의 갑작스러운 행동에 움찔했지만 레디와 복면의 남자는 미동도 하지 않았다. 양손으로 검을 거머쥔 헨델은 검을 가슴까지 들어 올린 후, 자신의 신체 중심선과 검을 수평으로 만들고 눈을 부릅떴다.

"템플러가 걸 수 있는 목숨의 수는 셋입니다. 첫 번째 목숨은 가이라스의 왕께, 두 번째 목숨은 동료를 포함한 모든 가이라스 동포에게 그리고 마지막 세 번째는 목숨을 걸 만한 존재에게. 가이라스 왕국 하이 템플러, 헨델 더스티온. 성스러운 레호아스 신의 이름으로 저에게 남은 세 번째 목숨을 당신에게 드리겠습니다."

"좋을 대로."

복면의 남자는 돌아서며 레디의 팔을 툭툭 두드렸다. 자신이 해야 할 일을 잠시 망각했던 레디는 항구 쪽으로 슬슬 뒷걸음치며 헨델의 부인에게 손을 흔들었다.

"든든하게 먹이셔야 해요. 건강해진 만큼 아이가 배고파 할 테니까요. 그럼 건강하십시오!"

헨델의 부인은 급히 뛰어가는 청년의 뒷모습을 향해 손을 흔들어 주었다. 그저 엄마를 따라 하는 것일 뿐이었지만 아이 역시 웃으며 팔을 위아래로 흔들어 댔다.

항구는 대만원이었다. 뱃사람뿐만 아니라 항구 근처에 사는 모든 사람들이 4년 만에 가이라스에서 온 배와 돌아오지 못할 줄 알

왔던 동포들을 구경하기 위해 구름처럼 모여 있었다.

배에 타고 있던 사람들 중 일부는 그 인파 속에서 가족이나 친구를 발견하고 상봉의 기쁨을 나눴지만 나머지는 일단 돌아온 것으로 만족해야 했다. 물론 그들은 수도가 고향이 아닌 사람이 대부분이었다.

혹시나 하는 마음에 몰려온 인파 속에는 주방에서 막 뛰쳐나온 차림의 남자가 포함된 가족들이 있었다. 노파가 주축이 된 그 가족은 애타는 얼굴로 배에서 내리는 사람들을 하나하나 확인했지만 그들이 찾는 사람의 모습은 아직까지 보이지 않았다.

잠시 후 담배와 함께 마음을 달래던 중년의 남자, 반그라드가 노파 옆에 서며 말했다.

"어머님, 아무래도 마르티네즈는……."

"닥치거라."

노파는 들고 있던 지팡이 끝으로 땅을 세차게 찍으며 자신의 아들을 나무랐다.

"2백 년 전에도 그랬듯이, 그 아이는 가즈 나이트의 수호를 받으며 돌아올 것이다. 지금과 같은 난세에는 분명 그들이 나타난다 했거늘, 어찌하여 넌 그렇게 불길한 소리만 하는 것이냐."

담배를 바닷물에 버린 반그라드는 고통스러운 얼굴로 고개를 저었다.

"하지만 어머님, 확실치도 않은 존재를 그렇게 믿을 수도 없지 않습니까. 게다가 그 가즈 나이트가 무슨 재주로 마르티네즈 하나를 발견해 보호해 준단 말씀이십니까. 그 아이와 같은 상황에 처한 사람이 한둘도 아니지 않습니까."

"그럼 넌 마르티네즈를 포기하겠다는 말이냐?"

"어머님……!"

노파의 말에 반그라드는 더욱더 고통스러웠다. 근위대 대장으로 시작해 말스 왕국 육군 총사령관 그리고 국방장관까지 두루 섭렵하고 현재는 휴식을 취하고 있지만 지금 그의 얼굴에는 화려했던 전적은 떠오르지 않았다.

청기사단 단장까지 올랐던 자신의 딸이 가이라스 왕국으로 떠난 직후 들린 가이라스 수도의 붕괴 소식. 그 이후 4년이라는 시간 동안 반그라드와 그의 부인은 가이라스에 친지들을 보낸 다른 사람들과 마찬가지로 괴로운 나날들을 보내야만 했다.

결국 반그라드의 부인은 오늘 항구에 나오지 못할 정도로 쇠약해졌고, 그 역시 오늘 딸을 보지 못하면 다시는 딸에 대한 생각을 하지 않겠다고 맹세까지 하고 나온 상황이었다.

배에서 나오는 사람들의 수는 계속 줄어들었지만 아직 여성의 모습은 보이지 않았다. 피골이 상접한 중년의 남자를 끝으로 배에서 아무도 내리지 않자, 그의 가족들은 한탄과 함께 고개를 숙였고 굳게 눈을 감은 반그라드는 담배를 다시 물며 배에서 시선을 돌렸다.

그 순간 그는 왠지 자신이 어리석게 느껴졌다. 저 멀리서 누군가와 얘기하고 있는 사람들의 모습을 보고 갑자기 어린 시절 생각이 떠올랐다.

붉은 장발에 회색 망토, 갑옷과 같은 탄탄한 몸과 훤칠한 키 그리고 그의 옆에 언제나 서 있다는 군청색 머리의 미청년…….

어릴 때는 그들의 모험담을 어머니와 아버지 그리고 할아버지로부터 하루가 멀다 하고 들었고, 또 듣기 원했던 그였지만 살기가 힘들다는 말을 입에서 내뱉은 순간부터 그는 그들을 차차 잊어 갔다.

자기 옆에 아이들이 생겼을 때야, 그는 비로소 그들의 이야기를 다시 기억할 수 있었지만 그 아이들마저 어른이 된 후부터 그는 그들의 존재와 이야기 자체를 부정했다. 방금 전에도 자신의 어머니가 그들의 이야기를 했을 때 분노를 터뜨리지 않았는가.

'그런 허무맹랑한 영웅들에게 내 딸의 생사를 맡겨야 하나. 아버지로서 아무것도 하지 못하고?'

그렇게 내심 부르짖으며 돌아선 그였지만, 지금은 놀라운 선물을 본 어린아이처럼 인파에 뒤섞인 붉은 장발의 남자와 군청색 머리의 미청년을 바라보고 있었다. 그들이 어떤 청년에게 이끌려 다른 곳으로 가는 것과 동시에 작은아들의 목소리가 들려왔다.

"아, 아버님, 무슨 일이라도 있으십니까?"

"응? 음, 아니다. 할머니를 모시고 집에 돌아가자꾸나."

반그라드의 작은아들은 걱정스러운 얼굴로 아버지가 봤던 곳을 바라봤지만 특별한 것은 보이지 않았다. 다른 사람들과 마찬가지로 얘기를 나누고 있는 사람들의 모습만 보일 뿐이었다.

그들을 바라보는 시선이 있었다는 사실을 모른 채 리오, 바이칼, 폴카는 그들을 찾아 헐레벌떡 뛰어온 레디의 얘기에 신경을 집중하고 있었다.

휀과 바이론이 이곳에 있다는 사실과 그들이 자신을 기다리고 있다는 말을 들은 리오는 역시 말스 왕국에 뭔가 있다는 확신을 가졌다. 그렇지 않고서는 같이 행동하는 일이 거의 없는 휀과 바이론이 한 나라에 같이 있는 것을 설명하기 힘들었다. 하지만 곧 의문한 가지가 생겨났다.

"그런데 휀이 왜 여기 있지?"

그의 물음에, 레디는 이해할 수 없다는 듯 눈을 깜박였다.

"예? 무슨 말씀이시죠, 선배님?"

"응? 아, 아냐. 잠시 내가 착각을 했나 보군. 아, 폴카 님은 어쩌실 겁니까?"

폴카는 당당히 어깨를 펴며 대답했다.

"냐하핫, 저는 마르티네즈 아가씨의 집에 있을 거예요. 휀과 바이론이라는 이름을 들으니 제가 감히 낄 자리는 아닌 것 같네요. 그런데 이 아가씨들이 왜 이리 안 오나? 옷을 만들어서 입고 오는 건 아닐 테고. 냐핫, 그럼 먼저 가 보세요. 제가 할 일이 있다면 불러 주시고요."

"예, 알겠습니다. 그럼 가자, 바이칼. ……바이칼?"

몇 걸음 움직이던 리오는 꿈쩍도 안 하는 친구에게 시선을 돌렸다. 바이칼은 폴카 옆에 가만히 서서 리오의 말을 못 들은 척 바다만 바라보았다. 리오는 웃으며 그의 팔을 잡아끌었다.

"너무 그럴 필요 없어. 둘 다 이상한 사람이 아니잖아."

"내, 내가 무서워서 이러는 줄 아나! 이 몸은 그저 녀석들이 싫을 뿐이다!"

"아, 알았다니까."

리오 일행이 멀찌감치 가고 난 후, 홀로 남은 폴카는 오랜 여행에 지친 몸을 쭉 펴며 심호흡을 했다. 오랜만에 마시는 말스 왕국의 공기와 전쟁을 모르는 사람들의 분위기가 더없이 반가웠다.

"하, 평화적으로 이 나라에 오는 건 2백 년 만이구나. 하지만 수도의 위치가 바뀐 건 좀 아쉬워. 항구하고 가까운 수도는 아니었는데 말이야. 그건 그렇고 이 아가씨들이 정말 왜 이리 안 오지?"

사람들이 너무 많은 탓에 마르티네즈와 실루엣의 느낌을 잡기란 그녀로서도 쉽지 않았다. 예전 같으면 사람들의 수와 관계없이 목표의 위치를 쉽게 잡을 수 있었겠지만, 최대의 마력을 발휘하던 그

때와 지금의 그녀는 많은 것이 달라져 있었다.

그녀는 손바닥에 마력을 집중하며 생각했다.

'힘이 또 떨어졌네. 하긴, 어지간한 수준의 마력을 꾸준히 사용하지 않으면 마력도 떨어지는 법이니까. 내가 1급 이상의 공격 마법을 사용한 적이 언제였더라?'

그녀는 씁쓸히 웃으며 마력을 거뒀다. 그녀의 옆에 마르티네즈와 실루엣이 도착한 것은 거의 같은 시각이었다.

"다녀왔습니다, 폴카 님!"

실루엣의 명랑한 목소리에 폴카는 활짝 웃으며 그녀를 돌아봤다. 전쟁의 먼지로 더럽혀져 구질구질했던 예전의 옷을 싹 벗어 던지고 새 옷을 입은 아이의 모습은 새롭게 느껴질 정도로 깔끔하고 귀여웠다.

그러나 같이 옷을 보러 간 마르티네즈는 그렇지 않았다. 옷을 새로 사기는커녕 그 차림 그대로였다. 그나마 따뜻한 물에 목욕이라도 해서 얼굴과 머리만은 예전보다 깨끗했다.

"아니, 마르티네즈는 왜 그 모양이에요? 실루엣이 너무 비싼 옷을 샀어요?"

"아, 아닙니다. 살 만한 옷이 없어서……."

그럴 법도 했다. 가이라스에 오기 전에도 실루엣처럼 평범한 생활 대신 검과 갑옷이 주가 되는 생활을 해온 그녀였다. 게다가 가이라스에 있는 4년 동안 그녀가 추구한 패션의 기준은 '옷이 어느 정도나 검과 화살에 대한 저항력을 가지고 있는가' 하는 것이었으니, 그녀가 옷을 고르지 못한 것도 무리는 아니었다.

하지만 그런 사정이 있다 하더라도 폴카에게서 벗어날 수는 없었다. 마르티네즈의 손을 움켜잡은 폴카는 그녀를 끌고 시내 쪽으로 성큼성큼 걷기 시작했다.

"내가 골라 줄게요! 그리고 이제부터 도시 생활을 할 아가씨의 머리 스타일이 이게 뭐예요! 개성이 넘치다 못해 엽기적이잖아요! 머리부터 발끝까지 내가 확실히 바꿔 줄 테니 어서 따라와요!"

"예? 하, 하지만……."

"잔말 말아요!"

마르티네즈는 폴카의 그런 제의에 상당히 곤란했다. 하지만 제의한 폴카도 그리 좋은 표정은 아니었다.

예전에 마르티네즈를 찾아온 마법사 노인을 만난 이후, 그녀는 마르티네즈의 안된 표정만 보면 괜히 죄책감에 빠지곤 했다. 지금도 그녀의 바뀐 모습이 어떨까 하는 궁금증에 그녀를 잡아끄는 것은 아니었다.

'이렇게 해서 갚을 수 있는 게 아니겠지. 그의 화만 더욱 돋울 뿐일지도 몰라.'

실루엣도 리오도 그 노인의 정체를 몰랐지만 폴카만은 노인의 정체를 확실하게 알고 있었다. 그러나 다른 이들에게 그의 정체를 쉽게 얘기할 수는 없었다. 특히 리오에게만큼은…….

그런 생각을 하며 시내로 들어선 폴카는 수십 명의 병사들이 자신들 쪽으로 뛰어오는 것을 보았다. 병사들의 표정이 모두 상당히 굳어 있는 것에 뭔가를 느끼면서 폴카는 그대로 병사들을 지나쳤고, 그녀를 따라가던 마르티네즈와 실루엣은 궁금한 표정으로 멀리 뛰어가는 병사들의 뒷모습을 바라봤다.

"저 사람들은 왕실 근위대인데……? 도대체 무슨 일일까요, 폴카 님?"

"표정을 봐선 좋지 않은 일이 분명해요. 자, 어서 가요, 마르티네즈. 모습을 바꿔야 할 필요가 더 있을 듯하니까요."

항구에서는 곧 대혼란이 발생했다. 오늘 가이라스에서 배를 타고 온 사람들을 모조리 반역죄로 체포한다는 것이었다. 이유는 없었다. 그저 토벤토 왕자의 지시일 뿐이었다.

근위병들은 항구에서 어정대던 귀국자들을 모두 잡아들였고 그들과 상봉의 기쁨을 나누고 있던 일부 귀국자의 가족들까지도 체포했다. 그중 고위 관직에 종사하는 사람들도 있었지만 그들이라해도 체포의 정확한 이유를 알 수는 없었다.

체포되지는 않았지만, 반그라드 역시 그 이유를 알고 싶어 하는 사람 중 하나였다.

"도대체 무슨 말인가! 어째서 힘들게 귀국한 사람들이 반역자란 말인가. 눈을 뜨고 똑똑히 보게! 저런 몰골의 사람들이 어딜 봐서 반역을 계획하고 나라를 뒤엎겠다고 모의하는 사람들이란 말인가. 나라에 돌아오지 못한 것만으로도 억울한데, 돌아오니 죄인으로 몰아? 이런 법이 말스 왕국 어디에 있단 말인가!"

그에게 먹살을 잡힌 근위대 분대장은 곤란한 얼굴로 대답했다.

"저, 저도 모릅니다, 반그라드 님! 저희는 토벤토 왕자님의 명령을 따르는 것뿐입니다! 제발 흥분을 가라앉히십시오!"

"이런……!"

무슨 말을 하려던 반그라드는 결국 고개를 떨구며 분대장을 놔주었다. 분대장은 반그라드에게 잡혔던 옷자락과 스카프를 정돈하며 다른 병사들이 들을까 말까 한 목소리로 말했다.

"저도 옳지 않은 일이란 것은 압니다. 하지만 반그라드 님, 제발 부탁드리니 토벤토 왕자님을 더 이상 자극하지 마십시오. 반그라드 님께서 국방장관을 사임하신 것만으로도 저희들에겐 충분하니다. 저희는 반그라드 님마저 잃는 것은 원치 않습니다."

분대장의 말은 간곡했다. 그의 말이 무슨 뜻인지 아는 반그라드는 고개를 대충 끄덕이며 가족들이 있는 곳으로 향했다.

'무능력의 극을 달리는구나, 반그라드. 딸을 찾지 못하더니 이젠 눈앞에서 벌어지는 불의를 두고 보기까지 하는구나. 이것이 네 한계인가, 반그라드? 그런 것인가?'

그와 그의 가족들은 귀국자들의 하소연과 고함을 뒤로하고 집으로 향했다. 노모와 함께 마차에 몸을 실은 반그라드였지만 그는 옆에 어머니가 있다는 사실도 잊은 채 연거푸 한숨을 내쉴 뿐이었다.

그런 아들의 모습에, 반그라드의 어머니는 아들의 손등을 어루만지며 말했다.

"가이라스와 에스토드에 닥쳤던 재앙이 결국 우리 나라에도 닥치는구나."

"예?"

"나라를 뒤흔드는 재앙은 전쟁만이 아니란다. 외부에서 압박해 오는 재앙은 안을 더욱 단단하게 만들지만, 안에서 밖으로 퍼지는 재앙은 그렇지 않단다. 흔들리지 말고 자신을 단속하거라, 얘야."

마차의 창밖으로 희뿌연 왕궁의 모습이 보이자 반그라드는 다시금 한숨을 내쉬었다. 수년 전에는 골칫덩이로밖에 생각되지 않던 존재가 이젠 재앙으로 바뀌었다는 생각에 그의 한숨이 지닌 골은 더욱 깊어만 갔다.

2

지옥에서 살 수 있었던 이유

오늘의 장사를 포기한 주점 주인이 가게를 정리하는 동안 리오는 앞에 앉은 바이론과 복면의 남자, 휀의 얘기에 집중하고 있었다. 대화는 점점 더 그를 심란하게 만들었다.

"로하가스 제국의 공중요새가 남아 있다니, 그게 무슨 소리야?"

2백 년 전, 말스 왕국을 마지막 무대로 삼은 고신전쟁이 끝난 후 로하가스 제국은 그대로 공중분해되었다. 광야로 변해 버린 말스 왕국의 수도와 함께 당시 전투에 참가했던 로하가스 제국의 꽃, 공중요새들 역시 침몰되었다는 기록을 남기고 역사의 저편으로 사라졌다.

여기까지가 정설이지만 그 많던 공중요새들이 어떻게 부서지고 침몰되었는지에 대한 기록은 자세히 나와 있지 않았다. 극소수의 모험가들이 일명 '유적'이라 불리는 공중요새의 잔해를 발견했다는 기록도 가끔 있지만 사람들은 그리 신경 쓰지 않았다. 그 2백 년 전의 기계 덩어리들이 말썽을 부린 적은 없기 때문이었다.

그러나 휀과 바이론은 공중요새가 남아 있다고 말했다. 그것도 상당수. 이젠 숨길 것이 없다는 듯, 복면을 벗은 휀은 담배를 물며 답했다.

"너무 심각하게 생각할 필요는 없다. 우리에겐 오히려 즐거워해야 할 일이니까. 이것을 봐라."

휀은 품속에서 작은 수정을 꺼내 힘을 가했고, 그 수정에서 뿜어진 빛은 주점의 천장을 밝히며 하나의 영상을 만들어 냈다. 그것은 다름 아닌 엘살바도르의 모습이었다.

"이 나라로 오는 도중에 찍은 것이다. 보다시피 고철 덩이가 되어 있다. 그러나 고철 덩이라 해도 이런 조그만 나라 하나쯤은 흙먼지로 만들 수 있다. 이유는 직접 듣는 게 좋겠지"

휀은 다른 수정을 꺼내 기록된 영상을 천장에 뿌렸다. 이번 영상에 나온 것은 다름 아닌 프레데릭의 모습이었다. 프레데릭은 곧 정색하며 얘기를 시작했다.

"이 기록을 볼 모든 이들은 내 말을 명심하기 바라오. 엘살바도르는 과학 탐사용으로 설계된 함선이지만 함선에서 제공받을 수 있는 기술은 세계의 균형을 완전히 깨뜨릴 수 있는 것이기에 엘살바도르에는 강력한 자체 방어 시설이 갖춰져 있소. 대부분의 소형 함포들은 수천 년 전의 사건 때 부서졌지만, 중형 함포와 엘살바도르의 주포인 안티매터(antimatter, 반물질) 캐논은 건재한 것으로 기억하오. 특히 안티매터 캐논의 경우 비록 폭발력은 없지만 범위 내의 모든 물질을 분해해 버리오. 각도를 잘 조정해 발사하면 어지간한 규모의 산맥 하나는 송두리째 날릴 수 있소."

그 사실을 처음 알게 된 리오와 바이칼의 눈은 크게 꿈틀댔다. 그들이 뭔가 말할 사이도 없이 프레데릭은 얘기를 계속 이어 나갔다.

"압도적인 양의 에너지 배리어가 없으면 안티매터 캐논을 방어하기란 힘들 것이오. 하지만 안심하시오. 엘살바도르에 저장된 에너지원인 다이아몬드 결정체의 수가 내 기억과 일치한다면 안티매터 캐논의 발사 횟수는 단 한 번에 불과하오. 에너지가 더 이상 보충되지 않는다는 조건하에서 말이오."

"여기까지다."

재생을 중단한 휀은 리오에게 시선을 돌렸다. 암울한 얼굴로 천장을 바라보던 리오는 곧 눈을 질끈 감으며 한탄하듯 말했다.

"그래서 정제 우라늄을 그토록 막대하게 실어 날랐군. 에너지 보충의 진짜 목적은 그것이었나?"

"그렇지 않다."

휀은 다시 엘살바도르의 영상을 재생하며 말했다.

"엘살바도르가 에너지를 보충하는 목적은 수를 늘리기 위함이다. 야만족의 복제가 성공으로 끝난 이상 악마의 복제는 식은 죽 먹기다. 물론 네 예상대로 안티매터 캐논을 사용하기 위한 것일 수도 있다. 하지만 두 가지 경우 대처 방법은 모두 하나다."

"엘살바도르의 파괴를 말하는 건가?"

휀은 어느새 꽁초가 된 담배를 바닥에 버리며 답했다.

"그렇다. 그러나 우리끼리 엘살바도르를 파괴하려면 수에서 밀린다. 엘살바도르 자체도 강력하지만 사탄이 보유한 악마군단이 엘살바도르 근처에 진을 치고 있다. 그리고 엘살바도르 안엔 리리스도 있다. 덤으로 사탄도 숨어 있을지 모르지."

그 얘기를 들은 리오는 급기야 탁자 위에 엎드리고 말았다. 적의 전력이 정말 그 정도라면 여기 있는 가즈 나이트 넷과 바이칼이 쳐

들어간다 해도 결과를 보장할 수 없었다. 엘살바도르는 그렇다 쳐도 사탄의 악마군단과 리리스 그리고 악마왕 사탄이라면 소규모 아마겟돈을 만들 정도의 엄청난 전력이라 해도 과언이 아니었다.

리오의 머리채 속에서 얼굴만 내밀고 있던 브라디가 공중으로 날아오르며 물었다.

"혹시, 그래서 공중요새가 필요하다는 말씀이신가요, 휀 님?"

"그 전력 차이를 극복할 수 있는 것이 바로 로하가스의 공중요새다. 현재 바이론과 레디가 발견한 공중요새는 세 척이지만 그중 쓸 만한 것은 두 척이다. 적어도 두 척은 더 있어야 악마군단을 상대할 수 있다."

침묵에 사로잡힌 리오는 최대한 머리를 굴려 봤다. 그가 알고 있는 공중요새 수준의 함선 중 당장 사용할 수 있는 것은 서룡족의 드래고니스뿐이었다.

그 외에 그가 알고 있는 대형 함선은 조약을 맺거나 계약을 해야 동원 가능하기 때문에 마지막 하나에 대한 부담감은 그를 심하게 압박했다.

"급할 필요 있나?"

"멍청한 질문이군. 가능한 빨리 엘살바도르를 파괴해야 한다. 순수의 결정체에게 단 한 번 닥치는 각성의 시간이 가까워진 탓이다. 리리스나 사탄이 조용한 것은 그 시간을 기다리고 있는 것이다."

리오는 다시 한 번 기억을 더듬어 봤지만 2백 년 전 로하가스 제국에서 공중요새를 만들고 관리한 사람이 아닌 이상 그것을 알 길이 없었다. 그러나 그 생각을 함과 동시에 그의 머릿속에 두 명의 이름이 떠올랐다.

"2백 년 전의 로하가스 사람이라면 알지 않을까?"

바이칼을 제외한 모두의 시선이 리오에게 집중됐다. 휀, 바이론과 차례로 시선을 마주한 리오는 곧장 주먹으로 반대편 손바닥을 치며 자리를 박차고 일어났다.

"크리스와 폴카! 두 사람이라면 알고 있을 거야! 일단 폴카를 데려오지!"

"리, 리오 님! 같이 가요!"

리오가 그렇게 외치고 뛰어나간 직후, 폴카라는 이름을 처음 들은 레디는 머리를 긁적이며 바이칼에게 물었다.

"저, 용제 전하. 폴카라는 분이 누구시죠?"

자신이 싫어하는 것들, 즉 술과 담배만이 탁자를 장식하고 있다는 사실에 상당한 불만을 가지고 있던 바이칼은 퉁명스레 대답했다.

"아까 본 가슴 큰 여자."

"……."

레디의 얼굴은 금세 붉게 변했다. 담배 연기 사이로 바이칼의 모습을 묵묵히 바라보던 휀이 나직이 한마디 흘렸다.

"유머가 늘었군."

"흥, 아직 부족하다."

바이론이 소리 없이 실소를 터뜨리는 가운데, 레디는 어째서 바이칼이 어깨를 당당히 펴는지 이해할 수 없다는 표정을 지었다.

폴카가 약속했던 대로, 마르티네즈는 머리부터 발끝까지 새롭게 단장되었다. 가이라스에 가기 전에도 치마를 입지 않았던 그녀였기에 복장은 보이쉬했지만 군화와 가죽 갑옷보다는 훨씬 여성스러운 차림이었다.

머리를 다듬는 것으로 새 단장을 마친 마르티네즈는 좀 부끄러운 듯 어색한 표정과 자세를 감추지 못했지만 폴카는 대만족인 듯 연신 웃어 댔다.

"이야, 드디어 아가씨 같네요, 마르티네즈. 이렇게 차려입으니 얼마나 좋아요."

갑옷과 군화의 거친 느낌에서 벗어난 그녀는 지금 입은 옷의 부드러운 감촉이 마치 속옷처럼 느껴져 얼굴도 들지 못했다. 폴카는 미장원을 빠져나가지 못할 정도로 부끄러워하는 그녀의 등을 천천히 밀었다.

"자자, 부끄러워하지 말고 나가요. 이제 집으로 가는 거예요. 부모님께서 얼마나 기뻐하시겠어요?"

"집요?"

그녀는 잊고 있었다. 이곳이 말스 왕국인 것은 알고 있었지만 돌아갈 집이 있다는 것을 잊고 있었던 것이다. 마르티네즈의 그런 모습에 측은한 표정을 지은 폴카는 고개를 끄덕이며 그녀의 어깨를 두드려 주었다.

"그래요, 집에 가자고 했잖아요. 며칠 동안 배에서 있고도 피곤하지 않아요? 어서 집에 돌아가 쉬어야죠."

남은 것이 집으로 돌아가는 일뿐이란 사실을 안 마르티네즈는 멍한 얼굴로 미장원을 나섰다. 말스 왕국에 도착한 직후에도 심경에 별다른 변화가 없던 그녀였지만 막상 집으로 돌아간다는 생각을 하니 정신이 반쯤 빠지는 모양이었다.

"어이쿠."

그녀가 문을 바깥으로 열었기에 지나가던 행인 중 한 사람이 짧은 비명을 지르며 뒤로 물러섰다. 그 바람에 정신을 차린 마르티네즈는 급히 문 뒤로 얼굴을 내밀었다.

"아, 죄송합니다. 제가 정신이 없어서…… 앗!"

"하하, 아닙니다. 저도 아이에게 정신이 팔려서…… 엉?"

마르티네즈가 말을 끊고 멈춰 있자 폴카는 남자가 코라도 크게 다쳤나 생각하며 급히 돌아보았다. 하지만 남자는 별 이상이 없었고, 남자가 안고 있는 아이 역시 크게 다치지 않았다.

"왜 그래요, 마르티네즈? 아는 사람이에요?"

그 순간 마르티네즈는 문고리를 잡은 채 그 자리에 풀썩 주저앉았다. 폴카와 실루엣이 기겁하는 사이 남자 역시 뒤로 비틀거렸고, 그와 동시에 뒤에서 다른 여성의 목소리가 들려왔다.

"롬바르트, 왜 그래요? 혹시 아는 사람이라도 만난 거예요?"

한참 동안 마르티네즈를 바라보던 남자는 새파랗게 질린 얼굴을 애써 감추며 고개를 저었다.

"아, 아냐. 사람을 잘못 봤어. 어서 가지, 여보."

남자는 부인과 함께 빠른 걸음으로 그곳을 벗어났다.

그의 뒷모습을 혼이 나간 눈으로 지켜보던 마르티네즈는 마치 좀비처럼 슬그머니 일어나 어디론가 걷기 시작했다. 폴카가 무슨 일이냐며 그녀를 붙잡았지만 그녀의 손길을 뿌리친 마르티네즈는 별다른 반응 없이 걸음만 옮길 뿐이었다.

하지만 실루엣은 롬바르트라는 이름을 들은 순간부터 그녀가 왜 그러는지 알 수 있었다. 실루엣은 마르티네즈가 제발 상처를 크게 받지 않았으면 하는 마음으로 양손을 굳게 모았다.

마르티네즈가 비틀거리며 도착한 곳은 아주 거대한 저택이었다. 그녀의 집이 이 정도일 줄은 몰랐던 실루엣과 마르티네즈는 입을 한껏 벌렸지만 더욱 놀라운 일은 그다음에 일어났다. 저택 정문 앞에 사람들이 구름처럼 몰려 있는 것이었다.

흥분과 걱정으로 얼굴이 상기된 사람들 앞에 리오가 곤란한 표정으로 서 있었다. 저택에 마르티네즈들이 와 있을 것이라 생각하고 방문했다가 희소식을 전해 준 고마운 존재가 된 것이리라. 그를 따라온 브라디 역시 리오의 머리 위에서 빙빙 돌기만 할 뿐 별다른 말은 하지 못했다.

　그런 모습이 있건 없건 마르티네즈는 계속 전진했고 폴카와 실루엣은 걱정스런 얼굴로 그녀를 계속 따라갔다. 이윽고 리오 일행을 둘러싼 사람들 중 작업복 차림의 노인이 그녀를 발견한 듯 쓰고 있던 허름한 모자를 집어 던지며 그녀에게 달려갔다.

　"마, 마르티네즈 아가씨다! 아가씨! 마르티네즈 아가씨!"

　그 소리에 모든 사람들의 시선이 그녀에게 쏠렸다.

　4년 전, 가이라스 왕국으로 출발했을 때보다 머리가 훨씬 짧아지긴 했지만 그녀는 분명 자신들이 알고 있는 마르티네즈였다. 전체적으로 살이 많이 빠지고 어깨도 넓어졌지만 틀림없는 마르티네즈였다. 그들의 소중한 마르티네즈가 분명했다.

　"아가씨!"

　사람들은 하나같이 환호성을 지르며 마르티네즈를 둘러쌌다. 그녀와 함께 자라다시피 한 하녀들은 마치 죽었다 살아온 사람처럼 놀라움과 기쁨을 감추지 못했다. 그녀가 태어났을 때부터 그녀를 지켜본 늙은 하인들은 마치 자기 자식이 돌아온 듯 춤까지 추어 댔다.

　"아가씨, 저 기억하세요? 쥬리예요, 쥬리! 케이시도, 마가렛도 다여기 있어요! 정말 믿어지지가 않아요, 아가씨!"

　"……."

　"오오, 마르티네즈 아가씨! 아가씨를 다시 뵈었으니 이젠 죽어도 여한이 없겠습니다! 아, 누가 가서 대모(大母)님과 반그라드 님, 마님을 모셔 와라! 도련님도! 어서!"

집사인 듯한 노인의 목소리에 어린 하인 하나가 쏜살같이 저택으로 들어갔다. 그사이 사람들은 마르티네즈와 함께 정문으로 슬금슬금 향했고, 정문에 기댄 채 그들을 바라보던 리오는 가볍게 한숨을 쉬며 중얼댔다.

"오늘은 마리 대장에게 말조차 걸 수 없겠군. 그래도 마르티네즈 아가씨를 보러 온 것은 아니니 아쉬워할 필요는 없겠지. 그런데 모두 다 표정이 왜 저렇지?"

"정말이네요, 리오 님. 못 볼 것이라도 본 게 아닐까요?"

리오와 브라디는 마르티네즈의 인형 같은 표정과 폴카, 실루엣의 새파란 얼굴에 고개를 갸웃거렸다.

잠시 후 마르티네즈가 리오 앞에 바짝 다가섰다.

그녀가 자신의 곁에 가까이 서는 법이 거의 없다는 것을 아는 리오는 갑작스레 조용해진 주위 분위기에 자신도 모르게 긴장하고 말았다.

'도대체 무슨 일이지? 그사이 사고라도 난 건가?'

자세한 상황을 모르는 리오는 눈을 깜박이며 그녀에게 조심스레 물었다.

"저, 무슨 일이라도 있습니까, 마르티네즈 아가씨? 혹시 안 좋은 일이라도…… 욱!"

순간 마르티네즈가 리오를 끌어안더니 이내 소리 내어 울기 시작했다. 당황한 나머지 리오는 그녀를 애써 떼어 내려 했지만 그녀는 마치 물에 빠진 사람이 지푸라기라도 잡은 것처럼 그의 몸을 절대 놓아주려 하지 않았다.

"이, 이러시지 말고 말씀하십시오, 마르티네즈! 무슨 일입니까!"

그러나 그녀는 대답 대신 울음소리만 높일 뿐이었다.

이 상황을 오해한 베르토 가 사람들은 박수를 치며 기뻐했다. 리오는 마치 함정에 빠진 것 같았지만 폴카와 실루엣의 표정에서 무슨 일이 있긴 있었다는 것을 느낀 그는 별수 없이 마르티네즈의 등을 토닥여 주었다.

'이유는 나중에 알게 되겠지. 그런데 꼭 실연이라도 당한 여자처럼 우는군.'

리오는 옆에 있는 브라디에게 슬쩍 시선을 보냈다. 보통 때 같으면 누구에게 이른다 어쩐다 하면서 난리를 쳤을 그녀도 지금은 뭔가 사정이 있을 것이라 느꼈는지 진지한 얼굴로 고개를 끄덕이고는 폴카를 향해 날아갔다.

폴카가 브라디를 따라 휀과 바이론이 있는 곳으로 간 후 리오는 마르티네즈의 집에 초대되어 응접실 한편을 차지하는 신세가 되었다.

최고급 소파에 편히 앉아 향기 좋은 고급 차를 마시면서도 그의 표정은 그리 좋지 않았다. 한시가 급한 상황이었기 때문이다.

'결국 애프터서비스까지 하게 되는군. 도대체 무슨 일이 있었기에 마르티네즈가 나를 붙든 걸까? 폴카와 실루엣의 표정은 또 왜 그랬지? 아무리 생각해도 이해가 안 되는군.'

리오는 마르티네즈의 약혼자까지 생각의 범위를 넓히지 못했다. 아니, 마르티네즈에 대한 걱정보다 앞으로 닥칠 전투에 대한 걱정이 앞섰다.

물론 만인을 위해 '어떻게 엘살바도르를 파괴하고 일을 종결지을 것인가'를 고민해야 했지만 그렇다고 옛 동료를 냉정하게 외면할 수는 없었기에 리오는 일단 오늘을 넘기지는 말아야겠다고 생각하며 찻잔을 비웠다.

"자네가 바로 우리 딸아이를 가이라스에서 데려온 남자인가?"

무거운 목소리와 함께 중년의 남자와 여자 그리고 노파가 차례차례 응접실로 들어왔다. 리오는 드디어 올 것이 왔구나 하고 속으로 부르짖으며 자리에서 일어났다.

"아닙니다. 저도 말스 왕국에 볼일이 있고 해서 마르티네즈 아가씨와 함께 배를 같이 타고 온 것뿐입니다."

"그런가? 이전까지는 어떤 관계였나?"

중년의 남자 반그라드는 소개도 잊은 채 질문에 열을 올렸다. 이것이 딸을 가진 아버지의 모습인가 생각한 리오는 내심 웃으며 대답했다.

"아, 저는 이전까지 마르티네즈 아가씨 밑에 있었습니다. 아시겠지만 아가씨께서는 가이라스 해방 전선의 특수부대를 이끄셨죠. 추가로, 저는 정규군이 아니라 용병이었습니다."

"용병이라…… 용병 클래스는?"

"미, 밀리언 클래스였습니다만……."

리오는 정직하게 대답하는 자신이 싫었다. 밀리언 클래스라는 말에 그리 탐탁지 않던 반그라드의 표정이 약간 펴졌기 때문이다.

"오호, 밀리언 클래스라고?"

감탄을 터뜨린 반그라드의 오른팔이 일순간 기묘하게 꿈틀댔다. 그의 아내와 어머니는 그의 갑작스러운 행동에 움찔했지만 리오는 별다른 표정 변화 없이 그를 지켜보기만 했다. 이윽고 반그라드는 박수를 치며 만면에 미소를 띠었다.

"밀리언 클래스 이상의 남자로군. 후후, 진짜로 암기를 던졌다면 딸이 돌아온 날 장례를 치를 뻔했어. 나는 반그라드 베르토라고 하네. 저기 계신 분은 우리 어머님 그리고 이쪽은 내 부인 티그리드. 자네는?"

리오는 이상한 방식으로 마음을 푸는 남자라 생각하며 별 생각 없이 가볍게 대답했다.

"리오 스나이퍼라고 합니다."

그러자 반그라드와 그의 어머니의 얼굴은 단숨에 흙빛이 되었다. 표정을 애써 감추려는 듯 돌아선 반그라드는 어머니와 함께 문 쪽으로 향하며 부인에게 말했다.

"리오 군과 잠시 얘기를 나누고 있겠소? 난 잠깐 나가 있겠소."

"예? 그, 그러세요, 당신."

티그리드는 비틀거리며 응접실을 나서는 남편의 모습을 걱정스레 지켜봤다. 반면 리오는 천장을 쳐다보며 나지막이 한숨을 내쉬었다.

'단숨에 들켰군. 귀찮게 됐어.'

응접실 밖으로 나온 반그라드는 하녀가 가져온 냉수 한 컵을 단숨에 들이켰다. 반신반의했던 그 전설이 현실로 다가온 만큼 그가 느끼는 충격이란 이만저만한 것이 아니었다.

'믿을 수 없어!'

아들이 그렇게 심각한 상황에 빠져 있는데도 반그라드의 어머니는 담담한 얼굴이었다. 그녀는 좋고 싫은 감정이 실리지 않은 얼굴로 응접실을 바라보며 아들의 어깨를 두드렸다.

"저분을 보내 드리자꾸나."

"예?"

그녀는 자신을 돌아본 아들에게 미소 지었다.

"저분에게 더 이상 여쭤 볼 것도 그리고 바랄 것도 없지 않느냐.

지금까지 우리 마르티네즈를 지켜 준 것만으로도 충분하지. 암, 충분하고말고. 더 이상 저분을 괴롭히지 말고 보내 드리자꾸나. 저분은 우리가 모시기엔 너무나 과분한 존재야."

그가 전설의 존재라는 증거도 없다. 이름만 같은 리오 스나이퍼일 뿐, 마르티네즈와 베르토 가의 재산을 노린 실력 좋은 용병에 지나지 않을 수도 있다. 하지만 반그라드는 고개를 끄덕였다.

그들이 밖에 있는 사이, 리오는 티그리드로부터 마르티네즈의 약혼자에 대한 얘기를 들을 수 있었다.

마르티네즈를 기다리던 롬바르트가 베르토 가를 찾아온 것은 약혼식이 치러진 지 2년째 되는 날이었다. 반그라드 앞에 무릎을 꿇은 롬바르트는 칠순이 넘은 부친의 손자에 대한 성화를 도저히 견디지 못하겠다며 고개를 숙였고, 결국 반그라드는 롬바르트와 마르티네즈의 파혼을 정식으로 인정했다.

파혼이 선언된 지 일주일도 안 되어 롬바르트는 약혼식 없이 바로 결혼식을 올렸다. 문제는 상대 여성이었는데, 다름 아닌 왕비의 조카였던 것이다.

그에 분노를 품은 마르티네즈의 두 오라버니는 결혼식장에 난입해 난동을 부렸고, 결국 그 사건으로 인해 근위대 대장이었던 반그라드의 큰아들은 외곽 수비대장으로 좌천되었다. 그 이후 롬바르트를 베르토 가 주변에서 본 사람은 아무도 없었다.

얘기를 마친 티그리드는 머리를 감싸며 힘없이 중얼댔다.

"아무래도 그 아이가 롬바르트를 만난 것 같군요. 하, 그 아이에게 무슨 죄가 있다고 이런 시련이 계속 닥치는지……."

리오는 따뜻한 위로의 말 외에 마르티네즈를 도와줄 방법이 없었다. 검이나 마법으로 해결될 일이었다면 간단했겠지만 이런 문제는 당사자 외에 그 누구도 해결할 수 없었다.

일단 볼일은 다 봤다고 판단한 그는 소파에서 일어나 곧장 망토를 챙겨 입었다.

"그럼 가 보겠습니다, 티그리드 부인."

"아니, 벌써 가시게요?"

"예. 하던 일이 남았습니다. 저 대신 마르티네즈 아가씨를 따뜻하게 위로해 주십시오."

그가 막 나가려던 참에 반그라드와 그의 어머니가 응접실 안으로 들어왔다. 그들과 잠시 눈을 마주친 리오는 빙긋 웃으며 목례를 했다.

"가 보겠습니다. 가내에 영광이 함께하시길."

반그라드의 어머니는 즐거운 얼굴로 연신 고개를 끄덕였다.

리오가 응접실 문을 나설 때까지 침묵을 지키던 반그라드는 이윽고 그를 슬쩍 돌아보며 말했다.

"당신을 믿고 있겠소. 조상님이 그러셨던 것처럼."

그 말에 왠지 모를 뿌듯함을 느낀 리오는 가벼운 발걸음으로 현관을 나섰다.

현관 밖에서 마르티네즈와 그녀의 작은오빠가 얘기를 나누고 있었다. 자신이 운영하는 음식점에서 요리사복을 입은 채 달려온 마르티네즈의 작은오빠는 리오가 나오자마자 움찔하며 동생의 어깨를 두드렸다.

그에게서 롬바르트에 대한 얘기와 위로를 듣던 마르티네즈는 처음 집에 도착했을 때보다 약간 밝아진 얼굴로 리오를 돌아봤다.

"가, 가실 건가요?"

리오는 천천히 고개를 끄덕이며 그녀를 지나쳤다.

"하던 일을 마저 해야 하지 않겠습니까. 즐거웠습니다, 마르티네즈 아가씨. 실루엣에겐 저 대신 인사를 전해 주십시오."

마르티네즈는 별말 없이 시선을 다른 곳으로 돌렸다. 답사가 따르지 않는 것에 리오는 실소를 머금을 뿐, 큰 불만을 나타내지는 않았다.

거리로 나선 리오는 한껏 기지개를 켰다. 해방감과 성취감이 몸에 쌓였던 피로를 저절로 날리는 듯했다. 하지만 그것도 잠시, 낯익은 목소리가 그의 발걸음을 다시 멈춰 세웠다.

"리오 씨! 잠깐만 기다리세요!"

"음?"

뒤를 돌아본 리오는 마르티네즈가 허겁지겁 자신에게 달려오는 모습을 보았다. 겨우 리오를 따라잡은 그녀는 숨을 몰아쉬며 희미한 미소를 지었다.

"하, 걸음이 생각보다 빠르시군요. 어쨌든 당신께 들어야 할 것이 떠올랐어요."

"들어야 할 것? 무슨 말씀이십니까?"

눈을 휘둥그레 뜬 리오는 그녀의 말을 쉽게 이해할 수 없었다. 겨우 숨을 가다듬은 마르티네즈는 두근거리는 가슴을 쓸어 내리며 말했다.

"예전에 저에게 말씀하셨잖아요. 당신은 돈보다 소중한 것을 찾는다고 말이죠. 마지막으로 듣고 싶어요. 당신이 찾아다니는 그 소중한 것이 무엇인지 말이에요."

"음……."

리오는 긴 한숨과 함께 팔짱을 꼈다. 말해 주기 곤란하다는 반응이었다. 마르티네즈가 약간 풀이 죽은 표정을 짓자 리오는 그제야 그녀의 양 볼을 톡톡 두드리며 대답했다.

"자, 저의 소중한 것을 전해 드렸습니다. 당신이 깨끗한 마음을 가지고 있다면 내일 아침이나 모레 아침쯤 그 소중한 것이 무엇인지 알 수 있을 것입니다."

"예?"

다시 돌아선 리오는 길을 걸으며 말을 마무리 지었다.

"참고로 당신은 그 소중한 것 덕분에 그 지옥 같은 가이라스에서 살아남을 수 있었습니다. 그럼 안녕히 계십시오, 마르티네즈 아가씨. 다음에는 부디 좋은 일로 뵙길……."

그 말을 끝으로, 리오의 모습은 점점 멀어져 갔다.

마치 배웅하듯 그의 뒷모습을 끝까지 주시하던 마르티네즈의 눈앞에 그와 함께했던 기억이 마치 환상처럼 스쳐 지나갔다.

처음 만났을 때부터 말스 왕국으로 가는 배에 타기 전까지 심하게 말다툼을 했지만 그렇게 다툰 후에도 쓸데없는 감정을 남기지 않고 언제나 깨끗하게 자신을 대해 줬던 남자. 지금 생각하면 우스울 뿐인 자신의 행동조차 말없이 따라 주면서도 무리한 행동엔 따끔하게 질책해 주던 남자. 마지막으로 아무 대가 없이 자신과 동료들을 지켜 줬던 남자.

마르티네즈는 야만족의 혈풍과 비명 속에서 춤을 추듯 검을 휘둘렀던 그 남자의 모든 모습이 이상할 정도로 아름답게 회상되었다.

'그 지옥 같았던 시간이 이렇게 좋은 추억이었나?'

그렇게 마음속으로 읊조린 마르티네즈는 자신도 모르게 흠칫 놀랐다. 지나가던 사람들의 시선에도 그 자세를 유지한 채 서 있던 그녀는 이내 미소를 띠며 고개를 저었다. 리오가 말했던 소중한 것이 무엇인지 어렴풋이 알 것 같았다.

리오의 모습은 거리 어디에서도 보이지 않았다. 하지만 집을 향해 발길을 돌린 그녀는 마치 그와 얘기하듯 말했다.

"사람이란 존재는 상당히 이상하네요. 단 며칠 전까지만 해도 지옥과 같이 느껴졌던 가이라스에 다시 돌아가고 싶어졌으니까요. 모두를 만나고 싶어요. 언제나 소년 같던 길트 왕자님도, 그저 재미있기만 한 사람 같지만 알고 보면 멋있는 지크 씨도, 힘이 세고 거칠지만 마음은 상냥했던 사바신 씨도, 그리고 당신도……. 하지만 저는 돌아가지 않을 거예요. 추억은 추억으로 남겨야 아름다울 것 같으니까요."

어느새 집에 도착한 마르티네즈는 다시금 뒤돌아보며 나지막이 중얼댔다.

"다음에 다시 만나면 보내 주지 않을 거예요. 저는 이제 신경 쓸 남자 친구가 없으니까요."

문이 닫힌 베르토 가의 저택은 4년 동안 비어 있던 자리가 메워진 탓인지 다른 때보다 훨씬 밝게 느껴졌다. 노을 속에서 불이 하나둘씩 켜지는 그 거대한 저택의 모습을 지켜보던 한 노인은 빙긋 웃으며 들고 있던 모자를 깊숙이 눌러썼다.

"역시 리오 님은 해내셨군요. 이제 이 늙은 것은 더 이상 여한이 없습니다. 당신을 지금까지 괴롭혀 드린 것, 저승에서 반드시 사죄하겠습니다."

알 수 없는 말을 흘린 노인은 오렌지색으로 변한 항구를 향해 천천히 발걸음을 옮겼다.

휀은 자신 앞에 도착한 마녀 폴카를 보며 눈썹을 살짝 꿈틀댔다. 그의 기억 속에 폴카라는 이름은 아니지만 비슷한 기운을 가진 여성이 희미하게 자리 잡고 있었기 때문이다.

폴카 역시 휀과 바이론을 처음 보는 건 아니었는지 어색한 미소를 지으면서 말문을 열었다.

"휀 님과 바이론 님의 모습을 이렇게 확실히 뵙기는 처음이군요. 이전에 뵈었을 때는 그리 좋지 않은 상황이어서 두 분을 자세히 볼 기회가 없었거든요."

그녀가 그렇게 말했지만 휀은 그녀의 정체를 쉽게 알 수 없었다. 그러나 더 이상 파고들지는 않았다. 그녀의 정체가 일에 큰 도움이나 지장을 초래할 것 같지 않다는 판단에서였다.

"로하가스의 공중요새에 대해 얼마나 아나?"

그리 하고 싶은 얘기는 아니었는지, 폴카는 쓸쓸히 웃으며 대답했다.

"2백 년 전 말스 왕국의 수도가 있던 자리에 반파된 공중요새 '듀라이크'가 있습니다. 에스토드 왕국에는 당시 정비 중이었기에 미처 발진하지 못하고 묻혀 버린 공중요새 '오스토베르덴'과 '페르난데스' 두 개가 있지요. 제가 알기로 듀라이크는 사용이 불가능할 것이고 오스토베르덴과 페르난데스는 지금이라도 당장 사용이 가능할 것입니다. 훼손되지 않았다면 말이죠."

"그 외엔?"

거기까지는 어느 정도 알고 있는 사항이었기에 휀은 곧장 그다음 얘기를 요구했다. 하도 급히 오는 바람에 브라디에게 자세한 얘기를 듣지 못한 폴카는 미간을 살짝 좁히며 물었다.

"공중요새에 대해 왜 물어보시는 거죠? 설마 그 위험한 것들을 다시 떠올릴 생각은 아니시겠죠?"

"공중요새가 떠오르는 것이 싫은 모양이군."

대답하진 못했지만 그녀의 표정이나 반응은 그 말에 대한 긍정을 나타냈다. 휀은 다시금 담배를 물며 말했다.

"공중요새가 있어야 신의 전차 엘살바도르를 파괴할 수 있다. 물론 그것을 조종해서 싸우거나 하진 않을 테니 안심하도록."

폴카는 공중요새를 조종하지 않고 엘살바도르를 깨뜨리겠다는 말을 쉽게 이해할 수 없었다. 그래도 일단, 지금 상황에서는 공중요새보다 엘살바도르가 더 위험한 존재라는 것이 확실한 만큼, 폴카는 천천히 고개를 끄덕이며 말했다.

"가이라스 왕국에 가장 멀쩡하고 강한 공중요새 '실버 문'이 있죠. 실버 문은 2백 년 전 당시 최강의 공중요새였던 우르즈 로하가스를 지원하기 위해 만든 공중요새입니다. 강력한 마력 증폭기가 탑재되어 있고, 어느 한도 이상의 마력을 가진 사람이라면 혼자서도 조종할 수 있도록 만들어진 것이죠. 공중요새라고 하기 뭣할 정도로 규모는 작지만 대인용 각종 마법, 즉 방어 마법이나 지원 마법을 공중요새 수준의 거대한 기계장치에 적용할 수 있고, 공격 마법 역시 요새 주포급 규모로 증폭하여 사용할 수 있기에 우르즈 로하가스가 없는 지금은 가히 최강의 공중요새라 할 수 있죠."

"오호, 그런 것이 왜 가이라스 왕국에 있지?"

바이론의 물음에 폴카는 대답하기 괴로운 듯 휀 앞에 놓인 술을 한 모금 들이켜고 나서야 비로소 대답했다.

"제가 그곳에 끌어다 놨죠. 저 혼자 충분히 움직일 수 있는 물건이기도 했고, 또 봉인하지 않으면 안 되는 이유가 있었거든요. 저는 실버 문을 땅속에 묻은 후 그 위에 숲을 만들었습니다. 실버 문의 표면 장갑이 특수 경화된 은으로 만들어져 있는 것을 이용해 저만의 휴식처를 만든 것이죠. 아시다시피 은이란 것은 기와 마력 등을 흡수해 절반 정도는 무효로 만들거든요."

그 말에 브라디는 화들짝 놀라며 가느다란 팔을 저어 댔다.

"자, 잠깐만요! 그렇다면 엘프의 숲이라는 게 바로……."

"마지막으로 기동된 공중요새인 실버 문의 묘지야. 숲이 만들어진 지 얼마 안 되어 엘프들이 찾아왔기에 엘프의 숲이 되었지."

빈 잔을 묵묵히 바라보던 휀은 술을 다시 채우며 폴카를 바라봤다. 남은 공중요새에 대해 이렇게까지 자세히 알고, 또 리오가 그녀를 불러와야 한다고 했던 것으로 미루어 휀은 그녀의 정체에 대한 윤곽을 어느 정도 확실하게 잡을 수 있었다.

"타르자인가?"

폴카는 고개를 끄덕였다.

"예. 하지만 그에 대한 것은 나중에 얘기하고, 어째서 로하가스의 유물들을 가지고 엘살바도르와 싸워야 하는지 그 이유에 대해 말씀해 주시죠. 그 이유가 타당하다면 공중요새들에 대한 모든 것을 지원하겠습니다."

"공중요새를 너무 두려워하는 건 아닌가?"

"두려워하는 게 아닙니다!"

탁자를 주먹으로 내리친 폴카는 공중요새에 대한 얘기를 늘어놓기 시작했다.

"실버 문을 제외한 모든 공중요새의 기동에는 적어도 2백 명 이상이 필요합니다! 그 사람들의 마력을 강제로 뽑아 사용하기 때문에 2백 명 이상의 목숨과 공중요새의 기동은 같은 말과 다름없습니다! 조종해서 싸우지 않는다고 말씀하셨죠? 공중요새 자체를 폭탄으로 삼아 자폭을 시킨다 해도 일단 움직여야 그 작전도 가능한 것 아닙니까!"

"움직이는 것은 걱정하지 말도록."

담배를 비벼 끈 휀은 멍한 얼굴의 폴카에게 이유를 간단히 말했다.

"그런 기계류에 대한 전문가가 두 명이나 있다. 이쪽이 고민해야 할 일은 그 전문가들이 공중요새를 얼마나 빨리 개조하느냐 하는 것 뿐이다. 그들이 실패한다면 또 다른 방법이 있다."

"무, 무슨 소립니까! 당신 설마……!"

"무리인가? 내가 아는 타르자는 4백 명의 목숨 따위는 성냥보다 못한 것으로 생각하는 존재였을 텐데."

그 말에 폴카는 이를 악물었지만 딱히 뭐라고 따지기는 힘들었기에 결국 침묵을 지켰다. 하지만 브라디는 폴카가 그렇게 무시당한 것이 못마땅한 듯 끓는 피를 주체하지 못하고 휀을 향해 소리쳤다.

"너무하잖아요, 휀 님! 폴카 님은 타르자랑 달라요! 아무리 적군의 목숨이라도 함부로 빼앗지 않으신다고요! 공중요새를 가동시키지 않으시려는 것도 그래요. 예전에 있었던 일을 되풀이하지 않기 위해 그러시는 것뿐이라고요! 모두를 위해 훌륭하게 사시는 분을 너무 그렇게 몰아붙이지 마세요!"

휀이 자신에게 묵묵히 시선을 돌리자 브라디는 흠칫 놀라며 입을 손으로 막았다.

'드디어 간이 배 밖으로 나왔군.'

다른 테이블에서 그 광경을 지켜보던 바이칼이 짧게 한숨을 내쉬었다.

잠시 흡연을 즐기며 생각을 정리한 휀은 담배를 끄고 다시 폴카를 바라봤다.

"그럼 확실히 하지. 당신은 폴카다. 타르자는 2백 년 전에 사라졌다. 당신과 타르자는 아무 상관도 없다. 당신은 그저 보통 사람보다 강력한 마력을 지니고 있는 존재에 지나지 않는다. 또 추가하고 싶은 사항 있나?"

폴카는 뭔가 미심쩍었지만 나쁜 말은 아니었기에 고개를 끄덕였다. 휀의 얘기는 계속됐다.

"그럼 없는 것으로 알고 정식으로 요청하지. 공중요새 실버 문을 에스토드 왕국으로 몰고 와 주기 바란다. 그에 대한 조건으로 에스토드 왕국에 있는 공중요새들이 3주 내에 안전한 구동 방식을 가질 수 있도록 개조해 놓겠다. 그에 따른 모든 책임은 내가 진다."

휀의 제안에 브라디와 폴카는 놀란 표정을 지었다. 모든 책임을 자신이 진다는 것은 리오라면 모를까 휀에게서는 정말 듣기 어려운 말이었다. 조건을 다는 것도 그랬다. 예전 같으면 '해라, 하지 않겠다면 자신이 하겠다' 식이었지만 이번에는 상당히 좋은 조건을 내세우며 폴카의 협조를 얻으려 했다.

일단 그 정도 조건이라면 뺄 것도 없었고, 이런 일에 시간을 끄는 것은 좋지 않았기에 폴카는 즉시 승낙했다.

"좋아요. 그렇다면 저에게 리오 씨와 용제 전하 그리고 저기 있는 녹색 머리 청년을 빌려 주세요."

폴카에게 지목된 레디와 바이칼은 각기 다른 표정으로 서로를 바라봤다. 바이칼은 몰라도 레디는 자신이 계획한 전력에서 빠지는 것이었기에 휀의 눈썹이 다시금 꿈틀댔다.

"어째서?"

"실버 문의 내부에 진짜 타르자가 봉인되어 있기 때문이죠."

폴카의 정직한 대답에 브라디와 바이칼은 크게 놀랐다.

"타, 타르자라뇨? 무슨 말씀이세요, 폴카 님?"

"정확히 말해, 타르자가 남긴 사념체 중 하나죠. 예전에 문제가 됐던 타르자의 펜던트 말고도 타르자의 염원이 깃든 존재는 많아요. 그중 하나가 실버 문의 중앙 제어장치를 장악하고 있는 것이죠. 그것을 쓰러뜨리지 않으면 실버 문은 가동이 불가능해요."

그때 누군가 폴카의 옆자리에 앉았다. 방금 돌아온 리오였다.

"그럼 그 사념체에 대한 정확한 정보를 말해 주시죠."

"예?"

"적이 어떤 존재인지는 알아야 다시 가이라스 왕국에 돌아갈 기운이 나지 않겠습니까. 부담 갖지 마시고 말씀해 주십시오."

폴카는 리오에게 마음속으로 미안하다는 말을 되뇌며 아는 대로 이야기를 시작했다.

"그 사념체는 고신 부르크레서의 마력 그 자체입니다. 2백 년 전의 전투를 경험한 분들이라면 아시겠지만 부르크레서의 마력은 말할 수 없이 강대했습니다. 그런 만큼 사념체 역시 강하죠. 특히 실버 문 속에 잠든 사념체는 외부 환경으로부터 완벽히 차단된 덕분에 다른 사념체들과 달리 힘을 잃지 않아 더욱 강력합니다."

"골치 아프군."

리오는 턱을 괸 채 고개를 설레설레 저었다. 부르크레서의 강함이나 사념체의 강함을 그 누구보다도 잘 아는 사람이 바로 그였다.

일단 폴카의 말은 계속됐다.

"사념체는 물리적 공격으로 약하게 만들 수는 있지만 절대 부술 수 없습니다. 오로지 마법을 이용해야만 숨통을 완전히 끊을 수 있죠. 2백 년 전에 비해 마력이 약해진 저 혼자서는 그 사념체를 도저히 감당해 낼 수 없기 때문에 리오 씨와 다른 분들의 도움이 필요한 것입니다."

얘기가 거기까지 나온 이상 이후의 말은 잔소리에 불과했다. 리오와 바이칼, 레디, 폴카로 이뤄진 특별 팀은 휀과 바이론에게 하인 켈이 말해 줬던 우라늄 광산의 정보를 건네 준 즉시 주점을 떠났다.

"일이 잘 풀린다고 해야 하는 건가."

지도에 표시된 우라늄 광산을 대강 살펴본 휀은 다시 두건을 쓰며 자리에서 일어났다. 바이론 역시 뒤따라 일어서며 특유의 광소를 흘렸다.

"크크큭, 두 팔을 번쩍 들고 기뻐해야 할 정도는 아니겠지. 주인장, 술값은 탁자 위에 있다."

껌뻑껌뻑 졸며 그들이 나가길 기다리던 주점의 주인은 짜증스러운 표정으로 장장 여섯 시간 동안 점령당했던 테이블로 향했다. 술과 담배 외엔 소비된 것이 없기에 청소하기는 쉬웠지만 주인의 불만이 사그라들지는 않았다.

"젠장, 당신들만큼 오래 차지하고 있던 사람은 나와 종업원 외엔 없을 거요. 어쨌거나 당신들, 무슨 일을 하는지는 모르겠지만 수고하시구려. 뭔가 번쩍번쩍하는 걸 보니 중요한 일 같던데 말이오."

물론 그 말은 휀과 바이론의 모습이 보이지 않았을 때 나온 것이었다.

아침 운동을 마치고 돌아온 슈웰과 크리스가 현관에 들어서자마자 본 광경은 다르칸과 프레데릭이 마주 앉아 카드놀이를 즐기고 있는 모습이었다. 이젠 지겨울 때도 됐지만 사실 그녀들에겐 그 모습이 일주일 만에 보는 반가운 광경이었다.

"아, 아쉬워요. 다르칸 아저씨가 요리하는 모습을 이제 볼 수 없으니 말이에요."

그러자 카드를 돌리던 다르칸의 손이 순간 멈췄다. 별 표정 없이 앉아 있던 프레데릭은 불길한 느낌에 그대로 자리를 뜨려 했지만 크리스의 손이 그의 어깨를 지그시 내리눌렀다.

"프레데릭 덕분에 깨끗해진 집은 어떻고? 8년 전에 집을 새 단장한 후 이렇게 깨끗하긴 처음이야. 아쉬워서 어쩌죠, 프레데릭?"

결국 그 말을 들어 버린 프레데릭은 어깨를 늘어뜨리며 얼굴을 감쌌다.

크리스가 준 일주일간의 벌칙을 어제로 끝낸 둘은 비참한 얼굴로 침묵을 지켰다. 그들에게 지난 일주일이 어땠다는 것은 그들의 표정과 처진 어깨가 말해 줬다. 그러나 그들과는 달리 일주일간 너무도 즐거운 시간을 가진 슈웰은 기대감에 부푼 모습으로 크리스에게 물었다.

"크리스, 나중에 휀이 돌아오면 어떤 벌을 내리실 거예요?"

그러자 크리스는 부끄러운 듯 얼굴을 붉히며 대답했다.

"한 달 동안 한 시간에 한 번씩 키스해 주기 정도? 호호홋. 아, 그럼 저희는 올라갈게요."

다르칸과 프레데릭은 비참한 표정으로 고개를 끄덕였다. 둘이 올라간 후, 다르칸은 흘러내린 머리를 쓸어 넘기며 중얼댔다.

"크리스 부인은 잔인한 여자였군. 그런 벌을 휀 라디언트에게 내릴 거라니 말이야."

"어쨌든 인간의 양면성을 새삼 느낀 일주일이었다. 기억하기도 싫군."

다르칸은 내심 미소 지으며 다시 카드를 돌렸다. 얼마 지나지 않아, 그는 룰에 따라 카드를 한 장 두 장 교체했다. 그러나 뭔가 지루하게 느껴졌는지 프레데릭에게 넌지시 시비를 걸기 시작했다.

"그건 그렇고 프레데릭, 자네의 청소 솜씨가 그렇게 뛰어날 줄은 솔직히 몰랐다. 매일 청소할 필요가 없는 물병 안쪽도 철저히 청소를 하더군. 아, 물론 지붕에 구멍이 하나 뚫리긴 했지만 그건 지붕이 약했던 탓이니 너무 마음 쓰지 마."

그 말이 심히 걸린 듯, 프레데릭의 한쪽 눈두덩이 크게 꿈틀댔다. 어지간한 일에는 눈 하나 깜짝하지 않는 그였지만 그가 가장 소중히 여기는 명예와 관련된 일이었는지 그는 즉각 대응하고 나섰다.

"너의 요리 솜씨도 칭찬할 만한 수준이더군. 솔직히 복장까지 철저히 갖출 줄은 몰랐다. 하얀색 주방장 모자에 분홍색 앞치마 등등…… 특히 칼을 쓰는 솜씨가 현란하더군. 직업을 바꾸는 게 어떤가? 아, 난 좋은 뜻으로 하는 말이다."

다르칸의 얼굴에서 점차 미소가 사라졌다.

둘의 시선은 곧 카드에서 벗어나 서로에게 향했다. 둘 사이에 살기는 아니더라도 그에 맞먹는 투기가 뿜어졌는지 크리스와 슈웰이 급히 방에서 나와 둘을 말렸다.

"무, 무슨 일이에요, 두 분! 왜 갑자기 싸우려고 하시는 거예요!"

"아저씨들, 왜 이러세요!"

그 만류 덕택에 둘에게서 야성적인 행동이나 얘기가 튀어나오지는 않았다. 하지만 그렇게 되기 직전까지 간 것이 사실이기에 둘은 크리스와 슈웰에 의해 다른 곳으로 옮겨져 설득할 시간을 가져야만 했다.

그리고 오후가 되었다.

웬만큼 화가 풀린 둘은 벌칙이 끝난 기념으로 슈웰이 사 온 새로운 놀이 기구를 접했다. 그것은 다름 아닌 체스였다.

슈웰은 그들 앞에 판과 말을 손수 깔아 주며 말했다.

"자, 있는 용돈 다 털어서 사 온 거예요. 꽤 비싼 거니 소중하게 다루세요. 그런데 카드놀이 진짜 지겹지 않아요? 둘이서 얼마나 카드만 했으면 카드의 그림이 다 벗겨졌겠어요. 자, 이젠 이걸 하세요. 공주님과 가끔 하는 건데, 꽤 재밌더라고요."

물론 둘 다 체스가 무엇인지는 알고 있었기에 슈웰의 설명은 더 이상 필요 없었다. 체스 판과 말을 바라보던 프레데릭과 다르칸은 이윽고 백색과 흑색 말을 각각 잡았다.

하지만 그것도 잠시였다. 찾아오는 이가 일주일에 한 번이면 많은 편인 라디언트 저택에 손님이 찾아온 것이다. 현관문을 두드리는 소리와 함께, 낯선 남자의 목소리가 밖에서 조심스레 들려왔다.

"저, 계십니까? 급한 볼일로 말스 왕국에서 왔으니 문을 좀 열어 주십시오."

다르칸, 슈웰과 슬쩍 눈짓을 주고받은 프레데릭은 곧바로 공간 이동으로 몸을 다른 곳에 숨겼다. 물론 그가 몸을 숨긴 것은 프레데릭 자신을 위해서가 아니라 아네라족에 대해 아무것도 모를 손님을 위해서였다.

프레데릭이 앉을 자리에 슈웰이 대신 앉은 사이, 다르칸은 차림새를 정돈하며 현관으로 나섰다.

문을 열자마자 그의 눈에 보인 것은 아이를 안고 있는 한 부부였다. 허름한 옷에 지칠 대로 지친 표정을 한 그 부부를 위아래로 훑어본 다르칸은 내심 비웃으면서도 일단 예의를 갖춰 말했다.

"이곳은 난민 수용소가 아닙니다."

그 말에 슈웰은 이마를 감싸며 고개를 푹 숙였다. 다르칸의 말에 잠시 당황하던 남자 손님은 안고 있던 남자아이를 부인에게 맡기고는 서찰 하나를 꺼내 보였다.

"저, 이것을 프레데릭이란 분께 전해 드리려고 왔습니다. 혹시

계십니까?"

"프레데릭?"

다르칸은 움찔하며 서찰을 펴 보았다. 처음 이 저택에 찾아온 사람이 프레데릭이란 이름을 별 생각 없이 말할 확률은 극히 적었기 때문에 일단 그는 서찰의 내용을 보고 나서 판단하기로 했다.

서찰의 내용은 그의 지식을 시험하는 단어가 많았다. 하지만 맨 마지막에 그려진 문양을 본 다르칸은 더 이상 볼 것 없다는 듯 서찰을 자신의 머리 위로 들어 올렸다.

"자, 받아 가라, 꼬마 프레데릭. 너에게 온 편지다."

서찰을 전해 준 헨델과 그의 가족들은 안광처럼 보이는 두 개의 불빛과 함께 위압적일 만큼 큰 키가 큰 존재가 편지를 받는 모습을 보았다.

"으, 으아아악!"

헨델과 그의 부인은 경악 하며 뒤로 물러섰다. 프레데릭의 외모 때문인지, 아니면 부모의 비명에 놀란 것인지 아이 역시 크게 울어 대기 시작했다.

다르칸은 곤란한 표정을 짓고 있는 프레데릭을 지나치며 장난스럽게 말했다.

"오호, 너의 미모에 감동받은 나머지 아이가 울기까지 하는군. 팬이 더 늘겠는데?"

프레데릭은 별말 없이 헨델의 가족을 바라봤다. 그 어떤 적과 마주쳐도 두려움에 떨 것 같지 않던 헨델이었지만 그는 부인과 아이를 꼭 안은 채 처음 보는 아네라족에게서 조금씩 뒷걸음질을 치고 있었다.

부부의 비명이 어찌나 컸는지 구석구석에서 일하던 하녀들이 모두 창문을 열고 현관 앞의 상황을 주시했다. 모두의 시선을 느낀 프레데릭은 안으로 들어오라는 듯 헨델에게 손짓했다.

"차라도 한잔하시겠소?"

프레데릭은 진지한 얼굴로 휀의 서찰을 차근차근 읽어 나갔다. 헨델과 그의 부인은 여전히 그에게서 멀리 떨어져 앉아 있었지만 그들 대신 아이를 보고 있는 크리스와 슈웰은 아이와 함께 웃고 떠드느라 정신이 없었다.

"저, 라디언트 부인. 프레데릭이라는 분, 보통 사람과는 약간 다르게 보입니다만……."

헨델의 부인, 루시아의 질문에 크리스는 씩 웃으며 말했다.

"일주일 동안 청소하시느라 피곤해서 그래요. 너무 신경 쓰지 마세요. 그건 그렇고 아이가 참 예쁘네요. 엄마를 닮아서 그런가요?"

그러나 그들이 보기에 프레데릭의 모습과 청소는 별반 관련이 없어 보였다.

또다시 들린 청소 얘기에 몸을 움찔한 프레데릭이었지만 신경의 대부분은 서찰에 기울어 있었다. 내용을 모두 파악한 프레데릭은 서찰을 다시 둘둘 말며 슈웰을 바라봤다.

"슈웰, 가서 이반 사령관을 모셔 오너라."

"예? 이반 사령관님은 왜요?"

"그분과 단둘이 할 얘기가 있다. 자세한 것은 나중에 얘기할 테니 부탁한다."

즉시 집을 나선 슈웰은 이반의 집을 향해 최대한 빨리 달려갔다. 하지만 그녀의 머릿속에는 한 가지 스치는 불안감이 있었다.

"잠깐, 이반 사령관님이 프레데릭 아저씨를 보신 적이 있나?"

그녀의 걱정은 한 시간도 안 되어 현실로 바뀌었다.

"으, 으아아악!"

마침 휴일이었기에 작업복 차림으로 비행선 부품들과 씨름하다 불려 온 이반은 비명과 함께 본능적으로 검이 있어야 할 허리춤에 손을 가져갔다. 검이 없다는 것을 느끼자마자 그는 옆에 보이는 긴 꽃병을 거꾸로 잡고 전의를 불태웠다.

"진정하시오, 이반 사령관. 내 존재에 대한 설명과 이번 일에 대한 얘기를 차차 해 드릴 테니 무기를 거두시오."

프레데릭은 오늘만큼 자신의 모습이 비참하게 느껴진 적이 없다고 속으로 부르짖었다. 그러나 이반의 반응은 더욱 거세질 뿐이었다.

"다, 닥쳐라, 괴물! 감히 재상 각하의 집에서 행패를 부리다니, 이 이반 크레믈린이 용서하지 않겠다! 죽음으로써 너의 야망을 끝내고, 각하의 가족을 내 손으로 지킬 것이다!"

결국 이 문제는 크리스와 슈웰이 그를 진정시키면서 일단락됐다. 한편 이반이 차차 정상적인 호흡을 되찾는 동안 다르칸은 박수까지 천천히 치며 프레데릭을 놀려 댔다.

"남녀노소 할 것 없이 팬이 증가하는군. 후후후."

이반이 어느 정도 진정된 후, 프레데릭은 이반과 단둘이 비행선에 대한 얘기를 나누었다. 밀실 회담이었기에 대화 내용은 알 수 없었지만 대화의 진척이 상당히 빠르다는 것만은 확실했다. 증거는 밀실 안에서 들려오는 이반 특유의 큰 웃음소리였다.

"그렇구려, 하하하핫! 그런 방법으로 비행선을 개조하면 되는 거였군! 당신 마음에 드오!"

크리스와 슈웰은 도대체 무슨 얘기가 오갔기에 이반이 단숨에 반응을 바꿔 웃어 대는지 궁금했지만 당장 알 길이 없었다.

그 회담이 끝난 뒤, 프레데릭은 가면과 몸 전체를 덮는 두건 등으로 모습을 철저히 가린 뒤 이반과 함께 저택을 나섰다. 어디로 가느냐는 물음에 이반은 라인하이트의 격납고로 간다는 얘기 외에 다른 말은 없었고 프레데릭은 대답조차 하지 않았다.

둘 모두 뭔가를 기대하고 있는 발걸음이었기에 크리스와 슈웰은 더 이상 묻지 않았다. 다행히 뒤늦게 서찰을 읽어 본 다르칸이 이번 일에 대한 대략적인 내용을 말해 주어 둘의 의문은 어느 정도 풀렸다.

"공중요새를 아십니까, 크리스 부인?"

크리스가 모를 리 없는 단어였기에 그녀의 표정은 곧 흐려졌다. 하지만 다르칸은 안심하라는 듯 손을 저으며 말을 이었다.

"가즈 나이트의 힘 말고도 또 다른 전력이 필요한 모양입니다. 그렇겠죠. 지금쯤이면 사탄의 주력 악마군단이 엘살바도르를 철저히 호위하고 있을 테니 말입니다. 엘살바도르는 공중에 있고, 악마군단 역시 공중에 있습니다. 그에 따라 이쪽의 지원 병력도 당연히 공중을 날아야겠죠."

"그렇다면 공중요새를 전투에 사용하겠다는 말인가요?"

"그렇습니다. 추가로 에스토드의 공군도 사용할 생각인 듯합니다. 공중요새가 어떤 존재인지는 몰라도 악마들처럼 상대적으로 작은 존재를 사냥하기는 어려울 테니 말입니다. 작은 것은 작은 것으로 상대해야지요."

그러나 크리스는 근심 가득한 얼굴로 아랫입술을 깨물었다. 공중요새를 사용하는 것이 얼마나 위험한 일인지 잘 아는 그녀였기에 걱정하는 것은 당연했다. 차를 마시며 창밖으로 시선을 돌린 다르칸은 흘러가는 구름을 보며 지그시 미소를 지었다.

"휀 라디언트 경께서 이번 일을 마무리 지으시려는 모양입니다. 후후, 하긴 결말을 지을 때가 됐죠. '그때'가 멀지 않았으니 말입니다."

"그때라뇨?"

"음? 음, 아닙니다. 지금은 별로 중요하지 않습니다. 물론 가까운 시일 내로 중요해지겠지만 말입니다. 적어도 한 달 이상은 그 문제로 골치를 썩진 않을 테니 안심하십시오."

크리스는 그가 뭔가를 숨기는 것이 아닐까 생각했지만 그때라는 것이 그에게도 그리 유리한 것은 아닌 듯했다. 미소 등으로 거의 자신의 표정을 숨기는 편인 그의 얼굴이 상당히 진지했기 때문이었다.

그때 정원에 있던 슈웰이 거실로 급히 들어와 다르칸에게 다가왔다.

"저, 다르칸 아저씨. 아저씨를 찾아온 손님이 계신데요?"

다르칸은 약간 의아한 듯 눈을 깜빡였다.

"오호, 나를 찾아온 손님이라고? 누굴까, 꼬마 아가씨?"

"잠깐만 기다리세요. 들어오세요, 할아버지."

할아버지라는 말에 다르칸은 씩 미소를 지었다. 이윽고 두건을 깊게 눌러쓴 노인이 느릿한 걸음으로 들어왔고 크리스는 궁금증이 가득한 얼굴로 다르칸에게 물었다.

"아시는 분이세요?"

가부좌로 앉은 다르칸이 천천히 고개를 끄덕였다.

"후후, 아는 정도가 아닙니다. 저분이 바로 이번 일의 원인 제공자죠. 후후, 최상급 악마족과 이중 계약을 한 엽기적인 인물이기도 합니다."

"예, 예?"

흠칫 놀란 크리스는 천천히 두건을 벗는 노인의 모습을 뚫어지게 바라봤다. 작은 체구에 선한 눈빛과 얼굴을 가진 그 노인이 지금과 같은 무서운 일의 원인이라는 것이 믿어지지 않았다.

노인은 마치 여한이 없는 사람처럼 힘없이 미소 지으며 다르칸에게 인사했다.

"오랜만에 뵙습니다, 다르칸 님. 건강하셨습니까?"

찻잔을 내려놓고 일어선 다르칸도 살짝 목례를 했다.

"물론이오. 영원의 생명과 강대한 마력을 원한 남자여. 아, 이름을 부르는 것이 예의상 좋겠군. 크리스토퍼 베르토."

〈계속〉

외전 2
강해지는 이유

마르티네즈 등이 떠난 지 며칠이 지났다.

그동안 길트는 상당히 마음의 안정을 되찾았고, 퍼니오드의 사람들 역시 해방감과 자유가 주는 힘으로 다시 일어나 도시를 재건하기 위해 애썼다.

새로 옮긴 숙소에서 한참 동안 일하는 사람들의 모습을 지켜보던 지크는 왠지 모르게 미안한 감이 들었는지 머리를 긁적이며 침대로 돌아가 앉았다.

"거참, 내가 부수지 않았는데도 미안해 죽겠군. 하여튼 이제부터 인간 시한폭탄은 내가 아니고 리오야. 야만족 녀석들이 4년 간 부순 것보다 녀석이 하루 동안 부순 게 더 많으니, 원. 그때 녀석을 안 말리고 뭘 한 거야, 슈렌?"

"내가 갔을 때는 이미 늦었어."

지크는 여유 있게 창을 닦으며 말하는 형제의 모습이 이상할 정도로 밉게 보였다. 침대에 철퍼덕 드러누운 그는 갑자기 뭔가 떠올랐는지 다시금 벌떡 일어나 슈렌에게 물었다.

"저기 슈렌, 넌 스승을 두 명 둔 거야?"

그 질문에 잠시 손을 멈춘 슈렌은 자신의 창 그룬가르드를 옆에 세워 놓으며 대답했다.

"그렇지. 피엘 님은 나에게 창의 기초에 대해 가르쳐 주셨고, 하인켈 선생은 고급 기술과 자신만의 기술을 만드는 법을 가르쳐 주었어."

"음, 그렇군."

지크는 다시 침대에 누우며 물었다.

"리오는 오딘인가 하는 고신에게 배웠다고 그랬지?"

"하이볼크 님께 배운 것도 있지만, 일단 리오가 스승이라고 부를 만한 사람은 오딘 님 한 분이지. 너도 알다시피 그분은 지하드와 마법검을 비롯한 수많은 고급 기술을 리오에게 가르쳐 주셨어."

"오호, 그래?"

슈렌이 인간 관계 배열에 대해 많이 알자, 연속으로 호기심이 발동한 지크는 눈을 반짝이며 계속 질문을 던졌다.

"휀이랑 바이론은?"

그룬가르드를 잡으려던 슈렌은 한숨과 함께 기나긴 답변을 시작했다.

"7인의 가즈 나이트 중에서 처음에 가장 강했던 사람은 바이론이었고, 가장 약한 사람은 의외로 휀이었지. 무기에 대한 지식이나 전투에 대한 경험 등 휀은 모든 것이 전무에 가까웠어. 어릴 때 친구들끼리 싸운 것 말고는 전투라 불릴 만한 경험을 한 적이 전혀 없었지. 사망 횟수가 가장 높은 가즈 나이트도 휀이야."

"엉? 말도 안 돼!"

"진짜야."

얼굴을 잔뜩 찌푸린 지크가 다음에 던질 질문은 뻔했다.

"그럼 어째서 대장이 최강의 가즈 나이트라고 불리는 거야? 좋은 스승이라도 있었던 거야?"

창을 닦는 것을 포기한 슈렌은 지크와 마찬가지로 침대에 누우며 말했다.

"하이볼크 님이 휀의 스승이라고 할 수 있지만 그분께서 휀에게 가르쳐 준 것은 레퀴엠 단 하나뿐이야. 그 이후로 휀은 죽을 고비를 수없이 넘겨 가며 임무를 수행했고, 어느 순간부터 휀은 자신만의 기술과 검술을 가진 최강의 가즈 나이트가 됐지. 심지어 레퀴엠마저 자신의 특징에 맞춰 바꿔 놨어. 원래 레퀴엠은 그저 낙인에 불과한, 파괴력 등과는 전혀 상관없는 기술이야. 하지만 휀이 쓰는 레퀴엠은 다르지. 단일 개체든 다수 개체든 어지간히 강한 존재가 아니면 레퀴엠의 범위 내에 들었을 때 시체조차 남지 않아. 신계에서는 주신계 대천사들이 사용하는 레퀴엠과 휀의 레퀴엠을 다른 이름으로 부를 정도야."

"뭐라고 하는데?"

"원래 레퀴엠과 달리 휀의 레퀴엠은 엠퍼러 스탬프(Emperor stamp)라고 부르지. 레퀴엠 발동 시 환상처럼 나타나는 광황 문양 때문이야."

"오오오."

지크는 감탄해 마지않았지만, 곧 또 다른 의문이 들었다. 어째서 그렇게 전투에 자질이 없는 남자가 최강의 자리를 차지할 정도로 강해졌는가였다. 그에 따른 대답 역시 뒤따랐다.

"휀은 천재가 아냐. 그의 모든 결과물은 후천적인 것이지. 너나 내가 상상하지 못할 정도로 휀은 강해지기 위해 노력해 왔어. 휴식 기간 따위는 없이 싸웠어. 임무를 완수하기 위해 싸웠고, 강해지기 위해 싸웠지. 힘이 없으면 정신력으로 싸웠고, 그러다 패배하면 다시 도전하고. 7인의 악마왕 중 디아블로를 제외한 모두와 붙어 봤을 만큼 상대 역시 구별하지 않았어."

"그, 그랬군, 대장 녀석. 빌어먹을."

말은 그렇게 했지만 지크는 가슴속에서 우러나오는 이상한 기분에 말문을 닫았다. 그저 기분에 따라 필사적으로 이기려 하는 자신과, 뚜렷한 이유도 없이 몸을 망쳐 가면서 강해진 휀은 너무도 달랐다. 하지만 어느 쪽이 옳다고 하기는 힘들었다.

슈렌의 얘기는 계속됐다.

"그건 바이론도 비슷해."

"바이론?"

"그래. 바이론의 검이야말로 진정한 수라(修羅)의 검이지. 자신의 몸이 부서지는 것 따위는 상관하지 않고 본능에 따라 검을 휘두르며 임무를 해결한 지 수백 년. 바이론 역시 휀과 더불어 최강이라는 명칭을 얻게 됐지. 레퀴엠, 지하드 같은 결정적 검술이 없기 때문에 일부에서 휀보다 약하다는 말을 듣긴 하지만 그런 기술이 발휘되지 못하는 상황이라면 바이론이 더 강할지도 몰라. 그리고 리오는 둘과 비슷하지만 상당히 달라. 실전 검술이 주가 된다는 것은 같지만 리오는 임무 완수보다 남을 지키기 위해 강해진다고 하지. 실제로도 그렇고. 오딘 님께 검을 배우기 전에는 망나니였지만 말이야."

"음……."

엘리트 코스를 밟으며 강해진 슈렌, 강해지기 위해 강해진 휀, 광기에 젖어 싸우다 보니 강해진 바이론, 그리고 누군가를 지키기 위해 강해진 리오. 지크는 슬그머니 고개를 저으며 생각해 봤다. 자신은 과연 무슨 이유로 강해지려 하는 것일까.

"어이, 형제. 네가 생각하기에 난 왜 강해지는 것 같아?"

그 질문에 슈렌은 옅은 미소를 띠었다.

"바람이 어떤 방향으로 불든 이유가 있을까? 북쪽으로 불든 남쪽으로 불든, 그건 바람 마음이잖아. 내 생각엔 네가 가장 자연스럽게 강해지는 경우 같은데?"

무슨 말인지는 확실히 알 수 없었지만 일단은 좋은 것 같았다. 이윽고 만면에 미소를 띤 지크는 슈렌의 어깨에 팔을 걸치며 웃음을 터뜨렸다.

"헤헷, 좋게 들리는데? 좋아, 그럼 난 '내키는 대로 강해지는 남자'로 하지! 자, 어서 날 '내키는 대로 강해지는 남자'라고 불러 봐, 형제!"

원래대로 표정이 굳어진 슈렌은 지크의 팔을 피해 슬그머니 침대에 누우며 힘없이 말했다.

"제정신으로는 힘들 것 같아."

"엉? 너, 너무하잖아! 어서 말해 줘, 슈렌!"

"무슨 일이야, 시끄럽게. 일을 안 하니 쓸데없는 곳으로 힘이 쏠리는 거냐?"

때마침 노동을 마치고 들어온 사바신은 방 전체를 울리는 지크의 목소리에 얼굴을 찡그렸다. 지크는 곧 바람처럼 사바신에게 달라붙으며 방금 전과 똑같은 제의를 했다.

"자, 친구! 어서 나를 '내키는 대로 강해지는 남자'라고 불러 봐! 어서!"

"뭐? 왜?"

"하여튼! 듣고 싶단 말이다!"

땀에 젖은 상의를 벗고 담배를 문 사바신은 잠시 머리를 긁적이더니 이윽고 입을 열었다.

"히히, 너무 길어서 기억이 안 나."

그렇게 그날 하루도 저물어 갔다.

〈외전 2 끝〉

더블스펠

두 개의 주문을 동시에 사용하는 주문 기술. 두 주문을 한꺼번에 외워야
하므로 상당한 마법 실력이 필요하다.

가즈 나이트 이노센트 2

© 이경영, 2016

초판 1쇄 인쇄일 2016년 12월 23일
초판 1쇄 발행일 2016년 12월 30일

지은이   이경영
펴낸이   정은영
책임편집 이지웅

펴낸곳   (주)자음과모음
출판등록 2001년 11월 28일 제2001-000259호
주소   04083 서울시 마포구 성지길 54
전화   편집부 (02)324-2347, 경영지원부 (02)325-6047
팩스   편집부 (02)324-2348, 경영지원부 (02)2648-1311
E-mail   neofiction@jamobook.com

ISBN 978-89-544-3589-2 (04810)
     978-89-544-3687-8 (set)